KB112860

빨강, 파랑, 어쨌든 찬란

괴짜와 몽상가들을 위하여

백악관 옥상 구석에는 느슨한 널판이 하나 있다. 어떻게 잘 두드리면 쑥 빠지고, 밑에서 새겨진 메시지가 나타난다. 열쇠 끝이나 웨스트윙에서 훔친 봉투 칼 같은 도구로 새긴 글귀였다.

죽음을 각오하고 발설해야 한다지만 대통령의 가족, 소위 퍼스트 패밀리의 은밀한 역사는 무한한 가십의 보물창고다. 글귀를 새긴 사람의 정체에 대해서는 의견이 분분하지만 하나만은 확실했다. 겁도 없이 백악관에 낙서할 사람은 대통령의 아들이나 딸뿐이라는 사실. 밤중에 몰래 나와 지미 헨드릭스를 틀어 놓고 마리화나를 피웠다는 포드 대통령의 아들 잭 포드라는 설도 있고, 머리에 커다란 리본을 달고 다니던 존슨 대통령의 딸 루시였다는 설도 있다. 어쨌든 상관없다. 낙서가 지금까지 남아 있고, 눈썰미로 찾아낸 소수의 사람들이 비밀 주문처럼 소중하게 간직한다는 사실이 중요할 뿐.

알렉스는 백악관에서 살게 된 첫 주에 이 글귀를 발견했다. 어떻게 찾았는지는 아무에게도 말하지 않았다. 메시지는 이러했다.

제1수칙: 들키지 말 것

퍼스트 패밀리에게는 2층의 이스트룸과 웨스트룸이 배정된다. 먼로 행정부 당시 라파예트 공작의 예방을 위해 거대한 단일 객실로 지어졌으나 결국 둘로 나뉘었다. 알렉스가 이스트룸을 차지하고 누나 준은 엘리베이터 옆 웨스트룸을 쓴다.

텍사스에서 보낸 성장기에도 남매의 방은 복도를 사이에 두고 비슷한 자리에 있었다. 그때는 누나의 방 벽이 무엇으로 도배되어 있는지 보면 '이달의 꿈'을 알 수 있었다. 누나가 열두 살 때는 벽을 수채화로 도배했다. 열다섯 살 때는 음력 달력과 수정으로 점을 치는 점성술 차트가 있었다. 열여섯 살 때는 심층 기획 기사로 이름난 정론지인 「디 애틀랜틱」의 뉴스 스크랩, 텍사스대학교 깃발, 글로리아 스타이넘, 조라 닐 허스턴, 돌로레스 우에르타의 발췌 논문이었고.

알렉스의 방은 변함이 없었다. 라크로스 트로피와 AP 과정 교재들이 서서히 늘어나 방안을 빼곡히 채워갔을 뿐이다. 지금은 전부 고향 집에서 먼지만 뒤집어쓰고 있지만.

복도 건너편 준의 방은 이제 눈부신 백색과 부드러운 핑크와 민트색으로 꾸며져 있어, 「보그」에서 와서 찍어간 적도 있다. 백악관 응접실에서 발견한 60년대 인테리어 잡지에서 영감을 받은 실내 장식으로 유명하기도 하다. 알렉스의 방은 캐롤라인 케네디가 아기 때 쓰던 방이고, 나중에는 낸시 레이건의 집무실이기도 했다. 그 사실을 알게 된 준은 진저리를 쳤고, 사악한 기운을 몰아낸답시고 독한 향초를 태우며 난리를 쳤다. 알렉스는 대칭을 맞추느라 소파 위에 걸어둔 깔끔한 자연 일러스트는 그대로 뒀지만 사샤 오바마가 좋아했던 분홍색 벽은 딥 블루 색으로 덮어 칠했다.

지난 수십 년을 보면 18세가 넘은 대통령 자녀는 관저를 떠나는 게 관례였지만, 알렉스는 어머니가 대통령 선서를 한 해 1월에 조지타운대학교에 입학했으므로 경호나 비용 면에서 원룸으로 독립하는 것보다 관저에 사는 편이 나았다. 그리고 준은 텍사스대학교를 졸업한 그해 가을 워싱턴 D.C.에 왔다. 말로는 아니라지만, 알렉스는 누나가 자기를 지켜보러 왔다는 걸 안다. 알렉스가 정치의 현장에 바짝 붙어서 얼마나 많이 얻어가는지 누나만큼 잘 아는 사람은 없다. 집무실이 있는 웨스트윙을 얼쩡거리다가 누나한테 억지로 끌려 나온 게 한두 번이 아니었다.

방문을 꼭 닫으면 알렉스는 홀앤오츠의 레코드를 턴테이블에 걸어 놓고 푹 쉴 수 있었다. 아빠처럼 〈리치 걸〉을 구성지게 흥얼거려도 들을 사람도 없었다. 보통 때는 필요 없다고 우기는 안경도 마음껏 썼다. 색색 포스트잇을 붙인 꼼꼼한 학습 노트도 얼마든지 마음껏 만들 수 있었다. 현대사에서 가장 젊은 선출직 국회의원이 되려면 노력은 필수지만, 물밑에서 죽도록 발을 놀리고 있다는 걸 남들에게 들켜선 안 된다. 그간 열심히 쟁여둔 섹스심볼 주식이 폭락할 테니까.

"야."

노트북에서 시선을 떼자 슬그머니 방으로 들어오는 준이 보인다. 겨드랑이에 아이폰 두 대와 잡지들을 잔뜩 끼고 손에는 접시를 들고 있었다. 준은 들어오면서 뒷발질로 문을 닫았다.

"오늘은 뭘 또 훔쳤는데?"

알렉스는 침대에 쌓인 종이를 치워 누나가 앉을 자리를 만들었다.

"각종 도넛."

준은 침대로 올라오며 말한다. 뾰족한 분홍색 플랫 슈즈에 펜슬 스커트. 다음 주 패션 칼럼이 알렉스의 눈앞에 선하게 떠오른다. 누나가 오늘 입은 옷차림 사진을 싣고, 프로페셔널한 젊은 여성을 위한 플랫 슈즈 브랜드 어쩌고 하는 홍보성 문구를 곁들이겠지.

누나는 오늘 하루 무슨 일을 했을까. 「워싱턴포스트」 칼럼 얘기도 했던 것 같고, 누나 개인 블로그 촬영이 있었나? 아니면 둘 다? 준의 일정은 따라가기도 벅찼다.

준은 잡지 더미를 침대 위에 휙 던져놓고 벌써 열심히 훑어보고 있다.

"위대한 미국의 가십 산업에 링거를 꽂아주시려고?"

"내가 언론정보학과 학위를 뭐하러 땄겠니." 준이 말한다.

"이번 주에 뭐 쓸만한 거 있어?" 알렉스는 손을 뻗어 도넛을 집는다.

"어디 보자…. 「인터치」에 따르면 내가… 프랑스 모델하고 데이트하고 있다네?"

"그래?"

"그럼 얼마나 좋겠냐." 준은 몇 장을 더 넘긴다. "오오, 여기서는 네가 항문을 표백했다는데?"

"그건 사실이야." 알렉스는 스프링클을 뿌린 초콜릿을 입 안에 넣고 우물거린다.

"왜 아니겠니." 준은 쳐다도 보지 않고 잡지를 휙휙 넘기더니 맨 밑에 깔린 「피플」을 잡아빼서 건성으로 훑기 시작했다. 「피플」은 홍보담당자들이 써달라는 대로만 써주는 잡지다. 따분하게.

"이번 주엔 우리 기사가 별로 없네. 어머, 나 크로스워드 퍼즐 힌트로 나왔어."

타블로이드 기사를 찾아보는 건 준의 실없는 취미였고, 어머니는 그런 준을 웃긴다고 생각하다가도 결국 짜증을 내곤 했다. 알렉스는 준이 읽어 주는 하이라이트를 즐길 만큼은 나르시시스트 기질이 있었다. 대개는 턱도 없는 엉터리 소설이거나 백악관 홍보팀이 던져주는 기삿거리였지만, 가끔은 터놓고 웃긴 게 있었다. 선택권이 있다면 알렉스는 차라리, 벌써 수백 편을 상회하는 자신의 인터넷 팬픽션을 읽을 것이다. 죽여주는 매력과 뻗치는 정력을 소유한 남자로 미화된 환상적인 묘사를 만끽하고 싶었지만 준은 그딴 쓰레기는 죽어도 입에 올릴 수 없다고 버텼다. 알렉스가 뇌물로 꼬드겨봤지만 요지부동이었다.

"「US 위클리」 봐 봐."

"흐음…."

준이 산처럼 쌓인 잡지 더미에서 「US 위클리」를 파냈다.

"어, 봐. 우리가 표지에 나왔네."

준이 알렉스 눈앞에 반들거리는 표지를 흔들었다. 한쪽 구석에 머리를 올린 준과 좀 과하게 꾸몄지만 여전히 핸섬한 알렉스의 사진이 박혀 있었다. 날카로운 턱선에 검은 고수머리가 돋보이는 사진 밑에 헤드라인이 노란색 글자로 굵게 쓰여 있었다.

"와일드한 뉴욕의 밤을 즐기는 대통령 자녀."

"암, 얼마나 와일드한 밤이었겠어."

알렉스는 헤드보드에 기대며 흘러내린 안경을 밀어 올렸다.

"건전하신 기조연설자 두 분이신데. 새우 칵테일을 앞에 놓고 한 시간 반에 걸쳐 탄소배출권을 논하는 것보다 섹시한 일이 세상에 어딨겠냐고."

"여기 보니까 네가 '수수께끼의 갈색 머리'와 뭐 밀회 같은 걸 했다는데?"

준이 기사를 읽는다.

"퍼스트 도터*는 리무진을 타고 스타들이 참석하는 파티장으로 직행했지만, 21살의 매력남 알렉스는 W호텔의 프레지덴셜 스위트에 몰래 들어가 수수께끼의 갈색 머리 여성을 만났다가 새벽 4시경 나오는 모습이 포착됐다. 호텔 내부자의 말에 따르면 밤새도록 스위트룸에서 사랑을 나누는 소리가 들렸다고 한다. 그리고 갈색 머리 여성의 정체는 부통령 마이크 홀러란의 손녀이자 백악관 트리오의 일원인 노라 홀러란이라는 소문이 돌고 있다. 두 사람은 꺼진 사랑의 불씨에 다시 불을 붙이는 걸까?"

"앗싸!" 알렉스가 환호성을 올리자 준이 끙, 앓는 소리를 냈다.

"아직 한 달 안 됐지! 누나 나한테 50달러 내놔."

"잠깐, 진짜 노라였어?"

알렉스는 샴페인을 한 병 들고 노라의 방을 찾았던 일주일 전을 돌이켜본다. 지난 선거운동 때의 불장난은 벌써 백만 년 전의 일이었고 금세 사그라들었다. 둘 다 어차피 거쳐야 할 단계를 빨리 해치우는 게 주목적이었다. 알렉스는 열일곱, 노라는 열여덟이었고 세상에서 자기가 제일 똑똑하고 잘났다고 생각하고 살았으니 애초에 잘 될 리 없었다. 물론 그 후로 알렉스는 노라가 자기보다 백 배는 더 똑똑하다는 사실을 순순히 인정했다. 그런 천재가 알렉스와 사귀어줄 리가.

그러니 언론이 떡밥을 물고 놔주지 않는 건 알렉스 잘못이 아니다. 미디어에서는 현대판 케네디 부부라도 보듯 노라와 알렉스가 커플이라는 아이디어에 혹했다. 그러니 가끔 호텔 방에서 만나 〈웨스트윙〉**을 정주행

---

* 대통령의 딸.
** 백악관 집무실을 둘러싼 이야기를 다룬 미국의 TV 드라마.

하며 술을 마시고 타블로이드를 위한 교성을 악악 질러주는 정도야 뭐, 솔직히 애교로 봐줘야 한다. 그냥 뭐 내키지 않는 상황에서 재미라도 보자는 거니까.

누나 뒤통수를 치는 것도 솔직히 신나고.

"아아마아 그럴 거얼." 알렉스는 느릿하게 말을 끈다.

준은 특별히 해로운 바퀴벌레를 잡듯이 잡지로 알렉스를 후려쳤다.

"그건 반칙이잖아, 이 나쁜 자식!"

"내기는 내기다. 한 달 내로 새로운 루머를 만들면 나한테 50불 준다며. 벤모*로 보내."

"못 쥐." 준이 콧방귀를 뀐다.

"내일 만나면 노라 개 내가 죽여버릴 거야. 그나저나 뭘 입고 갈 건데, 넌?"

"어디에?"

"결혼식."

"누구 결혼?"

"어휴, 왕실 결혼식. 영국. 내가 방금 보여준 잡지 표지마다 나와 있잖니."

준이 「US 위클리」를 치켜들자 그제야 거대한 글자로 쓰인 메인 스토리가 눈에 들어왔다.

필립 왕자가 결혼서약을 한다!

지극히 평범하게 생긴 영국의 황태자 곁에 지극히 평범하게 생긴 약혼녀가 밍밍하게 웃고 있는 사진이 실려 있었다. 알렉스는 절망감의 표현으

---

* 미국의 뱅킹 앱.

로 손에서 도넛을 툭 떨어뜨린다.

"저게 이번 주야?"

"알렉스, 우리 아침에 떠나야 해. 예식에 가기 전에 행사를 두 군데나 뛰어야 한단 말이야. 자흐라가 이 문제로 널 아직 들볶지 않았다는 게 더 놀랍다."

"시발." 알렉스는 신음을 뱉는다. "내가 어디 적어두기는 했어. 그만 정신이 딴 데 팔려서."

"뭐, 나한테 고작 50달러 뜯어내자고 내 절친하고 음모를 꾸미는 일에?"

"아니, 페이퍼 때문에 그랬다, 헛똑똑아."

알렉스는 쌓여 있는 노트 필기를 호들갑스럽게 가리켰다.

"이번 주 내내 로마 정치사상을 팠단 말이야. 그리고 노라는 '우리' 둘 다의 절친이라고 합의한 거 아닌가."

"네가 진짜 수업을 듣느라 그럴 리가 없어. 혹시 '숙적'을 만나기 싫어서 올해 최대의 외교적 행사를 일부러 잊어버린 거 아니야?"

"준, 나는 미합중국 대통령의 아들이고 헨리 왕자는 대영제국을 대표하는 얼굴이야. '숙적'이라는 말은 옳지 않아."

알렉스는 다시 먹던 도넛을 씹으며 생각에 잠겼다가 덧붙여 말했다.

"숙적이라고 하면 그 자식이 어떤 수준에서든 내 라이벌이라는 뜻이잖아. 자기 사진이나 보며 딸치는 뻣뻣한 근친 교배종 따위."

"와우."

"말이 그렇단 얘기야."

"뭐, 굳이 걜 좋아하라는 건 아니지만, 헨리의 형님 결혼식에서는 행복한 표정 지어주고 괜히 국제적인 문제나 일으키지 마."

"아니 언제 내가 행복한 표정 안 지은 적이 있어?" 알렉스는 봐주기 괴로운 가짜 미소를 지었고 준의 얼굴에 떠오른 혐오감에 뿌듯해졌다.

"우웩, 토 나와. 너 무슨 옷 입어야 하는지는 알지?"

"그래. 지난달에 골라서 자흐라한테 오케이 받았어. 내가 무슨 짐승이냐고."

"난 아직 드레스 못 정했는데." 준은 항의의 원성을 묵살하고 슬며시 다가와 알렉스의 노트북을 빼앗았다. "밤색이 좋겠어, 레이스 있는 게 좋겠어?"

"레이스지, 당연히. 영국이잖아. 그리고 동생 과락하는 꼴이 그렇게 보고 싶어?"

알렉스는 자기 노트북을 가져오려다 손등을 찰싹 맞았다.

"가서 인스타그램이나 이쁘게 정리하시라고. 진짜 최악이다."

"입 다물어. 뭐 볼 만한 게 있나 고르는 중이잖니. 우웩, 넌 지금 『가든 스테이트』를 보겠다고 찜해놓은 거 맞냐? 헐, 2000년대 영화 학교라도 다니고 있냐?"

"누나 미워."

"으응, 나도 알아."

알렉스의 창밖에서 바람이 잔디밭을 스치자 정원의 보리수들이 바스락거렸다. 턴테이블의 레코드가 재생이 끝나 빙글빙글 돌다 흐릿한 정적으로 빠져들었다. 알렉스는 침대에서 일어나 판을 뒤집고 턴테이블의 바늘을 다시 올렸다. 그러자 레코드 뒷면에서 홀앤오츠의 〈런던 럭 앤 러브〉가 흘러나왔다.

솔직히 말해서 전용기는 아무리 타도 지겹지 않다. 어머니 임기가 3년이 다 되어가는데도.

이런 식으로 여행하는 일이 잦지 않지만, 가끔 탈 때마다 으쓱해지는 건 어쩔 수 없다. 빈털터리 텍사스 홀어머니의 딸과 가난뱅이 멕시코 이민자의 아들 사이에서 태어난 알렉스에게 이런 호사스러운 여행은 여전히 '호사'였다.

15년 전, 어머니가 처음 하원 의원에 도전했을 때, 언론은 어머니에게 '불굴의 로메타'라는 별명을 붙여주었다. 어머니는 포트 후드의 깡촌을 탈출해 식당 웨이트리스로 일하며 로스쿨을 졸업했고 서른 살 무렵에는 법정에서 차별법을 논했다. 이라크 전쟁이 한창이던 당시 텍사스에서는 도저히 나타날 수 없는 정치인이었다. 분홍빛 도는 금발에 하이힐을 신은, 총기 넘치는 민주당원, 뻔뻔스럽게 당당한 사투리, 다인종의 가족까지.

그러니까 아직도 알렉스는 다리를 가죽 소파에 올려놓고 피스타치오를 까먹으며 대서양을 건너는 일이 신기하기만 하다. 맞은편에 앉은 노라는 코를 처박고 「뉴욕타임스」를 읽고 있다. 갈색 곱슬머리가 이마로 흘러내린다. 옆자리에 앉은 태산만 한 덩치의 비밀 요원 캐시어스가—짧게 캐시라고 부른다.—거인 같은 손으로 똑같은 신문을 들고 노라와 경주하듯 정신없이 읽고 있다. 노트북에 띄워놓은 「로마 정치사상」 논문 위에서 깜박이는 커서가 알렉스를 기다리고 있지만, 대서양을 건너는 지금은 이상하게 집중이 되지 않는다.

어머니가 총애하는 비밀 요원 에이미는 통로 건너편 좌석에 있다. 전직 네이비실인데 워싱턴 D.C.에서 남자 여럿이 그 손에 죽어나갔다는 루머가 있다. 에이미는 수예 도구가 든 방탄 티타늄 케이스를 열어놓고 평온하게 냅킨에 꽃을 수놓고 있다. 그러나 알렉스는 저것과 비슷한 뜨개바늘로 에이미가 사람의 무릎 관절을 푹 찌르는 광경을 본 적이 있다.

준은 한쪽 팔꿈치를 팔걸이에 걸고 대체 왜 가져왔는지 알 수 없는 「피

플」에 코를 처박고 있다. 준은 언제나 비행기에 괴상하기 짝이 없는 읽을
거리를 들고 탔다. 이를테면 지난번에는 너덜너덜 다 떨어진 광동어 숙어
집이었고 그전에는 윌라 캐더의 소설『대주교에게 죽음이 오다』였다.

"지금 읽는 거 뭐야?" 알렉스가 묻는다.

준은 잡지를 획 뒤집어 타이틀 기사를 보여준다.

왕실 결혼 열풍!

알렉스는 자기도 모르게 앓는 소리를 낸다. 최악이다.

"뭐가 어때서? 내 인생 최초의 왕실 결혼식인데, 미리미리 마음의 준비
를 해야지."

"프롬에 가봤잖아?" 알렉스가 말한다. "프롬파티를 상상하면 될 거야.
아, 개최지는 지옥으로 설정하고. 지옥에서 다들 엄청 점잔 빼고 예의 바
르게 노는 거지."

"케이크에만 75,000달러를 썼다는데 믿어지니?"

"되게 우울해진다."

"게다가 헨리 왕자는 동행 없이 혼자 결혼식에 참석한다고 해서 난리가
났대. 여기 보니까…."

준은 우스꽝스러운 영국 억양으로 읽었다.

"지난달에는 벨기에 왕위 승계 1순위의 공주와 데이트를 했지만, 지금
은 헨리 왕자의 데이트 이력을 꿰고 있는 전문가들마저도 갈피를 잡지
못하고 있다고 하네."

알렉스는 콧방귀를 뀐다. 끔찍하게 따분한 왕자의 연애사에 목숨 거는
사람이 그렇게 많다니 미친 거 아니야. 마찬가지 아니냐고? 아니, 나야 다

르지. 이 몸 알렉스는 최소한 캐릭터라도 확실하잖아.

"유럽의 여성들이 드디어 그 자식이 흠뻑 젖은 양털 공만큼도 재미가 없다는 걸 알아차린 모양이지."

노라는 크로스워드 퍼즐을 캐시어스보다 먼저 풀고 신문을 내려놓는다. 캐시어스가 곁눈질로 보고는 낭패다 싶은지 나직하게 욕을 뱉는다.

"그럼 네가 헨리한테 댄스를 청할 거야?"

알렉스는 눈알을 굴린다. 무도회를 빙글빙글 도는 와중에 헨리가 자신의 귓전에 대고 크리켓이며 여우 사냥 같은 달콤한 헛소리를 속삭이는 광경이 눈앞에 떠올랐다. 생각만 해도 토할 것 같아.

"꿈이나 꾸라지."

"오오." 노라가 말한다. "너 얼굴이 빨개진다."

"내 말 잘 들어." 알렉스가 말한다.

"왕실 결혼은 다 쓰레기야. 왕실 결혼의 왕자들도 쓰레기야. 애초에 왕자 같은 존재를 허락하는 제국주의 자체가 쓰레기야. 처음부터 끝까지 죄다 쓰레기거북이말미잘이라고."

"그 주제로 테드에서 강연하면 되겠다? 미국은 종족 학살로 세워진 제국인 것도 잘 알고 있지?"

"그래, 준. 하지만 적어도 그걸로 왕정을 굴러가게 할 만큼 염치가 없는 것도 아니라고."

백악관 신입 직원들이 알렉스와 준에 대해 브리핑받는 사실이 몇 가지 있었다. 준의 땅콩 알레르기. 한밤중에 뜬금없이 커피를 찾는 알렉스의 버릇. 준의 대학교 때 남자친구. 캘리포니아로 이사하며 헤어졌지만 유일하게 준이 직통으로 편지를 받고 있다. 그리고 영국의 막내 왕자에 대한 알렉스의 반감. 아니, 반감은 아니다. 경쟁의식도 아니다. 까끌까끌하고 신경 거슬리는 짜증이다. 생각만 해도 손바닥에서 식은땀이 삐질삐질 나는.

타블로이드는 – 세상은 – 취임 첫날부터 알렉스를 '백악관의 헨리 왕자'라고 멋대로 정해버렸다. 백악관 트리오는 미국에서 제일 왕족에 가까운 조합이었으니까. 하지만 아무리 생각해도 알렉스는 억울했다. 알렉스의 이미지는 카리스마와 천재성과 능글맞은 위트가 아닌가. 18세 나이로 「GQ」의 커버스토리로 선정된 사려 깊은 인터뷰는 어떻고. 헨리의 이미지는 온화한 미소와 젠틀한 매너와 별 특징 없는 자선행사 참석으로 일관된, 말하자면 완벽하게 텅텅 빈 백지장 같은 프린스차밍이었다. 헨리 역할이 훨씬 연기하기 쉽다고 알렉스는 생각했다.

그래, 뭐 굳이 따지자면 라이벌이라고 할 수도 있겠지. 어쨌거나.

"좋습니다, 잘나빠진 MIT 공대생. 그럼 이번에는 승산이 어떻게 될까요?"

그러자 노라가 씩 웃는다. "어디 보자." 그러더니 생각에 깊이 잠기는 시늉을 했다.

"리스크를 계산해 보면. FSOTUS*께서 욱하는 성질을 못 참고 망신살이 뻗쳐서 500명 이상의 민간 사상자를 낼 것 같습니다. 98퍼센트 확률로 헨리 왕자가 완전 홀리하게 잘생긴 모습으로 등장할 테고. 78퍼센트 확률로 알렉스 클레어몬트 – 디아즈는 영국 영토에서 영구 추방당하겠군요." 그리고 노라는 개인적인 의견을 덧붙인다. "그나마 내 예상보다는 잘나온 확률이야."

알렉스는 웃음을 터뜨리고 비행기는 힘차게 하늘을 가른다.

---

* First Son of the US, 미합중국 대통령 아들.

런던은 정말 끝내주게 아름다웠다. 버킹엄궁 밖 거리부터 온 시내를 가득 채운 군중이 유니언잭을 걸치고 머리 위로 작은 깃발들을 흔들고 있다. 사방에 왕실 결혼 기념품들이 넘쳐난다. 필립 왕자와 신부의 얼굴이 초콜릿부터 속옷에 이르기까지 별별 물건에 다 박혀 있다. 알렉스는 이 많은 사람이 이토록 총체적으로 따분한 사건에 진심으로 열광한다는 게 믿기지 않는다. 자기나 준이 결혼한다고 백악관 앞에 이런 군중이 모일까? 그럴 리도 없고 그러길 바라지도 않는다.

행사는 끝도 없이 지루하게 이어졌다. 알렉스도 사랑은 별로라거나 결혼하는 사람이 이해가 안 된다거나 그런 입장은 아니다. 다만 마사가 흠 없는 귀족의 딸이고 필립은 왕자라는 게 문제지. 사업 거래가 차라리 더 섹시하겠다. 이건 뭐 열정도 드라마도 찾아볼 수 없으니. 알렉스의 취향은 훨씬 셰익스피어스러운 러브스토리다.

버킹엄궁의 연회장에서 드디어 마침내, 간신히, 이제야, 겨우 리셉션이 시작되어 알렉스가 준과 노라 사이에 자리를 잡고 앉았을 때는, 이미 몇 년은 늙은 기분이었다. 짜증이 난 알렉스는 약간 무모해졌다. 노라가 샴페인 잔을 건네주자 알렉스는 반갑게 받아든다.

"너희 중에 혹시 자작*이 뭔지 아는 사람 있어?" 준이 오이 샌드위치를 반쯤 먹다가 말한다. "내가 지금 대충, 다섯 명쯤 만났는데, 그 말을 할 때마다 예의 바르게 웃어주면서 뭔지 아는 척했단 말이야. 알렉스, 너 비교 국제 관계 어쩌고 공부하지 않냐. 다 집어치우고. 대체 자작이 뭔데?"

"흡혈귀가 광란의 성노예들을 군대로 거느리고 독재 정권을 출범시킬 때 뭐 그럴 때 나오는 말 같은데." 알렉스가 말한다.

---

* viscount, 보통 백작의 맏아들이 받는 경칭.

"그거 맞는 거 같다." 노라가 냅킨을 복잡한 모양으로 접어 테이블에 놓는다. 검은색 매니큐어가 샹들리에 불빛을 받아 번득였다.

"내가 자작이면 좋겠다." 준이 말한다. "이메일로 성노예하고 계약도 맺고."

"성노예들이 프로페셔널하게 메일을 잘 쓸까?" 알렉스가 묻는다.

노라의 냅킨이 새 모양을 얼추 닮아가기 시작한다.

"이메일이 완전 애처롭고 방탕하겠지."

노라는 헐떡이며 쉰 소리로 말한다.

"오, 제발. 부탁이에요. 날 가져요—원단 샘플 고르는 점심 미팅 때 나를 꼭 좀 데려가주세요. 이 짐승!"

"기괴할 정도로 효율적이겠는데."

"너희 둘 다 어디가 단단히 잘못된 게 틀림없어." 준이 부드럽게 말한다.

알렉스가 입을 열어 뭐라고 대꾸를 하려는데, 왕실 보좌관이 테이블 앞에 불쑥 나타났다. 흡사 우울하고 심술궂은 유령이 형편없는 머리 장식을 꽂은 형상이었다.

"클레어몬트-디아즈 양." 레지널드나 바솔로뮤 같은 그런 이름을 가졌을 것처럼 생긴 남자였다. 저렇게 깊이 고개 숙여 절하는데도 머리에 얹은 장식이 준의 접시로 와장창 떨어지는 사태가 벌어지지 않은 건 기적이었다. "헨리 왕자님께서 댄스를 함께하는 영광을 청한다고 전하십니다."

준의 입이 반쯤 벌어지다 딱 얼어붙자 노라가 똥 씹은 미소를 짓는다.

"어머, 당연히 수락한답니다." 노라가 자원봉사를 나섰다. "제 친구는 저녁 내내 왕자님이 청하시기만 기다리고 있었다네요."

"저는…" 준은 무슨 말을 하려다 입을 딱 다문다. 입술은 미소를 짓지만, 눈은 매섭게 노라를 흘겨보고 있다. "그럼요. 좋습니다."

"훌륭합니다." 레지널드 바솔로뮤는 돌아서서 어깨너머로 휙 손을 흔든다.

거기 헨리가 서 있었다. 스리피스 정장을 입은 고전적 미남 헨리는 모랫빛 금발에 높은 광대뼈, 보드럽고 호감 가는 입매를 지니고 있다. 흠잡을 데 없이 타고난 자세는 흐트러지는 법이 없었다. 꽃이 흐드러진 버킹엄궁의 정원에 어느 날 완벽한 미모 그대로 뚝 떨어진 것 같은 자태였다.

헨리와 눈이 마주치자 알렉스의 가슴에 짜증인지 아드레날린 분출인지 모를 감정이 찌릿하게 퍼졌다. 헨리와 대화를 나눈 지는 아마 1년도 넘었을 것이다. 헨리의 얼굴은 비위 상하게 좌우 균형이 완벽했다.

헨리는 알렉스를 보고 흔한 하객을 대하듯 건성으로 인사했다. 사실 알렉스는 저보다 먼저 「보그」에 실렸던 귀한 몸이신데 말이다. 괜한 울화를 참지 못하고 눈만 껌벅이며 보고 있는데, 헨리가 그 깎은 듯 잘생긴 멍청한 턱을 준에게로 돌린다.

"안녕하세요, 준." 헨리가 신사답게 손을 내밀자 준이 얼굴을 붉힌다. 노라는 옆에서 황홀해 쓰러지는 시늉을 한다. "왈츠 추는 법은 아십니까?"

"어… 어떻게 따라할 수는 있을 것 같아요."

준은 헨리가 자기한테 장난을 치는 건 아닐까 두려운 듯 몹시 경계하며 헨리의 손을 잡았지만, 알렉스는 누나가 헨리의 유머 감각을 너무 높이 쳐준다고 생각한다. 헨리는 무도회장을 빙글빙글 도는 귀족들 사이로 준을 이끌고 나갔다.

"그러니까 이게 지금 실제로 벌어지고 있는 상황이야?" 알렉스는 노라가 냅킨으로 접은 새를 노려봤다. "자기는 우리 누나를 꼬실 테니까 입 닥치고 구경이나 해라. 이거야, 지금?"

"아유, 꼬마 도련님." 노라가 알렉스의 손등을 토닥거린다. "세상만사가 다 자기를 중심으로 돌아간다고 생각하시는 게 참 귀엽단 말이야."

"솔직히 좀 그래야 되는 거 아니야."

"훌륭한 정신이야."

눈을 들어보니 헨리가 준을 빙글빙글 돌리고 있었다. 준은 예의 바르고 감정을 드러내지 않는 미소를 짓고 있었는데, 짜증나게 헨리는 자꾸 준의 어깨너머를 흘끔거렸다. 우리 누나가 저렇게 눈부시게 예쁜데. 최소한 집 중이라도 해야 하는 거 아니냐고.

"그런데 헨리가 준을 실제로 좋아하는 거 같아?"

노라가 어깨를 으쓱한다.

"누가 알겠어? 왕족은 별종이야. 그냥 예의로 그럴 수도 있고, 어, 저기."

왕실 전속 사진사가 후다닥 달려오더니 춤추는 두 사람을 찍었다. 보나마나 다음 주 「헬로」에 유출될 것이다. 목적이 그거였어? 퍼스트 도터를 이용해서 멍청한 루머로 관심 좀 받아보시겠다는 거야? 필립이 뉴스의 주인공이 되는 꼴은 일주일도 두고 보지 못하겠단 말이지?

"왕자님이 이쪽 방면에 재주가 있으시네." 노라가 말한다.

알렉스는 웨이터를 하나 찜해서 남은 시간 동안 '체계적으로' 술이나 마시고 취해야겠다고 마음먹는다. 아무한테도 말한 적 없고, 앞으로도 말하지 않겠지만, 헨리를 처음 본 건 열두 살 때였다. 알렉스는 술에 취했을 때만 그 생각을 한다.

그전에도 뉴스에서 헨리를 보긴 했겠지만 정말로 '눈여겨본' 건 그때가 처음이다. 준이 열다섯 살 생일에 받은 용돈으로 어질어질하게 원색으로 도배된 청소년 잡지를 한 부 사왔을 때다. 누나는 쓰레기 같은 타블로이드를 어릴 때부터 좋아했다. 잡지 한가운데 로커에 붙일 수 있는 양면 포스터들이 있었다. 손톱으로 조심조심 스테이플러 심을 빼내면 찢어지지 않게 떼어낼 수 있었다. 거기 한 소년의 사진이 있었다.

숱 많은 연갈색 머리카락에 커다란 파란 눈, 따뜻한 미소, 한쪽 어깨에 걸친 크리켓 배트. 자연스러운 스냅 사진이 틀림없었다. 억지로 포즈를 잡을 때는 나올 수 없는 행복감, 해처럼 밝은 자신감이 뿜어나왔다. 한구석에 분홍색과 파란색 글씨로 '헨리 왕자'라고 쓰여 있었다.

왜 그리 마음이 끌렸는지 모르겠지만 몰래 준의 방에 들어가서 그 페이지를 찾아 손가락 끝으로 소년의 머리칼을 쓸어보곤 했다. 열심히 상상하다 보면 그 머리칼의 질감이 느껴질 것 같았다. 부모님이 정계의 사다리를 점점 높이 타고 올라가자 알렉스는 세상이 자기를 알아줄 날이 임박했다는 생각을 곱씹게 됐다. 가끔 사진을 떠올리며 헨리 왕자의 자연스러운 자신감을 닮으려고 했다.(스테이플러 심을 빼고 사진을 훔쳐서 자기 방에 간직할까 생각한 적도 있지만, 실행에 옮기지는 않았다. 알렉스는 손끝이 너무 뭉툭했다.)

그러다 처음으로 헨리를 만나게 됐는데—헨리가 거리를 두고 냉랭한 인사말을 건네는 순간—완전히 잘못 짚었다는 걸 알았다. 사진에서 본 어여쁘고 탁 트인 소년은 없었다. 실제의 헨리는 아름답고 멀찍이 떨어져 있고, 따분하고 꽉 막혀 있었다. 타블로이드에서 항상 자기와 비교 대상이 되는 이 사람은, 알렉스는 물론이고 알렉스 같은 평민들을 다 자기 밑으로 깔아 보고 있었다. 한때나마 이런 인간을 닮고 싶어 했다니.

알렉스는 연신 술을 들이켜며 상념에 빠졌다가, 생각을 털어버리려 애쓰다가, 결국 군중에 섞여 아름다운 유럽의 상속녀들과 춤을 추었다. 댄스가 끝나고 핑그르르 돌아서는데 케이크와 샴페인 파운틴 옆에 혼자 서 있는 사람이 보였다. 또 헨리 왕자였다. 한 손에 술잔을 들고 플로어에서 춤추는 필립 왕자와 신부를 보고 있었다. 특유의 얄밉게 초연한 태도로, 어디 딴 데 갈 데가 있는 사람처럼, 매사 건성으로 관심을 두는 둥 마는 둥, 흠잡을 데 없이 예의 바르게 서 있었다. 알렉스는 확 딴죽을 걸고 싶다는 충동에 휩싸였다.

웨이터가 들고 지나치던 트레이에서 와인을 집어 들고 인파를 헤치고 걸어가는 사이 벌써 술을 반쯤 비웠다.

"이런 행사를 할 때는, 샴페인 파운틴을 두 개는 준비해뒀어야죠."

알렉스는 헨리 옆에 다가붙으며 말했다.

"결혼식에 샴페인 파운틴이 하나밖에 없다니 말이 됩니까."

"알렉스." 헨리가 분통 터지게 귀티 나는 억양으로 말했다. 가까이서 보니 수트 재킷 아래 걸친 웨이스트코트는 화려한 금빛이었고 단추도 수백만 개 달려 있었다. 뭐야, 이게, 끔찍하잖아. "안 그래도 오늘 대화를 나눌 기회가 있을까 생각했습니다."

"오늘 왕자님 운이 좋으신가 봅니다." 알렉스가 미소를 지었다.

"기념비적인 순간이니까요." 헨리가 말한다. 결함이라곤 찾아볼 수 없는 순백의 미소였다. 그대로 파운드 지폐에 인쇄해도 좋을 만큼 완벽했다.

알렉스의 신경을 무엇보다 긁는 건, 자기를 싫어하는 게 확실한데도—틀림없다. 두 사람은 자연스럽게 앙숙일 수밖에 없으니까—헨리 쪽에서 노골적으로 적의를 드러내지 않는다는 사실이었다. 정계에서는 끔찍하게 싫은 사람들과 정중하게 얽혀야 한다는 걸 알지만, 그래도 한 번은, 적어도 한 번쯤은 헨리가 좀 인간답게 행동했으면 좋겠다. 왕궁 기념품점에서 파는 태엽 인형처럼 굴지 말고 좀 제발 사람 냄새나게. 이게 뭐야, 말도 안 되게 완벽한 거 아니냐고. 그래서 괜히 더 꾹꾹 쑤시고 찔러보고 싶다.

"피곤하지 않아요?" 알렉스가 묻는다. "치졸한 세상사는 관심 없다는 척 도도하게 살면?"

헨리가 고개를 돌리고 물끄러미 본다. "도대체 무슨 뜻으로 하는 말인지 모르겠군요."

"아니, 꽁무니에 사진사를 찰싹 붙이고 돌아다니면서, 무슨 백조도 아니고 쏟아지는 관심 따위 질색이라는 듯 구니까요. 솔직히 즐기잖아요. 하필 우리 누나한테 춤을 청하는 것부터가." 알렉스가 말한다. "언제 어디서나 자기가 엄청 중요한 사람인 척. 진 빠지지 않아요?"

"나는… 그보다는 복잡한 사람입니다." 헨리는 그래도 애를 써 본다.

"하!"

"아." 헨리는 눈살을 찌푸린다. "취했군요."

"말이 그렇다 이거죠." 알렉스는 과하게 친한 척 헨리의 어깨에 팔꿈치를 척 걸쳤다. 그런데 이게 마음만큼 쉽지가 않다. 열불이 나지만 헨리는 알렉스보다 10센티미터는 더 컸다.

"실제로 즐거운 티를 좀 낼 수도 있잖아요. 아주 가끔만이라도."

헨리가 서글프게 웃었다. "알렉스, 물이라도 좀 마시는 게 어때요?"

"꼭 그래야 해요?" 애초에 시비를 건 것부터가 와인 탓이라는 생각을 애써 털어버리고 알렉스는 한껏 천사처럼 수줍고 순진한 눈빛을 장착했다. "저런, 나 때문에 기분이 나쁘세요? 미안한데 난 남들과 달리 그쪽한테 목을 매는 사람이 아니라서요. 좀 혼란스러우시죠?"

"잘 모르나 봐요?" 헨리가 말한다. "내가 보기엔 그쪽도 나한테 목매고 있는 것 같은데."

알렉스의 입이 쩍 벌어지자 헨리의 입꼬리가 득의양양하게, 살짝 비열하게 휘어져 올라갔다.

"그냥 그런 생각이 드는군요." 헨리가 공손하게 수위를 낮춘다. "가끔 대화하게 될 때마다 얼마나 신경 써서 선을 그었는지 혹시 아십니까? 그런데 굳이 이렇게 또 따라와서 질척거리시니까." 헨리는 샴페인을 한 모금 홀짝거렸다. "아무튼, 전 본 대로 말씀드렸을 뿐입니다."

"뭐라고? 나는 절대…" 알렉스는 말을 더듬었다. "그쪽이…"

"아름다운 밤 되세요, 알렉스." 헨리는 쌀쌀맞게 대꾸하더니 돌아섰다.

알렉스는 헨리한테 마지막 말을 뺏긴 게 미치도록 화가 나서 미처 생각할 겨를도 없이 헨리의 어깨를 와락 움켜잡고 돌려세웠다. 그러자 헨리가 갑작스레 휙 돌면서, 알렉스를 꽉 밀쳐버렸다. 찰나의 순간, 헨리의 눈에 분노의 불꽃이 파팍 튀었다. 알렉스는 쓰러지면서도 헨리가 일순 분출한 인간적 속내가 퍽 인상적이라는 생각을 한다.

하지만 어어 하는 찰나, 알렉스는 이미 발이 꼬여 테이블 위로 벌러덩 나자빠지고 있다. 공교롭게도 거대한 8층짜리 웨딩케이크가 놓여 있다는 걸 깨닫고 공포에 질리지만 이미 한참 늦어버렸다. 필사적으로 헨리의 팔이라도 움켜잡아 보지만, 허무하게도 둘 다 균형을 잃고 뒤엉킨 채 와장창 케이크를 덮친다. 알렉스의 눈앞에서 케이크가 슬로모션으로 기우뚱 기울어져 비틀거리다 부르르 한 번 떨고는 마침내 완전히 넘어간다. 막을 수만 있다면 무슨 짓이라도 하겠지만 속수무책이다. 케이크가 추락하자 하얀 버터크림이 눈사태처럼 바닥에 쏟아진다. 75,000달러짜리 설탕이 범벅이 되어 악몽이 따로 없다.

한 덩어리가 된 알렉스와 헨리가 멈추지 못하고 뒹굴며 화려한 카펫에 흩어진 케이크의 잔해를 깔아뭉개자 장내는 심장이 멎은 듯 고요해진다. 알렉스의 주먹이 아직도 헨리의 소맷자락을 꼭 부여잡고 있다. 헨리가 들고 있던 샴페인이 쏟아져 둘의 온몸이 흠뻑 젖고 술잔은 산산조각 박살이 났다. 곁눈으로 보니 헨리의 높은 광대가 유리에 살짝 베어 상처에서 피가 흐른다.

1초쯤, 설탕 크림과 샴페인을 뒤집어쓰고 누워 천정을 바라보는데 알렉스의 뇌리를 스치는 생각은 하나뿐이다. 적어도 헨리가 준하고 춤을 췄다는 뉴스가 왕실 결혼식의 톱뉴스가 되진 않겠구나.

　그다음에야 엄마가 눈도 깜짝 않고 자기를 죽일 거라는 생각이 든다.

　옆에서 헨리가 천천히 짓씹어 내뱉는 말이 들린다.

　"아, 시발, X됐네."

　흐릿하게, 왕자의 욕설을 듣는 건 처음이자 마지막이겠구나, 생각하는 데 눈앞에서 누군가의 카메라 플래시가 펑, 터진다.

2

자흐라가 웨스트윙 브리핑룸 테이블에 산더미 같은 잡지들을 쾅 떨어뜨리자 한참 장내가 울린다.

"오늘 아침 출근하는 길에 본 게 이 정돕니다. 우리집은 겨우 두 블록 거리라는 건 말 안 해도 아시겠지요."

알렉스는 눈 앞에 펼쳐진 기사들의 헤드라인을 내려다본다.

75,000달러짜리 실족
배틀 로열: 헨리 왕자와 FSOTUS가 왕실 결혼식에서 한판 붙다.

케이크 게이트 :
알렉스 클레어몬트-디아즈가 제2차 영미전쟁을 일으키다.

기사마다 알렉스와 헨리가 케이크 산더미에 파묻혀 드러누워 있는 사진이 있다. 헨리의 웃기는 정장이 온통 흐트러져 짓이겨진 버터크림 꽃들로 범벅이 되고, 손목은 알렉스의 손에 잡혀 있는 꼴이다. 헨리의 뺨에 얇고 붉은 선이 그어져 있다.

"이 회의 국가위기관리 상황실로 옮겨야 하는 거 아니에요?" 알렉스는 농담이랍시고 한 마디 던져본다.

자흐라도 테이블 맞은편에 앉은 알렉스의 엄마도 웃음기가 없다. 대통령이 돋보기를 내리고 소름 끼치게 차가운 눈길로 아들을 바라보자 알렉스의 헛소리가 쑥 들어간다.

엄마의 수석 보좌관이자 오른팔인 자흐라는 딱히 무섭지 않다. 가시 돋친 언행에도 불구하고 속마음은 누구보다 부드럽다는 걸 알렉스는 잘 안다. 오히려 엄마가 어떻게 나올까가 더 무섭다. 가족끼리 거리낌 없이 감정을 털어놓는 분위기에서 자랐지만, 엄마가 대통령이 되고 난 후로는 삶에서 감정보다 중요한 게 국제 관계가 됐다.

"내부 소식통에 의하면 결혼식 리셉션장에서 말다툼하는 모습이 포착된 후 몇 분 만에… '케이크 참사'가 발발했다고 한다."

엘런 대통령이 손에 들린 「더 선」지를 큰 소리로 읽어내려간다. 목소리에 극도의 경멸이 배어 나왔다. 대체 오늘 날짜의 영국 타블로이드를 어디서 어떻게 구했는지 알렉스로서는 짐작도 가지 않지만. 언제나 대통령 엄마의 능력은 신비롭고도 영험하다.

"그러나 왕실 내부자는 미국 대통령의 아들과 헨리 왕자의 불화가 이미 수년 전부터 이어져왔다고 밝혔다. 「더 선」의 소식통에 따르면 헨리와 대통령의 아들은 리우올림픽에서 처음 만났을 때부터 불협화음이 있었고 그후로 적대감이 커졌다고 한다. 요즘은 같은 방에 함께 있는 것마저 서로 못

견딘다고. 알렉스가 지극히 미국적인 대처 방식, 다시 말해 폭력을 써서 대응하는 사태는 불과 시간의 문제였던 셈이다."

"아니, 발이 꼬여서 테이블에 넘어지는 게 '폭력'이라니…."

"알렉산더." 엘런의 말투가 섬뜩하게 차분하다. "입 닥쳐라."

그럼 입을 닥쳐야 한다.

"최근 들어 엘런 클레어몬트 행정부와 영국 왕실 간에 냉랭한 기류가 감돈다는 이야기가 많이 들리는 데 이 권력의 총아 두 사람의 원한 관계가 일익을 담당한 건 아닐까 하는 의문을 품지 않을 수 없다."

엘런은 잡지를 휙 던져버리고 테이블 위로 팔짱을 낀다.

"어디, 농담 한 번 더 해보지 그러니. 이게 어디가 어떻게 웃기는지 너한테 설명을 듣고 싶어 죽겠으니까."

알렉스는 입을 벌렸다가 다물었다 또 벌렸다 다물었다.

"그 자식이 먼저 시비를 걸었어요." 고심 끝에 튀어나온 말이 이따위라니. "난 손으로 건드리지도 않았단 말이에요. 그쪽에서 먼저 밀치는 바람에 균형을 잡으려고 팔을 잡았을 뿐인데…."

"아들, 누가 시작했는지 그딴 건 언론에서 콧방귀도 안 뀐다는 걸, 엄마가 어떻게 설명해야 알아들을래? 네 엄마로서는, 이게 꼭 네 잘못만은 아닐 거라는 생각도 들어. 하지만 대통령의 입장으로는, CIA한테 네 장례식을 가짜로 치러 달라고 부탁하고 죽은 아들을 팔아서 동정표를 얻고 싶은 마음만 굴뚝같구나."

알렉스는 이를 악문다. 백악관 스태프의 분노를 사는 짓을 처음 저지른 건 아니다. 10대에는 워싱턴 정계의 후원금 모금 행사 때마다 투표 성향의 차이로 엄마의 동료들과 말다툼을 벌였다. 훨씬 망신스러운 일로 타블로이드에 오르내린 적도 많다. 하지만 이런 국제적인 참사는 얘기가 다르다.

"지금 당장은 내가 이 문제를 처리할 시간이 없으니까, 우리 이렇게 하자." 엘런은 서류 폴더를 하나 꺼냈다. 뭔가 굉장히 공식적으로 보이는 문서들에 색색의 포스트잇이 붙어 있었는데, 첫 장에 '협상 조건'이라는 제목이 얼핏 보였다.

"어···."

"너. 너 헨리하고 화해해. 토요일에 떠나서 영국에서 일요일을 보내고 오는 거야."

알렉스가 눈을 껌벅인다.

"차라리 지금이라도 가짜 장례식을 치르고 어디 짱박히기에는 늦었나요?"

"나머지 브리핑은 자흐라한테서 들어." 엘런은 들은 척도 않고 말을 계속한다. "지금은 참석해야 할 회의만 오백 군데는 되니까."

엘런은 일어나 문으로 가다가 잠깐 멈춰 서서는 손바닥에 키스하더니 알렉스의 정수리에 얹었다.

"너는 정말 머저리 천치야. 우리 아들 사랑한다."

엄마는 사라지고 복도에 하이힐 소리만 또각또각 울렸다. 빈 의자를 자흐라가 차지하고 앉는다. 보아하니 차라리 장례식 의전을 준비하는 게 낫겠다는 표정이다. 자흐라는 엄밀히 말해 백악관 막후 실세라고 하긴 어려웠지만, 알렉스가 다섯 살, 자흐라 본인이 막 하워드대학교를 졸업한 신참일 때부터 함께 일해온 사이다. 퍼스트 패밀리를 들볶고 닦달하도록 믿고 맡길 유일한 사람이다.

"좋아, 조건을 말해주지. 밤새도록 그 빳빳하신 왕실 보좌진이며 재수없는 홍보팀이며 왕자의 그 빌어먹을 시종무관하고 회의에 회의를 거듭한 결과니까, 한 치도 어김없이 이 계획을 준수하고 절대 말아먹으면 안돼. 알았지?"

알렉스는 여전히 이 모든 사태가 웃긴다고 생각하면서도 고개를 끄덕인다. 자흐라는 전혀 믿음이 안 간다는 얼굴이지만 일단은 넘어가준다.

"첫째, 백악관과 영국 왕실은 왕실 결혼식에서 벌어진 사태는 전적으로 우발적인 사고이며 오해의 소산이라는 합동 성명을 발표한다."

"진짜 사고라니까요."

"…그리고 서로 만날 시간이 거의 없음에도 불구하고 너하고 헨리 왕자는 지난 몇 년간 개인적으로 친밀한 교분을 이어왔다."

"우리가 뭐요?"

"애." 자흐라가 어마어마하게 큰 스테인리스 텀블러로 커피를 마시며 말했다. "양측 모양새가 망가지지 않게 사태를 매듭지어야 해. 그러려면 결혼식에서 두 분이 한 판 뜨신 게 무슨 우정의 브로맨스였다, 어쩌고 뭐 이렇게 포장하는 수밖에 없어, 알았니? 그러니까 왕자를 마음껏 미워하든, 일기에다 왕자 욕으로 시를 쓰든 네 마음대로 해도 되는데, 카메라가 보이면 무조건 왕자 거시기에서 찬란한 태양빛이 눈부시게 쏟아져나오는 것처럼 굴란 말이야. 어디 제대로 그럴싸하게 안 하기만 해봐라."

"헨리 만난 적 없어요?" 알렉스가 말한다. "그게 어떻게 가능해? 그 자식은 성격이 썩은 양배추 같다고요."

"네 기분이 어떤지 나는 쥐뿔도 관심이 없다는 게 그렇게 이해가 안 되니?" 자흐라가 말한다. "아무튼, 하라면 해. 네 멍청이 짓거리에 쏠려 있는 온 나라의 관심을 다시 엄마 재선 캠페인으로 돌려야지. 엄마가 대선 토론에 나가서 아들이 왜 유럽 우방국의 왕자를 괴롭히는지를 해명하게 만들래?"

어, 그건 정말 안 될 말이다. 알렉스도 솔직히 자기가 전략가답지 못하게 대처했다는 걸 안다. 이… 이상하게 기분 나쁘게 신경 쓰이는 마음만 없었어도, 먼저 나서서 화해의 제스처를 제안했을 것이다.

"그러니까 헨리가 이제 네 새 절친이야. 헨리와 함께 주말에 자선 행사 다니면서 방실방실 웃어주고, 고개 끄덕거리고 아무도 화내지 않게 하고, 서로 어울리는 게 얼마나 즐거운 일인지 언론에다 잘 말하라고. 누가 물어보면, 헨리가 네 빌어먹을 졸업 무도회 파트너라도 되듯이 폭포처럼 질펀하게 칭찬을 쏟아내는 거야."

자흐라가 건네준 리스트와 데이터 도표는 알렉스가 직접 만든 것처럼 정교했다. 'HRH 프린스 헨리 팩트 체크'라는 라벨이 붙어 있었다.

"이거 달달 외워. 누가 거짓을 의심하고 달라붙으면 확실히 알고 대처해야 하니까."

「취미」 항목에는 폴로와 요트 경기라고 쓰여 있었다. 완전 불타는 열공 모드로 돌입해야 다 외우겠다.

"그 자식도 나에 대해 이런 걸 받나요?" 알렉스가 힘없이 묻는다.

"물론이지. 그걸 쓰는 게 내 커리어 중에서 최악의 경험이었다는 것만 알아둬."

또 다른 한 장짜리 문서에는 주말에 할 일이 상세하게 적혀 있었다.

- 하루에 영국 방문의 하이라이트를 최소 두 건 소셜미디어에 포스팅한다.
- ITV『디스 모닝』과 5분 길이의 생방송 인터뷰를 정해진 각본에 따라 한다.
- 사진사를 대동하고 2회의 합동 행사. 1회는 개인적 회합, 1회는 공식 자선행사 참석.

"왜 내가 거기로 가야 하죠? 그 자식이 날 멍청한 케이크 위로 밀어서 넘어진 건데…. 그쪽에서 이리로 와서 SNL이나 뭐 이런 데 나와야 하는 거 아니에요?"

"네가 망친 게 '왕실' 결혼식이니까. 그리고 75,000달러의 비용을 지불한 게 그쪽이잖아. 그리고 몇 달 후에 헨리를 초청해서 백악관 만찬을 계획하고 있어. 왕자는 뭐 이러고 싶겠니."

알렉스는 벌써부터 스트레스성 두통이 올라와 콧잔등을 엄지와 검지로 꾹 눌렀다.

"수업 있어요."

"워싱턴 D.C. 기준으로 일요일 밤까지 돌아오는 일정이야. 수업은 안 빠져도 돼."

"빠져나갈 길이 없는 거군요?"

"전혀."

알렉스는 입을 꾹 다문다. 목록 작성이 필요하다.

어린 시절 오스틴 집의 창가 벤치의 낡은 데님 쿠션 밑에는 알렉스가 꾸불꾸불 지저분하게 손으로 쓴 글이 얼마나 많이 처박혀 있었는지 모른다. 행정부의 역할을 횡설수설 논한 글, 영어 문단을 스페인어로 옮긴 글, 초등학교 같은 반 아이들의 장단점을 논한 표. 그리고 목록. 끝도 없는 목록. 목록 작성이 도움이 된다.

그러니까: 이게 좋은 아이디어인 이유를 열거해 보자.

첫째. 엄마한테 좋은 뉴스가 필요하다.

둘째. 외교 부문을 망친 과거사가 알렉스의 앞날에 도움이 될 리 없다.

셋째. 공짜 유럽 여행.

"좋아요." 알렉스는 파일을 받는다. "할게요. 하지만 좋아서 하는 거 아니에요."

"제발 그러길 빈다."

'백악관 트리오'는 취임하자마자 「피플」에서 알렉스, 준, 노라에게 붙여 준 공식 별명이다. 하지만 사실은 백악관 홍보팀에서 포커스 그룹으로 미리 세심하게 테스트를 거쳐 만들어서 「피플」에 직통으로 전달했다. 정치란 그런 거다. 해시태그 하나까지 계산하는 것이다.

클레어몬트 이전에는 케네디와 클린턴 가가 언론으로부터 대통령 자녀를 보호해 사춘기의 시행착오며 정상적 유년기의 경험 기타 등등을 보장해주었다. 반면 오바마 대통령의 딸 사샤와 말리아는 고등학교도 졸업하기 전에 언론의 먹잇감이 되었다. 그래서 백악관 트리오는 아예 남들보다 앞서서 자기들의 서사를 만들어 홍보하기로 했다.

대담하고 새로운 계획이었다. 매력적이고 총명하고 카리스마와 시장성을 갖춘 밀레니얼 세 명이라니. 알렉스와 노라는 굳이 따지자면 Z세대에 딱 걸리는 나이지만 언론은 그쪽에 꽂히지 않았다. 머리에 딱 꽂혀야 팔리고 쿨해야 팔린다. 오바마는 쿨했다. 퍼스트 패밀리도 쿨한 셀럽이 될 수 있다. 이상적인 건 아니지만 효과는 있어, 라고 엄마는 입버릇처럼 말한다.

하지만 백악관 트리오도 여기 관저 3층의 음악실에서만큼은 그저 알렉스와 준과 노라가 된다. 셋은 10대부터 프라이머리*에서 에스프레소를 마셔대며 자연스레 똘똘 뭉쳤다. 알렉스는 닥치고 밀어붙인다. 준은 차분하게 진정시킨다. 노라에겐 헛소리가 통하지 않는다.

셋은 정해진 각자의 자리에 앉았다. 준은 레코드 컬렉션 앞에서 까치발을 하고 팻시 클라인의 판을 찾고 있다. 노라는 바닥에 양반다리를 하고 앉아 레드 와인의 코르크를 딴다. 알렉스는 소파 등에 다리를 올리고 거

---

* 미국 대통령 선거에서 정당별 후보를 선출하는 예비 경선.

꾸로 누워 다음 할 일을 생각한다.

준과 노라는 알렉스를 본체만체, 남이 끼어들 수 없는 자기들만의 즐거운 세상에 빠져 있다. 준과 노라의 엄청나고 불가해한 우정을 사람들은 잘 이해하지 못한다. 알렉스마저도 간혹, 여자들끼리의 유대감을 자기가 알아서도 안 되고, 알 수도 없다는 느낌에 빠질 때가 있다.

"넌 「워싱턴 포스트」에 칼럼 쓰는 일은 좋아하는 줄 알았는데?" 노라가 묻는다. 둔탁하게 펑 소리를 내며 코르크 마개가 빠지자 노라는 와인을 병째 쳐들고 마신다.

"그랬지. 아니, 좋아해. 하지만 칼럼이라고 하기도 그래. 한 달에 고작 기명 칼럼 한 편인데 내 논지의 절반은 엄마의 플랫폼에 지나치게 가깝다고 잘리고, 그나마 정치적인 내용은 제출 전에 홍보팀에서 읽고 다 거르고. 그러니까 꼭 이메일로 팔랑팔랑한 기사를 쓰는 기분이란 말이야. 장막 저편에서는 진짜 중요한 저널리즘을 커리어로 쌓는 사람들이 있는데 나만."

"그러니까… 한마디로 싫다, 이거구나."

준이 한숨을 쉰다. 듣고 싶은 음반을 찾았는지 재킷에서 판을 꺼냈다.

"달리 무슨 일을 해야 할지 모르겠다는 게, 그게 문제지."

"정기 칼럼을 맡겨주지는 않겠대?" 노라가 묻는다.

"농담해? 신문사 사옥에 들어가지도 못하게 하는데." 준은 레코드를 걸고 바늘을 놓는다. "너희 부모님, 라일리와 레베카 같으면 뭐라고 하실까?"

노라는 고개를 젖히고 깔깔 웃는다.

"우리 부모님은 당신네 행보를 따르길 바랄걸. 저널리즘은 집어치우고 에센셜 오일에 푹 빠져 버몬트 황야에 통나무집을 사서 처박히고 파출리

향이 밴 똑같은 경량 패딩을 수백 벌 갈아입으며 사는 거."

"90년대에 애플에 투자해서 말도 안 되게 부자가 된 부분은 빼먹었잖아." 준이 날카롭게 지적한다.

"그야 세부 사항이고."

준은 다가가서 노라의 곱슬머리에 살며시 손을 얹더니 제 손가락에 키스했다.

"내가 알아서 해결책을 찾아볼게."

노라가 와인 병을 건네자 준이 들고 마신다. 알렉스는 땅이 꺼지게 한숨을 쉬었다.

"이따위 쓰레기를 외워야 한다는 게 실화야? 나 이제 막 중간고사 끝났는데."

"넌 뭐가 꿈틀거리기만 해도 무조건 시비를 붙고 보잖니." 준이 손등으로 입을 쓱 닦았다. 셋이서 있을 때가 아니면 절대 하지 않는 행동이었다. "영국 왕실이라고 다르겠니. 솔직히 딱하지도 않아. 게다가 걔는 나하고 춤출 때는 아무 문제 없다니까. 왜 그렇게 미워하는지 알다가도 모르겠다."

"난 뭔가 되게 멋진 거 같아." 노라가 말했다. "필생의 숙적이 양국의 긴장 완화를 위해 어쩔 수 없이 화해해야 한다? 완전 셰익스피어 아니야."

"셰익스피어면 차라리 칼에 찔려 죽는 엔딩이 낫겠네." 알렉스가 말한다. "이 팩트 체크에 따르면 헨리가 제일 좋아하는 음식은 양고기 파이래. 진짜 이보다 더 따분한 음식은 아무리 생각해 봐도 있을 수가 없다고. 인간이 아니라 마분지 종이 인형이 틀림없어."

시트에 빼곡하게 적힌 내용은 이미 알렉스가 다 아는 것들뿐이었다. 워낙 왕자들의 행보가 뉴스를 도배하는 탓도 있지만, 안티 짓을 하느라 위키피디아의 헨리 페이지를 좀 많이 읽었는지도 모르겠다. 알렉스는 헨리의 부모님과 형 필립, 누나 베아트리스에 대해 알았고, 헨리가 옥스퍼드대학교에서 영문학을 전공했고 클래식 피아노를 연주한다는 것도 알았다. 다른 사소한 얘기들은 인터뷰에 나올 것 같지 않았지만, 헨리 쪽에서 더 철저하게 준비해서 나오는 사태를 용납할 수는 없었다.

"아이디어." 노라가 말했다. "술 게임으로 하자."

"우와, 좋았어." 준도 거든다. "알렉스가 하나씩 맞출 때마다 마시기?"

"정답 듣고 토하고 싶을 때마다 마시기?" 알렉스가 제안한다.

"정답을 맞히면 한 잔, 헨리 왕자의 신변잡기가 정당하고 객관적으로 한심하다는 데 합의하면 두 잔." 노라가 말한다. 준은 벌써 캐비닛에서 술잔 두 개를 꺼내서 술을 따라주고 자기는 술병을 챙겼다. 알렉스는 소파에서 스르르 미끄러져 내려와 바닥에 같이 앉았다.

"내놔." 알렉스의 손에서 종이를 낚아채더니 노라가 말한다. "쉬운 것부터 하자. 부모님. 시작."

알렉스는 잔을 들면서 머릿속으로 헨리 부모님의 그림을 떠올렸다. 캐서린의 신중한 파란 눈과 아서의 영화배우다운 턱.

"어머니. 캐서린 공주, 메리 여왕의 장녀, 박사학위를 딴 최초의 공주, 영문학 전공." 알렉스는 따발총이 무색하게 다다다 읊어댄다. "아버지. 아서 폭스, 80년대 제임스 본드 역할로 국민적인 사랑을 받는 영국의 연극영화배우. 2015년 사망. 다들 마셔."

노라가 목록을 준에게 넘긴다.

준이 훨씬 어려운 문제를 찾으려고 목록을 샅샅이 훑는다.

"어디 보자. 키우는 개 이름?"

"데이비드." 알렉스가 답한다. "비글이야. 기억이 나는 게, 아니, 누가 이딴 이름을 짓냐고? 개를 '데이비드'라고 부른다고? 세금 전문 변호사 같잖아. 개 세금 변호사. 마셔."

"절친 이름, 나이, 직업? 물론 너지만 그건 빼고." 노라가 놀린다.

알렉스가 가운뎃손가락을 치켜든다.

"퍼시 오콘조. 페즈나 페자라고 불러. 오콘조인더스트리의 상속자. 아프리카 바이오의약 산업을 선도하는 나이지리아 기업. 스물두 살, 런던에 살고, 이튼스쿨에서 헨리와 만났어. 오콘조재단 운영을 맡고 있어. 인도적 자선단체. 마셔."

"좋아하는 책?"

"어." 알렉스가 말한다. "어. 시발. 어. 뭐더라…."

"죄송합니다, 클레어몬트 - 디아즈 씨. 오답입니다." 준이 말한다. "참가에 감사드리지만 패배하셨어요."

"뭐야, 정답이 뭔데?"

준이 흘끗 내려다본다.

"여기에 보니까…『위대한 유산』이라는데?"

노라와 알렉스가 둘 다 괴로운 신음 소리를 낸다.

"이제 내 말이 이해가 되지? 이 새끼는 찰스 디킨스를 읽는다니까…. 그것도 재미로!"

"이건 인정." 노라가 말한다. "두 잔!"

"뭐, 나는…." 노라가 꿀꺽꿀꺽 들이키는데 준이 항의한다. "야, 좀 괜찮지 않나! 허세는 쩔지만 『위대한 유산』의 테마라는 게 그렇잖아. 사랑이 지위보다 중요하다, 옳은 일을 하는 게 돈과 권력을 이긴다! 혹시 걔도 그게 자기 얘기라고 생각…."

알렉스는 뿌우웅 - 시끄러운 방귀 소리를 낸다.

"너희 다 못돼 처먹었어! 헨리는 아주 괜찮은 애 같은데!"

"누나가 너드라서 그래." 알렉스가 말한다. "같은 종족을 보존하고 싶은 거지. 본능이야."

"이 누나가 착해서 이러고 널 도와주고 있는 줄 알아. 마감이 코앞이란 말이야."

"그런데 자흐라가 내 팩트 체크에 뭐라고 적었을까?"

"흐음." 노라는 혀를 끌끌 찬다. "좋아하는 하계올림픽 종목, 리듬 체조⋯."

"그건 하나도 안 부끄러워."

"제일 좋아하는 카키 바지. 갭."

"그 바지가 엉덩이가 제일 예뻐 보인단 말이야. 제이크루는 주름이 이 상하게 잡힌다고. 그리고 카키가 아니고 치노라고 해. 카키는 백인들이나 입는 거라고."

"알레르기는 먼지, 세탁세제, 입 닥치고 가만히 있는 거."

"첫 필리버스터. 아홉 살. 산안토니오 씨월드에서. 소위 '비인간적 고래 학대'를 고발하며 고래 조련사의 명퇴를 촉구하셨지 아마."

"그때도 내 신념이었고 지금도 입장에는 변함이 없다고."

준은 고개를 젖히고 깔깔 호탕하게 웃어젖힌다. 노라는 심드렁하고 알 렉스는 기쁘다. 적어도 악몽이 끝나면 여기 이 사람들에게로 돌아올 수 있으니까.

알렉스는 헨리의 실무진은 턱시도에 실크햇을 쓰고 바다코끼리처럼 콧 수염을 기른, 동화책 속 사람들처럼 생겼을 거라 기대했다. 마차가 도착하 면 벨벳 발판을 들고 화다닥 뛰어갈 거라고. 그러나 활주로에서 알렉스와 경호팀을 기다리고 있던 사람은 전혀 딴판이었다. 훤칠한 키의 30대 인도

계 남자는 고급 양복을 완벽하게 맞춰 입은, 짓궂은 악동처럼 거친 매력이 있는 미남이었다. 깔끔한 턱수염, 김이 오르는 찻잔, 라펠에는 반짝이는 유니언잭 배지. 암, 그러시겠지.

"첸 요원입니다." 경호팀의 일원이 에이미에게 손을 내밀었다. "편안한 비행이셨기를 바랍니다."

에이미가 고개 숙여 인사한다.

"일주일에 세 번째 대서양을 건너는 것 치고는 아주 순조로웠어요."

남자는 고충을 안다는 듯 살짝 미소를 짓는다.

"체류하시는 동안 팀원들은 저 랜드로버로 모실 겁니다."

에이미가 다시 고개를 끄덕이며 손을 놓자, 남자는 알렉스 쪽을 돌아본다.

"클레어몬트-디아즈 씨. 영국에 다시 오신 것을 환영합니다. 샤안 스리바스타바입니다. 헨리 왕자님을 모시는 시종무관입니다."

알렉스는 악수하면서 혹시 헨리네 아빠의 007 영화에서 튀어나온 사람 아닌가 생각한다. 샤안 뒤로 알렉스의 짐을 내려 매끈한 애스턴마틴 쪽으로 들고 가는 시종이 보였다.

"반갑습니다, 샤안. 이렇게 우리가 주말을 보내게 될 줄은 몰랐는데요, 그렇죠?"

"솔직히 그렇게 놀랍지는 않았습니다." 샤안은 수수께끼 같은 미소를 지으며 쿨하게 말했다. 샤안은 재킷에서 작은 태블릿을 꺼내더니 대기하는 차량 쪽으로 절도 있게 돌아섰다. 알렉스는 그 등을 빤히 쳐다보며, 왕자의 일정을 관리하는 성인 남자에게 자기가 왜 이렇게 깊은 인상을 받는 건가 의아했다. 아무리 쿨하고 아무리 보폭이 커도 그렇지. 알렉스는 머리를 털고 살짝 뛰어 뒤따라가서 뒷좌석에 앉았다. 샤안이 백미러를 확인했다.

"좋습니다. 클레어몬트-디아즈 씨는 켄싱턴 궁의 내빈 숙소에 묵게 되실 겁니다. 내일은 9시에 〈디스 모닝〉 쇼의 인터뷰가 있고… 스튜디오에 화보 촬영을 예약해놨습니다. 그리고 오후 내내 어린이 암 환자 방문 일정을 소화하시면 다시 자유의 나라로 돌아가시게 됩니다."

"좋아요." 알렉스는 몹시 예의를 차리고 '생각만큼 나쁘지는 않네요'라는 말을 꾹 삼켰다.

"일단 지금은 그렇습니다." 샤안이 말한다. "저와 함께 마구간으로 왕자님을 모시러 갑니다. 우리 사진사가 왕자님이 손님을 반갑게 맞아 전원 별장으로 모시는 그림을 찍을 거니까, 부디 기쁜 표정을 지어주세요."

왜 아니겠어, 왕자님을 '모시러' 변변찮은 우리가 '마구간'으로 가야겠지. 알렉스는 주말이 기대에 어긋날까 봐 걱정했지만 뭐 크게 다르지 않으리라는 예감이 든다.

"앞좌석 포켓을 확인해 보시면, 서명하실 서류가 몇 장 있습니다. 백악관 법률팀에서 이미 검토를 끝낸 문서입니다." 샤안이 후진하며 굉장히 비싸 보이는 만년필을 뒷좌석으로 건네주었다.

「비밀 유지 협약」

첫 페이지 맨 위에 이렇게 쓰여 있다. 알렉스는 마지막 장으로 넘겼다. 적어도 15페이지는 된다. 입술에서 나지막한 휘파람이 새어 나온다.

"이런 일을… 자주 하세요?" 알렉스가 묻는다.

"표준절차입니다." 샤안이 말한다. "위험을 감수하기에는 왕가의 평판이 워낙 값진 것이라서요."

이 협약에서 '비밀 정보'는 다음을 포괄한다.

1. HRH 프린스 헨리나 여타 왕족이 내빈에게 비밀 정보라고 지정한 정보

2. HRH 프린스 헨리의 개인적 자산과 영지에 관련해 소유권과 재정 상태에 대한 모든 정보

3. 버킹엄궁, 켄싱턴궁을 비롯한 왕궁 내부의 건축적 세부 사항, 왕궁 내의 사유재산과 관련된 정보

4. HRH 프린스 헨리의 사생활과 관련해서, 왕실의 공식 문서, 성명서, 공인된 자서전 작가를 통해 기존에 공표된 바 없는 모든 정보. 여기에는 내빈이 HRH 프린스 헨리와 맺는 사적 관계에 대한 정보가 포함된다.

5. HRH 프린스 헨리의 개인적인 전자 기기에서 발견된 모든 정보….

이건… 좀 심하잖아. 가학 성향이 있는 변태 백만장자가 사인하라고 내놓는 서류처럼 말이야. 두뇌가 마비되도록 따분하고 건전하신 왕자님께서 숨길 게 뭐가 있을까 궁금하다. 인간 사냥이 아니길 바랄 뿐.

알렉스도 비밀 유지 협약이라면 알 만큼 아는지라 순순히 서명하고 이니셜을 쓴다. 어차피 준과 노라 말고는 이 여행의 고리타분한 일정을 시시콜콜 털어 놓을 데도 없고.

15분쯤 더 달린 후 차는 마구간 앞에 정차한다. 알렉스의 경호팀이 뒤에 딱 붙어선다. 왕실 마구간은 당연히 화려하다. 알렉스가 텍사스에서 봤던 낡은 마구간들과는 비교도 되지 않는다. 샤안이 앞장서서 방목지로 향하자 에이미와 경호팀도 10보 뒤에서 전열을 정비한다.

알렉스는 반짝거리는 하얀 펜스에 팔꿈치를 얹고 돌연 엄습하는 감정을 억누르려 애쓴다. 옷을 더 잘 차려입고 올 걸, 하는 바보 같은 생각. 다른 날 같으면 치노 바지와 버튼 다운 셔츠로 캐주얼한 화보 촬영쯤이야 거뜬했을 텐데, 오랜만에 처음으로 알렉스는 자신감이 떨어지는 느낌이

다. 비행기를 타고 와서 머리 모양이 엉망이 된 건 아닐까?

폴로 연습을 하고 나온 헨리인들 뭐 그렇게 멋진 모습이겠어. 땀에 젖어 지저분하겠지.

하지만 큐사인이라도 떨어진 듯, 때마침 헨리가 새하얀 말을 타고 모퉁이를 돌아 나타났다.

땀에 젖지도 지저분하지도 않았다. 빳빳한 블랙 재킷, 라이딩 팬츠를 가죽 승마 부츠에 넣어 입고 극적으로 눈부신 석양을 배경으로 등장한 그 모습은 어디로 보나 동화 속 왕자님 그 자체였다. 헨리가 장갑 낀 손으로 헬멧을 벗자 원래 그런 헤어스타일을 추구한 듯 머리칼이 매력적으로 헝클어져 흘러내렸다.

"토 나오겠네." 헨리가 가까이 오자 들으라는 듯 알렉스가 말했다.

"안녕, 알렉스." 헨리가 인사한다. 알렉스는 이 순간 자기보다 몇 인치 더 큰 헨리의 키가 원망스럽기 짝이 없다.

"…오늘은 취기는 없어 보이는군요."

"당연하지요, 어느 안전인데요." 알렉스는 짐짓 손을 휘저어 절을 한다. 헨리가 드디어 위선을 벗어던지고 싸늘한 얼음장 같은 말투를 쓰는 게 맘에 든다.

"참으로 친절하십니다."

헨리는 긴 다리를 휙 넘겨 우아하게 말에서 내리더니 장갑을 벗고 악수를 청했다. 근사하게 차려입은 마구간 시종이 번개같이 달려 나와 말의 고삐를 받았다. 알렉스는 이보다 더한 혐오감을 느껴본 적이 없다.

"머저리 같은 짓거리." 알렉스는 헨리의 손을 잡으며 말한다. 손이 보드라웠다. 왕실 전속 네일 아티스트가 날이면 날마다 각질도 제거하고 보습 관리도 해주겠지. 펜스 너머에 왕실 전속 사진사가 보이기에 알렉스는 매력적인 미소를 짓고 꽉 문 이빨 사이로 말했다. "어서 해치웁시다."

"차라리 물고문을 당하는 게 낫지." 헨리가 미소로 화답하며 말한다. 카메라가 근거리에서 찰칵거린다. 헨리의 눈은 크고 부드럽고 파랗다. 저 눈탱이에 주먹을 한 방 날려주면 딱 좋겠는데. "하긴 물고문은 원래 그쪽 나라 전문이잖아."

알렉스는 고개를 젖히고 웃음을 터뜨린다. 호탕하고 작위적으로.

"X이나 까서."

"이 몸은 그리 한가하지가 않아서."

헨리가 알렉스의 손을 놓자 샤안이 돌아온다.

"전하."

샤안이 고개를 숙이고 헨리에게 인사한다. 알렉스는 눈을 굴리지 않으려고 의식적으로 노력한다.

"사진사는 원하는 그림을 얻은 것 같으니 준비가 되셨으면 대기하는 차량으로 이동하실까요."

헨리가 알렉스를 돌아보며 다시 미소를 지었다. 의미를 읽을 수 없는 눈빛이다.

"그러실까요?"

켄싱턴궁 영빈관에는 와본 적도 없건만 이상하게 친숙하게 느껴지는 분위기였다.

샤안은 직원에게 알렉스를 방으로 안내하라고 지시했다. 금사로 짠 침구가 깔린 정교한 조각 침대 위에 알렉스의 짐이 놓여 있었다. 백악관에도 귀신 들린 듯 으스스한 방은 많다. 아무리 청결하게 관리해도 거미줄처럼 축축 걸린 역사의 무게는 지울 수 없다. 알렉스는 유령들과 함께 잠드는 데 익숙하지만, 이 기시감은 좀 달랐다. 기억 속 깊숙한 지점, 부모님이 헤어지던 시기를 건드렸기 때문이다.

법적 구속력이 있는 문서 없이는 중국집에서 배달음식도 시켜 먹지 않던 맞벌이 변호사 부부는 장기적인 타협점에 이르기까지 오랜 시간이 걸렸고, 알렉스는 7학년에 올라가던 여름 방학을 엄마의 집과 LA 교외에 새로 마련한 아빠의 집을 오가며 보내야 했다. 맑고 푸른 수영장과 후면 유리 통창을 갖춘 아빠의 새 저택은 훌륭했다. 하지만 알렉스는 늘 잠을 설쳤다. 한밤중에 침실에서 몰래 나와 아빠의 냉장고에서 헬라도스 아이스크림을 꺼내 맨발로 주방에 서서 통째로 퍼먹곤 했다. 수영장 조명이 비치면 온몸이 파랗게 물들었다.

여기 있자니 이상하게 그때의 느낌이 떠오른다. 어떻게든 잘 해내야 한다는 의무감에 시달리면서, 낯선 곳에서 밤늦게까지 잠 못 이루던 기억.

알렉스는 영빈관에 딸린 주방을 찾아갔다. 천정이 높고 상판은 반짝거리는 대리석이었다. 냉장고를 채울 음식을 구체적으로 요청했지만 헬라도스 아이스크림을 구할 시간은 없었던 모양이다. 영국 브랜드의 아이스크림콘들만 잔뜩 들어 있었다.

"거긴 어때?" 폰 스피커에서 노라의 목소리가 금속성으로 울린다. 스크린으로 보니 머리를 올리고 창가에 놓인 화분들을 들여다보고 있다.

"이상해." 알렉스는 콧잔등의 안경을 추어올리며 말한다. "집 안이 완전다 박물관 같아. 하지만 누나한테 보여주면 안 될 걸."

"와우." 노라가 눈썹을 꿈틀거리며 말한다. "너무너무 비밀스럽고. 너무너무 멋지고."

"제발 좀." 알렉스가 말한다. "솔직히 소름 끼쳐. 오늘 서명한 비밀 유지 협약이 얼마나 무시무시했는지 알아? 당장이라도 함정에 빠져 캄캄한 암굴에 갇혀 고문을 당할 것 같더라니까."

"헨리한테 비밀 혼외 자식이 있는 거 아니야? 아니면 게이거나. 아니면 비밀 게이 혼외 자식이 있나."

"아니면 시종무관이 헨리의 배터리를 갈아주는 장면을 내가 목격하는 사태에 대비하거나. 아무튼 난 따분해 미쳐. 지금 뭐해? 당장은 나보다 누나 인생이 천 배 나아 보이는데."

"글쎄다. 네이트 실버[*]가 내 폰을 확대 촬영해서 칼럼을 쓰려고 노리고 있어. 새 커튼 샀고. 대학원 세부 전공 후보를 통계학과 데이터사이언스 둘로 줄였고."

"제발 두 과 다 조지워싱턴대학교에 있다고 해줘."

알렉스는 새하얀 카운터에 폴짝 뛰어올라 걸터앉아 다리를 달랑달랑 흔들어댄다.

"나 혼자 워싱턴 D.C.에 남겨두고 MIT로 돌아가지는 않을 거지."

"아직은 미정. 하지만 놀랍게도 너를 기준으로 결정하지는 않을 거란다." 노라가 말한다. "가끔은 우리가 너에 관한 거 말고 딴 얘기도 했던 거 기억나니?"

"맞아, 거 참 이상한 일이지. 누나 계획은 네이트 실버를 정치계의 정보 황제 자리에서 하야시키는 거야?"

노라가 웃음을 터뜨린다.

"아니, 그냥 조용히 향후 25년을 예측하는 데이터를 수집하는 거야. 그리고 시 외곽 아주 높은 언덕마루에 있는 집을 한 채 사서 괴짜 은둔자가 되는 거지. 베란다에서 쌍안경으로 내가 예측한 일들이 일어나는 걸 구경

---

[*] 야구와 선거를 전문으로 다루는 작가 겸 칼럼니스트.

할 거야."

알렉스는 웃다가 복도에서 부스럭거리는 소리를 듣고 뚝 그친다. 차분한 발소리가 다가온다. 베아트리스 공주는 이 건물에 묵지 않고 헨리도 마찬가진데. 우리 홍보팀과 경호팀은 2층에서 자고, 그렇다면….

"잠깐만." 알렉스는 스피커를 손으로 덮으며 말한다.

복도에서 불빛이 깜박이고, 터덜터덜 주방으로 들어오는 사람은… 헨리 왕자였다. 부스스한 몰골에 잠이 덜 깼는지 어깨를 축 늘어뜨리고 하품을 하고 있었다. 알렉스 앞에 서 있는 헨리는 정장이 아니라 회색 티셔츠와 체크무늬 파자마 바지를 입고 있다. 귀에는 무선 이어폰을 끼고 엉망으로 헝클어진 머리. 게다가 맨발. 아니 왜, 불안하게, 인간처럼 보이는 거야.

헨리는 카운터에 걸터앉은 알렉스를 보자 딱 얼어붙는다. 알렉스가 빤히 쳐다본다. 손에 든 폰에서 노라가 "저기 혹시…" 하는데, 알렉스는 전화를 끊어버린다. 헨리가 이어폰을 뺀다. 자세는 금세 꼿꼿하게 돌아왔지만, 잠이 덜 깼는지 얼굴은 아직 흐릿하고 멍했다.

"어, 안녕." 쉰 목소리였다. "미안해. 어, 그냥. 난 코네토스 가지러."

헨리는 뭔가 알 수 없는 소리를 당연한 듯이 하면서 냉장고를 대충 손으로 가리켰다.

"뭐라고?"

그러자 헨리는 냉장고에서 아이스크림콘 한 상자를 꺼내 알렉스에게 코네토스라는 브랜드를 보여준다.

"내 건 다 떨어졌거든. 그쪽 냉장고를 꽉꽉 채워둔 건 알고 있어서."

"손님 주방에 자주 쳐들어오는 모양이지?" 알렉스가 묻는다.

"잠이 안 올 때만." 헨리가 말한다. "잠은 항상 안 오지만. 그쪽이 깨어 있을 줄 몰랐어."

헨리는 수줍게 알렉스를 바라보았고, 알렉스는 그게 상자를 열고 아이스크림을 하나 꺼내 가라는 뜻이라는 걸 깨달았다. 알렉스는 싫다고 거절해서 왕자를 면박줄까 생각해 보지만, 솔직히 좀 흥미가 동했다. 알렉스도 대체로 불면증에 시달린다. 고개를 끄덕인다.

헨리가 어서 코네토스 아이스크림을 하나 꺼내서 갖고 가기를 기다리지만, 헨리는 또 알렉스를 쳐다봤다.

"내일 할 말 연습했어?"

"물론."

알렉스는 날카롭게 가시를 드러낸다. 이래서야 도무지 인간적 관심이 생기지 않는다니까.

"여기 프로가 그쪽만 있는 줄 아나 보지?"

"그런 뜻이 아니라…" 헨리가 머뭇거린다.

"그냥, 내 말은, 우리가, 어, 미리 연습해보지 않아도 될까?"

"그러면 좋겠어?"

"그럼 좀 도움이 될 수도 있지."

그럼 그렇지, 알렉스는 생각한다. 헨리가 공개적으로 행한 모든 일은 이런 답답한 궁 내에서 은밀히 연습한 결과일 터이다.

알렉스는 카운터에서 폴짝 뛰어내려, 스마트폰 화면을 밀어 잠금해제했다.

"잘 봐."

알렉스는 사진의 구도를 잡는다. 카운터에 놓인 코네토스 아이스크림 상자, 대리석을 짚은 헨리의 손, 묵직한 인장 반지가 파자마 자락과 함께 똑똑히 잘 보인다. 알렉스는 인스타그램을 열고 필터를 넣는다.

"시차 증후군에 최고의 특효약은 역시" 알렉스는 캡션을 써넣으며 단조롭게 읊는다. "@Prince Henry와 함께 퍼먹는 한밤중의 아이스크림. 위치 태그 켄싱턴궁, 포스팅 끝."

알렉스가 폰을 들어 헨리에게 보여주는 사이, 벌써 '좋아요'와 답글이 쏟아져 들어온다.

"이 세상에 골머리 썩을 문제는 많고 많지만, 이건 그럴 일은 아니야."

헨리가 아이스크림을 퍼먹으며 미간을 찌푸린다.

"그렇겠지."

아무래도 믿음이 가지 않는다는 표정이다.

"볼 일 다 본 거지?" 알렉스가 재촉한다. "나 전화하던 중이라고."

헨리는 눈을 꿈벅거리더니 팔짱을 끼고 자기방어적인 태세를 취한다.

"당연하지. 민폐를 끼칠 생각은 없어."

주방에서 돌아나가던 헨리는 잠시 문간에서 걸음을 멈추고, 뭔가 생각한다. 그러더니 한참 만에 말한다.

"안경을 끼는 줄은 몰랐네."

헨리가 나간 주방에 알렉스 혼자 서 있다. 카운터에 놓인 코네토스 아이스크림이 뚝뚝 녹아 흐른다.

인터뷰를 위해 스튜디오로 가는 길은 울퉁불퉁하지만 고맙게도 짧다. 속이 좀 울렁거리는 데는 불안 탓도 있겠지만, 알렉스는 굳이 아침에 먹은 끔찍한 스프레드를 원망하기로 한다. 대체 아침부터 빵에다 밍밍한 콩을 발라먹는 쓰레기 같은 나라가 어디 있담? 비위가 상하는 게 멕시코인의 혈통 탓인지 텍사스인의 기질 탓인지 잘 모르겠다.

헨리는 구름 떼 같은 시종과 스타일리스트들에 에워싸여 알렉스 옆에 앉아 있었다. 한 사람은 섬세한 빗으로 헨리의 머리를 빗겨주고 있다. 또 하나는 인터뷰의 요점을 적은 공책을 치켜들고 있다. 옷깃을 반듯이 정리 해주는 사람도 있다. 샤안이 약병을 흔들어 노란 알약을 꺼내 헨리에게 주자, 헨리는 입 안에 털어 넣고 물도 없이 삼킨다. 알렉스는 알고 싶지도 않고 알 필요도 없다고 생각한다.

차량 행렬이 스튜디오 앞에 멈추고 차 문이 스르르 열리자 포토 라인과 바리케이드 앞에 밀려든 왕실의 숭배자들이 보였다. 헨리가 돌아서서 알 렉스를 바라본다. 눈매와 입가에 희미하게 쓴웃음이 걸려 있다.

"왕자님이 먼저 나가시면, 그다음에 내리세요."

샤안이 알렉스에게 몸을 기울여 이어피스를 만지며 지시한다. 알렉스 는 숨을 깊이 한 번, 두 번 들이쉬고 활짝 웃는다. 100만 메가와트의 미 소, 미국의 총이다운 매력 발산.

"먼저 가시죠, 전하." 알렉스는 윙크를 하고 선글라스를 낀다. "국민들이 기다리고 있습니다."

헨리는 침을 꿀꺽 삼키고 일어서서 아침 햇살 속으로 내려선다. 그리 고 온화하게 군중을 향해 손을 흔든다. 카메라들이 플래시를 터뜨리고 사 진기자들이 고함을 질러댄다. 머리를 파랗게 염색한 한 소녀가 집에서 만 들어온 포스터를 높이 치켜든다. 커다란 반짝이로 '날 가져요, 헨리 왕자 님!'이라고 쓰여 있다. 하지만 5초도 못 되어 보안팀에게 압수당한 포스 터는 근처 쓰레기통에 처박힌다.

알렉스가 따라 내린다. 헨리 옆에 서서 으스대며 헨리의 어깨에 팔을 두른다.

"날 좋아하는 척이라도 좀 해 봐!" 알렉스가 명랑하게 말한다.

헨리는 100만 단어를 앞에 놓고 하나를 골라야 하는 사람처럼 당혹스러운 표정을 짓더니 곧 고개를 옆으로 꺾으며 완벽하게 연습한 웃음을 터뜨렸다. 그리고 알렉스의 어깨를 한 팔로 당겨 끌어안는다.

"자, 그래, 우리 어디 해 보자고."

〈디스 모닝〉 쇼의 진행자들은 괴로우리만치 전형적인 영국인들이었다. 꽃무늬 원피스를 입은 중년 여성 도티와 주말마다 정원에서 생쥐들이나 닦달할 것처럼 생긴 스튜라는 남자. 알렉스가 무대 뒤에서 소개를 듣는 사이 메이크업 아티스트가 이마에 난 스트레스성 뾰루지를 컨실러로 가렸다. 아, 진짜 이게 실화란 말이지. 1~2미터 왼쪽에서 왕실 스타일리스트의 마지막 손길을 받고 있는 헨리는 애써 무시하려 한다. 지금이 아니면 오늘 하루 헨리를 무시할 기회는 다시 오지 않을 테니까.

헨리가 앞서 등장하고 알렉스가 바로 따라 나간다. 알렉스는 먼저 도티와 악수하며 '정치적 미소'를 발사한다. 미소를 무기로 수많은 여성 국회의원들과 일부 남성 국회의원들의 입에서 그들이 해서는 안 될 말을 꼬드겨 냈었다. 도티는 소녀처럼 즐겁게 웃으며 알렉스의 뺨에 키스한다. 청중의 박수갈채가 끊이지 않는다.

헨리는 알렉스 옆 소파에 완벽한 자세로 앉는다. 알렉스는 함께 있는 자리가 편안하다는 듯 헨리를 보고 웃는다. 하지만 생각보다 훨씬 어렵다. 무대 조명 탓인지 카메라 앞에서 유독 생기 넘치고 눈부시게 핸섬한 헨리 때문에 불편한 자의식이 생긴다. 헨리는 버튼 다운 셔츠에 파란 스웨터를 겹쳐 입었고 머릿결이 부드러워 보인다. 할 수 없지, 헨리는 짜증나게 잘생겼다. 그야 뭐 항상 그랬지, 객관적으로. 그래도 뭐.

알렉스는 하마터면 도티가 던진 질문을 반 박자 놓칠 뻔했다.

"그러면 알렉스는 '고색창연한 잉글랜드'를 어떻게 생각하나요?"

누가 봐도 도티는 알렉스를 놀리고 있다. 알렉스는 이를 꾹 악물고 환하게 웃는다.

"아, 도티, 영국은 언제 봐도 아름답지요." 알렉스는 말한다. "어머니가 당선되신 후로 영국에는 여러 번 방문했습니다만, 이곳의 역사는 항상 놀라울 따름이에요. 물론 엄선된 맥주 컬렉션도요."

청중은 타이밍 맞춰 웃음을 터뜨리고 알렉스는 어깨를 살짝 으쓱했다.

"그리고 뭐니 뭐니 해도, 이 친구를 만나는 게 제일 반갑죠."

알렉스는 헨리 쪽으로 몸을 돌리고 주먹을 내민다. 헨리는 잠시 머뭇거리다가 뻣뻣하게 주먹을 내밀어 알렉스의 주먹과 부딪지만, 국가에 반역 행위라도 저지르듯 꺼림칙한 마음은 숨길 수가 없다.

그 많은 대통령 자녀들이 모두 열여덟 살이 되자마자 비명을 질러대며 뛰쳐나간 걸 잘 알면서도 알렉스가 정치에 뛰어들고 싶다고 생각한 건, 정말로 국민을 생각하기 때문이다.

권력은 멋진 것이고 주목받는 삶도 재미있지만 가장 중요한 건 국민이다. 국민이 전부다. 사실 매사에 좀 과하다시피 마음을 쓰는 게 알렉스의 문제였다. 사람들이 의료비를 어떻게 감당하는지, 사랑하는 사람과 결혼할 수 있는지, 학교에서 총에 맞아 죽지는 않는지. 그리고 이번 같으면 암에 걸린 아이들이 로열마스든 NHS재단 병원에서 읽을 책이 충분한지 같은 문제들을 항상 생각했다.

알렉스는 헨리와 각자의 경호팀을 대동하고 들어가 병원 한 층을 휩쓸고, 흥분한 간호사들의 손을 잡으며 악수를 했다. 하지만 사실은, 비분강개해서 저도 모르게 주먹을 쥐지 않으려고 남몰래 엄청난 노력을 해야했다. 튜브를 잔뜩 꽂은 대머리 남자아이와 사진을 찍으며 로봇처럼 미소를 짓는 헨리의 모습을 보니 부아가 치밀어 오른다.

하지만 법적으로 여기 있어야 하는 상황이니, 아이들에게 집중할 수밖에 도리가 없다. 알렉스가 누군지 아는 아이들은 별로 없었지만, 헨리가 장난스럽게 대통령의 아들이라고 소개하자 곧 백악관에 대한 질문들이 쏟아졌다. 한 아이가 아리아나 그란데를 아느냐고 묻는다. 알렉스는 즐겁게 아이들의 기분을 맞춰준다. 그리고 선물로 가져온 묵직한 상자를 풀어 책을 꺼내 병상에 앉아 읽어준다. 사진 기자들이 그들 뒤를 쫓아다닌다.

환아가 꾸벅꾸벅 졸기 시작하자 그제야 알렉스는 헨리를 놓쳤다고 생각한다. 어디 갔지, 생각하는데 커튼 너머에서 나직나직 헨리의 목소리가 들려왔다.

재빨리 바닥을 보고 발의 개수를 세봤다. 사진 기자는 없다. 헨리뿐이다. 뭐지. 흐음.

조용히 벽 쪽의 의자로 자리를 옮긴다. 커튼에 바짝 붙은 자리. 각도를 잘 맞춰서 고개를 쭉 빼면 간신히 보일까 말까 한 자리로.

헨리는 작은 여자아이와 이야기를 나누고 있었다. 이름표를 보니 클로데트라는 백혈병 환아였다. 핏기가 없어 회색으로 보이는 검은 피부에, 〈스타워즈〉 저항군 마크인 스타버드가 그려진 밝은 오렌지색 스카프를 머리에 두르고 있었다.

알렉스는 헨리가 어정쩡하게 병상 옆에 서서 아이를 내려다볼 줄 알았지만, 의외로 헨리는 아이 옆에 쭈그리고 앉아 웃으며 손을 잡아주고 있었다.

"…〈스타워즈〉 팬이야?"

헨리는 스카프의 문양을 가리키며 묻는다. 알렉스는 헨리가 그렇게 따뜻하고 나직한 목소리로 말하는 걸 들어본 적이 없다.

"아, 짱 좋아해요." 아이가 신나서 말하기 시작한다. "난 크면 레이아 공주처럼 되고 싶어요. 터프하고 똑똑하고 강하잖아요. 그리고 한솔로와 키스도 할 수 있고요."

왕자 앞에서 키스 얘기를 꺼냈다는 생각에 여자아이는 얼굴을 살짝 붉히지만 결연하게 시선을 피하지 않는다. 알렉스는 자기도 모르게 목을 더 길게 빼고 헨리의 반응을 주시했다. 팩트 체크에 〈스타워즈〉 얘기는 확실히 없었는데.

"있잖아." 헨리가 비밀 얘기를 하듯 몸을 기울였다. "아주 잘 생각한 것 같아."

아이가 키득거린다. "누구 제일 좋아해요?"

"흐음." 헨리는 열심히 생각하는 시늉을 한다.

"난 처음부터 루크가 좋았어. 용감하고 착하고 누구보다 강한 제다이잖아. 루크는 출신이라든가 가족은 전혀 중요하지 않다는 증거 같거든. 자기 자신한테만 충실하면 얼마든지 위대해질 수 있지."

"자, 됐어요."

간호사가 커튼을 젖히고 밝게 말한다. 헨리가 벌떡 일어나는 바람에 당황한 알렉스는 의자에 앉은 채로 뒤로 휘청 넘어가고 말았다. 아차, 들켰다. 알렉스는 의식적으로 헨리의 눈을 피하며 일어섰다.

"두 분은 가셔도 됩니다. 투약 시간이거든요."

"베스 선생님, 헨리가 이제 우리는 친구라고 했단 말이에요!" 아이가 울부짖다시피 말했다. "있어도 돼요!"

"저런!" 베스 간호사가 혀를 찼다. "왕자님한테 그렇게 말하면 못 써요. 정말 죄송합니다, 전하."

"사과하실 필요 없습니다." 헨리가 말한다. "저항군 사령관은 왕자보다 높은 거예요."

헨리가 윙크를 하며 경례를 붙이자 아이는 기뻐서 어쩔 줄 몰랐다.

"좀 감동적인데."

함께 복도로 나오며 알렉스가 말한다. 하지만 한쪽 눈썹을 쓱 올리는 헨리를 보고 알렉스는 덧붙여 말해야 했다.

"아니 감동했다기보다, 그냥 놀랐다고 해야겠군."

"뭐가?"

"그쪽도, 어, 감정이란 게 있구나 해서."

헨리의 얼굴에 미소가 번지려는 순간에 세 가지 사건이 삽시간에 벌어졌다.

첫째, 복도 끝에서 비명이 메아리친다.

둘째, 시끄럽게 울려 퍼지는 폭음. 불안하게 총소리를 닮았다.

셋째, 경호원 캐시가 헨리와 알렉스를 한꺼번에 움켜잡더니 곧바로 가까운 문으로 처넣는다.

"가만히 엎드려 계세요."

캐시가 으르렁거리더니 문을 쾅 닫고 가버린다. 돌연 어둠 속에 갇힌 알렉스는 더듬거리다 대걸레에 부딪혀 헨리의 다리에 발이 걸린다. 뒤엉켜 우당탕 바닥으로 쓰러지자 양철 베드팬들이 와장창 무너진다. 헨리가 먼저 앞으로 고꾸라지자 알렉스의 몸이 그를 덮친다.

"맙소사." 헨리의 말소리는 막혀서 약간 울렸다. 알렉스는 헨리가 베드팬에 얼굴을 처박았기를 은근히 바랐다.

"이거, 이봐. 우리 자꾸 이런 식으로 엮이면 영 곤란한데."

알렉스가 헨리의 머리칼에 대고 말했다.

"누가 할 소리를?"

"이게 다 너 때문이라고!"

"아니 어떻게 이게 내 잘못이지?" 헨리가 씩씩거린다.

"대통령 행사 나갈 때 나를 쏘려는 사람은 아무도 없단 말이야. 하지만 빌어먹을 왕실하고 엮이자마자…."

"댁 때문에 우리가 둘 다 죽기 전에 닥치시죠?"

"아무도 우리는 못 죽여. 캐시가 문을 막고 있으니까. 아무 일도 아닐 거야."

"최소한 내 몸에서 떨어지라고."

"자꾸 이래라저래라 명령하지 마! 우리나라 왕자도 아닌 주제에."

"젠장."

헨리는 짓씹어 뱉더니 힘껏 땅을 짚고 일어났다. 알렉스가 우당탕 땅바닥에 굴러떨어졌다. 그리고 헨리의 옆구리와 굉장히 독한 냄새가 나는 산업용 세제 사이에 그만 딱 끼어버렸다.

"좀 비켜주시겠요, 전하?" 알렉스가 헨리의 어깨를 거칠게 밀며 속삭인다.

"믿어줘, 나도 노력하고 있어." 헨리가 대답한다. "공간이 없단 말이야."

밖에서 들려오는 목소리들, 황급한 발소리들. 상황 종료 신호는 기미도 없다.

"뭐, 아무래도 편하게 있어야겠는데."

헨리가 푹, 한숨을 쉰다.

"환상적이군."

알렉스는 대걸레 바구니에 발을 넣고 바닥에 누운 채로, 옆에서 꿈틀꿈틀 비키려 애쓰는 헨리가 방어 태세를 풀지 않고 팔짱을 끼고 가슴을 가린다는 사실을 의식한다.

"공식적으로, 지금까지 내 목숨을 노린 사람은 아무도 없었어." 헨리가 말한다.

"아이고, 축하해요." 알렉스가 말했다. "이제는 공식적으로 생기셨네요."

"그래, 내가 이날을 얼마나 오랫동안 꿈꿔왔겠어. 그쪽 팔꿈치에 갈비뼈를 찔려 가며 의료비품 창고에 갇혀 있는 이 순간을 꿈에서도 그려왔겠지." 헨리가 쏘아붙인다. 알렉스 얼굴에 주먹을 한 방 날려주면 속이 시원하겠다는 말투. 하지만 그 순간의 헨리가 알렉스는 차라리 마음에 들었다. 그래서 순간의 충동을 따르기로 마음먹고 헨리의 옆구리에 팔꿈치를 쿡 눌러 박았다. 아주 세게.

헨리는 짧은 비명을 삼키더니 다음 순간 알렉스의 셔츠를 홱 잡아당겨 쓰러뜨려서는 반쯤 타고 앉아 한쪽 허벅지로 알렉스를 꼼짝도 못 하게 찍어눌렀다. 리놀륨 바닥에 부딪힌 머리가 쿵쿵 울리지만, 알렉스는 자기 입가에 서서히 미소가 번지고 있음을 안다.

"그러니까 쌈닭 기질이 있긴 있으시군." 알렉스는 골반을 털어 헨리를 떨어뜨리려 하지만, 헨리는 훨씬 장신에 힘도 세고 알렉스의 멱살을 단단히 틀어쥐고 있다.

"아직 하실 말씀이 안 끝나셨나?" 헨리가 성대를 긁으며 말했다. "이제 빌어먹을 목숨을 거는 짓은 좀 그만두시지?"

"아, 왕자님이 내 걱정이 되시나보구만." 알렉스가 이죽거린다. "오늘은 정말 그쪽의 숨겨진 면모를 아주 많이 알게 되는데."

헨리는 한숨을 푹 쉬더니 힘없이 알렉스의 몸에서 미끄러져 내려간다.

"생명이 달려 있는데도, 꼭 자기 같은 짓을 해야 직성이 풀리다니."

괴상한 건 말이야, 하고 알렉스는 생각한다. 저게 맞는 말이라는 거지.

자꾸만 헨리에게서 의외의 면모를 발견한다. 싸움꾼 기질도 있고, 지적이고, 공감 능력도 있다. 솔직히 알렉스는 좀 혼란스럽다. 알렉스는 민주당 국회의원 전원을 파악하고 있다. 정확히 누구한테 무슨 말을 어떻게 던지면 법안에 대한 불만을 토로하게 만들 수 있는지 빤히 안다. 자흐라가 씹는 니코틴 껌의 효과가 정확히 언제 떨어지는지, 루머 공장을 돌리려면 정확히 언제 어느 때 노라를 향해 어떤 표정을 지어야 하는지도 안다. 사람을 읽는 능력은 알렉스의 장기였다. 그런데 웬 왕실의 애송이 따위한테 나의 이 훌륭한 시스템이 위협받다니. 하지만 이 싸움은 왠지 은근히 즐겁기도 한데. 알렉스는 그대로 누워서 기다린다. 문밖에서 뛰어다니는 발소리에 귀를 기울인다. 몇 분이 그렇게 흘러간다.

"어, 그러니까…." 알렉스는 노력이라도 해 보자고 마음먹는다. "〈스타워즈〉라고 했던가?"

악의 하나 없이 자연스러운 대화를 하려던 의도였지만, 습관을 버리지 못하고 말이 비난하는 투로 튀어나온다.

"그래, 알렉스." 헨리는 새침하다.

"믿거나 말거나, 왕가의 아이들이라고 해서 유년기를 티 파티로 소일하는 건 아니야."

"난 또 대체로 자세 교정이나 청소년 폴로 리그로 소일하는 줄 알았지."

헨리는 몹시 불쾌한 듯 잠시 말을 끊는다.

"그런 것도…. 뭐, 일부 하긴 했지."

"그러니까 대중문화를 좋아하지만 안 그런 척하는 거군. 왕가의 체면이 깎일까 봐 말하지 못하든가, 아니면 '교양인'인 척하려고 알아서 말하지 않기로 했겠지. 어느 쪽이야?"

"정신 분석이라도 하려는 건가?" 헨리가 묻는다. "왕실의 내빈으로서 금지된 행각일 텐데."

"왜 그렇게까지 실제 자신과 다른 사람이 되려고 심신을 바쳐 노력하는지 궁금해서. 방금 여자애한테 자기 입으로 말했잖아. 위대함은 자기 자신에게 충실한 거라고."

"무슨 소리인지 모르겠군. 하지만 만에 하나 알아듣는다 쳐도, 그쪽이 상관할 문제가 아닐 텐데." 헨리의 목소리는 팽팽하게 날이 서 있다.

"정말? 난 법적으로 절친 역할을 해야 할 의무가 있는 줄 알았는데. 아직 심각하게 고민해 보지 않으셨나 본데, 이게 이번 주말로 그치는 게 아니야."

알렉스의 팔뚝에 닿은 헨리의 손가락들에 바짝 힘이 들어간다.

"이러고 나서 우리가 함께 있는 모습이 싹 안 보이게 되면, 가짜 연극이라는 걸 금세 들킬 거 아니야. 좋든 싫든 우리는 이제 운명 공동체야. 그러니까 나도 넋 놓고 있다가 뒤통수 맞기 전에, 그쪽이 어떤 인간인지 좀 알아야겠어."

"그럼 먼저…." 헨리는 고개를 돌려 알렉스를 곁눈으로 본다. 두 사람이 너무 가까워서 알렉스의 눈에 보이는 건 헨리의 귀티 나는 콧대 실루엣뿐이다. "대체 나를 왜 그렇게까지 싫어하는지 털어놓는 데서 시작하는 건 어때?"

"정말 그 얘기를 하고 싶어?"

"그런 것 같기도 하군."

알렉스는 팔짱을 끼었다가, 헨리의 버릇을 거울처럼 따라 하는 느낌이 들어 다시 풀었다.

"정말로 올림픽 때 나한테 치사하고 못되게 군 기억이 안 난단 말이야?"

알렉스의 기억은 세세한 부분까지 생생했다. 알렉스는 열여덟 살이었고, 준과 노라와 함께 리오에 사절로 방문했다. 일주일 동안 사진을 찍고

'차세대의 국제 협력'을 홍보하는 일이었다. 알렉스는 대부분 시간을 카이피리냐 칵테일을 마시며 보냈고 나머지 시간은 올림픽 경기장 뒤에서 카이피리냐를 토하며 보냈다. 그런데도 둘이 처음 만나던 날만큼은, 헨리가 입은 바람막이에 붙은 유니언잭까지 또렷이 기억났다.

헨리가 한숨을 쉰다. "그게 나를 템스강에 처넣겠다고 협박했던 그때야?"

"아니야." 알렉스가 말한다. "다이빙 결선에서 네가 재수 없게 잘난 척한 그날이야. 정말 기억 안 나?"

"기억을 좀 되살려 줘 보시지."

알렉스는 눈을 부릅뜬다. "내가 인사를 하러 갔더니, 무슨 세상에서 제일 혐오스러운 물건 보듯 쳐다봤잖아. 내 손을 잡고 악수를 하고 나서 바로. 곧바로 돌아서서 샤안한테 '저거 좀 눈앞에서 치워줄 수 있겠어?'라고 말했지."

잠시 정적.

"아." 헨리가 침을 꿀꺽 삼킨다. "그 말을 들었을 줄은 몰랐군."

"아무래도 그쪽이 논지를 헷갈리는 느낌이 드는데, 어찌 되었든 댁이 더럽게 재수 없었다는 얘기야."

"그건…. 일리가 있군."

"그래, 그래서."

"그게 다야?" 헨리가 묻는다. "기껏 올림픽이?"

"내 말은, 그게 시작이었다 이거지."

헨리는 다시 말을 멈춘다. "생략 부호가 있다는 느낌이 드는데."

"아니 다만…." 알렉스는 말을 흘린다. 끝나지 않는 악몽 같은 주말에 경호상의 위기로 탕비실 바닥에 영국 왕자와 함께 누워 있는 지금, 왠지 해야 할 말과 하지 말아야 할 말을 고르는 게 쉽지 않다.

"모르겠어. 우리가 하는 이런 일 X 빠지게 힘들잖아. 나는 최초의 여자 대통령 아들이란 말이야. 엄마처럼 백인도 아니고, 백인 행세를 할 외모도 아니고. 사람들은 언제나 나를 더 심하게 공격해. 그런데 그쪽은, 그쪽은 태어날 때부터 이 모든 걸 갖고 태어나서, 사람들한테 백마 탄 왕자님으로 대접받았지. 말하자면 그쪽을 보면 나는, 아무리 죽도록 노력을 해도, 두 배로 노력한다 해도, 어차피 비교 대상이 있고, 도저히 당할 수 없다는 생각을 할 수밖에 없단 말이야."

헨리는 아주 오랫동안 말이 없었다.

"뭐라고 해야 할까."

헨리가 마침내 말한다.

"나머지 얘기는 내가 뭐라고 잘 말할 수가 없을 것 같고. 다만 실제로 그날은, 내가 재수 없는 새끼였어. 변명이 되지는 않겠지만, 사실 14개월쯤 전에 아버지가 돌아가셨고, 그때쯤 나는 날마다 재수 없는 새끼처럼 굴며 살고 있었지. 그러니까… 그때는 내가 잘못했어."

헨리가 옆구리에 낀 손을 까딱하자 알렉스가 잠시 조용해진다.

암 병동. 그렇지. 그래서 헨리가 암 병동을 골랐던 거구나. 그리고 보니 팩트 체크에 떡하니 적혀 있었는데. "부친. 유명한 스타 영화배우 아서 폭스, 2015년 사망, 췌장암"이라고. 장례식이 텔레비전으로 중계되었다.

알렉스는 머릿속으로 지난 24시간을 되감아 본다. 불면증, 알약, 헨리가 공식 석상에서 보이는 긴장된 쓴웃음, 알렉스는 다 도도한 무관심으로 보았는데.

알렉스도 이런 문제라면 알 만큼 안다. 부모님 이혼 당시 행복하게 세월을 보낼 수는 없었다. 몸이 너덜너덜해져도 성적을 잘 받으려고 뛰어다닌 생활도 재미있어서가 아니다. 아무리 잘해도 결코 충분하지 않고 자칫 하면 전 세계를 실망시킬지 모른다는 생각을 하며 살아가는 사람들이 세상에 몇 명이나 될까. 헨리가 그와 비슷한 생각을 할 거라고는, 꿈에도 생각하지 못했다.

헨리는 말을 하려고 다시 침을 꿀꺽 삼켰고, 순간 공포감 비슷한 감정이 알렉스를 엄습했다. 그래서 그만 입을 벌리고 말해버렸다.

"뭐, 그쪽이라고 완벽한 건 아니라니 기분이 괜찮네."

헨리가 눈을 굴리는 소리가 들리는 것만 같았지만, 차라리 고마웠다. 익숙한 적의가 차라리 마음이 편했다. 둘은 다시 조용해진다. 대화가 일으킨 먼지가 서서히 가라앉는다. 알렉스가 귀를 기울여 봐도, 문밖에서는 아무 소리도 나지 않는다. 거리에서 울리는 사이렌도 없다. 그들을 데리러 온 사람도 없다.

순간, 돌발적으로, 헨리가 팽팽한 고요를 깼다.

"〈제다이의 귀환〉."

한 박자.

"뭐?"

"질문에 대답하는 거야." 헨리가 말한다. "그래, 난 〈스타워즈〉를 정말 좋아해. 그리고 제일 좋아하는 건 〈제다이의 귀환〉이야."

"아." 알렉스가 말한다. "저런, 그건 틀렸어."

헨리가 아주 작게 헛기침을 한다. 알렉스가 들어본 중 가장 우아하게 분노를 표출하는 헛기침이었다. 숨결에서 민트향이 난다. 알렉스는 한 번 더 팔꿈치로 콱 때려주고 싶다는 충동을 애써 억누른다.

"어떻게 내 취향을 내가 틀릴 수가 있지? 이건 개인적인 진실이라고."

"그 개인적인 진실이 틀렸고 또 나빠."

"그럼 어느 편을 좋아하는데? 내 관점의 오류를 증명해 보시지."

"좋아. 최고는 〈제국의 역습〉이야."

헨리가 콧방귀를 뀐다.

"하지만 너무 어두운데."

"그래, 그래서 훌륭한 거지." 알렉스가 말한다.

"주제 면에서 가장 복잡하단 말이야. 한솔로와 레이아 공주의 키스도 나오고. 요다도 만나게 돼. 한솔로의 실력도 완전 최고고, 시발 란도 칼리시안은 어떻고. 영화 역사상 최고의 반전이라고. 〈제다이의 귀환〉에 뭐가 나오지? 빌어먹을 이워크?"

"이워크는 아이콘이야."

"이워크는 멍청해."

"하지만 엔도르는?"

"하지만 호트 행성이 나온다고. 사람들이 〈제국의 역습〉을 3부작 중에서 최고의 역작이라고 하는 데는 다 이유가 있어."

"그야 존중하지. 하지만 해피엔딩에도 중요한 가치가 있다고 생각지 않아?"

"뭐야, 진짜 백마 탄 왕자님처럼 말씀하시네."

"그냥, 〈제다이의 귀환〉의 결말이 마음에 든다는 얘기야. 깔끔하게 모든 매듭을 묶어주잖아. 그리고 영화가 끝나고 마음에 남는 주제는 뭐랄까, 희망과 사랑과…. 어, 아무튼 뭐 그런 거 있잖아. 〈제다이의 귀환〉이 끝나면 그런 느낌이 아련한 여운으로 남는다고."

헨리는 헛기침을 한다. 알렉스가 헨리를 다시 보려고 돌아눕는 순간 문이 덜컥 열리고 캐시의 거대한 실루엣이 나타난다.

"허위 경보입니다." 심하게 헐떡거리며 캐시가 말한다. "어떤 멍청한 애들이 친구한테 보여준다고 화약을 갖고 들어왔어요." 그러더니 두 사람을 내려다본다. 똑바로 드러누워 갑자기 쏟아진 복도의 조명에 눈이 부셔 껌벅거리고 있는 꼴을.

"두 분, 아늑해 보이시네요."

"그래요, 참 얼마나 끈끈하게 우정을 다졌는지."

알렉스는 한 손을 내밀어 캐시의 손을 잡고 일어난다.

켄싱턴궁 밖에서 알렉스는 재빨리 헨리의 손에서 폰을 낚아채 연락처를 연다. 헨리가 항의하거나 왕실 사유재산을 강탈한다고 경호원을 부를 짬을 주지도 않고. 왕실 전용 비행장으로 알렉스를 데려다줄 차량이 대기하고 있다.

"여기." 알렉스가 말한다. "내 전화번호야. 우리가 이 짓을 계속하려면, 보좌진을 거치는 게 귀찮아질 거야. 그냥 나한테 문자 보내. 같이 해결하자."

헨리는 얼뜨기 같은 무표정으로 멀뚱멀뚱 본다. 이런 인간한테도 친구가 있는 게 신기하다.

"알았어." 헨리가 마침내 말한다. "고마워."

"하루만 같이 자달라고 꼬시는 전화는 사절이고."

헨리는 웃다가 그만 사레가 들었다.

3

아메리카로부터, 사랑을 담아: 헨리와 알렉스 우정을 과시하다

떠오르는 브로맨스 경보? FSOTUS와 헨리 왕자 사진들

[포토]

알렉스의 런던에서의 휴일

알렉스가 구글 알림을 스크롤하며 신경을 곤두세우지 않는 건 일주일 만에 처음이다. 「피플」에 단독 기사를 흘린 게 도움이 됐다. 알렉스가 헨리와의 우정을 얼마나 "소중히 여기는지", 세계적 리더의 아들로서 그들이 "공유하는 인생 경험" 따위에 대한 몇 가지 평범한 코멘트였다. 알렉스는 그들이 공유하는 인생 경험이란 아마도 그런 헛소리를 다 바다에 띄우고 가라앉을 때까지 지켜보고 싶은 마음뿐이라고 생각했다.

어찌 됐건 이젠 엄마가 아들의 위장 사망을 원치 않았고, 한 시간에 몇

천 개씩 공격을 퍼붓던 트윗들도 멈추었으니 이건 게임으로 치기로 했다.

얼빠진 얼굴로 바라보는 신입생을 제치고 캠퍼스 동쪽으로 가는 복도를 지나며 식어버린 커피의 마지막 한 모금을 마신다. 오늘 첫 수업은 병적인 환상과 학문적 호기심이 뒤섞인 상태로 골랐던 선택지다. 〈언론과 대통령직〉. 실시간으로 대통령직을 박살 내려 덤비는 언론을 말리느라 빌어먹을 시차증을 겪는 중이니, 그 역설을 이해하지 못하는 것도 아니었다.

오늘 강의는 역대 대통령의 섹스 스캔들이 주제다. 알렉스는 노라에게 톡을 보낸다.

우리 중 하나가 엄마의 두 번째 임기가 끝나기 전 섹스 스캔들에 휘말릴 확률은?

몇 초 지나지 않아 답이 온다.

니 거시기가 〈페이스 더 네이션〉*에서 돌고도는 화제가 될 94퍼센트의 확률. 그나저나 이거 봤어?

링크가 첨부되어 있다. 헨리와 자신의 이미지며 움직이는 GIF들이 가득한 〈디스 모닝〉 블로그 포스트다. 주먹 맞대기. 진정성을 의심할 여지 없이 서로를 보고 짓는 미소들. 공모하는 듯한 시선. 아래에는 둘이 얼마나 잘생겼는지, 얼마나 잘 어울리는지에 대한 댓글들이 몇백 개씩 달려있다.

세상에. 한 유저는 이렇게 썼다. 잤네, 잤어.

알렉스는 너무 크게 웃은 나머지 분수에 빠질 뻔했다.

언제나처럼 보안 검색대를 통과하는 알렉스를 더크슨 빌딩 주간 경호원이 째려본다. 이 경호원은 상원 의원 사무실 명패를 '개새끼 맥코널'로

---

* CBS의 시사 프로그램.

훼손한 장본인이 바로 알렉스라고 믿어 의심치 않았으나, 증명할 길은 없었다.

알렉스가 몇 시간 사라지는 바람에 다들 놀라 자빠지는 사태를 방지하기 위해 캐시가 상원 정찰 임무에 따라붙는다. 오늘 캐시는 벤치에 걸터앉아 팟캐스트를 정주행한다. 언제나 알렉스의 치기 어린 행동에 누구보다 너그러운 캐시다.

아빠가 상원에 처음 당선됐을 때, 알렉스는 건물 내부 구조를 기억해두었다. 거기서 정책과 절차에 대한 방대한 지식을 얻고, 보좌관들을 꼬시고, 가십거리를 찾아 헤매며 예정보다 훨씬 긴 오후를 보냈다. 엄마는 처음엔 짜증을 내는 듯하다가 나중에는 교활하게 정보를 캐묻곤 했다.

오늘은 알렉스의 아버지 오스카 디아즈 상원 의원이 캘리포니아에서 총기 규제에 대해 집회에서 발언할 예정이기 때문에, 알렉스는 5층으로 가는 버튼을 주먹으로 친다.

라파엘 루나라는 상원 의원은 알렉스 마음에 들었다. 콜로라도에서 온 서른아홉의 무소속 신출내기였다. 유망한 변호사 시절부터 알렉스의 아빠가 곁에 두고 보살폈는데, 이제는 (A) 보궐선거 하나와 총선거 하나에서 연이어 예상외의 승리를 거두어 상원에 자리를 차지하고, (B) 〈더 힐〉* 의 50명의 아름다운 정치인 리스트에 선정됨으로써 미국 정계의 아이돌이 되어 있었다.

루나가 선거운동을 하던 2018년 여름 알렉스는 라파엘 루나와 덴버에 있었다. 그래서 둘 사이에는 주유소 편의점에서 구한 트로피컬맛 스키틀 즈와 언론 발표문을 써 내려가며 새곤 했던 밤으로 만들어진, 이미 고장

---

* 미국의 뉴스 웹사이트.

난 관계가 존재했다. 알렉스는 가끔 손목 터널 증후군이 유령처럼 스멀거리며 돌아오는 것을 느꼈다. 익숙한 통증이었다.

루나의 사무실에서 그와 마주친다. 영화배우가 잘못 미끄러져 정치로 빠진 듯한 외모에, 독서용 뿔테 안경은 아무런 흠집을 내지 못한다. 라틴계이고 공개적인 동성애자라는 이유로 잃은 표가 얼마인지 몰라도, 감정이 풍부한 깊은 갈색 눈과 깔끔하게 관리한 수염과 극적인 광대뼈로 만회하고도 남았으리라.

방 안에 낮게 흐르는 음악은 알렉스가 덴버에서 기억하고 있던 올드한 취향의 앨범 〈머디 워터스〉였다. 루나는 고개를 들어 문가에 있는 알렉스를 발견하곤 너저분하게 쌓인 문서들 위로 펜을 떨어뜨린 다음 의자에 기대앉는다.

"여기서 뭔 헛짓거리를 하는 거냐, 꼬맹아?"

고양이처럼 알렉스를 쳐다보며 루나가 말한다. 알렉스가 주머니 안에 손을 뻗어 스키틀즈 봉지를 꺼내 보이자, 그 즉시 루나의 얼굴에 부드럽게 미소가 퍼진다.

"그래야지." 알렉스가 던진 가방을 바로 들어 올리며 루나가 말한다. 그리곤 알렉스를 위해 발로 의자를 차 책상 앞으로 보낸다.

알렉스는 루나가 이로 봉지를 뜯는 걸 보며 앉는다.

"오늘은 무슨 일 하시나요?"

"굳이 물어볼 거 있어? 이 책상 위에 있는 것들에 대해서는 이미 충분히 잘 알고 있을 텐데."

그렇다, 알렉스는 알고 있었다. 상원의 중간 선거에서 진 이후로 내버려 뒀던 작년의 그 건강보험 개편 건이었다.

"정말로, 여긴 대체 왜 온 거냐?"

"흐음." 알렉스는 한쪽 다리를 팔걸이 위에 걸친다. "딴 마음 없이 소중한 가족의 친구를 찾아오지도 못한다는 건 말도 안 되는데요."

"개소리."

알렉스는 가슴께를 부여잡아 보인다.

"형, 내게 이렇게 상처를 주다니."

"넌 날 피곤하게 하고 있고."

"난 형을 꼬시는 거죠."

"경비를 부르겠어."

"됐어요."

"대신에 유럽에서 보낸 네 짧은 휴가 얘기를 해 볼까."

루나가 기민한 눈을 알렉스에게 맞춘다.

"올해엔 너와 왕자의 합동 크리스마스 파티를 기대해도 되려나?"

"사실은," 알렉스는 공격을 피한다.

"여기 온 김에 질문이나 할까 해서요."

루나는 소리 내어 웃으며 머리 뒤로 깍지를 끼고 몸을 젖혔다. 알렉스는 짧은 순간 얼굴이 화끈대는 걸 느낀다. 상대와 주고받는 대화가 딱딱 맞아들어갈 때 분출되는 짜릿한 아드레날린은, 건설적인 결과를 향해 가는 증거다.

"그래, 당연하겠지."

"코너에 대해 들은 바가 있는지 궁금했어요." 알렉스가 물었다. "다른 무소속 의원의 지지를 끌어낼 수 있을지도 모르잖아요. 가능성이 있다고 생각하세요?"

날씨라도 묻듯 능청스러운 태도로 알렉스는 팔걸이 위로 늘어뜨린 다리를 차올린다. 스탠리 코너는 델라웨어의 사랑받는 괴짜 무소속 의원으로, 밀레니얼로 채워진 소셜 미디어 팀을 자랑했다. 이렇게 치열한 경선에선 중요한 키로 작용할 테고, 둘 다 그 사실을 잘 알고 있었다.

루나는 스키틀즈 한 알을 빨아 먹었다.

"그러니까, 그 사람이 지지해 줄 것 같냐고 묻는 건가, 아니면 그의 지지를 끌어내기 위해 어떤 줄을 당겨야 하는지 알고 있냐고 묻는 건가?"

"라프 형, 알잖아요. 제가 가능성 없는 얘긴 안 묻는 거."

루나는 한숨을 내쉬곤 의자를 한 바퀴 돌린다.

"스탠리 코너는 자유로운 영혼이야. 사회적 이슈들로 휘둘러볼 수는 있겠지만, 그 친구가 네 엄마의 경제 정책에 대해 어떻게 생각하는지는 알고 있잖아. 그간 코너가 투표한 법안들은 나보다 네가 더 잘 알걸, 꼬맹아. 절대 한쪽으로 쏠릴 사람이 아니야. 세금 건에 대해선 과격하게 다른 길로 갈지도 몰라."

"그럼 제가 모르는 것 중, 형이 아는 건요?"

루나가 히죽거렸다. "리처즈가 무소속 의원들에게 비사회적 이슈들과 관련해서 대대적 개혁안을 추진하면서 중도주의적인 플랫폼을 제공하겠다고 약속한 건 알지. 그리고 그 플랫폼이 건강 보험에 대한 코너의 입장과 맞지 않을지도 모른다는 것도. 뭐, 거기가 시작해 볼 만한 지점인지도몰라. 내가 네 계략에 동조한다고 치면."

"그럼 리처즈가 아닌 공화당 후보들의 단서를 추적하는 일은 의미가 없다고 보나요?"

"참 나." 웃음기를 거두며 루나가 단호하게 답한다. "망할 우파 포퓰리즘의 세례받은 메시아도 아닌 데다, 리처즈 가문의 상속자도 아닌 후보가너희 엄마랑 맞대결할 확률? 죽었다 깨어나도 그럴 일은 없어."

알렉스는 미소를 지었다. "라프 형 없이 내가 어떻게 살아."

루나가 또 눈을 굴린다. "이제 네 얘기로 돌아가 볼까." 그가 말한다. "네가 말을 돌리는 걸 내가 몰랐을 거라 생각한 건 아니겠지. 참고로 난 네가 머지않아 국제적 사고를 친다는 데 사무실 수영장도 걸 수 있다."

"우와, 형 하나만은 믿을 수 있을 줄 알았는데." 알렉스는 배신당한 듯한 표정을 지으며 숨을 훅 들이켰다.

"그건 또 무슨 건인데?"

"아무 건도 아니에요." 알렉스가 대꾸한다. "헨리는… 그냥 얼굴만 아는 사람이에요. 우린 멍청한 짓을 했고, 그래서 고쳐놔야 했던 거고. 다 괜찮아요."

"오케이, 오케이." 루나가 양손을 들어 보인다. "그 친구, 눈이 핑핑 돌아가게 잘 생겼지?"

알렉스가 얼굴을 찌푸렸다. "네, 아니 뭐, 취향이 예를 들어, 동화 속 왕자님 쪽이라면요."

"안 그런 사람도 있어?"

"전 아닌데요." 알렉스가 대꾸했다.

루나는 한쪽 눈썹을 휘어 보인다. "그렇겠지."

"뭔데요?"

"그냥 저번 여름이 생각나서." 루나가 답한다. "네가 책상에서 헨리 왕자의 부두 인형을 만들고 있던, 엄청나게 생생한 기억이 있는데."

"안 그랬거든요."

"아니면 그 친구 얼굴이 붙은 다트판이었던가?"

알렉스는 팔걸이에 걸었던 다리를 빙 돌려 내리고 팔짱을 끼고 일어서며 화를 낸다.

"개 얼굴이 나온 잡지를 책상에 둔 적이 있었죠. 딱 한 번이요. 제가 나온 잡지였으니까. 걔는 그냥 표지에 사진이 나왔을 뿐이고요."

"너 그 사진 한 시간 동안 쳐다봤잖아."

"거짓말하지 마세요. 모함하긴."

"눈빛으로 그 친구한테 불이라도 붙이는 줄 알았다니까."

"대체 무슨 소리예요?"

"그냥 신기해서." 루나가 말한다. "시대가 이렇게 빠르게 변하는 게."

"아 진짜," 알렉스가 대꾸한다. "이건 그냥… 정치라니까요."

"아하."

알렉스는 개처럼 머리를 탈탈 턴다. 그렇게 하면 마치 무거운 이야기들을 방 안에 떨궈 놓을 수 있을 것 같다는 듯이. "그나저나, 전 정치적 협력 얘기를 하러 왔지, 공식 석상에서 쪽팔린 악몽을 되살리러 온 게 아니라고요."

"아하!" 루나가 교활하게 대답한다. "나는 네가 가족의 친구 얼굴 보고 얘기나 할 겸 온 줄 알았는데?"

"당연하죠, 제 말이 그 말이에요."

"알렉스, 너 금요일 오후에는 다른 할 일이 있지 않냐? 너 스물한 살이잖아. 나가서 술 게임을 하거나 파티 준비를 하라고."

"그런 거 다 하고 살고 있어요." 알렉스는 거짓말을 한다. "그냥 이것도 같이 할 뿐이에요."

"이봐, 난 그냥 조언을 좀 해주려는 거야. 나이 먹은 남자가 자기 자신의 젊은 버전에게 말야."

"형 서른아홉밖에 안 됐잖아요."

"내 간은 아흔셋이지."

"그게 제 탓은 아닐 텐데."

"그럼, 덴버에서 몇 번 밤을 새운 탓이겠지."

알렉스는 웃음을 터뜨린다. "이러니 우리가 친구죠."

"알렉스, 네겐 다른 친구들이 필요해." 루나가 당부한다. "의회 밖의 친구들."

"저 친구 많은데요? 준이랑 노라도 있고."

"왜 아니겠어, 네 누나랑 슈퍼컴퓨터 같은 여자애가 있겠지." 루나가 무표정하게 농을 던진다. "번아웃 오기 전에 너만의 시간을 갖는 게 좋을걸, 꼬맹아. 너한텐 좀 더 견고한 지지대가 필요해."

"꼬맹이라고 그만 좀 불러요." 알렉스가 툴툴댄다.

"알았어." 루나가 한숨을 쉰다. "그래, 이제 볼일 끝났냐? 난 이제 정말 일 좀 해야겠다."

"네, 네." 자리를 정리하며 알렉스가 말한다. "저기, 혹시 맥신이 이쪽에 와 있는지 아세요?"

"맥신 워터즈?" 루나가 고개를 기울인다. "제기랄, 너 진짜 죽고 싶어서 환장했구나?"

정치적 유산에 있어, 리처즈 가문은 알렉스가 파헤치려 했던 역사 중 가장 복잡한 축에 속했다.

노트북에 붙여 둔 포스트잇 중 하나에는 이렇게 쓰여 있었다. '케네디 가문+부시 가문+초능력으로 움직이는 괴랄한 마피아 올드머니=리처즈 가문?' 이 정도가 지금까지 파낸 정보의 총정리였다.

현재 엄마와 맞붙을 것이 예상되는 가장 유력한 후보는 제프리 리처즈다. 유타주 상원 의원으로 20년 가까이 활동했는데, 그 말은 엄마의 팀이 이미 득표 이력과 정책을 전부 검토했다는 의미다. 알렉스는 좀 더 알아내기 어려운 정보들에 관심이 있었다. 리처즈 가문은 법무장관과 연방 법원 판사들을 셀 수도 없이 많이 배출했기 때문에 무엇이든 물을 수 있을 터였다.

쌓인 문서들 아래에서 폰이 울렸다. 준의 문자였다. 저녁은? 네 얼굴 보고 싶다.

알렉스는 진심으로 준을 사랑했다. 진실로, 세상 어떤 것보다도. 하지만 지금은 열공 모드. 한 30분 정도 지난 뒤 이 모드가 해제되면 그때 답장해야지.

리처즈의 인터뷰를 태블릿에 띄워 놓고, 언어로 표현되지 않는 숨은 단서를 찾아 남자 얼굴을 살펴본다. 회색 머리카락. 붙임머리가 아니다. 상어처럼 번쩍이는 흰 이빨. 엉클 샘처럼 억센 턱. 영상에서 법안에 대해 뻔뻔스럽게 사기를 치고 있다는 사실을 고려하면, 대단한 사업가다. 알렉스가 메모했다.

리처즈의 삼촌이 1986년에 낸 세금 내역에서 수상한 점을 파고드느라 한 시간 반쯤 더 보냈을 때, 또 다른 진동 소리에 정신이 들었다. 가족 단체 채팅방에 엄마가 보낸 메시지다. 피자 이모지 하나. 알렉스는 보던 페이지에 북마크를 해두고 위층으로 간다.

가족이 다 같이 하는 식사는 흔하지 않지만, 백악관에서 벌어지는 거창한 일들에 비하면 수수한 편이다. 엄마가 피자를 시키면, 모두가 3층에 있는 게임룸으로 올라가서 종이 그릇과 텍사스에서 들여온 샤이너* 술병을 차린다. 이럴 때 검은 양복을 입은 사람 중 하나가 암호를 써가며 대화하는 걸 보는 건 언제나 흥미롭다. "블랙 베어가 바나나 고추를 추가해 달라고 요청했다"라든가.

준은 이미 발걸이 의자에 앉아 맥주를 들이켜고 있다. 아까의 문자를

---

* Shiner, 텍사스산 맥주 브랜드.

기억해내고 뒤늦게 누나에게 미안해진다.

"아, 젠장. 난 완전 개새끼야."

"그럼, 그럼. 완전 개새끼지."

"그치만… 결과적으로, 누나랑 같이 저녁 먹고 있잖아?"

"닥치고 피자나 내놔." 준이 한숨을 쉰다. 2017년 올리브 피자를 두고 일어난 남매의 싸움을 정보부에서 오해하고 관저를 통째로 봉쇄할 뻔한 뒤로 그들은 각자 피자 한 판씩을 받게 되었다.

"암, 여기 있습죠." 알렉스는 준의 마르게리타 피자와 자기 몫의 페퍼로니 버섯 피자를 가져온다.

"안녕, 알렉스." 피자를 들고 앉자 텔레비전 뒤에서 목소리가 들린다.

"안녕하세요, 레오 아저씨." 알렉스가 대답한다. 알렉스의 새아버지는 전선을 만지작거리고 있다. 이미 수많은 전자제품으로 해온 것처럼, 아마도 〈아이언맨〉에서나 볼 법한 재주를 부리려고 재배선하는 중일 것이다. 아무래도 백만장자 괴짜 발명가의 버릇은 남 못 주는 듯하다. 문외한을 위해 쉽게 설명해달라고 하려는 판에 엄마가 이글거리며 들이닥쳤다.

"너네 대체 왜 내가 대통령 선거 나가게 놔뒀던 거야?" 폰 키보드를 스타카토 박자로 마구 두드리며 엄마가 불평한다. 그러곤 구석에 힐을 차 벗어 두고는 폰도 같이 던져 버린다.

"우리 다 당신을 막는 게 좋은 생각이 아니라는 건 알았으니까." 레오의 목소리였다. 레오는 수염이 나고 안경 쓴 머리를 쏙 내놓고는 덧붙인다. "그리고 나의 빛나는 난초 같은 당신, 당신이 없으면 이 세상은 다 무너질 테니까."

엄마는 눈을 굴리면서도 웃는다. 알렉스가 열네 살 때 처음 자선 행사에서 만난 후로 둘은 언제나 이런 식이었다. 엄마는 하원 의장이었고 레오는 열몇 가지 특허를 꿰차고 여성건강재단에 쏟아부을 만한 돈을 가진 천재였다. 이제 엄마는 대통령이 되었고 레오는 퍼스트 젠틀맨*의 의무를 다하기 위해 회사를 팔았다.

엘런은 스커트 지퍼를 5센티쯤 내린다. 공식적으로 오늘 하루가 끝났다는 의미다. 그리고 본격적으로 피자 조각을 집어 든다.

"좋았어." 엄마는 얼굴 앞으로 손을 올려 세수하는 시늉을 했다. 대통령 얼굴에서 엄마 얼굴로. 변신. "안녕, 우리 아가들."

"엄마 안녕." 알렉스와 준이 입 안에 음식을 가득 채우고 웅얼거린다.

엘런은 한숨을 폭 내쉬곤 레오를 쳐다본다.

"내가 하는 거 봤지? 망할, 예의라고는 손톱만큼도 없잖아. 작은 주머니 쥐들처럼 말이야. 이러니 모든 걸 바랄 순 없다고 하겠지."

"애들은 걸작이야." 레오가 말한다.

"좋은 소식 하나, 나쁜 소식 하나씩." 엄마가 말한다. "자, 시작."

엄마가 가장 바쁠 때 각자 무슨 일들이 있었는지 얘기를 듣는 일은 일생의 정기적 과업이다. 알렉스를 키운 엄마는 의욕 넘치는 인생 코치처럼, 감정 교류에 있어 당황스러울 정도로 체계적이고 헌신적이었다. 오죽하면 알렉스가 첫 여자친구를 사귀었을 때 프레젠테이션을 만들어 왔을까.

"으으음." 준이 한 입을 삼킨다. "좋은 소식이라. 오! 맞다, 세상에. 로넌 패로우가 내가 「뉴욕매거진」에 기고한 에세이를 주제로 트윗을 했거든요. 그래서 우리 지금 완전 위트 넘치는 트위터 대화를 하고 있어요. 로넌 패로우와 친구가 되려는 내 오랜 계획이 드디어 실행 단계에 왔다고요."

"제발 좀. 지위를 남용해 우디 앨런을 암살하고 사고인 척 덮으려는 흉

---

* 대통령의 남편.

계를 짜고 있다는 티를 그렇게 내지 말라니까." 알렉스가 대꾸한다.

"이 사람 진짜 멘털 약해, 그러니까 딱 한 방이면….."

"대체 몇 번이나 대통령 앞에서 암살 계획을 상의하지 말라고 해야겠니?" 엄마가 끼어든다. "타당한 의심에 대한 거부권 행사. 알겠어?"

"아무튼." 준이 이어 말한다. "나쁜 소식은… 음, 우디 앨런이 아직 살아 있다는 거. 자, 네 차례야, 알렉스."

"좋은 소식." 알렉스가 말한다. "교수님에게 시험문제 하나가 오해의 소지가 있다고 필리버스터를 해서 내 답안에 대한 점수를 얻어냈어요. 그리고 내 답이 정답이었죠." 알렉스는 맥주 한 모금을 꿀꺽 넘긴다. "나쁜 소식은… 엄마, 저 2층 복도에 있는 새 그림 봤는데, 왜 엄마가 조지 W. 부시네 테리어 강아지 초상화를 우리 집에 걸게 허락했는지 이유를 알고 싶어요."

"탕평책이지." 엘런이 대답한다. "사람들이 사랑하니까."

"제 방으로 갈 때마다 지나가야 한다고요." 알렉스가 불평한다. "제가 어디 있든 그 구슬 같은 눈이 따라온다니까요."

"안 움직이는데."

알렉스가 한숨을 쉬었다. "알겠어요."

다음 차례는 레오다. 언제나처럼 레오는 나쁜 소식이 곧 좋은 소식이다. 다음은 엄마 엘런의 순서다.

"음, 글쎄 우리 UN 대사가 일을 망치는 바람에. 이스라엘에 대해 멍청한 발언을 했나 봐. 그래서 이제 네타냐후한테 전화 걸어서 개인적으로 사과해야 해. 그렇지만 좋은 소식은 지금 텔아비브는 새벽 2시라는 거고, 그러니 내일로 미뤄두고 너희와 저녁을 먹을 수 있다는 사실이지."

알렉스는 엄마를 보고 미소 짓는다. 지금까지도 엄마가 대통령직의 고통을 토로하는 걸 볼 때마다 경외심이 들었다. 대화는 사담으로 빠지기도 하고 신랄한 농담이 오가기도 한다. 이런 밤은 드물지는 몰라도 여전히 기분 좋았다.

"있잖아." 엘런이 피자 크러스트를 베어 물며 말한다. "내가 우리 엄마의 바에서 도박 사기 쳤다는 얘기를 한 적 있었나?"

준이 맥주를 입으로 가져가다가 그대로 멈춘다. "잠깐, 뭘 했다고요?"

"맞아."

알렉스는 도저히 못 믿겠다는 시선을 준과 교환한다.

"내가 열여섯 살 때 우리 엄마가 후진 바 하나를 운영했거든. '술 취한 찌르레기'라고. 방과 후에 바에서 숙제를 해도 좋다고 허락하고, 경비원 한 명을 붙여서 늙은 주정뱅이들이 나한테 치근덕거리지 않도록 망보게 했어. 난 사기에 꽤 능숙해져서 곧 단골들을 내기에서 이기기 시작했지. 일부러 져줄 때 빼고. 한 게임을 져주고, 두 배 아니면 꽝으로 걸어서 두 배로 벌어오곤 했지."

"농담하지 마세요."

방금 들은 광경이 머릿속에 완전히 생생하게 그려지지만, 그래도 알렉스가 대꾸했다. 엄마는 언제나 도박에 강했고 전략에는 더욱더 강했다.

"전부 사실이란다." 레오가 말한다. "네 엄마가 늙은 백인 알코올 중독자들에게서 원하는 걸 얻어내는 방법을 어디서 배웠을 것 같니? 영향력 있는 정치인의 필수 불가결한 자질이지."

알렉스의 엄마는 레오 앞으로 지나가며 사각 턱 옆에 키스를 받는다. 추종자들 사이를 지나가는 여왕처럼. 그녀는 반쯤 먹은 피자 조각을 종이 타월 위에 두고, 선반에서 큐 스틱 하나를 뽑아 든다.

"아무튼. 기술을 배우고 마스터하는 데 너무 늦은 나이는 없다는 말이야."

"알았어요." 알렉스는 엄마의 표정을 살핀다.

"아마도…." 엄마는 생각에 잠긴 채 이야기한다. "대통령 재선 유세까지도 포함해서."

준이 먹던 피자 조각을 내려놓는다.

"엄마, 쟤 아직 대학도 졸업 못 했어요."

"어, 그러니까, 그게 포인트라고." 알렉스가 조바심을 내며 말한다. 그는 줄곧 이 제안을 기다려 왔다. "이력서에 빈칸이 없도록 하는 거지."

"알렉스한테만 말하는 거 아니야." 엄마가 말한다. "너희 둘 다한테 말하는 거야."

준의 표정이 이해하려는 듯한 표정에서 파리한 공포로 변한다. 알렉스는 준 쪽을 보고 휘이휘이 손을 젓는다. 알렉스의 피자에서 버섯 하나가 날아가 준의 콧날을 때린다. "얘기해주세요, 빨리."

"계속 생각해 봤는데," 엘런이 말을 잇는다. "이쯤 왔으니, '백악관 트리오' 여러분." 엘런은 자기가 붙인 이름이 아닌 척 손으로 따옴표를 그려 보였다. "너희는 이제 그냥 허울 좋은 껍데기는 아냐. 다들 이제 그 이상이 되어야 해. 능력도 있고, 똑똑하고, 재능도 있고. 우린 이제 너희를 대용에서 그치지 않고 직원으로 고용할 수도 있을 거야."

"엄마…." 준이 말을 시작한다.

"어떤 자리요?" 알렉스가 끼어든다.

엄마는 잠시 멈췄다가, 먹던 피자 조각으로 다시 손을 뻗는다.

"알렉스, 네가 가족 중에 제일가는 깐깐쟁이지." 피자를 한입 먹으며 엄마가 말한다. "네겐 정책 일을 중점적으로 시킬 수 있을 거야. 엄청난 연구와 엄청난 양의 글쓰기를 요하는 일일 테고."

"말할 것도 없어요." 알렉스가 외친다. "포커스 그룹을 하나 주면 내가 모조리 구워삶아 보겠어요. 전 할래요."

"알렉스!" 준이 다시 대화를 시도해 보지만 엄마가 말을 자른다.

"준, 넌 커뮤니케이션이 어떨까. 매스컴 학위를 땄으니까. 하루하루 미디어와 연락 취하는 거나, 메시지 전달이나, 대중 분석 같은 걸 도와줄 수 있지 않을까 생각하고 있었…."

"엄마, 난 직업이 있다고요." 준이 항의한다.

"오, 그래. 내 말은, 당연하지, 예쁜이. 하지만 이건 정규직이 될 거야. 연줄, 직위 상승 기회, 그리고 멋진 일을 할 현장 경험이랑 같이."

"난, 음…." 준은 자기 피자 조각에서 빵 부분을 찢어낸다. "내가 그런 일 하고 싶다고 했던 기억은 없는데요. 어, 그러니까, 엄마. 좀 거창한 짐작을 하신 거 같아요. 엄마도 아실 거예요. 만약 제가 지금 선거운동 커뮤니케이션 쪽으로 간다면, 저널리스트기 될 기회는 완전히 닫힌다는 사실을요. 왜냐하면, 그, 보도 중립이라든가 하는 온갖 문제가 있잖아요. 저는 칼럼 하나도 기고할 수 없게 될 거예요."

"우리 공주님." 엄마가 말한다. 칭찬도 아니고 욕도 아닌 말로 상대를 짜증나게 하기 직전, 예의 그 얼굴이다. "너는 너무나 재능있는 아이고, 네가 노력하는 것도 알아. 하지만 어느 시점에는 현실을 직시해야 한단다."

"그게 대체 무슨 소리예요?"

"내 말은… 난 네가 지금 행복한지 모르겠다는 말이야. 지금이 뭔가 다른 걸 시도해 봐야 하는 시기인지도 몰라. 그게 다야."

"그런 거 아니거든요." 준이 대답한다. "그냥 이게 제 일이 아닐 뿐이에요."

"주우우우우운." 알렉스는 고개를 뒤로 꺾어, 의자 팔걸이 위로 준을 거꾸로 쳐다보며 말한다. "그냥 한번 생각해 보지 그래? 난 할 거야." 알렉스는 다시 엄마를 바라본다. "노라한테도 제안할 생각이세요?"

엄마는 고개를 끄덕인다.

"마이크가 손녀에게 내일 분석팀 얘기를 해 보겠다고 했어. 만약 노라가 받아들이면, 곧바로 시작하게 될 거야. 하지만 도련님. 너는, 졸업하기 전까지 시작 못 해."

"이야, 전장으로 출정하는 백악관 트리오. 이거 끝내주는데." 알렉스는 레오 쪽으로 시선을 넘긴다. 레오는 TV를 갖고 하던 작업을 내버려 두고 행복하게 치즈 빵을 먹고 있다. "레오 아저씨, 아저씨한테도 직업 제안이 들어왔나요?"

"아니." 레오가 대답한다. "언제나처럼 내 책상 위에 퍼스트 젠틀맨으로서 할 일들이 가지런하게 올라와 있거든."

"자기 작업은 정말 잘 되어가는 중이지." 엘런은 놀리듯 레오에게 키스하며 말한다. "난 그 삼베 테이블보가 정말 마음에 들었어."

"정말이지 그 인테리어 전문가가 벨벳이 더 잘 어울릴 거라고 했다는 거, 믿겨져?"

"맙소사."

"난 이거 마음에 안 들어." 엄마가 장식용 과일 얘길 하느라 주의가 흐트러져 있는 동안 준이 알렉스에게 말한다. "너 정말 이 일 하고 싶은 거 맞아?"

"다 괜찮을 거야, 준." 알렉스가 말한다. "있잖아, 내 걱정이 되는 거라면, 누나도 언제나 제안을 받아들여도 된다는 걸 잊지 마."

준은 알렉스를 밀어내고 형용할 수 없는 표정으로 피자를 다시 먹기 시작한다. 다음날 자흐라의 화이트보드에는 세 개의 포스트잇이 나란히 붙어 있다. 선거유세 건: 알렉스-노라-준. 화이트보드에는 이렇게 쓰여 있다. 알렉스와 노라의 이름 아래 있는 포스트잇에는 YES라고 적혀 있다. 준의 이름 아래에는, 누가 봐도 틀림없는 그녀의 글씨체로 NO라고 쓰여 있다.

첫 번째 문자를 받을 때, 알렉스는 정책 강의를 들으며 필기를 하고 있다.

너 이 친구 닮았어.

사진 하나가 첨부되어 있다. 〈제다이의 귀환〉의 처파 추장이 나오는 부분에서 일시 정지된 노트북 화면이다. 작고, 위엄 있고, 귀엽고, 빡쳐 있다.

그나저나, 나 헨리야.

알렉스는 눈알을 굴린다. 그러면서도 연락처를 저장한다: HRH 싸가지 왕자. 👑

정말로, 답장할 생각이 없었다. 하지만 일주일 뒤, 「피플」의 표지를 차지한 헤드라인과 마주친다. '헨리 왕자, 겨울을 맞아 남쪽으로 떠나다.' 감각적이면서도 꽤 작은 남색 트렁크 수영복을 입고 오스트레일리아의 해변에 예술적으로 앉아 있는 헨리의 사진이 대미를 장식한다. 이제 참을 수가 없다.

너 점 되게 많다. 알렉스가 결국 답장한다. 근친 교배의 결과인가 봐?

헨리의 응수는 이틀 정도 뒤에 도착한다. 데일리 메일의 트윗을 캡처한 스크린샷이 첨부되어 있다. 기사 제목은 '알렉스 클레어몬트 - 디아즈가 아빠가 될지도 모른다'였다. 그리고 덧붙인 헨리의 메시지는 다음과 같았다. 어머나 여보, 우리가 그렇게 조심했는데. 알렉스는 놀란 나머지 너무 크게 웃어서 자흐라와 준이 함께하는 주간 보고 회의에서 쫓겨나고 만다.

그러니까, 헨리는 웃길 줄도 아는 인간이란 거다. 알렉스는 기억해 두기로 한다. 여기저기 실려 다니며 얼굴을 비추거나, 가족 사유지에 대해 구불구불하게 꼬아 말하는 지겨운 회의에 앉아 있거나, 아니면 마지못해 우스꽝스러운 스프레이 태닝을 받거나 하는 획일화된 궁정 문화 속에 갇혀서도, 헨리가 용케 문자 보내는 법을 알고 있다는 사실도 기억해 둔다.

굳이 헨리를 좋아한다고 말할 수는 없겠지만, 빠른 리듬으로 티격태격

하는 대화에 빠져드는 건 즐거웠다. 자기가 말이 너무 많다는 것도, 열 겹의 매력으로 가려놓았음에도 제 감정을 가라앉히는 데 형편없다는 사실도 알고 있었다.

하지만 결정적으로 헨리가 자기를 어떻게 생각하고 있는지 신경 쓰지 않았으므로 문제는 없었다. 언제나 원하는 대로 아무렇게나 또라이처럼 굴어댔는데, 헨리는 놀라운 위트로 날카로운 반격을 가하곤 했다.

그렇게 해서 알렉스는 지루하거나 스트레스를 받을 때, 혹은 커피 리필을 기다릴 때 화면에 말풍선이 떴는지 확인하는 버릇이 생겼다. 자기 최신 인터뷰를 보고 이상한 꼬투리를 잡는 헨리, 영국 맥주 대 미국 맥주 대결에 관한 뜬금없는 의견을 보내는 헨리, 슬리데린 스카프를 두른 헨리의 강아지 사진 등등. 너 지금 나랑 장난치자는 거야? 넌 완전 똥구멍까지 후플푸프잖아, 멍청아. (헨리가 자기가 아니라 자기 강아지가 슬리데린이라고 해명하기도 전에 알렉스가 보낸 답장이다.)

문자 메시지와 SNS를 통해, 스미듯 헨리의 일상을 하나씩 배워간다. 샤안이라는 사람이 헨리의 일정을 꼼꼼하게 계획한다. 알렉스는 샤안의 존재가 살짝 신경 쓰인다. 특히 헨리가, 내가 샤안한테 바이크가 있다고 얘기했나? 라든가, 샤안이 포르투갈 쪽이랑 전화하고 있어 같은 메시지를 보낼 때면 더더욱.

머지않아 HRH 헨리 왕자에 대한 팩트 체크가 가장 흥미로운 부분을 놓쳤거나, 아니면 완전히 허구라는 사실을 알 수 있었다. 헨리가 좋아하는 음식은 양고기 파이가 아니라 궁에서 10분 거리에 있는 가게에서 파는 값싼 팔라펠이다. 학교를 졸업하고 1년을 쉬면서 전 세계를 돌아다니며 자선 사업을 하는 데 대부분의 시간을 쏟았다. 절반 정도는 가장 친한 친구인 페즈가 운영하는 자선 사업이다.

알렉스는 헨리가 고전과 신화를 매우 좋아하며 판만 깔아준다면 몇십 가지 별자리의 배열을 읊을 수도 있다는 것을 알게 된다. 알렉스는 평생 들을 일 없던 요트 관리법 얘기를 소상히 들어준 후 단문의 답장을 보낸다. 쿨하네. 여덟 시간 만에. 헨리는 욕을 거의 하지 않지만, 적어도 알렉스의 걸레짝 문 듯한 말버릇은 신경 쓰지 않는 듯하다.

헨리의 누나, 베아트리스—알렉스가 알기론, 베아라는 이름으로 불린다—얘기가 자주 튀어나온다. 베아 공주 역시 켄싱턴궁에 살고 있다. 알렉스가 알아낸 바로는, 다른 남자 형제보다 둘이 서로 각별한 사이다. 알렉스는 헨리와 누나가 있어서 생기는 갖가지 고난에 대한 목록을 비교해 본다.

베아도 어렸을 때 너를 드레스에 욱여 넣으려고 한 적 있어?

혹시 준도 한밤중에 네가 남긴 카레를 냉장고에서 꺼내 훔쳐먹는 데 통달했어? 디킨스 소설에 나오는 부랑아처럼 말이야.

베아보다 더 흔하게 등장하는 카메오는 페즈다. 그는 꽤나 흥미롭고 특이한 성격을 가진 남자다. 바이런에 대해 끝도 없이 어찌나 떠들어대는지. 차단 욕구를 유발하는 헨리 같은 인간이 어떻게 페즈와 친구가 될 수 있었는지 궁금해진다. 페즈는 언제나 말도 안 되는 일을 하고 있다. 말레이시아에서 베이스 점프*를 하거나, 제이지 같은 래퍼와 플랜틴 바나나를 먹거나, 징 박힌 핫핑크색 구찌 재킷을 입고 오찬 모임에 나타나거나, 그것도 아니면 심지어 새로운 비영리 단체를 설립하기도 한다. 여러모로 믿기 힘들다.

헨리가 준의 경호용 코드네임이 블루 보닛이라는 걸 기억하거나, 노라의 사진 같은 기억력이 얼마나 괴상한지를 두고 농담하면, 알렉스는 준

---

* 건물·다리 등 높은 곳에서 낙하산을 타고 내려오는 스포츠.

과 노라에 대한 얘기도 자기가 헨리에게 털어놓았다는 걸 그제야 깨닫는다. 알렉스가 얼마나 준과 노라를 과보호하는지 생각하면 상당히 이상한 일이다. 심지어 헨리가 트위터에서 『오만과 편견』의 2005년 영화 버전이 얼마나 좋은지 준과 대화를 나눈 내용이 널리 퍼지기 전까지, 알렉스는 까맣게 모르고 있었다.

"너 지금 그거, 분명 자흐라한테서 이메일 받는 표정은 아닌데."

노라가 알렉스의 어깨너머로 얼굴을 들이대며 말한다. 그는 팔꿈치로 누나를 치워버린다.

"폰 볼 때마다 멍청하게 실실 웃잖아. 누구랑 문자하는 거야?"

"뭔 소리 하는 건지 모르겠네. 아무도 아니거든." 알렉스가 손에 든 폰 화면에는 헨리의 메시지가 떠 있다. 필립이랑 세상에서 가장 지루한 미팅을 하고 있어. 만약 내가 넥타이로 목매달아 죽으면, 언론이 거짓말하게 두진 말아줘.

"잠깐만." 노라가 알렉스의 폰으로 다시 손을 뻗는다. "혹시 너 또 저스틴 트뤼도가 프랑스어로 말하는 영상 보고 있니?"

"나 그런 적 없거든!"

"네가 국빈 초대 만찬회에서 그 사람 만난 이후로 나 네가 그러고 있는 거 적어도 두 번 봤다. 그러니까, 뭐, 맞네." 노라가 결론짓는다. 알렉스는 가운뎃손가락을 치켜올린다. "잠깐, 어머 세상에. 설마 네가 주인공으로 나오는 팬픽이니? 그래놓고 나보고 같이 읽자고 안 한 거야? 너 이번엔 누구 살을 홀딱 발라 먹고 있다니? 혹시 내가 보낸 거 봤어? 마크롱이랑 너랑 커플링 말이야. 나 읽다 기절하는 줄 알았잖아."

"그쯤 하지 않으면, 테일러 스위프트한테 전화해서 누나가 맘 바꿔서 독립기념일 파티에 가고 싶어 한다고 얘기해버릴 거야."

"그건 아무리 봐도 적절한 대응이 아닌데."

그날 밤 책상에 홀로 남은 알렉스가 답장한다.

혹시 네 사촌 누구를 누구랑 결혼시켜야 캐스털리 록*을 탈환할 수 있는지 의논하는 회의였어?

하. 왕실 재정 문제였거든. 아마 앞으로 내 악몽에는 필립이 '투자 수익률'이라고 말하는 목소리가 계속 나올 거야.

알렉스는 눈을 굴리곤 답장한다. 제국이 피로 쌓아 올린 돈을 관리하기 위한 끔찍한 투쟁이군.

헨리의 답장은 잠시 뒤에 온다.

사실 그게 회의의 가장 큰 난제였어. 내가 내 몫의 왕실 재산을 받는 걸 거절하려고 했거든. 아빠가 우리 한 명 한 명에게 충분하고도 넘칠 만큼 나눠주셨고, 난 그걸로 내 지출을 커버하고 싶거든. 네가 말했듯이, 몇백 년의 대학살로 쌓은 약탈품으로 먹고살기보다 말이지. 필립 형은 내가 말도 안 되는 짓을 한다고 생각하고.

알렉스는 메시지를 두어 번 훑는다.

은은하게 감명 깊네.

알렉스는 화면을, 자기가 보낸 메시지를 쳐다본다. 꽤 길게, 몇 초 동안이나. 갑자기 멍청한 소리를 한 것 같다는 두려움이 엄습한다. 고개를 젓곤 폰을 내려놓는다. 마음을 고쳐먹고 다시 주워든다. 잠금을 푼다. 헨리가 메시지를 입력하고 있음을 알 수 있는 작은 말풍선을 본다. 폰을 다시 내려놓는다. 딴 곳을 본다. 다시 폰을 본다.

'제국'이 좋은 게 아니라는 교훈 없이 〈스타워즈〉에 대한 평생 갈 사랑을 키우는 사람은 없지.

알렉스는 헨리가 자기 예상을 그만 뛰어넘었으면 한다. 이제는 진심이다

---

* 〈왕좌의 게임〉에서 라니스터 가문이 갖고 있는 성.

저 넥타이 진짜 싫다.

HRH 싸가지 왕자 💩

무슨 넥타이?

니가 방금 인스타에 올린 거.

HRH 싸가지 왕자 💩

뭐가 문제야? 그냥 회색일 뿐이잖아.

그니까. 가끔은 패턴에도 도전해보고,

폰 보고 찡그리는 것도 그만해.

너 지금 그러고 있는 거 다 알아.

HRH 싸가지 왕자 💩

패턴은 '의견'으로 해석되기 쉬워.

왕실 사람은 자기가 입는 옷으로

의견을 표명하면 안 돼.

인스타를 위해서 해 봐.

HRH 싸가지 왕자 💩

정말 너라는 인간은

부드러운 볼기짝 같은 내 인생에

철썩 들러붙은 엉겅퀴 가시 같은 존재야.

영광인데. 감사!

HRH 싸가지 왕자 💩

방금 네 얼굴이 그려진

엘런 클레어몬트 선거 유세용

핀 버튼이 5킬로그램 담긴 소포를 받았어.

혹시 네가 생각해낸 장난이야?

이봐, 네 옷장을 좀 밝게 만들어 주려고 한 거라고.

HRH 싸가지 왕자 💩

이 중대한 유세 비용을 오발송한 게

네게 의미가 있길 바라.

내 경호원은 이게 폭탄인 줄 알았거든.

샤안이 마약 탐지견을 부를 뻔했어.

아, 당연히 의미가 있지.

이제 더더욱 의미가 있네.

샤안한테 내 안부 전해주고

내가 그 귀여운 엉덩이를

보고 싶어 한다고 전해줘 xoxo!

HRH 싸가지 왕자 💩

안 전해줄 거야.

4

"너는 방금 알았다지만 엄마 문제는 아니야. 이미 공개된 사실이야."

평소보다 두 배는 빠르게 웨스트윙 복도를 걸어가며 엄마가 말했다.

"지금 그러니까…" 알렉스는 따라가느라 종종걸음을 치며 외치다시피 묻는다.

"추수감사절마다, 이 멍청한 칠면조들이 윌라드호텔의 호화 스위트룸에 묵는 돈을 우리 세금으로 충당한다는 거예요?"

"그래, 알렉스. 맞아."

"이런 끔찍한 세금 낭비가 어딨어요?"

"그리고 지금 현재 콘브레드와 스터핑이라는 40파운드짜리 칠면조 두 마리가 백악관 전용 차량을 타고 이리로 오고 있어. 칠면조를 다른 곳으로 옮길 시간이 없단 말이야."

한 박자도 놓치지 않고 알렉스가 버럭 외친다. "백악관으로 데리고 와요."

"어디로? 네 엉덩짝에 어디 칠면조 우리라도 숨겨놓고 있는 거니, 아들? 역사적으로 보호를 받는 관저에 칠면조 두 마리를 숨겨줬다가 내일 아침에 나더러 사면해주라는 거니?"

"내 방에 둬요. 난 괜찮으니까."

엄마는 참지 못하고 웃음을 터뜨린다. "안 돼."

"호텔 방하고 뭐가 달라요? 칠면조들 내 방에 둬요, 엄마."

"칠면조를 네 방에 두는 일은 없을 거야."

"내 방에 갖다놔요."

"싫어."

"내 방에 갖다놔요, 내 방에 갖다놔, 내 방에 갖다놓으라고요."

그날 밤, 알렉스는 선사시대의 맹금이 뿜어내는 싸늘하고 무자비한 시선을 노려보며 약간 후회를 해야 했다.

저것들이 알아.

알렉스는 헨리에게 문자를 보낸다.

5성 호텔 스위트룸을 뺏기고 내 방 우리에 갇혀 있는 게 다 내 탓이라는 걸 안다고. 내가 등을 보이는 순간, 마지막 살점 하나까지 다 뜯어먹고 말 거야.

콘브레드는 알렉스의 소파 옆에 놓인 거대한 우리에서 공허한 눈길로 노려보고 있다. 농장의 수의사가 몇 시간에 한 번씩 와서 녀석들의 건강을 체크한다. 알렉스는 혹시 피에 굶주리는 기미는 없는지 연신 확인했다.

우리 안에서 칠면조가 또다시 불길하게 꾸루룩거린다.

알렉스는 오늘 밤에 마쳐야 할 일들이 있다. 정말로 다 해치울 생각이었다. 공화당 예비 경선 토론을 보다가 CNN에서 칠면조에 들어가는 천문학적 액수의 세금에 대해 알게 되기 전까지는. 오늘 밤에 시험 족보도

완성하고, 엄마한테 선거 캠페인 일을 달라고 졸라서 얻어낸 인구 조사 자료도 마무리해야 했다.

그런데 제 손으로 지은 감옥에 제 발로 들어간 꼴이 되고 말았다. 사면식을 치를 때까지 칠면조 베이비시터가 되겠다고 맹세까지 했으니. 알렉스는 지금 자기 마음 깊은 곳에 거대 조류 공포증이 도사리고 있다는 사실을 처음 깨닫고 있다. 소파에 누워 잠을 청할까 생각도 해 봤지만, 이 지옥에서 온 악마들이 우리를 부수고 뛰쳐나와 자기네끼리 싸우다 죽으면 어떻게 하지? 잘 돌보겠다고 그렇게 약속했는데. 알렉스는 신문의 헤드라인을 상상했다.

속보: FSOTUS의 침실에서 두 마리 칠면조 모두 사체로 발견돼.
칠면조 사면식 치욕적 취소. FSOTUS는 악마를 숭배하는
칠면조 연쇄 살조범으로 밝혀져.

어서 사진 좀 찍어서 보내 봐,

이게 위로랍시고 헨리가 보낸 문자다.

알렉스는 침대 끄트머리에 드러눕는다. 이제 헨리와 거의 매일 문자를 주고받는 게 일상이 되었다. 시차는 문제가 되지 않았다. 어차피 둘 다 밤낮을 가리지 않고 턱없이 불경한 시간에도 똘망똘망 깨어 있었으니까. 헨리가 새벽 7시에 폴로 연습 사진을 올리면 커피를 손에 들고 안경을 낀 채 노트를 산더미처럼 쌓아두고 침대에 앉아 있는 알렉스의 사진을 새벽 2시에 받을 수 있었다. 알렉스는 자기가 침대에서 셀피를 찍어 보내면 왜 헨리가 답을 하지 않는지 알 수가 없다. 알렉스의 셀피는 항상 웃기는데. 알렉스는 콘브레드 사진을 찍고 보내기 버튼을 누르면서도, 새가 위협적으로 날개를 퍼덕거리자 움찔했다.

난 귀여운데. 헨리의 답이다.

저 사악한 꾸루룩 소리가 안 들리니까 그렇지.

아, 그래, 온 세상 동물 소리 중에서도 가장 불길한 울음소리겠지, 칠면조 우는 소리가.

"야, 이 나쁜 자식아." 알렉스는 전화가 연결되자마자 말한다. "직접 한번 들어보고 그다음에 훈수를 두든지!"

"알렉스?" 헨리의 쉰 목소리가 어리둥절하다. "지금 정말로 나한테 칠면조 소리를 들려주겠다고 새벽 3시에 전화를 한 거야?"

"그래, 당연하지." 알렉스는 콘브레드를 흘겨보고 진저리를 친다. "맙소사, 저 녀석들은 내 영혼까지 꿰뚫어 보는 거 같아. 콘브레드는 내가 지은 죄를 알아, 헨리. 콘브레드는 내가 저지른 짓을 알고 있어, 속죄를 받아내려고 강림하신 거라고."

전화에서 부스럭거리는 소리가 들린다. 알렉스는 연회색 파자마 셔츠를 입은 헨리가 침대에서 돌아눕는 상상을 한다. 어쩌면 스탠드 불을 켜고 있을지도 모른다.

"그 저주받은 울음소리를 어디 한번 들어보자, 그럼."

"좋아, 각오 단단히 해." 알렉스는 스피커폰으로 돌리고 심각하게 폰을 든다.

아무 소리도 나지 않는다. 기나긴 10초 동안 정적.

"참으로 심란하네." 스피커폰으로 나오는 헨리의 목소리에 금속성이 돈다.

"그게… 좋아, 이건 대표성이 없어." 알렉스가 열이 받은 목소리로 말한다. "시발, 밤새도록 울어댔단 말이야. 젠장."

"왜 아니었겠어." 헨리는 부드러운 놀림조로 말한다.

"아냐, 끊지 마." 알렉스가 말한다. "내가, 한 놈이 울게 만들어볼게."

침대에서 훌쩍 뛰어내려 콘브레드의 우리로 살금살금 다가가는데, 자기 손으로 자기 목숨을 쟁반에 받쳐 갖다 바치는 느낌이 드는 한편으로, 반드시 자기가 옳다는 걸 증명해내고 말겠다는 결기가 충천하다. 하긴 알렉스의 인생에는 이런 교착 지점에 빠지는 사태가 흔하지만.

"어." 알렉스가 말한다. "어떻게 해야 칠면조가 울부짖을까?"

"꾸룩꾸룩 울어 봐." 헨리가 말한다. "그리고 화답으로 우는지 보면 되지."

알렉스가 눈을 껌벅거린다.

"진심이야, 지금?"

"우리는 봄철에 사냥을 나가서 야생 칠면조를 숱하게 잡거든."

헨리가 현자처럼 말한다. "비결은 칠면조의 마음에 들어가는 거야."

"대체 그딴 짓은 어떻게 하는 거야?"

"그러니까…." 헨리가 지시한다.

"내 말대로 따라 해. 칠면조에게 아주 가까이 다가가야 해. 그러니까 물리적으로."

조심스럽게, 폰을 칠면조 우리 쪽으로 내민 채로, 알렉스는 철망 쪽으로 다가간다.

"좋아."

"칠면조와 아이컨택을 해. 됐어?"

알렉스는 헨리의 지시를 따라 쭈그리고 앉아 콘브레드의 눈높이에 맞췄다. 까만 구슬처럼 살의에 가득한 눈과 시선을 마주치자 척추를 따라 싸늘한 한기가 훑고 지나갔다.

"됐어."

"좋아, 이제 눈을 떼지 마." 헨리가 말한다.

"칠면조와 교감해, 칠면조의 신뢰를 얻고… 친구가 되는 거야…."

"알았어…."

"그리고 칠면조와 영원히 해로할 집을 마요르카에 한 채 사…."

"아, 시발, 미친놈!"

알렉스가 헨리한테 버럭 고함을 치자 헨리는 자기가 친 명청한 장난에 폭소를 터뜨린다. 분을 못 이긴 알렉스가 펄펄 뛰는 바람에 놀란 콘브레드가 시끄럽게 꾸루룩 울부짖자, 재차 알렉스의 입에서 몹시 남자답지 못한 비명이 터져 나왔다.

"오마나, 젠장! 저 소리 들었어?"

"미안, 뭐라고?" 헨리가 말한다. "잠시 귀가 먹었었나 봐."

"너 정말 그러기냐." 알렉스가 말한다. "칠면조 사냥을 해 보긴 한 거야?"

"알렉스, 영국에서 칠면조는 잡을 수도 없어."

알렉스는 침대로 돌아가 얼굴을 베개에 파묻었다.

"콘브레드가 차라리 날 죽여주면 좋겠다."

"아냐, 괜찮아, 사실 나 그 소리 들었어. 진짜 무섭더라." 헨리가 도닥인다. "그러니까, 이해한다고. 이 난리가 났는데 준은 어디 갔어?"

"오늘은 노라하고 여자들끼리 논다면서 나갔어. 지원이 필요하다고 문자를 보냈더니 답이 글쎄…." 알렉스는 문자를 그대로 읽었다. "하하하하하하하하하. 행운을 빌어. 여기다가 칠면조랑 똥 이모지를 보냈어."

"그럴 수 있지." 헨리가 말한다. 알렉스는 진중하게 고개를 끄덕이는 그 얼굴이 눈에 선하다. "그러면 이제 어떻게 할 거야? 칠면조들하고 꼬박

밤을 새울 거야?"

"몰라! 그래야겠지! 달리 뭘 어떻게 해야 할지 모르겠다고!"

"그냥 어디 다른 데 가서 자면 안 돼? 그 집에 방이 수천 개는 되지 않아?"

"좋아, 하지만, 칠면조가 탈출이라도 하면 어떻게 해? 나도 〈쥐라기공원〉을 봤단 말이야. 조류의 직계 조상이 랩터라는 거 알아? 과학적인 사실이야. 내 방에 랩터들이 있어, 헨리. 그런데 평화롭게 잠을 자란 말이야? 눈을 감는 순간 녀석들이 우리를 박차고 뛰어나와서 섬을 점령할 텐데? 그래, 뭐, 네 잘난 하얀 엉덩짝은 괜찮겠지."

"아무래도 내가 널 쥐도 새도 모르게 제거해야겠어." 헨리가 말한다. "낌새도 못 챌 거야. 우리 암살자들은 은밀히 훈련을 받았거든. 밤을 틈타 실행할 테고, 치욕적인 사고로 위장할 거야."

"자위하다가 질식사라든가?"

"변기에 앉아서 심장마비."

"맙소사."

"내가 경고했다."

"너라면 좀 더 사적인 방식으로 날 죽일 줄 알았는데. 내 얼굴에 실크 베개를 덮어서, 느리고 부드럽게 질식사시키는 거지. 너와 나 단둘이 있을 때. 관능적이잖아."

"하. 뭐." 헨리가 헛기침을 한다.

"아무튼." 알렉스는 이제 아예 침대로 기어 올라와 드러누웠다. "어차피 이 칠면조들이 날 먼저 잡아 죽일 텐데 그게 다 무슨 상관이야."

"난 아무리 생각해도… 어, 어이, 안녕." 폰에서 부스럭부스럭, 포장지 구겨지는 소리, 그러더니 분명히 개처럼 들리는 묵직한 콧바람 소리가 난다. "어이, 착하지, 이 녀석. 데이비드가 인사하네."

"안녕, 데이비드."

"그 녀석이… 어이! 안 돼, 미스터 워블스! 그건 내 거야!" 또 부스럭부스럭, 멀리서 들리는 앙칼진 야옹 소리. "안 돼, 미스터 워블스, 그건 나빠!"

"미스터 워블스는 대체 뭐야?"

"우리 누나의 바보 고양이. 이 물건은 무게가 1톤쯤 되는데 아직도 내자파 케이크를 훔쳐먹으려고 한다고. 미스터 워블스는 데이비드 친구야."

"아니 뭘 하고 있는데?"

"내가 뭘 하고 있느냐고? 자려고 하는 거지."

"좋아, 하지만 무슨 자바 케이크인지 뭔지 하는 걸 먹는다면서."

"지파 케이크! 맙소사." 헨리가 말한다. "정신 나간 미국인 네안데르탈과 칠면조 두 마리 때문에 내 인생이 엉망진창으로 망가지고 있어."

"그런데?"

헨리는 또 땅이 꺼져라 한숨을 쉬었다. 헨리는 알렉스와 연루되면 항상한숨을 내쉰다. 몸 안에 아직 공기가 남아 있는 게 신기하지.

"그런데… 웃지 마."

"와, 신난다." 알렉스는 준비 태세에 돌입한다.

"〈영국 베이킹 대격전〉을 보고 있었어."

"귀엽네. 하지만 창피할 건 아니잖아. 또?"

"나는, 어, 어쩌면…. 그 벗겨내는 타입의 마스크 팩을 붙이고 있을지도몰라."

"아! 내가 그럴 줄 알았어!"

"벌써 후회된다."

"네가 그 턱없이 비싼 북유럽 스킨케어 같은 거 받고 있을 줄 알았다고. 그럼, 뭐, 다이아몬드가 든 아이크림, 그런 거 바르냐?"

"아니야!" 헨리가 뾰루퉁 삐치자 알렉스는 웃지 않으려고 급히 손등으로 입을 막았다. "내일 참석해야 할 행사가 있다고, 알았어? 그렇게 일거수일투족 시시콜콜 트집 잡을 줄 몰랐다고."

"나 트집 잡는 거 아니야. 우리 모두 모공은 관리해줘야 하는 거 아니겠어?" 알렉스가 말한다. "그러니까 넌 〈베이킹 대격전〉을 좋아하나 보지?"

"그냥 보고 있으면 마음이 편해져." 헨리가 말한다. "파스텔색 일색에 음악도 느긋하고 사람들이 서로 너무 친절하게 잘 해주고. 그리고 온갖 종류의 비스킷에 대해 알게 된다니까. 알렉스, 진짜 얼마나 배우는 게 많은데. 칠면조 대참사에 갇힌다거나 뭐 그래서 세계가 끔찍하게 느껴질 때마다 〈베이킹 대격전〉을 틀어놓으면 환상의 비스킷 나라로 훌쩍 떠날 수 있어."

"미국 요리 대결 프로그램은 전혀 달라. 다들 땀을 뻘뻘 흘리고, 드라마틱한 죽음의 음악이 깔리고, 긴장감 도는 카메라 컷들이 휙휙 지나가고 난리야. 〈베이킹 대격전〉 얘기를 들으니까 〈찹드〉*는 무슨 연쇄살인 기록 영상 같네."

"이게 우리 둘의 차이에 대해 굉장히 많은 걸 시사하는 것 같군."

헨리가 말하자 알렉스가 작게 웃음을 터뜨린다.

"있잖아. 너 좀 놀랍다." 알렉스가 말한다.

헨리는 잠시 말이 없다. "어떤 면에서?"

"속속들이 따분한 싸가지가 아니라는 점에서."

---

* 미국의 요리경연 프로그램.

"와우." 헨리가 웃음을 물고 말한다. "영광인데."

"너도 네 나름대로 깊이가 있겠지."

"넌 나를 멍청한 금발로 봤지, 안 그래?"

"딱히 그렇다기보단, 그냥, 따분하다고 생각했지." 알렉스가 말한다. "아니, 넌 개한테 데이비드라는 이름을 붙이잖아. 따분하지 않냐."

"보위를 따서 붙인 거야."

"나는…." 알렉스의 머리가 팽팽 돌아간다. 계산을 다시 해야 한다. "뭐야? 실화야? 그럼 그냥 보위라고 부르지, 왜?"

"생각도 못 했지?" 헨리가 말한다. "이래서 사람은 신비스러운 구석이 있어야 하는 거야."

"그렇긴 해." 그리고 알렉스는 제때 참지 못하고 그만 엄청나게 큰 소리로 하품을 하고 만다. 강의 전에 러닝을 하느라 7시에 일어난 이후로 한잠도 자지 못했다. 칠면조한테서 간신히 살아남더라도 피곤해서 죽을 지경이다.

"알렉스." 헨리의 목소리가 단호하다.

"뭐?"

"칠면조가 네 방에서 〈쥐라기공원〉 찍을 일은 없을 거야. 넌 제프 골드블럼이 아니잖아. 가서 잠이나 자."

알렉스는 그 한 문장 때문이라기엔 좀 지나치게 환한 미소가 비어져 나오는 걸 입술을 깨물고 삼켰다.

"너나 자."

"잘 거야."

헨리의 목소리에서 그 묘한 미소가 들리는 것 같다. 하긴 오늘 밤은 처음부터 끝까지 정말, 정말 이상하다.

"전화 끊자마자, 알았지?"

"좋아." 알렉스가 말한다. "하지만 저 칠면조들이 또 울면 어떡해?"

"준의 방에 가서 자, 바보야."

"알았어." 알렉스가 말한다.

"좋아." 헨리가 말한다.

"좋아." 알렉스가 다시 말한다. 헨리와 전화로 통화한 건 이번이 처음이라는 사실을, 알렉스는 문득 아주 날카롭게 의식했다. 어떻게 전화를 끊어야 할지 알 수가 없다. 하지만 얼굴에 걸린 미소는 아직 지워지지 않았다. 콘브레드가 아무것도 모르겠다는 표정으로 알렉스를 물끄러미 바라본다. 나도, 나도 시발 모르겠어, 아무것도.

"좋아." 헨리가 다시 말한다. "그럼. 잘 자."

"좋았어." 알렉스가 바보처럼 또 말한다. "잘 자."

알렉스는 전화를 끊고 손에 들린 폰을 물끄러미 내려다본다. 그런다고 주변의 공기에 짜릿짜릿하게 흐르는 이 정전기를 설명할 수는 없을 텐데도.

알렉스는 그 생각을 털어버리고, 베개와 옷가지를 챙겨 복도 건너편 준의 방으로 가서 높은 침대에 기어오른다. 그러나 어쩐지 뭔가 깔끔하게 매듭짓지 못한 찜찜한 느낌.

알렉스는 폰을 다시 꺼낸다.

내가 칠면조 사진 보내줬으니까 너도 나한테 네 동물들 사진을 보내줘야 하는 거 아니냐.

1분 30초 후. 헨리다. 어마어마하게 큰 침대에서 왕궁답게 못생긴 흰색과 금색 리넨 침구를 덮고, 방금 스크럽을 한 듯 살짝 분홍빛으로 물든 얼굴, 베개 한쪽에 커다란 비글 머리가 얹혀 있고 다른 쪽에는 비만 샴 고양이가 자파 케이크 포장지를 깔고 웅크리고 앉아 있고. 헨리 눈 밑에는 흐릿한 다크서클이 비치지만, 보들보들한 얼굴에 장난기 섞인 표정이 걸려 있고. 한 손으로는 뒤통수를 받치고 다른 손은 폰을 잡고 내밀어 셀피를 찍고 있다.

내 팔자가 이렇다니까, 헨리는 이렇게 문자를 보내고 나서는 곧장 덧붙여 썼다.

이제 정말로, 잘 자.

HRH 싸가지 왕자 👑
2019년 12월 8일 8:53 PM

어이 지금 TV에서 007 영화 연속
방영해주는데
너 그거 알고 있었냐, 너희 아버지
완전 대박 귀엽고 섹시하시다.

HRH 싸가지 왕자 👑

아냐, 제발 좀!

알렉스의 부모님은 헤어지기 전부터도, 알렉스가 뭔가 특징적인 행동을 하면 습관적으로 각자 상대의 성으로 알렉스를 불렀다. 아직도 그렇다. 알렉스가 언론에 입을 털면 엄마는 집무실로 불러 "정신 똑바로 차리고 행동해라, 디아즈"라고 말한다. 알렉스가 고집을 부리다 문제를 자초하면 아빠는 포기하고 털어버려라, 클레어몬트라고 문자를 보낸다.

알렉스의 엄마는 「포스트」지를 책상에 내려놓으며 한숨을 내쉰다. 펼쳐진 지면에는 "오스카 디아즈 상원 의원 전 부인 클레어몬트 대통령과 함께 휴가를 보내기 위해 워싱턴 D.C.로 돌아오다"라는 기사가 실려 있다. 이제는 이상하지도 않다는 게 더 이상하다. 아빠가 캘리포니아에서 크리스마스를 함께 보내러 오는 것뿐인데, 아무렇지도 않은데, 이게 「포스트」에 실릴 일이라는 게.

엄마는 아빠와 함께 시간을 보내야 할 때가 되면 항상 똑같이 행동한다. 입을 꾹 다물고 오른손 손가락 두 개를 달달 떠는 것.

"있잖아요." 알렉스는 책을 들고 오벌 오피스* 소파에 드러누워서 말한다. "담배 한 대 갖다 달라고 부탁하세요."

"조용히 해라, 디아즈."

엄마는 아빠의 거처로 링컨 룸을 준비해뒀지만, 생각이 계속 달라지는지 하우스키핑 부서에 여러 번 크리스마스 장식을 부탁했다. 그래도 새아버지 레오는 당황하는 기색 하나 없이 오히려 반짝이들에 파묻혀 버럭 버럭 성질을 부리는 엄마를 다독였다. 알렉스는 엄마하고 결혼 생활을 지속할 수 있는 사람은 세상에 레오뿐이라고 생각한다. 아빠는 확실히 아니다.

가족의 영원한 중개자인 준은 한창 바쁘다. 알렉스가 느긋하게 물러나 사태가 흘러가는 대로 관망할 만한 상황은 가족 문제밖에 없다. 꼭 필요한 경우에는 알렉스도 추임새를 넣거나 흥미로운 상황에 개입했지만, 대체로는 준이 전적으로 책임을 떠맡았다. 작년처럼 백악관의 귀한 골동품을 깨뜨리거나 하는 사태가 없도록 중재하는 역할은 언제나 준이었다.

비밀 요원들의 부산한 움직임 속에 아빠가 드디어 도착한다. 흠잡을 데

---

* 백악관 대통령 집무실.

없이 다듬은 턱수염과 흠잡을 데 없이 말끔하게 재단된 양복 차림. 초조하게 이런저런 준비에 바빴던 준이지만 막상 아빠에게 달려가 안기려다 백악관 골동품을 제 손으로 깨뜨릴 뻔했다. 부녀는 즉시 1층 초콜릿 가게로 함께 사라진다. 준이 「디 애틀랜틱」지 블로그에 기고한 글을 입에 침이 마르게 칭찬하는 아빠 소리가 코너를 돌아 사라진다. 알렉스와 엄마는 서로 쳐다보고 의미심장한 표정을 교환한다. 이 가족은 가끔 참 빤하다.

다음 날. 오스카 의원은 알렉스에게 '엄마한테 말하지 말고 아빠 따라와'라는 표정을 짓더니 트루먼 발코니로 아들을 끌고 나간다.

"메리 크리스마스다, 우리 아들." 씩 웃으며 아빠가 인사를 건네면 알렉스는 웃음을 터뜨리고, 한팔로 끌어당기는 아빠의 품에 폭 안긴다. 아빠의 체취는 변함이 없다. 길이 잘 든 가죽처럼 짠맛과 훈연향이 뒤섞인 향기. 엄마는 시가 바에서 사는 것 같다고 투덜거리곤 했다.

"메리 크리스마스, 아빠."

알렉스는 의자를 난간 가까이 끌어와 반짝이는 장화를 올렸다. 오스카 디아즈는 풍광을 사랑했다. 알렉스는 눈앞에 펼쳐진, 눈 덮인 잔디밭을 바라보며 생각에 잠긴다. 위로 쭉 뻗은 워싱턴 모뉴먼트의 확고한 라인, 서편으로 아이젠하워 빌딩의 깔쭉깔쭉한 프랑스식 망사르드 지붕, 트루먼 대통령이 싫어했다는 바로 그 건물. 아빠가 호주머니에서 시가를 꺼내 끝을 자르고는 수년간 해오던 방식대로 세심한 의례를 거쳐 불을 붙인다. 한 모금 머금은 담배 연기를 뿜어내고는 알렉스에게 시가를 건네준다.

"이런 게 잘난 개자식들을 얼마나 열받게 만드는지 생각하면 웃음이 절로 나오지 않니?" 아빠는 이 풍경 전체를 손짓으로 가리킨다. 국가의 수반들이 크로아상을 먹던 난간에 멕시코 남자 둘이 다리를 올리고 앉아 있는 풍경.

"그럼요, 질리지도 않아요."

오스카는 아들의 당돌한 말에 호탕하게 폭소를 터뜨린다. 오스카는 아드레날린 중독자다. 마운틴 클라이밍, 동굴 다이빙, 알렉스 엄마의 화를 돋우기. 기본적으로 죽음과 희롱을 즐긴다고 할까. 아버지가 일을 대하는 꼼꼼하고 정확한 방식이나, 느긋하고 너그러운 양육 방식과는 정반대의 면모다.

지금은 고등학교 때보다 훨씬 자주 아빠를 볼 수 있어서 좋다. 오스카는 이제 1년의 대부분 시간을 워싱턴 D.C.에서 보내기 때문이다. 정신없이 바쁜 의회 회기 동안에도 '로스 바스타르도스Los Bastardos*'는 회동을 한다. 일주일에 한 번씩 업무시간이 끝난 후 오스카의 집무실에 오스카, 알렉스, 라파엘 루나 셋이서만 모여서 허튼소리를 하며 시간을 보낸다. 그리고 물리적 거리가 가까워지자 부모님도 서로 잡아먹을 듯 으르렁대던 시간을 뒤로하게 되었고, 크리스마스 파티도 두 번에서 한 번으로 줄었다.

아무렇지 않게 일상을 보내다가도, 문득문득 짧게 스치는 기억에 정신이 퍼뜩 들 때가 있다. 그럴 때면 다 같이 한 지붕 아래 살던 시절이 얼마나 그리운지를 절감하게 된다.

가족의 요리사는 언제나 아빠였다. 알렉스의 유년기에는 깔디요 소스를 만드느라 주물 냄비에서 보글보글 끓이던 고추와 양파와 스튜용 고기의 향내가 배어 있다. 두툼한 도마 위에 갓 만든 빵 반죽이 숙성되고 있었다. 엄마가 길티 플레저로 즐기는 피자 베이글을 구우려고 오븐을 열었다가 냄비와 프라이팬이 잔뜩 든 걸 보고 웃음을 터뜨리다 짜증을 내던 기억도 떠오른다. 엄마가 냉장고를 열면 버터통 속에 살사 베르데가 가득할

---

* '나쁜 녀석들'이라는 bastard를 멕시코식으로 풀어쓴 모임의 이름.

때도 많았다. 주방에서는 웃음소리가 끊이지 않았고, 언제나 맛있는 음식이 있었고, 시끌벅적한 음악이 항상 흘렀고, 줄이어 찾아오는 사촌들과 식탁에서 해치운 과제들이 있었다.

그러다 나중에는 서로 버럭거리는 고함이 그 자리를 대체했고, 다음에는 끝없는 침묵이 찾아왔고, 곧 알렉스와 준은 10대가 되고 부모님은 둘 다 의회로 진출했고, 알렉스는 학생회장 겸 라크로스 주장 겸 프롬킹 겸 학년 수석이 되었고, 지극히 의도적으로, 부모님 문제에는 생각을 끊게 되었다.

그래도 이번에는 아빠가 관저에 사흘을 묵었는데도 별다른 사건이 발발하지 않았다. 알렉스는 어느 날 아빠가 요리사 두 명과 주방에서 껄껄 웃어대며 고추를 냄비에 던져넣는 모습을 우연히 보았다. 그래도 그냥, 가끔은, 이런 날이 좀 더 자주 있으면 좋겠다는 생각이 들 때가 있다.

자흐라는 크리스마스 당일에 가족을 만나러 뉴올리언스로 돌아간다. 그나마 대통령이 고집을 부려서 간신히, 여동생이 아기를 낳았기 때문에 간신히, 거기다 에이미가 자기가 떠 준 니트 우주복을 배달해주지 않으면 죽인다고 협박했기 때문에 간신히, 성사된 일정이다. 그래서 크리스마스 만찬은 자흐라가 참석할 수 있도록 이브에 열린다. 밤마다 클레어몬트 가의 일원들을 돌아가며 욕하는 나날을 보내고 있지만 자흐라 역시 가족이다.

"메리크리스마스, Z!" 알렉스는 패밀리 다이닝 룸 앞 복도에서 자흐라를 만나 명랑하게 인사한다. 성탄절 분위기를 내기 위해 자흐라는 얌전한 빨간 터틀넥을 입고 왔다. 알렉스가 입은 건 밝은 초록색 반짝이로 뒤덮인 스웨터다. 알렉스가 씩 웃으며 소매 안쪽의 버튼을 누르자 "오, 크리스마스 트리"가 겨드랑이 근처에 달린 스피커에서 울려 퍼진다.

"이틀 동안 네 얼굴을 안 볼 수 있다니, 정말이지 내가 내일만 손꼽아

기다린다." 말은 그렇게 하지만 자흐라의 목소리에는 진짜배기 애정이 배어 있다.

올해 만찬은 소박하다. 친할아버지와 할머니가 휴가를 가서 반짝이는 흰색과 금색으로 장식한 테이블은 6인용으로 차려졌다. 대화는 순조롭게 이어졌고 알렉스는 언제나 이런 건 아니라는 사실을 하마터면 깜박 잊을 뻔했다.

화제를 선거로 돌릴 때까지.

"내가 생각해 봤는데⋯." 오스카는 신중하게 안심을 자르며 말한다. "이번에는 나도 당신과 함께 캠페인을 돌 수 있을 것 같아."

테이블 맞은편에서 엘런이 포크를 내려놓는다.

"당신이 뭘 할 수 있다고?"

"알잖아." 오스카는 어깨를 으쓱하고는 우물우물 씹는다. "같이 돌아다니면서, 연설도 하고. 대리로 선거운동 뛰기도 하고."

"설마, 농담이지."

오스카도 이제 테이블보가 덮인 식탁에 자신의 포크와 나이프를 내려놓는다. 부드럽게 툭, 떨어뜨리는 소리, 아, 젠장. 알렉스는 테이블 건너편에 앉은 준의 눈빛을 살핀다.

"그게 그렇게 나쁜 생각인가 보지?" 오스카가 말한다.

"오스카, 지난번에 이 얘기는 이미 한번 끝냈잖아." 엘런의 말투가 순식간에 딱딱하고 냉랭해진다. "사람들은 여자를 좋아하지 않지만, 아내와 어머니는 좋아한다고. '가족'을 좋아해. 전남편을 데리고 다니면서 이혼녀라는 사실을 굳이 상기시키는 건, 우리가 해서는 안 될 일이라고."

오스카는 약간 침울하게 웃었다. "그러니까, 저 친구가 애들 아빠인 척하고 다니시겠다고?"

"오스카." 레오가 말한다. "알다시피 나는 절대로…."

"당신은 논점을 놓치고 있어." 엘런이 말을 딱 끊었다.

"당신의 호감도를 높일 수 있어. 내 호감도는 상당히 높아, 엘. 당신이 국회에 있을 때보다 내 인기가 훨씬 높다고."

"이제 또 시작이네요." 알렉스는 옆자리에 앉은 레오를 보고 말한다. 레오는 특유의 서글서글한 무표정을 하고 있다.

"우리도 연구를 끝냈다고, 오스카! 알았어?" 엘런이 손바닥으로 테이블을 꽉 짚는다. 목소리가 커지고 언성이 높아진다. "데이터가 나와 있어. 지지후보를 정하지 않은 유권자들한테 이혼을 상기시키면 지지도가 떨어진다니까!"

"당신이 이혼한 건 사람들이 다 알아!"

"알렉스도 숫자가 높게 나와!" 엘런이 버럭 소리를 지르자 알렉스와 준이 둘 다 움찔한다. "준의 숫자도 높단 말이야!"

"애들은 숫자가 아니야!"

"누가 그걸 모르는 줄 알아." 엘런이 짓씹어 말한다. "내가 언제 애들이 숫자라고 했어!"

"가끔은 당신도 애들을 이용한다고 생각하지?"

"감히 어떻게 그따위 소리를…. 자기는 재선을 앞두면 항상 애들을 앞세우는 데 거리낌이 없어 보이더라!" 엘런은 손날로 허공을 갈랐다. "애들이 그냥 클레어몬트였으면 아마 당신한테 그렇게 행운이 따르진 않았을걸. 그게 훨씬 덜 혼란스럽고. 어차피 사람들은 애들 성을 그렇게 알고 있는데 말이야!"

"우리 이름 가지고 왈가왈부하지들 말아요!" 준이 벌떡 일어나더니 새된 고함을 지른다.

"준." 엘런이 달랜다.

그러나 아빠는 계속 밀어붙인다. "당신을 도와주려는 거야, 엘런!"

"선거에 이기는 데 당신 도움은 필요 없어, 오스카!"

엘런이 손바닥으로 테이블을 세차게 내리치자 충격으로 그릇이 딸그락거렸다.

"의회에 있을 때도 필요 없었고, 처음에 대통령이 될 때도 필요 없었고, 지금도 필요 없어!"

"맞붙는 상대를 생각하고 진지하게 나가야 한다고! 저쪽에서는 이번에 페어플레이를 할 것 같아? 오바마가 8년 집권하고 이제 당신인데? 분기가 탱천했다고. 엘런, 리처즈는 피를 보겠다고 나올 거야! 준비를 단단히 해야 한다고!"

"단단히 할 거야! 나한테 이딴 일 전담하는 팀이 없는 줄 알아? 내가 빌어먹을 미합중국의 대통령이야! 당신이 굳이 나한테 어… 어…."

"맨스플레인이요?" 자흐라가 거든다.

"그래, 맨스플레인이나 하지 말라고!" 엘런은 눈을 커다랗게 치뜨고 테이블 맞은편의 오스카를 향해 검지를 치켜들고 허공을 꾹 찔렀다. "이 대통령 경선은 내가 해!"

오스카가 냅킨을 던졌다. "당신 그 더러운 고집불통은 여전하군!"

"웃기는 소리 마!"

"엄마!" 준이 날카롭게 제지한다.

"맙소사, 지금 장난해요?" 알렉스는 의식적으로 결정을 다 내리기도 전에 버럭 울려 퍼지는 자기 목소리를 듣는다. "젠장 식사 한 끼를 예의 바르게 끝내는 일을 못 해요? 시발, 크리스마스잖아요. 국가를 경영하는 분들이라면서요? 정신들 차리세요."

알렉스는 의자를 뒤로 밀고 다이닝 룸에서 뛰쳐나온다. 자기가 과하게 극적으로 성질머리를 부렸다는 건 알지만 신경 쓰고 싶지도 않다. 알렉스는 방에 들어가 문을 쾅 하고 닫는다. 홧김에 스웨터를 홱 잡아 뜯다시피 벗어 벽에 내동댕이치는 순간, 거지 같은 스웨터가 기분 나쁜 이상한 소리를 낸다.

알렉스가 흥분하는 건 자주 있는 일이다. 다만, 가족한테 이성을 잃고 화풀이를 하는 일은 없다. 웬만해서는 가족 문제에 마음을 쓰지 않기 때문이다. 서랍에서 낡은 라크로스 티셔츠를 꺼내 입는다. 티셔츠를 걸치고 돌아서는 순간 하필 옷장 옆 거울에 비친 자기 모습이 보였다. 다시 10대로 돌아간 기분이 들었다. 부모님 일을 과도하게 걱정했지만, 상황을 바꿀 수 없는 어떤 힘도 없어 한없이 무기력했던 시절. 지금은 기분 전환 겸 등록해서 정신을 쏟을 선이수 과목도 없다는 게 다르다.

하지만 버몬트에서 하누카*를 즐기는 노라의 기분을 망치기도 싫고, 고등학교 때 절친이었던 리암과는 워싱턴 D.C.로 온 후 거의 연락을 끊고 살았다. 그렇다면 남는 건….

"이번에는 내가 또 무슨 짓을 해서 이런 대접을 자초한 걸까?" 헨리의 목소리는 낮고 졸음이 끼어 있다. 배경에서 희미하게 캐롤이 울리고 있다.

"어, 음, 미안해. 늦은 시각인 건 아는데, 크리스마스이브기도 하고 뭐 그렇지. 너도 아마, 가족 행사가 있을 텐데, 지금 생각해 보니 그렇네. 왜 그 생각을 미리 못 했을까. 와, 씨, 이래서 내가 친구가 없나 봐. 난 머저리 말미잘이야. 미안해. 내가, 어, 그냥…."

"이런, 이런, 알렉스." 헨리가 말을 끊었다. "괜찮아. 여기는 새벽 2시 반

---

* 유대교의 명절.

이라서 다들 자러 갔어. 베아만 빼고. 인사해, 베아 누나."

"안녕, 알렉스!" 낭랑하고 웃음기 섞인 목소리가 들려왔다. "헨리는 지금 막대 사탕이 잔뜩 그려진 잠옷을 입고 있대요!"

"그만하면 됐어, 누나." 헨리의 목소리가 다시 들리고, 아마도 베아 쪽으로 베개를 던졌는지 둔탁하게 부딪는 소리가 났다.

"그런데 무슨 일 있어?"

"미안해." 알렉스가 불쑥 내뱉는다.

"이상하다는 건 아는데, 너도 누나하고 같이 있고, 어, 그런데, 아휴. 안 자고 깨어있을 만한 사람 중에 전화를 걸 데가 없더라? 나도 우리가, 어, 사실 친구는 아니라는 건 아는데, 뭐 이런 얘기를 할 사이도 아니고. 하지만 우리 아빠가 크리스마스에 오셨는데, 엄마하고 한 방에 1시간만 같이 두면 무슨 새끼 물범을 두고 싸우는 백상아리들 같아. 결국은 대판 싸움을 벌였는데, 사실 내가 굳이 신경을 쓸 일은 아니거든. 어차피 이혼도 하셨고 그렇잖아. 그런데 내가 왜 이성을 잃었는지 모르겠어, 제발 한 번만이라도 둘이 좀 참고 우리가 멀쩡하게 휴일을 함께 보낼 수 있으면 좋겠는데."

긴 침묵 끝에 헨리가 말했다.

"끊지 말고 있어. 베아 누나, 잠깐 좀 나가 있을래? 쉿. 그래, 비스킷은 갖고 가. 이제 됐어, 듣고 있어."

알렉스는 길게 숨을 토했다. 지금 뭐하는 짓인지 희미한 회의감이 들었지만, 그래도 꿋꿋이 말을 잇는다. 헨리에게 이혼 이야기를 털어놓는 건—그 기묘했던, 휘몰아치던 시간, 보이스카우트 캠프에서 돌아와 보니 아빠의 짐이 다 사라지고 없던 날, 헬라도스 아이스크림을 퍼먹던 여러 밤—생각처럼 불편하지 않았다. 헨리한테는 자아를 필터링해 보여주려는 노력 자체를 해 본 적이 없다. 처음에는 솔직히 헨리가 어떻게 생각하는 개의치 않았고, 이제는 그냥 그런 사이가 되어버려서. 지금과는 달라야 하는 관계일지도 모른다. 산더미 같은 과제에 대한 불평을 늘어놓다가, 이제는 이런 일로 깊은 속을 탈탈 털어 보여주는 사이. 어쩌다 보니 이렇게 되어버렸다. 크리스마스 디너 때 일어난 일들을 낱낱이 털어 놓고 나서야 알렉스는 자기가 1시간 넘게 떠들었다는 걸 깨달았다. 그때 헨리가 말했다.

"너는 할 수 있는 최선을 다한 것 같은데."

알렉스는 다음에 무슨 말을 할지 까맣게 잊고 만다.

그게, 그러니까, 살면서 대단하다는 말은 많이 들었다. 하지만 그만하면 됐다는 말은 별로 들어본 적이 없다. 뭐라 답할 말을 찾기 전에, 문을 세 번 부드럽게 두드리는 소리가 난다. 준이었다.

"아. 그래, 고마워. 이제 끊어야겠다."

알렉스가 나직하게 말하는데 준이 가만히 문을 열고 들어온다.

"알렉스…."

"진심이야, 어, 고마워."

알렉스는 준에게 이 상황을 설명하고 싶지가 않다.

"메리 크리스마스, 잘 자."

전화를 끊고 폰을 옆으로 던지는데 준이 침대 위로 올라와 앉는다. 분홍색 목욕 가운을 걸치고 샤워한 머리가 젖어 있다.

"야." 준이 말한다. "너 괜찮아?"

"어, 괜찮아. 미안해. 내가 정신이 어떻게 됐었나 봐. 폭발할 생각은 없었는데. 내가 그동안… 몰라. 내가 좀, 요즘, 기분이 그랬어."

"그래도 돼." 준은 머리칼을 어깨 뒤로 휙 넘긴다. 알렉스에게 물방울이 조금 튀었다. "나야말로 지난 6개월 동안 대학 다니면서 완전히 넋이 나가 있었어. 건드리기만 하면 아무한테나 폭발했을 거야. 있잖아, 모든 일을 항상 다 잘할 필요는 없어."

"아냐, 됐어. 나 괜찮아." 알렉스는 자동으로 내뱉는다. 준은 못 미더운 얼굴로 고개를 모로 꼬고 쳐다보고, 알렉스는 맨발로 누나의 무릎을 툭 찬다. "그래서, 내가 나온 다음에 일이 어떻게 돌아갔어? 전장에 흥건한 핏자국은 이제 다 닦았대?"

준은 한숨을 쉬며 알렉스를 다시 발로 쿡 밀어 찼다.

"어찌어찌 하다 보니 둘이 이혼 전에는 정계의 파워 커플이었고, 뭐 그 시절이 좋았고, 그런 얘기로 흘러갔어. 엄마가 사과했고, 위스키와 향수에 젖어 시간을 보내다 다들 자러 갔어." 준은 코웃음을 쳤다. "아무튼, 잘했어, 너도."

"선을 넘었다고 생각하지 않아?"

"아니야. 그래도… 나는 엄마에 대해서는, 아빠가 한 말에 동의하는 편이라. 엄마가 좀 가끔… 너도 알잖아, 우리 엄마."

"뭐, 그 힘으로 지금 이 자리까지 오셨으니까."

"넌 문제라고 생각해 본 적이 없어?"

알렉스는 어깨를 으쓱한다. "난 좋은 엄마라고 생각해."

"그래, 너한테는 그렇겠지." 준이 말한다. 비난이 섞인 말투는 아니고 담담히 본 대로 말하는 투였다. "엄마식 양육의 효과는 결국, 아이가 엄마한테서 필요한 게 무엇인지에 달려 있다고 해야 할까. 아니면 아이가 엄마한테 무엇을 해줄 수 있는지가 중요하다고 해야 할까."

"아니, 그래도 난 엄마가 무슨 말을 하시는지 알겠다고." 알렉스가 중심을 잡는다. "그래도 가끔 아빠가 캘리포니아에 의석이 났다는 이유로 짐을 싸서 나가버리신 게 야속할 때가 있거든."

"그래, 하지만, 엄마가 한 일이랑 그게 뭐가 달라? 다 정치야. 내 말은, 엄마가 엄마로서 해야 할 다른 일은 안 해주면서 우리를 밀어붙이기만 한다는 얘기고, 그러니까 아빠 말에도 일리가 있다고."

알렉스가 입을 열어 뭐라 답을 하려는데 준의 목욕 가운 주머니 속에서 폰이 진동한다.

"아, 음."

준은 휴대전화를 꺼내 화면을 본다.

"뭔데?"

"아무것도 아니야, 어." 준이 엄지로 톡 쳐서 문자를 열어본다.

"메리 크리스마스 문자. 에반한테서."

"에반이면…. 캘리포니아에, 그 누나 구남친 에반? 아직도 문자하는 사이야?"

준은 이제 아랫입술을 깨물고 있다. 답장을 쓰는 준의 표정에 어쩐지 거리감이 느껴진다.

"응. 가끔가다가."

"잘됐네. 에반은 처음부터 주는 거 없이 좋더라." 알렉스가 말했다.

"그래, 나도 좋아." 준이 부드럽게 말한다. 그리고 휴대폰을 잠그고 침대에 던지더니, 리셋하는 것처럼 눈을 두어 번 깜박거린다. "그건 그렇고, 네가 그 얘기 하니까 노라가 뭐래?"

"으응?"

"전화로? 노라겠지, 뭐. 이런 거지 같은 일은 너 남한테 절대 얘기 안 하잖아."

"아." 알렉스의 뒷덜미에 도저히 설명할 수 없는, 배신자의 공기가 확

끼쳐왔다.

"어, 그게, 아니야. 사실, 좀 이상하게 들리긴 할 텐데, 그게 내가 헨리하고 얘기하고 있었거든?"

준의 눈썹이 휙 치켜 올라가고, 알렉스는 황급히 숨을 곳을 찾아 방안을 훑어본다.

"아하, 그렇다 이거지."

"들어 봐, 나도 아는데, 우리는 뭐랄까 좀 묘하게 공통점이 있어. 그리고 괴상한 감정적 부담감이나 신경증 같은 게 있는 것도 닮았고, 이유는 모르겠지만 헨리라면 이해할 것 같았단 말이야."

"어머나, 세상에, 알렉스." 준은 알렉스를 와락 덮치더니 거칠게 안았다.

"너 친구를 만들었구나!"

"나 친구들 있어! 이거 왜 이래, 저리 떨어져!"

"우리 동생한테 친구가 생겼어!"

준은 말 그대로 얼굴을 부비며 마구 키스했다.

"이 누나는 정말 자랑스럽다!"

"진짜 죽인다, 그만해!"

알렉스는 몸을 마구 비틀어 누나의 손아귀에서 벗어나려고 뒤채다 바닥으로 쿵 떨어졌다.

"그 자식은 내 친구 아니야. 허구한 날 아옹다옹하고, 제대로 된 얘기를 한 건 딱 한 번뿐이란 말이야."

"바로 그게 친구야, 알렉스."

알렉스의 입이 벌어져 뭐라고 대꾸하려다 그만두고 닫힌다. 몇 문장인가 그러길 반복하다 알렉스는 그냥 손으로 문을 가리켰다.

"이제 나가, 준! 가서 잠이나 자!"

"싫어. 네 새 절친 얘기 다 듣고 갈 거야. 어머, 왕자님이라면서. 알렉스 너 진짜 부티 난다. 누가 짐작이나 했겠니?" 준은 침대 끄트머리로 얼굴을 내밀고 알렉스를 내려다본다. "아, 진짜, 낭만적이다. 이거 완전 로맨틱 코미디 같아. 왜 여자가 결혼식에 함께 갈 가짜 남친으로 고용한 남자와 진짜로 사랑에 빠지는 그런 얘기들 있잖아."

"그거랑 이거랑 완전 딴판으로 다른 얘기거든."

백악관 스태프가 크리스마스트리들을 미처 다 정리해 치우기도 전에 그 일이 시작된다.

댄스 플로어를 설치해야 하고, 메뉴를 결정해야 하고, 스냅챗 필터도 인가해야 하고. 알렉스는 26일은 아예 아침부터 밤까지 준과 함께 사회 활동 전담 비서관의 사무실에 처박혀서 문건을 검토하며 보내야 했다. 작년에 〈리얼 하우스와이프〉* 출연진 딸이 둥글게 휘어지는 계단에서 낙상하는 사고가 난 이후로, 참석자 전원에게 면책 서류를 내밀고 서명을 받아야 했다.

그리하여 또다시 「전설적인 광란의 백악관 트리오 신년 전야 파티」의 날이 도래했다.

엄밀하게 따지자면 공식 명칭은 '영 아메리카 신년 전야 갈라'고, 어느 레이트 나이트 쇼의 앵커 말을 빌자면 '밀레니얼 특파원 만찬'이라고도 한다. 어쨌든 매년 알렉스, 준과 노라는 친구들, 애매한 유명인 지인들, 구남친과 구여친들, 잠재적인 정치적 인맥들, 기타 유수의 20대 청년 300명으로 1층의 이스트룸을 가득 채운다. 공식적으로 이 파티는 모금 행사로 분류되고, 실제로도 자선단체에 엄청난 돈을 모아주며 퍼스트 패밀리 이미

---

* 베벌리힐스의 부유한 전업주부들의 삶을 그린 리얼리티 쇼.

지에도 훌륭한 홍보 효과가 있어 엄마도 흔쾌히 허락해준다.

"어, 잠깐." 백악관 1층 회의실. 한 손에 컨페티 표본을 가득 들고 있던 알렉스가―금속성 광택이 나는 색채를 원하는지, 아니면 좀 더 차분한 네이비와 골드를 원하는지?―최종 결정된 초대 손님 명단을 뚫어져라 보고 있다.

"여기 헨리를 넣은 사람 누구야?"

노라가 초콜릿 케이크를 한입 가득 물고 우물거린다. "나 아니야."

"준?"

"아니, 네가 직접 초대했어야지!" 준은 솔직히 인정하는 대신 버럭 화를 낸다. "네가 우리 말고 다른 친구를 사귄다니 얼마나 좋아. 너는 간혹 심하게 외톨이가 되면 꼭 살짝 미치더라. 작년에 노라와 내가 일주일 동안 해외에 나가 있었더니, 그새를 못 참고 문신할 뻔했던 거 기억나니?"

"난 지금도 알렉스가 등줄기에 야한 싸구려 문신을 새기게 됐으면 좋았을 거 같은데."

"등줄기도 아니고 야한 싸구려 문신도 아니었다고." 알렉스가 발끈한다. "노라 누나도 공범이지?"

"내가 혼돈을 사랑하는 거 너도 알잖아." 노라가 평온하게 말한다.

"누나들 말고도 나 친구 있어." 알렉스가 말한다.

"누구, 알렉스?" 준이 말한다. "말 그대로 누구?"

"많아!" 알렉스는 방어적으로 말한다. "수업에서 만난 사람들! 리암!"

"제발 좀. 리암하고는 한마디도 안 한 지 1년도 넘은 걸 우리가 다 아는데. 너도 친구가 필요해. 그리고 너 헨리 좋아하잖아. 내가 다 알아."

"그 입 다물라."

알렉스는 손가락을 옷깃 안으로 넣어 잡아당긴다. 피부가 땀에 젖었다.

밖에 눈이 펄펄 내리는데 난방을 항상 이렇게 세게 트는 건가?

"이거 흥미진진하다." 노라가 관망하며 한마디 거든다.

"아니야, 재미없어." 알렉스가 쏘아붙인다. "좋아, 헨리도 오라고 해. 하지만 헨리가 다른 사람이면 몰라도 내가 밤새 붙어서 베이비시터 노릇을 해주진 않을 거다."

"플러스 원 붙여줬어." 준이 말한다.

"누굴 데리고 온대?" 알렉스는 즉시, 반사적으로 묻는다. 자기도 모르게. "그냥 궁금해서."

"페즈."

준이 미묘한 눈길로 바라보는데, 알렉스는 누나의 표정을 읽을 수가 없다. 그래서 누나가 사람 혼란스럽게 만들 때 짓는 이상한 표정이라고 생각해버린다. 준은 신비스러운 방식으로 일할 때가 있는데, 이것저것 조직하고 지휘해서 알렉스가 생각지도 못한 굉장한 결과를 내놓곤 했다.

그러니까, 헨리가 온다 이거지.

알렉스는 파티 당일 인스타그램을 확인하고 페즈가 헨리와 함께 전용기에서 올린 포스팅을 발견한다. 페즈는 파티를 위해 머리를 분홍색으로 염색했고, 그 옆자리에 헨리는 부드러워 보이는 회색 스웨트셔츠를 입고 양말을 신은 발을 창턱에 올린 채 미소 짓고 있다. 웬일로 푹 잘 쉰 것처럼 보이는 얼굴이다. USA로 가즈아! #YoungAmericaGala2019 페즈의 해시태그다.

알렉스는 자기도 모르게 웃음을 머금고 헨리에게 문자를 친다.

주목: 오늘 밤 이 몸이 버건디 벨벳 수트를 입을 예정. 나보다 돋보일 생각은 하지도 말 것. 시도는 필패니 남는 건 망신살이라.

몇 초 후 헨리에게서 답신이 온다.

소인 꿈도 꾸지 않겠사옵니다.

그때부터 모든 일에 속도가 붙는다. 헤어스타일리스트한테 분장실로 끌려간 알렉스는 누나들이 카메라에 앞에 완벽한 모습으로 나타나기 위해 변신하는 과정을 본다. 노라의 짧은 곱슬머리는 한쪽으로 올려붙여 블랙 드레스 보디스의 날카로운 기하학적 선과 매칭된 실버 핀으로 고정한다. 준의 드레스는 함께 고른 네이비와 골드 배색에 완벽하게 어울리는 미드나잇 블루로, 허리선까지 깊이 파인 자크 포센의 작품이다.

8시가 되자 손님들이 도착하기 시작하고 술이 흘러넘친다. 알렉스는 위스키를 주문해 흥을 돋운다. 라이브 뮤직이 연주된다. 준한테 신세를 진 적이 있는 팝스타다. 지금은 〈아메리칸 걸〉을 커버하고 있어, 알렉스가 준의 손을 잡고 빙글빙글 돌리며 댄스 플로어로 나간다.

제일 먼저 도착하는 부류는 언제나 처음 정계에 입성한 신참들이다. 백악관 인턴들, 「미국의 진보 센터」의 이벤트 플래너, 펑크록 스타일의 여자친구를 대동한 초선 의원의 딸. 알렉스는 머릿속으로 나중에 인사를 해둬야겠다고 생각한다. 그리고 전략적 차원에서 홍보팀이 초대한 손님들, 마지막으로 패셔너블하게 지각하는 스타들. 중간보다 약간 못한 수준의 팝스타들, 10대에게 인기 있는 드라마에 출연한 젊은 배우들, 유명한 연예인의 2세들.

알렉스는 헨리가 언제 등장할지 궁금하다. 때마침 준이 옆에 불쑥 나타나더니 "왕자님께서 왕림하신다!"고 외쳤다.

알렉스의 시선은 눈부시게 폭발하는 원색과 마주쳤는데, 알고 보니 페즈의 봄버 재킷이었다. 광택이 흐르는 실크에 정교하게 꽃무늬를 수놓은 재킷이 어찌나 화려한지 절로 실눈이 떠진다. 하지만 시선을 조금 오른편으로 옮기면, 색채는 한 톤 가라앉는다.

런던에서 보낸 주말 이후로 알렉스가 헨리를 실제로 본 건 처음이었다. 그 사이에 수백 통의 문자와 기묘한 그들만의 농담과 늦은 밤의 통화가 오갔다. 이제는 아예 다른, 새로운 사람을 만나는 기분이다. 알렉스는 헨리에 대해 더 많이 알게 되었고, 더 잘 이해하게 되었고, 그 유명한 아름다운 얼굴에 이따금 걸리는 진심 어린 미소가 얼마나 귀한지도 알게 되었다.

기묘한 인지 부조화였다. 현재의 헨리와 과거의 헨리 사이의 낙차란. 흉골 아래가 이상하게 불편하고 뜨끈한 느낌이 드는 건, 인지 부조화 탓이 틀림없다. 위스키하고.

헨리는 심플한 다크 블루 정장 차림이지만 좁게 떨어지는 밝은 황동색—겨자색 넥타이를 선택했다. 알렉스를 본 헨리가 환하게 미소를 띠며 페즈의 소매를 잡아당긴다.

"넥타이 멋진데."

알렉스는 헨리가 군중의 소음을 넘어 말소리를 알아들을 수 있을 만큼 가까이 오자마자 말했다.

"이보다 더 따분한 걸 입고 오면 경비한테 끌려서 쫓겨날 것 같더라고."

헨리의 목소리는 어쩐지 알렉스의 기억과 좀 다르게 들린다. 아주 값비싼 벨벳 같다. 뭔가 엄청나게 부티나고 사치스럽고 반드르르하고.

"그런데 이분은 누구셔?"

준이 불쑥 묻는 바람에 알렉스의 의식 흐름이 뚝 끊겼다.

"아, 공식적으로 인사하신 적이 없으시죠?" 헨리가 말한다.

"준, 알렉스, 여기는 제 가장 친한 친구 퍼시 오콘조입니다."

"사탕 이름처럼 페즈라고 불러주세요."

페즈가 명랑하게 말하며 알렉스에게 손을 내밀었다. 손톱 몇 개가 파랑게 칠해져 있다. 그리고 준을 돌아보는 페즈의 눈빛은 눈에 띄게 환해지고 웃음이 길게 퍼진다.

"선을 넘는 소리라고 생각하시면 부디 제 따귀를 때려주세요. 하지만 당신은 제가 평생 살아오면서 본 중에서 가장 아름다운 분이십니다. 허락해주신다면 이곳에서 가장 값비싸고 귀한 술을 제가 한 잔 대접하고 싶은데요."

"어휴." 알렉스가 괴로워한다.

"매력적인 분이시네요."

준이 웃으며 맞장구를 쳐준다.

"여신께서 그런 말씀을."

알렉스는 둘이 인파 속으로 사라지는 모습을 지켜보았다. 페즈는 형형색색으로 불타오르며 벌써 준의 손을 잡고 핑글핑글 돌리고 있다. 헨리의 미소가 수줍고 어색하게 변하자, 알렉스는 마침내 두 사람의 우정을 이해한다. 헨리는 스포트라이트를 원치 않고, 페즈는 천성적으로 헨리가 굴절시키는 빛을 흡수하는 것이다.

"저 남자분께서 결혼식 이후로 줄곧 그쪽 누나를 소개해달라고 날마다 애원했어." 헨리가 말한다.

"정말이야?"

"우리가 방금 페즈 돈을 어마어마하게 아껴준 거야. 하마터면 공중에 글씨 쓰는 비행기 편대를 통째로 예약할 뻔했으니까."

알렉스는 고개를 젖히고 웃음을 터뜨린다. 헨리는 여전히 웃음을 머금고 알렉스를 바라본다. 준과 노라의 말도 일리는 있다. 어찌 되었든, 알렉스는 헨리라는 사람을 좋아하는 모양이다.

"자, 가자." 알렉스가 말한다. "나는 벌써 위스키를 두 잔이나 마셨단 말이야. 쫓아오려면 열심히 달려야 할 걸."

알렉스와 헨리가 지나가자 별안간 뚝 그치는 대화가 한둘이 아니다. 달달한 앙트르메를 먹던 입들이 쩍 벌어진다. 알렉스는 좌중의 눈에 비치는 모습을 상상해 본다. 왕자와 대통령의 아들. 각국을 대표하는 미남으로 손꼽히는 둘이 어깨를 나란히 바로 걸어가는 모습. 이토록 차마 닿을 수도 없는 화려한 판타지에 부응하며 산다는 건, 두려우면서도 설레는 일이다. 하지만 그건 사람들 눈에 '보이는' 겉모습일 뿐이다. '칠면조 대참사'를 아는 사람은 아무도 없다. 오로지 알렉스와 헨리 둘뿐.

알렉스는 첫 잔을 돌리고 사람들은 원샷으로 들이킨다. 알렉스는 헨리가 실제로 자기 옆에 서 있다는 사실에 왜 이토록 신이 나는지 스스로가 놀랍다. 심지어 헨리를 올려다보는데도 자존심이 상하지 않다니. 백악관 인턴들에게 헨리를 소개하자 다들 얼굴을 붉히며 말을 더듬어서 웃음이 터졌다. 헨리의 얼굴에 서글서글한 무표정이 걸려 있다. 예전에는 도도한 무관심으로 오해했지만, 이제 당혹감을 세심하게 감추는 얼굴이라는 걸 안다.

댄스가 이어지고, 사람들이 서로 어울리고, 준이 오늘 밤의 기부금으로 후원하는 이민자 후원 기금을 소개하는 연설을 한다. 알렉스는 〈스파이더맨〉 시리즈의 신작에 나오는 젊은 여배우의 공격적인 대시를 피해 콩가 춤을 추게 됐는데, 헨리가 진심으로 즐거워하는 눈치다. 중간에 준이 나타나서 헨리를 바로 데리고 갔다. 알렉스는 멀리서 두 사람을 지켜보며 대체 무슨 이야기를 했기에 준이 웃겨서 바 스툴에서 떨어질 뻔했는지 궁금해한다. 그러다 또다시 군중 속으로 휘말려 들어갔다.

한참 후 밴드가 내려가고 DJ가 나와서 2000년대 초반의 힙합 음악을 믹싱한다. 알렉스가 어렸을 때 들었고 10대에도 댄스파티에서 자주 들었던 최고의 히트곡들. 그때 헨리가 망망한 바다에서 길을 잃은 사람처럼 알렉스를 찾아왔다.

"춤 한 번도 안 춰 봤어?" 손을 어쩔 줄 몰라 쩔쩔매는 헨리를 바라보며 묻는다. 그런 헨리가 귀엽다. 알렉스는 취했다.

"아니." 헨리가 말한다. "왕가에서 의무적으로 받는 볼룸댄스 교습에서 이런 건 안 가르쳐줬거든?"

"뭐야, 그냥 골반으로 박자를 타면 돼. 힘을 빼야지."

알렉스는 아래를 더듬어 헨리의 엉덩이에 양손을 얹었다. 그 손길에 헨리가 즉각적으로 긴장해 몸이 굳었다.

"이건 내가 지금 하는 얘기의 정반대라고."

"알렉스, 나는…."

"여기." 알렉스는 자기 골반을 흔들어 보인다.

"나를 잘 봐."

샴페인을 심각하게 꿀꺽 삼키더니 헨리가 말한다.

"그래, 잘 보고 있어."

노래가 크로스 페이드를 통해 다른 곡으로 넘어간다. 바둠빠 둠둠, 둠둠 다둠둠.

"아무 말도 하지 마." 알렉스는 헨리가 하려던 말을 막무가내로 끊었다. "멍청한 소리 하려면 입 다물고, 이건 내 노래란 말이야!"

알렉스는 두 팔을 하늘로 치켜들고 헨리는 멍하니 쳐다보고 섰고, 사람들이 그들을 에워싸고 환호하기 시작한다. 수백의 어깨들이 흔들리며 릴 존의 느낌이 나는 향수 어린 〈겟 로우〉에 맞춰 허리를 턴다.

"정말로 어색한 중학교 댄스파티에 가서 애들 몇십 명이 한꺼번에 이 노래에 맞춰 골반을 터는 광경을 본 적이 없는 거야?"

헨리는 생명줄처럼 샴페인 잔을 꼭 붙잡고 있다.

"한 번도 그런 건 본 적이 없다니까."

알렉스는 한팔로 허공을 휘저으며 〈스파이더맨〉 여자애와 플러팅을 하고 있던 노라를 잡아 끌어냈다.

"노라! 노라! 헨리는 이 노래에 맞춰 허리 터는 10대들을 본 적이 없대."

"뭐라고?"

"누가 나한테 대고 허리를 터는 일은 결코 없을 거라고 말해줘, 제발, 부탁이야." 헨리가 애원한다.

"아, 미치겠다, 헨리." 알렉스가 쿵쾅거리는 음악 속에 고래고래 소리를 지르며 헨리의 옷깃을 확 잡아챈다. "춤을 춰야 해. 너 꼭 춤춰야 한다. 너도 미국 10대의 통과의례를 이해할 필요가 있어."

노라가 알렉스를 헨리로부터 잡아채어 데리고 가서 빙글빙글 돌리기 시작한다. 노라는 양손으로 알렉스의 허리를 붙잡고 방탕하게 몸을 비벼댄다. 알렉스가 흥분해 탄성을 지르자 노라가 깔깔거리고, 사람들이 뛰어와 그들을 에워싸고, 헨리는 그저 놀란 눈으로 쳐다보기만 한다.

"저 남자가 방금 정말로 '거시기에서 땀이 뚝뚝 떨어진다'고 말한 건가?"

신난다. 노라가 알렉스의 등에 바짝 달라붙어 있고, 이마에 땀방울이 맺히고, 뜨거운 육체들이 사방에서 밀어붙인다. 한쪽에서 팟캐스트 프로듀서와 넷플릭스의 〈기묘한 이야기〉에 나오는 배우가 80년대 유행했던 힙합 듀오 흉내를 내고 있고, 다른 쪽을 보면 페즈가 말 그대로 허리를 접어 발끝에 손을 짚고 있다. 충격과 혼돈으로 얼룩진 헨리의 얼굴은 배꼽잡게 웃긴다. 헨리가 그들을 바라보는 눈길을 보는데, 문득 알렉스의 뱃속에서 파팍 이상한 불꽃이 튀긴다. 알렉스는 지나가는 트레이에서 술을 한 잔 받아 그 느낌에 대고 건배한다. 알렉스가 입술을 뾰루퉁하고 엉덩이를 흔들자 헨리가 진저리를 치더니 드디어 살짝 머리를 흔들기 시작했다.

"확 다 놔버려, 막 가자!"

알렉스가 외치자 헨리가 어쩌지 못하고 웃음을 터뜨린다. 심지어 엉덩이도 살랑살랑 흔들고.

"밤새도록 베이비시터 노릇은 안 한다면서."

준이 춤추며 지나다 알렉스에게 귓속말을 건넨다.

"누나야말로 바빠서 남자랑 놀아줄 시간이 없다며."

알렉스는 곁눈질로 페즈를 보며 의미심장하게 고개를 까닥한다. 준은 윙크만 남기고 사라진다.

그때부터는 자정까지 대중에게 반응이 확실한 곡들이 연속으로 플레이되고 조명과 음악이 최고조에 달한다. 콘페티가, 웬일인지 허공에서 막 폭발하고. 우리가 콘페티 대포도 주문했던가? 술이 계속 들어가고. 헨리는 아예 모엣샹동 샴페인을 술병째 들고 마시기 시작한다. 알렉스는 헨리의 얼굴에 떠오른 표정이 마음에 든다. 병목을 감아쥔 손의 확고한 곡선, 헨리의 입술이 술병 입구를 폭 감싸는 방식. 춤추고자 하는 헨리의 의향은 알렉스의 손길이 유지하는 거리에 정확히 정비례하고, 알렉스의 살갗 아래 보글보글 끓어오르는 현기증 나는 열기는 노라와 함께 있는 알렉스를 바라보는 헨리 입술의 날카로운 각도와 정확히 정비례한다. 하지만 이 등식을 파악하기에 알렉스는 너무 심하게 취해 있었다.

그들은 한 덩어리로 뭉쳐 11시 59분의 카운트다운을 맞는다. 흐릿해진 눈으로 서로를 얼싸안고. 노라가 "쓰리, 투, 원"을 알렉스의 귓전에 대고 외치더니 알렉스의 목에 팔을 두르고 환호성을 지르자 알렉스는 노라에게 질척하게 키스한다. 두 사람은 정신없이 웃어댄다. 매년 하던 일이다. 둘 다 영원한 모쏠이지만 술이 들어가면 행복하게 애정을 과시하며 주변 사람들의 질투를 불러일으키는 짓을 즐긴다. 노라의 입은 따뜻하고 끔찍한 맛이 난다. 무슨 복숭아 탄산소다 같은 맛이다. 노라가 알렉스의 입술을 깨물고 머리를 마구 헝클어뜨린다. 알렉스가 눈을 뜨자, 헨리의 시선이 맞받는다. 읽을 수가 없는 표정이다. 알렉스는 제 얼굴에 길게 번지는 미소를 의식하지만, 헨리는 고개를 돌리고 손에 쥔 샴페인 병을 노려보더니 획 한 모금 들이키고 인파 속으로 들어가버린다.

알렉스는 그 후로 기억의 끈을 놓았다. 아주, 아주 취했고 음악이 아주, 아주 시끄러웠고 몸에 닿는 손길이 아주, 아주 많았고, 어지럽게 얽혀 춤추는 몸들 사이로 끌려다니며 술을 아주, 아주 많이 받아마셨다. 노라는 핫한 NFL 루키의 등에 둥실둥실 업혀 다니고 있다.

시끌벅적하고 지저분하고 환상적이다. 알렉스는 언제나 이런 파티를 좋아했다. 반짝반짝한 희열, 샴페인이 혀끝에서 방울지고 콘페티가 구두에 달라붙는다. 비록 자기 방에 혼자 처박혀 있을 때는 스트레스에 골머리를 썩이더라도, 이런 파티는 언제나 마음만 먹으면 알렉스가 숨어들 수 있는 수많은 사람의 존재를 확인해준다. 세계는 따뜻하게 알렉스를 반겨주고 지금 사는 이 커다랗고 오래된 저택의 벽들도 뭔가 환한 것, 전염성이 있는 생기로 가득 차리라 믿을 수 있다.

하지만 한편으로는, 술과 음악 아래 의식 깊은 어딘가에서, 헨리가 아무 데도 보이지 않는다는 생각이 뇌리를 떠나지 않았다.

화장실을 확인하고 뷔페와 연회장의 한적한 구석 자리를 찾아본다. 그러나 헨리는 어디에도 없다. 페즈한테도 물어보려고 소음을 뚫고 헨리의 이름을 외쳐봤지만, 페즈는 그저 어깨를 으쓱하더니 웃으며 지나가는 요트선수의 사진을 찰칵 찍었다.

알렉스는… 걱정이 된다는 말은 정확하지 않다. 신경 쓰인다. 호기심이

동한다고 해야 할까. 알렉스는 자신의 일거수일투족에 시시각각 변하던 헨리의 표정을 낱낱이 지켜보며 즐거워했다. 계속 헨리를 찾아 헤매던 알렉스는 커다란 복도 통창 앞에서 발을 헛디뎌 넘어졌다. 몸을 일으켜 일어서는데 바깥의 정원에 눈길이 닿았다.

저 멀리, 나무 아래 눈밭에 서서 작은 김을 퐁퐁 내뿜는 훤칠하고 어깨 넓은 형체는 헨리 아닌 다른 사람일 리 없다.

아무 생각 없이 포르티코*로 나가니 등 뒤로 육중한 문이 닫히고 음악이 뚝 끊어지며 정적이 흘렀다. 이제 알렉스에게는 오로지 헨리와 정원뿐이다. 취한 사람 특유의 흐릿하고 협소한 시야가 목표를 정조준한다. 계단을 따라 눈 덮인 잔디밭으로 걸어 내려간다.

헨리는 호주머니에 손을 찔러넣고 가만히 서서 하염없이 하늘을 바라보고 있었는데, 왼쪽으로 기우뚱 흔들리고 있지 않았다면 취기는 찾아볼 수도 없었을 것이다. 샴페인 앞에서도 굽힐 줄 모르는 저 영국인의 체통이란. 알렉스는 왕자의 얼굴을 밀어 덤불에 처넣고 싶어진다.

벤치에 발부리가 걸려 알렉스가 비틀하자 그 소리에 헨리가 돌아본다. 헨리가 돌아보는 순간 달빛이 비쳐, 반쯤 그늘진 얼굴이 부드럽게 누그러져 보인다. 도저히 이해할 수 없이, 음영이 드리운 그 얼굴이 이상하게 알렉스의 마음을 잡아끈다.

"여기 나와서 뭐 하고 있어?"

알렉스는 터덜터덜 걸어가서 헨리와 나란히 나무 아래 선다. 헨리가 찌푸리며 눈을 가늘게 뜬다. 가까이서 보니 사시처럼 눈빛의 초점이 일그러져 알렉스의 코 사이의 허공을 보고 있다. 너도 뭐 그렇게 고상하기만 한

---

* 열주로 지붕을 받친 건물의 현관.

건 아니구나.

"오리온을 찾고 있어." 헨리가 말한다.

알렉스는 쿡 웃으면서 하늘을 올려다본다. 짙게 깔린 겨울 구름뿐, 아무것도 없다.

"평민들이 노는 게 얼마나 따분했길래 여기 나와서 구름이나 쳐다보고 있냐."

"따분하지 않았어." 헨리가 중얼거린다. "너야말로 여긴 왜 나왔어? 미국인이 사랑하는 골든보이신데, 홀딱 반한 군중에게 매력을 발산해야 하는 거 아냐?"

"라고 백마 탄 왕자님께서 말씀하셨습니다." 알렉스는 짓궂게 웃었다.

헨리가 구름을 보며 몹시 왕자답지 않은 표정을 지었다.

"그럴 리가."

헨리의 손등뼈가 알렉스의 손을 스치자, 시린 밤에 찌릿하게 온기가 전해졌다. 알렉스는 술기운에 눈을 껌벅거리며 헨리의 옆모습을 찬찬히 뜯어본다. 윤곽이 부드러운 코의 곡선으로부터 아랫입술 가운데 폭 패인 자리로, 달빛이 고여 있다. 얼어 죽을 만큼 추운 날. 알렉스는 수트 재킷 하나밖에 걸치지 않고 나왔다. 하지만 술도 워낙 많이 마신 데다, 머릿속에서 이름을 붙일 수 없는 감정이 자꾸만 걸리적거려 가슴이 화끈거리며 달아올랐다. 정원은 쥐 죽은 듯 고요하고, 알렉스의 뜨거운 피가 귓가로 치받쳐 쏠리는 소리만 너무나 또렷하게 잘 들린다.

"그런데 너 내 질문에는 대답해주지 않았다." 알렉스가 말한다.

헨리는 끙, 소리를 내며 한 손으로 얼굴을 문지른다.

"넌 대체 사람을 가만두질 않는구나, 응?"

그러더니 고개를 뒤로 젖힌다. 자그맣게 쿵, 소리가 나고 나무줄기에 뒷머리가 부딪는다.

"가끔은 다 좀…. 너무하다, 너무 힘들다는 생각이 들어."

알렉스는 줄곧 헨리를 본다. 보통 헨리의 입가는 다정한 기운이 감도는데, 이 순간에는, 결연히 굳게 다문 입매가 싸늘한 방벽을 둘러치고 있다.

알렉스는, 무의식적으로 몸을 틀어 등을 나무에 기댄다. 헨리와 어깨를 밀착하자 꿈틀, 하는 헨리의 입가를 본다. 깃털처럼 가벼운 무언가 살랑 헨리의 얼굴을 스쳤다. 알렉스에게 이런 일은… 이를테면 북적거리는 행사에 나가 에너지를 바쳐 남을 즐겁게 해주는 일 같은 건, 감당 못할 정도로 버거워지는 경우가 별로 없다. 헨리는 어떻게 느낄지 몰라도, 테킬라에 절은 알렉스의 뇌는, 헨리는 힘닿는 만큼만 애쓰고 나머지는 자기한테 맡겨주면 좋겠다고 생각한다. 어깨가 꼭 맞닿은 부분으로 헨리에게 "너무한" 만큼 다 빨아 들여줄 수도 있는데.

헨리의 턱 근육이 실룩이더니, 온화한, 미소처럼 보이는 무언가가 입꼬리를 살짝 당겨 올린다. 헨리는 느릿하게 말한다.

"넌 그런 생각해 본 적 있어? 다른 세상에서 이름 없는 평범한 사람으로 살면 어떨까, 하는 생각."

알렉스는 얼굴을 찌푸린다. "무슨 뜻이야?"

"그냥, 알잖아. 네 어머니가 대통령이 아니고 너도 그냥 평범한 학생이었다면, 인생이 어떨까? 넌 뭘 했을 것 같아?"

"아." 알렉스는 생각에 잠긴다. 그러더니 팔을 뻗어 손목을 휙 꺾으며 다 됐다는 손짓을 한다. "글쎄, 당연히 모델이 됐겠지. 난 이래 봬도 「틴 보그」의 표지를 두 번이나 장식한 몸이라고. 이 우월한 유전자가 어떤 상황에서도 빛나지 않겠어?"

헨리가 또다시 눈을 굴린다.

"너는?"

헨리는 서글프게 고개를 젓는다.

"난 작가가 될 거야."

알렉스는 작게 웃는다. 어쩐지 헨리가 이럴 줄 알고 있었지만, 그래도 왠지 더 사랑스럽다.

"작가가 되면 안 돼?"

"왕위 계승 서열에 올라 있는 남자가 철없는 청춘의 고뇌에 대한 시나 끼적거리고 있으면 사람들이 어떻게 보겠어." 헨리가 메마른 어투로 말한다. "게다가 전통적인 가업을 이으려면 군대에 가야 해. 그러니까 이미 결정이 난 셈이지."

헨리는 아랫입술을 깨물더니 한 박자 기다렸다가 다시 입을 연다.

"그리고, 그랬다면 난 아마, 데이트도 더 많이 했을 거야."

알렉스는 또 터지는 웃음을 참을 수가 없다.

"아니, 그래, 왕자님이 데이트하시기가 그렇게 힘드셔요?"

헨리가 날카롭게 알렉스를 내려다본다.

"실상을 알면 놀랄걸."

"어떻게? 선택지가 모자라는 것도 아니잖아."

헨리는 알렉스를 물끄러미 바라본다. 한 2초쯤 지나치게 길다 싶을 때, 비로소 눈길을 거둔다.

"내가 원하는 선택지는…."

헨리는 한마디 한마디를 느릿하게 끌었다.

"…아무래도 나는 선택할 길이 없는 것 같아."

알렉스가 눈을 끔벅거린다.

"뭐?"

"특별히 내… 관심을 끄는… 사람들이 따로 있다는 얘기야."

헨리는 이제 알렉스 쪽으로 몸을 완전히 돌리고, 더듬더듬, 의미심장한 이야기를 전하듯, 한 마디씩 강조했다.

"하지만 난 그 사람들을… 좋아하면 안 돼. 적어도 지금 내 지위에서는."

지금 우리가 너무 취해서 영어로 소통이 안 되는 건가? 알렉스는 막연하게 헨리는 스페인어를 할 줄 알까 생각한다.

"네가 지금 하는 말, 나 하나도 못 알아듣겠어."

"모르겠어?"

"응."

"정말로 몰라?"

"정말로, 정말로 모르겠다니까."

헨리는 답답해서 미치겠다는 듯 쓴웃음을 짓더니, 무심한 우주한테 도움이라도 간구하듯 눈을 들어 하늘을 바라보았다.

"완전히 돌겠다. 넌 어떻게 이렇게까지 바보냐."

헨리는 그 말과 함께 알렉스의 얼굴을 양손으로 붙잡고 키스했다.

알렉스는 그대로 얼어붙는다. 꾹 눌러오는 헨리의 입술과 턱에 쓸리는 헨리의 올코트 커프스를 서서히 느끼며. 세상에 흐릿하게 노이즈가 끼어 지직거리고, 뇌가 허덕허덕 헤엄치며, 철없던 시절의 불화와 웨딩케이크와 새벽 2시의 문자의 등식을 연산하지만, 어쩌다 어떻게 여기까지 왔는지 변수를 계산할 수가 없다. 다만 한 가지, 이건… 그렇다, 놀랍게도, 전혀 싫지가 않다. 정말 하나도.

패닉에 빠진 알렉스는 머릿속으로 목록을 작성하려 애쓴다. 하지만 기껏, 하나, 헨리의 입술은 부드러워, 여기까지밖에 못 가고 생각의 회로가 끊긴다.

시험 삼아 키스에 반응하자, 보답하듯 헨리의 입술이 벌어지고, 헨리의 혀가 알렉스의 혀를 스치는데, 와우. 아까 노라와 했던 키스와는 완전 다르다. 평생 그 누구와 해 본 키스와도 다르다. 그 키스는 발밑의 대지처럼 든든하고 거대해서, 알렉스의 모든 것을 에워싸고 허파의 공기를 하나도 남김없이 빨아들일 것만 같다. 헨리의 손이 머리칼을 헤치고 뒷머리를 감아쥐자, 알렉스는 제 입에서 숨 막히는 정적을 깨는 신음이 흘러나오는 소리를 듣는다. 그리고….

갑작스레 헨리가 거칠게 손을 놓고, 알렉스는 휘청거리며 뒤로 물러선다. 헨리는 입 안으로 욕을 짓씹더니, 눈을 커다랗게 뜨고 뭐라고 중얼중얼 사과하고는 휙 돌아서서 사각거리는 눈밭을 휘적휘적 걸어가 버렸다. 알렉스가 미처 무슨 말을 할 틈도 없이, 모퉁이를 돌아 자취를 감추었다.

"아."

알렉스가 손으로 입술을 만지며, 간신히, 희미하게, 외마디를 뱉는다.

"젠장."

5

그러니까, 그 키스의 문제는, 알렉스의 뇌리를 한 시도 떠나지 않는다는 데 있다.

노력은 해 봤다. 알렉스가 안으로 들어갔을 때는 헨리가 페즈와 경호원을 대동하고 떠나버린 지 이미 오래였다. 다음 날 아침 머리가 쿵쾅거리는 숙취에 시달렸지만, 알렉스의 머리에서 그 키스의 이미지는 지워지지 않았다.

엄마가 주관하는 회의를 참관하려 노력했지만, 아예 집중할 수가 없었다. 결국 자흐라한테 웨스트윙 출입을 금지당했다. 의회로 넘어가는 법안들을 빠짐없이 연구하고 상원 의원들을 차례로 방문해서 설득하는 작업에 나서볼까 생각도 해 봤지만, 영 의욕이 생기지 않았다. 노라와 스캔들을 일으키는 장난마저 시들했다.

마지막 학기를 시작해 수업을 듣고 사회활동 담당 비서관과 마주 앉아 졸업 기념 만찬을 준비하고 하이라이트로 표시한 주석과 보충 자료에 몰두해 본다.

하지만 마음속 깊은 곳에는 언제나 정원의 보리수 밑에서 키스해오던 영국의 왕자가 있다. 달빛을 머금은 머리칼, 용암처럼 뜨겁게 녹아내리던 알렉스의 온 내장. 그 생각이 떠오르면 알렉스는 차라리 대통령 관저의 층계에서 훅 몸을 던지고 싶어졌다.

아직 아무한테도 말하지 않았다. 심지어 노라나 준에게도 털어 놓지 못했다. 얘길 한다 해도 무슨 말을 어떻게 해야 할지 알 수가 없다. 그나저나 비밀 유지 협약에 서명했는데, 그럼 법적으로 아무한테도 말하면 안 되는 건가? 이런 게 헨리가 항상 살면서 해야 하는 생각인가? 그 얘기는 헨리가 알렉스한테 '감정'이 있다는 뜻인가? 알렉스를 좋아한다면, 아니 왜 그렇게 오랫동안 재수탱이 싸가지처럼 군 걸까?

헨리는 아무 단서도 주지 않았다, 아예 아무 말이 없었다. 알렉스가 숱하게 문자를 보내고 전화를 걸었지만 묵묵부답이었다.

"야, 도저히 더는 못 참겠다." 수요일 오후에 준이 방에서 복도로 뛰쳐나온다. 머리를 묶고 운동복을 입고 있다. 알렉스는 황급하게 폰을 주머니에 집어넣는다. "대체 문제가 뭔지는 모르겠지만, 내가 지금 2시간째 글을 쓰려고 하는데, 계속 네가 서성거리는 소리가 들려서 죽을 지경이야." 그러더니 준은 야구 모자를 알렉스에게 휙 던졌다. "나 지금 뛰러 갈 건데 너 따라와."

"누나 진짜 미울 때가 있어." 알렉스는 이어폰을 끼고 키드 커디의 음악을 빵빵하게 튼다.

달리고, 달리고, 죽도록 달리면서 알렉스는, 세상에서 자기가 스트레이트라는 것보다 더 멍청한 일이 또 없다고 생각한다.

아니, 알렉스는 누가 뭐래도 스트레이트란 말이다.

지금까지 살면서, 이것 봐. 이러니까 난 도저히 남자는 취향이 아니야, 라고 생각했던 순간들이 언제 언제 있었는지, 콕콕 짚어서 읊을 수도 있다. 중학교 때 처음 여자애와 키스했을 때도, 남자 생각 따위는 나지 않았단 말이야. 그냥 머리카락이 부드럽고 기분이 좋다고만 느꼈을 뿐. 또 고등학교 2학년 때 친구가 게이라고 커밍아웃했을 때도, 정말 남의 일로만 여겼어. 3학년 때 술에 잔뜩 취한 김에 자기 방 침대에서 절친 리암과 2시간 동안 키스하고 애무하고 난리를 친 적이 있지만, 그게 성적 정체성의 위기로 이어지진 않았단 말이야. 그러면 스트레이트 맞잖아, 아닌가? 남자를 좋아했으면 그럴 때 겁이 났을 텐데, 진짜 아무렇지도 않았는데. 그건 그냥 청소년기의 절친들끼리 가끔 야한 짓을 하고 싶어져서 그랬을 뿐이지. 리암 방에서 포르노를 보다가 동시에 쌌을 때하고… 또 리암이 손을 내밀어 만질 때도 굳이 말리지 않았으니까….

알렉스는 퍼뜩 준의 눈치를 봤다. 준의 입술이 수상쩍게 실룩거렸다. 혹시 자기 머릿속의 생각이 다 들리는 거 아니야? 누나는 혹시 알고 있을까? 누나는 항상 모르는 게 없는데. 알렉스는 누나의 입매에 떠오른 요상한 표정을 떨쳐버리겠다는 일념으로 속도를 두 배 높인다.

다섯 바퀴째 돌면서 호르몬이 요동치던 청소년기를 돌이켜보던 알렉스는, 샤워하며 여자애들 몸을 상상했던 기억도 있지만, 단단한 턱선과 넓은 어깨를 가진 남자의 손길을 꿈꾼 적도 있다는 생각을 한다. 라커룸에서 본 팀원의 몸에서 눈길을 떼지 못한 적도 한두 번 있지만, 그건, 그냥 객관적으로 근사해서 그랬을 뿐인데. 그런 남자애들 같은 외모를 갖고 싶었는지, 아니면 그 남자들을 원하는 건지, 그때 그런 걸 어떻게 알 수가 있냐고? 아니, 발정 난 10대라는 게 무슨 의미가 있기는 한 거야?

알렉스는 민주당원의 아들이다. 처음부터 그랬다. 그러니까 스트레이트가 아니라는 생각이 들었다면 그런가 보다 하고 알았을 텐데. 아이스크림에 카예타를 뿌려먹는 걸 좋아하고 따분하게 정돈된 일정표부터 만들어야 무슨 일이든 하는 취향처럼 말이지. 알렉스는 자기 정체성쯤 스스로 파악할 수 있을 만큼 똑똑하다고 믿었기에 아예 의문 자체를 품지 않았다.

여덟 바퀴째 돌다 보니 자기 논리에 결함이 보이기 시작했다. 일단 스트레이트인 사람들은, 자기가 스트레이트라고 믿으려고 이렇게 오랫동안 애쓰지는 않을 것 같은데.

여자에게 끌린다는 기본적인 벤치마크를 넘어서서 이 문제를 검토하지 않은 데는 또 다른 이유가 있다. 엄마가 2016년 유력 후보로 부상하면서부터 알렉스는 대중의 시선에 노출되었다. 백악관 트리오는 그 후로 줄곧 10대와 20대 인구로 통하는 행정부의 관문 역할을 해왔다.

노라는 쿨한 트리오의 브레인으로 핫한 SF드라마에 대해서 트위터에 농담을 올리고 술집에서 퀴즈 대회라도 열리면 당연히 팀 대표로 나가야 한다. 노라는 스트레이트가 아니다. 스트레이트였던 적도 없다. 하지만 그 사실을 공표하는 데도 아무 거리낌이 없었다. 알렉스와 달리 노라는 감정을 붙잡고 소모적인 씨름을 하는 법이 없었다.

알렉스는 저 앞에서 뛰어가는 준을 본다. 찰랑거리는 포니테일의 캐러멜색 하이라이트가 한낮의 햇살을 받아 반짝인다. 준의 위상도 확실하다. 세상 무서울 게 없는「워싱턴포스트」칼럼니스트, 와인과 치즈 파티를 연다면 누구나 초대하길 원하는 패션 리더.

그러나 골든 보이는 알렉스였다. 순하고 착하고 섹시하고 장난기 있는 모범생. 느긋하게 삶을 순항하며 누구든 웃게 만드는 청년. 퍼스트 패밀리를 통틀어 알렉스의 호감도가 가장 높았다. 매력의 요지는 남녀노소에게 전방위로 통한다는 데 있었다. 그런데 지금…. 의심하게 된 대로 정말 그렇다면…. 유권자들에게 보편적인 매력을 발산할 길은 막힌다. 몸 절반에 흐르는 멕시코인의 피만으로도 쉽지 않았는데. 복잡한 가정 문제로 엄마의 지지도가 떨어지는 건 원치 않았다. 미국 역사상 최연소 국회의원이 되고 싶었다. 하지만 영국 왕자와 키스하는 남자가 텍사스주에서 당선될 리가 없다.

그러다 헨리를 생각하면, 아.

헨리를 생각하면 가슴을 쥐어짜는 느낌이 든다, 그 감정을 너무 오래 피해 다녔다.

새벽 3시에 귓전의 폰에서 낮게 울리는 헨리의 목소리가 생각나는 순간, 알렉스의 위장에 불을 댕기는 그 무엇에 불현듯 이름이 생겼다. 살갗에 느껴지는 헨리의 손, 정원에서 관자놀이를 누르던 헨리의 엄지, 다른 데를 찾던 손, 헨리의 입, 알렉스의 허락만 떨어졌다면 헨리가 했을 만한 행동, 헨리의 너른 어깨와 긴 다리와 날렵한 허리, 그 턱이 알렉스의 목과 맞물리고 그 목이 알렉스의 어깨에 맞물리고 그 사이에서 팽팽하게 당겨지던 힘줄. 고개를 휙 돌려 도전적인 눈길로 알렉스를 바라보던 헨리의 얼굴, 그 말도 안 되게 파랗던 눈….

알렉스는 도로의 갈라진 틈에 발부리가 채어 나동그라진다. 무릎이 까지고 이어폰이 튕겨져 빠진다.

"아니, 왜 그랬어?" 준의 목소리가 귓전을 날카롭게 가른다. 준은 손으로 무릎을 짚고 알렉스를 내려다보고 있다. 미간을 잔뜩 찌푸리고, 헐떡거리는 숨을 몰아쉬며.

"너 뇌를 어디 다른 태양계에다 갖다두고 왔지. 솔직히 털어 놓을 거야, 말 거야?"

알렉스는 준의 손을 잡고 피가 나는 무릎을 짚고 몸을 일으킨다.

"괜찮아, 아무렇지도 않아."

준은 한숨을 쉬더니, 마지막으로 한번 알렉스를 의미심장한 눈으로 쏘아보고는 입을 다문다. 알렉스는 준의 등짝만 바라보며 절뚝거리며 집으로 왔다. 준은 쏜살처럼 샤워하러 사라지고, 알렉스는 욕실 수납장에서 캡틴 아메리카 반창고를 꺼내 상처에 붙인다.

목록을 작성해야만 한다. "지금 알렉스가 알고 있는 것들" 같은 목록.

하나. 헨리에게 끌린다.

둘. 헨리와 또 키스하고 싶다.

셋. 꽤 오래전부터 헨리와 키스하고 싶었는지도 모른다. 이를테면 처음부터 지금까지 줄곧.

알렉스는 머릿속에서 또 하나의 목록을 작성하고 항목에 체크한다. 헨리. 샤안. 리암. 한 솔로. 라파엘 루나의 풀어헤친 셔츠 단추.

책상으로 가서 앉은 알렉스는 어머니가 준 바인더를 꺼냈다.

「인구 역학적 소구 전략: 유권자는 누구인가, 어떻게 접근할 것인가」

손끝을 끌어 LGBTQ+ 탭을 찾아 알렉스가 원하는 페이지를 펼쳤다. 어머니 특유의 화려한 필체로 제목이 쓰여 있다.

「B는 침묵하지 않는다: 바이섹슈얼 미국인에 대한 속성 강의」

"당장 시작하고 싶어요." 알렉스는 트리티룸으로 밀고 들어가 말한다.

엄마는 안경을 코끝으로 밀어 내리고 서류 더미 위로 알렉스를 주시한다.

"뭘 시작해? 일하는데 막무가내로 쳐들어온 죄로 볼기짝을 맞는 거?"

"일이요." 알렉스가 말한다. "선거운동 일. 졸업할 때까지 기다리기 싫어요. 벌써 엄마가 주신 자료 다 읽었단 말이에요. 그것도 두 번씩이나. 저 시간 있어요. 지금 시작할 수 있어요."

엄마는 눈을 가늘게 찌푸린다. "뭐 마음에 걸리는 일 있니?"

"아니요, 다만…." 한쪽 무릎이 초조하게 달달 떨리기 시작한다. 억지로 참는다.

"나 준비 다 됐어요. 한 학기도 안 남았잖아요. 뭘 얼마나 더 알아야 일을 시작할 수 있는 건데요. 경기 뛰게 해줘요, 코치님."

그렇게 해서 알렉스는 수업을 마친 월요일 오후, 카페인 효과 분야에서 알렉스 자신을 능가하는 스태프를 따라서 가히 무시무시한 속도로 선거운동 사무실을 한 바퀴 돌게 된 것이다. 이름과 사진이 박힌 배지와 공용 사무실의 책상 하나, 그리고 지극히 WASP*스러운, 주먹으로 한 대 쳐주고 싶은 얼굴을 한 보스턴 출신의 헌터라는 동료가 생겼다.

알렉스는 최근의 포커스 그룹 조사 자료를 건네받고 다음 주말까지 정책 구상안 초안을 써오라는 지시를 받았다. WASP스러운 헌터가 엄마에 대해 오백 가지 질문을 퍼붓는다. 알렉스는 지극히 프로답게 그 면상에 끝까지 주먹을 날리지 않았다. 그냥 일만 했다.

확실히 헨리 생각을 안 하는 게 틀림없다.

일을 시작한 첫 주에 23시간 근로시간을 찍으면서도, 나머지 시간은 강의와 논문과 장거리 달리기와 트리플샷 커피로 채우고, 그러고도 남는 시간에는 상원 의원실을 들쑤시고 다니면서도 헨리 생각은 하지 않고 있다. 샤워할 때도, 혼자 뜬눈으로 새우는 한밤중에도, 헨리 생각은 하지 않고 있다.

---

* 전통적인 미국의 지배계급인 백인 앵글로색슨 개신교도.

헨리 생각이 날 때만 빼고. 하지만 그게 항상이다.

보통은 이러면 효과가 있는데. 왜 이번엔 먹히지 않는지 알 수가 없다.

선거운동 사무실에 있다 보면 여론조사 부문의 커다랗고 분주한 화이트보드 쪽으로 자꾸만 발길이 이끌린다. 그래프와 스프레드시트의 성스러운 제단을 날마다 노라가 지키고 앉아 있기 때문이다. 노라는 동료들과 쉽게 친구가 되었다. 선거운동의 사교 문화에서 능력은 곧장 인기도로 직결되고 노라보다 숫자에 강한 사람은 아무도 없기 때문이다.

그렇다고 노라를 질투하는 건 아니다. 알렉스도 부서에서는 인기가 많으니까. 탕비실에 가면 너나 없이 자기 원고를 봐달라고들 졸라대고, 도저히 시간이 나지 않는 파티들에 수없이 초대를 받고 있다. 젠더를 막론하고 네 명의 스태프한테 구애를 받았고, WASP스러운 헌터도 자기가 연출하는 즉흥극에 끌어들이려고 알렉스에게 끈질기게 매달린다. 알렉스는 커피를 들고 핸섬한 미소를 짓고 냉소적인 농담을 던진다. 알렉스 클레어몬트 디아즈의 매력은 과거에도, 또 지금도, 만사형통의 효험을 자랑한다.

그러나 노라에게는 '친구들'이 생기고, 알렉스에게 남는 건 「뉴욕 매거진」에서 읽은 프로필 정도로 알렉스를 속속들이 다 안다고 생각하는 '지인들'과 바에서 오늘 밤은 자기 집으로 가자고 유혹하는 완벽하게 훌륭한 몸매의 완벽하게 훌륭한 사람들 뿐이다. 알렉스의 마음은 채워지지 않는다.

솔직히 예전에도 알렉스 마음에는 언제나 허허로운 빈자리가 있었다. 하지만 그때는 그렇게 절실한 문제가 아니었다. 오히려 헨리라는 대척점이 날카롭게 대비되는 지금, 공허감은 두드러진다. 헨리는 알렉스를 '안다.' 안경을 낀 얼굴을 아는 헨리, 아무리 짜증나게 굴어도 참아주었던 헨리, 그러고도 정말로 알렉스라는 관념이 아니라 진짜 알렉스라는 인간을 원하는 것처럼 키스해준 헨리.

그래서 떨칠 수가 없다. 헨리는 있다. 알렉스의 머릿속에도, 강의 노트 속에서도, 사무실의 책상에도 헨리는 있다. 알렉스가 아무리 커피에 에스프레소를 왕창 때려 넣어도, 헨리는 멍청하기 짝이 없는 알렉스의 나날에, 하루도 빠짐없이 함께 있다.

이럴 때 도와줄 사람은 노라밖에 없지만, 노라는 선거운동 숫자들에 목까지 파묻혀 허우적거리고 있다. 노라가 이렇게 작정하고 일에 달려들 때는, 치폴레에 환장하고 옷차림 가지고 놀리는 고성능 컴퓨터와 의미 있는 대화를 시도하는 것과 별반 다르지 않다.

그러나 노라는 알렉스의 절친이고, 모호하게 바이섹슈얼이기도 하다. 노라는 데이트를 하지 않지만―시간도 없고 욕구도 없다면서―혹시라도 하게 된다면 인턴 후보군에서 고루고루 골라 돌아가며 만날 것이다. 노라는 세상에 모르는 게 없고, 이런 주제에 대한 지식 역시 엄청나다.

"안녕."

알렉스가 부리토와 과카몰레 칩이 든 봉지를 커피 테이블에 놓자 노라가 방바닥에 털썩 주저앉은 채로 인사한다.

"과카몰레를 숟가락으로 떠서 내 입에 직접 넣어줘야 할지도 몰라. 난 앞으로 48시간 동안 양손을 다 써야 하거든."

노라의 조부모님인 부통령과 세컨드 레이디의 관저는 해군성 천문대 내부에 있고 노라의 부모님은 버몬트주 몽펠리에 외곽에 살고 있지만, 노라는 MIT에서 GW*로 옮긴 후부터 줄곧 시원한 바람이 부는 콜롬비아 하이츠의 원룸에 살고 있다. 집 안은 책과 화분으로 가득하고, 노라는 물 주는 일정을 복잡한 스프레드시트에 정리해 식물을 정성껏 돌보고 있다.

---

* 조지워싱턴대학교.

오늘 밤에는 거실에 번득이는 스크린들을 국회 의사당 회의실처럼 빙 둘러 설치해놓고 앉아 있다.

노라 왼쪽에는 캠페인에서 지급한 노트북이 펼쳐져 있고 해독할 수 없는 데이터와 바 그래프들이 둥둥 떠 있다. 오른편에는 노라의 데스크톱 컴퓨터가 동시에 세 군데의 통합 뉴스 웹사이트를 띄워놓고 있다. 노라 앞 TV에서는 CNN 공화당 프라이머리 근황이 흘러나온다. 무릎에 놓인 태블릿으로는 〈루폴의 드래그 레이스〉를 틀고 있다. 노라는 손에 아이폰을 들고 휙 소리를 내며 메일의 보내기 버튼을 누른 후에야 고개를 들고 알렉스를 본다.

"바비큐?"

소파에 털썩 앉는 알렉스에게 노라가 기대에 찬 눈빛을 보낸다.

"우리가 하루 이틀 알고 지낸 사이야? 그건 기본이지."

"장래의 내 남편감으로 손색이 없네."

노라는 봉지에서 부리토를 꺼내 포장을 뜯고 입에 처넣는다.

"자꾸 그렇게 꼴불견으로 부리토를 먹으면 우리 정략결혼은 물 건너가는 줄 알아."

알렉스가 우걱우걱 씹는 노라를 보며 말한다. 콩 한 알이 노라의 입에서 빠져나와 키보드에 뚝 떨어진다.

"너 텍사스 출신 아니야?" 입 안에 부리토를 가득 문 채 노라가 묻는다. "네가 바비큐 소스 한 통을 원샷하는 꼴도 봤는데. 너나 조심해, 잘못하면 나는 준하고 결혼할 거야."

잘하면 '그 얘기'를 자연스럽게 꺼낼 수도 있겠다. 어이, 누나는 준 누나하고 데이트한다는 농담을 날마다 하는 거 알아? 말이 나왔으니 말이야, 내가 남자랑 사귄다고 하면 어쩔래? 그렇다고 헨리와 사귀고 싶은 건 아닌데. 아니야. 말도 안 돼. 그래도 만에 하나, 그냥 가정해 본다면.

노라는 그 후로 20분 동안 데이터 너드 모드로 들어가서 보이어 - 무어 다수결 알고리즘인지 뭔지를 붙들고 변수가 어쩌고 캠페인에 어떻게 써 먹을 수 있고 어쩌고 알아먹을 수도 없는 소리만 했다. 알렉스의 집중력 은 솔직히 불이 꺼졌다 켜졌다 했다. 그저 노라가 자기 할 말을 다 할 때 까지 젖먹던 용기까지 끌어모을 생각뿐이었다.

"어, 그러니까…." 알렉스는 노라가 부리토를 먹는 틈을 타서 말을 꺼냈 다. "우리 데이트하던 때 기억나?"

노라는 어마어마하게 크게 한 입 베어 물더니 환하게 웃는다.

"어머, 당연하지, 알레한드로."

알렉스는 억지로 소리 내어 웃는다.

"그러니까, 누나만큼 나를 잘 아는 사람이 없잖아…."

"암, 말해 뭐하겠니."

"내가 남자를 좋아할 확률은 얼마나 될까?"

노라는 정색을 하더니 고개를 모로 꼬고 말한다.

"78퍼센트 확률로 잠재적인 바이섹슈얼. 100퍼센트 확률로 이건 가상 의 질문이 아니고."

"그래. 뭐." 알렉스는 헛기침을 한다.

"묘한 일이 생겼어. 헨리가 신년 전야 파티에 왔었잖아? 그런데 어쩌다 개가 나한테… 키스를 했거든?"

"어머, 말도 안 돼, 진짜?" 노라는 감탄하듯 고개를 끄덕인다. "멋진데."

알렉스가 노라를 빤히 쳐다본다. "놀라지 않았어?"

"아니 뭐…." 노라는 어깨를 으쓱해 보였다. "헨리는 게이고, 너는 핫하 니까, 뭐."

알렉스는 번개처럼 일어나 앉다가 하마터면 부리토를 떨어뜨릴 뻔했다.

"잠깐, 잠깐. 뭘 보고 헨리가 게이라는 거야? 누나한테 헨리가 무슨 말이라도 했어?"

"아니야, 난 그냥… 있잖아, 그런 거."

평상시의 사고회로를 표현하는 손짓인가. 노라의 두뇌만큼이나 불가해하다.

"패턴과 데이터를 관찰하다 보면 논리적인 결론에 다다르는데, 헨리는 당연히 게이야. 처음부터 그랬어."

"나… 아니, 뭐라고?"

"맙소사, 너는 뭘 본 거니? 너 원래 헨리랑 둘도 없는 절친 뭐 그런 사이라야 되는 거 아니야? 헨리는 게이야. 독립기념일에 팡팡 터지는 불꽃처럼 명명백백한 게이라고. 너 정말 몰랐어?"

알렉스는 힘없이 손을 든다.

"몰랐다면?"

"알렉스, 너 원래 똑똑한 애 아니었니?"

"나도 그런 줄 알았다고! 아니 어떻게, 어떻게 헨리는 자기가 게이라고 말도 안 하고 나한테 키스부터 할 수가 있지?"

"아니, 이봐… 헨리는 네가 당연히 안다고 생각했을 수도 있잖아?"

"하지만 걔는 맨날 여자애들하고 데이트한단 말이야."

"그래, 왕자가 게이면 안 되니까 그렇지." 노라는 세상에 이토록 명백한 진실이 어디 있느냐는 말투다. "왜 데이트만 하면 사진이 찍힐까?"

알렉스는 반 초쯤 그 말뜻을 되새기고 나서, 원래는 자기가 게이가 아닐까 혼란스럽다는 얘기를 하려 했다는 사실을 기억했다. 헨리가 아니라.

"알았어, 그럼. 잠깐. 젠장. 우리, 헨리가 나한테 키스했던 대목으로 다시 돌아가면 안 될까?"

"어머머, 그래야지." 노라는 폰의 액정화면에 묻은 과카몰레를 혀로 핥았다. "기꺼이. 헨리 키스 잘하든? 혀도 썼어? 좋았어?"

"아, 됐어." 알렉스는 급히 말을 돌렸다. "없던 일로 해."

"아니, 언제부터 새침데기가 되셨대?" 노라가 묻는다. "작년에는 준네 인턴 앰버 포레스터하고 별별 거 다 한 얘기를 억지로 듣게 만들어놓고."

"하지 마…."

팔꿈치로 얼굴을 가리며 알렉스가 애원한다.

"그럼 탈탈 털어놔 봐."

"진심으로 누나가 죽어버리면 좋겠다." 알렉스는 항복했다. "그래, 헨리 키스 잘하더라. 그리고 혀도 썼어."

"아 뇨, 이 몸이 그럴 줄 알았지. 얌전한 고양이가…."

"제발 그만."

"헨리 왕자는 달콤한 비스킷, 아주 싹싹 빨아먹…."

"나 갈래."

노라는 고개를 젖히고 키득키득 웃겨 죽는다. 진지하게, 알렉스는 정말로 친구를 더 만들 필요가 있다.

"그런데, 너는 좋았어?"

잠시 침묵.

"뭐, 어… 내가 좋았다고 하면… 그게 뭘 의미한다고 생각해?"

"아니, 애. 넌 처음부터 헨리랑 자고 싶어 했잖아, 안 그래?"

알렉스는 사레들어 죽을 뻔했다. "뭐?"

노라가 빤히 쳐다본다.

"어머, 애 좀 봐. 넌 그것도 몰랐니? 맙소사. 내가, 아니, 그런 말을 하려던 건 아닌데. 지금 이런 얘기를 해도 되는 타이밍이야?"

"어…. 괜찮을 걸? 그런데 뭐라고?"

노라는 부리토를 커피 테이블에 놓고는, 복잡한 코딩을 시작할 때처럼 손가락을 탈탈 털었다. 알렉스는 노라가 자기한테 집중하자 겁이 덜컥 난다.

"몇 가지 내가 관찰한 바를 열거해 볼게. 해석은 네가 알아서 해. 첫째, 너는, 지난 몇 년간 거의 드레이코 말포이 수준으로 헨리한테 집착했어. 내 말 끊지 마. 결혼식이 있고 헨리 전번을 따더니 행사나 이벤트 일정 짜는 데 쓰는 게 아니라 날마다 종일 장거리 플러팅을 했고. 계속 소처럼 멀뚱멀뚱한 눈으로 폰만 들여다보고, 누구랑 문자하느냐고 물어보면 포르노 보다 걸린 사람처럼 화들짝 놀라고. 너는 헨리의 수면 루틴을 알고 헨리는 너의 수면 루틴을 알고, 하루라도 헨리하고 통화를 못 하면 너는 눈에 띄게 성질이 나빠지고. 신년 전야 파티 내내 미국에서 제일 잘 나가는 독신남과 한 번 자보고 싶어 안달이 난 핫한 연예인들은 본체만체, 말 그대로 헨리가 크로캉부슈 옆에 서 있는 걸 쳐다보느라 시간을 다 보냈지. 그런데 헨리가 너한테 키스했고, 혀를 써서! 너도 좋았고, 자, 객관적으로, 무슨 뜻인 것 같아?"

알렉스는 멀뚱멀뚱 본다.

"그러니까 나는… 모르겠어."

노라는 답이 없다는 표정으로 얼굴을 찌푸리더니 부리토나 먹기 시작했다. 그리고 데스크톱에 흐르는 뉴스 피드로 관심을 돌렸다. "알았어."

"아니야, 좋아, 나도 알아. 객관적으로, 컴퓨터에 돌려봐도 결과가 엄청 부끄럽게, 완전 홀딱 반한 꼬락서니로 나온다는 건 나도 아는데. 으, 몰라! 한두 달 전까지만 해도 그렇게 미워했는데, 갑자기 친구가 되더니, 이제 키스를 하고, 나도 우리가 뭔지… 이제 모르겠다고."

"어이구, 그러시겠지." 노라는 귀담아듣는 척도 하지 않았다.

"그런데다, 어, 성적 지향으로 보면, 내가 뭐가 돼?"

노라가 날카롭게 쏘아본다.

"아니, 네가 바이고 뭐 그런 얘기는 이미 다 하고 지나간 거 아니니? 미안. 아니야? 내가 또 혼자 넘겨짚었어? 내가 잘못했네. 여보세요, 제게 커밍 아웃을 하고 싶으신 거예요? 잘 들어드릴게요. 어서 해 보세요."

"나도 모른다고!" 알렉스는 반쯤 악을 쓴다, 비참하게. "내가 그래? 내가 바이인 것 같애?"

"그런 건 내가 말해주는 게 아니잖아, 알렉스! 내가 하려는 말이 그거라고!"

"젠장." 알렉스는 다시 베개에 얼굴을 묻는다. "그냥 누가 나한테 딱 잘라서 말해주면 좋겠어. 누나는 어떻게 알았어?"

"나도 몰라. 중학교 때 여자애 가슴을 만지게 됐는데… 뭐 심오한 각성이나 그런 경험은 없었어. 아무도 그 사건으로 오프브로드웨이 연극을 쓰지 않을 그런 얘기."

"엄청 도움이 된다."

"그래." 노라는 생각에 잠겨 칩을 씹는다. "그러면 이제 어떻게 할 거야?"

"전혀 모르겠어. 헨리한테 완전히 차단당했거든. 그러니까 키스가 형편없었거나 술 취해서 멍청한 실수를 저지르고 후회가 막심하거나…."

"알렉스. 헨리는 너를 좋아해. 지금 무서워서 죽을 것 같을 거야. 네가 확실히 감정을 정해서 먼저 액션을 취해야 해. 헨리는 그렇게밖에 할 수가 없는 입장이야."

알렉스는 이제 더 무슨 말을 어떻게 해야 할지 알 수가 없다. 노라의 눈길이 다시 스크린으로 향한다. 앤더슨 쿠퍼*가 공화당 프라이머리의 대통령 후보들에 대해 최신뉴스를 전하고 있다.

"리처즈 말고 다른 사람이 지명될 가능성은?"

알렉스는 한숨을 쉰다. "전혀. 내가 얘기해 본 사람들에 따르면."

"그런데 아직도 저렇게 애쓰고 있는 다른 후보들이 귀여워 보일 지경이지." 노라가 말한다. 그리고 두 사람은 침묵에 잠긴다.

알렉스는 지각이다, 또.

오늘 수업은 첫 시험을 대비한 요점 정리인데 지각이라니. 오는 주말 해야 할 연설문을 고치다가 그만 시간을 놓치고 말았다. 그것도 답도 없는 네브래스카 선거운동인데! 목요일이라서 캠페인 본부에서 곧장 강의실로 냅다 뛰어야 하는 데다 시험은 다음 주 화요일이고, 보나 마나 과락이다. 요점 정리를 놓쳤으니까!

이 수업은 〈국제 관계의 윤리적 이슈〉다. 이렇게 처절하게 뼈 때리는 강의는 듣는 게 아닌데.

정신을 반쯤 팔며 몽롱하게 요점 정리를 받아쓰고 다시 관저로 돌아간다. 알렉스는 솔직히 말해서 머리끝까지 화가 나 있다. 아무 데나 닥치는 대로 화가 난다. 근질근질한, 방향성도 없는 분노를 타고 알렉스는 층계를 올라 관저 자기 방으로 올라간다.

가방을 문간에 내동댕이치고 신발을 발로 차서 복도로 날려버렸는데 볼품없는 골동품 깔개에 맞고 되튕겨왔다.

"어이구, 우리 도련님, 안녕하세요?" 준의 목소리가 말한다. 알렉스가 눈길을 들자 복도 건너 자기 방 파스텔 핑크빛 의자에 앉아 있는 누나가

---

* 공개적으로 커밍아웃한 CNN의 인기 앵커.

보인다. "아주 꼴이 볼 만하세요."

"어이구, 고맙네요. 싸가지 누님."

준이 매주 훑어보는 타블로이드 잡지들을 무릎에 잔뜩 쌓아둔 게 눈에 들어오지만, 알렉스는 알고 싶지도 않다고 생각한다. 하지만 그 순간 준이 한 권을 휙 던져준다.

"너를 위해 준비했어,「피플」최신호야. 너는 15페이지에 나오더라. 아, 그리고 네 절친은 31페이지에 있어."

알렉스는 심드렁하게 돌아서며 누나에게 가운뎃손가락을 세워 치켜들어 보이고는 자기 방으로 들어갔다. 그리고 잡지를 들고 문간의 소파에 털썩 쭈그리고 앉았다. 어쨌든 이렇게 됐으니까 한번 읽어 보긴 해야겠다.

15페이지에는 2주 전 홍보팀이 찍은 사진이 실려 있었다. 엄마의 역사적 대통령 선거 캠페인에 대한 전시회와 관련해 알렉스가 스미소니언박물관에 도움을 준 기사가 깔끔하게 정리되어 실려 있었다. '2004 클레어몬트를 국회로'라는 간판을 만들어 마당에 전시했던 뒷이야기를 설명하는 알렉스의 사진과 함께, 얼마나 가족과 일에 진지하게 임하는지 어쩌고 저쩌고 기사가 나와 있다.

31페이지로 넘어간 알렉스는 하마터면 큰 소리로 욕을 할 뻔했다.

「헨리 왕자와 사귀는 의문의 금발 미녀는 누구인가?」

사진 세 장. 첫 장은 런던의 한 카페에서 이름 없는 금발 여자와 앉아서 커피를 마시며 웃고 있는 헨리. 두 번째는 약간 초점이 나간 사진으로, 카페 뒤편에서 헨리가 고개를 숙이고 여자의 손을 잡고 있다. 그리고 세 번째는 반쯤 덤불에 가려진 채, 여자의 입가에 키스하는 헨리.

"아니, 이게 무슨 짓이야?"

그리고 사진 옆에 실린 짧은 기사에 여자의 이름이 나와 있다. 에밀리

어쩌고, 배우라고 한다. 알렉스는 이전에도 정말 화가 머리끝까지 나 있었지만, 이제는 진짜로, 굉장히, 엄청나게, 열이 뻗친다. 안 그래도 더럽던 기분이 한 점으로 집중되어 헨리의 입술이 '자기'가 아닌 다른 사람의 입술에 닿은 지점에서 활활 타올랐다.

헨리는 자기가 뭐라고 생각하는 걸까? 시발… 정말, 아니 얼마나 잘나고 얼마나 도도하고 얼마나 이기적이면 몇 달이나 친구 노릇을 하고, 온갖 괴상한 약점을 다 털어 놓게 만들고, 키스를 하고, 별별 상상과 의심에 시달리게 만들고, 몇 주일씩 연락도 안 받더니. 심지어 다른 사람과 데이트를 하고 그걸 '언론'에 내보낸단 말이지? 「피플」에 실린 건 무조건 본인이 세상에 알리기를 원했다는 뜻이라는 걸, 홍보 담당자를 둔 사람이라면 다 아는데.

알렉스는 잡지를 던지고는, 제 마음을 주체하지 못해 벌떡 일어났다. 헨리 따위 X까라 그래. 왕족으로 태어난 쓰레기 따위를 믿지 말았어야 했는데. 처음부터 육감을 믿었어야 했는데.

알렉스는 숨을 크게 들이쉬었다, 내쉰다.

문제는. 문제, 는. 처음에 북받친 분노가 가라앉고 나니, 헨리가 정말로 이런 짓을 할 인간이라고 믿지를 못하겠다는 거다. 열두 살 때 잡지에서 본 헨리, 올림픽에서 그토록 냉랭하게 굴었던 헨리, 몇 달에 걸쳐 서서히 진짜 모습을 드러내 보여준 헨리, 백악관 그늘에서 그에게 키스했던 헨리, 그 헨리들을 다 더해 보면, 이게 도저히 이해가 안 된다.

알렉스는 전략적 두뇌의 소유자다. 정치가의 두뇌. 아주 빨리 돌아가고, 아주, 아주 여러 방향으로 한꺼번에 돌아가는 두뇌. 그리고 이 순간, 알렉스는 머릿속으로 퍼즐을 푼다. 원래 알렉스는 '그의 입장이라면 어떻게 할까? 그렇다면 그의 삶은 어떨까? 그러면 어떻게 해야 할까?' 뭐 이런 방식으로 생각하는 데 익숙지 않다. 대신 '이 조각들이 맞춰지면 어떤 그림이 될까?'를 고민한다.

알렉스는 노라가 했던 말을 생각한다. "왜 항상 사진이 찍히겠어?"

그리고 헨리의 경계심, 신중하게 자신을 둘러싼 세계와 거리를 유지하는 몸가짐, 입가의 팽팽한 긴장감을 생각한다. '어떤 왕자가 있는데 게이라면, 그런데 누군가와 키스했다면, 그 키스가 의미가 있었다면, 그 왕자는 자신을 보호하기 위해 차단막이 필요할 거야.'

그 순간 엄청나게 극적인 심경의 변화가 일어나고, 알렉스는 이제 단순히 화만 낼 수가 없어졌다. 슬퍼졌기 때문이다.

서성거리다 문간으로 가서 가방에서 폰을 꺼내 엄지로 밀어 메시지를 열어본다. 어느 충동을 따라야 할지를 몰라 한참 단어를 가지고 씨름을 한다. 누구한테 무슨 말을 해야 뭔가, 무슨 일이든, 일어나게 만들 수 있을까.

이 모든 생각들 아래, 희미하게 꿈틀거리는 깨달음이 있다. 남자 사람친구가 잡지에서 여자와 키스하는 모습을 봤다고 이런 반응을 보이는 건 전혀 스트레이트답지 않다는 것.

저도 모르게 터져 나온 헛웃음에 알렉스는 소스라치게 놀란다. 그래서 침대 끝에 걸터앉아 생각에 잠긴다. 노라에게 문자를 쳐서 드디어 각성했노라 고백할까 생각해 본다. 라파엘 루나에게 전화를 걸어 반파시즘의 선봉에 선 10대의 첫 동성애 경험은 어땠느냐고 맥주나 한잔 걸치며 물어볼까 생각도 해 본다. 아래층으로 내려가 에이미에게 어떻게 트랜스젠더가 되어 지금의 아내와 결혼했는지, 처음에 어떻게 자기가 다르다는 걸 알았는지 물어볼까도 생각해 본다.

그러나 지금 당장은, 시작으로 돌아가야 옳다는 판단이 선다. 남자의 손길이 닿은 순간 알렉스의 눈을 보았던 사람에게 물어봐야 한다.

헨리는 불가능하다. 그러면 한 사람밖에 없다.

"여보세요?" 폰에서 목소리가 들려온다. 마지막으로 이야기를 나눈 지 1년도 넘었지만 리암의 텍사스 사투리는 또렷하고 따뜻하게 알렉스의 귓전을 두드린다.

알렉스는 목청을 가다듬는다.

"어, 안녕, 리암. 나 알렉스야."

"알아." 리암의 목소리는 사막처럼 바짝 말라 있다.

"그러니까, 어, 어떻게 지냈어?"

잠시 침묵. 배경에서 조용히 이야기를 나누는 소리가 들린다. 설거지 소리도.

"진짜로 전화한 용건을 말해 볼래, 알렉스?"

"아." 알렉스는 말머리를 꺼내려다 멈칫하고, 다시 시작한다. "좀 이상하게 들릴 거야. 하지만, 어. 고등학교 때, 우리 사이에, 어, 무슨 일이 있었어? 그런데 내가 놓친 거야?"

폰 너머에서 딸그락거리는 소리가 난다. 접시에 포크를 떨어뜨리는 소리 같은.

"너 지금 진심으로 이딴 얘기를 하려고 나한테 전화를 한 거야? 나 남자친구하고 점심 먹고 있어."

"아." 알렉스는 리암한테 남자친구가 있는 줄 몰랐다. "미안해."

소리가 먹먹해지더니, 리암이 다시 말한다, 이번에는 다른 사람에게.

"알렉스야. 그래, 걔. 나도 모르겠어, 자기."

그리고 다시 목소리가 또렷해졌다.

"정확히 나한테 뭘 묻고 싶은 건데?"

"내 말은, 어, 우리가 좀 장난을 쳤었잖아, 그런데, 그게, 뭔가 의미가 있었을까?"

"너한테 어땠는지 그건 내가 대답해줄 수 없지." 리암이 말한다.

알렉스의 기억 속 모습 그대로라면 지금 리암은 한 손으로 턱 밑을 문지르며 까슬한 수염을 쓸고 있을 것이다. 그러자 희미하게, 리암의 까슬한 턱수염에 대한 이 생생한 기억 자체가 자기 질문에 대한 답일지도 모른다는 생각이 스친다.

"그래, 네 말이 맞다."

"있잖아, 네가 지금 어떤 성 정체성의 위기를 거치고 있는지는 모르겠지만, 사실, 4년 전이었으면 좀 쓸모가 있었을 것 같거든. 하지만 우리가 고등학교 때 그랬다고 네가 게이라거나 바이라거나 아무튼 그렇다는 얘기는 아니야. 다만 나는 게이야. 그리고 그땐 나도 안 그런 척했지만, 우리가 했던 짓은 진짜 완전 슈퍼 울트라 게이였어."

리암은 한숨을 쉬었다.

"그게 도움이 되니, 알렉스? 내 앞에 블러디 메리가 있는데 아무래도 이 통화에 대해서는 이 술하고 대화를 좀 나눠야겠다."

"어, 그래." 알렉스가 말한다. "그런 것 같다. 고마워."

"됐어."

리암이 정말 오래 맘고생을 하다 지쳐버린 목소리라 알렉스는 고등학교 시절을 파노라마처럼 돌이켜본다. 리암이 자기를 바라보던 눈길, 두 사람 사이에 흐르던 정적. 그러자 아무래도 이 말을 꼭 덧붙여야 한다는 생각이 든다.

"그리고, 어, 내가 너한테 좀 잘못한 거지? 미안해."

"아, 시발. 진짜 못 살아."

리암은 끙, 앓는 소리를 내더니 전화를 뚝 끊어버렸다.

6

헨리가 영원히 알렉스를 피해 다닐 수는 없었다.

결혼식 후에 협약으로 정한 행사가 하나 남아 있었기 때문이다. 1월 말의 국빈 만찬에 헨리가 참석하게 되어 있었다. 신임 영국 총리는 비교적 최근에 취임했기 때문에 엘런 대통령이 만나기를 원했다. 헨리도 함께 와서 의전에 따라 관저에 묵게 된다.

알렉스는 턱시도 라펠을 가다듬고 내빈들이 입장하는 동안 준과 노라 옆에서 어슬렁거리며 포토라인 근처의 북쪽 현관에서 대기한다. 자기가 초조하게 다리를 떨고 있다는 걸 의식하지만, 도저히 멈출 수가 없었다. 노라는 입꼬리를 올리며 웃지만 아무 말도 하지 않는다. 그래도 조용히 덮어준 편이다. 아직 준한테 털어 놓을 마음의 준비는 되지 않았다. 누나한테 말을 하면 돌이킬 수 없는 일이 되어버린다. 정확히 이게 뭔지 파악하기 전까지 그럴 수는 없다.

헨리가 무대 우측에서 등장한다.

수트는 블랙, 늘씬하고 우아하다. 완벽하다. 확 찢어버리고 싶다.

헨리는 속내를 드러내지 않는 표정이지만, 현관 홀에서 알렉스를 보자마자 낯빛이 싹 잿빛으로 바뀌었다. 도망칠까 생각하는 사람처럼 발걸음이 멈칫거린다. 알렉스는 그 다리에 플라잉 태클을 걸어버리고 싶은 마음이다.

그러나 계속 계단을 오르고….

"좋아, 이제 사진." 자흐라가 알렉스의 어깨 뒤에서 씩씩거린다.

"아."

헨리는 백치처럼 말한다. 알렉스는 그 머저리 같은 모음 한 글자가 헨리 특유의 억양으로 감기는 소리가 왜 이렇게 좋은지 자기 자신에게 신경질이 난다. 심지어 영국 억양은 좋아하지도 않는데. '헨리'의 영국 억양은 왜 이렇게 좋은 거야.

"어이." 알렉스는 나직하게 말한다. 가짜 웃음, 악수, 펑펑 터지는 카메라 플래시. "죽어버리거나 한 건 아니라 다행이네."

"어…."

헨리는 자랑해 마땅한 모음 리스트에 하나를 더 올린다. 안타깝지만, 이번에도 섹시하다. 몇 주일 못 봤더니, 기준이 영 낮아져버렸다.

"우리 얘기 좀 하자."

알렉스가 말하는데 자흐라가 두 사람을 밀어붙여 우호적인 구도를 만들었고, 사진 촬영이 이어지다가 알렉스는 누나들과 함께 국빈 만찬이 열리는 다이닝 룸으로 이끌려 가고 헨리는 수상과 함께 공식 사진 포즈를 잡는다.

그날 밤의 엔터테인먼트는 뿌리채소처럼 생긴 영국의 인디록 가수로,

알렉스 또래의 젊은이들 사이에서 인기라는데 알렉스로서는 도통 이유를 알 수 없었다. 헨리는 총리와 함께 앉아 있었는데, 알렉스는 무슨 개인적인 원한이라도 맺힌 사람처럼 테이블 건너편에서 이글이글 분을 삭이며 음식을 꾹꾹 눌러 씹었다. 아주 가끔, 헨리가 고개를 들고 알렉스와 시선을 마주칠 때가 있었는데, 그때마다 귓불이 발갛게 달아오르면서 라이스 필라프가 지구상에서 가장 매혹적인 음식이라는 듯 접시에 고개를 처박는 것이었다.

헨리는 어떻게 저렇게 괘씸하게, 무슨 제임스 본드가 낳은 아들 같은 모습으로 나타나서(하긴 실제로 그렇긴 하지만) 총리와 레드 와인이나 마시면서, 자기는 알렉스한테 혀를 넣은 적도 없고, 한 달이나 차단하고 연락을 끊은 적도 없다는 듯이 뻔뻔하게 굴 수가 있지? 알렉스는 생각한다.

"노라." 알렉스는 준이 〈닥터 후〉에 나오는 여배우와 수다를 떨러 간 틈을 타서 노라를 불렀다. 이제 행사는 마무리 단계에 들어섰고 알렉스도 지칠 대로 지쳤다. "헨리를 저 테이블에서 좀 빼내줄 수 있어?"

노라가 실눈을 뜨고 알렉스를 흘겨본다.

"이거 무슨 악마의 유혹 작전 같은 거야? 그렇다면, 기꺼이."

"암, 왜 아니겠어, 그거 맞아."

알렉스는 일어나서 경호원들이 대기하고 있는 뒤쪽 벽으로 갔다.

"에이미." 알렉스는 경호원 에이미의 손목을 잡으며 숨죽여 말했다. 에이미는 재빨리 동작을 취하려다 중단했다. 본능적으로 제압하려는 충동을 억누른 게 분명하다. "도움이 필요해요."

"위협은 어느 방향입니까?" 즉시 에이미가 묻는다.

"어, 젠장, 그건 아니고요." 알렉스는 침을 삼킨다. "그런 일 아니에요. 헨리 왕자와 단둘이 만날 일이 있어요."

에이미가 눈을 껌벅인다. "이해가 안 됩니다."

"개인적으로 할 말이 있다고요."

"두 분이 대화를 나누신다고 하면 함께 밖으로 나가드릴 수는 있지만, 그쪽 경호 담당한테 확인을 받아야 합니다."

"안 돼요." 알렉스는 한 손으로 얼굴을 문지르며, 헨리가 아까 그 자리에 있는지 어깨너머로 돌아보고 확인한다. 노라가 헨리를 윽박지르다시피 열렬하게 뭔가 설파하고 있다.

"단둘이서만 볼 일이 있다니까요."

보일락말락 에이미의 얼굴에 어떤 표정이 스친다.

"제가 할 수 있는 최선은 레드 룸입니다. 그 이상 왕자님을 데리고 가시는 건 허락할 수 없습니다."

알렉스는 다시 고개를 뒤로 돌려 스테이트 다이닝 룸 저편의 높은 문을 본다. 레드 룸은 애프터디너 칵테일파티가 열릴 때까지 비어 있다.

"시간은 얼마나 줄 수 있어요?"

"5분."

"그 정도면 어떻게 될 것 같아요."

알렉스는 휙 돌아 장식용 초콜릿 디스플레이가 있는 쪽으로 성큼성큼 걸어갔다. 노라가 프로피트롤*을 먹어보라고 헨리를 유혹해 그쪽으로 데리고 왔기 때문이다. 알렉스는 두 사람 사이를 막아섰다.

"안녕." 알렉스가 말했다. 노라가 미소를 지었다. 헨리의 입이 떡 벌어졌다.

"방해해서 미안한데, 중요한 일이라서, 음. 국제. 관계. 일로."

그리고 알렉스는 헨리의 팔꿈치를 잡아 우격다짐으로 끌고 간다.

---

* 슈크림을 고급화한 디저트.

"이거 놓지 못해."

헨리 이 자식, 양심이 있는 거야 뭐야.

"그 입 닥쳐라."

사람들은 서로 어울려 음악을 듣느라 바빠 알렉스가 왕위 계승 서열 후보의 팔을 틀어쥐고 다이닝 룸 밖으로 끌고 나가는 줄도 몰랐다.

문 앞에 다다르자 에이미가 서 있다. 에이미는 문손잡이를 쥐고 잠시 망설인다.

"왕자님을 죽이거나 하진 않으실 거죠?"

"안 그럴 확률이 높아요." 알렉스가 대답했다.

에이미는 두 사람이 간신히 지나갈 만큼만 문을 열어주었고, 알렉스는 헨리를 끌고 레드 룸 안으로 들어갔다.

"이게 대체 무슨 짓이야?" 헨리가 발끈한다.

"입 닥쳐, 제발 입 다물고 가만히 좀 있으라고, 제발 좀."

알렉스는 씩씩거린다. 사람 속 터지게 만드는 저 바보 같은 얼굴을 자기 입술로 엉망으로 만들겠다고 작정하지 않았다면, 아마 주먹을 날리는 대안을 고려했을 것이다. 알렉스는 앤티크 카펫을 밟고 자신의 발을 한 걸음씩 앞으로 옮기는 힘찬 아드레날린에 집중한다. 주먹으로 감아쥔 헨리의 넥타이, 헨리의 눈동자에서 번득이는 불꽃에 집중한다. 제일 가까운 벽으로 헨리를 밀치고, 세차게 입술을 부딪는다.

헨리는 충격을 받은 나머지 아무 반응도 없다. 힘없이 벌어지는 입술은 초대가 아니라 경악을 말하고, 알렉스는 공포에 찬 한순간, 자기 계산이 완전히 틀린 게 아닐까 생각한다. 하지만 곧 헨리가 키스에 응답해온다, 그러자 그것으로 다 됐다. 기억만큼, 아니 기억보다 더 좋았다. 그동안 줄곧, 왜 이렇게 하지 않았는지, 이유를 단 하나도 떠올릴 수 없다. 어째서 그저 손을 놓고, 호전적으로 각을 세우고 술래잡기를 했는지 모르겠다, 대체 왜 그랬을까.

"잠깐만." 헨리가 입술을 떼며 말한다. 물러서서 알렉스의 얼굴을 야성 적인 눈빛으로, 새빨간 입술로, 바라본다. 알렉스는 옆방의 고관대작들한 테 들리지만 않는다면 시발, 비명이라도 한껏 지르고 싶다.

"우리 아무래도….”

"뭐?"

"아니, 그러니까, 우리 아무래도. 모르겠어. 좀 진도를 천천히 나가야 하 지 않을까?" 헨리는 움츠리다 한쪽 눈이 감기다시피 실눈을 뜬다. "먼저 저녁이라도 같이 먹고, 아니면….”

알렉스는 진짜 헨리를 죽이고 싶어진다.

"방금 저녁 먹었잖아.”

"그래. 내 말은… 그냥 내 생각에….”

"생각을 하지 마.”

"알았어. 기꺼이.”

미칠 듯 흥분한 알렉스는 손으로 옆 테이블의 촛대 장식을 홱 쓰러뜨리 고 헨리를 올려 앉혔다. 마침 위를 올려다본 알렉스는 하마터면 광인처럼 폭소를 터뜨릴 뻔했다. 헨리는 하필이면 알렉산더 해밀턴*의 초상화를 등 지고 앉아 있었다. 헨리의 다리가 초대하듯 벌어지자 알렉스가 파고들어 헨리의 머리를 잡아 젖히고 또 한 번 타오르는 키스를 퍼부었다.

이제 두 사람은 정말로 움직이고 있었다. 서로의 수트를 엉망으로 흩 트리며, 헨리의 입술을 알렉스가 이로 깨물고, 젖혀지는 헨리의 뒷머리가

---

* 알렉스가 이름을 딴 미국 건국 유공자로 양성애자였다는 설이 있다.

칠 때마다 초상화 액자가 벽에 부딪혀 덜그럭거린다. 알렉스는 헨리의 목에 얼굴을 묻은 채로, 분노와 현기증 사이를 오간다. 수년간 품어온 증오와 아무래도 이미 생겨나 버린 것만 같은 또 다른 감정 사이 어딘가에 갇혀서. 내면에서부터 백열로 타오르는 그 감정을 품은 채로 알렉스는 미쳐버릴 것만 같다.

헨리는 받는 만큼 아낌없이 돌려준다. 알렉스의 허벅지를 무릎으로 감고 몸을 지탱한 헨리의 뾰족한 이는 섬세한 왕실의 법도를 모른다. 알렉스는 헨리가 자기가 생각했던 모습과 다르다는 걸 꽤 오랜 시간에 걸쳐 알게 됐지만, 그 내면의 고요한 불길을, 완벽한 겉모습 아래 노력하고 분투하고 갈망하다 소진된 인간성을, 이렇게 코앞에서 실감하는 건 아예 다른 얘기다.

알렉스는 헨리의 허벅지로 한 손을 내려 전류처럼 짜릿한 맥박을, 단단한 근육 아래 부드러운 살결을 느낀다. 몸을 바짝 밀어 쳐올리고, 또 쳐올리자, 헨리의 손이 그의 손등을 철썩 치듯이 움켜잡고 손톱을 깊이 박았다.

"시간 다 됐습니다!"

문틈으로 에이미의 목소리가 들려왔다.

두 사람은 그대로 얼어붙고, 알렉스가 바닥으로 내려선다. 이제 둘 다 그 소리를 듣는다. 불편하리만큼 가까이 달라붙어, 밤을 감싸는 두 육체의 소리. 헨리의 골반이 아주 작게 튕겨 알렉스의 몸으로 밀착한다. 뜻대로 되지 않는, 소스라친 움직임에 알렉스가 자기도 모르게 욕을 뱉는다.

"나 죽을 것 같아." 헨리가 힘없이 말한다.

"내가 널 죽일 거야." 알렉스가 말한다.

"그래, 그럴 것 같아."

알렉스는 불안하게 비틀거리며 한발 물러선다.

"곧 사람들이 여기로 들이닥칠 거야."

알렉스는 쓰러진 촛대 장식을 다시 테이블로 끌어올리려 허리를 굽히면서 앞으로 거꾸러지지 않으려고 정신을 똑바로 차렸다. 헨리도 이제 일어나서 서 있다. 휘청거리며. 셔츠 자락이 빠져나와 있고 머리카락은 엉망으로 헝클어졌다. 알렉스는 당황해서 손을 뻗어 헨리의 삐친 머리카락을 꾹꾹 눌러 원래대로 정리해주려 한다. "젠장, 네 꼴이…."

헨리는 눈을 휘둥그레 뜨더니 셔츠를 바지춤으로 쑤셔 넣으며 나직하게 콧노래로 "하느님, 여왕 폐하를 지켜주소서" 하고 영국 국가를 흥얼거린다.

"뭐 하는 짓이야?"

"아니, 지금 이걸…."

헨리는 전혀 우아하지 못하게 손사래를 치며 바지 앞섶을 가렸다.

"…없애려는 거잖아."

알렉스는 결연하게 밑을 내려다보지 않았다.

"알았어, 그럼." 알렉스가 말한다.

"그래. 그럼 우리 이렇게 하자. 너는 가서, 이 밤 끝날 때까지 나하고 100미터 이상 멀찌감치 떨어져 있어야 해. 안 그러면 내가 숱한 귀빈들 앞에서 나중에 몹시, 몹시 후회할 짓을 저지르고 말 거야."

"알았어…."

"그다음에…."

알렉스는 다시 헨리의 넥타이 매듭을 바짝 부여잡고 코앞까지 바짝 끌어당겼다. 헨리가 침을 삼키는 소리가 들린다. 헨리의 목구멍까지 그 소리를 따라 들어가고 싶다.

"그다음에 너는 오늘 밤 11시 정각에 2층 이스트윙 침실로 오는 거야.

그럼 내가 너한테 아주 나쁜 짓들을 할 거야. 그리고 또 나를 차단하면, 너는 영영 탑승 금지 승객 리스트에 올려버린다. 알아들었어?"

헨리는 자기도 모르게 입에서 새어 나오려는 소리를 깨물어 삼키더니, 거칠게 쉰 소리로 말한다. "한 마디도 빠짐없이."

알렉스는. 아, 알렉스는. 아무래도 정신이 어떻게 되려는 모양이다.

10시 48분인데. 알렉스는 서성거린다.

방으로 돌아오자마자 재킷과 타이를 의자에 던져버리고, 드레스 셔츠의 단추를 두 개나 풀었다. 두 손으로는 머리칼을 쥐어뜯고 있다.

이래도 괜찮아. 괜찮은 거야.

말도 안 돼. 끔찍한 생각이야. 하지만 괜찮아.

옷을 더 벗어도 되는지 그것도 잘 모르겠다. 숙적이었다가 가짜 절친이 되었다가 섹스를 하자고 초대할 때 적합한 드레스 코드는 뭘까. 특히 백악관의 관저로 불렀을 때, 특히 그 사람이 남자일 때, 특히 그 남자가 영국의 왕자일 때.

방안의 조명은 어둡다. 소파 옆에 놓인 스탠드 하나가 딥 블루의 벽을 무채색으로 씻어내린다. 침대 위에 널려 있던 캠페인 서류 파일들은 모조리 책상으로 옮기고 침대보를 가지런히 정리했다. 낡은 벽난로를, 이 나라만큼이나 오래된 맨틀의 조각 장식을 살펴보며 켄싱턴궁은 아니라도 이 정도면 나쁘지 않다고 생각한다.

맙소사, 미국 건국의 아버지들이 유령이 되어 오늘 밤 백악관을 배회하고 있다면 정말로 괴로워하지 않을까.

알렉스는 앞으로 닥칠 일을 너무 깊이 생각하지 않으려 한다. 실전 경험은 없지만, 미리 연구 조사는 해뒀으니까. 도표도 봤고. 할 수 있다.

정말로, 정말로 하고 싶다. 거기까지는 확실히 안다.

알렉스는 눈을 감고, 손끝으로 책상의 서늘한 표면을, 책상에 쌓여 있는 서류의 파슬파슬한 테두리를 짚고 선다. 마음은 섬광처럼 헨리에게로 날아간다. 날렵한 수트의 선, 키스할 때 그 숨결이 알렉스의 뺨을 스치던 느낌. 그러자 뱃속에서 괴상한 곡예가 일어나고, 알렉스는 이 느낌을 그 누구에게도, 영원히, 결코 털어 놓지 않겠다고 다짐한다.

헨리, 왕자님. 헨리, 정원에 서 있던 소년. 헨리, 내 침대 속의 소년.

이 친구한테 사실, 하고 알렉스는 자기 자신을 재차 설득한다. 아무 감정도 없는데.

문을 두드리는 소리. 알렉스는 폰을 확인한다. 10시 54분.

문을 연다.

알렉스는 거기 서서 천천히 숨을 내뱉는다, 헨리에게서 눈길이 떨어지지 않는다. 그냥 이렇게, 하염없이 보기만 해도 좋다고 생각한 적이 있었는지 모르겠다.

헨리는 훤칠하고 눈부시게 잘 생겼다. 반은 왕족, 반은 영화배우의 혈통, 입가에 레드 와인이 살짝 번져 있다. 재킷과 타이는 벗어두고 왔고, 셔츠 소매는 팔꿈치까지 걷어 올린 모습이다. 입가에 긴장된 기색이 역력하지만, 알렉스를 보고는 분홍빛 입꼬리 한쪽을 올리며 웃는다.

"미안해, 일찍 왔어."

알렉스는 자기 입술을 깨문다. "길은 잘 찾아왔어?"

"아주 도움이 되는 비밀 경호 요원이 있었어." 헨리가 말한다. "이름이 에이미였던 것 같은데?"

알렉스는 이제야 활짝 얼굴을 펴고 웃는다. "이리 들어와."

헨리가 만면에 미소를 퍼뜨린다. 사진 찍힐 때 짓는 미소가 아니라, 꾸깃꾸깃하고 무방비하고 전염성이 강한, 환한 웃음. 헨리가 알렉스의 팔꿈치에 손가락을 휘감고 당기자, 알렉스는 순순히 리드를 따라 맨발로 헨리의 정장 구두 사이를 파고들어 선다. 헨리의 숨결이 알렉스의 입술을 사라락 훑고, 둘의 코끝이 스치고, 마침내 하나로 연결되자 알렉스는 배시시 웃음을 문다.

헨리는 등 뒤의 문을 꼭 닫아 잠그고, 한 손으로 알렉스의 목덜미를 부드럽게 감아쥔다. 지금 헨리가 키스하는 방식은 어쩐지 좀 달랐다. 정량적이고, 신중했다. 부드러웠다. 알렉스는 왜인지도, 그래서 어떻게 해야 하는지도, 하나도 모르겠다.

그래서 허리를 움직여 헨리를 더 바짝 끌어당기고, 서로의 몸을 화끈하게 밀착하기로 한다. 키스에 응하면서도, 헨리가 키스하고 싶은 대로 키스하도록 허락한다. 이 순간 헨리는, 정말 백마 탄 왕자님이라는 이름에 걸맞게 키스하고 있다. 달콤하고 깊고, 황당하게도 무어의 황야에 서서 일출을 바라보고 있는 기분이 들게 만드는 키스. 머리카락을 휘날리는 스산한 바람이 느껴질 지경이다. 말도 안 되게.

헨리가 입술을 뗀다. "어떻게 하고 싶어?"

그제야 알렉스는 불현듯 기억해낸다. 이건 황야에서 일출을 구경하는 상황이 아니라는 걸. 알렉스는 헨리의 풀어헤친 셔츠 칼라를 잡고 살짝 밀면서 말한다.

"소파에 올라가."

헨리는 숨이 덜컥 멎지만, 순순히 따른다. 알렉스는 그 앞에 서서 부드러운 분홍빛 입을 굽어본다. 물러설 수 없는, 까마득하게 높고, 몹시 위험한 벼랑 끝에 선 기분이다. 헨리가 올려다본다, 기대감에 찬, 굶주린 얼굴.

"몇 주일이나 나를 따돌렸겠다."

알렉스는 보폭을 넓게 벌려 자기 무릎 사이에 헨리의 무릎을 끼웠다. 몸을 굽혀 한 손으로 소파 등을 짚고는 다른 손으로 무방비로 노출된 헨리의 목젖을 쓸었다.

"여자하고 데이트도 하고."

"나는 게이야."

헨리가 덤덤하게 말한다. 헨리의 커다란 손바닥이 펼쳐진 채 알렉스의 엉덩이를 누르자 알렉스는 날카롭게 숨을 들이쉰다. 그 손길 때문인지, 마침내 헨리 입에서 그 말을 들었기 때문인지 모르겠지만.

"왕족의 일원으로서 현명한 길이 아니지. 그리고 너한테 키스하고 나서, 네가 나를 죽이려 들지 않을 거라는 확신이 없었어."

"그런데 왜 키스했는데?" 알렉스가 묻는다. 고개를 헨리의 목에 묻으며, 귓가의 예민한 살갗 위로 입술을 끌어올린다. 헨리가 숨을 참고 있는지도 모르겠다는 생각이 든다.

"왜냐하면 나는… 나는 바랐거든. 네가. 날 죽이려 들지. 않기를. 너도… 나를 원할지 모르겠다는… 생각도 했고." 알렉스가 목 옆을 살짝 깨물자 헨리는 쓰읍, 잇새로 숨을 몰아쉰다. "아니 그런 생각을 하던 참에, 노라와 함께 있는 모습을 봤고. 그런데… 질투가 났어…. 그러다 술에 취하는 바람에 해답이 저절로 떠오를 때까지 기다리지도 못하는 바보가 되어버린 거야."

"질투가 났단 말이지. 날 원하는구나."

헨리가 불쑥 격하게 움직이는 바람에 알렉스는 균형을 잃고 헨리의 무릎으로 털썩 떨어지고 말았다. 헨리는 이글거리는 눈으로, 알렉스가 한 번도 들어보지 못한 낮고 무서운 목소리로 말했다.

"그래, 이 새침 떠는 양아치야, 너무 오래 참아서 날 갖고 노는 너를 이제 1초도 더는 못 참아주겠어."

　왕족인 헨리의 권위에 휘둘리는 쪽이 된다는 건, 알고 보니 끔찍하고 지독하게 흥분되는 일이었다. 제멋대로 끌려다니며 피멍이 들게 키스를 당하면서, 알렉스는 자기 스스로 용서할 수 없다는 생각을 했다. 황야 따위 다 집어치워.

　헨리는 알렉스의 골반을 부여잡고 바짝 끌어당겼고, 알렉스는 가랑이를 벌리고 헨리의 무릎 위에 걸터앉아, 세차게, 레드 룸에서처럼, 이빨로 헨리를 깨물며 키스하고 있었다. 이렇게 완벽하게 돌아가면 안 되는 건데—정말 하나도 말이 되는 구석이 없는데—말이 된다. 두 사람은 뭔가 달랐다. 서로 다른 온도에서 불이 붙는달까, 알렉스의 미쳐 돌아가는 에너지와 헨리의 아릿한 확고함.

　헨리의 무릎을 깊게 찌어누르다 이미 몸 아래에서 반쯤 단단해진 헨리의 그것과 맞닥뜨리자 신음이 터져 나온다. 응답하듯 튀어나오는 헨리의 욕설이 알렉스의 입 속에 파묻힌다. 키스는 지저분해지고, 다급해졌다 품위 없어지고, 알렉스는 끌고 미끄러지고 누르는 헨리의 입술 속에 정신을 잃는다. 그 입술의 뜨끈한 독주를 마신다. 헨리의 머리칼 속에 손을 넣자, 준의 잡지에서 헨리의 사진을 손끝으로 쓸어보며 상상했던 대로 한없이 부드럽게, 풍성하고, 매끄러운 머릿결이 손끝에 느껴진다. 헨리는 그 손길에 녹아내리며 두 팔로 알렉스의 허리를 감고 꼭 안는다. 알렉스는 이제 아무 데도 갈 수 없다.

　더는 숨을 쉴 수 없을 때까지, 서로의 이름과 지위를 까맣게 잊을 때까지, 캄캄한 방에서 화려하게, 근사하게, 멈출 수 없는 실수를 저지르는 그저 두 사람이 될 때까지, 알렉스는 헨리에게 키스한다.

　헨리가 알렉스의 셔츠 뒷자락을 움켜쥐고 머리 위로 당겨 벗기려 하자,

알렉스는 간신히 때맞춰 셔츠 앞 단추를 두 개 더 푸는 데 성공한다. 헨리는 재빨리 자기 셔츠의 단추를 풀어 헤친다. 알렉스는 그 손의 단순 명쾌한 민첩성에 경탄하지 않으려 애쓴다. 오랜 세월에 걸쳐 헨리의 손을 단련시킨 클래식 피아노도, 폴로 훈련도 생각하지 않으려 애쓴다.

"기다려." 헨리의 말에 알렉스는 이미 반항하며 끙끙거리지만, 헨리는 뒤로 물러나며 손가락으로 알렉스의 입술을 막는다. "나 하고 싶…." 헨리의 목소리가 터져 나오려다 멎는다. 스스로 움츠러들지 않겠다고 작정한 모습이다. 헨리는 차분히 마음을 가라앉히고, 손가락으로 알렉스의 뺨을 쓰다듬다 반항적으로 턱을 내민다. "침대에서 하고 싶어."

알렉스는 한마디도 못 하고 미동도 하지 않는다. 헨리의 눈을 들여다보고 거기 머무는 질문을 읽는다. 이제 현실이 됐는데 여기서 그만둘 거야?

"자, 그럼 어서 하시지요, 전하."

알렉스는 체중을 살짝 옮기며 헨리를 마지막으로 한번 감질나게 도발하고 일어섰다.

"나쁜 자식." 헨리는 투덜거리지만, 웃으며 따른다.

알렉스는 침대로 올라가 베개를 팔꿈치로 짚고 앉아 헨리가 구두를 발로 차고 다시 자세를 잡는 모습을 바라보았다. 스탠드 불빛을 받은 헨리는 헝클어진 머리카락이 황금빛으로 물들고 눈꺼풀이 무겁게 내리깔려, 방탕한 쾌락의 신으로 변신한 듯하다. 알렉스는 하염없이 바라보기로 한다. 피부밑으로 단단하게 엮인 근육, 가늘고 길고 낭창하다. 갈비뼈 아래로 허리가 폭 들어간 자리가 말도 안 되게 보드라워 보여서, 알렉스는 5초 이내에 그 작은 곡선에 손을 맞춰 넣지 못하면 칵 죽어버릴 것 같다.

퍼뜩 선명하고 생생한 자각이 덮친다. 어떻게 지금까지 자기가 스트레이트라고 생각하고 살 수가 있었던 걸까.

"그만 뜸 들여." 알렉스는 일부러 자각의 순간을 딱 끊으며 말한다.

"이래라저래라하기는." 헨리는 순응한다.

헨리의 몸이 따뜻하고 든든한 무게로 그를 덮고, 두 손이 베개를 꼭 잡은 채 한쪽 허벅지가 알렉스의 다리 사이로 미끄러져 들어오자, 알렉스는 정전기가 찌릿 통하듯 접촉 지점을 하나하나 느낀다. 어깨, 골반, 가슴 한가운데.

헨리의 한 손이 배를 타고 올라오다, 체인 목걸이에 달린 낡은 은 열쇠에 걸려 흉골에서 딱 멈춘다.

"이게 뭐야?"

알렉스는 안달이 나서 숨이 가쁘다.

"텍사스 우리 엄마 집 열쇠."

알렉스는 헨리의 머리칼에 손을 넣는다.

"여기로 오면서 걸고 다니기 시작했어. 그러면 내가 어디서 왔는지 잊지 않을 것 같아서. 내가 너한테 뜸 들이지 말라고 했어, 안 했어?"

헨리는 알렉스의 눈을 바라보다 할 말을 잃고, 알렉스는 모조리 태워버릴 듯한 키스를 다시 퍼붓기 시작한다. 그러자 헨리가 알렉스의 몸을 완전히 깔고 엎드려 침대로 누른다. 한 손으로 헨리 허리의 움푹한 자리를 찾아낸 알렉스는, 손바닥에 닿는 충격적인 감각을 견디지 못하고 입 안으로 소리를 삼킨다.

감정에 산 채로 잡아먹힐 듯한, 이런 키스는 받아본 적이 없었다. 헨리의 몸이 꿈틀거리며 파고들어 알렉스의 온몸을 1인치도 남기지 않고 덮어버린다. 헨리의 입에서 목덜미로, 그리고 귀밑의 민감한 지점으로 입술을 옮겨, 키스하고 또 키스하다 이를 드러낸다. 자국이 남을지도 모른다. 정치가의 아들로서, 아마 왕족으로서도, 키스 마크를 남기는 건 밀회의

규칙 제1조항의 위반이라는 걸 잘 알지만, 괜찮다, 상관없다.

알렉스는 헨리가 자기 팬티의 밴드를 더듬다, 바지 단추를 풀고, 지퍼를 끄르고, 드디어 속옷의 밴드에 닿는 걸 느끼고, 다음 순간, 삽시간에 만물이 아주, 아주 흐릿하게 번져버린다.

눈을 뜨자 헨리가 지극히 얌전하게 우아한 왕족의 손을 입으로 가져가더니 '침'을 뱉는 모습이 보인다.

"아 뇨, 시발 미친." 알렉스가 내뱉자, 헨리는 씩 일그러진 미소를 지으며 할 일을 한다. "시발." 그의 몸이 흔들리고, 입이 단어들을 쏟아낸다.

"이게 뭐야… 맙소사, 너는 정말, 이 지구상에서 너 같이 눈 뜨고 못 봐줄 개새끼는… 너 이 새끼… 시발… 너 때문에 복장이 터져, 너는 정말 최악이야, 너는…."

"넌 말을 안 하면 죽냐?" 헨리가 말한다. "무슨 이따위 주둥이가 달렸는지."

그리고 알렉스가 다시 눈을 뜨고 보자 헨리가 황홀한 표정으로 바라보고 있다. 눈빛을 반짝이며 입가에 미소를 걸고. 눈길을 그대로 맞춘 채로 헨리가 리듬을 탄다. 아까는 알렉스가 틀렸다. 헨리가, 아무래도 헨리가 알렉스를 죽이려나 보다.

"잠깐." 알렉스가 침대보를 꽉 움켜쥐고 말하자, 헨리가 즉시 동작을 멈춘다. "아니, 좋아, 당연하지, 맙소사, 하지만, 너 계속 그렇게 하면 나 진짜." 알렉스의 숨이 턱 멎는다. "그거, 그거 완전… 나한테 벗은 몸을 보여주기 전까지, 너 그거 금지야."

헨리가 고개를 살짝 기울이며 씩 웃는다. "좋아."

헨리를 껴안고 뒹굴어 자세를 바꾼 후, 알렉스는 바지를 발로 차서 벗고 속옷만 골반에 낮게 걸친 채 헨리의 긴 몸을 타고 올라가며 초조하게, 욕망에 달아오르는 그 얼굴을 지켜본다.

"안녕." 헨리의 눈높이까지 올라간 알렉스가 말한다.

"안녕."

"이제 네 팬티를 벗길 거야."

"그래, 좋아, 어서 해."

알렉스가 팬티를 벗기자 헨리의 한 손이 내려와 알렉스의 허벅지를 받쳐 올렸고, 둘의 몸은 사이에 있는 단단한 지점에서 정확히 만났다. 그러자 동시에 앓는 소리가 난다. 알렉스는 어지러운 가운데 생각한다. 5년에 가깝게 전희를 끌었는데, 이만하면 됐다고. 이제 진저리가 난다고.

입술을 움직여 헨리의 가슴으로 내려가자, 알렉스가 뭘 하려는지 깨달은 헨리의 심장이 한 박자를 건너뛴다. 알렉스 자신의 심장도 리듬이 깨졌으리라. 이제 감당이 안 될 정도로 깊이 들어왔지만, 괜찮다, 아직은 컴포트존을 벗어나지 않았다. 알렉스는 헨리의 예민한 태양신경총에, 복강에, 팬티끈 위로 드러난 살결에 키스한다.

"나, 어…" 알렉스가 어렵사리 말머리를 꺼낸다. "나 사실, 이거 처음이거든."

"알렉스." 헨리가 손을 내려 알렉스의 머리칼을 쓰다듬는다. "안 해도 돼, 나는…"

"아니야, 내가 하고 싶어." 알렉스는 헨리의 속옷을 당긴다. "형편없으면 네가 꼭 말해줘야 해."

헨리는 또 말을 잃고, 이 미친 행운을 믿을 수 없다는 표정을 짓는다.

"그래. 그럴게."

알렉스는 켄싱턴궁의 부엌에서 맨발로 서 있던 헨리를 떠올린다. 그때부터 슬몃 비치던 여린 속내를 떠올리자, 지금, 그의 침대에, 나체로 드러누워 자기를 원하고 있는 헨리가 더욱 설렌다. 그 난리통을 겪고 나서 이런 일이 생기다니, 도저히 믿을 수가 없다. 하지만 기적처럼, 여기 이렇게 그가 있다.

헨리의 몸이 반응하는 걸 보면, 헨리의 손이 그의 곱슬머리를 휘감고 뒤채는 걸 보면, 처음 해 본 것치고는 꽤 잘하는 것 같다. 헨리의 긴 몸을 눈길로 훑어 올려다보면 뜨겁게 타는 눈길과 마주친다. 하얀 잇새에 아물린 붉은 입술. 헨리가 머리를 뒤로 젖혀 베개를 베고 흘리는 교성이 "쌍, 저 속눈썹" 비슷하게 들린다. 아무래도 알렉스는 헨리가 매트리스에서 등을 활처럼 휘는 모습에, 그 상냥하고 귀티 나는 목소리가 천정에 대고 욕설의 연도를 읊어대는 어투에 좀 심하게 반한 모양이다. 알렉스가 살아가는 이유가 되어도 좋았다, 흐트러지고 망가지는 헨리를 지켜보는 게. 닫힌 문 뒤에서 둘이 함께 있을 때만이라도, 헨리가 자기 본연의 모습 그대로 존재할 수 있도록 지켜주는 게.

획 몸이 들려 헨리의 입가까지 끌어 올려지는 바람에 알렉스는 깜짝 놀라고, 굶주린 키스 세례가 이어진다. 알렉스가 같이 잤던 여자애들은 끝나고 키스하면 별로 좋아하지 않거나 크게 신경 쓰지 않았는데, 헨리는 열렬하게 즐기면서 깊고 포괄적으로 키스에 반응해왔다. 나르시시즘을 꼬집어 놀려주고 싶은 마음이 들었지만 대신….

"형편없지는 않았어?" 알렉스는 키스와 키스 사이에, 숨을 고르려 헨리 옆 베개에 머리를 대고 누워 묻는다.

"확실히 내 기준에 부합했어." 헨리가 환하게 웃으며 알렉스의 온몸을 한꺼번에 만지고 싶다는 듯, 가슴 위로 안아 올린다. 알렉스의 등에 얹은 헨리의 손은 거대하다. 선이 날카로운 턱에 긴 하루 동안 돋아난 수염이 거칠다. 획 몸을 뒤집어 침대로 찍어누르는 넓은 어깨는 알렉스의 온몸을 가리고도 남는다. 과거에 느껴본 그 어떤 감정과도 다르다. 하지만 비길

데 없이, 훨씬 더, 좋다.

헨리는 다시 한번 공격적으로 키스한다. 헨리한테서 보기 힘든 자신감으로. 흐트러진 열정과 거친 초점, 반듯한 왕자가 아니라, 자기가 좋은 행위를, 자기가 잘하는 행위를 즐기는 그저 평범한 스물 몇 살의 청년. 젠장, 정말로 타고났다. 알렉스는 대체 어떤 음흉한 귀족이 헨리에게 이런 걸 다 가르치고 감사의 과일바구니*를 보내줬는지 알아봐야겠다고 마음속으로 메모한다.

헨리는 행복하게, 게걸스럽게 호의에 보답하고 알렉스는 자기 입에서 무슨 소리가, 무슨 말이 튀어나와도 개의치 않는다. "스윗하트"도 나왔고 "마더퍼커"도 나온 것 같다는 기억이 스친다. 헨리는 젠장, 이 방면에 천재성을 타고난 개자식이다, 숨겨둔 재능이 한둘이 아니다. 알렉스는 반쯤 히스테리컬하게 생각한다. 진정한 신동이야. 여왕 폐하 만세.

다 끝낸 헨리는 알렉스의 다리를 어깨에 걸친 채 사타구니에 입술을 꾹 눌러 끈적한 키스를 하고, 정중하게 사정한다. 알렉스는 헨리의 머리채를 잡고 끌어올리고 싶다고 생각하지만, 온몸의 뼈가 남김없이 녹아내려 엉망진창으로 풀어졌다. 희열감에 정신이 나갔다, 죽어버렸다. 열반으로 승천하고 눈알 두 개만 남아 도파민의 안개 속을 둥둥 떠다니고 있다.

매트리스가 흔들리고 헨리가 베개로 올라와 알렉스의 목덜미에 얼굴을 파묻는다. 알렉스는 희미하게 좋았다는 소리를 내고, 헨리의 허리께를 더듬지만, 기운이 없어서 그 이상 뭘 할 수가 없다. 옛날에는 1개 국어 이상으로 아는 어휘가 상당히 많다고 생각했는데, 지금은 단어가 하나도 머리에 떠오르지 않는다.

---

* 과일 fruit은 남자 동성애자를 뜻하는 속어다.

"흐으음." 헨리가 코끝을 알렉스의 코에 갖다 댄다.

"이렇게 해야 네가 입을 닥친다는 걸 미리 알았으면, 벌써 수백만 년 전에 해줬을 텐데."

헤라클레스에 견줄 만한 초인적 힘을 끌어모아 알렉스는 딱 두 마디를 내뱉었다.

"엿이나 드셔."

아득하게, 서서히 걷히는 안개 저 너머에서, 질척한 키스 건너편에서, 알렉스는 자기가 일종의 루비콘강을 건넜음을 알고 탄복하지 않을 수 없다. 그것도 이 나라만큼 오래된 이 방에서. 델라웨어강을 건넜던 조지 워싱턴처럼. 알렉스는 헨리의 입 안에 대고 웃음을 터뜨린다. 느닷없이 각국을 상징하는 젊은 아이콘으로, 등불을 받아 빛나는 나신의 두 사람을 유화로 그려 걸어두는 그림이 머릿속에 떠올랐기 때문이다. 헨리도 그 이미지를 볼 수 있다면, 알렉스처럼 우습다고 생각할까.

헨리는 돌아눕는다. 알렉스의 몸은 따라가서 옆에 꼭 달라붙고 싶지만, 가만히 제자리에 남아 있다. 안전한 몇 인치 거리를 사이에 두고. 헨리의 턱 근육이 빛을 받아 번득이는 걸 본다.

"어이." 알렉스는 헨리의 팔을 쿡쿡 찌른다. "겁먹고 도망가는 거 아니지."

"겁먹은 거 아니야."

헨리는 단어를 하나하나 꼭꼭 눌러 말했다.

알렉스는 이불 속에서 1인치쯤 꼬물거리며 다가간다.

"재밌었어." 알렉스가 말했다. "난 재밌었어. 너도 재밌었지, 그렇지?"

"확실히." 헨리의 그 말투는 알렉스의 척추를 따라 간지러운 불꽃을 화드득 지폈다.

"좋아, 좋았어. 그러니까, 우리 다시 하자. 언제든지 네가 하고 싶으면."

알렉스는 손등뼈로 헨리의 어깨를 훑어 내린다. "이런다고, 어, 우리 사이가 변하거나, 뭐 그런 건 아니잖아? 우리는 여전히…. 전에 뭐였는지 모르지만, 아무튼 변함없는 사이야. 오럴만 할 뿐이지."

헨리는 팔을 들어 자기 눈을 덮는다.

"그래."

"그러니까…" 알렉스는 나른하게 기지개를 켜며 화제를 돌린다. "너한테 말해줄 게 있는데, 나는 양성애자야."

"알게 돼서 기쁘군."

헨리의 눈길이 반짝이며 내려와 이불 밖으로 드러난 알렉스의 엉덩이에 머문다. 헨리는 알렉스뿐 아니라 자기한테도 일러두려는 듯이 말한다.

"나는 아주, 아주 게이야."

알렉스는 그 작은 미소를 본다. 웃으면 입가에 주름이 잡히는 그 미소를, 그리고 의식적으로, 그곳에 키스하지 않는다.

이런 모습의 헨리, 그러니까 모든 면에서 활짝 열려 벌거벗은 헨리를 보는 게 얼마나 이상하고 또 얼마나 근사한 일인가, 하는 생각에 딱 걸려서 두뇌의 일부가 작동을 멈췄다. 헨리는 베개를 가로질러 알렉스에게 다가와 부드러운 키스로 입술을 포개고, 알렉스는 손가락 끝으로 헨리의 턱선을 느낀다. 그 감촉이 너무 온화해서 알렉스는 지나치게 마음을 쏟지 말아야겠다고 새삼 다짐한다.

"어이." 알렉스는 헨리의 귓전에 입술을 갖다 대고 속삭인다.

"네 마음 가는 대로, 얼마든지 오래 있어도 좋은데, 우리 둘 다의 최선의 이익을 위해 아침이 되기 전에 네 방으로 돌아가는 게 좋겠어. 경호원들이 관저를 폐쇄하고 이 몸의 내실로 왕자님을 찾으러 오기 전에."

"아." 헨리는 알렉스에게서 떨어져서, 똑바로 누워 천정을 바라보았다.

분노한 신에게 속죄할 길을 찾는 사람 같은 얼굴이다. "맞아."

"너만 좋다면 가지 말고 1라운드 더 뛸 수도 있어." 알렉스가 제안한다.

헨리는 헛기침을 하고 손으로 제 머리칼을 흩뜨린다.

"아무래도, 내 방으로 돌아가는 게 좋겠어."

알렉스는 침대 밑에서 박서를 다시 주워 입는 헨리를 본다. 일어나 앉아서 어깨를 털면서.

이렇게 하는 게 최선이야, 알렉스는 스스로 생각한다. 우리가 정확히 어떤 관계인지 아무도 오해하는 일이 없도록. 밤새도록 꼭 붙어 자지도 않을 거고, 함께 아침을 먹지도 않을 것이다. 서로 만족하는 관계를 가졌다고 연애한다는 뜻은 아니니까.

만에 하나 정말로 원한다 해도, 이게 절대로, 절대로 이루어질 수 없는 이유는 수백만 가지도 넘게 있다.

알렉스는 헨리를 문까지 배웅하고 어색하게 머뭇거리는 모습을 지켜본다.

"저, 어…." 헨리는 고개를 푹 숙이고 발밑을 내려다보며 뭔가 말하려다 만다.

알렉스가 눈을 굴린다.

"시발, 좀, 방금 내 입 안에 그걸 처넣은 주제에, 당연히 굿나잇 키스는 해도 되는 거지."

헨리는 믿어지지 않는다는 얼굴로 눈을 동그랗게 뜨고 그를 다시 쳐다보더니, 고개를 뒤로 젖히고 웃음을 터뜨린다. 오롯이 그일 뿐이다. 신경 예민하고, 다정하고, 불면증이 있는 부잣집 너드 도련님. 한시가 멀다 하고 자기 개 사진을 보내는 소년. 그러자 뭔가 아귀가 맞춰진다. 헨리는 고개를 숙여 알렉스에게 열렬하게 키스를 하고는, 싱긋 웃어주고 사라진다.

"너, 뭘 한다고?"

기회는 예상보다 훨씬 빠르게 찾아왔다. 국빈 만찬 후 불과 2주일밖에 지나지 않았지만, 2주일 내내 어떻게 해야 헨리를 침대로 다시 끌어들일 수 있을까, 오로지 그 생각뿐이었지만, 온갖 이야기가 오가는 문자에도 차마 표현할 수 없는 마음은 담아지지 않았다. 준은 폰을 확 뺏어서 포토 맥강에 던져버리고 싶다는 눈길로 알렉스를 째려본다.

"이번 주말에 초대장이 있는 손님만 입장할 수 있는 자선 폴로 경기가 있어." 헨리가 폰으로 말한다. "그게 어디냐 하면….." 잠시 말을 끊는데, 아마도 샤안이 준 일정표를 부스럭거리며 찾아보고 있는 모양이었다. "그리니치, 어, 코네티컷? 좌석 하나에 1만 달러인데, 너는 내가 초대 손님 명단에 올려줄 수 있어."

알렉스는 하마터면 들고 있던 커피를 남쪽 현관 복도에 다 쏟을 뻔했다. 에이미가 무섭게 노려본다. "시발 미친. 뭐가 그렇게 비싸. 무슨 명분으로 돈을 모으는데? 아기들이 쓰는 외알 안경 같은 거 아니야?" 알렉스는 손으로 폰 마이크를 막았다. "자흐라 어디 있어? 이번 주말 일정을 비워야겠는데."

"있잖아, 가려고 노력은 해보겠는데, 나 진짜 지금 바쁘거든."

"이게 무슨 소리야. 자흐라가 그러는데 네가 이번 주말에 자선 행사에서 발을 뺀다면서. 어디 '코네티컷'에서 열리는 '폴로' 경기에 참석하셔야 한다고?"

그날 밤 방문 앞 복도에 서서 준이 따져 물었다. 알렉스는 손에 들고 있던 커피를 또 엎을 뻔했다.

"들어 봐. 지정학적 외교 활동을 이어가려는 거라고."

"얘, 너희 둘 팬픽이 폭발하고 있어."

"알아, 노라가 보내줬어."

"이제 그쪽 일은 한동안 쉬어도 될 것 같다."

"왕실에서 내가 참석해주면 좋겠다잖아!"

재빨리 거짓말을 둘러댄다. 준은 미심쩍은 표정을 거두지 않는다. 알렉스가 헨리의 입술 생각에 온통 정신이 팔려있지 않았다면, 준이 돌아서면서 던진 눈길의 의미를 두고 좀 걱정을 했을 것이다.

그렇게 해서 알렉스가 토요일에 제일 좋은 제이크루 옷들을 차려입고 그리니치 폴로 클럽에 와서 '나는 누군가 여기는 어디인가' 고민하게 된 것이다. 앞줄의 여자는 아예 박제한 비둘기 한 마리를 통째로 올려놓은 모자를 쓰고 있다. 대학교 라크로스 경기 경험으로는 대처가 안 되는 이벤트다.

말을 탄 헨리는 새로울 게 없다. 폴로 장구를 풀장착한 헨리의 모습―헬멧, 이두박근이 부풀어 오르는 지점에서 딱 끊어지는 반소매 폴로셔츠, 높은 가죽 장화에 여며 넣은 하얀 바지, 정교하게 세공된 버클이 달린 가죽 무릎 보호대, 가죽 장갑―하나도 새롭지 않다. 전에도 본 적 있다. 범주를 구분하자면 따분해야 한다. 원초적이거나 육체적이거나. 아무튼 옷을 마구 찢어발기고 싶은 충동을 자극하면 안 되는 거다.

그런데 필드를 가로질러 말을 다그쳐 모는 헨리의 허벅지에는 힘이 바짝 들어가 있고, 엉덩이는 안장을 세게 쿵쿵 찧고 있고, 스윙할 때마다 팔뚝의 근육이 팽팽하게 당겨졌다가 휘어지고, 저런 옷을 저렇게 입고 저런 장비를 저렇게 차고…. 으아, 감당이 안 된다.

땀이 줄줄 난다. 코네티컷의 2월에, 알렉스는 코트 밑으로 땀을 흘린다.

상황은 최악인데 헨리는 정말 잘한다. 알렉스는 게임의 규칙을 하나도 모르지만, 예전부터 항상 뛰어난 능력을 보면 흥분을 느끼곤 했다. 헨리의 장화가 몸을 떠받치려 박차를 파고들 때마다 그 속의 벗은 정강이를, 매트리스를 확고하게 떠받치는 맨발을, 머릿속에 떠올리기가 너무 쉬웠다. 헨리의 허벅지도 똑같이 열렸지만, 그때는 알렉스를 끼고 있었다. 땀방울이 헨리의 이마에서 목덜미로 뚝뚝 흘러내리고 있었다. 그, 그러니까…. 어, 바로 저렇게.

알렉스는—젠장, 지금까지 아닌 척했는데—알렉스는 하고 싶다. 또 하고 싶다. 지금, 지금 당장.

경기는 턱없이 긴 시간이 흐른 후에야 끝나고, 알렉스는 빨리 헨리를 안지 못하면, 기절하거나 비명을 지르고야 말 것만 같다. 우주에서 가능한 단 하나의 생각은 헨리의 몸과 헨리의 붉게 상기된 얼굴이고, 다른 모든 존재하는 것들은 그저 장애물일 뿐이다.

"그 표정 마음에 안 듭니다." 스탠드 밑으로 내려섰을 때 에이미가 알렉스의 눈을 들여다보며 말한다. "…땀을 흘리시는 것 같은데요."

"나 이제 갈게요, 어." 알렉스가 말한다. "헨리한테 인사하러."

에이미의 입은 음침한 일자로 굳어진다. "제발 자세히 설명하지 말아 주십시오."

"그래, 알아요." 알렉스가 말한다. "정황적 의혹을 부인할 권리를 행사할 게요."

"대체 무슨 소린지 감도 안 잡힙니다."

"그렇죠." 알렉스는 손으로 머리칼을 훑었다. "넵."

"그럼 영국 대표와 정상회담 즐겁게 하십시오."

에이미는 덤덤하게 말하고 알렉스는 직원 비밀 유지 협약에 감사 기도를 올린다.

마구간으로 휘적휘적 걸어가는데, 헨리의 몸과 시시각각 가까워진다는 생각만으로도 팔다리가 지잉지잉 울리는 기분이다. 길고 늘씬한 다리, 하얗고 타이트한 바지에 묻은 풀 얼룩, 왜 이놈의 스포츠는 이렇게 혐오스러운데 경기하는 헨리는 왜 잘생겨 보이는 거야.

"아, 썅."

알렉스는 마구간 모퉁이로 돌아 나오는 헨리를 하마터면 들이받을 뻔했다.

"아, 안녕."

두 사람은 물끄러미 서로를 쳐다본다. 알렉스의 침대에 누워 천정을 보며 욕을 하던 헨리와 헤어져서 보낸 15일. 이제 어디서 어떻게 시작해야 할지 모르겠다. 헨리는 아직 폴로 장구를 글러브까지 전부 장착하고 있어서, 알렉스는 좋아해야 할지 폴로 스틱으로 때려주고 싶은지 본인 마음도 모르겠다. 폴로 배트라고 하나? 폴로 클럽? 폴로… 방망이? 뭐야, 이 스포츠는 거지 같아.

헨리가 침묵을 깬다. "그쪽을 찾으러 가던 길이야, 사실."

"그래, 안녕, 내가 왔어."

"네가 왔네."

알렉스가 등 뒤를 돌아본다. "저기, 어, 카메라들. 3시 방향."

"알았어." 헨리가 어깨를 쭉 펴고 똑바로 선다. 헝클어진 머리에 살짝 젖어 있고, 운동으로 뺨은 여전히 붉게 상기되어 있다. 언론에 사진이 실리면 저 자식은 빌어먹을 아폴로 신처럼 보일 거야. 알렉스는 미소를 짓는다, 사진이 잘 팔릴 거라 확신하면서.

"저기, 그런데 어…." 알렉스가 말한다. "나한테 보여줄 거 있지 않아?"

헨리는 몰려와 주위를 에워싼 수십 명의 백만장자와 사교계 명사들을 흘끗 바라보고 다시 알렉스에게 눈길을 준다. "지금?"

"여기까지 4시간 반이나 차를 타고 왔는데, 1시간 후에 다시 워싱턴 D.C.로 돌아가야 해. 그러니까 볼 시간이 따로 없을 것 같네."

헨리는 잠깐 가만히 있다가, 카메라들 쪽을 휙 쳐다보고는 무대 위의 미소와 웃음소리로 표정을 바꾸고, 알렉스의 어깨에 팔을 둘렀다. "아, 맞아. 그래. 이쪽이야."

발굽을 축으로 빙글 돌아서는 마구간 뒤편으로 앞장서 가다가 우측 복도로 돌아드는 헨리의 뒤를 따른다. 마구간에 딸린 작은 방에는 창문이 없었다. 천정에서 마루까지 착색한 원목 일색이었고 향기로운 가죽 약 냄새가 진동했다. 벽에 묵직한 안장과 승마 장구와 말굴레와 채찍들이 걸려 있었다.

"이게 웬 부자 백인 전용 섹스 던전이냐?"

헨리가 두꺼운 가죽 스트랩을 벽의 후크에서 꺼내 휘두르는 걸 보고 알렉스는 혼절하는 줄 알았다.

"왜 그래?" 아무렇지도 않은 말투로, 헨리는 알렉스 곁을 지나쳐 가서 문을 스트랩으로 꼭 묶었다. 그러더니 현실이라고 믿기지 않는, 상냥한 얼굴로 돌아선다. "여기를 마구실이라고 해."

알렉스는 코트를 떨어뜨리고 성큼성큼 세 발자국 걸어 다가갔다.

"사실 난 관심도 없어."

그리고 바보 같은 폴로셔츠의 바보 같은 칼라를 잡아당겨 그 바보 같은 입술에 키스했다.

멋진 키스였다. 단단하고 뜨겁고. 알렉스는 여기저기를 한꺼번에 어루만지고 싶어서 막상 어디다 손을 둬야 할지 모르겠다.

"아우." 답답한 마음에 헨리의 어깨를 잡아 뒤로 밀치고는, 못 봐주겠다는 듯 머리에서 발끝까지 훑어본다. "너 정말 꼴이 웃기다."

"어, 그럼 내가…." 헨리는 한 걸음 물러서서 옆의 벤치에 무릎을 올리고 보호대를 풀려 했다.

"뭐? 아니야, 당연히 안 되지, 다 차고 있어." 알렉스가 말하자 헨리가 동작을 멈추고, 허벅지를 벌리고 한쪽 무릎을 올린 채로, 바지를 팽팽하게 당긴, 예술적인 포즈로 선다. "돌아버린다 진짜. 너 뭐 하냐? 봐주지도 못하겠네."

헨리가 얼굴을 찌푸린다.

"아니야, 젠장, 그냥 내 말뜻은… 정말 너한테 화가 나고 막 미쳤나 보다."

헨리가 수줍게 부츠를 바닥에 내린다. 알렉스는 죽어버리고 싶다.

"그냥, 좀 제발 이리로 와, 시발."

"굉장히 헷갈리는데."

"시발, 나도 그래."

알렉스는 자기가 전생에서 저지른 죗값을 심오하게 치르는 기분이다.

"들어봐, 이유는 나도 모르겠는데, 이 모든 게…." 헨리의 온몸을 가리켜 손사래를 치며 "…완전 흥분돼. 그러니까 나 좀 빨리…."

더 이상의 격식을 생략하고 알렉스는 그대로 무릎을 꿇고 헨리의 벨트를 풀고 바지춤을 끄르기 시작했다.

"아, 젠장."

"그래." 알렉스도 동의하고 헨리의 박서를 벗겨 내린다.

"아, 젠장." 헨리가 되풀이해 말한다. 이번에는 감정이 제대로 담겨 있다.

모든 게 아직도 알렉스에게는 새롭기만 하지만, 지난 1시간 동안 머릿속에서 상세하게 그려봤던 일을 실천에 옮기는 건 어렵지 않다. 고개를 들어 올려 보자 헨리의 얼굴이 새빨갛게 달아오른 채 얼어붙었다. 입술이 벌어져 있다. 그를 쳐다보면 막 아프다. 운동선수의 집중력, 왕족의 겉치

레가 그 앞에 완전히 벗겨져 있다. 헨리는 커다랗게 확장된 짙은 동공으로 알렉스를 보고 있다. 알렉스도 그 눈길을 받는다. 두 몸의 마지막 신경 하나까지 한 점에 못 박혀 있다.

빠르고 더럽고. 헨리는 폭풍처럼 욕을 쏟아내는데, 그건 이번에도 역시나 심리적 방어를 다 내려놓을 정도로 섹시하다. 다만 이번에는 간헐적인 찬탄이 섞여 있는데, 심지어 그건 더 핫하다. 알렉스는 "그거 좋아"가 헨리의 매끈매끈한 버킹엄 억양으로 흘러나온다거나, 호사스러운 고급 가죽이 뺨을 어루만지며 칭찬해주는 느낌이라거나, 장갑을 낀 엄지가 입가를 스치는 감각에 전혀 아무 대비가 없었다.

헨리는 다 끝나자, 알렉스를 벤치에 앉히고 무릎보호대를 제대로 쓰기 시작했다.

"나 아직도 너한테 엄청 화나 있어."

만신창이가 되어서, 이마를 헨리의 어깨에 걸치고 엎어진 채로, 알렉스가 중얼거린다.

"당연히 그렇겠지."

헨리의 말뜻이 모호하다.

알렉스는 방금 한 말과 달리, 헨리를 잡아 깊고 여운이 남는 키스를 퍼붓고, 또 퍼붓는다. 그리고 두 사람은 오랫동안 키스하는데, 알렉스는 시간을 헤아리지도 추정하지도 않겠다고 마음먹는다.

두 사람은 남의 눈을 피해 조용히 빠져나왔다. 알렉스의 SUV가 두 사람이 대기하고 있는 현관에 다다르자, 헨리가 알렉스의 어깨를 짚고, 코트와 잔근육을 손바닥으로 꾹 눌렀다.

"가까운 시일 내에 켄싱턴 근처에 올 일은 없겠지?"

"그 똥통에?" 알렉스는 찡긋 윙크하며 말한다. "되도록 피해 다녀야지."

"어이." 헨리는 이제 활짝 웃고 있다. "왕실 모독이야, 그건. 불복종죄. 그 정도면 던전에 쳐넣어야 되겠는데."

알렉스는 돌아서서, 차 쪽으로 뒷걸음질 치며 두 손을 치켜든다.

"어이, 뜨거운 시간을 약속하면 협박이 되겠어?"

파리?

A [agcd@eclare45.com]   3/3/20 7:32 PM

To. 헨리

어쩌고저쩌고 공 프린스 헨리 전하.

나한테 진짜로 네 공식 호칭 따위 가르쳐주기만 해봐라.

이번 주말에 열리는 열대우림 보호를 위한 파리 자선 모금 행사에 올 거야?

알렉스,

옛날 너희 식민지 대통령 아들

Re: 파리?

Henry [hwales@kensingtonemail.com]   3/4/20 2:14 AM

알렉스, 잉글랜드 세컨드 브랜드 대통령 아들에게

첫째, 의도적으로 내 작위를 망치려고 하다니. 얼마나 부적절하고 끔찍하게 범절에 어긋나는 행위인지 가르쳐주겠어. 그런 류의 레즈-마제스테[*]를 저지르면 왕실 소파 쿠션으로 만드는 중형으로 다스려야 한다고. 내 거실 인테리어에 널 갖다놓으면 어울리지 않을 거라고 생각해서 봐주는 걸 다행으로 알아.

둘째, 아니, 파리 모금 행사에는 안 갈 거야. 선약이 있어. 외투 보관실에서 옥박지를 상대로는 다른 사람을 찾는 게 좋을 거야.

그럼 안녕히,

웨일스공 헨리 왕자 전하께서 친히 보내심

Re: 파리?

A [agcd@eclare45.com]   3/4/20 2:27 AM

To. 헨리

끔찍한 두통 유발자 알게 뭐야 공 헨리 왕자.

그렇게 잘나셔서 엉덩이에 왕 몽둥이 꽂고 앉아서 이메일은 어떻게 쓰신대.

내 기억에 따르면 "옥박"지를 때 상당히 즐기시던데.

어쨌든 거기엔 따분한 사람들밖에 없을 거야. 너 뭐하는데?

알렉스

끔찍한 모금 행사의 총아가

---

* lése-majesté, 군주 모독죄, 불경죄.

Re: 파리?

Henry [hwales@kensingtonemail.com]   3/4/20 2:32 AM
To. A

책임 회피의 총아이신 알렉스님.

왕의 몽둥이는 과거에 "왕홀"이라는 공식 명칭으로 유명했지.
독일의 정상회담에 파견됐어. 풍력에 대해 뭐라도 아는 게 있는 척하는 임무를
띠고. 주로 가죽 바지를 입은 노인들한테 훈계를 당하고 풍차 앞에서 포즈를 취
해야 할 거야. 왕실에서는 지속 가능한 에너지에 관심을 표명하기로 했대. 아무
튼. 아니면 적어도 겉으로는 그렇게 보이기로 했나 봐. 완전 코미디지.
그건 그렇고, 모금 행사 초대손님들 말인데, 넌 '날' 보고도 따분하다고 했었잖아?

안녕,
들볶이고 있는 왕자가

Re: 파리?

A [agcd@eclare45.com]   3/4/20 2:34 AM
To. 헨리

토 나오는 왕위 계승자께,

최근에 알게 된 사실인데, 너 내 생각만큼 따분하지 않더라. 가끔은. 일단 혀를
잘 쓰고.

수상쩍은 한밤의 이메일 총아

알렉스

Re: 파리?

Henry [hwales@kensington.com]   3/4/20 2:37 AM

To. A

왕자님께서 이른 조찬모임을 갖고 있는 와중에 타이밍이 부적절한 이메일 폭격을
가하는 대통령 아드님 알렉스

감히 내 앞에서 방자하게 굴려 든다?

안녕히,
핸섬한 이교도 왕자

Re: 파리?

A [agcd@eclare45.com]   3/4/20 2:41 AM

To. 헨리

발정나신 왕자 전하,

제가 방자하게 굴려 들었다면 전하께서 확실히 알아들으시게 했을 겁니다.

이를테면, 일주일 내내 내 몸을 핥는 네 입 생각만 했어. 그래서 상상을 현실에 옮기려고 파리에서 꼭 만나고 싶었지. 그리고 너라면 프랑스 치즈 고르는 법을 알 거라 생각하기도 했고. 내 전공 분야는 아니거든. 이렇게 말입니다.

치즈 쇼핑과 오럴 섹스의 총아

알렉스

Re: 파리?

Henry [hwales@kensingtonemail.com]   3/4/20   2:43 AM

To. A

이른 조찬 모임에서 홍차를 쏟게 만든 주범 알렉스,

진짜 미워. 독일에서 빠져나가도록 해 볼게.

X

7

헨리는 정말로 독일에서 빠져나와 관광객들이 북적거리는 몽마르트르의 테르트르 광장에서 샤프한 파랑색 블레이저 차림에 사악한 미소를 짓고 있는 알렉스를 만난다. 와인 두 병을 마시고 결국 비틀거리며 알렉스의 호텔로 돌아가서, 헨리는 하얀 대리석 바닥에 무릎을 꿇고 깊이를 가늠할 수 없는 커다랗고 푸른 눈으로 알렉스를 올려다보고, 알렉스는 형용할 말을 그 어느 언어에서도 찾지 못한다.

알렉스는 너무 취했고, 헨리의 입술은 너무 부드러웠고, 모든 게 다 프랑스다워서 헨리를 호텔로 돌려보내는 걸 깜박 잊었다. 같이 밤을 보내지 않기로 한 것도 잊었다. 그래서 둘은 같이 밤을 보낸다.

옆에서 몸을 동그랗게 말고 자는 헨리를 보다가 뾰족하게 도드라진 허리뼈를 실제로 만져보니 보드랍고 여렸다. 오랜만에 깊이 자는 헨리를 깨우지 않으려고 아주 조심스럽게 만져야 했다. 아침이 되자 바삭한 바게트와 통통한 살구가 가득한 끈적한 타르트와 「르몽드」지가 룸서비스로 도착했고, 알렉스는 기사를 번역해 읽어주는 헨리에게 행복하게 귀를 기울인다.

헨리와는 이런 일들을 하지 않을 거라고 다짐했던 기억이 막연하게 떠오르는 것도 같다. 지금은 다 그냥 아득하다.

헨리가 가고 알렉스는 침대 옆의 편지지를 본다. '프로마저리 니콜 바르텔레미'라고 쓰여 있다. 파리의 치즈 가게를 밀회 장소로 정해주고 가다니. 알렉스는 솔직히 인정할 수밖에 없다. 헨리는 자기만의 고유한 색깔을 정말 확고하게 밀고 나가는구나.

한참 뒤 자흐라한테서 메시지가 왔다. 헨리와의 "베스트 브로맨스"를 다룬 〈버즈피드〉 캡처다. 여러 사진을 합성한 이미지다. 국빈 만찬, 그리니치 마구간 밖에서 활짝 웃는 두 사람. 프랑스 여자아이의 트위터가 출처인 사진 한 장에는 알렉스가 작은 카페 의자에 기대어 앉아 있고 헨리가 마지막 남은 레드 와인을 마시는 모습이 찍혀 있다.

그 밑에 자흐라가 원통하다는 투로 이렇게 썼다.

'잘했네, 꼬마 사기꾼 자식.'

앞으로도 이렇게 해야 한다고 알렉스는 생각한다. 세상은 두 사람을 가장 친한 친구 사이로 생각할 테고 두 사람은 그 역할을 연기할 것이다.

객관적으로는 진도를 조절해야 한다는 걸 안다. 지금은 육체적인 관계일 뿐이다. 그러나 이 '완벽하게 금욕적인 프린스 차밍'께서는 알렉스가 절정에 오르면 웃음을 터뜨리고 한밤중 괴상한 시간에 메시지를 보낸다. 너는 미쳤어, 사악해, 답도 없는 악마야. 그러니까 말하는 법을 아예 까먹을 때까지 내가 키스해주겠어. 알렉스는 헨리에게 약간 중독된 것 같다.

알렉스는 너무 깊이 생각하지 않기로 한다. 보통은 서로의 일정에서 마주치는 일이 1년에 몇 번 되지도 않으니 말이다. 창의적으로 일정을 쥐어짜고 각자의 팀을 사탕발림으로 꼬드겨야 간신히 육체적 욕구를 충족시킬 수 있을까 말까다. 적어도 친선 외교라는 핑계를 댈 수는 있어서 다행이다.

알고 보니 두 사람 생일은 불과 3주 간격이다. 그해 3월에 헨리는 스물셋이고 알렉스는 스물하나였다. "그 잘난 싸가지는 물고기자리*일 줄 알았다니까." 준이 말한다. 때마침 3월 말에 NYU에서 유권자 등록 독려 캠페인이 있어서 헨리에게 알렸더니, 15분 후 무뚝뚝한 문자가 날아왔다.

이번 주말 뉴욕 비영리 단체 방문 일정을 재조정했음. 생일 축하로 혼쭐을 내줄 각오로 시내에 있겠음.

메트로폴리탄박물관 앞에서 만났을 때는 사진사들이 이미 자리를 잡고 있어서, 둘은 힘차게 악수를 하고 알렉스는 특유의 촬영용 미소 사이로 말한다. "둘이서만 있고 싶다, 지금 당장."

미국에서는 더 조심해서 호텔 방에도 한 사람씩 따로 들어간다. 헨리는 키 큰 경호원 두 명을 대동하고 뒷문으로 들어가고, 한참 후, 알렉스가 캐시와 함께 들어간다. 캐시는 싱긋 웃고, 알면서도 아무 말 하지 않는다.

샴페인과 키스와 생일 축하 컵케이크의 버터크림이 이해할 수 없는 이유로 알렉스의 입가에, 헨리의 가슴에, 알렉스의 목에, 헨리의 엉덩이골에 온통 범벅이다. 헨리는 알렉스의 손목을 침대에 찍어 누르고 잡아먹다시피 하고, 알렉스는 술에 취해 저세상으로 날아간다. 22년의 모든 순간을 한꺼번에 느끼면서도 하루도 나이 먹지 않은 느낌. 이국의 왕자와 함께 하는 생일이란 그렇다.

---

* 이 별자리는 물고기로 변신한 사랑의 신 에로스라는 전설이 있다.

몇 주일 내로는 마지막 만남이라서, 한참 놀리고 약간 비굴하게 빌기까지 한 끝에, 알렉스는 헨리가 스냅챗을 다운로드받게 하는 데 성공한다. 헨리는 대체로 수위 낮고 옷을 다 차려입은 감질나는 사진들만 보내서 강의 시간에 알렉스가 땀을 뻘뻘 흘리게 만든다. 거울에 비친 사진, 흙 묻은 폴로 바지, 샤프한 정장. 토요일에 C-SPAN*을 스트리밍하던 알렉스의 폰에 갑자기 요트를 탄 헨리의 모습이 뜬다. 벗은 어깨에 환한 햇살을 받으며 카메라를 보고 웃고 있다. 알렉스는 심장이 시발, 너무 이상해져서 1분이나 얼굴을 두 손에 묻고 있어야 했다.

이런 모든 일 사이에, 그들은 알렉스의 캠페인 일, 헨리의 비영리 프로젝트, 두 사람 모두의 행사 일정들을 의논한다. 페즈는 준에 대한 사랑을 도저히 숨길 수 없다면서 헨리를 들볶으며 알렉스에게 준에 대해 이것저것 물어봐달라고 졸라대고 있단다. 준이 꽃을 좋아하는지(좋아함) 이국적인 새들을 좋아하는지(보는 건 좋아하지만 갖는 건 싫어함) 자기 얼굴을 따서 제작한 보석을 좋아하는지(절대 안 좋아함).

아주 많은 날에 헨리는 알렉스의 연락을 받고 재빨리 위트 넘치는 유머로 응수하는 데 만족한다. 알렉스와 함께하는 시간, 배배 꼬인 알렉스의 생각들에 굶주리면서. 하지만 가끔은, 갑자기 다크 모드로 돌변해 보기 드물게, 이상하게 원한에 찬 독한 위트를 날릴 때도 있다. 그럴 때면 몇 시간 혹은 며칠 연락이 되지 않는다. 알렉스는 이제 그럴 때가 슬픔의 시간이라는 걸 안다. 우울증이 덮쳐오는 시간, 헨리에게 모든 게 '너무'해질 때 찾아오는 증상이다. 헨리는 그런 날들을 끔찍하게 싫어한다. 돕고 싶은 마음은 크지만, 사실 알렉스는 별로 개의치 않는다. 먹구름이 낀 헨리

---

* 케이블 방송 연합이 운영하는 비영리 정치 채널.

의 성질머리도, 햇살처럼 환한 헨리로 되돌아올 때도, 그 사이의 수백만 가지 색깔도 어차피 알렉스에게는 매력적일 뿐이니까.

알렉스는 또한 어디를 어떻게 찔러 보면 헨리의 평온한 언행을 박살낼 수 있는지도 안다. 그래서 헨리가 폭발할 게 뻔한 주제를 굳이 건드리길 좋아한다. 그래서.

"아니, 내 말 좀 들어 봐." 목요일 밤 헨리가 전화해서 열을 올린다. "조앤*이 뭐라고 하든 난 콧방귀도 뀌지 않을 거야. 리머스 루핀은 밝은 대낮처럼 명백한 게이란 말이야. 어디 아니라고 해 보라고 해, 귀 막고 한 마디도 안 들을 거야."

"알았어." 알렉스는 달랜다. "공식적으로 나는 너와 같은 의견이라는 걸 먼저 밝혀두겠어. 그래도 좀 더 말해 봐."

헨리가 끝도 없이 장황하게 열변을 토하면 알렉스는 경청한다. 재미있기도 하고 경탄스럽기도 하고.

"난 그냥, 이 빌어먹을 나라의 왕자로서, 부인할 수 없는 영국의 문화적 랜드마크에서, 우리 소수자들을 일반론으로 뭉뚱그려 지우지 않기를 바라. 프레디 머큐리나 엘튼 존이나 데이비드 보위도 깔끔하게 미화하려고만 하잖아. 굳이 덧붙여 말하자면, 70년대에 데이비드 보위는 오클리 스트리트 이 끝에서 저 끝까지 돌아다니면서 믹 재거와 잤다고. 게다가 일단 기본적으로 '진실'이 아니잖아."

헨리가 또 잘하는 일이 있다. 자기가 읽고 보고 듣는 것을 철저히 분석하는 헨리의 이야기를 듣다 보면, 헨리의 영문학 학위와 자국의 퀴어 역사에 대한 깊은 열정과 학식을 실감하게 된다. 알렉스는 미국 동성애의

---

* 「해리 포터」 시리즈의 작가 조앤 K. 롤링.

역사를 '머리로는' 잘 알고 있었다. 부모님의 정치 성향 덕분이기도 했다. 그러나 헨리처럼 정말로 관심을 쏟게 된 건 정체성을 자각한 후부터의 일이다.

알렉스는 스톤월 항쟁*에 대해 처음 읽었을 때 가슴 속에서 북받쳐 오르던 감정의 정체를 알았다. 또 2015년 동성 간 결혼을 합헌으로 인정한 연방 대법원 판결에 마음이 짠하게 아렸던 이유도 이제야 비로소 이해하게 되었다. 알렉스는 시간이 날 때마다 닥치는 대로 찾아 읽기 시작했다. 월트 휘트먼, 동성애를 범죄로 규정한 1961년 일리노이 법, 샌프란시스코 시장 조지 모스콘과 동성애자임을 밝힌 최초의 선출직 공무원 하비 밀크를 살해한 암살범에 대한 솜방망이 판결에 분노해 일어났던 화이트 나이트 항쟁, 1990년의 퀴어 다큐멘터리 〈파리 이즈 버닝〉. 알렉스는 재킷의 등판에 "내가 에이즈로 죽으면—매장은 생략하고—FDA의 계단 앞에 나의 시체를 버려달라"는 문장을 새긴 80년대 남자의 사진을 선거 본부 자기 책상에 압핀으로 붙여놓았다.

어느 날 알렉스와 점심을 먹으러 본부에 들른 준의 눈길이 그 사진에 오래 머물렀다. 그리고 준은 헨리가 방에 몰래 숨어들어 왔던 다음 날 아침 함께 커피를 마시면서 알렉스를 보던 때와 똑같이 미묘한 표정을 지었다. 하지만 준은 아무 말도 하지 않았고, 초밥을 먹는 내내 자기가 요즘 매달리고 있는 계획 이야기만 했다. 준은 그간의 일기를 모두 모아 회고록으로 엮으려 한다고 했다. 알렉스는 이런 이야기들도 누나의 회고록에 들어갈까 생각한다. 알렉스가 늦지 않게 털어 놓는다면, 그럴 수도 있겠

---

* 스톤월 항쟁(Stonewall riots). 1969년 6월 28일 뉴욕 그리니치빌리지의 술집 스톤월 인에 모여든 동성애자들이 경찰의 단속에 맞서 최초로 집단 저항 운동을 벌인 사건. 이 사건을 계기로 미국의 동성애자들이 소수자 인권 운동을 조직화하기 시작했다. 1970년 6월 28일 스톤월 항쟁을 기리는 게이 퍼레이드가 처음 열렸고 이 행사는 현재의 퀴어 퍼레이드, 이른바 프라이드 퍼레이드로 진화했다.

지. 누나에게 어서 말해야 한다.

헨리와의 일 덕분에 알렉스가 이토록 크나큰 자기 자신의 일부를 발견하게 되다니 이상한 일이지만, 그게 그랬다. 헨리의 손, 각진 손등뼈와 우아한 손가락 생각에 빠져들다 보면, 어떻게 예전에는 몰랐는지 그게 더 이상하다. 그리고 다음에 헨리를 베를린의 갈라에서 만났을 때, 알렉스는 중력처럼 자연스러운 이끌림을 느꼈고, 그 이끌림을 따라 리무진 뒷좌석에 타서 호텔로 달려가 침대 기둥에 자기 넥타이로 헨리의 손목을 묶었고, 자기 자신을 더 깊이 알게 되었다.

이틀 후 주 정례 회의에 참석한 알렉스의 턱을 자흐라가 한 손으로 움켜잡더니 고개를 홱 돌려 목덜미 옆을 자세히 살펴본다.

"이거 키스 마크니?"

알렉스는 그대로 얼어붙는다.

"나… 어, 아니요?"

"넌 내가 바보로 보이니, 알렉스? 누가 너한테 키스 마크를 남기고 다니는 거야? 그리고 왜 비밀 유지 협약에 사인을 받지 않은 거지?"

"아, 미치겠네." 정말이지 지저분한 연애의 세부 사항을 흘리고 다닐까 봐 자흐라가 노심초사하지 않아도 되는 단 한 사람의 상대가 있다면 그게 바로 헨리다. "비밀 유지 협약이 필요했으면 말씀드렸을 거예요. 진정해요."

자흐라는 진정하라는 소리에 발끈한다.

"얘, 날 좀 봐. 난 네가 방 안에서 보행기 밀고 다니던 시절부터 알던 사이야. 거짓말하는 걸 모를 줄 아니?" 매니큐어를 칠한 뾰족한 손톱이 알렉스의 가슴을 톡톡 친다. "그게 어떻게 생겼는지는 모르겠지만, 선거운동 기간 중 데이트가 허락되는 명단에 이름이 있는 여자라야 할 거야. 혹시 명단을 잃어버렸을 경우를 대비해서 네가 눈앞에서 꺼지자마자 다시 이메일로 명단을 발송해줄 테니까."

"맙소사, 알았어요."

"그리고 한 번 더 말해두지만, 네가 무슨 바보천치 같은 서커스를 벌이는 바람에, 최초의 여성 대통령인 네 엄마가, 조지 시발 부시 이후에 최초로 재선에 실패하는 대통령이 되는 사태가 벌어지면, 내 이 두 손으로 네 젖꼭지를 썰어버릴 거야. 알았어? 꼭 필요하다면 내년 내내 네 방안에 가둬둘 거고, 졸업 시험을 빌어먹을 연막탄을 쏴서 치든 말든 상관 안 할 거야. 네가 거시기를 바지 안에 얌전하게 지키는 게 그렇게 힘들면 내가 손수 스테이플러로 사타구니에 찍어서 고정해줄 의향이 있어."

자흐라는 자기가 언제 대통령의 아들을 살해하겠다는 협박을 했느냐는 듯 천연덕스럽게, 철두철미한 프로 정신으로 눈앞의 메모를 검토하기 시작했다. 자흐라 뒤쪽으로, 회의 테이블의 자기 자리에 앉은 준이 보였다. 준 역시 알렉스가 거짓말을 한다는 걸 빤히 알고 있는 게 틀림없었다.

"너도 성 있어?"

알렉스는 헨리에게 전화할 때 굳이 인사말을 하지 않았다.

"뭐어?" 언제나처럼 어리둥절해서는, 느릿하게 끄는, 단음의 대답.

"이름 말고 성." 알렉스는 다시 말한다. 늦은 오후에 관저 밖으로 태풍이 불고 있고, 그는 일광욕실 한가운데 드러누워 연설 원고를 읽고 있다. "나한테는 두 개나 있는 그거 말이야. 너는 아버지 성을 써? 헨리 폭스? 그거 진짜 대박 멋지게 들린다. 아니면 왕실이 더 높은 건가? 그럼 엄마 이름을 쓰냐?"

폰에서 바스락거리는 소리가 들리자 헨리가 침대에서 받는 걸까 생각한다. 못 만난 지 2, 3주 되어서 마음이 이미지의 빈자리를 금세 채운다.

"공식적인 가족의 이름은 마운트크리스텐-윈저야. 너처럼 중간에 하이픈을 넣어서. 그러니까 내 풀네임은… 헨리 조지 에드워드 제임스 폭스-마운트크리스텐-윈저가 되는 거지."

알렉스는 천정을 향해 입을 떡 벌린다.

"오… 마이… 갓."

"내 말이."

"알렉산더 가브리엘 클레어몬트-디아즈도 나쁘다고 생각했는데."

"누구 이름을 딴 거야?"

"건국의 아버지 알렉산더 해밀턴을 땄고, 가브리엘은 외교의 수호성인 이름을 딴 거야."

"별로 창의성은 없었구나."

"그래, 나한데는 기회가 없었어. 우리 누나는 카탈리나 준인데, 산타 카탈리나 섬과 조니 캐시의 아내였던 포크싱어 준 카터 캐시의 이름을 땄지. 하지만 나한테는 온갖 자기실현적 예언을 붙여준 거야."

"나도 게이 왕 두 사람의 이름을 다 물려받았어. 예언이면 이 정도는 돼야지."

알렉스는 웃으며 캠페인 파일을 발로 차서 치운다. 오늘 밤에는 그만 볼 작정이다.

"성이 세 개나 되다니 진짜 고약하다."

헨리는 한숨을 짓는다. "학교에서는 우리 모두 웨일스로 불렸어. 하지만 필립은 지금 RAF*에서 윈저 대위야."

"그럼 헨리 웨일스야? 그건 그럭저럭 괜찮은데."

---

* Royal Air Force. 영국 공군.

"그래, 그 정도면 괜찮지. 전화한 이유가 이거야?"

"아마도." 알렉스가 말한다. "역사에 대한 호기심이라고 해야 할까." 진짜 이유라면 오히려 살짝 끄는 헨리의 목소리와 일주일 내내 뇌리를 떠나지 않은 생각을 말할 때 반 박자 머뭇거리는 망설임에 가깝겠지만.

"역사에 대한 관심이라고 하니 말인데, 재미있는 사실이 있어. 내가 지금 사는 방은 로널드 레이건이 총을 맞았다는 소식을 들을 때 낸시 레이건이 있던 방이야."

"아니, 세상에."

"그리고 사기꾼 딕이 가족들에게 하야 의사를 밝힌 곳이기도 하지."

"미안한데… 사기꾼 딕이 뭐야, 사람이야?"

"리처드 닉슨 말이야! 이봐, 너는 지금 이 나라의 케케묵은 선조들이 싸워 쟁취한 모든 걸 망가뜨리고 공화국 총아의 동정을 취하고 있다고. 적어도 '기초적인' 미국 역사는 좀 알아야 하는 거 아니냐."

"동정을 취한다니 지금 그걸 말이라고." 헨리가 정색을 한다. "그런 건 처녀 신부들에나 어울리는 표현이지. 이 경우는 전혀 달라 보이던데."

"어허. 그럼 그쪽은 그 기술을 다 책에서 배웠고?"

"뭐, 나도 대학은 다녔다고. 꼭 독서로 터득한 것만은 아니지."

알렉스는 흠, 헛기침으로 의미심장한 동의를 표하고 농담의 리듬을 깨뜨린다. 일광욕실 건너편을 바라본다. 한때는 더운 밤에 태프트 대통령의 가족이 나와서 잠을 자던 수면실에 얇은 거즈 커튼만 드리워져 있었다. 아이젠하워가 카드 게임을 하던 한쪽 구석에는 레오 아저씨의 낡은 만화책 소장판들이 잔뜩 쌓여 있다. 겉으로 드러나지 않고 깊숙이 깔린 것들. 알렉스는 언제나 그런 걸 파내길 좋아했다.

"어이. 너 목소리가 이상하다. 괜찮니?"

헨리의 호흡이 한 박자 끊기고, 침을 넘기는 소리가 들린다.

"난 잘 있어."

알렉스는 아무 말도 하지 않고, 침묵이 두 사람 사이에 가느다란 실처럼 늘어나도록 한참 됐다가 뚝 끊는다.

"있잖아, 우리 둘 지금 같은 사이에서…. 넌 나한테 뭐든지 얘기해도 돼. 나도 늘 이것저것 털어 놓잖아. 정치며 학교며 정신 나간 가족 얘기며. 내가, 물론, 정상적인 인간적 소통의 훌륭한 모범이라 할 수는 없지만, 그래도, 알잖아."

또 침묵.

"나는…. 과거사를 돌이켜 볼 때 이것저것 말하는 데 소질이 없어." 헨리가 말한다.

"뭐, 나도 과거사를 돌이켜 볼 때 오럴에 소질은 없었지만, 누구나 닥치면 하면서 배워야지, 어쩌겠냐, 스윗하트."

"소질이 없었다?"

"어이." 알렉스는 헛기침을 한다. "지금 아직도 소질이 없다는 얘기를 하고 싶은 거야?"

"아니, 아니, 내가 언감생심 그럴 리가."

알렉스는 헨리의 목소리에서 작은 미소를 들을 수 있다.

"그냥 처음에 했던 건…. 뭐, 열의는 봐줄 만했어, 적어도."

"이봐요, 댁이 불평하시던 기억은 없는데요."

"그래, 뭐. 그런 상상을 하면서 몽정만 수천 번 했으니까."

"그것 봐, 그것도 이것저것에 들어가는 얘기야. 방금 나한테 털어 놓은 거다. 또 다른 것도 털어 봐도 돼."

"그건 똑같다고 보기 어렵지."

알렉스는 몸을 굴려 엎드려서, 생각에 잠겼다가, 몹시 의도적으로 부른다. "베이비."

이 호칭은 두 사람 사이에서 특별한 주문이 되었다. 알렉스는 안다. 말실수로 몇 번 입 밖에 낸 적이 있는데, 그때마다 헨리가 좋아 어쩔 줄 몰랐다. 그땐 모르는 척했지만 지금 여기서는 치사한 잔꾀라도 부려야겠다.

느릿하게 숨을 내뱉는 소리가 폰으로 들려왔다. 창문 틈새를 빠져나가는 공기 같은 소리.

"그게, 어, 요즘이 최고의 나날이라고 하긴 어려워. 네가 뭐라고 했더라? 정신 나간 가족 문제."

알렉스는 입을 굳게 다물고 입 안에서 뺨을 깨문다. 그러면 그렇지.

헨리가 언제쯤 로열패밀리의 이야기를 시작할까 궁금했었다. 필립은 군기가 너무 바짝 들어서 원자시계가 무색하다고 돌려 말한 적이 있고 할머니가 못마땅해한다는 얘기도 했으며, 알렉스가 준의 이야기를 하듯 베아의 이름을 자주 거론하지만, 알렉스는 그 이상의 무언가가 더 있다는 걸 알았다. 하지만 언제 눈치챘느냐고 하면, 그건 콕 짚어 말할 수가 없었다. 헨리의 무드가 달라지는 날들을 언제 체크하게 되었는지 자기도 잘 모르는 거나 마찬가지로.

"아. 알겠어."

"영국 타블로이드를 꼼꼼히 챙겨보지는 않겠지?"

"웬만하면 피하지."

헨리가 쓰디쓴 웃음을 뱉었다.

"뭐, 「데일리 메일」은 우리 더러운 빨랫감을 널어주는 걸 좋아하는 성향이 언제나 있었는데…. 아무튼, 그래서, 몇 년 전에 거기서 우리 누나한테 붙여준 별명이 하나 있거든. '파우더 프린세스'라고."

땡, 머리에 불이 들어오는 소리. "그러니까 그거…."

"그래, 코카인 맞아, 알렉스."

헨리는 한숨을 지었다. "뭐, 누가 보안을 뚫고 들어와서 누나 차 측면에 '파우더 프린세스'라고 스프레이로 칠해놓고 갔어."

"시발." 알렉스가 말한다. "누나가 그래서 힘들어하는구나."

"베아가?" 헨리는 소리 내어 웃는다. 이번에는 좀 더 진짜 웃음에 가깝다. "아니야, 보통 그런 일에 마음을 쓰지는 않거든. 누나는 괜찮아. 다른 것보다 보안이 뚫렸다는 게 충격이지. 할머니가 경호팀 전원을 직위 해제했어. 하지만… 모르겠다."

말꼬리를 흐리는 마음을 알렉스는 알 것 같다.

"하지만 너는 걱정이 되는 거지. 네가 동생이지만 그래도 지켜주고 싶잖아."

"난…. 그래."

"나도 그 마음 알아. 작년 여름에 롤라팔루자 락페에 갔다가 준의 엉덩이를 만지려는 놈한테 주먹을 날릴 뻔했거든."

"하지만 안 그랬지?"

"준이 벌써 그놈한테 밀크셰이크를 끼얹었더라고." 알렉스는 헨리가 못 본다는 걸 알면서도 어깨를 약간 으쓱한다. "그리고 에이미가 테이저건을 썼어. 그 자식 땀을 범벅으로 흘린 데다 딸기 밀크셰이크가 탄 냄새까지, 진짜 대단하더라."

헨리는 그 말에 호탕하게 웃음을 터뜨린다.

"사실 누나들한테는 우리가 필요 없어, 그치?"

"그러게. 그런데 너는 루머가 사실이 아니라서 마음이 쓰이는구나."

"뭐… 솔직히 그건 사실이야."

오, 알렉스는 생각한다.

"오." 알렉스는 말한다. 달리 무슨 답을 해야 할지 몰라, 머릿속에 저장된 온갖 정치적이고 진부한 대답을 더듬어보지만 하나같이 정떨어지고 재수 없는 말뿐이다.

헨리는 약간 떨리는 목소리로, 힘겹게 말을 잇는다.

"있잖아, 베아가 원하는 건 음악뿐이었어. 엄마 아빠가 조니 미첼을 너무 많이 틀어줬나 봐. 기타 교습을 받고 싶어 했는데, 할머니는 바이올린이 더 품격 있는 악기라고 하셨어. 그래서 둘 다 배웠는데, 대학은 클래식 바이올린으로 갔지. 아무튼, 누나가 대학 졸업반이었을 때 아빠가 돌아가셨어. 너무… 빨리 진행됐어. 그냥 갑자기, 사라지신 거야."

알렉스는 눈을 꾹 감았다. "젠장."

"그래." 목소리가 거칠다.

"우리 모두 약간씩 정신줄을 놨어. 필립은 가장 노릇을 해야만 했고, 나는 싸가지였고, 엄마는 방 밖으로 나오지 않았어. 베아는 삶에서 아무 의미도 찾지 않게 되어버렸고. 누나가 졸업할 무렵 나는 대학에 들어갔고 필립은 지구 반대편에 파병 나가고, 누나는 밤마다 화려한 런던의 힙스터들과 어울려 다니면서 몰래 나가서 비밀 쇼에서 기타를 연주하고 코카인을 산더미처럼 많이 마셨어. 언론이 완전 신이 났었지."

"저런…" 알렉스는 씩씩거린다. "어떡하냐."

"괜찮아."

헨리는 가끔 고집스럽게 턱을 내미는 특유의 표정을 할 때가 있는데, 그러면 목소리가 지금처럼 차분해지곤 한다. 알렉스는 그 얼굴이 보이면 좋겠다고 생각한다.

"어쨌든, 온갖 억측이 난무하고 파파라치 사진들이며 빌어먹을 그 별명까지 나오니까 결국 선을 넘어갔고, 필립이 일주일 집에 왔을 때 할머니와 상의해서 말 그대로 누나를 차에 처넣고 재활원으로 보낸 후에 '건강을 위한 요양'을 하러 갔다고 언론에 기사를 냈지."

"잠깐… 미안, 미안한데." 알렉스는 참지 못하고 말해버렸다. "잠깐, 어머니는 어디 계셨는데?"

"엄마는 아빠가 돌아가신 후로는 아무 데도 관심이 없어."

헨리는 날숨에 휙 말해버리다, 목이 메어 멈칫한다.

"미안해. 방금 한 말은 내가 나빴어. 엄마한테는…. 상실감이 모든 걸 덮어버린 거야. 슬픔이 엄마를 마비시켰어. 아니, 지금도 슬픔에 묶여 아무것도 못 해. 엄마는 원래 세상에 무서운 게 없는 분이셨거든. 난 모르겠어. 여전히 얘기를 들어주고, 노력도 하고, 우리가 행복하길 바라시지. 하지만 타인의 행복까지 신경 쓸 만큼 마음의 여유가 있는지는, 잘 모르겠어."

"너무 슬프다."

잠시 정적, 무겁다.

"아무튼, 베아는 재활원에 갈 의사가 전혀 없었고, 자기한테 문제가 있다고도 생각지 않았어. 아니 갈비뼈가 다 드러나고, 둘도 없는 사이로 자란 나와도 몇 달씩 연락을 끊었으면서 말이야. 6시간 만에 뛰쳐나왔지. 그날 밤 클럽에서 누나한테서 전화가 왔는데, 내가 완전히 이성을 잃은 기억이 나. 나는, 몇 살이었더라, 열여덟 살이었던가? 차를 몰고 갔더니 누나가 뒷문 계단에 앉아 있었는데, 완전히 약에 취해서 제정신이 아니었어. 그래서 누나 옆에 주저앉아서 울면서 말했어. 누나는 죽으면 안 된다고. 아빠는 죽고, 나는 게이고, 뭘 어떻게 해야 할지 아무것도 모르겠다고 그랬어. 그렇게 누나한테 커밍아웃을 한 거야.

다음 날 누나가 집으로 돌아왔고, 약을 딱 끊었고, 그 후로는 계속 클린

했어. 우리 둘 다 그날 밤에 대해서는 다른 사람들에게 한마디도 하지 않았지. 그래, 지금까지는. 왜 내가 이런 얘기를 다 해버렸는지는, 나도 모르겠어. 이런 얘기는 한 번도 한 적이 없거든. 대체로 페즈가 같이 있어 줬으니까, 그래서… 모르겠다."

헨리는 목청을 가다듬는다.

"아무튼, 나는 평생 이렇게 많은 단어를 한꺼번에 말해 본 적이 없는 것 같으니까, 네가 한시라도 빨리 나를 이 불행에서 구제해주면 좋겠다."

"아니, 아니야." 알렉스는 다급한 마음에 혀가 꼬인다. "말해줘서 기뻐. 털어 놓고 나니까 좀 후련하니?"

헨리는 조용해지고 알렉스는 그 얼굴에 스치는 그늘 같은 표정들을 간절하게 보고 싶다. 손끝으로 만져보고 싶다.

"그런 것 같아. 고마워. 들어줘서."

"그럼, 당연하지. 가끔은 주인공이 내가 아닐 때도 있어야지. 아무리 지루하고 진이 빠져도 말이야."

그 덕에 끙, 하는 소리가 돌아오고 알렉스는 헨리가 "넌 정말 재수 없는 새끼야"라고 말하자 슬그머니 웃음을 삼킨다.

"그래, 알았어." 알렉스는 기회를 놓치지 않고 몇 달 동안 하고 싶던 질문을 던진다.

"그래서, 어…. 또 누구 아는 사람이 있어, 너에 대해서?"

"가족 중에는 베아 누나한테만 말했지만 대충 짐작은 하고들 있겠지. 나는 늘 좀 달랐고, 격식이나 범절을 잘 따르지 못했으니까. 아빠도 아셨지만 개의치 않았던 것 같아. 그렇지만 A-레벨*을 마친 날, 할머니가 나를

---

* 우리나라의 수학능력시험에 해당하는 영국의 과목별 학력평가체제.

불러 앉혀놓고 혹시라도 왕실의 품격을 떨어뜨릴 만한 일탈적 욕구를 품고 있다면 외부에는 결코 알려선 안 되고, 필요하다면 겉모습을 유지하기 위한 적합한 여러 채널이 있다고, 아주 명확하게 말씀하시더군. 뭐, 그래."

알렉스는 위장이 뒤집히는 기분이었다. 아버지를 잃고 허리가 끊어지도록 뼈아픈 슬픔을 짊어진 소년 헨리가, 자신의 감정과 자기 자신의 일부를 영원히 꼭꼭 감추라는 명령을 받는 모습을 상상할 수 있었다.

"완전 후지다. 말이 되냐?"

"왕실이라는 이름의 불가사의지." 헨리가 고상하게 말한다.

"미친." 알렉스는 한 손으로 얼굴을 비볐다. "나도 엄마 때문에 몇 가지 잡소리를 꾸며내야 했지만, 아무도 대놓고 나 자신에 대해 거짓말을 하라는 소리는 하지 않았어."

"할머니는 거짓말이라고 생각지 않으셨을 거야. 당연히 해야 할 일이라고 생각하셨지."

"진짜 개소리다."

헨리가 한숨을 지었다.

"그렇다고 별다른 대안도 없잖아, 안 그래?"

긴 침묵이 흐른다. 알렉스는 왕궁의 헨리를 생각한다. 헨리가 지나온 세월, 여기까지 온 여정. 그리고 입술을 깨문다.

"어이. 너희 아빠 얘기도 좀 해줘."

또 망설임.

"미안한데, 뭐라고?"

"아니, 네가… 하고 싶으면. 나는 너희 아버지에 대해 아는 게 거의 없단 말이야. 제임스 본드였다는 것만 빼고. 어떤 분이셨어?"

알렉스는 일광욕실에서 서성거리며 헨리의 이야기를 듣는다. 헨리와 똑같은 모랫빛 금발과 반듯한 콧날을 지닌 남자 이야기를. 헨리가 말하고 움직이고 웃는 모습에 스치는 그림자로 이미 만나본 적이 있는 어떤 사람의 이야기를. 왕궁에서 몰래 빠져나가 시골을 드라이브한 이야기, 항해술을 배운 이야기, 감독 의자에 앉혀져 있던 이야기를. 헨리가 기억하는 그 남자는 슈퍼맨인 동시에 가슴 아프도록 인간적이고, 헨리의 유년기 전체를 아우르고 세계를 매료시켰지만, 한편으로 그저 한 남자에 불과했다.

헨리로서는 아버지의 이야기를 하는 게 몸이 아프도록 힘든 일이었다. 그리움과 아련한 애정으로 설레다가도 슬픔의 무게에 축축 늘어졌다.

헨리는 알렉스에게 나지막한 목소리로 부모님이 처음 만난 이야기를 들려주었다. 공주로서는 처음으로 박사 학위를 따려는 결심을 굳히고 셰익스피어의 바다를 헤엄치던 20대의 캐서린 공주가, 어떻게 아서가 나오는 로열셰익스피어 극단의 「헨리 5세」를 보러 가게 됐는지, 어떻게 무대 뒤편에 쳐들어갔는지, 어떻게 아서와 함께 런던에서 사라져 밤새 춤을 추고 경호원들의 혼을 쏙 빼놓았는지. 여왕은 반대했지만 두 사람은 결혼을 강행했다는 것까지.

헨리는 알렉스에게 켄싱턴궁에서 보낸 어린 시절 이야기도 해줬다. 베아 누나는 노래를 불렀고 필립 형은 여왕의 치마폭에 꼭 붙어 있었고, 그래도 캐시미어와 니삭스로 목까지 단추를 꼭꼭 여며 입고 헬리콥터와 반짝이는 차를 타고 외국을 누비면서 행복했다고. 아버지가 일곱 살 생일 선물로 사준 황동 망원경. 네 살쯤 됐을 때 이 나라 사람들이 모두 자기 이름을 알고 있다는 걸 깨닫고, 어머니에게 자기가 그런 걸 원하는지 잘 모르겠다고 말했던 일. 그러자 어머니가 무릎을 꿇고 앉아서, 엄마가 있는 한 아무것도 너를 다치게 하진 못해, 절대로, 라고 약속했던 일.

알렉스도 말하기 시작한다. 헨리는 벌써 알렉스의 현재 삶에 대해 거의 모든 걸 알고 있지만, 성장기의 이야기는 언제나 보이지 않는 선 너머에 감춰져 있었다. 알렉스는 트래비스 카운티의 이야기, 5학년 학생회 선거를 위해 마분지로 캠페인 포스터를 제작했던 일, 서프사이드로 가족 여행을 가서 머리부터 풍덩 파도로 뛰어들었던 기억을 털어 놓았다. 어린 시절을 보낸 집에 있는 커다란 창문 이야기도. 옛날에 끼적거려서 그 창턱 아래 그렇게 많은 글을 숨겨둔 알렉스를, 헨리는 미쳤다고 말하지 않는다.

바깥은 어두워지기 시작한다. 탁하고 축축한 저녁이 관저를 에워싸자 알렉스는 아래층의 자기 방 침대로 내려간다. 헨리가 대학교 때 만난 각양각색의 남자들 이야기를 듣는다. 하나같이 왕자와 잔다는 생각 그 자체와 사랑에 빠졌고, 거의 모두가 금세 온갖 서류 작업이며 보안 유지 조치에 지쳐 떨어졌고, 가끔은, 서류 작업이며 보안 유지 조치 때문에 우울증에 빠지는 헨리에게 질리는 상대도 있었다.

"하지만 물론, 어." 헨리가 말한다. "아무도… 어, 너하고 이후로는… 물론…."

"알아." 알렉스는 자기가 놀랄 정도로 빠르게 답한다. "나도 그래. 다른 사람은 없었어."

그리고 알렉스는 제 입에서 폭포처럼 쏟아져나오는 단어들을 듣는다. 차마 입 밖에 내어서 하게 될 줄 꿈에도 몰랐던 말들. 리암, 리암과 함께 보냈던 밤들, 그리고 성적이 떨어지던 시절 리암이 갖고 있던 아데랄 약병에서 알약을 훔쳐 새벽 2시까지, 3일 연속으로 날밤을 팼던 일. 준에 대해서, 준이 여기 머무르는 유일한 이유는 동생을 돌보기 위해서라는, 말하지 않지만 서로 알고 있는 진실, 하지만 누나와 헤어질 수 없어 소리 없이 품고 다니는 죄책감. 사람들이 엄마를 두고 퍼뜨리는 거짓말들에 가끔

형용하기 어려울 정도로 아픈 마음. 엄마가 패배할지도 모른다는 두려움.

대화가 얼마나 오래 이어졌는지, 알렉스는 휴대폰 배터리가 죽지 않도록 선에 연결해야 한다. 옆으로 누워서 헨리의 말을 듣고, 옆에 있는 베개를 손등으로 쓸며 지금 자기 방 침대에 누워 있는 헨리를 그려본다. 5,600킬로미터의 거리를 가운데 품은 한 쌍의 괄호처럼. 잘근잘근 씹어먹은 자기 손톱을 내려다보며, 손가락 아래 헨리가 있다는 상상을 해 본다. 불과 몇 인치 거리에서 헨리가 말하고 있다. 푸른빛 도는 회색 어둠 속에서 헨리의 얼굴이 어떻게 보이는지 상상한다. 턱에 가뭇가뭇 희미한 수염이 돋아 아침 면도를 기다리고 있을지도 모른다. 눈 밑의 다크서클이 낮은 조도에 씻겨나갔을지도 모른다.

아무튼, 이제 아무것도 개의치 않는다는 확신을 알렉스에게 심어준 이 사람은 이제 전 세계를 설득하는 일을 앞두고 있다. 자기는 그저 온순하고 자유로운 프린스 차밍이라는 사실을 믿게 만들어야 한다. 알렉스는 여기까지 오는 데 몇 달이 걸렸다. 이제야 겨우 자기 생각이 얼마나 틀렸는지 온전히 깨닫게 되었다.

"보고 싶다."

알렉스는 그만 참지 못하고 말해버린다.

금세 후회하는 알렉스에게, 헨리가 말한다.

"나도 보고 싶어."

"저기, 잠깐만요."

알렉스는 자기 책상에서 의자를 뒤로 밀어 뺀다. 야간 환경미화원이 커피 포트를 잡은 채로 동작을 멈춘다.

"그게 매우 더러워 보이는 건 아는데요. 그냥 두시면 안 될까요? 그 커피 제가 다 마시려고 했거든요."

미화원은 의아한 표정을 지으면서도 마지막 남은 다 탄 커피 찌꺼기를 원래 자리에 두고 카트를 밀고 간다.

알렉스는 '미국의 대통령으로 클레어몬트를!'이라고 쓰인 머그잔을 내려다보고 웅어리진 아몬드밀크에 얼굴을 찌푸린다. 대체 왜 이 사무실에는 평범한 우유를 갖다 놓지 않는 걸까? 바로 이래서 텍사스 사람들이 워싱턴 엘리트들을 싫어하는 거야. 텍사스에서는 빌어먹을 낙농업을 하니까.

책상 위에는 서류 더미가 세 개 놓여 있다. 물끄러미 들여다보면서, 머릿속으로 얼마나 달달 외워야 이쯤이면 됐다 싶을까, 생각해 본다.

첫째, 총기 파일. 미국인이 소유할 수 있는 말도 안 되는 총기들의 종류와 주별로 각기 다른 법규를 상세하게 나열한 표. 돌격 소총을 규제하는 새로운 연방 정책의 연구조사로, 반드시 철저히 뜯어봐야 한다. 스트레스가 심해 먹는 것으로 푸는 바람에 자료 위에는 어마어마하게 큰 피자 얼룩이 있다.

둘째, 트랜스퍼시픽 파트너십 파일. 공부해야 한다는 건 아는데 손도 대지 않았다, 따분해서 아예 머리가 돌아가지도 않아.

셋째, 텍사스 파일.

이 파일은 원래 알렉스가 갖고 있으면 안 된다. 정책 본부장은 물론 선거 본부의 스태프한테 받은 게 아니다. 심지어 정책에 대한 문서도 아니다. 파일이라기에는 바인더에 가깝다. 아무래도 텍사스 바인더라고 불러야 맞겠다.

텍사스 바인더는 알렉스의 사랑이다. 열과 성을 다해 지키고 퇴근할 때는 메신저백에 넣어서 집에 가져가며 WASP스러운 헌터의 눈에 띄지 않게 숨긴다. 텍사스주의 지도와 함께 복잡한 인구통계학적 유권자 분석 정보, 서류에 기재되지 않은 이민자 후손의 인구, 합법적 시민이지만 유권자 등록을 하지 않은 인구, 지난 20년에 걸친 투표 패턴을 기록해두었다. 알렉스는 데이터 스프레드시트, 투표 기록, 노라에게 계산해달라고 부탁한 추정치들로 바인더를 꽉꽉 채워놓았다.

지난 2016년, 총선거에서 박빙의 승리를 얻어낸 엄마에게 가장 큰 타격은 텍사스에서의 패배였다. 닉슨 이후 최초로 현직 대통령에게서 승리를 따냈지만, 주소지가 있는 주를 잃었다. 여론조사 때마다 텍사스가 붉게 물들었던 걸 생각하면 놀라운 일은 아니었지만, 모두 마지막에는 불굴의 로메타가 결국 해낼 거라고 마음속으로 응원하고 있었다. 하지만 졌다.

알렉스는 2016년과 2018년까지의 수치를 구 단위로 계속 확인했고, 이상하게 신경에 거슬리는 희망을 떨칠 수가 없었다. 거기 뭔가 있었다. 꿈틀거리며 변하고 있었다. 확실했다.

정책 일을 맡은 것도 물론 감지덕지다. 다만… 생각했던 일은 아니었다. 답답하고 느렸다. 알렉스는 집중력을 유지하고 시간을 더 많이 쏟아야 했지만, 오히려 자꾸만 그 바인더를 펼치게 되었다.

WASP스러운 헌터의 하버드 연필꽂이에서 연필을 하나 꺼내 텍사스 지도에 100만 번째로 선을 긋기 시작했다. 오래전 늙은 백인들이 제멋대로 유권자들을 조종하려고 만든 투표구를 재구획한다.

알렉스는 세상을 위해 최선을 다하고 싶다는 열망의 불꽃을 골수에 품고 있었지만, 여기 이 사무실 책상에 하루에 몇 시간씩 앉아 있으면서 온갖 자질구레한 세부 사항에 안달하다 보면 실제로 옳은 일을 하고 있다는 확신이 희미해졌다. 그러나 텍사스의 투표가 텍사스의 영혼을 반영할 수 있게 만들 수만 있다면…. 물론 게리맨더링이라는 텍사스의 강철커튼을 혈혈단신으로 찢어발길 자격을 알렉스가 갖추려면 아직 까마득하게 멀었지만, 그래도 혹시.

끊임없는 진동에 정신이 번쩍 들어 현재로 돌아온 알렉스는 가방 밑바
닥에 처박힌 휴대폰을 캐냈다.

"어디 있니?" 준의 목소리가 매섭게 따져 묻는다.

시발. 시간을 확인한다. 9시 44분. 1시간 전에 준을 만나 저녁을 먹고
있었어야 한다.

"젠장, 누나, 정말 미안해."

책상에서 벌떡 일어나 소지품을 가방에 쑤셔 넣는다.

"일하다 정신을 놨어. 완전히, 까맣게 잊어버렸어."

"메시지를 수백만 번 보냈거든." 준의 목소리가 이미 알렉스의 장례식
을 마음속으로 치르고 있다.

"무음으로 해 놨어." 알렉스는 무기력하게 말하며, 엘리베이터 호출 버
튼을 누른다. "진심으로 미안해. 내가 진짜 미친놈이야. 지금 나가."

"됐어. 내 저녁은 포장했어. 집에서 봐."

"치사하다."

"지금 당장은 너한테서 그런 소리 듣고 싶지 않거든."

"누나…"

전화가 끊어진다.

관저로 돌아오자 준은 자기 침대에 앉아 플라스틱 용기에 담긴 파스타
를 먹으며 태블릿으로 〈파크 앤 레크리에이션〉을 보고 있었다. 알렉스가
방문 앞까지 다가갔지만, 준은 의식적으로 눈길을 돌리지 않았다.

알렉스는 어린 시절이 떠오른다. 알렉스와 준이 여덟 살과 열한 살쯤
되었을 것이다. 화장실 거울 앞에 나란히 서서 서로의 얼굴을 보며 닮은
데를 찾고 있었다. 똑같이 둥근 코끝, 똑같이 숱이 많고 정리가 안 되는

눈썹, 엄마한테서 물려받은 사각턱. 처음 학교에 가던 날 이빨을 닦으며 거울에 비친 누나의 표정을 찬찬히 살피던 기억도 난다. D.C.에 출장을 간 엄마는 그들과 함께 있어 줄 수 없었고, 그래서 아빠가 누나의 머리를 땋아주었다.

알렉스는 지금 그때와 똑같은 표정을 본다. 실망감을 숨긴 조심스러운 표정.

"미안해." 알렉스는 다시 사과한다. "나 정말 재활용도 안 되는 쓰레기가 된 기분이야. 제발 화 풀어."

준은 계속 씹으며 결연하게 따발총처럼 떠들어대는 레슬리 노프*를 본다.

"내일 점심 같이 먹자." 알렉스는 절박해진다. "내가 낼게."

"멍청한 식사 따위 관심 없어, 알렉스."

알렉스가 한숨을 쉰다.

"그럼 내가 뭘 어떻게 하면 좋겠어?"

"네가 엄마가 되지 않으면 좋겠어."

준이 드디어 눈을 들어 알렉스를 본다. 음식 용기의 뚜껑을 덮고 침대에서 일어나 다가온다.

"그렇군." 알렉스가 두 손을 치켜든다. "지금 내가 그렇단 말이야?"

"나는…." 준은 심호흡을 한다. "아니야. 그런 말은 하면 안 되는 거였는데."

"아니, 누나는 진심으로 한 말이던데." 알렉스는 메신저백을 던지고 방 안으로 들어간다. "해야 할 말이 있으면 그냥 하지 그래?"

---

* 시트콤 〈파크 앤 레크리에이션〉의 주요 등장인물.

준은 돌아서서 팔짱을 끼고 알렉스를 본다. 서랍장에 허리를 딱 받치고 선 채로. "정말로 넌 모르겠니? 잠도 안 자고, 항상 무슨 일에 죽자고 몸을 던지고, 엄마 멋대로 너를 이용하는데도 기꺼이 이용당해주고, 타블로이드들이 항상 너를 쫓아다니는데…"

"준, 나는 처음부터 이런 사람이야." 알렉스는 부드럽게 누나의 말을 끊었다. "나는 정치를 할 거야. 누나도 다 알잖아. 한 달 후에… 졸업하자마자 시작할 거야. 이게 앞으로의 내 인생이야, 알았어? 내가 선택하는 거라고."

"글쎄, 잘못된 선택일 수도 있지." 준은 입술을 깨문다.

알렉스는 한발 물러선다.

"대체 왜 이런 얘기가 나오는 거야?"

"알렉스. 이러지 마."

누나가 대체 무슨 소리를 하는 건지 감도 잡히지 않았다.

"지금까지 내가 하는 일은 항상 응원해줬잖아."

준은 서랍장 위의 선인장 화분들이 한꺼번에 흔들릴 정도로 힘차게 팔을 휘저었다.

"지금까지는 네가 빌어먹을 영국 왕자하고 자고 다니지 않았으니까 그렇지!"

그 말은 알렉스의 입을 효과적으로 닥치게 만들었다. 알렉스는 벽난로 앞 소파로 가서 풀썩 주저앉는다. 뺨이 새빨갛게 달아오른 채 준이 알렉스를 바라본다.

"노라가 누나한테 말했구나."

"뭐라고? 아니, 노라가 그럴 사람이니? 네가 노라한테는 말하고 나한테는 아무 말도 안 했다는 건 거지 같지만 말이야."

준은 다시 팔짱을 낀다.

"미안한데, 네가 직접 말해줄 때까지 기다리려고 했거든. 하지만 알렉스, 이 바보야, 우리가 무슨 핑계를 대서라도 외교 행사에서 빠져나오려고 얼마나 애를 썼었는데, 네가 자원봉사 삼아 그걸 다 다닌다는 게 말이돼? 그리고, 어, 내가 거의 평생 너와 복도 하나 사이에 놓고 살았다는 걸 잊었니?"

알렉스는 준이 완벽하게 맞춰 배치한 미드 센추리 풍 카펫 위 자기 발만 내려다본다.

"그러니까 헨리 때문에 나한테 화가 난 거야?"

준은 답답해서 목 졸리는 사람 같은 소리를 냈다. 알렉스가 올려다보니 준은 서랍장 맨 위 서랍을 마구 뒤지고 있었다.

"미치겠다, 진짜. 어떻게 너는, 그렇게 똑똑한 애가 그렇게 바보 천치 같을 수가 있니?"

누나는 속옷 밑에서 잡지를 꺼냈다. 알렉스가 막, 지금은 타블로이드 같은 거 보고 싶은 기분 아니라고 말하려는데, 준이 잡지를 알렉스에게 휙 던졌다.

오래된 「J14」 잡지의 가운데 페이지가 쫙 펼쳐져 있었다. 열세 살짜리 헨리의 사진.

알렉스는 휙 눈길을 든다. "알고 있었어?"

"당연히 알고 있었지!"

맞은편 소파에 일부러 더 털썩 주저앉으면서 준이 말한다.

"넌 맨날 쪼끄만 지문을 사방에 찍고 줄줄 흘리고 다니잖니! 어떻게 자기는 무슨 짓을 하고 다녀도 들키지 않을 거라고 그렇게 자신만만할 수가 있어?"

오래 묵혀온 한숨이 터져 나왔다.

"난 솔직히…. 걔가 너한테 뭔지 처음엔 잘 모르겠더라. 그런데 이제 알겠어. 처음에 난 연예인 좋아하듯 반했나 생각했지. 아니면 친구라도 되면 좋겠다, 그랬는데…. 하지만 알렉스. 우리는 살면서 수많은 사람을 만나. 멍청한 인간도 많고 말도 안 되게 멋지고 근사한 사람도 많고. 하지만 너하고 어울리는 사람은 본 적이 없어. 그거 알아?"

준은 몸을 앞으로 기울여 앉아 알렉스의 무릎을 어루만진다. 네이비 치노 바지 위에 얹힌 분홍색 손톱.

"너는 정말 무한한 가능성을 지녔는데, 거기 맞춰줄 상대를 찾는다는 건 불가능에 가까워. 하지만 헨리는 네 짝이란 말이야, 멍청아."

알렉스는 방금 누나가 무슨 말을 한 건가 멍하게 생각한다.

"지금 누나는 자기가 좋아하는 운명적이고 달달한 연애 그런 걸 나한테 투사하는 거 같아."

알렉스가 마음을 결정하고 대답을 내놓자 준은 즉시 손길을 거두고 물러앉아 동생을 노려보았다.

"에반이 헤어지자고 한 게 아니었어. 내가 그만두자고 한 거야. 에반하고 같이 캘리포니아로 가서 아빠와 같은 시간대에 살면서 빌어먹을 「새크라멘토 비」나 뭐 그런 지방 신문에 취직해서 살려고 했어. 하지만 그걸 다 포기하고 여기 온 거야. 옳은 일이었으니까. 아빠가 했던 대로, 나를 가장 필요로 하는 곳에서 의무를 다하려고."

"그런데 후회가 돼?"

"아니야. 모르겠어. 후회는 아닌 것 같아. 하지만 나는 가끔 고민에 빠져. 아빠도 고민할 때가 있듯이. 알렉스, 넌 그럴 필요 없어. 엄마 아빠처럼 될 필요 없어. 헨리를 지키고 나서, 나머지는 차근차근 해결하면 돼."

이제 누나의 눈빛은 차분하고 흔들림이 없었다.

"어떤 때 널 보면 큰일도 아닌데 무작정 엉덩이에 로켓을 달고 날아가는 느낌이야. 계속 이런 식이면 번아웃이 온다고."

알렉스는 팔걸이의 바늘땀을 엄지로 문지르며 의자에 기대앉는다.

"그래서, 어쩌라고? 나보고 정치 그만두고 가서 왕자비라도 되라고? 그게 페미니스트가 할 소리야?"

"페미니즘은 그런 게 아니야."

준은 도르륵 눈을 굴린다.

"그런 뜻으로 한 말도 아니고, 글쎄, 뭐라고 해야 할까. 네 재능을 활용할 방법에는 여러 가지가 있다고 생각해 본 적 없니? 세상에 좋은 일을 하고 싶다는 네 꿈을 실현하는 방법도 그렇고."

"내가 지금 누나 말을 잘 알아듣고 있는지 모르겠어."

"글쎄다. 난 「새크라멘토 비」 얘기를 계속하고 있는 거야. 잘 안 됐을 게 뻔하거든. 엄마가 대통령이 되기 전의 꿈이니까. 그때 내가 꿈꾸던 저널리스트가 될 자격은 대통령 딸이 되는 순간 상실한 셈이거든. 하지만 세상은 하나도 아쉬울 게 없는 거야. 그래서 지금은 나도 더 나은 꿈을 좇고 있는 거고."

디아즈 가족 특유의 커다란 갈색 눈이 알렉스를 보고 깜박였다.

"그러니까, 몰라. 너한테도 꿈이 하나밖에 없는 건 아니고, 그 꿈을 쟁취하는 길도 여러 가지 있을 거라는 거지."

준은 어깨를 으쓱하더니 고개를 옆으로 기울여 알렉스를 허심탄회한 눈으로 바라본다. 준은 대체로 수수께끼 같은 사람이고 복잡한 감정과 동기로 똘똘 뭉쳐 있지만, 마음만은 정직하고 진실하다. 알렉스가 기억하는 신성한 남부의 미덕에 아주 가까운 인간형이다. 언제나 너그럽고 따뜻하고 진정성 있고, 일할 때는 강인하고 듬직하고, 항상 켜져 있는 등불 같은

215

사람. 누나는 이기적이거나 타산적이지 않은 마음으로, 알렉스에게 최선을 바랄 뿐이다. 누나가 하고 싶은 말을 오랫동안 꾹 참아왔다는 걸 알렉스는 안다.

잡지를 내려다보고 있다 보니 자기도 모르게 한쪽 입꼬리가 당겨져 올라간다. 준이 그 오랜 세월 동안 이걸 버리지 않고 갖고 있었다니 놀랍기만 하다.

"지금과는 정말 달라 보여." 기나긴 1분이 흐른 후, 잡지에 나온 어린 헨리가 풍기는 편안하고도 천진한 자신감을 바라보며 알렉스가 말한다. "물론 다른 게 당연하지만. 몸가짐이랑 태도 같은 거 말이야."

어렸을 때와 똑같이 손끝으로 태양 같은 황금빛 머리칼을 쓸어본다. 물론 지금은 그때와 달리, 정확한 질감을 알고 있지만. 헨리의 이런 모습이 인제 이렇게 사라졌는지 알게 되고 난 후로는 처음 보게 된 사진이다.

"가끔 걔가 겪은 일들을 생각하면 울화가 치밀어. 걔는 좋은 사람이란 말이야. 다정하고, 정말로 노력하고. 그런 취급을 받을 이유가 없어."

준은 허리를 굽히고 같이 사진을 들여다본다. "그런 얘기 헨리한테도 했어?"

"우리는 사실…." 알렉스는 헛기침을 한다. "몰라. 우린 그런 식으로 대화 안 하거든?"

준이 숨을 크게 들이쉬더니, 입으로 엄청나게 큰 방귀 소리를 뺑, 터뜨리는 바람에 진지한 분위기가 삽시간에 박살이 났다. 알렉스는 그게 너무 고마워서 배꼽이 빠지게 웃어대며 바닥을 뒹굴어버렸다.

"어휴! 남자들이란! 감정적인 어휘라는 게 아예 없다니까. 우리 조상님들이 수백 년에 걸쳐서 전쟁과 역병과 종족 학살을 겪어온 결과가 너 따위 한심한 화상이라니 정말 믿을 수가 없다."

준이 휙 던진 베개를 얼굴에 정통으로 맞은 알렉스는 비명을 지르며 웃어댄다.

"그래도 너 개한테 그런 얘기를 좀 해줘야 돼."

"내 인생을 무슨 제인 오스틴 소설처럼 생각하지 말라고!" 알렉스는 버럭 대꾸한다.

"이봐, 걔는 신비스럽고 내성적인 왕족 청년인데 너처럼 아무것도 모르고 성질만 불같은 애한테 꽂혔다잖아, 그게 내 잘못이겠니?"

알렉스는 폭소를 터뜨리며 기어서 도망가려 하지만 준이 알렉스의 발목을 붙잡고 베개로 한 번 더 머리를 때린다. 알렉스는 여전히 누나를 바람맞힌 게 마음이 쓰이지만 이제 둘 사이는 괜찮다고 생각한다. 앞으로 누나한테 더 잘할 것이다. 둘은 준의 널따란 캐노피 침대에서 좋은 자리를 차지하려 싸우고, 결국 준은 현실의 왕자와 비밀 연애를 하는 기분이 어떤지 결국 알렉스가 털어놓게 만들고 만다. 그렇게 준은 알게 되고, 알렉스를 안아주고, 더는 마음 쓰지 않는다. 두려움이 사라지고 나서야 알렉스는 누나가 알게 될까 봐 그간 얼마나 두려웠는지 깨닫는다.

준은 다시 〈파크스 앤 레크리에이션〉을 틀고 주방에 아이스크림을 갖다 달라고 부탁한다. 알렉스는 누나가 한 말을 곰곰 생각한다. "엄마 아빠처럼 될 필요 없어"라고 했던가. 누나는 엄마와 아빠를 같은 맥락에 놓고 그런 식으로 말한 적이 없다. 세상에서 그들이 놓인 이런 자리 때문에, 누나는 언제나 마음 한구석에서 엄마를 원망했다는 걸 안다. 하지만 마음 깊은 곳에서 늘 아빠를 그리워했던 알렉스와 똑같이, 누나도 아빠 문제로 깊은 상실감을 느꼈다는 건 처음 알았다. 누나는 자기 나름대로 아빠 문제에 대해 결론을 내리고 넘어갔을 뿐이다. 엄마와의 문제는 여전히 현재 진행형이고.

알렉스는 준의 생각은 거의 다 틀렸다고 생각한다. 아직은 정치와 헨리를 놓고 선택을 내려야 할 단계가 아니다. 경력을 너무 빨리 쌓으려고 무리하는 것도 아니다. 다만 텍사스 바인더가 마음이 쓰일 뿐이다. 텍사스 같은 다른 주들, 수백만 명의 다른 사람들이 있다. 그들에게는 자신들을 대신해 싸워줄 누군가가 절실하게 필요하다. 그리고 알렉스의 늑골 아래 도사린 육감이 있다. 자기가 지닌 이 싸움꾼의 기질을 날카롭게 다듬고 벼리면 훨씬 더 생산적인 지점에 쓸 수 있을 것이라는 육감.

그리고 로스쿨이 있다.

엄마 아빠는 알렉스가 정치에 무작정 뛰어드는 대신 빌어먹을 LSAT를 치고 로스쿨로 진학하기를 바란다. 하지만 알렉스는 늘, 한결같이, 싫다고 했다. 텍사스 바인더를 볼 때마다 알렉스는 부모님의 뜻을 거스를 확고한 논거를 찾은 느낌이다. 알렉스는 때를 기다리는 사람이 아니다. 시간을 들여야 하는 일을 싫어하고, 남이 하라는 대로 하지 않는다.

자기 앞에 놓인 힘든 길이 아닌 다른 대안은 생각조차 해 보지 않았다. 이제 그래야 할지도 모르지만.

"혹시 지금 이때를 틈타서, 헨리가 아주 핫하고 아주 돈이 많은 단짝 친구인데 나를 사랑한다는 사실을 강조해도 될까?" 알렉스는 준에게 말한다. "말하자면 억만장자에, 천재에, 만화에서 튀어나온 것 같은 박애주의자라고. 내가 보기엔 딱 누나 타입인데."

"그 입을 다물지 못할까."

준은 줬던 아이스크림을 다시 홱 빼앗아간다.

준이 알게 되자 "아는" 사람들은 일곱 명이 되었다.

헨리 전에, 대통령 아들로서 했던 연애는 일회성 이벤트로 끝났다. 보통 캐시나 에이미가 관계 전에 휴대폰을 압수했고 나가는 길에 비밀 유지 협약 서류의 빈칸을 짚어주었다. 에이미는 기계적인 직업정신으로 임했지만, 캐시는 유람선의 선장처럼 친절한 태도로 임했다. 두 사람을 배제한다는 건 현실적으로 불가능했다.

그리고 샤안이 있다. 왕실 스태프 중에서 유일하게 헨리가 게이라는 사실을 아는 사람이다. 물론 심리치료 주치의는 제외하고 말이다. 샤안은 헨리가 골치 아픈 일에 엮이지만 않는다면 성적 지향이 뭐든 아무 관심이 없다. 완벽한 톰 포드 수트를 두른 프로페셔널로서 그 어떤 일이 벌어져도 꿈쩍도 하지 않고, 자기한테 맡겨진 왕자의 신변을 마치 아끼는 화분에 물을 주듯 애정으로 돌보았다. 샤안은 에이미와 캐시가 아는 것과 같은 이유로 안다. 절대적인 필요성.

그리고 노라. 노라는 이 화제가 나오면 늘 뿌듯한 표정을 짓는다. 또 베아가 있다. 베아는 늦은 밤 둘이서 페이스타임을 할 때 헨리의 방에 불쑥 들어오는 바람에 모든 걸 알게 되었고, 헨리는 하루하고도 반나절 동안 당황한 영국인답게 말을 더듬고 100미터 밖에서 베아를 째려보기만 했다.

페즈는 줄곧 비밀을 알고 있던 눈치다. 알렉스의 짐작이지만, 케네디가든에서 헨리가 알렉스의 입에 혀를 넣고 말 그대로 야반도주할 때 페즈가 해명을 요구했던 것 같다.

모닝티를 마시고 있겠지, 생각하고 워싱턴 D.C. 시간으로 새벽 4시에 헨리에게 페이스타임을 했는데 페즈가 받는다. 알렉스가 대학교 마지막 주에 숨 막혀 죽어가는 사이 헨리는 왕실의 전원 별장에서 휴가를 즐기고 있다. 헨리가 포근하게 녹음이 우거진 언덕에 그림처럼 앉아 차를 홀짝거리는 모습을 보면 왜 욱신거리던 편두통이 낫는 건지 알렉스는 굳이 생각지 않는다. 아무 생각 없이 휴대폰 번호를 누를 뿐.

"알렉산더, 베이비." 페즈가 전화를 받으며 인사한다. "눈부신 일요일 아침에 페지 할머니한테 안부 인사를 하다니 참 착하기도 하지."

초호화 수퍼카의 뒷좌석처럼 보이는 곳에 앉아 환하게 미소를 짓고 있다. 만화처럼 커다란 챙모자를 쓰고 줄무늬 캐시미어 숄을 두른 모습으로.

"안녕, 페즈." 알렉스가 미소로 답한다. "다들 어디 있는 거야?"

"우리는 드라이브를 하면서 카마센샤이어의 풍경을 만끽하고 있어." 페즈는 운전석 쪽으로 렌즈 방향을 꺾는다. "네가 키우는 애인한테 인사해, 헨리."

"굿모닝, 애인." 헨리는 도로에서 잠시 눈을 떼고 카메라를 보고 윙크한다. 생기 넘치는 얼굴에 느긋한 표정, 걷은 소매, 부드러운 회색 리넨을 보자 알렉스는 웨일스 어딘가에서 헨리가 간밤에 푹 잘 잤다는 생각을 하고 마음이 차분해진다. "새벽 4시에 안자고 뭐해?"

"시발 내 경제학 기말고사." 알렉스는 옆으로 돌아누워 실눈으로 화면을 본다. "두뇌가 작동을 멈췄어."

"비밀 요원용 이어피스 같은 거 빌려서 몰래 노라하고 통화하면 안 돼?"

"내가 대신 시험 쳐줄게." 페즈가 카메라를 자기 쪽으로 돌리고 끼어든다. "돈이라면 내가 에이스야."

"그래, 그래, 페즈. 너야 못하는 게 없는 팔방미인이지, 암." 카메라 밖에서 헨리의 목소리가 들려온다. "그렇다고 알렉스의 열등감에 소금을 뿌릴 필요는 없잖아."

알렉스는 나직하게 웃는다. 페즈가 폰을 들고 있는 각도에서, 차창 밖을 스쳐가는 웨일스의 구릉이 보인다. "어이, 헨리, 지금 묵고 있는 저택 이름 좀 다시 말해 봐."

페즈가 카메라를 돌려 보일 듯 말듯한 헨리의 미소를 비춘다.

"리니웨어모트.*"

"한 번 더."

"리니웨어모트."

알렉스가 끙, 소리를 낸다. "미친."

"둘이 야한 얘기할 줄 알고 기대했는데. 나 신경 쓰지 말고 어서 해."

"감당하기 벅찰 걸, 페즈." 알렉스가 말한다.

"오, 정말?" 화면에 페즈가 다시 나온다. "그럼 내가 내 거시…."

"페즈." 새끼손가락에 인장 반지를 낀 손이 페즈의 입을 막는다. "부탁이야. 알렉스, '페즈는 못 할 일이 없다'고 했는데 군이 시험해 봐야 직성이 풀리겠어? 정말로 이러다 사고 나서 다 죽는 수가 있어."

"그게 목표지." 알렉스는 해맑다. "그러면 너희 오늘 뭐 할 건데?"

페즈는 헨리의 손을 혀로 핥아 떨쳐내고 계속 말한다.

"언덕에서 깨발랄하게 벌거벗고 놀면서 양들을 겁주고 보통 때처럼 집으로 돌아오는 거지 뭐. 홍차, 비스킷, 클레어몬트─디아즈 남매에 대한 사랑을 허벅지 운동으로 풀고. 헨리가 너랑 사귀는 바람에 내 진심은 비극적인 짝사랑으로 남게 생겼지만 말이야. 예전에는 코냑을 병나발 불면서 동병상련으로 '그대들은 우리 존재를 언제가 되어야 알아주실까요?'"

"알렉스한테 그딴 소리 하지 마!"

"… 그런데 이제는 내가 헨리에게 '비결이 뭐야?' 그러면 '나는 알렉스한테 무례하게 구는데 매번 그게 먹히는 것 같아' 이딴 대답이 돌아온단 말이야."

"나 이 차 돌린다!"

---

* Llwynywermod. 웨일스 소재의 왕실 별장.

"준한테는 그 전략 안 통할 거야." 알렉스가 말한다.

"펜 좀 줘봐, 메모 좀 하게."

사실 두 사람은 휴가를 틈타 자선 사업 기획을 발굴하고 있었다. 헨리는 몇 달째 규모를 국제적으로 확장할 계획이 있다고 말했는데, 이제 서유럽에서 세 건의 난민 프로그램, 나이로비와 로스앤젤레스의 에이즈 클리닉, 4개국 LGBT 청소년 보호소 사업을 추진하고 있었다. 야심만만한 계획이지만 헨리는 여전히 왕실의 유산에는 손대지 않고, 개인 비용을 모두 아버지에게 물려받은 재산으로 충당하고 있었다. 그 재산은 오로지 사업에만 쓰겠다는 결심이었다.

알렉스가 휴대폰과 베개를 끌어안고 있는 사이에 D.C.에는 해가 떴다. 언제나 이 세상에 이름을 남기는 사람이 되고 싶었다. 헨리는 의심의 여지없이, 확고하게 그 길을 걷고 있다. 짜릿하게 흥분되기까지 했다. 하지만 괜찮다. 그냥 잠이 모자라서 그런 걸 거야.

전반적으로, 기말고사는 알렉스가 생각했던 것보다 훨씬 심드렁하게 왔다가 사라졌다. 벼락치기와 프레젠테이션과 여느 때와 다름없이 날밤을 패는 나날들로 일주일이 흘렀고, 다 끝이 났다.

대학 생활이라는 게 대체로 그렇게 지나가버렸다. 유명세로 고립되고 경호팀의 닦달에 시달리느라 알렉스는 남들이 다 겪는 경험을 제대로 하지 못했다. 스물한 살 생일에 공동묘지에서 담력 테스트를 한 뒤 이마에 도장을 찍어 보지도 못했고, 달그렌 분수에 뛰어들어본 적도 없다. 조지타운대학교에 다녔다고 할 수 있나 싶을 때도 많다. 단순히 지정학적으로 동일한 위치에서 일련의 강의를 들었을 뿐이지.

우여곡절 끝에, 어쨌든 졸업이다. 강당을 가득 채운 청중이 기립 박수를 보낸다. 묘하고 또 쿨하다. 끝나고 졸업 동기 수십 명이 다가와 같이 사진을 찍자고 한다. 다들 알렉스를 친근하게 이름으로 부른다. 하지만 말한 번 섞어본 적 없는 사이다. 알렉스는 학부모의 아이폰을 향해 미소를 지으며 동기들과 친하게 지내려고 노력이라도 해 봤어야 했나 생각한다.

알렉스 클레어몬트 – 디아즈 조지타운에서 숨마쿰라우데로 졸업, 행정학 학위를 따다. 리무진 뒷자리에 앉아 폰을 확인하자 구글 알림이 뜬다. 아직 졸업 가운과 학사모도 벗지 않았는데.

백악관에서 대규모 가든파티가 열리고 드레스에 블레이저를 걸친 노라가 짓궂은 미소를 띠고 알렉스의 턱에 키스한다.

"백악관 트리오 최후의 1인이 드디어 졸업하시네." 노라가 싱긋 웃는다. "교수한테 뇌물을 주지도, 정치적 성적 특혜를 구걸하지도 않고 말이야."

"교수님들이 드디어 내가 나오는 악몽에서 해방될 거야."

"너희는 다 학교생활을 이상하게 하더라." 준은 살짝 눈물을 비친다.

유력 정치인이거나 가족의 친구들이 섞인 손님들 가운데, 양쪽에 다 해당되는 라파엘 루나도 있다. 피곤해 보이지만 미모는 여전한 라파엘이 노라의 할아버지인 부통령과 열띤 대화를 나누는 모습이 알렉스의 눈에 띄었다. 알렉스의 아빠도 요세미티 트레킹을 마치고 와서 보기 좋게 그을린 얼굴로 뿌듯한 미소를 짓고 있다. 자흐라는 '예상했지만 역시 잘했어'라고 적은 카드를 주었고, 알렉스가 포옹하려 하자 홱 밀치다 펀치볼을 엎을 뻔했다.

1시간 후, 호주머니에서 휴대전화가 진동한다. 대화를 하다 말고 알렉스가 정신을 팔고 액정을 확인하자 준이 째려보며 눈치를 준다. 그래서 모른 척하려 했더니, 사방에서 아이폰과 블랙베리들이 한꺼번에 부르르 진동했다.

WASP스러운 헌터였다. 재신토가 방금 언론과 접촉함. 예비 경선에서 물러난다는 의사 공식 표명. 공식적으로 2020 선거는 클레어몬트 대 리처즈 구도.

"시발." 알렉스는 화면을 돌려 준에게 메시지를 보여준다.

"파티에 재 뿌리네."

맞다. 몇 초 만에 테이블 절반이 비었다. 캠페인 스태프와 의회쪽 사람들이 자리를 박차고 일어나 모여 서서 폰을 꺼내들고 웅성거렸다.

"이거 좀 드라마틱하다." 노라가 이쑤시개에 꽂힌 올리브를 빨며 말한다. "우리 모두 결국은 리처즈가 지명을 받을 줄 알고 있었잖아. 창문도 없는 방에 재신토를 가둬두고 양보를 받아낼 때까지 고문을 했을 거야."

알렉스는 노라가 하는 말이 하나도 들리지 않는다. 로즈가든 끝으로 이어지는 팜 룸*의 문이 다급하게 열렸다 닫히는 걸 보았기 때문이다. 아빠가 루나의 팔꿈치를 잡아끌고 나가고 있었다. 두 사람은 옆문으로 사라져 미화원 사무실로 들어갔다.

알렉스는 샴페인을 놓고 휴대전화를 확인하는 척하며 팜 룸으로 빙 돌아 들어갔다. 그리고 드라이클리닝 담당직원한테 혼날 각오를 하고 덤불에 몸을 숨겼다.

미화원 사무실 남쪽 벽 아래쪽의 세 번째 유리창이 빠져 있었다. 약간 창틀에서 어긋나 틈이 벌어진 정도였지만, 방탄과 방음 효과는 온전하지 못했다. 관저에는 이런 유리창이 3개 있다. 백악관에 와서 처음 6개월 동안 알렉스는 세 군데 모두를 찾아냈다. 노라는 학교를 옮기고 준은 졸업하고 알렉스 혼자뿐일 때는, 백악관 내부를 조사하고 탐험하는 일 말고는 할 일도 별로 없었다.

아무한테도 어긋난 유리창 이야기를 하지 않았다. 언젠가는 유용하게

---

* 백악관에서 내빈들을 맞아 로즈가든으로 안내하는 로비로 사용되는 홀.

쓸 데가 있을 거라는 생각이 들었기 때문이다.

쭈그리고 앉아 유리창 쪽으로 조심스럽게 기어갔다. 로퍼에 흙이 들어갔다. 찾고 있는 유리창까지, 방향이 맞기만 바랄 뿐이었다. 몸을 기울여 최대한 귀를 바짝 대었다. 덤불을 스치는 바람 소리 사이로 낮고 긴장된 두 목소리가 들려왔다.

"…젠장, 오스카." 스페인어로 한 목소리가 말했다. 루나다. "엘런한테 말은 한 겁니까? 나한테 이런 일을 시키는 거 알고 있어요?"

"그 사람은 너무 신중해." 아버지의 목소리가 말한다. 역시 스페인어를 쓰고 있었다. 누가 엿듣는 게 걱정될 때 두 사람은 스페인어를 썼다. "그 사람이 모르는 게 나을 때도 있어."

씩씩거리는 한숨 소리가 들려왔다. "엘런의 뒤통수를 치면서 내가 하고 싶지도 않은 일을 하긴 싫어요."

"자네 말은, 리처즈가 자네한테 그런 짓을 했는데도, 개자식 똥구멍까지 활활 태워버리고 싶다는 생각이 정말 손톱만큼도 들지 않는다는 건가?"

"당연히 들죠. 오스카, 젠장." 루나가 말한다. "하지만 우리 둘 다 그게 시발 그렇게 쉬운 일이 아니란 걸 알잖아요. 절대로 간단하지 않아요."

"들어봐, 라프. 자네는 모든 걸 파일로 기록해놓는다는 걸 알아. 심지어 성명을 발표하지 않아도 돼. 언론에 흘리기만 하는 거야. 그 후로 애들이 몇 명이나…."

"하지 말아요."

"…또 앞으로도 얼마나 많이…."

"엘런 혼자서는 이기지 못할 거라고 생각하는 거죠?" 루나가 말허리를 뚝 끊고 대든다. "아직도 못 믿는 거죠. 여기까지 왔는데도."

"그런 얘기가 아니야. 이번엔 달라."

"전 부인하고 풀지 못한 감정이 있으면 둘이서 해결하고 난 빼줘요. 빌어먹을 20년 전에 일어난 일을 들추지 말고, 망할 선거나 이길 생각에 올인하라고요, 오스카? 나는…."

루나는 말하다 말고 입을 다문다. 문손잡이가 돌아가는 소리가 난다. 누가 사무실로 들어오려 한다.

오스카는 퉁명스러운 영어로 바꾸어 법안을 논할 빌미를 만든다. 그리고 루나에게 스페인어로 "그냥 생각만 좀 해 보게"라고 말한다.

오스카와 루나가 사무실에서 나가는 소리가 아득하게 들리고, 알렉스는 진흙에 엉덩방아를 찧고 털썩 주저앉아 대체 자기가 뭘 놓친 걸까, 생각한다.

모금 행사로부터 시작된다. 실크 정장과 거액의 수표, 하얀 테이블보가 근사하게 깔린 행사. 언제나 그렇듯, 문자 하나에서 시작된다. 다음 주말 LA에서 자선 기금 모금 행사. 페즈가 다 같이 꽃무늬 실크로 옷을 맞춰 입자는데. 동반자 2인으로 명단에 올려줄까?

알렉스는 아빠와 점심을 먹지만, 아빠는 알렉스가 루나의 이름을 꺼낼 때마다 무조건 화제를 돌려버린다. 저녁에 갈라 행사장으로 간 알렉스는 베아를 처음 정식으로 소개받는다. 베아는 헨리보다 훨씬 키가 작고 심지어 준보다도 작다. 헨리의 입담을 닮았지만 엄마의 갈색 머리와 하트 모양의 얼굴을 물려받았다. 칵테일 드레스 위에 바이크 재킷을 걸쳤는데, 줄담배를 피우다가 끊은 사람 특유의 자세를 하고 있었다. 알렉스는 엄마를 봐서 알아볼 수 있었다. 베아는 헨리를 보고 환하고 짓궂은 미소를 짓고, 알렉스는 즉시 베아를 이해한다. 또 한 명의 반항아로군.

엄청난 샴페인과 심하게 많은 사람과의 악수와 언제나처럼 매력적인 페즈의 연설이 이어지고, 행사가 끝나자마자 공동 경호팀이 출구를 확보하면 다 같이 나간다. 페즈는 약속대로 리무진에 꽃무늬를 수놓은 실크 가운을 준비해 두었다. 등판에는 영화에서 딴 각자의 별명이 새겨져 있었다. 알렉스의 가운은 기괴한 청록색으로 등에 HOE DAMERON이라고 쓰여 있었다. 헨리의 라임 그린 색깔 가운에 새겨진 별명은 PRINCE BUTTERCUP이었다.

페즈가 어떻게 안다는 웨스트 할리우드의 지저분하고 반짝거리는 가라오케 술집은 네온 불빛이 휘황찬란해서 캐시와 경호팀이 장내를 점검하고 30분간 손님들에게 사진 촬영을 금지했음에도 불구하고, 즉흥적으로 느껴진다. 바텐더는 분홍색 립스틱을 발랐고 파운데이션을 뚫고 까끌까끌 수염이 난 게 보인다. 그들은 순식간에 소다와 라임을 넣은 술잔을 원샷한다.

"아, 이런." 헨리는 텅 빈 샷 글라스를 내려다보며 묻는다. "이 안에 뭐가 든 거야? 보드카?"

"맞아." 노라가 대답하자 페즈와 베아가 같이 깔깔 웃음을 터뜨린다.

"왜?" 알렉스가 묻는다.

"아, 대학교 졸업하고 보드카는 처음 마셔 봐." 헨리가 말한다. "이러면 나는 좀, 어, 뭐랄까…."

"경박해져?" 페즈가 말한다. "금제가 풀려? 방탕하게 막 나가?"

"재밌어져?" 베아가 거든다.

"미안한데, 난 원래부터 말도 못 하게 재미있는 사람이거든! 나는 기쁨의 화신이라고!"

"여기요, 죄송한데, 이거 한 잔씩 더 돌려주실래요?" 알렉스는 바를 향해 외친다.

베아가 비명을 지르고, 헨리가 웃음을 터뜨리고 V를 토하고, 전부 다 아련하고 따뜻해진다, 알렉스가 정말 사랑하는 그 분위기로. 다 같이 둥근 부스로 옮겨 앉고, 조명은 어둑어둑하고, 알렉스는 헨리와 거리를 두고 안전하게 멀찍이 떨어져 앉았지만, 특수효과 조명이 헨리의 광대뼈를 때려 파랑과 초록으로 그늘지게 만드는 모습에, 도저히 그 얼굴에서 눈길을 뗄 수가 없다. 다르다. 반쯤 취해서 2,000달러짜리 수트에 실크 가운을 걸치고 싱글벙글 웃는 헨리는 어딘가 다르다.

정신없이 흥이 오르자, 대체 어쩌다가 베아가 제일 먼저 스테이지에 올랐는지 모르겠지만, 아무튼 무대 위의 소품 창고에서 가짜 왕관을 꺼내 쓰더니 블론디의 〈콜 미〉를 째지는 목소리로 불러 젖혔다. 다들 휘파람을 불며 환호성을 보내고, 바의 손님들은 드디어 여기에 두 명의 왕족과 백만장자 자선 사업가와 백악관 트리오가 무지개색 실크 가운을 걸치고 끈적하고 좁아터진 부스에 끼어 앉아 있다는 걸 알아차린다. 손님들이 돌린 원샷 술잔이 한 번, 두 번, 세 번 돈다. 다 같이 건배를 한다. 알렉스는 이제까지 이토록 따뜻한 환영은 처음이라는 생각을 한다. 심지어 승리 랠리 때도 이런 열기는 없었다.

페즈가 휘트니 휴스턴의 〈소 이모셔널〉을 충격적으로 완벽한 가성으로 불러 젖히는 바람에, 클럽 전체가 벌떡 일어나 미친 듯이 박수갈채를 보내며 환호성을 질렀다. 알렉스가 놀라 어질어질해서 헨리를 보자 헨리가 어깨를 으쓱했다.

"거봐, 페즈는 못 하는 게 없다니까."

준은 술에 취해 양손으로 턱을 괴고 입을 헤벌린 채 페즈를 바라보다가 "아, 안 돼… 쟤… 너무… 핫해…"라고 노라를 보고 외친다. 노라가 "나도 알아!"라고 버럭 소리를 질렀다.

"쟤… 입 안에… 손가락 좀… 넣어 보고 싶어… 어쩌지!" 준이 공포에 질린 표정으로, 앓는 소리를 낸다.

노라가 키득거리며 그 마음 안다는 듯 고개를 끄덕이더니 "내가 도와줄까?"라고 물었다.

라임 앤 소다를 다섯 잔 원샷한 베아는 손에 술잔을 든 채 얌전하게 정신을 잃고, 페즈가 준을 무대 위로 끌어올린다. 주머니에서 꺼내는 줄도 몰랐던 휴대전화가 어느새 알렉스의 손에 쥐어져 있다. 테이블 밑으로 헨리에게 메시지를 보낸다. 바보 같은 짓 해 볼래?

헨리가 자기 폰을 꺼내 씩 웃고는 한쪽 눈썹을 치켜올린다.

세상에 이거보다 더 바보 같은 짓이 있어?

답을 받고 나서 몇 박자 후에 헨리의 입이 굉장히 못생겨 보이게, 멍청하게, 흥분한 표정으로 떡 벌어진다. 알렉스는 회심의 미소를 지으며 축축한 입술로 맥주병을 빠는 시늉을 했다. 헨리는 방금 자신의 지난 평생이 눈앞에 파노라마처럼 스쳐 지나간 표정을 짓더니, 굉장히 다급하게 "나, 나 화장실에 좀 다녀올게"하고 사라졌다.

다른 일행이 페즈와 준의 공연에 정신이 팔린 사이, 알렉스는 열까지 센 다음에 몰래 헨리 뒤를 따라 나간다. 성격 좋게 환한 핑크색 털목도리를 목에 감고 벽에 붙어 서서 지켜보는 캐시와 눈길을 교환했다. 캐시는 눈을 굴리지만 돌아서서 문을 지켜준다.

알렉스가 화장실에 들어가 보니 헨리는 팔짱을 끼고 세면대에 기대어 있다.

"너는 악마라는 얘기를 최근 들어 내가 했던가?"

"암, 암, 왜 아니겠어." 알렉스는 정말로 사람이 없는지 두 번 확인하고 나서야 헨리의 벨트를 잡고 부스로 밀어붙였다. "나중에 또 말해줘."

"너… 너 이런다고 내가 노래할 줄 알아, 응?"

헨리는 목을 타고 내려오며 키스하는 알렉스 때문에 쉰 소리를 낸다.

"지금 나한테 도전한 거야? 그게 좋은 아이디어라고 생각해, 스윗하트?"

이게 바로 30분이 지나고 두 번 더 술잔이 돈 후, 헨리가 꺅꺅대는 군중 앞에 서서 퀸의 〈돈 스톱 미 나우〉를 끔찍하게 망치게 된 사연이다. 노라가 뒤에서 코러스를 부르고 베아가 발치에 금색 반짝이 장미꽃을 던지고 있었다. 헨리의 실크 가운은 한쪽 어깨에서 흘러내려 등판의 자수가 PRINCE BUTT까지만 보인다. 알렉스는 대체 반짝이 장미가 어디서 났는지 모르겠지만, 묻는다고 답이 생길 것 같지도 않아서 입을 다문다. 벌써 2분째 허파가 터져라 소리를 질러대느라 어차피 답을 해줘도 듣지도 못할 테고.

"아 워너 메이크 어 수퍼소닉 우먼 오브 유우우!" 헨리가 악을 쓰며 격하게 무릎을 꿇고 노라를 양손으로 덜컥 붙잡았다. "돈 스탑 미 나우우! 돈 스탑 미! 돈 스탑 미!"

"헤이, 헤이, 헤이!" 바의 손님들 전원이 함성으로 답한다. 페즈는 이제 아예 테이블에 올라가서 부스를 한 손으로 쿵쿵 두드리며 다른 손으로 준을 의자로 끌어 올리고 있다.

"돈 스탑 미! 돈 스탑 미!"

알렉스가 손을 오므려 입에 대고 외친다. "우, 우, 우!"

고함과 발길질과 골반 털기와 번쩍이는 조명의 불협화음 속에, 노래는 기타 솔로로 폭발하고, 결국 영국 왕자는 무릎을 꿇고 무대 위에서 슬라이딩을 감행하고, 열렬하고 어쩐지 에로틱한 에어 기타를 연주하게 되는데, 이런 시국에 얌전히 의자에 엉덩이를 붙이고 앉아 있을 사람은 아무도 없어서, 모조리 일어나는 바람에 클럽 안이 난리가 났다.

노라는 샴페인을 꺼내 헨리에게 뿌리기 시작하고, 알렉스는 웃다가 넋을 잃고 의자에 올라서서 휘파람을 불어댔다. 베아는 완전히 정신을 잃고 웃느라 뺨에 눈물이 범벅이고, 페즈는 진짜로 테이블에 올라가서 준과 함께 춤을 추고 있고, 페즈의 백색 금발 머리에 밝은 핫핑크 립스틱 자국이 번져 있다.

알렉스의 팔꿈치를 누가 잡아당기는 느낌이 들어 쳐다보니, 베아가 알렉스를 끌고 무대로 가고 있다. 베아는 알렉스의 손을 잡고 발레리나처럼 빙글빙글 돌리고, 알렉스는 반짝이 장미 한 송이를 이로 물고, 두 사람은 함께 헨리를 바라보며 소음을 뚫고 서로 미소를 교환한다. 알렉스는 50겹으로 쌓인 술기운 저 밑에서, 어딘가에서, 베아에게서 뿜어져 나오는 수정처럼 맑고 또렷한 마음을 보고 느낀다. 이런 모습의 헨리가 얼마나 귀하고 또 멋진지를 알고 있는 두 사람만의 교감이었다.

헨리는 다시 마이크에 대고 악을 쓰며, 비틀거리고 있었다. 정장과 실크 가운이 샴페인과 땀에 들러붙어, 섹시하고 어지러운, 엉망진창 몰골로 흐트러졌다. 헨리의 눈길, 흐릿하고 뜨거운 헨리의 시선이 번득이며 위를 향하던 찰나, 무대 끝에 서 있던 알렉스의 시선과 부딪히자 활짝, 흐트러진 미소가 피어난다.

"아 워너 메이크 어 수퍼소닉 우먼 아웃 오브 유우우!"

노래가 끝나자 사람들의 기립 박수가 그를 맞아주고, 베아는 흔들림 없는 손길과 장난꾸러기 악마 같은 웃음으로 샴페인에 젖어 끈적거리는 동생의 머리를 마구 헝클어뜨린다. 베아가 헨리를 부스의 알렉스 옆자리로 데리고 오고, 자리에 앉은 헨리는 베아를 끌어당겨 옆에 앉히고, 여섯 명은 목쉰 폭소와 값비싼 구두와 하나로 어우러진다.

알렉스는 모두의 얼굴을 하나씩 둘러본다. 환한 미소와 빛나는 환희, 백금색 머리카락과 검은 피부의 페즈. 베아의 허리와 골반의 곡선과 라임 껍질을 빨며 보여주는 펑크록 가수 같은 웃음, 노라의 긴 다리 하나가, 스커트가 허벅지까지 올라가 있는 베아의 무릎에 걸쳐져 있다. 그리고 헨리는, 발갛게 달아오르고 무덤덤하고 늘씬한 헨리는, 우아하고 활짝 열려 젖혀진 헨리는, 달아오른 얼굴을 한순간도 빠짐없이 알렉스에게로 향한다. 무방비한 웃음으로 풀어진 입가.

알렉스는 준을 보고 혀가 꼬인 소리로 말한다.

"바이섹슈얼리티는 정말 풍요롭고도 정교하게 짜인 태피스트리 같아."

그러자 준이 폭소를 터뜨리며 냅킨을 알렉스의 입에 처넣었다.

알렉스는 다음 한 시간은 별로 기억나지 않는다. 리무진 뒷자리, 노라와 헨리가 서로 알렉스의 무릎에 앉겠다고 몸싸움을 했던가, 인앤아웃 햄버거 드라이브스루와, 준이 귀에 대고 "애니멀 스타일, 내가 애니멀 스타일이라고 한 말 들었냐? 시발 웃지 말라고, 페즈!"라고 외쳤던 기억. 호텔, 꼭대기 층에 그들 이름으로 예약된 스위트룸 3개, 캐시의 터무니없이 드넓은 등짝에 매달려 그 호텔 로비를 가로질렀던 기억.

준은 기름 범벅인 햄버거 봉지를 한 아름 들고 방으로 비틀거리며 걸어가면서 계속 쉬쉬, 그들을 조용히 시켰지만, 사실 준의 목소리가 제일 시끄러워서, 제로섬 게임이었다. 베아는 그룹에서 유일하게 멀쩡한 정신을 유지하고 있다가, 아무 방이나 골라서 준과 노라를 킹사이즈 베드에 눕히고 페즈를 텅 빈 욕조에 넣어두었다.

"너희 둘은 알아서 할 수 있지?"

베아는 복도에서 알렉스와 헨리를 보고 말한다. 세 번째 열쇠를 건네주는 베아의 눈빛에 장난기가 반짝인다.

"나는 가운을 걸치고 노라가 가르쳐준 대로 프렌치프라이를 밀크셰이크에 찍어 먹는 법을 터득하고 만끽할 작정이야."

"그래, 베아트리스, 우리는 왕실의 이름에 부끄럽지 않은 행동거지를 보여줄게." 헨리의 눈이 살짝 사시가 되어 있다.

"비꼬지 말고." 베아는 재빨리 두 사람의 뺨에 키스하고 모퉁이를 돌아 사라졌다.

알렉스가 더듬거리며 문을 열었을 때 이미 헨리는 알렉스의 목에 얼굴을 묻고 곱슬머리에 대고 웃고 있었다. 그리고 두 사람은 휘청거리며 벽에 쓰러졌다가 옷을 하나씩 떨어뜨리며 침대로 향했다. 헨리한테서는 값비싼 향수와 샴페인 냄새가 나지만, 뚜렷한 헨리 특유의 체취는 사라지지 않는다. 청결하고 풀잎 같은 향기, 그리고 침대 끝에 앉은 알렉스의 등에 딱 붙여오는 헨리의 가슴이 알렉스의 온몸을 폭 감싸고, 두 손이 허리를 잡는다.

"수퍼소닉 맨 아웃 오브 유우우." 알렉스가 고개를 뒤로 젖혀 헨리의 귀에 대고 나직하게 속삭이자, 헨리가 웃음을 터뜨리며 무릎을 발로 찬다.

서투르게, 어색하게, 옆으로 무너지듯, 침대에 쓰러지고. 두 사람은 서로 굶주린 듯 서로를 잡히는 대로 움켜잡았다. 헨리의 팬티가 한쪽 발목에 걸려 덜렁거렸지만, 헨리의 눈까풀이 파닥거리다 꼭 감기고 알렉스가 마침내 그에게 다시 키스하게 된 지금, 그런 건 아무 상관이 없다.

본능적으로 두 손이 아래로 향한다. 몸에 닿는 헨리의 육체를 달콤하게 기억하는 근육의 반응이다. 하지만 그때 헨리가 손을 내려 제지한다.

"잠깐, 잠깐." 헨리가 말한다. "방금 깨달았는데, 아까 그렇게 다 하고도, 넌 오늘 밤 아직 안 했잖아?" 헨리는 머리를 털썩 베개에 떨어뜨리고는,

가늘게 뜬 실눈으로 알렉스를 본다. "저런, 그건 안 될 말이지."

"흐음, 그래?" 알렉스가 말한다. 하지만 그 틈을 놓치지 않고 헨리의 단단한 목과 가슴뼈가 패인 부분, 도드라진 목울대에 키스했다. "그럼 어떻게 해줄 건데?"

헨리는 한 손을 알렉스의 머리칼 속으로 넣더니 살짝 휘감아 당겼다.

"당연히 네 인생 최고의 오르가슴을 선사해줘야 하겠지. 어떻게 해주는 게 너한테 좋아? 하면서 미국 세법 개정 이야기를 해야 하나? 말할 때 느끼는 논점이 있어?"

알렉스가 눈을 들어보니 헨리가 싱글싱글 웃고 있다. "미워."

"간단하게 라크로스 롤 플레이 같은 건 어때?" 헨리는 이제 팔로 알렉스의 어깨를 폭 안아 가슴팍으로 끌어당기며 깔깔 웃어대고 있다. "오, 캡틴, 마이 캡틴!"

"너 진짜 최악이다." 알렉스는 그 말을 강조하기 위해 고개를 올려 다시 키스한다. 부드럽게, 다음에는 깊이, 길고 느리고 뜨겁게. 아래에 깔린 헨리의 몸이 들썩이며 열리는 느낌이 든다.

"잠깐만." 헨리가 숨을 헐떡이며 입술을 뗐다. "기다려."

알렉스가 눈을 뜨고 내려다보자, 헨리의 얼굴에 더 익숙한 표정이 떠올라 있다. 불안하고, 자신 없는 표정. "사실, 어, 아이디어가 하나 있어."

알렉스는 한 손으로 헨리의 가슴을 훑어 턱으로 올라가 손가락으로 뺨을 스치듯 어루만진다. "헤이." 이제 알렉스의 목소리도 진지해졌다. "듣고 있어. 정말로."

헨리가 입술을 깨문다. 적당한 단어를 찾아 헤매는 기색이 역력했다. 그러더니 드디어 결론에 다다랐다.

"이리 와." 헨리는 파도가 휘몰아치듯 벌떡 일어나 알렉스에게 키스했다. 이번에는 온몸을 쏟아붓는 키스였다. 헨리는 두 손바닥으로 알렉스의 몸을 쓸어 엉덩이를 잡고 키스한다. 알렉스는 자기 목에서 어떤 소리가 찢겨 나오듯 새어 나오는 걸 느낀다. 그리고 헨리의 리드를 맹목적으로 따르면서 키스하고, 매트리스 깊숙이 가라앉아 끝없이 밀려오는 파도 같은 헨리의 몸을 탔다.

헨리의 허벅지가—빌어먹을 승마로 단련된, 폴로 선수의 허벅지가— 그를 감싸고 움직이고 있다. 부드럽고 따뜻한 피부가 허리를 휘감고, 발뒤꿈치가 등을 꼭 누른다. 알렉스가 얼굴을 떼고 헨리를 보았을 때, 헨리의 얼굴에 떠오른 생각은 도저히 잘못 읽을 수 없을 정도로 분명했다.

"정말 확실해?"

"우리가 해 본 적 없는 건 알지." 헨리는 조용히 말한다. "하지만, 어, 난 해 봤어, 전에, 그러니까, 내가 가르쳐줄 수 있어."

"내 말은, 물리적인 기제는 나도 알고 있는데 말이야." 알렉스는 짓궂게 살짝 웃었고, 헨리의 입가가 자기와 똑같이 휘어져 올라가는 모습을 보았다. "하지만 내가 그러면 좋겠어?"

"그래." 헨리가 골반을 추어올리자 둘의 입에서 제어할 수 없는 교성이 흘러나왔다. "그래, 절대적으로 확신해."

헨리는 손으로 탁자에 놓여 있는 면도용품을 뒤지며 더듬거리다가 찾으려던 것들을 찾았다. 콘돔과 아주 작은 윤활제 병이었다.

알렉스는 하마터면 웃음이 터질 뻔했다. 살면서 실험적인 섹스를 안 해 본 건 아니지만, 여행용 윤활제 병 같은 게 있다고는 상상도 못 했다. 더구나 헨리가 치실과 함께 저걸 챙겨서 제트기를 타고 돌아다닐 줄이야.

"이건 새로운데."

"그래, 뭐." 그 말과 함께 헨리는 알렉스의 한 손을 잡아 자기 입에 넣고 손가락 끝을 키스하기 시작했다. "우리 모두 배우면서 성장하는 거 아니 겠어?"

알렉스는 눈을 굴리며 뭔가 날카로운 대꾸를 해주려다가, 손가락 두 개를 입에 넣고 빠는 헨리의 페이스에 휘말려 결국 입을 닫치고 말았다. 신기하고 당황스러웠다. 파도처럼 물결치며 일렁이는 헨리의 자신감. 원하는 바를 부탁할 때까지 무척 힘들어하며 조심스럽다가, 허락을 받는 순간 거침없이 주도권을 잡는다. 술집에서도, 조금만 용기를 주면, 누군가의 허락을 기다려왔다는 듯, 신나게 춤을 추며 소리를 질렀듯이.

아까만큼 만취한 상태는 아니어도 아직 혈중에 알코올이 충분히 남아 있다. 처음이지만 그렇게 두렵고 무섭진 않다. 헨리는 머리를 젖혀 베개에 털썩 떨어뜨리고는, 눈을 감고 알렉스에게 모두 맡긴다.

헨리와의 섹스는, 같은 일이 두 번 똑같이 반복되는 일이 없다. 가끔은 다급한 리듬에 휘말려 편안하게 움직이기도 하고, 또 어떨 때는 팽팽하게 긴장한 채 알렉스가 천천히 몸을 풀어주고 차근차근 애무해주기를 바랄 때도 있다. 가끔은 또박또박 한마디도 안 지고 말대꾸를 할 때 흥분하기도 하고, 또 어떨 때는 혈통에 흐르는 왕자의 기질을 모조리 끌어내 알렉스가 애원하며 빌어도, 자기가 하명할 때까지는 허락하지 않을 때도 있었다.

헨리와의 섹스는 한 치 앞을 내다볼 수 없고, 중독적이고, 재미있었다. 알렉스는 도전적인 모든 걸 사랑했다. 그리고 그는, 헨리는, 도전이었다. 머리부터 발끝까지, 시작부터 끝까지.

오늘 밤, 헨리는 멍청하고 뜨끈하고 열려 있고, 몸은 빠르고 매끄러워 알렉스가 찾는 모든 걸 내어준다. 큰 소리로 웃어대며, 손길에 그토록 민감하게 반응하는 제 몸에 놀라워한다. 알렉스는 허리를 굽혀 키스하고, 헨리는 입가에 대고 중얼거린다. "네가 하고 싶으면 해, 자기."

알렉스는 숨을 깊이 들이쉬고 꾹 참는다. 준비가 다 됐다고 생각한다. 헨리의 손이 올라와 알렉스의 턱선을, 땀에 젖은 헤어라인을 어루만지고, 알렉스는 자리를 잡고 왼손으로 헨리의 오른손을 잡고 꼭 깍지를 끼었다.

알렉스는 헨리의 얼굴을 유심히 지켜본다. 지금 헨리의 얼굴 말고 다른 걸 본다는 상상조차 할 수 없다. 헨리의 표정이 너무나 부드러워지고, 그 입가에 한없는 행복이 감돌고, 알렉스가 허락도 없이, 쉰 목소리로 "베이비"라고 부르자 놀라움에 휩싸인다. 헨리가 고개를 끄덕인다. 아주 작은 동작이라, 헨리의 불수의적 신체 언어를 세세하게 아는 사람이 아니라면 놓칠 수도 있었지만, 알렉스는 정확히 무슨 뜻인지 알고, 그래서 고개를 숙여 헨리의 귓불을 입술로 물고 다시 "베이비"라고 불러준다. 헨리는 "좋아"라고, "제발"이라고 말하며 알렉스의 머리칼을 뿌리째 휘어잡았다.

알렉스는 헨리의 목을 핥고 손바닥으로 엉덩이를 누르며 이토록 불가능하리만큼 그와 가까이 있는 새하얗고 뜨거운 희열에 빠져든다. 가끔은, 이 모든 일이, 자기한테만큼 그에게도, 믿을 수 없는, 비길 데 없는 기쁨이 된다는 게 비현실적으로 느껴진다. 헨리의 저런 얼굴은 법으로 금지해야 한다. 그를 향해 치켜든, 상기되고 망가진 저 얼굴. 알렉스는 자기 입술이 기분 좋은 미소로, 경이와 자긍심의 미소로 펼쳐지는 느낌을 의식한다.

모든 게 끝나고 알렉스는 제 몸으로 돌아온다. 매트리스를 꾹 누르고 있는 무릎은 아직도 떨리고 있다. 헨리의 머리칼을 휘감았던 손으로, 부드럽게 머리를 쓸어본다.

알렉스는 자기 몸 밖으로 한 발 걸어 나갔던 것만 같다. 다시 돌아와 보니 모든 게 미세하게 재배치되어 있다. 고개를 들어 헨리를 보자, 감정이 다시 가슴으로 북받친다. 헨리의 하얀 치아에 덮이는 윗입술의 곡선에 마치 화답하듯 밀려드는 가슴 아린 느낌.

"이럴 수가." 알렉스가 드디어 말을 한다. 다시 헨리 쪽을 보자 짓궂은 웃음을 띠고 한 눈으로 그를 곁눈질하고 있다.

"어때, 수퍼소닉이라고 할 만해?"

알렉스는 끙, 소리를 내며 헨리의 가슴을 손바닥으로 철썩 때리고, 두 사람은 지저분한 폭소로 녹아내린다.

두 사람은 떨어져서 키스하고 누가 축축한 쪽에서 자야 할지 말다툼을 벌이다가 새벽 4시쯤 정신을 잃고 잠에 빠져든다. 헨리가 알렉스를 옆으로 눕히고 그 뒤에 꼭 붙어 온몸으로 알렉스의 몸을 덮었다. 헨리의 어깨로 알렉스의 어깨를 받치고, 한쪽 허벅지를 알렉스의 허벅지에 올리고, 팔로 알렉스의 팔을 덮고 손으로 알렉스의 손을 잡아, 어디 하나 닿지 않은 곳이 없도록, 꼼꼼하게 껴안았다. 알렉스는 몇 년 만에 최고로 푹 잘 잤다.

비행기 출발 시각 3시간 전에 알람이 울린다.

그들은 함께 샤워한다. 런던으로 이렇게 빨리 돌아가야 한다니. 혹독한 현실을 마주한 헨리의 기분은 모닝커피를 앞에 두고 급격히 어둡고 불안해진다. 알렉스는 바보처럼 헨리에게 키스하고 전화하겠다고 약속하면서 뭐든 더 해줄 수 있는 일이 있기를 바란다.

헨리가 거품을 내 면도하고, 머리에 포마드를 바르고 버버리를 걸치는 모습을 보면서, 알렉스는 날마다 이렇게 그를 볼 수 있으면 좋겠다고 생각한다. 알렉스는 헨리를 구석구석 뜯어보는 걸 원래 좋아하지만, 전날 함께 망가뜨린 침대에 걸터앉아 그날의 웨일스 공 헨리 왕자가 탄생하는 과정을 지켜보고 있으니 믿기지 않을 정도로 친밀감이 들었다.

쿵쿵 울리는 숙취에 시달리며, 헨리와 그렇게 오래 거리를 두었던 게 바로 이런 온갖 감정들 때문이라는 생각이 스친다.

그렇지만 속이 뒤집혀 토할 것 같기도 하다. 감정과는 무관할 수도 있겠다.

그들은 복도에서 만난다. 헨리는 숙취에 시달린다지만 여전히 잘생겼고, 알렉스는 최선을 다한다. 베아는 푹 잘 쉬었는지 생기가 넘치고, 굉장히 뿌듯한 얼굴이다. 준, 노라와 페즈는 카나리아를 잡아먹은 고양이 같은 표정으로 스위트룸에서 나오는데, 누가 고양이고 누가 카나리아인지는 알 길이 없다. 노라의 목덜미에 립스틱 자국이 묻어 있다. 알렉스는 굳이 묻지 않는다.

캐시는 한 손에 커피 여섯 잔을 트레이에 균형을 잡아 받쳐 들고 엘리베이터에서 그들을 맞으며 쿡쿡 웃는다. 숙취 해소는 업무에 포함되지 않지만 캐시는 원래 성정이 엄마 거위처럼 포근하다.

"그러니까 이렇게 한 패거리가 된 겁니까?"

그리고 알렉스는 소스라치듯 깨닫는다. 그에게도 이제 친구들이 생겼다는 사실을.

8

너는 어둠의 주술사야

Henry [hwales@kensingtonemail.com]　　　　　6/8/20　3:23 PM

To. A

알렉스,

이 이메일을 어떻게 시작해야 할지, 다른 길은 단 하나도 떠올릴 수가 없어서, 결국
이 말을 하려고 해. 그러니까 내 말투와 철저한 자제력의 부재를 부디 용서해줘. 넌
시발, 너무 아름다워.

일주일 동안 나는 아무 쓸모없는 인간으로 지냈어. 여기저기 차에 실려 다니며 행

사와 회의에 참석이나 하면서, 그러다 한 가지 의미 있는 공헌을 했다면 다행이지. 이 세상에 알렉스 클레어몬트-디아즈가 존재하는 걸 알면서 어떻게 사람이 일을 할 수가 있어? 나는 완전히 넋 나간 인간이야.

젠장, 네 얼굴을 생각하고 있지 않으면 네 엉덩이나 네 손이나 네 잘난 주둥이를 생각하고 있으니 아무짝에도 소용이 없다니까. 아무래도 처음부터 그 주둥이 때문에 내가 이 지경까지 말려든 거 같아. 왕자한테 당돌하게 대든 사람은 아무도 없다고, 너뿐이야. 처음 네가 싸가지라고 한 순간부터 내 운명은 정해진 거야. 아, 왕가의 선조들이여! 고대의 선왕들이여! 제게서 이 왕관을 빼앗으시고, 선조들의 땅에 파묻어 주소서. 선조들께서 잉태하신 이 장대한 걸작을 턱 보조개가 들어간 미국 남자를 좋아하는 게이 계승자가 다 망쳐버릴 줄 아셨을까요?

솔직히, 내가 그때 얘기한 게이 왕들 기억나? 걸출한 미남이지만 비범한 바보였던 기사를 마상시합에서 찍어서 광적인 사랑에 빠졌던 제임스 1세는 기사를 즉시 침실 시중을 드는 신사(진짜로 있는 직위야)로 임명했대. 제임스 1세라면 내가 처한 이 특별한 곤경을 이해해주실 거야.

저주받을 소리지만 네가 그리워.

X
헨리

Re: 너는 어둠의 주술사야

A [agcd@eclare45.com]   6/8/20 5:02 PM

H,

지금 네가 제임스 1세고 나는 무슨 핫하고 멍청한 시종이라는 얘기를 은근히 돌려서 하는 거야? 나는 환상적인 골격과 네가 타고 흔들 수 있는 엉덩이 말고도 엄청나게 많은 걸 가진 인간이라고, 헨리!!!!

나를 예쁘이라고 불렀다고 사과할 필요는 없어. 그러면 나는 어떤 입장이 되겠냐. 하는 수 없이 네가 LA에서 시발 내 정신줄을 확 끊어버렸고 조만간 다시 그런 일이 일어나지 않으면 죽어버릴 것 같다고 고백해야 하잖아. 이것 봐, 자제력을 상실한다는 게 어떤 건지 아주 잘 봤지? 나하고 정말 그런 게임을 해 볼 작정이야?

잘 들어. 지금 당장 내가 런던으로 날아가서 너를 무의미한 회의에서 끌고 나와서, 솔직히 내가 널 '베이비'라고 부르면 좋아 죽을 것 같다고 인정하게 만들어버릴 거야. 이빨로 갈기갈기 찢어서 잡아먹을 거라고, 스윗하트.

XOXO

A

Re: 너는 어둠의 주술사야

Henry [hwales@kensingtonemail.com]　　6/8/20　7:21 PM
To. A

알렉스,

있잖아, 나처럼 옥스퍼드대학교 학부에서 영문학을 전공하게 되면, 가장 좋아하는 영국 작가가 누구냐는 질문을 허구한 날 받게 되거든.

홍보팀에서 적절한 답변 목록을 작성해서 줬어. 리얼리즘 작가를 원하기에 조지 엘리엇 어떠냐고 했더니… 안 된대. 엘리엇은 사실 메리 앤 에반스의 필명이었지, 강력한 남자 작가가 아니었다나. 영국 소설의 선구자 중 한 사람을 원하길래 대니얼 디포를 제안했어. 그랬더니 또 안 된다더군. 영국 국교에 반기를 들었다는 거지. 그래서 조너선 스위프트의 이름을 던져 봤어. 순전히 그냥 아일랜드 정치 풍자가를 생각만 해도 집단으로 동맥경화를 일으키는 꼴을 보고 싶어서.

결국 그들은 디킨스를 골랐어. 배꼽 빠지게 웃기는 일이지. 그 사람들이 원하는 건 게이라는 진실을 가려주는 작가였을 텐데, 정말이지, 오로지 극적인 효과를 위해서 허물어져가는 저택에서 평생 하루도 빠짐없이 웨딩드레스를 차려입고 가만히 앉아서 늙어가는 노파보다 더 게이스러운 게 세상에 어디 있다고?

과일 향 풀풀 풍기는 진실을 말해주지. 내가 제일 좋아하는 영국 작가는 제인 오스틴이야.

그러니까, 『이성과 감성』에서 한 구절을 빌려 쓰자면, "당신은 오로지 인내심만을 원하는군요. 아니 더 매혹적인 이름을 붙여서, 희망이라고 부를까요."

쉬운 말로: 걸레짝을 문 네 더러운 주둥이에 초록색 달러 지폐를 처넣은 꼴을 어서 보고 싶다는 말이야.

성적인 좌절감에 시달리며,

헨리

알렉스는 예전에 누군가 사적인 이메일 계정 서버에 대해 경고했던 것 같은 기분이 들지만, 상세한 내용은 흐릿하다. 그렇게 중요하게 느껴지지 않았다. 즉각적인 쾌락을 누릴 수 있을 때 진득한 시간을 요하는 대다수 일들이 그렇듯, 헨리가 보낸 이메일의 중요성을, 처음엔 제대로 파악할 수 없었다.

그러나 리처즈가 션 해너티*와 인터뷰를 하던 도중, 엄마가 재임 기간 동안 아무것도 해놓은 일이 없다고 말하는 소리를 듣게 되면 팔꿈치로 입을 막고 우엑 소리를 지르고 나서 네 말소리는 가끔 구멍 뚫린 부대에서 흘러나오는 설탕 같아.로 돌아가면 기분이 좋아졌다. WASP스러운 헌터가 하루에 무려 다섯 번 하버드 조정팀 얘기를 하는 기염을 토한다. 그런 바지 입지 마, 네 엉덩이가 범죄야. 낯선 사람들의 손을 잡느라 피곤해지면, 천궁에 내던져져 날아다니다가 지치면 내게로 돌아와, 길 잃은 나의 플레이아드.**

이제는 안다.

---

* 미국 보수파 정치 논평가.
** 황소자리의 여섯 번째 별.

리처즈가 득표율에서 우세해지면 모든 게 추해진다고 했던 아빠가 옳았다. 유타도 보기 싫어지고 개신교도도 보기 싫어지고, 휘파람 소리와 이빨을 드러낸 새하얀 미소들에도 추함이 도사리고 앉았다. 보수 우파는 알렉스와 준을 겨냥하고 기득권에 관한 논평을 쏟아냈다. 암묵적으로 '멕시코인들이 퍼스트 패밀리라는 일자리도 훔쳐 갔다'는 메시지를 풀풀 풍기면서.

패배할지도 모른다는 두려움은 용납할 수 없다. 알렉스는 커피를 마시고 정책 연구 작업을 해서 캠페인 트레일에 제공하고 또 커피를 마시고, 헨리의 이메일을 읽고, 커피를 더 많이 마신다.

"바이섹슈얼리티의 자각"을 경험한 후 처음으로 워싱턴 D.C.에서 열리는 프라이드 위크는 하필 알렉스가 네바다주에 있을 때 개최되어, 그날은 트위터를 확인하며 부러워하느라 하루를 다 보냈다. 내셔널 몰에 반짝이는 콘페티 비가 내리고, 라파엘 루나는 무지개색 반다나를 두르고 대장군처럼 행진을 이끌었다. 알렉스는 호텔로 돌아가 자기 미니바를 벗 삼아 감회를 되새겼다.

이 모든 혼돈 가운데 가장 크고 밝은 희망이 있었다면, 그간 선거운동 본부장(과 엄마)에게 열심히 로비한 보람이 드디어 있었다는 점이다. 텍사스주 휴스턴의 미닛메이드파크에서 대규모 랠리를 펼치기로 한 것이다. 여론 조사 결과는 전례 없이 요동치며 엎치락뒤치락했다. 「폴리티코」의 주간 특종 기사는 '2020년 텍사스는 진정 전쟁터로 화하는가?'였다.

"그래, 휴스턴 랠리는 네 아이디어였다는 걸 모르는 사람이 하나도 없게 해줄게." 엄마는 텍사스행 비행기에서 연설문을 검토하며, 듣는 둥 마는 둥 말했다.

"여기서는 '기개'가 아니라 '근성'이라고 말해야 해요." 준은 어깨너머로 연설문을 보며 끼어든다. "텍사스 사람들은 근성을 좋아하니까."

"너희 둘 다 제발 어디 딴 자리에 가서 앉으면 안 되겠니?" 말은 그렇게 하면서도, 엄마는 연설문에 메모한다.

알렉스는 선거운동 본부에 회의적인 사람들이 상당수라는 걸 안다. 심지어 명백한 숫자를 보고도 그랬다. 그래서 미닛메이드파크에 도착해서 사람들이 늘어선 줄이 블록을 두 번이나 감고 있는 모습을 보자, 만족스럽다는 말로는 표현되지 않는 감정이 밀려들었다. 벅차고 뿌듯했다. 엄마는 연단에서 수천 명을 앞에 두고 연설을 했고, 알렉스는 생각한다. 바로 이거야, 텍사스. 개새끼들이 틀렸다는 걸 보여주자고.

다음 주 월요일, 배지를 쓸어내리며 캠페인 사무실 앞에 설 때도 알렉스는 여세를 몰아 여전히 기분이 좋다. 책상에 앉아 포커스 그룹 건을 몇 번이고 들여다보는 데도 슬슬 지쳐가고 있었지만, 그래도 다시 전쟁터에 뛰어들 마음가짐만큼은 완벽했다.

하지만 모퉁이를 돌아 간이 사무실로 들어가서 WASP스러운 헌터가 텍사스 바인더를 들고 있는 꼴을 보자니 곧바로 기분이 바닥에 처박히고 만다.

"오, 너 이거 책상에 놓고 갔더라." WASP스러운 헌터가 아무렇지도 않게 말했다. "난 또, 우리가 받을 새 프로젝트일지도 모른다고 생각했지."

"내가 네 자리에 맘대로 가서 그놈의 드롭킥 머피즈의 스포티파이 팟캐스트를 꺼버린 적 있었어?" 알렉스가 항의한다. "난 그런 짓 안 하는데, 헌터. 매번 상상은 해도."

"하지만 너 내 연필 훔치는 짓 비슷한 건 자주 하잖…."

그가 말을 끝내기 전에 알렉스가 그의 손에서 바인더를 잡아채 갔다.

"개인적인 일이거든."

"그게 뭔데?" 알렉스가 그걸 가방에 쑤셔 넣기 전, WASP스러운 헌터가 묻는다. 자기가 놓친 게 있다는 사실을 믿지 못하고 있다. "그 모든 데이터랑, 선거구 구획선 말야. 그걸로 뭘 하려고 했던 거야?"

"아무것도."

"네가 밀고 있던 그 휴스턴 랠리 건이었어?"

"휴스턴은 좋은 생각이었어." 알렉스는 즉시 방어적으로 나온다.

"어이 친구… 너 정말로 텍사스를 민주당 지지로 돌릴 수 있을 거라 믿는 건 아니지? 이 나라에서 가장 후진적인 주들 중 하나라고."

"헌터, 넌 보스턴 출신이잖아. 정말 이 나라의 꼴통들이 어디 어디에 뿌리를 두고 있는지 얘기해야만 하겠어?"

"이봐, 진정해, 그냥 말해 본 거야."

"너 그거 알아?" 알렉스가 말한다. "너희 같은 인간들은 본인이 민주당 찍는 주에서 왔다는 이유만으로 제도적인 편협성의 책임을 지지 않아도 된다고 생각하지. 봐, 모든 백인 우월주의자들이 미시시피 어딘가의 마약쟁이인 건 아니야. 듀크대학이나 유펜*에서 아빠 재산 탕진하는 인간 중에도 한 움큼씩 있다고."

WASP스러운 헌터는 당황했지만 납득한 기색은 아니다. "그럼에도 공화당 찍는 주들이 유구히 공화당을 찍어왔단 사실은 변하지 않아." 그가 웃으며 말한다. 마치 그게 농담거리라도 되는 것처럼. "그리고 이들 중 어디에 투표해야 자기한테 좋을지 제대로 생각하는 사람은 아무도 없지."

"만약 우리가 실제적인 노력을 들여 캠페인을 벌여서 그들에게 무관심하지 않다는 걸 보여주고, 우리 플랫폼이 그들을 소외시키지 않고 도와줄

---

* 펜실베니아 주립대학.

수 있도록 만들어져 있다는 걸 알려주면, 그 인구도 투표할 동기를 찾게 될지도 모르지." 알렉스가 열을 올린다. "생각해 봐. 아무도 네 요구를 진심으로 들어주지 않고, 네가 사는 주로 와서 네 얘기를 들어주지도 않아. 아니면 네가 중죄인이거나, 아니면 뭐, 망할 투표자 신원 인증법에 걸린다거나, 혹은 직장을 떠날 수 없어서 투표장에 갈 수 없는 사람이라면?"

"그래, 내 말은, 우리가 빨간 주들에 사는 모든 자격 있는 유권자들을 마법으로 움직이게 만들 수 있다면 더할 나위 없겠지. 하지만 정치 캠페인은 한정된 시간과 자원 안에서 열려야 하니까, 우리는 예측된 바에 따라 우선순위를 둘 수밖에 없어." WASP스러운 헌터는 마치 미합중국 대통령의 아들인 알렉스가 선거운동에 문외한이라도 되는 것처럼 설명한다. "그저 파란 주들에는 그렇게까지 꼴통들이 많이 살진 않는다는 거야. 그들이 뒤처지고 싶지 않아 한다면, 아마 빨간 주에 사는 사람들이 어떻게든 해 봐야겠지."

그리고 알렉스는, 솔직하게 말하자면, 이제 완전히 질려버렸다.

"너 지금 그 텍사스가 낳은 정치인의 선거운동 사무실에서 일하고 있다는 건 아주 완전히 잊었구나?" 알렉스는 소리를 친다. 이제 옆 칸막이를 쓰는 직원들이 빤히 쳐다볼 정도로 언성이 높아졌지만, 신경 쓰지 않는다. "모든 주에 KKK 지부가 있다는 건 모른 척할 셈이야? 버몬트에는 자라나는 인종 차별주의자와 호모포비아들이 없을 거 같아? 난 네가 여기서 하는 일을 존중하지만, 너 혼자만 잘난 건 아냐, 이 자식아. 여기 그냥 멍하니 앉아서 남의 일인 양해도 되는 사람은 없어. 여기 있는 사람 전부 마찬가지라고."

알렉스는 가방과 바인더를 챙겨 자리를 박차고 나간다.

빌딩에서 나오자마자 충동적으로 폰을 들어 구글을 연다. 이번 달의 시험 날짜들이 적혀 있다. 그렇다, 시험 일정이 있다는 건 알고 있다.

LSAT 워싱턴 D.C. 지역 테스트 센터. 그는 메모를 적어 넣는다.

천재 세 명과 알렉스

2020년 6월 23일 12:34 PM

야 주니퍼(Juniper, 준의 풀네임)

BUG(준)

그거 내 이름 아니야. 그런 이름 없어.

그만해.

K-POP 그룹 BTS의

리더 이름 김남준(kim nam-june)

BUG(준)

니 번호 차단해버린다.

HRH 싸가지 왕자 👑

알렉스, 제발 페즈가 널 세뇌해서

K-pop을 듣게 만들었다고 하진 말아줘.

그러는 넌 노라한테 영업당해서

드래그레이스를 보잖아.

리얼 카오스 악마(노라)

[래트리스 로얄의 이모티콘]

BUG(준)

알렉스, 너 뭐 필요하다고 했지?

내 밀워키 연설 어디갔어?

누나가 가져간 거 아는데.

HRH 싸가지 왕자 💩

정말 이런 대화를

단톡방에서 해야 되는 건가?

BUG(준)

그거 부분적으로 다시 써야 했거든!

네 메신저백 바깥쪽 주머니에

수정 사항이랑 같이 넣어뒀어.

누나 계속 이러면 데이비스가 누나를

죽이려 들걸.

BUG(준) ◦

데이비스는 지난주에 〈세스마이어스 쇼〉에서

내가 논점 요약정리를 얼마나 잘했는지 아니까

안 그럴 걸.

여기 왜 웬 돌이 같이 들어있냐?

BUG(준)

맑은 머리와 좋은 기운을 위한

클리어 쿼츠 크리스탈이니까 나한테

---

* 미국의 드래그 퍼포머.

뭐라고 하지 마. 받을 수 있는 도움은 다 받아야지.

내 물건에 주문 좀 걸지 말아줄래?

리얼 카오스 악마(노라)

마녀를 화형에 처하라!

리얼 카오스 악마(노라)

야 내일 있을 이 #대학생유권자를찾아라 건에 대해

어떻게 생각해?

리얼 카오스 악마(노라)

[사진 첨부]

리얼 카오스 악마(노라)

내 생각인데,

막, 스피크이지에서 핫한 요가 강사를

만나서 그녀를 따라 명상과 도예에 빠져든 다음,

이제는 자기 브랜드의 수제 과일 도시락을 팔며

영향력 있는 커리어우먼으로서 새로운 인생을

살려고 하는 우울한 레즈비언 시인 같은 이미지로 나가볼까 해.

...

HRH 싸가지 왕자 👑

나쁜, 네가 날 꼬셔서 끌고 갔으면서.

ㅁㄴ이ㅏㄹㅣㅏ#%&₩니;jd

노라, 네가 저 친구 인생을 망쳤잖아!

리얼 카오스 악마(노라)

ㅋㅋㅋㅋㅋㅋㅋㅋㅋㅋㅋㅋㅋ

버킹엄궁에서 직접 인증한 항공 우편으로 초대장이 도착한다. 금박을 두른 봉투, 꼬불꼬불한 캘리그래피. 챔피언십 위원회의 회장과 회원 일동이 2020년 7월 6일 알렉스 클레어몬트 – 디아즈님을 로열 박스석에 모시고자 정중히 초대합니다.

알렉스는 사진을 찍어 헨리에게 보낸다.

1. 이게 뭐냐? 왕족이 국민을 돌봐야지 왜 이런데 돈을 써?

2. 로열박스에는 이미 가봤지롱!

헨리의 답장이 온다. 참으로 태도가 불량한 고약한 놈이로구나. 그리고 부탁인데, 꼭 와줄래?

그래서 알렉스는 선거운동 본부에서 하루 휴가를 내고 여기 윔블던에 이렇게 헨리와 함께 있게 되었다. 오로지 또 한 번 헨리의 몸과 꼭 붙어 있고 싶은 마음 하나로.

"미리 경고했다시피." 로열박스로 가는 길에 헨리가 말한다. "필립도 참석할 거야. 그리고 여러 귀족과도 대화를 해야 할 테고. 베이즐 같은 이름의 사람들."

"왕족 정도 다루는 건 껌이지. 이미 입증한 줄 알았는데."

헨리는 믿음이 안 간다는 표정이다. "넌 참 용감해. 나한테도 그런 용기가 있으면 좋을 텐데."

밖으로 나오니 웬일로 런던 하늘에 태양이 환하게 떠올라 이미 관중이 상당히 많이 찬 스탠드에 햇빛이 넘실거렸다. 딱 떨어지는 수트를 입은 데이비드 베컴이 눈에 들어왔다. 아무리 생각해도, 저런 사람이 어떻게 자기가 스트레이트라고 믿고 살게 된 건지 모르겠다. 데이비드 베컴이 고개를 돌리는 순간, 알렉스는 그와 대화를 나누는 상대가 베아라는 사실을 깨달았다. 그들을 알아본 베아의 표정이 환해졌다.

"어이, 알렉스! 헨리!" 박스의 웅성거림을 뚫고 베아가 발랄하게 소리쳤다. 라임 그린 색의 드롭 웨이스트 실크 드레스를 입고 황금빛 꿀벌 장식이 달린 커다랗고 둥근 구찌 선글라스를 코에 걸친 그녀는 눈부시게 아름다웠다.

"누나 정말 아름다워요." 알렉스는 뺨에 키스를 받으며 인사한다.

"어머, 고마워, 달링." 베아는 양팔로 둘과 팔짱을 끼고 계단을 내려간다. "네 누나가 드레스를 고를 때 도와줬어, 사실. 알렉산더 맥퀸이거든. 네 누나는 정말 천재야, 알고 있었니?"

"모르고 살 수가 없었죠."

"여기야." 베아는 맨 앞줄로 내려가 말했다. "우리 자리."

헨리는 화려한 초록색 쿠션 위에 두껍고 반짝거리는 〈윔블던 2020〉 프로그램이 놓여 있는 박스 1열 자리를 바라보았다.

"1열 중앙?" 말투에 살짝 불안을 깔고 헨리가 말했다. "정말?"

"그래, 헨리. 네가 혹시 잊었을까 봐 말해주는데, 너는 왕족이고 여기는 로열박스, 왕실 전용 박스 석이야." 베아는 저 밑에서 벌써 그들의 스냅을 찍고 있는 사진 기자들에게 손을 흔들어주고는, 그들 쪽으로 몸을 기울이고 속삭였다. "걱정 마. 저기 잔디밭에서는 너희 둘 사이에 짙게 흐르는 이 음탕한 기운을 아무도 못 느낄 거야."

"하하, 베아." 단조로운 어조로 중얼거리는 헨리의 귀가 분홍색으로 물들었다. 헨리는 불안해하면서도 베아와 알렉스 사이에 마련된 자기 자리에 앉았다. 하지만 조심스럽게 팔꿈치를 몸에 붙이고 알렉스의 공간을 침범하지 않으려 의식적으로 노력했다.

대회가 반쯤 진행되었을 무렵 필립과 마사가 도착했다. 필립은 언제나 그렇듯 특징 없는 미남이었다. 알렉스는 유전자들이 무슨 음모를 꾸몄기에, 베아와 헨리는 저렇게 악동 같은 미소와 극적인 광대뼈를 겸비한 흥미진진한 미모로 태어났는데 필립은 이토록 평범한 걸까 생각한다. 필립은 틀에 박힌 공식 사진 그 자체로 보인다.

"안녕." 필립은 베아 옆의 예약석에 앉으며 인사한다. 두 번이나 알렉스를 위아래로 훑어보는 눈길이 어찌나 못마땅하게 느껴지는지, 알렉스는 자기가 입장을 허가받았다는 사실 자체가 신기하게 느껴졌다. 알렉스가 여기 있다는 게 괴상한 일인지도 모른다. 하지만 신경 쓰지는 않았다. 마사 역시 알렉스를 이상한 눈으로 쳐다보고 있지만, 단순히 웨딩 케이크 일 때문에 마음의 응어리가 풀리지 않았을지도 모른다.

"안녕, 핍 오빠." 베아가 예의 바르게 인사했다. "마사."

그의 옆에서 헨리의 척추가 꼿꼿해진다.

"헨리." 필립이 말한다. 무릎에 올려둔 프로그램을 잡은 헨리의 손에 힘이 들어갔다. "오랜만이네. 요즘 좀 바빴나 봐? 졸업하고 1년 쉬면서 이래저래 할 일이 많은가 보지?"

그 말투에 깔린 저의가 투명하다. 정확히 어디에 갔다 온 거냐? 정확히 무슨 일을 한 거냐? 헨리의 턱 근육이 꿈틀한다.

"그래. 퍼시와 함께 할 일이 아주 많았어. 정신없었다니까." 헨리가 말한다.

"아, 그래, 오콘조 재단, 맞지?" 필립이 말한다. "오늘 퍼시가 못 온 게 안타깝군. 아쉬운 대로 오늘은 우리 미국 친구와 잘 지내봐야 하겠어?"

그러면서 필립은 알렉스에게 메마른 미소를 흘렸다.

"넵." 알렉스의 목소리가 좀 과하게 컸다. 알렉스는 활짝 미소를 머금었다.

"하긴, 퍼시가 박스 석에 앉으면 좀 어울리지 않긴 하겠어, 안 그래?"

"필립 오빠." 베아가 나무란다.

"아, 뭘 그렇게 예민하게 굴어, 베아." 필립은 들은 체도 하지 않는다. "내 말은, 퍼시는 좀 특이한 별종이잖아, 안 그래? 그 희한한 옷도 그렇고? 윔블던에는 좀 과하지."

헨리의 표정은 차분하고 온화하지만, 한쪽 무릎은 자리를 옮겨 알렉스의 허벅지를 꾹 누르고 있었다. "필립 형. 그 옷은 다시키라고 해. 아프리카 남자들이 입는 옷이지. 그리고 딱 한 번 입고 왔을 뿐이잖아."

"맞아." 필립이 말한다. "내가 사람을 판단하지는 않는 거 너도 알잖아. 그냥 이런 생각이 들어서 그러지. 왜, 어렸을 때는 너도 형 대학 동창들하고 어울렸잖아? 아니면 레이디 아가사의 아들이나. 그 항상 메추리 사냥을 다니는 친구 말이야. 너도 좀… 비슷한 위상의 친구들을 생각해 보면 어떤가 해서."

헨리는 입을 얇은 일자로 굳게 다물었지만, 아무 말도 하지 않았다.

"필립 오빠, 그렇다고 우리가 모두 몬페자트 백작과 절친이 될 수는 없잖아." 베아가 중얼거린다.

"어쨌든." 필립은 베아를 무시하고 자기 할 말만 했다. "너도 어울리는 집단에서 활동하지 않으면 배우자를 찾기가 힘든 거 아니냐?" 필립은 키득거리더니 다시 경기를 관전했다.

"난 먼저 일어날게." 헨리는 프로그램을 자기 좌석에 던지더니 어디론가 가 버렸다.

10분 후, 알렉스는 왠지 섬뜩한 진분홍색 꽃들이 꽂힌 거대한 화병 옆 클럽하우스에서 헨리를 찾는다. 알렉스를 보는 헨리의 눈이 뜨겁게 이글거리고, 잘근잘근 깨문 입술은 양복 주머니에 꽂은 유니언잭보다 더 붉게 타오르고 있었다.

"안녕, 알렉스." 헨리는 차분하게 말했다.

알렉스는 헨리의 말투를 그대로 받았다. "안녕."

"클럽하우스를 누가 구경시켜 준 적 있어?"

"아니."

"그래, 그럼."

헨리가 손가락 두 개로 알렉스의 팔꿈치를 건드리자 알렉스는 순순히 따랐다.

계단을 한 층 내려가 숨겨진 옆문을 지나 두 번째 숨겨진 회랑을 지나자 의자들과 테이블클로스들이 쌓여 있고 낡고 버려진 테니스 라켓 하나가 놓여 있는 작은 방이 나타났다. 들어가 등 뒤로 문을 닫자마자, 헨리가 알렉스를 세차게 벽으로 밀쳤다.

헨리는 곧장 알렉스의 공간으로 밀고 들어와서도, 키스하지 않았다. 숨결 하나 사이에 두고, 그저 머무를 뿐이다. 손으로는 알렉스의 골반을 짚고 일그러진 미소로 입을 살짝 벌린 채로.

"내가 원하는 게 뭔지 알아?" 굵고 뜨거운 그 목소리는 알렉스의 태양신경총을 순식간에 태워버리고 중심을 파고든다.

"뭔데?"

"나는, 지금 내가 절대로 해서는 안 되는, 금지된 최후의 행동을 하길 원해."

알렉스는 턱을 내밀고 반항적으로 웃었다. "그럼 나한테 명령해 봐, 스윗하트."

그러자 헨리는 자기 입가를 혀로 핥으며 알렉스의 벨트를 홱 잡아채 끌렀다. "제대로 해줘."

"뭐. 윔블던에서는 규칙대로 해야지." 알렉스는 끙, 소리를 낸다.

헨리는 목쉰 웃음을 웃더니 고개를 숙여 그에게 키스한다. 입을 벌리고, 열렬한 키스. 빌린 시간이 촉박하다는 생각에, 빠르게 움직이고 있었다. 알렉스가 신음소리를 내며 어깨를 잡아당겨 포지션을 바꾸자, 헨리는 재빨리 리드를 따랐다. 알렉스는 손바닥으로 문짝을 꽉 잡고 돌아선 헨리의 등에 가슴을 바짝 붙였다.

"미리 확실히 해두는데, 내가 이 창고에서 너랑 하는 건 순전히 네 가족을 엿 먹이고 싶어서야. 지금 이거, 그거 맞지?"

헨리는 내내 재킷 주머니에 여행용 크기의 윤활제를 넣고 다녔던 게 틀림없다. "맞아"라고 대답하며 어깨너머로 알렉스에게 휙 던져준 것이다.

"멋지네. 뭐든 악에 받쳐서 하는 게 최고지."

비꼬는 기색 하나 없는 말투로 담박하게 한마디 던지고 알렉스는 헨리의 발을 차서 휙 벌렸다.

그런 다음에는… 그다음에는 좀 웃겨야 한다. 뜨겁고 멍청하고 우스꽝스럽고 음탕하고, 그냥 그간 해왔던 수많은 섹스의 목록에 덧붙여질, 그저 또 한 번의 정신 나간 모험쯤으로 느껴져야 한다. 하긴 그렇기도 하다. 하지만 한편으로는 이게 마지막처럼 느껴진다. 끝이 나면 알렉스가 죽어버릴 것만 같다. 입 속으로 웃음이 터지지만, 혀를 지나쳐 나오지 않는다. 알렉스는 지금 자기가 헨리의 통과의례를 돕고 있다는 걸 안다. 헨리의 반항을.

넌 참 용감해. 나한테도 그런 용기가 있으면 좋을 텐데. 헨리는 그렇게 말했다.

그리고 알렉스는 헨리의 입술에 맹렬하게 키스하고, 손가락으로 헨리의 머리칼 깊숙이 파고들어, 숨을 모조리 빨아들인다. 헨리는 알렉스의 목에 밭은 숨을 내쉬며 미소 짓는다. 그리고 굉장히 자기 자신이 기특하다는 얼굴로 말한다.

"이걸로 오늘 테니스는 볼 장 다 본 거야, 그렇지?"

그래서 두 사람은 경호원과 우산들로 몸을 숨기고 인파 뒤쪽으로 몰래 빠져나와 켄싱턴으로 돌아온다. 헨리는 알렉스를 위층 자기 거처로 데리고 간다.

헨리의 '아파트'는 오랑주리에 가장 가까운 왕궁 북쪽의 방 22개짜리 미로였다. 베아와 나눠 쓰는 공간이었지만, 높은 천정과 무거운 자카드 가구에서는 두 사람의 흔적을 찾을 수 없었다. 그나마 헨리보다는 베아의 흔적이 더 잘 보였다. 긴 의자에 걸쳐진 가죽 재킷. 한쪽 구석에서 몸단장을 하는 미스터 위블스, 말 그대로 〈화장대의 여자〉라는 제목이 붙은 17세기 네덜란드 유화. 그림은 누가 봐도 베아가 직접 고른 게 틀림없었다.

헨리의 침실은 알렉스의 상상과는 전혀 달랐다. 동굴처럼 휑하고 화려하고 도저히 눈 뜨고 봐줄 수 없는 베이지 일색에 금박의 바로크식 침대가 놓여 있고 끝없이 늘어선 창문들 밖으로 정원이 내려다보였다. 헨리가 정장을 허물처럼 벗는 모습을 지켜보며 알렉스는 이 방 안에서 살아야 한다는 상상을 해 본다. 헨리는 자기 방의 장식을 선택할 권리가 없는 걸까, 아니면 그저 다른 걸 요구할 생각조차 하지 않은 걸까. 헨리가 잠을 이루지 못한 그 숱한 밤들. 박물관에 갇힌 새처럼 파닥거리고 부딪으며 이 끝도 없는 몰개성적인 방들을 헤매겠지.

정말로 헨리와 베아의 방처럼 느껴지는 유일한 공간은 음악 스튜디오로 개조한 2층의 작은 응접실이었다. 이곳의 색채가 가장 다채로웠다. 손으로 짠 터키 카펫의 깊은 적색과 보라색, 담배 색깔의 긴 의자. 버섯처럼 돋아난 작은 장식용 탁자와 푸프들. 벽에는 스트라토캐스터와 깁슨 플라잉 V 전자기타들, 바이올린들, 각양각색의 하프들이 걸려 있고 탄탄한 첼로 1대가 한쪽 구석에 놓여 있었다.

방 중앙에는 그랜드피아노가 1대 있었고, 헨리는 그 앞에 앉아 나른하게 킬러스의 옛날 노래 멜로디 같은 걸 뚱땅거리며 쳤다. 비글 데이비드가 페달 근처에서 조용히 낮잠을 자고 있었다.

"내가 모르는 곡을 쳐 봐." 알렉스가 말한다.

텍사스의 고등학교에서는 알렉스가 가장 교양 넘치는 너드 군단에 속해 있었다. 책벌레에 정치 덕후에, 학교 대표팀 운동선수 중에서는 유일하게 AP 미국사 과목의 세세한 논점을 토론할 수 있었기 때문이다. 알렉스는 니나 시몬과 오티스 레딩을 듣고 값비싼 위스키를 마신다. 그러나 헨리의 광범한 지식은 또 완전히 다른 차원이었다.

그래서 헨리가 브람스는 이렇게 들리고, 저런 소리는 바그너고, 그 둘이 낭만주의의 양극을 이룬다고 설명할 때 알렉스는 그냥 귀를 기울이며 고개를 끄덕이고 희미하게 미소만 지을 뿐이다. "여기 음색의 차이를 느끼겠어?" 헨리의 손은 빠르고, 힘든 기색도 없이, 낭만주의자들의 전쟁과 관련한 야사로 넘어가 리스트의 딸이 남편을 버리고 바그너를 선택했다는 이야기를 들려준다. "굉장한 스캔들이었지." 그러더니 알렉산더 스크랴빈의 소나타로 휙 넘어가고, 작곡가의 이름을 말하면서 알렉스에게 윙크를 날린다. 제 3악장 〈안단테〉를 제일 좋아한다고, 헨리는 말한다. 그 이유는, 언젠가 그 곡이 허물어져 폐허가 된 성의 이미지를 떠올리고 썼다는 이야기를 읽었기 때문이란다. 그때는 음침한 유머라고 느꼈다고 한다. 그러더니 몇 분간 말이 없어지고, 곡에 몰두한다. 하지만 곧 미리 경고도 없이 다시 곡조가 바뀌어, 격동적인 코드가 한 바퀴 돌아 친숙한 멜

로디로 바뀐다. 엘튼 존의 노래들. 헨리는 눈을 감고 기억으로 연주한다. 〈유어 송〉이다. 아.

하지만 알렉스의 심장은 가슴 속에서 한껏 부풀지도 않고, 몸을 가누려 긴 의자 팔걸이를 굳이 잡을 필요도 없다. 헨리와 사랑에 빠지려고 왕궁에 왔다면 그랬을 텐데. 세상을 날아다니며 서로를 애무하고 심각한 얘기 따위 하지 않고 그저 이 관계를 지속하려는 생각이 아니었다면 그랬을 텐데. 하지만 알렉스는 헨리와 사랑에 빠지러 온 게 아니다. 그건 아니다.

긴 의자에 함께 누워 나른하게 키스하고 애무하며 몇 시간쯤이 흘러버린 느낌이다. 알렉스는 피아노 위에서 하고 싶다고 했지만, 값을 측정. 뭐 그렇다고 해서, 둘은 비틀거리며 헨리의 방으로, 왕궁의 침대로 올라간다. 헨리는 알렉스가 지독한 참을성과 끔찍한 정확성으로 전신을 해체하도록 몸을 맡겼다. 하느님의 이름을 몇 번이나 외쳐 불렀는지 방안이 성역처럼 느껴졌다.

헨리는 어떤 한계를 넘어가 버려, 보드라운 침대에 압도당한 채 흐느적거리며 누워 있다. 알렉스는 헨리의 몸에서 작은 전율을 끌어내는 일에 거의 1시간을 허비하며, 경이와 괴로운 쾌감의 정교하고 세밀한 표현들에 경탄했다. 손가락 끝으로 깃털처럼 가볍게 쇄골과 발목과 무릎 안쪽과 손등의 작은 뼈들과 아랫입술 밑의 폭 패인 자리를 훑었다. 끝없는 애무 끝에 알렉스는 손끝만으로도, 허벅지 안쪽에 불어넣는 숨만으로도, 방금 손끝이 닿은 자리에 키스하겠다는 약속만으로도 헨리를 또 다른 벼랑 끝으로 떨어지게 만들 수 있게 되었다.

헨리는 윔블던의 비밀 방에서 했던 두 마디를 똑같이 했다. 이번에는 "부탁이야, 네가 해줘야겠어"로 예의를 갖췄다. 알렉스는 여전히 헨리가 이런 식으로 말할 수 있다는 게, 그 말을 듣는 사람은 오로지 그 하나뿐이라는 게 믿기지 않는다.

알렉스는 헨리의 뜻에 따른다.

둘이 다시 내려왔을 때, 뼈가 흐물거리도록 지쳐 빠진 헨리는 아무 말도 없이 그 가슴 위에 기절한 사람처럼 누워 있다. 그리고 알렉스는 땀에 젖은 헨리의 머리를 어루만지며 거의 즉시 흘러나오는 나직한 코 고는 소리에 혼자 웃음을 터뜨린다.

하지만 정작 그는 몇 시간이 지나도록 잠을 이루지 못했다. 헨리는 그의 몸에 살짝 침을 흘렸다. 데이빗은 침대에 올라와 두 사람의 발밑에 웅크려 앉았다. 알렉스는 불과 몇 시간 내로 비행기를 타고 민주당 전당 대회를 준비하러 돌아가야 한다. 그러나 잠을 이룰 수 없었다. 시차 때문이다. 그냥 시차 탓이다.

100만 마일쯤은 멀어져 버린 듯한 아득한 기억을 떠올린다. 헨리에게 너무 깊이 생각하지 말라고 했던 자신의 말.

"여러분의 대통령으로서, 제 최우선 과제 중 하나를 꼽자면 젊은이들이 행정에 관심을 갖도록 격려하는 것입니다." 제프리 리처즈가 선거운동 본부의 스크린 화면에 나와 말하고 있다. "상원의 지배력을 유지하고 하원을 되찾기 위해서, 우리에게는 싸움에 합류할 차세대 일꾼들이 필요합니다."

밴더빌트대학교의 대학생 공화당원들이 라이브 피드에서 환호성을 올리자 알렉스는 정책 초안에 토하는 시늉을 한다.

"여기 연단으로 올라오세요, 브리타니?" 어여쁜 금발 여학생이 연단의 리처즈 옆에 나란히 서자 리처즈가 한 팔로 그녀를 끌어안았다. "여기 브리타니는 이 행사를 위해 우리와 함께 일했던 핵심 인재입니다. 이토록 놀라운 반전을 이끌었으니, 이보다 더 잘해낼 수는 없었을 겁니다."

또 환호성. 그러자 중견 스태프 한 명이 종이를 뭉쳐서 화면에 던졌다.

"브리타니 같은 젊은 인재가 우리 당의 미래에 희망을 줍니다. 그래서 저는 오늘, 대통령이 된다면, 리처즈 청년 국회 프로그램을 출범하겠다고 약속드립니다. 다른 정치인들은 사람들이—특히 여러분처럼 분별 있는 청년들이—우리가 일하는 사무실에 가까이 다가와 실제 행정이 어떻게 돌아가는지 알게 되는 것을 원치 않습니다."

우리 엄마하고 맞붙는 이 빌어먹을 미라하고 너희 할머니를 맞붙여서 한 판 데스 매치를 벌이게 하고 싶다. 알렉스는 자기 칸막이로 돌아가며 헨리에게 메시지를 보낸다.

전당대회를 앞두고 막바지 준비가 한창이라서, 알렉스가 커피포트가 비기 전에 마셔본 게 벌써 일주일은 된 것 같았다. 정책 건의함은 이틀 전에 공식 플랫폼이 발족한 이후 터져나가고 있었고, WASP스러운 헌터는 자기 목숨을 건 사람처럼 이메일을 발사하고 있었다. 지난달 알렉스가 폭발한 이후로 별말은 없었지만, 최소한 헤드폰을 쓰기 시작했고 음악 취향을 알렉스에게 강요하는 일은 하지 않게 되었다.

알렉스는 또 메시지를 보낸다. 이번에는 라파엘 루나에게. 제발 형이 〈앤더슨 쿠퍼 쇼〉나 어디 나가서 형 대신 써준 세금 정책 부분을 설명이라도 해줄래요? 사람들이 질문을 해대서 죽을 지경이에요. 우리도 시간이 없다고요.

이번 주 내내 루나와 메시지를 교환하고 있었다. 리처즈의 선거 본부 쪽에서 장래의 내각에 무소속 상원 의원 1명을 포함하는 안을 타진하고 있다는 정보가 흘러나온 이후로. 그 빌어먹을 스탠리 코너는 법안 비준을 해달라는 요구를 노골적으로 거절하고 단 한 건도 수락하지 않았다. 결국 루나는 알렉스에게 사적으로 코너가 예비 경선에서 상대편으로 나올지도 모른다는 귀띔을 해주었다. 공식화된 내용은 없으나 리처즈 내각에 합류하는 사람이 코너라는 걸 모르는 사람은 없었다. 루나는 공식 발표 일자를 아는지 모르지만, 적어도 그들에게는 아무것도 알려주지 않았다.

일주일이다. 여론 조사가 아주 좋지는 않고, 폴 라이언은 무기 휴대의 권리를 보장한 수정 헌법 제 2조를 놓고 잘난 척하고 있고, "엘런 클레어몬트가 전통적인 의미의 미인이 아니었다면 과연 대통령으로 선출되었을까?" 같은 제목의 「살롱」 핫테이크 기사가 돌아다니고 있다. 엄마가 아침에 명상을 걸렀다면, 아마 지금쯤 보좌관 누군가의 목을 조르고도 남았을 것이다.

알렉스는 헨리의 침대가, 헨리의 몸이 그리웠다. 공장처럼 돌아가는 선거운동에서 수천 마일 떨어진 어떤 장소가, 헨리가 그리웠다. 윔블던대회가 끝난 후의 그 밤은 불과 몇 주 전인데도, 꿈속에서 있었던 일처럼 까마득했고, 헨리가 페즈와 브루클린 LGBT 청소년 보호소 일 때문에 서류 작업을 하러 뉴욕에 와 있다는 사실 때문에 더욱 감질났다. 핑계를 대고 헨리를 만나러 갈 몇 시간의 짬을 도저히 낼 수 없었다. 게다가 아무리 세상이 두 사람의 우정을 응원한대도, 둘이 함께 있는 모습을 보일 핑계는 이제 다 떨어져 가고 있었다.

이번에는 처음 설레는 가슴을 안고 숨차게 전당 대회로 달려갔던 2016년과는 달랐다. 아빠는 캘리포니아에서 엄마가 승기를 잡는 결정적 투표의 대리인이었고, 그들은 모두 울었다. 알렉스와 준이 후보 수락 연설 전에 어머니를 소개했다. 그때 준의 손은 떨리고 있었지만, 알렉스는 차분했다. 군중은 포효했다. 그리고 알렉스의 심장도 그에 답해 포효했었다.

올해는 모두가 행정 운영과 선거운동을 동시에 꾸리느라 피로에 지쳐 머리가 푸석푸석 갈라질 지경이었고, 겨우 하루 시간을 내어 전당 대회에 참석하는 것도 보통 일이 아니었다. 전당 대회가 이틀째로 접어들던 밤,

그들은 대통령 전용기 에어포스원을 타고 뉴욕으로 날아갔다. 원래는 마린 원, 즉 대통령 전용 헬리콥터여야 했지만 다 탈 수가 없었다.

"이거 손익 분석 돌려봤어?" 자흐라는 이륙하면서 휴대전화에 대고 말하고 있다. "내가 옳다는 건 당신도 알 테고, 이런 자산을 옮기는 건 당신이 동의하지 않으면 할 수가 없어. 그래. 그래, 나도 알아. 알았어. 내 생각도 그거야." 긴 침묵이 이어지더니, 자그맣게, 속삭였다. "나도 사랑해."

"어." 자흐라가 전화를 끊자 알렉스가 물었다. "혹시 우리 반 학생들에게 들려주고 싶은 이야기는 없나요?"

자흐라는 눈길도 들지 않았다. "그래, 내 남자친구 맞아. 그리고 아니, 넌 어떤 질문도 나한테 할 수 없어."

준은 갑자기 관심을 보이며 일기를 탁 닫았다. "대체 어떻게 언니가 우리가 모르는 남자친구를 사귈 수가 있어요?"

"맞아요. 나는 깨끗한 속옷보다 누나를 더 자주 보는데." 알렉스가 말한다.

"넌 속옷을 때맞춰 갈아입지 않으니까 그렇지, 아들." 어머니가 기내 저편에서 대화에 끼어들었다.

"노팬티로도 잘 다녀서 그런 거예요." 알렉스는 아무렇지 않게 응수한다. 그리고는 따옴표를 치는 손짓을 요란하게 하며 묻는다. "이거 무슨 '캐나다에 있는 내 여친' 같은 그런 거예요? 실존하지 않는 가상의 친구 같은 거? 그 남친은 다른 학교 다니는 거 맞죠?"

"너 정말 내 손에 비상구 밖으로 내던져져 볼래, 응?" 자흐라가 말한다. "롱디는 맞아. 하지만 그런 거 아니야. 질문 더 안 받는다."

캐시까지 뛰어들어 연애에 관한 한, 자기는 백악관 상임 자문 위원이라면서, 알 권리가 있다고 주장한다. 그러자 직장 동료와 공유해야 할 사생활의 정보가 어디까지인지 토론이 이어진다. 사실 알렉스의 사생활에 대해 이미 캐시가 얼마나 많이 알고 있는지 생각하면 기가 차서 웃음이 나올 일이지만. 뉴욕 상공을 선회하는 도중에 갑자기 준이 말을 멈추고 다시 자흐라에게 초점을 맞춘다. 자흐라는 조용히, 한마디도 하지 않고 가만히 있다.

"자흐라?"

알렉스가 고개를 돌리자 미동도 없이 꼼짝 않고 앉아 있는 자흐라가 보인다. 항상 부산한 그녀의 평소 모습과 너무 달라 다른 사람들도 모두 얼어붙었다. 그녀는 입을 다물지 못하고 핸드폰만 바라보고 있다.

"자흐라." 완전히 심각해진 엄마가 다시 묻는다. "왜 그래?"

드디어 고개를 든 자흐라는 폰을 으스러져라 움켜쥐고 있었다.

"「포스트」에서 방금 속보가 떴는데, 리처즈의 내각에 합류하는 상원의원의 이름이…"

"스탠리 코너가 아닙니다. 라파엘 루나예요."

"싫어요." 준이 말한다. 손에 든 하이힐이 달랑거리고 있고, 그들이 만나기로 한 호텔 엘리베이터 근처 햇살을 받아 눈이 반짝거리고 있다. 땋은 머리카락까지 화가 났는지 삐죽삐죽 삐져나오고 있었다. "애초에 인터뷰에 응한 것만도 뒈지게 재수 좋은 줄 아세요. 이 대답이 싫으면 아무것도 못 캐낼 테니까."

「포스트」의 기자는 눈을 끔벅이며 녹음기를 들고 있던 손을 뗀다. 뉴욕에 내리자마자 개인 휴대전화로 준을 들들 볶아 전당 대회에 대해 한마디 해달라고 하더니, 이제는 루나에 대한 답변까지 바라는 모양이었다. 준은 보통 화를 잘 내는 사람이 아니지만, 워낙 긴 하루였고, 지금은 3초만 더 있으면 구두 굽으로 이 남자의 눈알을 파내버릴 기세였다.

"의견 있습니까?" 남자가 알렉스에게 묻는다.

"누나한테 듣지 못할 말을 나한테서 들을 수는 없을 겁니다." 알렉스는 말한다. "나보다 누나가 훨씬 착하거든요."

준은 남자의 힙스터 같은 안경 앞에 대고 손가락을 딱 튕겼다. 눈이 분노로 활활 타올랐다. "쟤하고는 얘기 못 해요. 내 말 잘 받아 적어요. 대통령인 우리 어머니는 아직도 이 경선에서 반드시 승리할 거라고 굳게 믿고 계십니다. 우리는 어머니를 지지하고 민주당이 어머니를 중심으로 결속하는 모습을 보이도록 응원하고자 이곳에 온 것입니다."

"하지만 루나 의원은…."

"감사합니다. 클레어몬트에게 투표하세요!" 준은 딱딱하게 말하고 알렉스의 입을 철썩 쳐서 막았다. 그리고는 알렉스를 데리고 대기하고 있던 엘리베이터로 번개같이 끌고 갔다. 알렉스가 자기 입을 막은 준의 손바닥을 핥자 팔꿈치 가격이 들어왔다.

"젠장, 빌어먹을 배신자 같으니." 알렉스는 그들의 플로어에 도착하자 말한다. "이중인격 개새끼! 나는… 시발 그 인간이 당선되도록 도왔단 말이야. 27시간 연속으로 여론 조사를 해줬다고. 여동생 결혼식에도 갔었어. 빌어먹을 그 인간의 파이브가이즈 햄버거 주문도 달달 외웠단 말이야!"

"젠장, 나도 알아, 알렉스." 준은 키 카드를 슬롯에 넣으며 말한다.

"그런데 그 뱀파이어 위켄드 멤버처럼 생긴 기자가 어떻게 누나의 개인 번호를 알았을까?"

준이 침대에 구두를 던지자 두 짝이 서로 다른 방향으로 튀어 바닥에 떨어졌다.

"내가 작년에 그 자식이랑 잤으니까 그렇지, 알렉스, 안 그러면 어떻게 알겠니? 스트레스를 받았을 때 멍청한 섹스 파트너를 고르는 게 너만 하는 짓은 아니야."

준은 침대에 털썩 주저앉아 귀걸이를 빼기 시작했다.

"다만 이유를 모르겠단 말이야. 대체 여기서 루나가 얻는 게 뭐야? 나한테 위궤양을 선사해서 복장 터져 죽게 만들려고 미래에서 보낸 비밀 요원인가?"

늦었다. 그들이 뉴욕에 들어온 게 9시 넘은 시각이었는데, 곧장 들어가서 몇 시간 동안 위기관리 회의를 해야만 했다. 알렉스는 아직도 기분이 이상하지만, 올려다보니 준의 눈에 눈물이 글썽거려 약간 마음을 누그러뜨린다.

"굳이 짐작해 보자면, 루나는 우리가 질 거라고 생각하는 거겠지." 알렉스는 조용하게 누나를 달랜다. "그리고 티켓을 받으면 리처즈를 좀 더 중도 좌파로 밀어붙일 수 있을 거라고 보는 게 아닐까. 집 안에서 불을 끄는 것처럼."

준은 피로한 눈으로 알렉스의 표정을 살핀다. 나이는 준이 많아도 정치는 알렉스의 영역이었다. 대안이 있었다 해도 알렉스는 자기가 이 삶을 선택했을 거라는 걸 안다. 하지만 누나는 다른 선택을 했을 것이다.

"나는… 아무래도 난 좀 잠을 자야겠어. 내년까지, 쭈욱. 최소한. 총선 끝나면 깨워줘."

"알았어, 누나." 알렉스는 허리를 굽히고 누나의 머리에 키스했다. "내가 깨워줄게."

"고마워, 우리 꼬마 동생."

"그렇게 부르지 말랬지."

"쪼끄만 미니어처, 작은 아기, 우리 꼬마 동생."

"시발 꺼져."

"너도 자러 가."

양복에서 평상복으로 갈아입은 캐시가 복도에서 알렉스를 기다리고 있다.

"같이 좀 있어 주셨습니까?" 그가 알렉스에게 묻는다.

"어, 아무래도 그래야 할 것 같아서요."

캐시가 거대한 손으로 알렉스의 어깨를 토닥여주었다.

"아래층에 바가 있더군요."

알렉스가 생각에 잠긴다.

"네, 그러죠."

베크먼 호텔은 이렇게 늦은 시각에는 다행히 고요하고, 조도가 낮은 바의 벽을 따라 따뜻하고 화려한 금빛 그늘이 드리우고, 등이 높은 바스툴은 진한 초록색 가죽이 덧대어 있었다. 알렉스는 위스키를 스트레이트로 한 잔 시켰다. 휴대전화를 쳐다보다가 답답한 마음을 달래려 위스키를 삼켰다. 3시간 전에 루나에게 짤막한 문자를 보냈다. 시발 이게 뭐예요? 1시간 전 답신이 왔다. 네가 이해할 거라고는 기대도 하지 않는다.

헨리에게 전화를 걸고 싶다. 말이 된다고 생각한다. 언제나 서로의 세계에서 고정된 축, 자석의 양극이었으니까. 어떤 물리 법칙은 이럴 때 위로가 된다.

맙소사, 위스키 때문에 청승맞아지려고 한다. 한 잔 더 시킨다.

헨리가 지금 대서양 상공 어딘가를 날고 있다는 것을 알면서도 그에게 문자를 보내볼까 생각한다. 그 순간 어떤 목소리가 그의 귀를 휘감는다. 부드럽고 따뜻하다. 환청이 들릴 정도로 상상에 빠져 있는 게 틀림없다.

"저는 진토닉으로 한 잔 주십시오."

그 목소리가 들리고, 정말 헨리가 거기 있다. 바 옆자리에 슬며시 앉는 헨리는, 부드러운 회색 버튼 다운 셔츠와 청바지를 입고 약간 흐트러진 모습이다. 알렉스가 그 터무니없는 1초 동안 자기 뇌에서 무슨 스트레스성 섹스 신기루라도 소환한 게 아닌가 생각하는데, 헨리가 언성을 낮추고 말한다.

"혼자 술 마시고 있으니까 상당히 비극적으로 보이는데."

그럼 확실히 진짜 헨리가 맞나 보다.

"너… 여기서 뭐 하고 있어?"

"나름 세계열강의 대표로서, 나도 국제 정치의 흐름쯤은 따라잡고 있다고." 알렉스는 한쪽 눈썹을 올린다.

헨리는 수줍게 고개를 기울인다.

"걱정돼서 페즈를 먼저 집에 보냈어."

"그렇구나." 알렉스가 찡긋 윙크하며 말한다. 아무래도 자기 미소가 좀 서글퍼 보일 것 같아서 감추려고 술잔을 든다. 얼음이 이에 닿아 딸랑거린다. "그 개새끼 이름은 입에 담지도 마."

"건배." 바텐더가 술잔을 가지고 돌아오자 헨리가 말한다.

헨리는 첫 모금을 마시고 엄지에 묻은 라임 주스를 빨았는데, 그 모습이, 시발, 진짜 완전 근사해 보인다. 뺨과 입술에 건강한 혈색이 돌았다. 브루클린의 여름 열기가 익숙지 않은 영국인의 피를 자극해 발갛게 달아올라 있었다. 헨리는 어쩐지 깃털처럼 폭신폭신하고 보드라워 보여서 알렉스는 그 안에 파묻히고 싶어져 버렸다. 그리고 가슴에 맺혀 있던 응어리가 드디어 살짝 풀리는 느낌도 든다.

준이 아닌 다른 누군가가 알렉스의 안부를 확인하려고 이렇게 일부러 찾아와주는 경우는 드물다. 대체로는, 개인적인 매력과 발작적인 혼잣말과 고집불통의 유아독존으로 타인과의 사이에 바리케이드를 쌓아 올리는 알렉스 스스로 초래한 결과지만.

"그 술 재깍재깍 비우지 못해, 웨일스." 알렉스가 말한다. "위층에서 킹사이즈 침대가 내 이름을 부르고 있단 말이야." 그는 스툴에 앉은 자세를 약간 바꿔 한쪽 무릎으로 바 아래 헨리의 무릎을 쿡쿡 찔러 벌렸다.

헨리는 흘겨본다. "대장 노릇 좋아하기는."

둘은 헨리가 술잔을 비울 때까지 바에 앉아 있었다. 알렉스는 여러 다른 브랜드의 진 이야기를 늘어놓는 헨리의 평화로운 중얼거림에 귀를 기울인다. 오랜만에 혼자 대화를 이끌어가는 헨리가 행복해 보여서 다행이라는 생각이 든다. 눈을 감고 그날의 참사를 기억에서 지우려 애쓴다. 헨리가 몇 달 전 정원에서 했던 이야기를 기억한다.

"네 어머니가 대통령이 아니고 너도 그냥 평범한 학생이었다면, 인생이 어떨까?"

역사의 뒤안길을 살아가는, 평범하고 이름 없는 사람이었다면, 스물두 살이고 술기운이 올랐으니 한 남자의 벨트 고리를 잡아 호텔 방으로 끌고 갈 것이다. 잇새로 그의 입술을 문 채로, 등 뒤의 스위치를 손으로 더듬어 찾으며 생각할 것이다. 나는 이 사람이 좋아.

하지만 둘은 떨어지고, 알렉스가 눈을 뜨자 헨리가 그를 물끄러미 지켜보고 있다.

"얘기하고 싶지 않다는 거, 정말 확실한 건가?"

알렉스는 끙, 하고 앓는다.

문제는, 사실은 속내를 털어 놓고 싶고, 헨리도 자기 마음을 안다는 거다.

"그게…" 알렉스는 말머리를 꺼낸다. 허리를 짚고 뒷걸음질 쳤다.

"그 사람은 20년 후의 내 모습이어야 했어, 그거 알아? 처음 만났을 때

나는 열다섯 살이었는데, 나는… 완전히 그 형을 우러러봤어. 내가 되고 싶은 모든 게 바로 라프 형이었어. 그리고 형은 국민을 걱정했어. 옳은 일이니까 그 일을 한다는 믿음이 있었어. 우리가 사람들의 삶을 더 낫게 만들 수 있다고 믿었어."

외등의 어둑한 빛 속에서 알렉스는 돌아서서 침대 끄트머리에 걸터앉았다.

"덴버에 갔을 때, 정치에 뛰어들고 싶다는 열망이 그 어느 때보다 확고해졌어. 나처럼 생긴 이 젊은 퀴어 청년은 공립학교 어린이들에게 무상급식을 주고 싶다는 마음에 책상머리에서 잠을 잤고, 나도, 나도 할 수 있다는 생각이 들었어. 솔직히 내가 자격이 있는지, 우리 부모님 반만큼이라도 똑똑한지, 그런 건 모르겠어. 하지만 저렇게 될 수는 있다고 생각했어."

알렉스는 고개를 푹 숙였다. 이 마지막 이야기는 아무한테도 한 적이 없다.

"그런데 이제 여기 앉아서 지금 이런 생각을 하고 있잖아. 그 개자식이 우리를 팔았어. 그러니까 다 엉터리인가 봐. 아무래도 나는 현실에서 일어나지 않는 마법 같은 일을 믿었던 세상 물정 모르고 순진한 어린애였나 보다."

헨리가 알렉스 앞에 다가서자, 그의 허벅지가 알렉스의 무릎 안쪽에 스쳤다. 헨리는 한 손을 뻗어 불안하게 안달복달하는 알렉스를 진정시켰다.

"다른 사람의 선택이 너를 규정지을 수는 없어."

"하지만 그럴 것 같은 기분이 들어. 세상에는 선한 사람들이 있고 선을 행하기 위해 정치를 한다고, 나는 그렇게 믿고 싶어. 그런 사람들은 대부분의 시간 동안 옳은 일을 하고 대체로는 옳은 이유로 행동하는 거라고. 그렇다고 믿을 수 있는 사람이 되고 싶단 말이야."

헨리의 손길이 움직인다. 알렉스의 어깨를 쓸고, 목울대를 쓸고, 턱 밑을 어루만지고, 알렉스가 드디어 고개를 들어 보니 헨리의 눈빛은 온화하고 차분하다.

"넌 그런 사람이야. 아직도 그렇게 마음 쓰고 있잖아." 헨리는 허리를 굽히고 알렉스의 머리에 입술을 댄다. "그리고 너 착해. 대체로 이런 일은 끔찍하지만, 넌 선한 사람이야."

알렉스는 숨을 들이쉰다. 헨리는 이런 재주가 있다. 두서없이 의식의 흐름에 따라 알렉스의 입에서 쏟아져 나오는 이야기들을 주의 깊게 듣고 있다가, 알렉스가 도달하려 애쓰던 가장 명료하고 투명한 진실의 핵심을 꿰뚫는 대답을 하는 것. 알렉스의 머리가 폭풍이라면, 헨리의 두뇌는 번개가 땅에 내리꽂히는 지점이다. 알렉스는 그 말이 진실이길 바란다.

알렉스는 헨리가 그를 뒤로 눕혀 마음이 하얗게 비워지도록 키스하게 내버려 둔다. 헨리가 조심스럽게 그의 옷을 벗기게 내버려 둔다. 헨리 속으로 밀고 들어가고 어깨에 밧줄처럼 뭉쳐 있던 매듭이 슬그머니 풀어지도록 한다. 헨리의 묘사대로, 돛이 바람을 받아 활짝 펼쳐지듯이.

헨리는 거듭거듭 그의 입술에 키스하며 조용히 말한다.

"너는 선해."

문이 부서져라 두드리는 소리가 난 건 알렉스의 귀가 소음을 감당하기엔 너무 이른 시각이었다. 그렇게 매섭게 두드릴 사람은 자흐라 밖에 없다는 걸, 알렉스는 자흐라가 입을 열기도 전에 알아차렸다. 그냥 전화를 하지 대체 왜, 하고 생각하며 휴대전화를 보니 꺼져 있었다. 시발. 이렇게 되면 알람을 놓친 게 이해가 된다.

"알렉스 클레어몬트 – 디아즈, 7시가 다 됐단 말이야!" 자흐라가 문틈으로 소리를 질러댔다. "15분 후에 전략 회의가 열리고 나한테 키 있으니까, 30초 안에 이 문 열지 않으면 지금 네가 발가벗고 있든 어쨌든 나 그냥 들어간다."

눈을 비비면서 알렉스는, 자기가 실오라기 하나 걸치지 않았다는 걸 깨달았다. 그리고 등에 딱 붙어있는 또 다른 몸을 대충 훑으니, 헨리 역시 지극히 총체적으로 벌거벗고 있었다.

"아, 시발, 망했다." 알렉스는 욕을 뱉으며 너무 빨리 일어나려다 이불에 몸이 감겨 침대 옆으로 굴러떨어지고 말았다.

"으응⋯." 헨리가 신음했다.

"시발, 이거 큰일인데." 알렉스의 어휘력은 이제 바닥을 드러내고 있다. 이불보를 잡아채 몸을 빼고 황급히 치노 바지를 찾았다. "시발 시발 시발!"

"뭐야." 헨리가 천정을 보고 멍하니 말한다.

"그 안에 소리 다 들려, 알렉스, 내가 진짜 농담 아니라⋯."

자흐라가 문짝을 발길질하는지, 또 다른 소리가 들려왔다. 그러자 헨리도 침대에서 화들짝 뛰쳐나왔다. 어리둥절해 당황한 표정 말고는 아무것도 걸치지 않은 꼴이 정말로 볼 만했다. 헨리는 그 뒤에라도 숨을까 생각하듯 절박하게 커튼을 바라보고 있었다.

"젠장 시발." 알렉스는 허둥지둥 바지를 추켜올리며 말한다. 셔츠와 박서를 바닥에서 닥치는 대로 주워 헨리의 가슴에 쑤셔 밀며 손으로 옷장을 가리켰다. "저기 들어가."

"이거 진심이지."

"그래, 커밍아웃에 관한 아이러니는 일단 제쳐두자. 들어가라고."

헨리가 들어가자마자 방문이 확 열리더니 텀블러를 손에 든 자흐라가 나타났다. 어쩌다 대통령의 가족이 된 다 큰 어른의 베이비시터 노릇이나 하려고 내가 석사 학위를 딴 줄 알아, 라는 표정이다.

"어, 안녕하세요." 알렉스가 말한다.

자흐라의 눈이 재빨리 방안을 훑어본다. 바닥에 떨어진 이불, 눌린 자국이 있는 베개 두 개, 탁자에 놓인 휴대폰 두 개.

"어떤 여자야?" 자흐라가 욕실로 성큼성큼 걸어가 잡아뽑듯 문을 열었다. 욕조에 무슨 헐리우드의 떠오르는 신인 여배우라도 숨어 있는 걸 발견하겠다는 기세로. "너 여자가 이 안에 휴대폰을 들고 들어오게 했어?"

"아무도 아니에요, 젠장." 하지만 알렉스의 목소리는 중간에 갈라진다. 자흐라가 눈썹을 획 치켜올린다. "뭐요? 어젯밤에 술에 좀 취했어요, 그게 다예요. 그냥 스트레스 좀 풀었다고요."

"그래, 스트레스를 그렇게 잘, 참 잘도 풀어서 오늘 내내 숙취에 시달리시겠다." 자흐라는 빙글 돌아 그를 보며 말한다.

"괜찮아요. 별일 아니에요."

하지만 그 순간 큐사인이라도 떨어진 것처럼, 방 건너편 옷장 문에서 쿵쾅거리는 소리가 들리더니, 알렉스의 박서를 입다 만 헨리가 말 그대로 옷장에서 굴러 나왔다. 알렉스는 반쯤 히스테리에 사로잡혀, 이거야말로 아주아주 탄탄한 시각적 언어유희야, 말 그대로 옷장에서 굴러 나왔네, 라는 생각을 한다.

침묵이 팽팽하게 당겨진다.

"나는…." 자흐라가 말머리를 꺼낸다. "시발 여기서 대체 무슨 일이 벌어지는지 너한테 정말 듣고 싶은지, 그것도 난 모르겠다. 말 그대로 이 사람이 심지어 여기 어떻게 있어? 아니, 물리적으로 지리적으로 말이야, 그리고 대체 왜, 아니, 아니야. 대답하지 마. 나한테 아무 얘기도 하지 마."

자흐라는 텀블러 뚜껑을 돌려 열더니 커피를 들이켰다.

"아, 맙소사, 설마 내가 내 손으로 이런 사태를 벌인 건가? 난 진짜… 처음에 주선할 때… 하느님, 맙소사."

헨리는 바닥에서 일어나 셔츠를 입었고, 귀까지 빨갛게 물들어 있었다.

"내 생각에는, 어, 도움이 될지는 모르겠지만. 사실 그렇습니다. 어. 사실 불가피한 면이 적지 않아서. 적어도 저한테는요. 그러니까 자책하지는 마십시오."

알렉스는 뭔가 덧붙일 말을 생각하면서, 헨리를 본다. 그때 자흐라가 매니큐어를 칠한 손톱으로 알렉스의 어깨를 쿡쿡 찔러댄다.

"자, 재미라도 봤기를 바란다. 왜냐하면, 누구라도 이 사실을 알게 되면, 그때는 우리 모두 완전히 망조로 치닫는 거니까." 자흐라는 손가락으로 헨리를 가리켰다. "그쪽도요. 비밀 유지 협약에 서명하라고 하지는 않아도 되겠지요?"

"이미 내가 헨리 쪽에서 사인했어요." 알렉스가 거들었다. 헨리의 귀가 빨간색이었다가 이제 좀 걱정스러울 정도로 보랏빛이 되어가고 있었다. 6시간 전만 해도 헨리의 가슴을 파고들며 졸고 있었는데, 이제 반라로 서서 서류를 논하게 되었다니. 빌어먹을 문서 작업은 진절머리가 난다. "그 효력으로 다 커버될 거 같은데요."

"아하, 멋지네." 자흐라가 말한다. "기특하게 이런 생각까지 미리 다 해두셨으니 참 다행이지 뭐야. 멋져. 대체 얼마나 오래된 거니?"

"그러니까, 어, 신년맞이부터요." 알렉스가 말한다.

"신년?" 자흐라가 눈을 휘둥그레 뜨고 따라 말한다. "이게 지금 일곱 달이나 됐단 말이야? 그래서 네가… 아, 맙소사, 난 또 네가 국제관계에 관심이 생겼다거나 뭐 그런 줄 알았…."

"내 말은, 엄밀하게 따지면…."

"네가 그 문장을 끝맺으면 난 오늘 대통령 아들 살인죄로 철창에 들어간다. 알아둬."

알렉스가 움찔한다. "제발 엄마한테는 말하지 마세요."

"진심이야?" 자흐라가 씩씩거렸다. "너 지금, 선거 전 최대의 정치적 행사에서, 기자들이 득시글거리는 호텔에서, 사방에 카메라가 넘치는 도시에서, 시발 안 그래도 경합이 치열해서 이런 사건이 일어나기만 기다리는 지금, 외국 지도자한테, 그것도 남자한테, 갖다 꽂아놓고, 난 이게 내 스트레스성 악몽이 현실이 된 상황 같은데, 그런데 지금 너는 대통령한테 보고하지 말라는 소리야?"

"어, 그렇죠? 어, 엄마한테 커밍아웃을 하지 못했어요. 아직."

자흐라는 눈을 깜박이며 입술을 앙다물더니 목이 졸리는 듯한 소리를 냈다.

"잘 들어. 우리 지금 이러고 있을 시간이 없고, 네 엄마는 빌어먹을 나토 수준에서 섹스 스캔들을 벌이는 아들 뒤치다꺼리 말고도 처리할 일이 산더미처럼 많아. 나는 말씀드리지 않을 거야. 하지만 전당 대회가 끝나면, 네가 해야 해."

"알았어요." 알렉스는 숨을 내쉬며 말했다.

"내가 다시는 만나지 말라고 하면 뭐가 달라지겠니?"

알렉스는 헨리를 슬쩍 바라보았다. 헝클어진 머리칼에 속이 메슥거리는 표정, 침대 한구석에 겁에 질려 서 있는 헨리를. "아니요."

"젠… 시발… 장." 자흐라는 손바닥으로 이마를 짚으며 말한다. "난 널볼 때마다 수명이 1년씩 줄어들어. 난 아래층으로 내려갈 거니까, 옷 챙겨 입고 5분 후에 내려와. 그래야 이 빌어먹을 선거운동을 우리가 구제할수 있으니까. 그리고 그쪽은…."

자흐라는 헨리 쪽으로 돌아섰다.

"지금 당장 시발 영국으로 돌아가셔야겠고요. 나가시는 모습을 누구 다른 사람한테 들키시면, 내 손으로 직접 명을 끊어주러 갈 겁니다. 어디 내가 왕실 따위가 겁나는 사람인지 한 번 보세요."

"잘 알아들었습니다." 헨리는 기어들어 가는 목소리로 말했다.

자흐라는 마지막으로 무섭게 헨리를 노려보고는, 발뒤축을 짚고 핑글 돌아 방에서 휘적휘적 걸어 나가더니, 문짝이 떨어질까 무서울 기세로 쾅 닫아버렸다.

9

"좋아요."

테이블 맞은편에서 엄마가 손깍지를 끼고 그의 대답을 기다린다. 손바닥에 땀이 차기 시작했다. 방은 좁다. 웨스트윙에서는 작은 편에 속하는 회의실이다. 점심이라도 같이 먹자고 하고 얘기를 해야 하는데, 겁에 질려 당황하고 말았다.

무작정 해치워야 한다.

"내가, 최근 들어, 나 자신에 대해 새롭게 알게 된 사실이 있어요. 그리고… 엄마한테 말씀드리고 싶어요. 엄마는 내 인생에서 중요한 사람이고, 그래서 엄마한테 나 자신을 숨기고 싶지 않아서. 그리고 또, 어… 이미지 측면에서 캠페인과도 관련이 있고요."

"그렇구나." 엘런의 목소리는 중립적이다.

"그래요." 알렉스는 되풀이해 말한다. "그래요, 어, 그래서 내가 스트레이트가 아니라는 걸 깨달았어요. 사실은 양성애자예요."

엄마의 표정이 환해지더니, 깍지끼고 있던 손을 풀며 웃음을 터뜨린다.

"어머, 그 얘기였니, 우리 아들? 맙소사, 난 훨씬 나쁜 일인 줄 알고 걱정했잖니."

엘런은 테이블 너머로 팔을 뻗어 손으로 아들의 손등을 덮었다.

"멋지구나. 엄마한테 말해줘서 정말 기쁘다."

알렉스도 웃는 얼굴로 답했다. 가슴을 짓누르던 걱정의 거품에서 살짝 공기가 빠지는 느낌이긴 해도, 아직 투하해야 할 폭탄이 하나 더 있었다.

"어, 한 가지 더 있어요. 내가… 누굴 만났거든요."

엄마는 고개를 옆으로 기울인다. "그래? 축하한다. 서류에 서명은 다 받았…."

"그게, 어…." 알렉스는 말을 끊고 끼어든다. "헨리예요."

한 박자. 찌푸린 눈살, 미간에서 모이는 눈썹. "헨리라면?"

"네, 헨리요."

"헨리… 왕자?"

"네."

"영국?"

"네."

"그러니까, 다른 헨리가 아니고?"

"네, 엄마. 헨리 왕자. 웨일스 공."

"네가 싫어하는 줄 알았는데? 아니면… 이제 친구가 된 거니?"

"시점이 다를 뿐이지 그게 둘 다 사실이에요. 하지만 어, 이제는 우리가, 어, 사귀게 됐어요. 사귄 지 좀 돼요. 대충, 7개월쯤? 됐을걸요?"

"알겠다…."

엄마는 1,000년처럼 느껴지는 1분 동안 물끄러미 바라만 본다. 알렉스는 불편하게 의자에서 몸을 들썩인다.

별안간 손에 폰을 들고 일어선 엄마는 의자를 발로 차서 테이블 밑으로 넣는다.

"좋아, 엄마는 오후 일정을 다 비울 생각이야. 나한테, 몇 가지 자료를 준비할 시간이 필요해. 1시간 후에 너 일정 없지? 여기서 다시 만나면 되겠다. 음식 주문은 내가 할게. 어, 여권하고 영수증이나 뭐 관련된 서류 있으면 다 가져와, 아들."

알렉스가 시간이 되는지 답도 듣지 않고 엄마는 뒷걸음질 쳐 방에서 나가 복도로 사라져버린다. 문이 다 닫히기도 전에 휴대전화에 일정 알림이 뜬다. 엄마가 보낸 일정 요청: 2시 정각 웨스트윙 1층, 국제 윤리와 성 정체성에 관한 브리핑.

1시간 후, 배달 중식 상자들과 파워포인트 파일이 준비된다. 첫 번째 슬라이드에는 '외국 왕실과의 성적 실험: 미지의 회색 지대'라고 쓰여 있다. 알렉스는 차라리 지금이라도 지붕에서 뛰어내릴까 진지하게 고민한다.

"좋아." 알렉스가 앉자 엄마는 아까의 알렉스와 정확히 똑같은 말투로 서두를 꺼냈다. "시작하기 전에 난… 난 너를 사랑하고 언제나 지지한다는 점을 확실히 해두고 싶구나. 그렇지만 이건, 아주 솔직히 말해서, 경제적 관점에서 보나 윤리적인 관점에서 보나 어마어마한 골칫거리니까, 우리가 입장 정리를 깔끔하게 해놓고 시작해야 해, 알겠니?"

다음 슬라이드의 제목은 '성 정체성의 탐구: 건강하지만 굳이 영국 왕자라야 하겠니?' 엄마는 시간이 없어서 더 좋은 타이틀이 생각나지 않았다고 사과한다. 알렉스는 이 곤욕에서 해방될 수만 있다면 죽음이라도 달게 받겠다고 기도한다.

다음 슬라이드는 '연방 예산, 여행비용, 전화 연애, 그리고 너'이다.

엄마는 대체로 알렉스가 헨리와 단둘이 만나기 위해 여행하면서 연방 정부 예산으로 운영되는 전용기를 사용하지 않았는지 걱정한다(그러지 않았다). 따라서 엄마와 아들이 한꺼번에 기소당하는 일이 없도록 산더미처럼 쌓인 서류에 알렉스가 서명하게 만든다. 사적인 관계에 관한 문항들 옆에 있는 작은 네모 박스에 체크를 하고 있자니, 이런 냉정한 접근은 뭔가 잘못되었다는 느낌을 떨칠 수 없다. 특히나 문항 절반은 헨리와 상의해 본 적도 없는 문제들이다.

죽도록 괴로운 일이었지만 결국 끝은 났고, 알렉스도 아직 죽지 않고 살아 있다. 가히 기적이다. 엄마는 마지막 문서를 가져가서 나머지와 함께 봉투에 넣었다. 그러더니 옆으로 치워놓고 돋보기를 벗어 그것도 치워둔다.

"그러니까, 엄마가 하고 싶은 말은 이거야. 너한테 내가 큰 부담을 지웠다는 건 알아. 하지만 널 믿어서 그러는 거야. 넌 멍청이 천치지만 그래도 엄마는 널 믿어. 그리고 네 판단도 믿어. 엄마는 오래전에 너한테, 너 자신이 아닌 다른 누군가가 되라고 강요하지 않겠다고 약속했었어. 대통령으로도 엄마로도 만나지 말라는 말을 하지 않을 거야."

엄마는 잠시 뜸을 들이며 알렉스가 알아들었다는 뜻으로 고개를 끄덕일 때까지 기다렸다.

"하지만, 이건 정말로, 정말로 큰 일이야. 학교 같은 반이나 인턴을 하다가 만난 사람과는 달라. 넌 정말로 오래, 진지하게 생각해 봐야 해. 너 자신과 네 경력과, 또 무엇보다 이 대선 캠페인과 이 행정부 전체를 위험에 빠뜨릴 수도 있어. 엄마도 네가 젊다는 건 알지만, 이건 영원을 두고 하는 결정이야. 헨리와 영원히 사귀지 않더라도 사람들이 알게 되면, 그 낙인은 영원히 사라지지 않을 거야. 그러니까 헨리에 대한 네 영원의 감정을 반드시 파악해야 해. 그게 안 되면 눈 딱 감고 끝내버려야 해."

그녀는 테이블 위에 손을 얹었고 침묵이 두 사람 사이에 걸려 있다. 심장이 치받쳐 올라 알렉스의 목을 꽉 막았다.

영원히. 터무니없이 거창한 단어 같은데, 지금부터 10년쯤 더 큰 다음에 생각해야 할 단어 같은데.

"그리고 미안한데. 아들, 너는 선거운동에서 하차야."

알렉스는 면도날처럼 날카로운 현실에 정신이 번쩍 들었다. 위장이 쿵, 까마득한 바닥으로 떨어지는 느낌.

"잠깐, 안 돼…."

"이건 논쟁거리가 못 돼, 알렉스."

엄마는 미안한 표정을 짓지 않는다. 그리고 알렉스는 엄마의 저 단호한 턱을 너무나 잘 안다.

"이런 위험을 떠안고 갈 수는 없어. 너는 지나치게 태양에 가깝게 날아간 거야. 언론에는 네가 다른 진로를 모색하고 있다고 발표하마. 주말 사이에 네 책상은 깨끗이 치우라고 지시해둘게."

엄마가 한 손을 내밀자 알렉스는 그 손바닥을 걱정스럽게 쳐다보다가 문득 그 의미를 깨닫는다.

호주머니에 손을 넣어 캠페인 배지를 꺼낸다. 정치인 경력의 첫 기념품이었다. 불과 몇 달도 안 되는 시간에 제 손으로 망쳐버린 경력. 알렉스는 배지를 엄마한테 건넨다.

"아, 마지막으로 한 가지만 더." 파일 밑바닥에서 뭔가를 뒤적거리며 찾는 엄마의 말투가 갑자기 다시 사무적으로 변했다. "텍사스의 공립학교에서는 제대로 된 성교육을 하지 않는다는 걸 알지만, 지난번에 우리가 얘기했을 때는 이 문제를 짚고 넘어가지 못했잖니. 그땐 내가 그만 지레짐작을 하고… 아무튼 뭐 사실이 그렇다 해도 콘돔은 여전히…."

"알았어요, 엄마, 고마워요!" 알렉스는 반쯤 울부짖다시피 문으로 뛰쳐나가다 의자를 쓰러뜨릴 뻔했다.

"잠깐만, 얘. 엄마가 플랜드 페어런트후드에 부탁해서 성교육 팸플릿을 전부 다 보내달라고 했는데, 웬만하면 하나 가져가렴! 퀵서비스로 보내줬단 말이야!"

광대와 불한당의 무리

A [agcd@eclare45.com]   8/10/20 1:04 AM

To. 헨리

H,

알렉산더 해밀턴이 존 로렌스에게 보낸 편지를 읽어 본 적 있어?

내가 지금 무슨 소리를 하는 거지? 당연히 네가 읽어 봤을 리가 없잖아. 그랬다간 혁명가와 동조한다는 죄로 유산을 박탈당할 텐데.

뭐, 캠페인에서 쫓겨난 후로 난 말 그대로 할 일이 하나도 없어서 케이블 뉴스만 보고(낮 시간에 성실하게 내 뇌세포를 갉아먹어 주고 있어) 『해리 포터』를 다시 읽고, 대학교 때 썼던 거지 같은 내 글들을 전부 꺼내 다시 읽고 있어. 논문들을 보면서 생각하는 거지. 훌륭해, 그래, 밤새도록 한잠도 안 자고 이걸 써서 98점이나 받고 잘

했네. 고작 평생 처음 취직한 직장에서 잘리고 방안에 유배되기 위해서 말이야! 잘했어, 알렉스!

이게 네가 왕궁에서 항상 느끼는 감정이야? 시발 정말 거지 같다.

그러니까 아무튼, 대학교 때 공부했던 걸 훑어보는데, 해밀턴이 전장에서 보낸 서신을 분석한 논문이 있더라고. 좀 들어봐. 내 생각에는 해밀턴이 바이였을 수도 있을 것 같아. 로렌스에게 보낸 편지들이 아내에게 보낸 편지에 버금가게 로맨틱하거든. "너의 해밀턴"이라든가 "애정을 담아서"라고 서명한 게 절반쯤 되고, 로렌스가 죽기 전에 쓴 마지막 편지는 "영원히 너의 해밀턴"이라고 썼었어. 왜 건국의 아버지가 스트레이트가 아니었을 수도 있다는 가능성을 논하는 사람이 아무도 없는 걸까. (론 처노우의 전기*는 제외하고 말이야. 그 책은 훌륭해. 첨부한 참고 도서 목록을 봐) 물론 이유는 나도 알아, 그래도.

아무튼, 해밀턴이 로렌스에게 보낸 편지에서 이런 대목을 봤는데, 네 생각이 났어. 그리고 내 생각도.

"진실은 내가 불행하게도 정직한 인간이고, 내 감정을 모든 사람에게 똑똑하게 말한다는 걸세. 이 얘기를 자네에게 하는 이유는, 자네는 다 알면서도 내 허영심을 비난하지 않기 때문이야. 나는 의회가 정말 싫다네. 군대도 싫고. 세상도 싫고. 나 자신도 싫네. 온통 광대와 불한당의 무리뿐이야. 자네는 예외로 쳐야 할 것 같지만…."

---

* 역사학자 론 처노우가 2004년에 출간한 전기 『알렉산더 해밀턴』은 21세기 최고의 브로드웨이 히트 뮤지컬인 <해밀턴>의 원전으로 유명하다.

역사를 생각하면 언젠가는 그 안에 내 자리도 있을까 궁금해져. 그리고 너도. 사람들이 아직도 저런 식으로 글을 쓰면 좋겠다.

쳇, 역사? 까짓것 우리가 좀 만들 수도 있지.

천천히 미쳐가며,
건국의 아버지를 모독하는,
너의 알렉스가 애정을 담아서

Re: 광대와 불한당의 무리

Henry [hwales@kensingtonemail.com]   8/10/20 4:18 AM
To. A

자위행위로 역사를 읽는 미국의 아들 알렉스에게

"첨부한 참고도서 목록을 봐"는 네가 지금까지 내게 보낸 글 중에서도 독보적으로 섹시한 구절이었어.

백악관에서 서서히 썩어가고 있다고 얘기할 때마다, 내 잘못이라는 생각을 하지 않을 수가 없어. 그러면 기분이 정말 엿 같아. 미안해. 그런 데 나타난 내가 잘못이었어. 감정을 주체하지 못하고 생각 없이 행동해 버렸어. 그 일이 네게 얼마나 큰 의미가 있는지 잘 알고 있는데.

난 그저… 알잖아. 대안을 제시하고 싶어. 네가 나를 좀 덜 원하고, 그걸, 그러니까 직장이라든가, 복잡하게 꼬이지 않은 관계 같은 걸 좀 더 원한다면, 난 이해해. 진심이야.

어쨌든… 믿거나 말거나 나는 해밀턴에 대한 책들을 좀 읽어봤어, 여러 가지 이유로. 첫째, 천재적인 작가였더군. 둘째, 네 이름을 그 사람에게서 따왔다는 걸 알아. (그건 그렇고 둘이 깜짝 놀랄 만큼 여러 가지 면에 닮았더라. 열정적인 결의, 입을 닥쳐야 할 때를 아예 모른다는 것, 등등) 그리고 셋째, 어떤 당돌하고 섹시한 자식이 그 사람의 유화에 나를 밀어붙이고 순정을 범하려 들었던 기억이 있는데, 원래 기억의 미로에는 맥락을 요하는 사건들이 있기 마련이거든.

혁명 전사 롤플레이 시나리오를 겨냥하고 있는 거야? 너한테 먼저 일러둬야 할 사실이 있는데, 내 몸 안에 남은 조지 3세*의 피가 혈관에서 방울방울 싸늘하게 굳어서, 너한테 아무 쓸모도 없는 몸이 되어버리고 말 거야.

아니면 촛불 빛에 비추어 쓴 열렬한 연애편지를 교환하고 싶다는 얘기야?

우리가 헤어져 있을 때는 꿈속에서 네 몸이 내게 돌아온다고 네게 말해줘야 할까? 내가 잠이 들면, 네가 보인다고, 폭 들어간 허릿골, 엉치 위의 주근깨가 보인다고. 그리고 아침에 일어나면 꼭 너와 함께 밤을 보낸 것만 같다고, 내 뒷목에 닿은 네 허상의 손길이 상상이 아니라 실제처럼 생생하다고? 내 살갗에 닿는 네 피부가 느껴지는데, 그러면 나는 뼛속까지 아리다고? 잠시 몇 초쯤 숨을 참으면, 꿈속에서, 수천의 방들 속에서, 아무 데도 없는 곳에서 네가 있는 그곳으로 돌아갈 수 있다고?

---

* 미국 독립 당시의 영국 왕.

해밀턴이 아내 일라이자에게 보낸 편지에서 훨씬 잘 말해주고 있는 것 같다.

"당신이 내 생각을 철저히 사로잡고 있어 다른 아무것도 생각할 수가 없어요. 온종일 내 마음을 붙잡는 것으로 모자라 내 잠마저 침범해 들어오네요. 꿈을 꿀 때마다 당신을 만나요. 그리고 잠에서 깨면 달콤한 당신을 사색하느라 다시 눈을 감을 수가 없어요."

이 이메일의 서두에서 이미 내가 언급한 대안을 선택하기로 결정했다면, 나머지 쓰레기 같은 글은 읽지 않았기를 바라.

잘 지내길,
철천지머저리 공 이교의 불행한 낭만파 왕자 헨리

Re: 광대와 불한당의 무리

A [agcd@eclare45.com]   8/10/20 5:36 AM
To. 헨리

H,

제발 바보같이 굴지 마. 이 사태의 어느 구석을 봐도 복잡하지 않게 풀 길은 없어.

아무튼, 너는 작가가 되어야겠다. 넌 작가야.

이 난리가 났는데도, 난 여전히 너를 더 많이 알고 싶다는 생각을 항상 해. 미친 소리로 들려? 여기 가만히 앉아서 곰곰 생각하는 거야. 해밀턴을 이렇게 잘 알고 이런 글을 쓰는 이 사람은 누굴까? 저런 사람이 대체 어디서 온 걸까? 난 어떻게 그렇게까지 잘못 생각했을까?

희한한 게 나는 언제나 사람들을 잘 파악하거든. 사람에 대해서는 육감을 따라가면 대체로 올바른 방향으로 이어지더라고. 너한테도 육감은 발동했던 것 같은데, 그 본질을 정확히 파악할 머리가 없었던 것 같아. 하지만 어쨌든 그래도 끝까지 쫓아가긴 했던 것 같거든? 맹목적으로 한 방향으로 달려가면서 올바른 길이기를 바랐달까? 그러면 네가 북극성이 되는 걸까?

너를 다시, 빨리 보고 싶어. 그 한 문단을 읽고 또 읽고 있어. 어느 문단인지 알 거야. 네가 여기 돌아와 나와 함께 있기를 바라. 네 몸을 원하고 네 나머지도 원해. 그리고 시발 이 집에서 나가고 싶어. TV에 나 없이 준과 노라만 나오는 걸 보고 있는 건 고문이야.

우리는 텍사스 아빠의 호숫가 별장에서 연례 행사를 하거든. 일주일 내내 전기가 아예 안 들어오는 데서 사는 거야. 부두가 있는 호수가 있는데, 우리 아빠는 항상 뭔가 기막히게 맛있는 음식을 뚝딱 만들어내셔. 너 오고 싶어? 태양에 그을려서 대자연의 풍광 속에 예쁘게 앉아 있는 너를 왠지 자꾸만 생각하게 되거든. 다음다음 주말이야. 샤안이 자흐라나 누구와 얘기해서 네가 오스틴으로 날아오면, 거기서부터는 우리가 마중할 수 있어.
된다고 해줄래?

너의, 알렉스

P.S. 앨런 긴즈버그가 피터 오를로프스키에게 (1958)

우리 사이에 실제 햇살의 접촉을 갈망하면서도 나는 너를 집처럼 그리워해. 빛을
찬란하게 반사해줘, 허니. 그리고 내 생각을 해.

Re: 광대와 불한당의 무리

Henry [hwales@kensingtonemail.com]   8/10/20 8:22 PM
To. A

알렉스,

내가 북극성이라면, 우리는 정말 어디로 가고 있는 걸까. 생각만 해도 몸서리가 쳐
지는데.

정체성의 문제와 나 같은 사람은 어디서 온 걸까 물었던 네 질문을 곰곰 생각하고
있는데, 내가 할 수 있는 최선의 설명은 동화야.

옛날에 성에서 태어난 어린 왕자가 있었대. 어머니는 학자 공주였고 아버지는 전국
에서 가장 핸섬하고 용맹한 기사였지. 어렸을 때 사람들은 왕자가 미처 꿈꿔 보지
도 못한 모든 걸 갖다주었어. 아름다운 실크옷이며 잘 익은 오렌지며. 가끔은 행복
해서 왕자 노릇이 영영 지겨워지지 않을 줄 알았지.
오랜 왕조의 후예로 태어났지만, 왕자는 그 어떤 선조와도 달랐어. 심장을 몸 밖에

달고 태어났던 거야.

왕자가 어렸을 때 가족들은 놀리면서 크면 다 괜찮아질 거라고 했어. 하지만 왕자가 성장했는데도 심장은 몸 밖에 그대로 남아 있었어. 빨갛고 눈에 잘 보이고 생생하게 살아 있었지. 왕자는 별로 신경 쓰지 않았지만, 외부 사람들이 알게 되면 왕자에게 등을 돌릴까 봐 가족들의 걱정은 매일 커져만 갔지.

높은 탑에 거하시던 할머니 여왕은 밤이고 낮이고, 온전하게 태어난 다른 왕자들의 이야기만 하셨어.

그러다 기사였던 아버지가 전투에서 쓰러졌어. 장창이 갑옷을 찢고 몸을 관통해 흙먼지 속에 피를 흘렸지. 그래서 여왕은 왕자에게 새 옷과 갑옷을 보내주고 심장을 안전하게 다른 곳에 가져가서 보관하게 하셨지. 왕자의 엄마도 막지 않았어. 두려웠거든. 아들의 심장도 갈기갈기 찢어질까 봐.

그래서 왕자는 갑옷을 입고 여러 해 동안 그게 옳다고 믿었어.

그러다가 어느 날 옆 마을에서 끔찍한 말버릇을 가진 눈부시게 잘생긴 농촌의 소년을 만났지. 그리고 처음으로 살아 있다는 느낌이 들었어. 알고 보니 그 소년은 괴력을 지닌 마술사여서 황금이랑 보드카 샷 같은 걸 허공에서 마구 만들어냈어. 그러자 왕자의 온 생애가 하늘로 올라가더니 눈부신 보라색 구름이 되어 펑 하고 터져버렸지. 그러자 온 왕국이 말했어. "우리가 놀랐다는 게 더 믿기지 않는군."

호수 별장에는 갈게. 솔직히, 네가 관저에서 나온다는 게 좋다. 백악관에 불을 지를까 봐 걱정했거든. 그런데 그러면 네 아빠를 뵙게 된다는 뜻이겠지?

보고 싶다,

x

헨리

P.S. 너무 창피하고 민망하고 한심하니까, 진심인데, 그냥 읽자마자 잊어버려 줘.

P.P.S. 헨리 제임스가 헨드릭 C. 앤더슨에게 (1899년)

"멋진 U.S.A.가 그 사이에 자네한테 잔혹하게 굴지 않기를 바라네. 난 자네 안에서 자신감을 느껴, 내 소중한 친구. 그 자신감이 보이면 기쁘다네. 내 희망과 바람과 공감을 허심탄회하게, 또한 굳건하게, 자네에게 보내네. 그러니 용기를 가지고 심장을 지키게. 자네 심장이 형태를 찾으면, 자네의 (불가피하게, 다소 괴상한 이야기가 될 거라고 생각하네만) 미국 이야기도 형태를 찾겠지. 부디 tutta quella gente, 자네 자신에게 잘해주게."

"하지 마." 노라가 조수석으로 몸을 내밀며 말한다. "시스템이 있다고. 시스템을 존중해야 한단 말이야."

"휴가 때 무슨 시스템이야." 준이 알렉스를 반쯤 덮을 정도로 몸을 기울여 노라의 손등을 찰싹 때리려 한다.

"수학이야." 노라가 말한다.

"여기 수학이 설 자리는 없어." 준이 말한다.

"수학은 어디에나 있어, 준."

"저리 가지 못해!" 알렉스가 어깨를 누르는 준을 밀친다.

"너도 이건 내 편을 들어줘야지!" 준이 빽, 소리를 지르며 알렉스의 머리채를 잡아당기고, 답으로 몹시 못생긴 얼굴을 돌려받는다.

"내가 가슴 보여줄게. 예쁜 쪽." 노라가 말한다.

"둘 다 예뻐." 갑자기 정신이 팔린 준이 말한다.

"둘 다 봤어. 지금도 다 보이는 거나 마찬가지라고." 노라가 그날 입은 옷을 알렉스가 손짓하며 말한다. 브라 비슷한 티에 헐렁하게 걸쳐 입은 오버롤이었다.

"해시태그. 휴가 여행. 제바아아알."

알렉스가 한숨을 쉰다. "미안, 준. 하지만 노라가 플레이리스트에 공들인 시간이 더 기니까, 노라의 휴대폰을 연결하자."

뒷좌석에서 원망과 승리의 신음이 터져 나오고, 노라가 자기 폰을 카오디오에 연결하며 완벽한 드라이브를 위한 무슨 불패의 알고리듬을 개발했다고 장담한다. 포 탑스의 〈로코 인 아카풀코〉의 첫 트럼펫 소절이 울려 퍼지자, 알렉스가 드디어 주유소에서 출발한다.

지프는 알렉스가 열 살쯤 되던 때부터 아버지가 매달려 개조한 차량이었다. 지프의 집은 이제 캘리포니아지만 1년에 한 번, 이 휴가 때는 아버지가 텍사스로 몰고 와서 알렉스와 준이 타고 올 수 있도록 오스틴에 갖다두곤 했다. 알렉스는 어느 여름 밸리에서 이 지프로 운전을 배웠고, 비밀 경호원들이 탄 두 대의 검은 SUV 사이로 대열을 형성하고, 인터스테이트 고속도로로 진입하는 지금 발밑에서 느껴지는 액셀의 기분 좋은 감각은 변함이 없었다. 요즘은 직접 운전을 해서 어딜 갈 기회가 거의 없었다.

블루보닛 꽃 빛깔의 하늘이 망망히 펼쳐져 있고, 이른 아침 막 출발한 해는 낮고 무겁게 걸렸다. 알렉스는 선글라스를 끼고 차창과 선루프를 열어두었다. 스테레오 볼륨을 올리면서 머리칼을 때리는 바람 속으로 무엇이든 다 던져버릴 수 있겠다는 생각을 한다. 그러면 아예 있었던 적도 없었다는 듯 다 사라지고 미친 듯 나대는 가슴의 흥분만 남을 것 같다.

그러나 흥분의 아지랑이 너머에서는 그럭저럭 괜찮다. 캠페인 일을 잃은 것도, 방안을 서성이던 나날도.

그 애에 대한 감정은 영원한 거니?

알렉스는 턱을 치켜들고 따뜻하고 끈적한 고향의 공기를 마시며 백미러에 비친 자신과 눈길이 마주친다. 그은 피부에 부드러운 입매를 지닌 텍사스의 청년이 있다. D.C.로 떠날 때와 똑같은 그 사람이다. 그러니까 오늘은 거창한 생각은 더 하지 말자.

격납고 밖에 경호팀 몇몇이 보이고 헨리가 반소매 샴브레이 셔츠에 반바지를 입고 세련된 선글라스를 끼고 있다. 한쪽 어깨에 버버리 위켄더를 걸친 모습이 빌어먹을, 한여름의 꿈 같다. 노라의 플레이리스트가 자연스럽게 돌리 파튼의 〈자, 이제 다시 당신이 오네요〉로 넘어가는 순간 알렉스는 지프 문짝을 한 손으로 잡고 뛰어내렸다.

"어이. 안녕, 안녕하세요, 여기서 다들 이렇게 보니까 반갑습니다."

준과 노라가 한꺼번에 매달려 숨 막히는 포옹을 선사하자 헨리가 그 속에 끼인 채 말한다. 입술을 깨물며 헨리가 준과 노라의 허리를 꼭 껴안는 모습을 지켜본 후에야 알렉스의 차례가 왔다. 깨끗한 체취를 맡으며 헨리의 목덜미에 대고 웃음을 터뜨린다.

"안녕, 내 사랑." 헨리가 귀 바로 위 머리칼 속으로 조용히, 은밀하게 속삭이는 소리가 들린다. 알렉스의 숨결이 어찌해야 할 바를 모르고 힘없이 웃기만 한다.

"드럼, 부탁해요!" 지프의 스테레오에서 불쑥 외침 소리가 터져 나오고 〈서머타임〉의 비트가 시작되자 알렉스는 우와, 하는 환호성으로 답한다.

헨리의 경호팀이 차량에 탑승하자 다 함께 출발한다.

45번 고속도로를 달려가는 내내 옆자리의 헨리는 활짝 웃으며 음악에 맞춰 행복하게 머리를 까닥거렸다. 알렉스는 자꾸만 훔쳐보지 않을 수 없었다. 헨리가, 헨리 왕자가 여기, 텍사스에, 그와 함께 있다, 집으로 함께 가고 있다니 어질어질하다. 준은 멕시코 코카콜라 4병을 좌석 밑 쿨러에서 꺼내 일행에게 돌리고, 헨리는 처음 한 모금을 마시자마자 홀딱 반한 표정을 한다. 알렉스는 손을 뻗어 헨리의 빈손을 잡고 둘 사이의 콘솔 위로 깍지를 낀다.

오스틴에서 한 시간 반을 달려가자 LBJ 호수로 가는 꾸불꾸불한 시골 길로 들어선다. 헨리가 묻는다.

"왜 LBJ 호수라고 해?"

"노라?" 알렉스는 답을 넘긴다.

"LBJ 호수는 린든 B. 존슨 호수라고도 해. 콜로라도강에 댐을 쌓아 만든 저수지인 텍사스 고지대 호수 6개 중 하나고. LBJ가 대통령일 때 농촌 지역 전기 공급법을 통과시켜서 생겨난 호수야. 그리고 LBJ도 여기 별장이 있었고."

"사실이야." 알렉스가 거든다.

"그리고, 재밌는 사실. LBJ는 자기 물건에 집착증이 있었어." 노라가 덧붙여 말한다. "거시기를 점보라고 부르면서 시시때때로 꺼냈대. 동료들, 기자들, 아무나 앞에서."

"그것도 사실이야."

"미국의 정치란." 헨리가 말한다. "참으로 매혹적이군."

"뭐야, 헨리 8세 같은 거 얘기해 보고 싶어?" 알렉스가 말한다.

"아무튼, 여기로 가족 여행 오는 건 얼마나 오래된 전통이야?"

"아빠가 엄마와 헤어지면서 이 집을 샀으니까, 열두 살 때네. 이사 가신 후로 우리와 가까운 곳에 집이 있으면 좋겠다고 생각하셨대. 옛날에는 여름에 여기서 정말 많은 시간을 보냈어."

"아, 알렉스, 처음 네가 여기서 취했던 때 기억나?" 준이 말한다.

"종일 스트로베리 데이커리 칵테일을 마셨잖아."

"너 정말 많이 토했어." 준은 아련하게 말했다.

굵은 거목들이 늘어선 진입로로 들어가 언덕 꼭대기의 별장까지 올라간다. 변함없는 원색의 오렌지색 외관과 매끈한 아치, 키 큰 선인장과 용설란들. 엄마는 이런 하시엔다풍 인테리어를 끝내 좋아하지 않았지만, 아빠는 여기에 완전히 빠져서 호수 별장을 샀다. 높은 청록색 문과 묵직한 서까래와 분홍과 빨강의 스페인식 포인트 타일들. 각자의 경호팀은 흩어져 주변을 확인한다. 사생활을 확실히 보장하고 경호팀의 숙소를 마련하기 위해 옆집까지 임대해야 했다.

모퉁이를 돌아 나오며 시끌벅적하게 외치는 소리는 아버지 오스카 디아즈가 틀림없다. 방금 수영을 하고 나와 물을 뚝뚝 흘리고 있었다. 오스카가 두 팔을 쭉 뻗어 하늘로 치켜들자 준이 그 너른 품으로 뛰어들고 오스카는 딸을 훌쩍 안아 올린다.

"CJ!" 그는 딸의 애칭을 부르며 안고 빙글빙글 돌린 후 스투코 난간에 내려놓았다. 노라가 다음 차례고, 다음에는 알렉스가 뼈가 으스러질 정도로 뜨거운 포옹을 받을 차례다.

헨리가 한 발 앞으로 나서자 오스카는 그를 위아래로 훑어본다. 버버리 가방, 어깨에 멘 쿨러, 그리고 우아한 미소와 악수를 청하며 내민 손. 알렉스가 친구를 데려가도 되느냐고 물으며 별일 아니라는 듯 친구가 왕자라고 말했을 때, 아빠는 어리둥절하면서도 허락해주셨다. 이제 어떻게 될지 알렉스는 잘 확신이 서지 않는다.

"안녕하세요." 헨리가 말한다. "만나 뵙게 되어 반갑습니다. 헨리라고 합니다."

오스카는 손바닥으로 헨리의 손을 철썩 친다.

"자네, 파티할 각오는 확실히 하고 왔겠지."

집안의 요리사는 오스카였지만 바비큐를 굽는 사람은 언제나 엄마였다. 펨버튼 하이츠에서는 멕시코인 아빠가 부엌에서 디저트를 준비하고 금발의 엄마가 뒷마당에서 버거를 뒤집곤 했다. 알렉스는 둘 다에게 최고의 기술을 배웠고, 아버지가 나머지 요리를 도맡아 하는 지금 여기서는 뜨거운 랙을 다루고 갈비를 뒤집을 사람이 그밖에 없다.

호수를 바라보는 주방은 언제나 향긋한 시트러스와 소금과 허브 냄새가 났고, 아빠는 찬장에 통통한 토마토와 진흙처럼 부드러운 아보카도를 한가득 채워두었다. 알렉스는 활짝 열린 커다란 창 앞에 서서, 카운터 위의 냄비에 통갈비 3짝을 펼쳐두고 있다. 아빠는 씽크대에서 옥수수알을 빼며 낡은 레코드를 따라 콧노래를 흥얼거리고 있었다.

갈색 설탕. 스모크 파프리카. 양파 가루. 칠리 파우더. 갈릭 파우더. 카이엔 페퍼. 소금, 후추, 또 갈색 설탕. 알렉스는 손으로 잘 계량해서 볼에 쏟았다.

저 아래 선창에서 준과 노라가 동물 모양 플로트를 타고 둥둥 떠서 서로 밀치며 놀고 있었다. 웃통을 벗은 헨리는 심판을 보려는 건지 신이 나서 샤이너 병을 미친 사람처럼 흔들어댄다. 알렉스는 지켜보다 혼자 슬며시 웃는다. 헨리와 사랑하는 누나들.

"아빠랑 그 얘기를 좀 해 볼까?"

알렉스는 소스라쳐 놀랐다.

"어." 그렇게 티를 냈던가?

"라프 말이다."

알렉스는 숨을 토한다. 어깨를 축 늘어뜨리고 바비큐 양념으로 눈을 돌린다.

"아, 그 나쁜 새끼요." 뉴스가 터진 후로 이 문제가 나올 때마다 둘 사이에는 대충 욕설로 도배된 문자가 오갔을 뿐이다. 배신의 아픔은 아물지 않았다. "무슨 생각인지 아세요?"

"좋게 얘기해줄 말은 없고, 사실 변명을 해줄 수도 없다만…." 알렉스는 아빠가 여러 가지 상충되는 생각들을 한꺼번에 하고 있다는 걸 알았다. "모르겠다. 같이 보낸 세월이 있으니, 제프리 리처즈와 한배를 탈 이유가 있을 거라고 생각하고는 싶은데, 아무리 생각해도 모르겠어."

알렉스는 미화원 집무실에서 엿들은 대화를 생각하며, 아버지가 사건의 전말을 알려주는 날이 올까 생각했다. 말 그대로 덤불로 숨어 들어가서 대화를 엿들었다고 고백하지 않고서는, 물어볼 길이 없었다. 아빠와 루나의 관계는 언제나 그랬다. 어른들의 대화.

알렉스는 오스카가 상원 의원에 출마했을 때 후원금 모금 행사에서 루나를 처음 만났다. 알렉스는 열다섯 살이었지만 이미 이것저것 메모를 하고 있었다. 루나는 라펠에 당당하게 무지개 배지를 달고 나왔다. 알렉스는 그때 그것도 적어두었다.

"왜 라프 형을 골랐어요? 그 캠페인 기억해요. 훌륭한 정치인이 될 만한 사람들이 많았는데, 왜 좀 더 쉽게 뽑힐 수 있는 사람을 선택하지 않으셨어요?"

"그러니까, 왜 동성애자를 골랐느냐는 말이니?"

알렉스는 담담한 표정을 유지하려고 애썼다.

"그렇게 표현하지는 않겠지만, 맞아요."

"라프가 열여섯 살 때 부모님한테 쫓겨난 얘기 한 적 있니?"

알렉스는 움찔한다. "대학교 들어오기 전에 힘들었다는 얘기는 들었는데 구체적으로 말해주진 않았어요."

"그래, 부모님이 소식을 달가워하지 않았지. 2~3년 굉장히 힘들게 살았는데 덕분에 굉장히 강인해졌지. 내가 루나를 만난 날 밤은, 그가 집에서 쫓겨난 후 처음으로 캘리포니아에 돌아온 날이었어. 멕시코시티 출신의 동지를 돕겠다고 결의가 대단했단 말이야. 흡사 자흐라가 오스틴의 네 엄마 사무실에 나타나서 그 개자식들이 틀렸다는 걸 입증해 보이고야 말겠다고 했을 때 같았어. 싸움꾼을 보면 알아볼 수 있는 법이지."

"그래요."

아빠가 음식을 휘젓는 사이 잠시 정적이 흘렀다.

"있잖니… 그해 여름에 루나의 선거운동에 너를 보냈던 건, 나한테 너만큼 훌륭한 척후병이 없었기 때문이다. 네가 해낼 줄 알았지. 하지만 한편으로는 너도 루나한테 배울 점이 많을 거로 생각했었다. 둘이 공통점이 아주 많거든."

알렉스는 한참 아무 말도 하지 않는다.

"솔직히 말해야겠다." 그 말에 알렉스가 눈을 들어 보니 아빠는 창밖을 내다보고 있다. "왕자라고 해서 굉장히 오냐오냐 떠받들어야 할 줄 알았는데."

알렉스는 소리 내어 웃으며 헨리를 흘긋 쳐다본다. 오후의 햇살 속에 뒷모습이 어른거린다.

"보기보다 터프한 친구예요."

"유럽인치고는 나쁘지 않구나. 준이 데리고 왔던 멍청이들 절반보다 낫고."

알렉스는 손길을 딱 멎고 아빠를 홱 돌아보았다. 나무 숟가락으로 계속 젓고만 있는 오스카는 담담한 얼굴이다.

"네가 그동안 데리고 왔던 여자애들 절반보다도 낫다. 그래도 노라만은 못하지. 내 마음속에서는 영원히 노라가 일등이야."

알렉스가 빤히 쳐다보자 아빠도 결국 눈을 들었다.

"왜? 넌 네가 생각하는 것보다 훨씬 속내를 훤히 드러낸단 말이다."

"모, 모르겠어요." 알렉스는 말을 더듬는다. "어, 아빠한테, 고해성사나, 뭐 그런 걸 해야 할 줄 알았는데…."

아빠가 스푼으로 알렉스의 팔을 철썩 때리는 바람에 크림과 치즈가 잔뜩 묻었다.

"아빠를 그렇게 못 믿냐? 캘리포니아에 유니섹스 화장실을 처음 도입한 장본인이 이 몸이시다. 나쁜 자식."

"알았어요, 알았어, 미안해요! 그냥 막상 자기 자식의 일일 때는 좀 다를 줄 알았어요."

"적어도, 나는 괜찮다. 난 너를 아니까."

알렉스가 미소를 짓는다. "알아요."

"네 엄마도 아니?"

"네, 2~3주 전에 말씀드렸어요."

"뭐라고 그러든?"

"내가 바이라는 건 괜찮다고 하시는데. 하필 헨리라서 엄청 걱정하세요. 또 파워포인트 들고 나왔어요."

"그건 그럴 법하구나."

"그리고 날 해고했어요. 그리고, 위험을 감수하기 전에 감정을 확실히 파악하라고."

"그런데, 어떻든?"

"제발요, 제발 나한테 묻지 마세요. 지금 휴가 왔잖아요. 평화롭게 술이나 마시고 바비큐를 즐기고 싶어요."

아빠는 조금 서글프게 웃는다.

"그러니까, 아주 많은 면에서, 네 엄마와 결혼하는 것 자체가 멍청한 생각이었다. 우리 둘 다 영원히 가지 않을 거라는 걸 알았던 것 같아. 둘 다 자존심이 더럽게 셌거든. 하지만 정말 그 여자는…. 네 엄마는 그냥 아빠 인생의 사랑이야. 다시는 아무도 그렇게 사랑할 수 없을 거다. 걷잡을 수 없는 들불 같았지. 그리고 너와 준을 낳았고. 나 같은 고집불통한테는 평생 최고의 행운이었어. 그런 사랑은 귀하단다, 아무리 지독한 파국으로 치닫는다 해도 말이야."

그러더니 생각에 잠겨 혀를 쯧, 하고 찼다.

"가끔은 먼저 뛰어내리고 나서, 벼랑이 아니길 기도해야 할 때가 있는 법이지."

알렉스는 눈을 감는다.

"아빠의 꼰대 독백은 오늘 이걸로 끝이에요?"

"나쁜 녀석."

아빠는 행주를 알렉스의 얼굴에 냅다 던진다.

"가서 갈비나 올려. 오늘 내로 저녁을 먹을 수 있게."

늦은 밤의 저녁 식사는 산더미처럼 쌓인 엘로테,* 살사 베르데와 포크

---

* 멕시코의 대표적인 길거리 음식, 구운 옥수수에 치즈와 사워크림을 바른 요리.

타말리, 갈비 구이였다. 헨리는 접시에 각 요리를 한 덩어리씩 담고 눈앞에서 저절로 비밀이 펼쳐지길 기다리는 눈빛으로 바라보고 있다. 알렉스는 헨리가 손으로 바비큐를 먹어본 적이 없다는 걸 깨달았다. 시범을 보여주자 헨리는 조심스럽게 갈비를 하나 들고 어디를 공략할까 고민하더니 결국 알렉스의 응원을 받으며 살점을 크게 뜯어 먹는 데 성공했다. 자랑스럽게 잘근잘근 씹는 헨리의 윗입술과 코를 가로질러 어마어마하게 큰 바비큐 소스 얼룩이 묻어 있다.

아빠가 거실의 낡은 기타를 포치로 꺼내오자 준과 아빠가 번갈아 연주한다. 노라는 비키니 위에 알렉스의 셔츠를 걸치고 맨발로 들어왔다 나갔다 하면서 부지런히 모두의 술잔을 하얀 복숭아와 블랙베리가 떠다니는 샹그리아로 채웠다. 모닥불 주변에 둘러앉아 조니 캐시와 셀레나, 플리트우드맥의 노래를 불렀다.

알렉스는 헨리와 포치 끝의 그네에 함께 앉아서 셔츠 칼라에 얼굴을 폭 파묻었다. 헨리가 팔을 알렉스의 어깨에 두르고 훈제 향 나는 손가락으로 알렉스의 턱을 어루만졌다. 준이 〈애니스 송〉을 구성지게 부른다. 당신은 숲속의 밤처럼 내 감각을 채워요. 헨리가 고개를 숙이고 알렉스의 입술을 찾는다. 알렉스는, 그렇다, 사랑에 빠져 죽어버릴 것 같다.

알렉스가 다음 날 아침 미약한 숙취 속에 잠을 깨고보니 팔꿈치에 헨리의 수영복이 걸려 있었다. 엄밀히 말해, 둘은 각자의 간이침대에서 따로 잤다. 그저 처음부터 거기서 자지 않았을 뿐이다.

주방 세면대 앞에서 물 한 잔을 들이켜고 창밖을 바라본다. 호수 위에 뜬 태양이 눈이 멀 정도로 환하게 빛나고, 알렉스의 가슴 깊은 곳에서도 작은 돌멩이 같은 확신이 빛을 뿜고 있다.

이 장소 탓이었다. 워싱턴 D.C.와 철저히 차단된 이곳. 삼나무와 마른 고추의 익숙한 냄새, 맑은 정신이 들게 하는 장소. 뿌리. 밖으로 나가 손가락으로 찰진 흙을 파면 그 자신을 속속들이 이해할 수 있을 것 같다.

그리고 실제로, 알렉스는 이해한다. 헨리를 사랑한다. 새로울 것 없는 사실이지만. 수년에 걸쳐 헨리와 사랑에 빠져들고 있었다. 아마도 처음 「J14」의 광택 반지르르한 페이지에서 헨리를 본 그 순간부터, 틀림없이 헨리가 병원 비품실에서 알렉스를 찍어누르고 입을 닥치라고 말했을 때부터. 그만큼 오래. 그만큼 많이.

프라이팬을 향해 손을 뻗으며 저도 모르게 미소를 지었다. 이거야말로 자기가 도저히 그냥 보고 넘길 수 없는, 정신 나간, 위험한 도전이라는 걸 깨달았기 때문이다.

헨리가 잠옷 차림으로 주방으로 들어왔을 때는, 긴 초록색 테이블에 아침 식사가 제대로 한 상 차려져 있었다. 그리고 알렉스는 스토브 앞에서 열두 번째 팬케이크를 뒤집고 있다.

"너 그거 앞치마야?"

알렉스는 맞춤 양복을 과시하듯 한 손을 화려하게 움직여 박서에 걸친 폴카도트 무늬의 천을 가리켜 보였다. "좋은 아침, 스윗하트."

"죄송합니다." 헨리가 말한다. "다른 사람을 찾고 있었어요. 잘 생기고 성질 급하고 키 작고, 아침 10시 전에는 굉장히 불쾌한 인간인데, 혹시 보셨어요?"

"시발 꺼져. 175센티미터면 평균이라고."

헨리는 웃으며 걸어와 그의 등 뒤에 서서 뺨에 살짝 키스했다. "자기가 키를 반올림하는 건 우리 둘이 다 아는 사실이잖아."

커피메이커까지는 한 발자국 거리밖에 되지 않지만, 알렉스는 뒤로 돌아서며 헨리의 머리칼을 잡고 당겨 입술에 키스한다. 헨리는 놀라서 조금 쿨럭거리면서도 온전히 응답해왔다.

알렉스는 잠시, 팬케이크와 온갖 다른 것을 까맣게 잊고 만다. 헨리에게 완전 더러운 짓을 하고 싶은 마음 때문만은 아니고—물론 앞치마를 걸친 김에 그런 생각이 드는 거지만—그를 사랑하기 때문에. 정말 멋지지 않은가. 바로 그 마음이 온갖 더러운 짓을 그토록 황홀하게 만드는 거니까.

"재즈 브런치인 줄은 몰랐네." 느닷없이 노라의 목소리가 들려오자 헨리가 어찌나 빨리 펄쩍 뛰어 물러섰는지, 하마터면 팬케이크 반죽 그릇을 깔고 앉을 뻔했다. 노라는 까맣게 잊힌 커피메이커로 걸어가며 능글맞게 그들을 보며 웃었다.

"별로 위생적으로 보이지는 않네." 준이 하품을 하며 테이블 앞의 의자에 거꾸러지듯 앉았다.

"미안." 헨리가 수줍게 사과한다.

"무슨 말씀." 노라가 말한다.

"난 안 미안." 알렉스가 말한다.

"난 숙취야." 준은 미모사 칵테일*이 든 피처에 손을 뻗으며 말했다. "알렉스, 이거 다 네가 한 거야?"

알렉스가 어깨를 으쓱하자 준이 가늘게 실눈을 뜨고 본다. 흐릿하지만 의미심장한 눈길로.

헨리는 알렉스의 아버지와 수평선에 떠있는 요트를 화제로 얘기를 나

---

* 샴페인과 오렌지 주스를 섞은 칵테일.

누다 모터보트에 대한 난해한 대화를 한다. 알렉스는 대체 무슨 얘긴지 따라갈 수가 없다. 갑판에 기대앉아 두 사람을 바라보니, 쉬이 미래를 상상하게 된다. 헨리가 여름마다 함께 호수의 별장에 오는 미래. 엘로테 만드는 법을 배우고 요트 밧줄 걸이의 매듭을 깔끔하게 묶고 이 희한한 알렉스의 가족에 자연스럽게 녹아드는 미래.

다 같이 수영을 하러 가서 언성을 높이며 정치를 논하고 기타를 다시 돌린다. 헨리는 노라와 준을 양팔에 끼고 사진을 찍는다. 노라는 헨리의 턱을 잡고 뺨을 핥고, 준은 헨리의 머리칼에 손을 넣고 목덜미에 머리를 기대고 천사처럼 카메라를 보고 웃는다. 헨리가 페즈에게 사진을 보내자 엉엉 우는 이모지들이 우수수 날아왔고 그들은 다 같이 배를 쥐고 웃어 댄다.

좋다. 정말, 정말 좋다.

그날 밤 알렉스는 샤이너와 마시멜로에 취해 잠을 이루지 못하고, 호숫가 야외 침상의 옹이진 널판을 바라보며 이곳에서 서서히 어른이 된 기억을 되짚는다. 겁 모르는 주근깨투성이 소년은 행복으로 가득한 끝없이 너른 세상은 모든 면에서 합리적이라고 믿었었다. 부두에 옷을 벗어두고 풍덩 물에 뛰어들면, 세상 모든 게 제자리에 있었다.

어린 시절, 집 열쇠를 늘 목에 걸고 다니던 알렉스였지만, 정작 그 열쇠로 문을 열고 잠갔던 소년을 언제 마지막으로 떠올렸는지는 가물가물하다. 어쩌면 직장을 잃은 게 최악의 사태는 아닐지도 모른다.

알렉스는 자기 뿌리를 생각한다. 영어와 스페인어를 생각한다. 어렸을 때 원하던 것과 지금 원하는 것과 그 둘이 겹치는 공간을 생각한다. 그 자리, 둘이 겹치는 그 공간이 여기 어디 있을지도 모른다. 다리를 끈질기게 휘감는 물살과, 낡은 포켓 나이프로 새긴 이름과, 자신의 맥박과 겹치는 이 꾸준한 타인의 맥박에.

"H?" 속삭여 불러본다. "깨어 있어?"

헨리가 한숨을 쉰다. "항상."

둘은 포치에서 졸고 있는 헨리의 경호원을 지나 숨을 죽이고 풀밭으로 몰래 나가 서로 어깨를 밀치며 부두를 달린다. 헨리의 웃음소리가 높고 낭랑하고, 그을린 어깨가 어둠 속에서 밝은 분홍빛으로 반짝이는데, 바라보는 알렉스의 가슴에 간질간질한 뭔가가 북받쳐 올라 숨을 쉬지 않고도 부두 이 끝에서 저 끝까지 뛰어갈 수 있을 것만 같다. 부두 끝에서 티셔츠를 벗어 던지고 박서를 내리기 시작하자 헨리가 한쪽 눈썹을 올린 채 쳐다본다. 알렉스는 소리 내어 웃으며 호수에 풍덩 뛰어든다.

"넌 내 인생에 정말 해로운 존재야." 알렉스가 수면으로 올라오자 헨리가 말한다. 하지만 오래 망설이지 않고 그도 옷을 벗어 던지기 시작한다.

그리고 헨리는 부두 끝에 나신으로 서서 물속에서 흔들리는 알렉스의 머리와 어깨를 내려다본다. 헨리의 몸선은 달빛을 받아 길고 나른하고, 부드럽고 파랗게 빛나는 피부, 그 아름다움에 취해 알렉스는 이 순간이야말로, 저 부드러운 그림자와 파리한 허벅지와 짓궂은 미소야말로, 유화로 그려 후대에 남겨야 한다는 생각을 한다. 반딧불이 헨리의 머리칼을 왕관처럼 감싸고 반짝인다.

그리고 울화가 치밀도록 우아한 다이빙.

"뭐든 좀 평범하게 하면 안 되나?" 알렉스는 헨리가 수면으로 올라오자마자 얼굴에 물을 튀기며 웃는다.

"참 네가 할 말이다." 헨리는 술 게임에서 도전을 받고 잔을 비울 때처럼 웃고 있다. 이 세상에 시비 걸듯 옆구리를 찌르는 알렉스의 팔꿈치보다 더 기분 좋은 건 없다는 듯한 표정으로.

"뭔 소리야." 발장구를 치며 헨리 쪽으로 헤엄치면서 알렉스가 대꾸한다.

그들은 부두 주위를 헤엄치며 서로를 쫓고, 호수의 얕은 바닥까지 경주하다가 다시 달빛을 받으며 물속에서 치고받는다. 알렉스가 드디어 헨리의 허리를 붙잡는 데 성공한다. 그리고 그대로 꼭 붙잡고 젖은 입술로 쿵쿵 뛰는 헨리의 목덜미를 훑어 올라간다. 영원히 헨리의 다리와 얽힌 그대로 머물고 싶다. 헨리의 코에 새로 생긴 주근깨를 밤하늘의 별들과 맞추며 별자리에 이름을 붙이고 싶다.

"헤이."

헨리의 입술에 닿을락 말락 거리를 두고 말한다. 흠잡을 데 없는 헨리의 콧날에서 물방울이 뚝 떨어져 입으로 사라진다.

"안녕." 헨리가 말하자 알렉스는 생각한다. 빌어먹을, 사랑해. 자꾸 자꾸만 그 말이 떠올라서 헨리의 부드러운 미소를 앞에 두고도 말하지 않는 일이 점점 더 어려워진다.

"여기서 보니까 너 잘 생겼다."

헨리가 씩 입꼬리를 일그러뜨리며 약간 수줍어한다. 고개를 숙이고 알렉스의 턱에 얼굴을 댄다.

"그래?"

"그래."

헨리의 젖은 머리칼을 손가락에 휘감았다.

"이번 주말에 네가 와서 기쁘다."

자기 입에서 나오는 말을 알렉스는 듣는다.

"최근 들어 너무 힘들었어. 나… 나한테 꼭 필요했던 시간이야."

헨리의 손가락이 부드럽게 옆구리를 쿡 찌른다.

"넌 너무 혼자 다 짊어지려고 해."

보통 때라면 '아니야'라든가 '내가 원해서 그런걸'이라고 냉큼 대꾸했겠지만, 그 말은 삼킨다. "알아." 그러고 보니 그게 사실이라는 걸 깨닫는다. "내가 지금 무슨 생각하는 줄 알아?"

"뭔데?"

"취임식 끝나면, 내년쯤에 말이야, 그냥 우리 단둘이 여기 다시 오면 좋겠다고. 그러면 달빛 아래서 아무 스트레스도 받지 않고 있을 수 있잖아."

"아." 헨리가 말한다. "듣기만 해도 좋다. 현실성이 없어서 그렇지."

"이런, 생각을 해 봐, 베이비. 내년에 우리 엄마가 재선에 성공하고 나면 선거 걱정도 안 해도 될 거야. 드디어 숨을 좀 쉴 수 있게 될 거고. 어휴, 정말 좋겠다. 아침은 내가 요리하고 온종일 수영하고 옷은 아예 입지도 않고 부두에서 키스하고, 이웃들이 보든 말든 상관없을 거야."

"글쎄, 상관이 있을 거야. 언제나, 항상, 상관이 있어."

거리를 두고 보니 헨리의 표정은 읽을 수가 없다.

"내 말 알잖아."

헨리는 그를 물끄러미 바라보고 또 바라본다. 알렉스는 헨리가 처음으로 자기를 보고 있다는 느낌을 받는다. 헨리를 염두에 두고 사랑을 대화에 끌어들인 건 이번밖에 없는데, 아마도 그게 자기 얼굴에 훤히 드러나 있는 게 아닐까.

헨리의 눈동자 뒤에서 무언가가 흔들린다.

"무슨 얘기를 하려는 거야?"

헨리에게 해야 할 숱한 말들을 어디서부터 어떻게 단어로 옮겨야 할지 모르겠다.

"준 말로는 내가 별것도 아닌 일에 엉덩이에 로켓을 단 것처럼 달려든대. 모르겠어. 사람들이 한 번에 하루씩 살라고들 하잖아? 나는 미래의 10년을 당겨서 살아. 고등학교 때는, 부모님은 서로 미워하고 누나는 대학으로 가버리고, 난 그냥 눈앞만 보고 갔어. 그런 일들에 발목 잡히지 않으려고 늘 이 수업을 듣고 저 인턴십을 따고 이 일을 하고. 그땐 그런 생각을 했었어, 언젠가 내가 함께 있고 싶은 사람이 생겨서 그 사람이 내 두뇌에서 날뛰는 미친 불안을 없애주고 그 순간에 초점을 맞추게 해준다면, 그럼 그 버릇이 없어질지도 모른다고. 그 힘으로 뭔가 다른 일을 밀어붙일 수 있을 거라고. 지금 있는 그 자리에 사는 법을 배운 적이 없는 아이 같았어." 알렉스는 숨을 깊이 들이마신다.

"그런데 내가 있는 자리는 지금이야. 너하고. 그리고 아마 나도 이제 하루하루를 살기 시작해야겠다는 생각이 들어. 그리고… 내가 느끼는 감정을 느껴야 할 것 같아."

헨리는 아무 말도 하지 않는다.

"스윗하트." 헨리의 얼굴을 양손으로 담으려고 팔을 들자 물이 조용히 찰싹거린다. 젖은 엄지로 헨리의 광대뼈를 쓸어 본다.

귀뚜라미와 바람과 호수가 아직 소리를 내는 것 같기도 하지만, 아득하게 물러나고 정적만 남았다. 알렉스는 귀에서 쿵쿵 울리는 제 심장 소리밖에 아무 소리도 듣지 못한다.

"헨리, 나는…."

갑자기 헨리가 휙 몸을 돌리더니, 미처 뭐라 말할 틈도 없이 품 안에서 빠져나가 물속으로 잠수해 버린다.

부두 근처에서 다시 물 위로 솟아오른 헨리의 머리카락이 이마에 들러붙어 있고, 알렉스는 상실감에 숨이 막혀 돌아서서 물끄러미 쳐다본다. 헨리는 호숫물을 뱉더니 그를 향해 물을 튀기고, 알렉스는 어쩔 수 없이 웃는다.

"맙소사. 이게 다 뭐야?" 헨리는 어깨에 앉은 벌레를 철썩 친다.

"모기."

"끔찍한 생명체들이군. 이러다 병에 걸리면 큰일인데."

"어, 뭐라고?"

"그냥, 필립이 후계자고 나는 스페어타이어 같은 건데, 더럽게 신경 예민한 형이 서른다섯 살에 심장마비에 걸리고 나는 말라리아에 걸리면, 스페어는 또 어디 있냐고?"

알렉스는 다시 희미하게 웃지만, 손안에 들어왔던 무언가가 잡힐 듯 잡힐 듯 휙 빠져나간 느낌을 지울 수 없다. 헨리의 말투가 가볍고 딱 부러지고 피상적으로 변했다. 공식 석상에서나 대언론 홍보용으로 쓰는 목소리다.

"그건 그렇고 나 피곤해 죽겠다." 헨리가 말한다. 그리고 알렉스는 돌아서서 물 밖으로 나가 도크에서 다리를 덜덜 떨며 옷을 주워 입는 헨리를 무기력하게 바라본다. "너만 괜찮다면 난 방 침대에 들어가서 잘래."

알렉스는 뭐라 말해야 할지 몰라, 긴 도크를 걸어 어둠 속으로 사라지는 뒷모습만 바라보고 있었다.

악문 어금니 뒤에서 윙윙 울리는, 긁어내는 듯한 느낌이 목을 타고 굴러내려 가슴으로, 깊은 뱃속으로 가라앉는다. 뭔가 잘못됐다. 알렉스도 안다. 그러나 다그쳐 물을 용기가 나지 않았다. 불현듯 깨달음이 찾아온다. 이게 바로 사랑을 말하는 대가로 치러야 할 위험이다. 잘못되면, 어떻게 견뎌야 할지 알 수가 없는 이 마음이.

헨리가 그를 붙잡고 그토록 확신에 찬 키스를 했던 후 처음으로 알렉스의 뇌리에 한 가지 생각이 싹튼다. 처음부터 나한테 결정권이 있었던 게 아니라면 어떻게 하지? 헨리의 글에, 헨리의 가슴앓이에, 헨리의 모든 면에 맹목적으로 사로잡혀서 원래, 항상, 누구에게나 그런 사람일지도 모른다는 생각 자체를 깜박 잊고 있었다.

알렉스 스스로 죽어도 하지 않겠다고 공언했던 짓을 저질러 버린 건 아닐까. 그러니까 왕자라는 판타지와 사랑에 빠졌던 건 아닐까?

알렉스가 방에 돌아왔을 때 헨리는 벌써 조용히 침대에 누워 있었다, 등을 돌린 채로.

아침에 일어나 보니 헨리는 가고 없었다.

텅 빈 침대는 깔끔하게 정리되어 있었고, 베개는 얌전하게 담요 밑에 놓여 있었다. 파티오로 뛰쳐나가느라 문짝을 부술 뻔했지만, 파티오에도 인적은 없었다. 뒤뜰도 부두도 텅 비었다. 헨리는 여기 온 적도 없는 것 같았다.

부엌에서 메모를 발견했다.

알렉스,

가족 문제로 일찍 떠나게 됐어. 경호팀과 함께 가.

잠을 깨우고 싶지 않았어.

모든 게 고마웠어.

X

그게 헨리가 그에게 보낸 마지막 메시지다.

10

첫날은 헨리에게 문자를 다섯 번 보낸다. 둘째 날은 두 번. 사흘째는 보내지 않았다. 평생 말하고 말하고 또 말하고 살아온지라 누가 자기 얘기를 듣기 싫다는 표시를 하면 똑똑히 알아들을 수 있었다.

알렉스는 굳게 결심하고 1시간에 한 번이 아니라 2시간에 한 번만 휴대전화를 확인하기 시작한다. 마지막 1분이 찰칵, 지나가는 순간까지 손톱을 뜯으며 기다린다. 몇 번은 캠페인 관련 뉴스를 읽느라 정신이 팔려 몇 시간쯤 휴대전화 볼 때를 놓친 적도 있다. 그럴 때마다 딸꾹질이 날 것 같은, 절박한 희망이 밀어닥친다. 혹시라도 뭔가 있을지도 몰라. 하지만 그런 일은 없다.

예전에는 자기가 무모했다고 생각했지만, 지금은 안다. 사랑을 다 주지 않는 것만이 그 자신을 지켜줄 수 있는 유일한 방법이라는 것을. 이제는 망했다, 상사병에 걸린 바보 멍청이, 한심한 녀석. 어떤 일에도 정신을 집중할 수 없었다. "사랑에 빠진 사람만 하는 말과 행동"의 클리셰를 그대로 따라하고 있다.

그래서, 그 대신에.

화요일 밤, 몰래 관저 옥상을 미친 듯 빙글빙글 돌며 서성거리다 발뒤꿈치가 다 까지고 로퍼에 피가 스며들었다.

선거운동 본부에서 조심스럽게 박스에 포장해서 보내온 소지품 속에 들어 있던 '아메리카에 클레어몬트를!' 머그잔은 세면대에 부딪혀 박살이 났다. 주방에서 얼그레이 차향이 올라오면, 목구멍이 아프게 죄어든다. 모랫빛 머리칼을 손가락에 감는 꿈을 2개 반 정도 꾸었다. 해밀턴이 로렌스에게 보낸 편지에서 발췌한 3줄짜리 이메일, 자네는 내 동의도 구하지 않고 나의 감수성을 이용해 나의 애정을 훔쳐갔지만, 그러지 말았어야 했네. 썼다 지운다.

5일째 되는 날, 라파엘 루나가 리처즈의 소수자 우선 정책을 대변해 다섯 번째 선거운동을 이어간다. 알렉스는 감정적인 궁지에 몰리고야 만다. 뭔가 망가뜨리지 않으면 그가 망가질 것만 같았다. 결국은 국회의사당 앞 길거리에 휴대전화를 던져 박살을 냈다. 액정은 그날 바로 교체했다. 그런다고 마술처럼 헨리의 메시지가 나타나지도 않았다.

7일째 되는 날 아침. 옷장을 뒤지다가 청록색 실크 뭉치를 꺼냈다. 페즈가 지어준 멍청한 실크 가운이었다. LA 이후로 꺼내 본 적이 없었다.

한구석에 치워두려다 보니 가운 주머니에 네모로 접힌 작은 종잇조각이 하나 들어 있었다. 그날 밤, 알렉스 안의 모든 것이 다시 제자리를 찾은 그날 밤, 호텔에 놓여 있던 편지지였다. 헨리의 필체.

소중한 티스베,

장벽이 없으면 좋겠어,

사랑해,

퓌라미스가

　알렉스는 다급하게 휴대전화를 찾다가 바닥에 떨어뜨려 또 깨뜨릴 뻔
했다. 검색을 해 보니 퓌라미스와 티스베는 그리스 신화에 나오는 연인들
이었다. 원수 가문의 자식들이라서 함께 할 수 없는 운명이었다. 서로 대
화를 하려면 둘 사이에 지어진 높은 벽의 얇은 틈새를 통하는 수밖에 없
었다. 뭐야, 그건, 시발 너무하잖아.

　알렉스의 다음 행동은, 나중에 아예 기억에 없을 것이다. A 지점에서 B
지점으로 이동하는 백색소음의 간극일 뿐. 캐시에게 메시지를 보낸다. 앞
으로 24시간 동안 뭐 해요? 그리고 비상용 신용카드를 꺼내 비행기표 두 장
을 끊는다. 일등석, 논스톱. 2시간 후 탑승. 워싱턴 D.C. 덜레스 국제공항
발 런던 히스로행.

　자흐라 뱅크스턴은 알렉스 클레어몬트-디아즈가 "시발 뻔뻔스럽기
짝이 없는 강철 낯짝으로" 덜레스 활주로에서 전화를 걸었을 때 너무 화
가 난 나머지 차량 확보 요청을 거절할 뻔했다. 밤 9시경 런던에 내렸을
때는 캄캄하고 비가 퍼붓고 있었다. 알렉스와 캐시는 차에서 내려 켄싱턴
궁 후문으로 들어가는 사이에 온몸이 흠뻑 젖었다.

　누군가 무전 연락을 했던 모양인지, 샤안은 흠잡을 데 없는 회색 피코
트를 차려입고 헨리의 아파트 앞에 떡 버티고 서 있었다. 검은 우산을 쓴
얼굴은 건조하고 무표정했다.

"미스터 클레어몬트 – 디아즈. 뜻밖의 기쁨이군요."

알렉스는 시발 시간이 없다.

"비켜줘요, 샤안."

"미즈 뱅크스턴이 미리 전화로 오신다고 경고를 해줬습니다. 우리 관문을 쉽게 통과하실 때 이미 짐작하셨겠지만 말이지요. 소란이 있더라도 좀더 은밀한 장소가 좋을 거라 판단했거든요."

"비켜요."

샤안은 불행한 미국인 두 명이 서서히 물에 빠진 생쥐 꼴이 되어가는 광경이 진심으로 재미있다는 표정이었다.

"심히 늦은 시각인 건 이미 알고 계실 테고, 저는 얼마든지 경호원들을 시켜 두 분을 끌어낼 수도 있습니다. 왕실의 가족은 아무도 여러분을 왕궁으로 초대하지 않으셨으니까요."

"개소리." 알렉스가 말을 뱉는다. "헨리를 만나야 한다고요."

"유감이지만 그럴 수는 없습니다. 왕자님은 방해받기를 원치 않으십니다."

"젠장, 헨리!" 알렉스는 샤안 옆으로 물러서서 불이 켜져 있는 헨리의 침실 창문을 향해 소리를 지른다. 굵은 빗방울이 눈을 때렸다.

"헨리, 이 시발놈아!"

"알렉스…." 캐시의 불안한 목소리가 뒤에서 들려온다.

"헨리, 이 개자식아, 당장 이리 내려오지 못해!"

"지금 난동을 부리고 계시는 겁니다." 샤안이 평온하게 말한다.

"그래요?" 알렉스는 여전히 고함을 질러댄다.

"어디 계속 악을 써 봅시다. 어느 신문에서 제일 먼저 달려오나 보게!"

이제는 두 팔을 마구 휘둘러댄다.

"헨리! 이 시발놈의 왕자 전하야!"

샤안이 이어피스에 한 손가락을 댄다.

"팀 브라보! 상황이 발발…."

"젠장, 알렉스, 대체 이게 무슨 짓이야?"

알렉스가 또 소리를 지르려다 그대로 얼어붙는다. 샤안 뒤의 문간에 낡은 스웨터를 걸친 헨리가 서 있다. 알렉스는 심장이 밖으로 튀어나올 것만 같은데, 헨리는 아무런 감정이 없는 듯한 얼굴이다.

팔을 내린다.

"비키라고 말해줘."

헨리는 한숨을 쉬고 콧잔등을 잡는다.

"괜찮아. 들여보내 줘."

"감사합니다."

알렉스는 샤안을 똑바로 바라보며 말한다. 저체온증으로 그 자리에서 알렉스가 죽어도 눈도 깜짝하지 않을 표정이다. 물을 뚝뚝 흘리며 궁으로 들어와 캐시와 샤안이 문 뒤로 사라지자 젖은 양말을 벗어 던졌다.

헨리는 앞장서 길을 안내하면서도 한마디도 하지 않고, 알렉스는 헨리의 방으로 이어지는 장중한 계단을 따라 올라갈 수밖에 없었다.

"참 친절하십니다, 예에."

알렉스는 최대한 호전적으로 물을 뚝뚝 흘리며 헨리에게 악을 쓴다. 카펫이라도 하나 망쳐버리고 싶다.

"일주일이나 답도 없고, 내가 무슨 옛날 청춘 영화에 나오는 존 쿠색이냐, 빗속에다 세워놓게. 그러고 이제 와서 말도 안 하시겠다? 시발 진짜 나 여기서 끝내주게 즐겁거든. 왜 너희들이 다 사촌하고 결혼하는지 이제야 잘 알겠다."

"남들이 들을 만한 데서는 제발 이러지 말았으면 좋겠다." 헨리는 층계참에서 왼쪽으로 돌았다.

알렉스는 쿵쾅거리며 방까지 따라 들어간다.

"이런 게 뭔데?"

헨리가 문을 닫자 말한다.

"뭘 어떻게 할 건데, 헨리?"

드디어 헨리는 알렉스를 똑바로 돌아본다. 알렉스의 눈에 고여 있던 빗물이 마르자 눈 밑의 살이 보랏빛으로 헐어 있고, 속눈썹을 따라 분홍빛이 돈다. 헨리의 어깨에 그렇게 힘이 들어간 건, 알렉스가 몇 달 만에 처음 보는 모습이었다. 적어도 그를 볼 때는 그러지 않았는데.

"할 말은 하게 해줄게."

헨리가 무표정하게 말한다.

"그래야 가겠지."

알렉스는 빤히 노려본다.

"뭐, 그러면 우리도 끝이야?"

헨리는 대답이 없다.

알렉스의 목구멍으로 뭔가 울컥 올라온다. 분노, 혼란, 상처, 원망. 용서할 수 없게도, 울음이 터져 나올 것 같다.

"진심이야?"

화가 나지만 아무것도 할 수 없다는 무력감. 여전히 물을 뚝뚝 흘리고 있다.

"시발 지금 뭐가 어떻게 돌아가고 있는 거지? 일주일 전만 해도 내가 보고 싶다고, 우리 아빠를 만나고 싶다고 이메일을 그렇게 보내놓고 뭐 그게 다야? 시발 나를 그냥 차단하면 될 줄 알았어? 난 너처럼 그냥 딱 끊어버리지 못하겠어, 헨리."

헨리는 정교하게 세공된 벽난로로 걸어가 기대섰다.

"내가 너만큼 마음을 쓰지 않는 줄 알아?"

"겉보기에는 확실히 그래 보이는데."

"정말 나한테는 뭐가 잘못됐는지 하나하나 짚어 설명해줄 만한 시간이 없…."

"맙소사, 그렇게 고집불통 싸가지처럼 굴지 말아줄래, 딱 20초 만이라도?"

"여기까지 날아와서 면전에 욕을 할 거면…."

"시발 내가 널 사랑한다고, 알았어?"

알렉스는 반쯤 악을 쓰다시피 한다. 드디어, 돌이킬 수 없이. 헨리는 벽난로에 아주 가만히 기대서 있다. 알렉스는 침을 삼키는 헨리를 본다, 턱에서 씰룩이는 근육을 본다, 그리고 덜덜 떨다 못해 자기가 피부 밖으로 다 쏟아져 나올 것만 같다고 생각한다.

"시발, 미치겠다. 넌 뭐 하나 쉽게 넘어가 주질 않는데, 그래도 난 널 사랑한다고."

아주 작은 탁, 소리가 침묵을 가른다. 헨리가 인장 반지를 빼서 벽난로에 내려놓는 소리. 헨리는 아무것도 끼지 않은 손을 가슴에 가져다 대고 움켜쥔다. 흔들리는 벽난로 불빛이 그 얼굴을 극적으로 채색한다.

"넌 그게 무슨 뜻인지 정말 모르겠어?"

"당연히 알지…."

"알렉스, 제발 부탁이다."

드디어 알렉스를 똑바로 보는 헨리의 얼굴은 엉망으로 일그러져 있다.

"그러지 마. 이게 그 빌어먹을 이유 전부야. 난 못해. 너도 왜 내가 못하는지 알잖아. 그러니까 내 입으로 말하게 하지 마."

알렉스는 꿀꺽 침을 삼켰다.

"넌 행복하려는 시도조차 안 하겠다고?"

"제기랄." 헨리가 내뱉는다. "난 머저리 같은 한평생 행복해지려고 노력했어. 내 천부인권은 행복이 아니라 국가라고."

알렉스는 주머니에서 흠뻑 젖은 메모를 꺼냈다. 장벽이 없으면 좋겠어. 매몰차게 종이를 헨리에게 내던지고 그가 주워드는 모습을 바라보았다.

"그러면 이건 싫으면, 저건 무슨 뜻인데?"

헨리는 몇 달 전 자기가 쓴 단어들을 내려다본다.

"알렉스, 티스베와 퓌라미스는 끝에 둘 다 죽어."

"맙소사. 그래서, 이건 어차피 너한테는 진짜가 될 수 없었다는 거야?"

그리자 헨리가 날카롭게 되쏜다.

"그렇게 믿는다면 너는 정말로 답도 없는 바보 천치야."

헨리는 메모를 뭉쳐 주먹을 쥐고 잇새로 씩씩거렸다.

"처음 손길이 닿은 순간부터, 지금까지, 한순간이라도, 내가 널 사랑하는 마음을 숨기려 한 적이 있어? 넌 정말로 그렇게까지 자기 생각밖에 하지 않는 거야? 그래서 이게 다 그냥 네 문제고, 내가 널 사랑하는지 아닌지 그게 문제고, 시발 내가 왕위 계승자라는 현실은 진짜 문제 같지도 않아? 넌 적어도 공적인 삶을 선택하지 않을 자유라도 있잖아. 하지만 나는 이 궁에서 이 가족과 함께 살고 죽어야 한다고. 그러니까 감히 나한테 와서 내가 널 사랑하는지 따지지 마. 그게 정말로 모든 걸 무너뜨릴 수도 있으니까."

알렉스는 말도 하지 않고, 움직이지도 않고, 숨도 쉬지 않고 땅에 발이 붙은 사람처럼 서 있다. 헨리는 그를 보지 않고 벽난로 어딘가에 시선을 못 박은 채 좌절감에 제 머리를 쥐어뜯고 있다.

"아예 이런 얘기가 나오지도 말았어야 했어." 말을 잇는 목소리가 쉬어 있다. "그냥 너의 일부를 잠시 공유하다가, 내 마음을 절대로 말하지 않으면 너는 영영 모를 테고, 어느 날 이런 것 때문에 ―나한테 싫증이 나서― 떠나버리면, 그러면 될 거라고…."

헨리는 말을 끝까지 잇지 못하고, 무기력하게 주위의 모든 것을 가리키며 손으로 허공을 휘저었다.

"내가 할 수도 없는 선택을 앞두고 이렇게 네 앞에 서게 될 줄은 몰랐어…. 네가… 한 번도 네가… 나를 사랑해줄 거라고는 상상도 못 했으니까."

"뭐, 난 널 사랑해. 그리고 넌 선택할 수 있어."

"젠장 안 된다는 걸 너도 잘 알잖아."

"해 볼 수는 있잖아."

그거야말로 이 세상에서 제일 단순한 진실이어야 한다.

"넌 뭘 원하는데?"

"너를 원해."

"그럼 시발, 가지면 되잖아."

"하지만 이건 원치 않아."

알렉스는 헨리를 붙잡고 마구 흔들어대며 면전에 악을 쓰고 방안의 값비싼 골동품을 다 때려 부수고 싶다.

"그게 대체 무슨 뜻이야?"

"이건 싫다고!"

헨리가 버럭 고함을 지른다. 분노와 두려움에 젖은 눈이 번득인다.

"젠장 넌 안 보이니? 나는 너 같지 않아. 무모하게 굴어버리면 감당할 수가 없어. 응원해줄 가족도 없어. 아무한테나 내가 이런 사람이라고 광고하고, 빌어먹을 정치인이 되겠다는 꿈도 꿀 수 없어. 이 저주받을 세상 사람들 모두가 나를 뜯어보면서 일거수일투족을 간섭하는 것도 싫어. 그래. 너를 사랑할 수도 있고 원할 수도 있지만 그런 삶은 원치 않아. 나 그래도 돼. 알았어, 그렇다고 내가 거짓말쟁이가 되는 건 아니잖아. 그냥 너와는 달리, 미미하게나마 생존 본능을 지닌 인간이 될 뿐이지. 그러니까 너도 나한테 감히 겁쟁이라고 할 수는 없어."

알렉스는 숨을 흡, 들이켠다.

"네가 겁쟁이라고 말한 적 없어."

"나는…" 헨리는 눈을 깜박인다. "뭐, 그래도 요지는 변함없어."

"내가 너 같은 인생을 원한다고 생각해? 왕자비 마사처럼 되길 원한다고 생각해? 금칠한 새장을? 공개적으로 목소리를 내지도 못하고, 빌어먹을 자기 의견을 갖지도 못하는?"

"그럼 대체 여기서 뭘 하고 있는 거냐? 우리는 왜 싸우는 거고? 어차피 우리 인생은 양립할 수도 없다면서…."

"넌 그것도 싫어하잖아!" 알렉스는 버틴다. "이 거지 같은 삶도 원치 않잖아! 끔찍하게 싫어하잖아!"

"내가 원하는 걸 가르치려 들지 마. 어떤 느낌인지 넌 짐작도 못 해."

"이봐, 난 시발 왕족은 아니지만 말이야."

알렉스는 흉측한 카펫을 밟고, 성큼성큼 헨리의 공간을 허물고 들어갔다.

"가족으로 인해 인생이 통째로 규정되는 기분은 잘 알아, 알았어? 우리가 원하는 삶은, 그렇게 서로 다르지 않아. 의미 있는 지점은 같다고. 넌 주어진 걸 받아들이고, 네 노력으로 세상이 더 나아지기를 원하는 거잖아. 나도 그래. 할 수 있어. 같이 방법을 찾아보면 되잖아."

헨리는 말없이 알렉스를 바라만 본다. 알렉스는 헨리의 머릿속에서 흔들리며 균형을 찾는 저울이 눈에 보일 것만 같다.

"난 못 할 것 같아."

알렉스는 뺨을 맞은 사람처럼 비틀거리며 돌아선다.

"좋아."

알렉스는 마침내 말한다.

"알았어, 알아들었다고. 갈게."

"그래."

"갈 거야." 하지만 알렉스는 다시 돌아 바짝 다가섰다. "네가 가라고 말하면."

"알렉스."

이제 알렉스는 헨리의 코앞에 있다. 오늘 밤 어차피 부서질 심장이라면, 헨리한테 배짱 있게, 어디 제대로 말해 보라고 대들 작정이다.

"나하고 끝이라고 말해. 비행기를 타러 갈 테니까. 그러면 끝이야. 넌 여기 탑에서 영원히 불행하게, 청승맞은 시나 쓰면서 살아. 어쨌든. 네 입으로 말하라고."

"나쁜 자식." 목소리가 갈라지는가 싶더니, 헨리가 알렉스의 셔츠 멱살을 와락 움켜쥔다.

"말해. 어서 가라고 말하라고."

무슨 일이 일어나는지 미처 알아차리기도 전에, 알렉스는 벽으로 밀쳐지고 절박하고 광기 어린 헨리의 입술이 덮쳐온다. 희미한 피 맛이 혀끝에 피어나고, 벌어지는 입술에 미소가 번지고, 양손으로 헨리의 머리칼을 휘어잡으며 밀어붙인다. 헨리는 신음하고 알렉스는 경추를 타고 흐르는 전율을 느낀다.

벽을 따라 엎치락뒤치락하던 중에, 헨리가 힘으로 알렉스를 번쩍 들어 올리더니, 비틀거리며, 침대 쪽으로 뒷걸음질 쳤다. 알렉스의 등이 매트리스에 튕기자 헨리는 그를 내려다보고 서서 몇 번인가 숨을 헐떡거린다. 알렉스는 저 머릿속에 흘러가는 생각을 알 수만 있다면 자기가 가진 무엇이든 다 내놓을 수 있다고 생각한다.

그러다 문득, 깨닫는다.

헨리는 울고 있다.

침을 삼킨다.

알렉스는 모른다. 이것이 꿈에 그리던 결합이 될지, 마지막 한 번이 될지, 아무것도 모른다. 마지막이라면 차마 견뎌내기도 힘들 테지만, 이 기억도 없이 돌아갈 수는 없다.

"이리 와."

느리고 깊은 사랑이었다. 마지막이라면, 전율과 숨결, 젖은 입술, 젖은 속눈썹, 아이보리색 침구에 늘어진 알렉스는 너무나도 클리셰 같은 자신이 미웠지만 사랑은 사랑이다. 어리석고 감당이 안 되는 사랑, 그리고 헨리도 그를 사랑한다, 적어도 하룻밤은. 아침에는 아무것도 기억하지 못하는 척한다 해도.

헨리는 알렉스의 펼쳐진 손바닥으로 얼굴을 갖다 대고 도드라진 손목뼈에 아랫입술을 대었다. 알렉스는 뺨으로 펼쳐진 속눈썹과 귀밑까지 번진 분홍색 홍조에 이르기까지, 세세한 모든 걸 기억하려 한다. 너무 빨리 돌아가는 자신의 두뇌에게 살살 타이른다. 이번은 놓치지 마. 너무 중요하니까.

헨리의 몸이 마침내 가라앉았을 때 바깥은 칠흑처럼 캄캄하고 방안은 터무니없이 고요하고 모닥불은 꺼졌다. 알렉스는 옆으로 누워 두 손가락을 가슴에 대고 사슬에 걸어둔 열쇠를 만져 본다. 심장은 언제나와 다름없이 피부밑에서 뛰고 있다. 어떻게 그럴 수가 있는지 이해가 되지 않는다.

기나긴 정적이 흐른 후에 헨리는 알렉스 옆에 누워 시트를 끌어 두 사람의 몸을 덮는다. 알렉스는 뭔가 할 말을 찾아 헤매지만 아무것도, 아무것도 잡히지 않는다.

알렉스는 혼자 깨어난다.

어젯밤이 새겨진 가슴의 한 지점을 중심으로 만물이 다시 자리를 찾는다. 화려한 금빛의 헤드보드, 묵직한 이불, 이 방안에서 헨리가 직접 고른 유일한 물건인 트윌 담요. 시트 밑으로 손을 뻗어 헨리가 있던 자리를 만져보니, 손에 서늘한 느낌이 닿는다.

이른 아침 켄싱턴궁은 잿빛으로 탁하고 침침하다. 벽난로 선반에 놓인 시계는 아직 7시도 안 된 시각을 가리킨다. 그리고 커튼에 반쯤 가려진 커다란 전망창에 빗발이 세차게 부딪는다.

헨리의 방은 별로 헨리처럼 느껴지지 않았지만, 새벽의 정적 속에서 바라보니 조각조각 그의 모습이 드러난다. 책상에 놓인 일기의 맨 위의 한 장은 비행기에서 터진 펜 잉크로 얼룩져 있다. 창가에 놓인 앤티크 윙체어에 걸쳐진 헐렁한 카디건은 오래 입어서 팔꿈치가 해어져 있다. 문손잡이에 걸린 데이비드의 목줄.

그리고 탁자에는 「르몽드」 신문 한 장이 무거운 가죽 양장본 오스카 와일드 전집 사이에 끼워진 채 놓여 있다. 알렉스는 날짜를 알아본다. 처음 둘이 서로의 옆에서 잠을 깼던 날이다. 알렉스는 눈을 꾹 감으며, 평생 처음으로 같잖은 오지랖은 그만 떨어야겠다고 생각한다. 때가 됐어, 헨리가 줄 수 있는 만큼만 받아들여야 할 때가.

시트에서 헨리의 냄새가 난다. 그는 안다.

하나. 헨리는 여기 없다.

둘. 헨리는 어젯밤 그 어떤 미래도 말하지 않았다.

셋. 이건 아마도 마지막으로 맡게 될 헨리의 체취일 것이다.

하지만 넷. 벽난로 선반 위 시계 옆에, 아직 헨리의 반지가 그대로 있다.

문손잡이가 돌아가고 알렉스가 눈을 뜨자 머그 두 개를 들고 뜻을 읽을 수 없는, 흐릿한 미소를 띤 헨리가 있었다. 아침 이슬에 살짝 스친 부드러운 스웨트셔츠를 걸치고 있다.

"아침마다 네 머리 꼴이 정말 장관이다." 헨리가 침묵을 깬다. 다가와 매트리스 끝에 걸터앉더니 알렉스에게 머그를 건넸다. 커피, 설탕 하나, 계피. 자기가 어떤 커피를 좋아하는지 헨리가 안다 해도, 그 어떤 감정도 느끼고 싶지 않다. 어차피 걷어차일 텐데, 지금은 그러기 싫다. 하지만 그게 마음처럼 되지 않는다.

다만, 축복 같은 커피의 첫 모금을 마시는 알렉스를 바라보는 헨리의 얼굴에, 이번에는 진심으로, 웃음이 돌아온다. 헨리는 이불 아래로 손을 넣어 헨리의 발을 손바닥으로 잡는다.

"어이." 알렉스는 커피잔 너머로 눈치를 보며 조심스럽게 말한다.

"너… 이제 좀… 덜 삐친 것 같다."

헨리가 헛기침을 섞어 웃는다.

"남 말한다. 머리끝까지 열이 뻗쳐서 왕궁으로 쳐들어와서는 날 빌어먹을 고집불통 싸가지 새끼라고 고래고래 욕한 건 너거든."

"내 입장을 변호하자면, 너는 정말로 빌어먹을 고집불통 싸가지 새끼처럼 굴었어."

헨리는 잠시 말없이 홍차를 마시더니, 머그를 탁자에 내려놓는다.

"사실이야."

헨리는 한 손으로 커피가 쏟아지지 않게 머그를 잡고 알렉스의 입에 입술을 포갠다. 치약과 얼그레이 맛이 난다. 알렉스는 차이지 않을지도 모르겠다.

"헤이." 헨리가 물러나자 알렉스가 말한다. "어디 갔다 온 거야?"

헨리는 대답하지 않고 젖은 운동화를 발로 차서 벗고 침대 위로 올라온다. 손으로 알렉스의 허벅지를 짚고 한참 쳐다보다 눈길을 들어 알렉스와 눈을 맞춘다. 청량하게 파랗고 초점이 또렷한 눈이다.

"좀 뛰고 싶었어. 머리를 좀 맑게 하고… 그다음에 어떻게 할지 알아보려고. 되게 펨벌리에서 고민하는 미스터 다아시ˉ스럽게 말이야. 그런데 필립 형과 마주쳤어. 너한테는 말 안 했지만, 앤머 홀이 보수 공사를 하는 바람에 필립과 마사가 이번 주에 여기 와 있거든. 무슨 조찬에 참석한다고 일찍 일어나서 토스트를 먹고 있더라. 아무것도 안 바른 토스트. 그런 토스트 먹는 사람 본 적 있어? 진짜 심란해."

알렉스는 입술을 깨문다.

"무슨 얘기를 하려는 거야, 베이비?"

"우리는 이런저런 잡담을 좀 했어. 어젯밤… 네… 방문은 모르는 눈치였어, 다행히도. 하지만 형이 끝도 없이 마사가 어쩌고, 토지 임대가 어쩌고, 이제 가상의 후계자를 만들기 시작해야 하는데 아이들이 싫다는 등, 그런 얘기들을 늘어놓는데… 갑자기 어젯밤 네가 했던 얘기들이 떠올랐어. 맙소사, 이거구나. 그렇지? 맹목적으로 계획대로 살아가는 삶. 형이 불행하다는 얘기는 아니야. 형은 괜찮아. 아주 심오하게 괜찮아. 평생이 괜찮게 흘러가는 거야."

헨리는 이불의 실밥을 뜯고 있다가 고개를 들더니 알렉스의 눈을 똑바

---

* 『오만과 편견』의 등장인물.

로 본다.

"난 그걸로 만족할 수 없어."

알렉스의 맥박이 필사적으로 더듬거린다.

"그래?"

헨리는 손을 들어 엄지로 알렉스의 광대를 쓸었다.

"나는… 너처럼 이런 일들을 말로 표현하는데 능숙하지 않지만, 그래도. 언제나 생각했어. 나 자신을 알게 된 후로, 그전에도, 내가 다르다는 걸 알고는. 지난 몇 년 사이 겪은 모든 일과 내 머릿속의 미친 생각들… 난 언제나 나 자신을 은폐해야 하는 문제라고 생각해왔던 거야. 나 자신을, 내가 원하는 것들을, 믿지 못했어. 너를 만나기 전에는, 그냥 모든 일이 내게 일어나도록 내버려뒀어. 내게 선택할 자격이 있다고는 생각도 못했어. 하지만 너만은 나를 다르게 대했어."

목구멍에 아프도록 단단한 것이 버겁게 걸려 있지만, 알렉스는 애써 삼킨다.

"하지만 너한테는 선택할 자격이 있어."

"이제는 좀 믿어지기 시작했어. 너 아니었으면 얼마나 오래 걸렸을지 짐작도 안 돼."

"너한테는 잘못된 데가 하나도 없어. 가끔 고집불통 싸가지 노릇을 해서 그렇지."

헨리가 눈가에 작은 주름을 잡으며 다시 웃음을 터뜨리자 알렉스는 제 심장이 목으로 튀어나와 정교하게 장식된 천정에 부딪혀 터져 방안을 가득 채우는 기분이 든다.

"그건 미안해. 그런 말을 들을 마음의 준비가 되어 있지 않았어. 그날 밤, 호수에서… 처음 정말로 네가 그 말을 할지 모른다는 생각이 든 거야.

그 전엔 감히 생각도 못 했는데. 그래서 완전히 겁에 질려버렸어. 어리석고 부당한 짓이었어. 다시는 안 그럴 거야."

"그러기만 해 봐라. 그러니까, 너도 좋다는 말이지?"

"내 말은… ."

헨리의 찌푸린 미간은 초조해 보였지만, 입에서는 말이 술술 흘러나왔다.

"엄청 겁이 나고, 내 인생이 통째로 미친 것 같은데, 그래도 이번 주에 널 포기하려고 했다가 진짜 죽을 뻔했다는 얘기야. 그리고 오늘 아침 일어나서 널 봤을 때 이젠 피할 길이 없구나, 절실히 실감했어. 세상 사람들한테 말해도 될지는 모르겠지만…. 난 그러고 싶어. 언젠가는. 이 지구에 내가 남길 유산이 있다면, 그게 진실이었으면 해. 어떤 식으로든 네게 내 모든 걸 줄 수 있게, 어떤 식으로든 네가 내 모든 걸 받아줄 수 있게, 그래서 평생을 약속할 수 있게. 조금 기다려줄 수만 있다면, 네가 내 노력을 도와주길 바라."

알렉스는 헨리를 본다. 그의 모든 것, 켄싱턴궁의 앤티크 샹들리에 아래 수세기에 걸친 왕가의 혈통, 알렉스는 손을 내밀어 헨리의 얼굴을 만지며 바로 그 손으로 엄마의 취임식 때 성경을 들었던 기억을 떠올린다. 지금 이 사태의 막중한 의미가 비로소 실감이 난다. 두 사람 모두에게, 다시 돌이킨다는 게 얼마나 불가능한 일인지.

"좋아. 난 역사를 만드는 일에 찬성이야."

헨리는 눈을 굴리더니 웃음 머금은 키스로 봉인하고, 둘은 함께 베개로 쓰러진다. 헨리의 젖은 머리칼과 부드러운 스웨트셔츠가 알렉스의 벌거벗은 나신과 하나로 얽힌다. 알렉스가 어렸을 때 사랑은 동화처럼 어느 날 용을 타고 그의 인생으로 휙 날아서 들어오는 건 줄 알았다. 나이가 들고 나서는, 사랑이란 아무리 간절히 원해도 깨어져 박살이 날 수 있는 이상한 물건이지만, 그래도 스스로 선택하면 된다고 생각했다. 둘 다 옳은 생각이었을 줄은 상상도 하지 못했다.

헨리의 손길은 서두름 없이 부드럽고, 둘은 게으르게 몇 시간, 며칠처럼 느껴지는 시간 동안 사랑을 나눈다. 그러다 미지근하게 식은 커피와 홍차를 마시고, 헨리가 주문한 스콘과 블랙커런트잼을 먹었다. 느릿하게 부슬비로 바뀌는 빗소리를 들으며 오전 시간을 침대에 처박혀 헨리의 노트북으로 드라마를 보며 허비했다.

그러다 문득 생각이 나서 바닥에 널브러진 바지를 들고 폰을 확인해 봤더니 자흐라에게서 3통의 부재중 전화, 어머니로부터 불길한 음성메시지 1통, 그리고 준과 노라의 톡방에 읽지 않은 메시지가 무려 47개 올라와 있었다.

알렉스, Z한테 방금 들었는데 너
런던에 있어?

알렉스 이 미친!

멍청한 짓거리 하다가 들키면
넌 내 손에 죽을 줄 알아.

하지만 너 걔를 찾으러 갔구나! 완전
제인 오스틴스러워.

돌아오기만 해.

죽었어. 나한테 말도 안 하고

어떻게 됐어? 지금 헨리랑 있어?

메시지 47개 중에 46개는 준이었고, 마지막 하나는 자기 하얀색 척테일러 운동화 못 봤느냐고 묻는 노라였다. 알렉스가 답한다. 노라 누나 운동화는 내 침대 밑에 있고 헨리가 안부를 전한대.

메시지가 가자마자 폰에서 준의 전화가 폭발한다. 준은 스피커폰을 켜놓고 알렉스에게 상황을 낱낱이 고하라고 했다. 통화를 끊은 알렉스는 자흐라의 분노를 직접 맞느니 헨리를 시켜 샤안한테 말을 전하는 게 낫겠다고 판단했다.

"미즈 뱅크스턴에게 연락해서 알렉스가 안전하고 나와 함께 있다고 좀 전해줄 수 있겠나?"

"네, 물론입니다." 샤안이 말한다. "그리고 알렉스가 타고 떠나실 차량을 준비할까요?"

"어…."

헨리가 알렉스를 보고 '자고 갈래?'라고 입을 달싹거린다. 알렉스는 고개를 끄덕인다.

"내일?"

저편에서 아주 긴 침묵이 흐르더니 샤안이 말한다.

"미즈 뱅크스턴에게 그렇게 전하겠습니다."

정말이지 이 일만 아니라면 뭐든 달갑게 하겠다는 목소리였다.

헨리가 전화를 끊자 알렉스는 웃음을 터뜨리지만, 그것도 잠시, 곧 휴대전화를 다시 잡고 엄마의 음성메시지를 기다려야 했다. 메시지 재생 버튼 위에서 헤매는 엄지를 보고 헨리가 알렉스의 옆구리를 쿡 찌른다.

"언젠가는 행동에 책임을 져야 한다면서."

알렉스는 한숨을 쉰다.

"너한테 말 안 한 것 같은데, 엄마는, 어, 그때 선거운동 본부에서 날 자르면서, 너에 대해서 1,000퍼센트 확신이 없으면 헤어지라고 했어."

헨리가 알렉스의 귀에 코를 문지른다.

"1,000퍼센트란 말이지, 응?"

"그래, 괜히 깊이 생각하지는 마."

"하지만 나도 그 생각은 했어. 나와 사귀면 네 경력이 계속 망가질 테니까. 서른 내로 국회 입성, 그게 목표 아니었어?"

"어이, 이 내 잘생긴 얼굴을 보라고. 사람들이 얼마나 좋아 죽는지 알아? 나머지는 이 몸이 알아서 할게."

몹시 회의석인 헨리의 표정을 보고 알렉스는 한숨을 쉬었다.

"나도 정확히는 아무것도 몰라. 외국 왕자하고 사귀면서 어떻게 국회의원이 될 수 있는지, 전혀 모르겠어. 하지만 진짜로 더 심각한 문제가 있는 사람들도 허구한 날 당선된단 말이야."

헨리의 눈길을 받으면 섀도 박스에 압핀으로 꽂혀 있는 벌레가 된 기분이 들 때가 있다.

"정말 앞으로의 일이 두렵지 않아?"

"아니, 아니, 물론 두려워. 선거 때까지는 무슨 일이 있어도 비밀로 해야지. 지저분한 개싸움이 되리라는 것도 알아. 하지만 때를 기다렸다가 우리가 먼저 이야기의 기선을 잡으면, 괜찮을 수도 있다고 봐."

"이런 생각하게 된 지 얼마나 됐어?"

"의식적으로? 아마 DNC에서? 무의식적으로는, 철저히 부정하긴 했지만, 적어도 네가 키스했을 때부터였을 거야."

헨리는 베개를 베고 물끄러미 본다.

"와, 그건… 좀… 믿기지가 않는다."

"너는?"

"나?" 헨리가 말한다. "맙소사, 알렉스. 젠장 처음부터지."

"처음?"

"올림픽 때부터."

"올림픽?" 알렉스는 헨리가 베고 있는 베개를 확 잡아뺐다. "하지만 그건, 그건…."

"그래, 알렉스, 우리가 만난 날, 넌 뭐 하나 그냥 지나치질 않는구나, 안 그래?"

헨리가 베개를 다시 가져오려고 손을 내민다.

"뻔뻔하게 너는, 이라니. 꼭 자기는 하나도 몰랐다는 듯이."

"입 닥쳐." 베개를 빼앗으려 몸싸움을 하다가 이불과 한 덩어리가 되어, 폭소가 섞인 입술과 손길이 마구 얽혔다. 그때 뒹굴던 헨리가 그만 휴대전화를 깔고 누워 버튼이 눌리는 바람에 음성메시지가 재생되기 시작했다.

"디아즈, 이 답도 없는 미친놈아." 이불에 덮여 소리가 한풀 죽은, 미국 현직 대통령의 목소리가 말했다. "영원인 편이 네놈 신상에 좋을 거다. 안전에 유의하고."

새벽 2시에 경호원도 없이 몰래 왕궁을 빠져나가자는 건, 놀랍게도 헨리의 아이디어였다. 후드티와 모자를 둘러쓰고 베아가 일부러 요란하게 반대편 현관으로 외출하며 눈길을 놀리는 사이 정원을 가로질러 전력으로 달렸다. 이제 두 사람은 인적 없고 비에 젖은 사우스 켄싱턴의 거리에 서 있다. 높은 붉은 벽돌 건물 사이에 있는 표지판은….

"뭐야, 이거 농담이야?" 알렉스가 말한다. "프린스 콘소트* 로드? 미친, 나 저 표지판하고 사진 찍어줘."

"아직 다 온 거 아니야! 계속 움직여야 해." 헨리가 어깨 뒤에서 말했다. 그리고 알렉스의 팔을 잡아당겨 계속 뛰라고 재촉했다. "계속 움직이라고, 이 게으름뱅이야."

길을 하나 더 건너 2개의 열주 사이 벽감으로 숨어들자 헨리가 후드티 주머니에서 10개도 넘는 열쇠들을 꺼내 흔든다.

"이상한 일이지만 왕자들은 부탁만 잘하면 온갖 열쇠들을 받을 수 있다니까."

알렉스는 겉보기에 평범한 벽 끄트머리를 손으로 더듬는 헨리를, 놀라서 입을 헤벌리고 쳐다본다.

"뭐야, 무모한 미친 짓을 하는 선 내 쪽인 줄 알았더니."

"내가 그렇게 꽉 막힌 놈처럼 보였어?" 헨리는 패널을 밀어 살짝 연 다음, 알렉스를 끌고 넓고 어두운 플라자로 데리고 들어간다.

완만하게 경사진 하얀 타일 바닥에 탁탁탁 달리는 그들의 발소리가 퍼진다. 견고한 빅토리아풍 벽돌탑이 밤으로 솟아올라 코트 야드를 에워싸자, 알렉스는 생각한다. 우와, 빅토리아 앤드 앨버트 박물관이다. 헨리는 무려 빅토리아 앤드 앨버트 박물관의 열쇠를 갖고 있다.

"진심으로 고마워요, 개빈."

알렉스는 헨리가 악수하면서 슬쩍 두툼한 돈다발을 건네주는 모습을 흘긋 본다.

"전하, 오늘 밤은 르네상스 시티 쪽입니까?"

---

* 왕자의 최측근, 성적 파트너라는 함의도 있다.

"그런 친절을 베풀어 주신다면, 당연히 좋지요."

중국 예술과 프랑스 조각, 헨리는 유유하게 전시실들을 지나친다. 한 발자국도 헛디디는 법 없이, 검은 돌로 새긴 부처상과 브론즈의 세례 요한 누드 조각상을 확고한 발걸음으로 지나친다.

"이런 일 자주 해?"

헨리는 웃는다.

"어, 이건 내 작은 비밀 같은 거야. 어렸을 때 엄마와 아빠가 이른 새벽 개장 전에 우리를 데려오곤 했거든. 우리가 예술 감각을 키우기를 바라셨어. 하지만 대체로는 다 옛날이야기야."

헨리는 발걸음을 늦추고 거대한 작품을 손으로 가리킨다. 유럽 군인의 옷을 입은 남자를 목제 호랑이가 잡아먹고 있었다. 〈티푸의 호랑이〉*였다.

"엄마가 언젠가 내 귓가에 속삭여 말한 적이 있어. 저 호랑이가 군인을 잡아먹는 거 보이니? 우리 할아버지의 아버지의 아버지의 아버지의 어머니가 인도에서 훔쳐 왔기 때문이야. 엄마는 이제 돌려줘야 한다고 생각하는데 할머니는 안 된다고 하시네."

옆얼굴에 스치던 씁쓸한 표정을 금세 떨치고 헨리가 알렉스의 손을 잡고 다시 뛰기 시작했다.

"요즘은 밤에 오는 게 좋아. 관리팀장이 나를 알거든. 계속 다시 찾는 이유는, 내가 아무리 많은 사람을 만나고 아무리 많은 책을 읽어도 배움은 끝이 없다는 증거가 바로 이곳이라서. 웨스트민스터처럼 말이야, 조각상이나 스테인드글라스마다 무한한 이야기가 깃들어 있다는 걸 알 수 있

---

* 빅토리아 앤드 앨버트 뮤지엄에서 가장 유명한 전시품 중 하나로, 마이소르 왕국(오늘날 인도 남서부 지역)의 지배자로 영국과 사투를 벌이던 티푸 술탄의 애장품이었다. 호랑이 몸통을 열면 오르간이 나타나는 이 작품은 영국이 인도에서 반출한 최초의 전리품이기도 하다.

어. 각자의 자리에 있는 건 다 이유가 있다는 걸. 모든 것에 의미가 있고, 또 의도가 있어. 여기 있는 〈웨어의 대형침대〉*는 셰익스피어의 『십이야』와 바이런의 『돈 주안』에도 나오거든. 모든 게 이야기야, 결코 끝이 나지 않는 이야기. 굉장하지 않아? 그리고 아카이브는 또 어떻고. 몇 시간을 처박혀 있어도 질리지 않… 으응?"

알렉스가 잡아당겨 키스하는 바람에 헨리의 말이 중간에서 끊긴다.

"어이, 그건 뭐야?"

"그냥, 진짜 사랑한다고."

회랑을 따라가자 동굴 같은 아트리움이 나오고, 양편으로 전시실이 죽 늘어서 있다. 조명은 일부만 켜져 있지만, 알렉스는 원형 홀에 매달려 있는 파란색, 초록색, 노란색의 유리로 세공한 촉수와 방울들의 거대한 샹들리에를 볼 수 있다. 그 뒤로 정교하고 화려한 합창단 철제 가림막이 드넓고 아름답게 자리 잡고 있다.

"여기야." 헨리는 알렉스의 손을 잡아 왼쪽으로 끌었다. 거대한 회랑에서 빛이 쏟아졌다.

"미리 연락해서 조명을 켜두라고 했어. 내가 제일 좋아하는 방이야."

알렉스도 스미소니언 박물관 전시를 직접 도운 적이 있고, 과거 율리시즈 S. 그랜트 장군의 장인이 묵었던 방에서 잔 적도 있지만, 헨리의 손길을 따라 대리석 열주 사이로 들어섰을 때는 숨이 턱 멎는 느낌이 들었다.

어둑한 조명을 받은 실내가 생생하게 살아났다. 돔형 천정은 먹색의 런던 하늘로 무한히 이어지는 것만 같았고, 그 아래 피렌체 도시 광장처럼 꾸며진 실내가 드러났다. 열주와 까마득한 제단과 아치 웨이. 묵직한 단

---

* The Great Bed of Ware. 1590년경 잉글랜드 지방의 웨어에서 제작된 거대한 침대.

상에 올라선 조각상들 사이로 깊은 분수가 있고 새카만 뒷벽에는 대리석으로 깎은 제대 난간에 정교한 성인상들이 즐비하게 늘어서 있었다.

헨리는 마법의 주문을 깨지 않으려는 듯, 나직나직하게 말한다.

"밤에 여기 오면, 진짜 광장을 걷는 기분이 들어. 달려들어 만지고 노골적으로 구경하고 몰래 사진을 찍으려는 다른 사람들은 하나도 없고. 그냥 이렇게 있을 수 있어서."

알렉스는 헨리의 표정을 조심스럽게 살피며 기다린다. 자신이 헨리를 호수 별장에 데려갔을 때와 똑같은 순간이라는 걸 안다. 여기가 그에게 가장 성스러운 장소다.

그는 헨리의 손을 힘주어 꼭 쥐며 속삭인다. "전부 다 말해줘."

그래서 헨리는 프랑카빌라가 생명을 불어넣은 서풍의 신 제피로스의 조각상부터 자신의 거울상에 취해 있는 나르키소스를 지나치며 수많은 이야기를 들려주었다. 한때는 소실된 미켈란젤로의 큐피드인 줄 알았지만, 현재는 치올리의 작품으로 밝혀졌다고 한다.

"여기 보여? 무릎이 깨져서 석고로 보수한 거?"

페르세포네를 지하 세계로 납치하는 하데스와 황금 양털의 이아손. 그리고 보자마자 알렉스의 숨을 멎게 만든, 블레셋 사람을 죽이는 삼손의 조각상이 있었다. 매끈한 근육도 폭 들어간 살도, 숨결이 깃들고 피가 흐르는 듯한 그 모든 게 지암 볼로냐가 대리석을 깎아 만든 거라니. 저 살결에 손을 대면 틀림없이 따뜻할 것 같다.

"약간 아이러니하지." 헨리가 조각을 올려다보며 말한다.

"저주받은 게이 왕자인 내가, 빅토리아 여왕의 미술관에 이렇게 서서, 실제로 빅토리아 여왕이 얼마나 동성애를 중죄로 다스리는 법을 좋아했는지 생각하고 있다니."

그러더니 헨리는 알렉스를 보고 싱긋 웃는다.

"사실, 내가 전에 동성애자였던 제임스 1세 얘기했던 적 있지?"

"멍청한 근육질 남친이 있었다는?"

"그래, 그 사람. 어쨌든 그 사람이 가장 아끼던 총신이 버킹엄 공작 조지 빌리어스라는 남자야. '영국에서 가장 잘생긴 몸을 가진 남자'라고 역사에 기록되어 있어. 제임스는 완전히 홀딱 반했지. 그리고 둘 사이를 모르는 사람이 없었어. 아무튼. 제임스 1세가 킹 제임스 바이블을 왜 번역하도록 시켰는지 알아? 영국 국교가 빌리어스와의 관계 때문에 너무 분노해서 좀 달래려고 그랬대."

"설마."

"추밀원 앞에서 '예수님한테는 요한이 있고 내게는 조지가 있다'고 했다니까."

"미친."

"내 말이."

여전히 조각상을 올려다보며 자기만의 생각에 잠겨 있는 헨리의 입가에 슬그머니 미소가 피어올랐다.

"그런데 제임스의 아들인 찰스 1세 덕분에 여기 이 근사한 삼손 상이 있게 된 거야. 피렌체를 떠난 지암 볼로냐 작품은 이게 유일해. 스페인 왕이 찰스 1세에게 선물한 조각상인데, 제임스 1세는 이렇게, 값으로 따질 수도 없는 어마어마한 예술 작품을 빌리어스에게 줬어. 그리고 몇 세기가 지난 지금 여기 있게 된 거지. 우리가 소장한 가장 귀한 예술 작품인데, 심지어 훔친 것도 아니란 말이지. 빌리어스가 퀴어 군주의 넋을 쏙 빼놓기만 하면 되었던 거지. 영국에서 국가적인 게이 랜드 마크를 꼽는다면 당연히 삼손이 들어가야 할 거야."

알렉스는 폰을 꺼내 보들보들하고 흐트러진 모습의 미소 짓는 헨리와 세계에서 가장 훌륭한 예술 작품 중 하나를 함께 카메라에 담았다.

"뭐 하는 거야?"

"국가적인 게이 랜드 마크를 찍는 거야. 조각상하고."

너털웃음을 웃는 헨리에게 다가가 알렉스는 헨리의 야구모자를 벗기고 까치발을 하고 서서 미간에 키스했다.

"이상해. 나는 항상 용서할 수 없는 결함을 지녔다고 생각했는데, 너는 그게 최고의 장점이라는 것처럼 대해주니까."

"아, 그래. 널 좋아하는 이유를 꼽아보면 목록의 맨 위에 두뇌가 있고, 다음에 거기, 그다음에 혁명적인 게이 아이콘의 위상, 이렇게 차례로 내려오거든."

"넌 말 그대로 빅토리아 여왕이 상상했던 최악의 악몽이야."

"바로 그래서 네가 날 좋아하잖아."

"젠장, 네 말이 맞다. 그동안 내내 나는 우리 조상님의 호모포비아를 뒤흔들 남자를 찾아 헤맸던 거구나."

"아, 그분들이 또한 인종 차별주의자였다는 사실도 잊지 말자고."

"물론이지. 다음에는 조지 3세의 작품들을 찾아가서 열불이 나서 펑 폭발하는지 한번 보자."

전시실 후면의 대리석 합창단 가림막을 통과하자, 더 깊은 방이 나타났다. 이 방은 교회의 유물로 가득했다. 전시실 끝에 있는 스테인드글라스와 성인의 조각상을 지나치자, 교회에서 통째로 떼어온 높은 제단 예배실이 나타났다. 안내문을 보니 원래의 배경은 15세기 플로렌스의 산타키아라 수녀원 성당의 동 실이었다고 한다. 실제 예배당을 재현하기 위해 산타키아라와 아시시의 성 프란체스코 조각상과 함께 벽감 깊은 곳에 설치해둔 제단은 형용할 수 없이 아름다웠다.

"내가 더 어렸을 때는, 아주 세세한 꿈을 꾸었어. 내가 사랑하는 사람을 여기 데려와서 예배당 앞에 서면, 그 사람도 나만큼이나 이곳을 사랑할 거라고, 그러면 우리는 성모마리아 앞에서 슬로우 댄스를 함께 출 거라고, 그냥… 어리석은 사춘기의 판타지였지."

헨리는 망설이다가, 주머니에서 폰을 슬쩍 꺼냈다. 버튼 몇 개를 누르더니 알렉스에게 손을 내민다. 조용하게 엘튼 존의 〈유어 송〉이 작은 스피커에서 흘러나오기 시작했다.

알렉스는 숨결에 웃음을 섞었다. "나한테 왈츠를 출 줄 아느냐고 먼저 물어봐야 하는 거 아니야?"

"왈츠 따위." 헨리가 말했다. "좋아한 적도 없어."

알렉스는 헨리의 손을 잡고, 헨리는 불안한 청원 수도사처럼 예배당을 바라보고 섰다. 침침한 불빛을 받은 뺨이 초췌해 보였다. 헨리가 알렉스의 손을 잡고 예배당으로 들어섰다.

키스하면서, 알렉스는 반쯤 기억하는 교리문답의 오래된 경구가 귓전에 들리는 착각을 했다. "오라, 내 아들아, 또한 벌집이, 네 입에 달콤하노라." 산타키아라는 그들을 보고 무슨 생각을 할까 궁금하다. 길을 잃은 다윗과 요나단이 제자리에서 천천히 빙글빙글 돌고 있는데.

알렉스는 헨리의 손을 입으로 가져가 손등의 작게 도드라진 뼈에, 파란 핏줄을 덮은 살갗에, 혈통에, 맥박에, 이 작은 벽에 영원히 간직된 오래된 피에 키스하며 생각한다. 성부와 성자와 성령의 이름으로, 아멘.

헨리는 알렉스의 귀국을 위해 전용기를 준비하고, 활주로에서 바람에 머리칼을 흩날리며 서서 주머니를 더듬어 무언가를 꺼낸다.

"있잖아."

호주머니에서 꼭 쥔 주먹을 꺼내더니 헨리는 알렉스의 손을 잡고 뒤집어 손바닥에 주먹을 대고 펼치고는, 뭔가 작고 묵직한 걸 쥐어주었다.

"네가 알아주면 좋겠어, 나는 확신이 있다는 걸. 1,000퍼센트."

헨리가 손을 거두자 굳은살 박인 알렉스의 손바닥에 인장 반지가 놓여 있었다.

"뭐?" 알렉스는 퍼뜩 고개를 들고 헨리의 표정을 살피지만, 온화한 미소뿐이다. "안 돼."

"받아. 어차피 난 이제 지겨워졌어."

사유 공항이지만 여전히 위험해서 알렉스는 헨리를 포옹하고 열렬히 속삭인다. "시발, 진심으로 널 사랑해."

순항 고도에 오르자 알렉스는 목에서 체인을 풀어 옛날 집의 열쇠 옆에 헨리의 반지를 끼웠다. 셔츠 속으로 집어넣자 부드럽게 쨍그랑 부딪히며 소리를 냈다. 알렉스의 두 고향이 나란히 함께 걸려 있다.

고향 이야기

A [agcd@eclare45.com]   9/2/20 5:12 PM

to. 헨리

H

3시간 집에 있었는데 벌써 보고 싶다. 순 엉터리지.

어이, 최근에 내가 너한테 용감한 사람이라고 말해줬던가? 네가 병원에서 그 여자
애한테 해줬던 루크 스카이워커 얘기 아직도 기억해. "출신이라든가 가족은 중요하
지 않다는 증거"라고 했잖아. 스윗하트, 너도 그 증거야. (하지만 우리 사이에서는

누가 뭐래도 내가 한솔로고 네가 레이아 공주니까 괜히 반박하려 들지 마, 어차피 네가 틀렸으니까.)

요즘은 또 텍사스 생각을 많이 해. 선거에 스트레스를 받으면 항상 그렇거든. 아직 보여주지 못한 게 많아. 넌 오스틴에 가본 적도 없잖아! 프랭클린 바비큐에 데려가고 싶은데. 소의 특수 부위를 먹으려고 왕자가 몇 시간 동안 줄을 서게 해 보고 싶어.

내가 떠나기 전에 했던 말 좀 더 생각해 봤어? 가족에게 커밍아웃하는 거? 물론 꼭 해야 하는 건 아니야. 그냥 그 말을 할 때 네 표정이 희망차 보였어.

여전히 난 백악관에 갇혀서 (적어도 런던 일로 엄마가 날 죽이지는 않았어) 너를 응원하고 있어.

사랑해

XOXOXOXO

A

P.S. 비타 색빌 웨스트가 버지니아 울프에게 (1927)

내게는 몹시 황량해. 나로서는 도저히 믿을 수 없을 정도로 네가 보고 싶어. 아주 많이 그리워할 각오를 미리 했는데도.

Re: 고향 이야기

Henry [hwales@kensingtonemail.com]   9/3/20 2:49 AM

to. A

알렉스,

정말이야, 다 거지 같아. 가방을 꾸려 영원히 사라져버리지 않는 것만도 최선을 다하고 있는 거야. 은둔자처럼 네 방에 처박혀 살면 어떨까. 네가 갖다주는 음식을 먹고 누가 오면 컴컴한 한구석에 웅크리고 있는 거야. 괴상하고 끔찍스러운 『제인 에어』같겠지.

「더 메일」에서는 내 행방에 대한 온갖 추측이 난무하겠지. 자살했다든가 세인트킬다 휴양지로 가버렸다든가. 하지만 내가 네 침대에 널브러져서 책이나 읽고 슈크림이나 먹고 우리 둘 다 초콜릿 소스의 안개가 되어 사라져버릴 때까지 사랑을 나눈다는 걸 아는 사람은 너와 나 둘밖에 없을 거야. 내가 가고 싶은 곳은 거기뿐이야.

그러나 유감스럽게도 나는 여기 발목 잡혀 있어. 내가 언제 군대에 들어갈 생각이냐고, 필립은 내 나이 때 이미 1년이나 복무했다고, 할머니가 엄마에게 계속 따져 묻고 계신가 봐. 이제 앞일을 생각할 때가 되긴 했어. 휴학이 허용되는 선을 넘어 길어지고 있으니까. 미국 정치가들이 잘 쓰는 말이 뭐더라? 당신의 생각과 기도에 내가 있기를 바란다, 였던가?

오스틴은 듣기만 해도 멋지다. 몇 달 후에, 사태가 좀 진정된 후에? 주말에 좀 길게 쉴 수 있을 거야. 네 엄마의 집에 가볼 수 있을까? 네 방이나? 라크로스 트로피는 아직 갖고 있어? 포스터는 뭐가 붙어 있을까? 어디 보자, 한솔로, 버락 오바마, 그리고 루스 베이더 긴즈버그 대법관?

가족에게 커밍아웃하는 문제는 좀 더 생각해 봤어. 당분간 여기 머무는 이유이기도 하고. 베아는 필립한테 말할 때 같이 있어 주겠다고 했는데, 그러니까 아마 해야겠지. 역시 생각하고 기도해줘.

네가 여기 빨리 다시 오면 좋겠어. 내 방에 새 침대를 고를 때 도움이 필요해. 이 금색의 흉측한 물건은 없애버려야겠어.

사랑하는,
헨리

P.S. 래드클리프 홀이 에브게니아 소울린에게 (1934)

달링, 네가 잉글랜드로 온다는 사실에 내가 얼마나 의지하고 있는지, 그게 얼마나 큰 의미가 있는지 과연 알고 있는지 모르겠어. 온 세상만큼 의미가 있고, 정말로 내 몸은 모두, 모두 네 것이 될 거고 네 몸도 모두, 모두 내 것이 될 거야, 내 사랑…. 그리고 우리 둘, 마침내 하나로 결합한 갈망하는 사랑 둘 말고는 아무것도 중요하지 않을 거야.

Re: 고향 이야기

A [agcd@eclare45.com]　　　　　　　9/3/20 6:20 AM

to. 헨리

H,

젠장. 입대할 생각이야? 아직 그 방면으로는 연구를 못 했는데. 자흐라한테 자료를 부탁해서 바인더라도 만들까? 그러면 어떻게 되는 거야? 오래 멀리 가 있게 되는 거냐? 위험할까? 아니면 그냥 군복만 입고 사무실에서 일하는 건가? 내가 거기 있을 때 왜 그런 얘기를 안 했어??????

미안해. 이성을 잃어서. 이런 사태가 올 가능성이 있다는 걸 잊고 있었어. 네가 결정하면 무조건 응원하겠지만, 혹시 창밖을 아련한 눈으로 바라보면서 이제나저제나 전쟁에 나간 애인을 기다려야 할 일이 생기면 말이나 꼭 해줘.

네가 자기 인생에 대한 결정권을 갖지 못한다고 생각하면 돌아버릴 것 같다. 선거가 끝나면 다음에 어떻게 할지 같이 생각해 보자. 잠시라도 같은 장소에 함께 있을 수 있다면 정말 좋겠어. 그냥, 나는 너를 믿는다는 것만 알아줘.

Re: 필립한테 말하는 거, 좋은 생각 같아. 다른 대안이 다 실패하면 나처럼 엄청난 꼴통처럼 굴어서 가족들이 알아서 짐작하게 하든가.

사랑해
베아한테 안부 전해줘.

A

P.S. 엘리너 루즈벨트가 로레나 히코크에게 (1933년)

몹시 그리워. 하루에 제일 좋은 시간은 네게 편지를 쓸 때야. 너는 나보다 더 격랑의 시기를 보내고 있지만 나도 그만큼 네가 그리워…. 부탁인데 네 마음의 대부분을 워싱턴에 두고 있어 줘. 내 마음 역시 너와 함께 있으니까!

Re: 고향 이야기

Henry [hwales@kensingtonemail.com]   9/4/20   7:58 PM

to. A

알렉스,

일이 무시무시하게, 엄청나게, 끔찍하게, 도저히 믿지 못할 정도로 잘못돼서 차라리 대포알이 되어 외계의 무자비하고 시커먼 구렁으로 발사되어 날아가버리고 싶었던 적이 있어?

나란 존재가 무슨 의미인가, 아니 대체 뭔가 생각할 때가 있어. 지난번 말했듯이 가방을 싸서 없어졌어야 해. 청춘의 봄날에 시들어서 네 침대에서 밝히는 뚱보가 되어 죽어갈 수도 있어. 여기 웨일스 공 프린스 헨리 잠들다. 그는 살던 대로 죽었다. 계획을 피하고 거시기를 탐하면서.

필립한테 말했어. 엄밀하게 말하자면 너에 대해서가 아니라 나에 대해서.

구체적으로는, 필립과 샤안과 셋이서 내 입대 문제를 논하다가, 내가 필립한테 되도록 전통적인 길을 따르고 싶지 않다고, 군대에서도 아무 쓸모가 없을 것 같다고 말했지. 필립이 날 보고 왜 그렇게 치열하게 왕가의 남자들이 밟은 전통을 무시하려고 안간힘을 쓰는 거냐고 묻더군. 그런데 내가 이 저주받을 입을 열어서 말해버리는 바람에 스트레이트로(하!) 대화가 단절되어 버렸어. "왜냐하면 나는 왕가의 다른 남자들과 다르기 때문이야. 일단 내가 아주 속속들이 게이라는 사실부터 시작해서 말이지, 필립 형." 그렇게 말했어.

샹들리에를 들고 덤비는 필립을 샤안이 간신히 떼어놓자 형은 퍽 많은 단어를 쏟아
내더군. 그중에는 "혼란에 빠지고 오도되었다"도 있고, "혈통의 영속성을 보장"한
다는 말도 있고 "유산을 존중"한다든가 그런 말도 있었어. 솔직히 기억나는 게 많
지는 않아. 본질적으로, 형은 내가 정상적인 이성애자가 아니라는 사실을 알고 놀
랐던 건 아니었어. 그보다는 내가 정상적인 이성애자 시늉을 계속할 의향이 없다는
사실에 놀랐던 거지.

그래, 가족에게 커밍아웃하는 일이 첫 발자국으로 좋을 거라고 우리가 바라고 또
기대했었지. 우리 관계를 공개할 확률로 봤을 때는, 고무적인 징조는 아닌 것 같아.
모르겠다. 우울해져서 자파 케이크를 엄청나게 많이 먹었어.

페즈의 청소년 보호소를 런칭하는 일을 맡아서 뉴욕으로 가는 상상을 할 때도 있
어. 그냥 떠나버리는 거야. 영영 돌아오지 않고. 가출하는 김에 불을 좀 지르고 갈
수도 있고. 그러면 기분이 좋을 것 같다.

한 가지 떠오른 생각이 있어. 처음 우리가 만났을 때 내가 무슨 생각을 했는지 얘기
했던 적이 없지?

있잖아, 나는 추억이 힘들어. 상처가 될 때가 아주 많거든. 애도는 희한하게도 인생
을 통째로 집어삼켜. 지금의 자아를 만든 초석이 된 기나긴 세월을 다 잡아먹고, 부
재를 회상하는 일을 고통스럽게 만들어서 아예 추억에 접근을 막아버린단 말이야.
그래서 철저히 새로운 시스템을 만들어야 하는 거야.

난 내 자신과 내 인생과 내 평생의 추억이 버킹엄궁의 어둡고 먼지 쌓인 방들이라
고 생각하기 시작했어. 재활원에서 도망친 베아에게, 제발 진지하게 생각해 달라고

애원했던 그날 밤은 가져다가 분홍색 연꽃 벽지와 황금색 하프가 있는 방에 넣었어. 열일곱 살 때 대학교에서 만난 필립 형의 친구와 가진 첫 경험은 비좁고 빽빽하게 물건이 들어찬 비품실을 찾아내서 꾹꾹 쑤셔 넣은 거였어. 아버지의 마지막 밤은, 축 늘어진 아버지의 얼굴과 손의 체취와 열과 기다림, 기다림, 끔찍한 기다림, 그리고 더 끔찍하게도 찾아온 기다림의 끝까지, 제일 큰 연회실을 찾아 처넣고 창문을 닫고 커튼을 치고 문을 꼭꼭 잠가 버렸어.

하지만 처음 너를 봤던 날. 리오에서. 그 기억은 정원으로 가져갔어. 은빛 단풍나무 잎에 끼워 말려서 워털루 베이즈에 읊어주었어. 어느 방에도 어울리지 않았거든.

너는 노라와 준과 이야기를 나누고 있었고, 행복하고 생동감 있고 온전히 살아 있었어. 내가 접근할 수 없는 차원에 사는 사람, 너무나 아름다웠지. 그때는 네 머리가 더 길었어. 심지어 아직 대통령 아들도 아니었지만 두려움이 없었지. 호주머니에 노란색 이페 – 아마렐로꽃을 꽂고 있었지.

나는 생각했어. 이렇게 경이로운 장면은 본 적이 없어, 그러니까 안전하게 거리를 두고 떨어져 있어야지. 나는 생각했어. 저런 사람이 나를 사랑한다면 나는 활활 불타버릴 거야.
그러다가 부주의한 바보가 되어서 결국 너와 사랑에 빠졌지만 말이야. 한마디로 쇼킹한 시각에 전화를 걸었을 때도 너를 사랑했어. 역겨운 공중화장실에서 내게 키스했을 때도, 호텔 바에서 뿌루퉁했을 때도, 나처럼 망가지고 꼭꼭 마음을 닫은 인간의 머릿속에서는 차마 떠올릴 수 없는 방식으로 나를 행복하게 해주었을 때도 너를 사랑했어.

그런데 불가해하게도 너는 뻔뻔스럽고 당돌하게도 내 사랑을 돌려주었지. 그게 믿어져?

가끔은, 지금도, 난 믿어지지 않아.

필립과 일을 더 잘 처리하지 못해서 미안해. 희망을 보낼 수 있으면 좋으련만.

너의,
헨리

P.S. 미켈란젤로가 토마소 카발리에리에게 (1533)

이 시각에 자네 이름을 잊는다는 건, 늘 먹고 사는 음식을 까맣게 잊는 것만큼이나
쉽지 않다네. 아니 차라리 음식을 잊는 게 더 수월해. 음식은 불행히도 내 몸에만 영
양을 주지만, 자네 이름은 육신과 영혼을 모두 살찌우니 말일세. 너무나 달콤하게
몸과 마음을 충만하게 채워주어서, 기억이 내 마음속에 자네를 간직해주는 한, 나
는 피로도 공포도 죽음도 느끼지 않는다네. 생각해 보게. 눈마저 그 몫을 만끽할 수
있다면, 나는 어떤 상태가 되어 있을까.

Re: 고향 이야기

A [agcd@eclare45.com]   9/4/20   8:31 PM

H,

젠장.
정말 유감이야. 뭐라 말해야 할지 모르겠어. 진심으로 유감이야. 준과 노라가 사랑

을 전해달라고 해. 내 사랑에는 비교도 안 되지만. 당연히.

부탁인데 내 걱정은 말아. 우리가 길을 찾을 거야. 시간이 좀 걸리기는 하겠지만. 나는 참을성을 기르고 있어. 너한테서 이것저것 많이 배웠다고.

이런, 내가 뭐라고 써야 네 기분이 좀 나아질까?

일단 이거. 난 네 이메일을 받으면 그리움이 덜해지는지 더 커지는지 잘 모르겠더라. 네가 써서 보내는 것들을 읽으면 눈부시게 아름답고 맑은 대양 가운데 툭 튀어나온 기암괴석 같은 기분이 들 때가 있어. 너는 자기 자신보다 더 크고, 모든 것보다 더 큰 방식으로 사랑을 하잖아. 옆에서 보고 있는 것만도 행운이라는 생각이 들어. 그런데 심지어 그 일부를 공유하고 받을 수 있다니 행운을 넘어 운명 같다니까. 나를 그런 사람으로 빚어주신 게 천주교의 하느님이니까 감사의 뜻으로 다섯 번 성모송을 바쳐야겠어. 무차스 그라치아스, 산타 마리아.

산문으로는 네 상대가 안 되지만, 내가 잘하는 목록 작성을 해 보지.
작성 중인 목록: HRH 웨일스 공 프린스 헨리에서 내가 사랑하는 것들

1. 내가 열받게 하면 네가 웃는 소리
2. 값비싼 향수 아래 진짜 너의 체취, 깨끗한 리넨 같은데 또 갓 깎은 풀 냄새도 나더라? (뭐야, 마술이야?)
3. 터프하게 보이려고 할 때 턱 내미는 거
4. 피아노 칠 때 네 손
5. 너 때문에 나에 대해 알게 된 모든 것
6. 〈제다이의 귀환〉이 최고의 스타워즈라고 생각하는 이유(물론 아님)가, 마음 깊

은 곳에서 네가 덩치 큰 울보에 영원한 해피엔딩을 원하는 부끄러운 로맨티스트라서인 거.

7. 키츠를 줄줄 외우는 암기력

8. 〈프리실라〉의 버나데트 독백을 줄줄 외우는 암기력

9. 얼마나 열심히 노력하는지

10. 항상 얼마나 열심히 노력해 왔는지

11. 계속 노력하겠다는 다짐

12. 네 어깨가 나를 덮으면 바보 같은 이 세상에 중요한 게 하나도 없어지는 거

13. 네가 런던으로 가져와서 탁자에 간직했던 빌어먹을 「르몽드」지 (그래, 봤다.)

14. 처음 눈을 뜨고 일어날 때 너

15. 어깨와 허리의 비율

16. 크고 넓고, 너그럽고, 터무니없는, 불굴의 심장

17. 그만큼 큰 그거

18. 방금 그거 읽고 네가 지었던 그 표정

19. 처음 눈 뜨고 일어날 때 너 (알아, 아까 쓴 거 아는데, 진짜 좋아서)

20. 처음부터 줄곧 나를 사랑했다는 사실

네 말을 듣고 계속 이 마지막 줄을 생각했는데, 난 완전 바보 멍청이였어. 가끔 내 머릿속 생각에 갇혀 빠져나오질 못할 때가 있거든. 그런데 처음 이 모든 일이 시작되던 날 내 방에서 내가 했던 말, DNC 끝나고 나를 놓아주려 할 때 내가 면박 준 거, 가끔 아무것도 아닌 일처럼 치부하려 했던 행동을 뒤돌아보게 돼. 젠장, 나는 이제까지 너한테 상처를 준 사람들을 다 찾아가서 싸워주고 싶거든. 그런데 나도 그랬지? 그동안 내내. 정말 미안해.

부탁인데 멋지고 강인하고 환상적인 너로 남아 있어 줘. 보고 싶어 보고 싶어 보고

싶어 사랑해. 이 메일 보내자마자 전화할 테지만, 이런 건 글로 써주는 걸 네가 좋아
하는 것도 알아.

A

P.S. 리하르트 바그너가 엘리자 빌레에게. re: 루드비히 2세에 관하여 (1864년)
(네가 나한테 바그너 틀어줬던 거 기억나? 재수 없는 인간이었지만 이건 좀 대단해.)

내 젊은 왕이 진심으로 나를 숭배한다는 건 사실입니다. 우리 관계에 대해서는 무
엇이라 생각을 정할 수가 없어요. 젊었을 때 꾸었던 꿈 하나가 생각납니다. 옛날에
나는 셰익스피어가 살아 있는 꿈을 꾼 적이 있습니다. 정말로 내가 눈으로 보고 대
화도 나누었어요. 그 꿈에서 받은 인상을 잊을 수가 없었습니다. 그때는 베토벤을
만나고 싶다는 생각도 했었지요, 이미 세상을 떠난 후였지만 말입니다. 그와 비슷
한 생각이 나와 함께 있을 때 이 사랑스러운 남자의 머리를 스치는 모양입니다. 왕
은 나를 소유했다는 사실을 믿기가 힘들다고 말합니다. 그가 내게 써서 보내는 편
지들을 읽으면, 그 누구라도 경이로움과 매혹을 느끼지 않을 수 없습니다.

12

커피 텀블러와 두꺼운 파일들을 들고 들어온 자흐라의 손가락에는 다이아몬드 반지가 끼워져 있다. 준은 자흐라와 피츠버그 랠리를 하러 떠나려고 방에서 급하게 아침을 먹고 있다가 그만 와플을 침대에 떨어뜨렸다.

"오마이갓, Z, 그게 뭐예요? 약혼한 거예요?"

자흐라는 반지를 보고 어깨를 으쓱한다. "주말에 좀 쉬었어."

준이 입을 떡 벌린다.

"누구랑 사귀는지 언제 얘기해줄 거예요?" 알렉스가 묻는다. "게다가 누나가 대체 어떻게 연애를 하는지도!"

"아니, 안 돼. 특히 비밀 연애에 관한 한 딴 사람은 몰라도 너한테서 엿 같은 소리 듣고 싶지는 않아, 왕자비님."

"일리가 있네." 알렉스는 순순히 물러선다.

자흐라는 그 주제를 묵살하고, 준은 파자마 바지로 침대의 시럽을 닦기 시작했다.

"오늘 아침에 다뤄야 할 안건이 엄청나게 많아, 그러니까 정신 똑바로 차려, 꼬마 클레어몬트들."

자흐라는 준과 알렉스가 각자 커버할 논점을 주요 항목으로 정리해 양면으로 정리한 자료를 나눠주고 곧장 용건으로 들어갔다. 한참 목요일에 있을 시더래피즈(알렉스만 쏙 빼놓고 초대했다)의 유권자 등록 촉구 캠페인을 준비하고 있을 때 자흐라의 휴대전화에서 알림 소리가 핑, 하고 울린다.

"너희 둘 다 옷 입고 준비… 어…." 자흐라는 정신을 팔며 휴대전화 화면을 들여다본다. "어…." 공포에 질린 신음 소리가 새어나온다. "아, 시발 망했다."

"뭐예요?" 하지만 그 순간 무릎에 놓아뒀던 알렉스의 휴대전화도 울린다. 내려다보자 화면에 CNN의 푸시알림이 떴다. CNN: 민주당전당대회에서 헨리 왕자의 감시 카메라 영상 유출.

"아, 젠장."

준이 어깨너머로 읽는다.

어떻게 된 영문인지 "익명의 소식통"이 DNC에서의 그날 밤 베크먼 호텔 로비의 감시 카메라 영상을 유출한 모양이었다.

노골적인 영상은 아니었지만, 캐시를 대동한 두 사람이 어깨를 나란히 붙이고 바에서 걸어 나오는 모습이 아주 똑똑하게 찍혀 있었다. 그리고 엘리베이터에서, 헨리가 팔로 알렉스의 허리를 감은 채 캐시와 대화를 나누는 장면으로 컷이 넘어간다. 세 사람이 꼭대기 층에서 내리는 장면이 끝이었다.

자흐라는 말 그대로 살의를 품은 눈빛으로 알렉스를 노려본다.

"왜 우리 인생에서 이 하루가 이렇게 끈질기게 날 괴롭히는지 좀 설명을 해 볼래?"

"모르겠어요. 왜 이게 하필… 아니, 우리는 이거보다 위험한 짓도 많이
했는데…."

"그 말을 들으면 내 기분이 나아지겠니?"

"아니 내 말은, 아니 세상에 엘리베이터 영상을 유출하는 사람이 어디
있어요? 그런 걸 누가 확인해 봐? 비욘세 동생이 있었던 것도 아니고."

준의 휴대전화에서 찍찍 소리가 울리자 화면을 본 준이 욕을 했다. "시
발,「포스트」기자가 방금 나한테 워딩으로 코멘트를 요청했어. 너와 헨리
의 관계를 둘러싸고 추정이 난무하고 있는데, DNC 직후에 네가 캠페인
본부에서 사직한 일과 관련이 있느냐고."

준은 눈을 커다랗게 뜨고 자흐라와 준을 번갈아 쳐다본다.

"이거 엄청 나쁜 거죠, 그렇죠?"

"좋지야 않지." 자흐라는 폰에 코를 처박고 미친 듯이 타이핑을 하고 있
다. 아마 홍보팀에 몹시 강경한 문자로 이메일을 보내고 있을 것이다.

"우리한테 필요한 건 주의를 분산할 기삿거리야. 우리는… 너한테 데이
트를 시키거나 뭐 그래야겠다."

"혹시 우리가…." 준이 말을 꺼낸다.

"아, 시발, 쟤한테 데이트를 시켜야 해. 너희 둘 다 데이트하자."

"내가…." 준이 다시 시도한다.

"젠장 누구한테 전화를 돌려야 하지? 이 시점에서 너희 아무나와 데이
트를 해주겠다고 나설 정신 나간 여자애가 어디 있겠니?" 자흐라는 손바
닥으로 안구를 꾸욱 눌렀다.

"나한테 아이디어가 하나 있어요!" 준이 드디어 소리를 질렀다. 둘 다
준을 쳐다본다. 준은 손가락을 깨물며 알렉스를 본다. "하지만 네가 좋아

할지 모르겠어."

그러더니 핸드폰을 돌려서 자기 화면을 보여준다. 텍사스에서 페즈를
위해서 찍어줬던 사진 중 한 장이었다. 준과 헨리가 항구 부두에서 함께
한가롭게 놀고 있는 사진이었다. 둘만 보이도록 크기를 잘라 노라를 오려
낸 상태였다. 헨리는 선글라스 아래로 환하게 놀리듯 웃고 있고, 준이 헨
리의 뺨에 키스하고 있었다.

"나도 그 플로어에 있었어요. 사실관계는 아예 확인도 부정도 안 하는
거예요. 하지만 뭔가 암시할 수는 있겠지요. 열기가 좀 가라앉을 때까지."

알렉스는 침을 삼킨다.

준이 자기 대신 날아오는 총알을 맞을 태세가 되어있다는 건 알았다.
하지만 이렇게까지? 누나한테 이런 일까지 부탁하고 싶지는 않았다.

하지만 문제는, 효과가 있을 거라는 사실이다. 헨리와 준이 SNS로 쌓
은 우정은 아주 잘 기록되어 있다. 비록 절반이 콜린 퍼스의 움짤이긴 해
도. 맥락을 떼어놓고 보면 그 사진은 누가 봐도 커플 같다. 참하고 아름다
운 이성애자 커플이 함께 휴가를 즐기는 모습. 알렉스는 자흐라를 본다.

"나쁜 생각은 아니야. 헨리도 한 팀으로 움직여야지. 너 그거 괜찮겠
니?"

알렉스는 참던 숨을 길게 뱉는다. 정말 정말 원치 않는 일이지만, 한편
으로 다른 선택지가 있는지 잘 모르겠다.

"어, 네. 내가… 어, 알겠어요."

"이런 일이야말로 우리가 정말 원치 않았는데." 알렉스가 폰에 대고 말
한다.

"알아." 헨리의 목소리가 흔들린다. 헨리는 필립의 전화를 대기하고 있
다. "그래도."

"그래." 알렉스가 말한다. "그래도."

준이 텍사스에서 찍은 사진을 올리자 바로 이제까지의 게시물 중에서 가장 '좋아요'가 많이 달린 사진이 되었다. 몇 시간 내에 사진은 전방위로 퍼졌다. 「버즈피드」에는 헨리와 준의 관계에 대한 포괄적인 가이드가 올라왔고 불가피하게 왕실 결혼식에서 찍힌 그 망할 사진으로 이어졌다. 그들은 LA의 밤에 찍은 사진들을 파내고, 트위터 댓글 반응을 분석했다.

"설마 준 클레어몬트 - 디아즈가 넣을 #goals가 더 있을 거라고는 아무도 생각지 않는 동안, 프린스 차밍을 비밀리에 손에 넣은 걸까?"

또 다른 추정기사가 떴다.

"HRH의 절친 알렉스가 두 사람을 소개해주었나?"

준은 알렉스를 보호해줄 길이 있다는 생각만으로 안심한다. 해답과 증거를 찾아, 온 세상이 자기 인생을 낱낱이 파헤치고 있는데도. 알렉스는 전부 다 죽여버리고 싶어졌다. 아무나 어깨를 잡고 흔들면서 이 바보야, 헨리는 내 거야, 라고 외치고 싶다. 뱃속 깊은 곳에서 배신감을 느껴서는 안 되는데. 하지만 사람들은 모두 황홀하게 좋아하고 있다. 「폭스뉴스」를 뜨겁게 달굴 진실과 거짓말의 차이는 그저 젠더에 있을 뿐…. 어쨌든, 그건 상처가 된다.

헨리는 말이 없다. 필립은 경기를 일으켰고 여왕 폐하께서는 짜증을 내면서도 헨리한테 드디어 여자친구가 생겼다고 좋아하셨단다. 알렉스는 마음이 너무 좋지 않다. 숨 막히는 지시들, 진짜 자기가 아닌 사람을 연기해야 한다는 것, 알렉스는 늘 헨리의 도피처가 되려 노력했다. 자기 쪽에서 그런 압력을 넣게 될 줄은 몰랐다.

나쁘다. 위경련이 생기고, 사방의 벽이 죄어들어오는 것만 같고, 이게 실패하면 플랜B는 없다는 느낌, 그만큼 나쁘다. 런던에서 헨리와 지암볼로냐 앞에서 키스했던 게 불과 2주 전의 일이다. 그런데 이제 이렇게 되어 버리다니.

그들의 뒷주머니에는 또 하나 팔릴 만한 건수가 숨겨져 있다. 이것보다 훨씬 더 훌륭한 취급을 받아야 하는, 알렉스에게 유일한 여자관계. 노라가 빨강 립스틱을 바르고 관저로 와서 서늘하고 참을성 있는 손가락으로 그의 관자놀이를 꼭 찌르면서 말했다.

"나랑 데이트하러 나가자."

그들은 몰래 사진을 찍어 SNS에 퍼다 나를 만한 사람들이 가득한 대학가를 고른다. 노라가 알렉스 뒷주머니에 슬그머니 손을 찔러넣고, 알렉스는 자기 옆에 있는 노라의 친밀한 존재감에 집중하려 애쓴다. 뺨에 닿는 곱슬머리의 익숙한 느낌.

아주 아주 짧은 순간, 알렉스는 마음속 작은 한 부분에서 상상을 허락한다. 이게 진실이라면 얼마나 모든 일이 수월할까. 자연스럽게 이 최고의 친구와 편안하고 수월하고 조화로운 연애로 돌아간다면, 점보 슬라이스 피자집 밖에서 노라의 허리께에 기름진 손자국을 남기고, 조잡한 농담에 웃음을 터뜨릴 수 있다면. 사람들이 원하는 대로 노라를 사랑할 수만 있다면, 노라도 그를 사랑한다면, 그 이상 좋은 일이 어디 있을까.

그러나 노라는 그를 사랑하지 않고, 알렉스는 그녀를 사랑할 수 없고, 그의 마음은 지금 대서양 상공을 가르는 비행기에 있다. 다음날 준을 만나 점심을 같이 먹고 멋진 사진에 찍히러 오고 있는 사람. 그날 밤 방 침대에 누워 있는 알렉스에게 자흐라가 노라와 알렉스에 대한 트위터 타래로 가득한 이메일을 보내오고, 알렉스는 속이 메슥거린다.

헨리는 한밤중에 착륙하지만, 관저 근처에는 오지도 못하고 도시 반대편에 있는 호텔에 묵는다. 아침에 통화하는 목소리가 몹시 피로하게 들리고, 알렉스는 헨리가 돌아가는 비행기에 오르기 전에 어떻게든 만날 길을 찾아보겠다고 약속한다.

"부탁이야." 종잇장처럼 얇은 목소리로 헨리가 말한다.

이 시점에 어머니와 정부 관계자 및 선거 홍보팀의 절반은 북한의 미사일 실험에 대한 조치에 매달리고 있다. 그래서 준이 그날 아침 자기 SUV에 알렉스를 몰래 태우고 나가는 것도 아무도 몰랐다. 준이 알렉스의 팔꿈치를 꼭 잡고 건성으로 농담을 하지만, 카페에서 한 블록 떨어진 곳에서 차가 서자 미안하다는 듯 미소를 짓는다.

"네가 여기 있다고 말해줄게. 딴 건 몰라도, 그러면 힘든 게 좀 덜어질 수도 있잖아."

"고마워." 알렉스는 말한다. 문을 열고 내리려는 누나를 다시 붙잡고 알렉스는 말했다. "진심이야. 고마워."

준은 알렉스의 손을 잡고 힘을 꼭 준 후, 에이미와 함께 사라졌다. 그리고 알렉스는 경호팀이 탄 두 번째 차량과 애타는 감정만 벗 삼아 줍고 후미진 골목에 남겨졌다.

꼬박 1시간이 지난 후에야 준이 문자를 보내온다. 다 끝났어. 그다음에 이어지는, 이제 너한테 데리고 갈게.

그들은 떠나기 전에 계획을 다 짜두었다. 에이미가 준과 헨리를 다시 골목으로 데리고 온다. 그러면 정치범을 이송하듯 차량을 바꿔치기하는 것이다. 알렉스는 앞 좌석에 말없이 앉아 있는 요원들에게로 몸을 기울인다. 이 사태의 실상을 그들이 파악했는지 그 여부는 모르고, 또 알고 싶지도 않다.

"저기, 잠깐 시간 좀 주실래요?"

그들은 눈길을 교환하지만 순순히 차에서 내리고, 1분 후, 다른 차가 옆에 붙어서고 문이 열리는데, 그가 거기 있다. 헨리, 긴장으로 굳고 불행해 보이지만, 그래도 팔을 뻗으면 잡힐 곳에 있다.

알렉스는 본능적으로 헨리의 어깨를 잡고 끌어당겨 태우고 문을 닫는다. 이렇게 가까이서 보니 헨리의 안색이 희미하게 잿빛으로 변한 걸 알수 있다. 눈길도 똑바로 초점이 맞지 않았다. 이제까지 본 중에서 최악이었다. 격렬하게 분노를 폭발하거나 눈물을 그렁그렁 삼킬 때보다도 더 나빴다. 속이 다 파내진 것처럼 공허해 보였다.

"헤이." 알렉스가 말한다. 헨리의 시선은 아직도 초점이 잡히지 않고, 알렉스는 가운데 좌석으로 다가가 앉아 헨리의 시야로 들어간다. "헤이. 나봐. 나 여기 있어."

헨리의 손은 떨리고 숨은 밭게 헐떡거리고 있다. 알렉스는 징조를 안다. 공황장애가 임박했다는 나지막한 전조다. 손을 가만히 내려 헨리의 손목을 감아쥐어 보니 엄지 아래 맥박이 미친 듯 치달리고 있다.

헨리가 드디어 알렉스와 눈을 마주친다.

"싫어. 나, 이거 정말 싫어."

"알아."

"전엔…, 그래도 참을 만했어. 다른, 다른 가능성이 아예 없을 때는. 하지만, 젠장, 이건, 이건 지독해. 형편없는 코미디라고. 게다가 준과 노라라니. 뭐야, 그냥 이용당해주는 거야? 할머니는 내 전속 사진사를 데리고 와서 사진을 찍으라고 하셨어. 그거 알았어?"

헨리는 흡, 하고 숨을 들이켜지만, 공기는 헨리의 목에 걸렸다가 무시무시하게 전율하며 다시 튀어나왔다.

"알렉스, 나 이거 하기 싫어."

"알아."

알렉스는 다시 말하며 엄지로 헨리 미간의 주름을 펴주었다.

"알아, 나도 끔찍하게 싫어."

"젠장 이건 부당해!" 헨리의 목소리는 갈라지고 있었다. "엿 같은 내 조상님들은 이것보다 수천 배는 더 나쁜 짓을 하고 돌아다녔는데, 아무도 신경도 안 썼으면서!"

"베이비." 알렉스는 치켜 올려진 헨리의 턱을 제 손으로 내려주었다.

"알아, 정말 미안해, 베이비. 하지만 영영 이렇지는 않을 거야, 알았지? 내가 약속할게."

헨리는 눈을 감고 코로 숨을 내쉬었다.

"널 믿고 싶어. 정말이야. 하지만 결코 허락받을 수 없을까 봐 너무 무서워."

알렉스는 이 남자를 위해서라면 전쟁에라도 나가고 싶다. 이제까지 그에게 상처를 준 모든 사람, 모든 것들과 싸우고 싶다. 그러나 이번만큼은, 알렉스 자신이 차분한 쪽이 되어야 한다. 그래서 헨리의 목덜미를 부드럽게 어루만졌고, 힘없이 두 눈이 뜨이는 걸 확인한 후 부드럽게 미소를 지으며 이마를 맞댔다.

"그런 일은 없게 해줄게. 내가 지금 하는 말 잘 들어. 필요하다면 내가 할머니하고 몸싸움이라도 붙을 거야, 알았어? 게다가, 연세도 드셨잖아. 할머니는 내가 이길 수 있을 거야."

"그렇게 잘난 척은 안 하는 게 좋을 텐데." 헨리는 작게 웃으며 말했다.

"뜻밖의 검은 마술을 많이 숨기고 계신 분이야."

알렉스가 헨리의 양쪽 어깨를 손으로 꼭 움켜쥐며 웃었다.

"진짜야." 알렉스가 말하자 헨리가 다시 그를 본다. 아름답고 소중하고 마음 아픈 사람. 여전히 알렉스는 그를 위해서라면 기꺼이 자기 인생을 망칠 수도 있다.

"나도 정말 끔찍하게 싫어. 알아. 하지만 우리가 함께해내고 말 거야. 그리고 성공할 거야. 너와 나, 그리고 역사. 기억해? 우리는 그냥 죽자고 싸울 거야. 나한테 너밖에 없으니까, 알았지? 이 세상에서 그 누구도 너만큼 사랑할 수 없을 거야. 그러니까 내가 약속해. 언젠가는 그냥 우리 모습 그대로 살고, 다른 사람은 다 엿 먹으라고 하자."

알렉스는 헨리의 목덜미를 잡고 끌어당겨 힘차게 키스했다. 헨리가 손을 들어 알렉스의 얼굴을 찾자 헨리의 무릎이 좌석 중간의 콘솔에 부딪는다. 유리창에는 검은 선팅이 되어있지만, 그래도 이건 둘이서 공개적으로 키스하는 것에 가장 근접한 형태다. 무모한 짓인 건 알지만, 알렉스의 머릿속에는 온통 한 가지 생각밖에 없었다. 둘이 조용히 교환했던 다른 이들의 러브레터 구절들. 역사에 기록되어 전해진 말들.

"모든 꿈에서 너를 만나… 네 심장의 대부분을 워싱턴에… 고향처럼 네가 그리워… 우리 두 갈망하는 사랑들… 나의 젊은 왕."

언젠가는, 알렉스는 마음속으로 다짐한다. 언젠가는, 우리도.

정적 속에서 불안은 성마른 말벌처럼, 귓전에 윙윙거리는 날갯짓 소리처럼 느껴진다. 잠이 들려고 하면 쫓아와 소스라쳐 깨어나게 만들고, 관저 위아래층을 서성거리며 오르내리는 그를 끈질기게 따라붙는다. 감시당하고 있다는 느낌을 떨쳐내기가 점점 더 어려워진다.

최악인 부분은 가시적으로 끝이 보이지 않는다는 점이다. 적어도 선거가 끝날 때까지는 밀고 가야 했다. 그때도, 여왕이 노골적으로 금지할지 모른다는 불길한 가능성이 있었다. 알렉스는 이상주의자의 낙천성으로 그 가능성을 전적으로 받아들이지 않았지만, 그럴 가능성의 존재 자체는 부인할 길이 없었다.

알렉스는 D.C.에서 계속 잠을 설치고, 헨리는 런던에서 계속 잠을 설치고, 전 세계는 각자 다른 사람과 사랑에 빠져 있는 두 사람에 대해 말하느라 잠을 설쳤다. 노라와 알렉스가 손을 잡은 사진. 준이 과연 왕가의 구애를 받고 있다는 공식 발표가 여부에 대한 추정. 그리고 두 사람, 헨리와 알렉스는 플라톤의 『향연』을 묘사한 세계 최악의 삽화처럼 가운데에서 쭉 찢어져 피를 흘리며 각자의 삶으로 내던져졌다.

그런 생각만 해도 마음이 아파진다. 알렉스가 플라톤을 인용하는 사람이 된 이유가 헨리이기 때문이다. 헨리가 좋아하는 고전. 왕궁에 틀어박혀, 누구와도 말을 섞지 않고 있는, 사랑에 빠진 헨리.

두 사람이 아무리 노력해도, 서로가 멀어진다는 느낌을 지울 수는 없었다. 이 숨바꼭질 자체가 그들로부터 빼앗고, 또 빼앗아갔다. 신성했던 날들—LA의 밤, 호수의 주말, 리오에서 놓친 기회—을 빼앗아가서 더 구미에 맞는 기록들로 대체했다.

이야기의 골조는 다음과 같다. 해사한 얼굴의 두 청년은 각자 젊고 아름다운 두 여인을 사랑하고 결코 서로 사랑하지는 않는다.

헨리가 알기를 바라지 않는다. 헨리는 지금 이대로도, 가족의 비딱한 시선을 한 몸에 받으며 충분히 힘든 시간을 보내고 있다. 필립은 알고 있고 친절하지 않았다. 통화할 때는 차분하고 멀쩡한 척하지만, 별로 설득력이 없다는 건 알고 있다.

더 어렸을 때 알렉스는, 인생에 걸린 판돈이 훨씬, 훨씬 적었을 때는, 이렇게 불안이 심해지면 자기 파괴적으로 변하곤 했다. 알렉스가 캘리포니아에 있었다면 지프를 끌고 나가 음악을 빵빵 틀고 고속도로를 과속으로 달렸을 것이다. 텍사스였다면 술이 보관된 찬장에서 메이커스 위스키 1병을 훔쳐 라크로스팀 절반과 실없이 놀다가 나중에 리암의 창문으로 몰래 들어가 아침이 되면 잊기를 바랐을 것이다.

첫 대선 토론이 몇 주일 앞으로 다가왔다. 정신없이 바쁘게 할 수 있는 일도 없어서, 끙끙 앓고 스트레스만 키우면서, 만족스러운 물집이 생길 만큼 형벌 같은 달리기만 죽자고 했다. 자기 몸에 불이라도 질러 활활 타오르고 싶었지만, 남들한테 불타고 있는 모습을 그대로 보여줘서는 안 되었다.

빌린 파일 한 상자를 들고 근무 시간이 끝난 후 더크센 빌딩에 있는 아빠의 사무실로 돌아가고 있었다. 그때 퍼뜩, 한 가지 생각이 들었다. 알렉스가 불을 지를 사람이 하나 있다는 생각.

알렉스가 들어갔을 때 라파엘 루나는 사무실의 열린 창가에 서서 담배를 피우고 있었다. 라이터 옆에 말보로의 구겨진 담뱃갑 2개가 텅 빈 채 굴러다니고, 창턱에 놓인 재떨이에서는 담뱃재가 흘러넘치고 있었다. 문이 쾅 닫히는 소리에 뒤를 돌아본 라파엘 루나는 깜짝 놀라 연기구름을 쿨럭 내뱉었다.

"그런 거 자꾸 피우면 죽어요." 알렉스가 말한다. 덴버에서도 500번쯤 같은 말을 했지만, 오늘은, 그러면 좋겠다는 생각도 드네요, 라는 의미다.

"꼬맹아."

"그렇게 부르지 마세요."

루나가 돌아서서 담배를 재떨이에 비벼 끄는데, 턱 근육이 불끈 돋아났다. 언제나처럼 핸섬한 얼굴이지만 어쩐지 꼴이 형편없어 보인다. "넌 여기 오면 안 돼."

"그렇죠. 그냥 형이 나한테 무슨 배짱으로 할 말이 있을까 알고 싶었어요."

"지금 미합중국 상원 의원한테 무슨 말버릇이냐." 루나는 담담하게 말한다.

"네, 거물이시죠." 알렉스는 의자를 차고 루나에게 다가갔다. "막중한 임무를 맡고 계시죠. 제프리 리처즈의 똘마니 노릇을 하면서 어떻게 국민에게 봉사한다는 건지 말씀이나 해 보시죠?"

"여기 대체 뭐하러 왔니, 알렉스?" 루나는 미동도 없이 말한다. "나와 싸우자는 거냐?"

"이유를 말해주세요."

턱이 다시 불끈거린다. "이해 못 할 거다. 너는…."

"꼬맹이라고 부르기만 해 봐요. 진짜 폭발할 테니까."

"지금은 폭발한 게 아니라는 거냐?" 루나는 슬쩍 던지고는, 알렉스의 얼굴에 떠오른 살의를 봤는지 즉시 양손을 치켜들었다. "알았어, 타이밍이 안 좋다는 거지. 이봐, 알아. 거지같이 보이는 건 아는데, 하지만 여기엔 내가 운용할 수 있는 자원이 너는 상상도 못 할 정도로 많아. 이제까지 베풀어 준 너희 가족의 은혜는 영원히 잊지 않겠지만."

"우리한테 진 빚 따위는 관심도 없어요. 형을 믿었단 말이에요. 나한테 잘난 척하지 말아요. 형도 나를 알잖아요. 내가 그간 봐온 게 있잖아요. 형이 말하면 난 알아들어요."

루나의 담배 연기가 숨결에 느껴질 만큼 거리가 좁혀졌다. 충혈되고 시커멓게 그늘진 눈과 누렇게 뜬 뺨을 보자 희미한 깨달음이 떠올랐다. 그 얼굴은 어쩐지 비밀 요원의 차량에서 본 헨리를 닮았다.

"리처즈가 형의 약점을 잡고 있어요? 억지로 시키는 거예요?"

루나는 머뭇거린다.

"해야 할 일이니까 하는 거다. 내 선택이야. 다른 누구도 아니고."

"그럼 이유를 말해줘요."

루나는 깊이 숨을 들이쉬고 말한다.

"싫어."

알렉스는 루나의 얼굴에 주먹을 날리는 상상을 하다가, 안전거리를 두기로 하고 두 발 물러선다.

"덴버에서 그날 밤 기억나요?" 감정을 절제하는 알렉스의 목소리가 살짝 떨렸다. "배달 피자 먹으면서 형이 법정에서 변호했던 그 많은 아이 사진 보여줬을 때요. 볼더 시장이 준 훌륭한 스카치를 마셨잖아요? 형 사무실에 그 흉한 카펫에 벌러덩 누워서 생각했던 기억이 나요. '와, 나 정말 저 사람처럼 되고 싶다.' 형은 용감했거든요. 신념을 위해 일어섰잖아요. 그래서 도저히 머리에서 그 생각을 떨칠 수가 없어요. 형에 대해서 모든 사람이 다 아는데 어떻게 날마다 지금처럼 그렇게 살고 있을까."

루나가 눈을 꾹 감고 창턱에 몸을 기대자 알렉스는 드디어 진심이 통했나보다 생각했다. 그러나 다시 알렉스를 마주하는 루나의 시선은 싸늘하기만 하다.

"사람들은 나에 대해서 아무것도 몰라. 반도 몰라. 너도 마찬가지야. 젠장, 알렉스, 부탁이니까 나처럼 되지 마라. 다른 롤 모델을 찾아."

알렉스는 한계에 다다라 턱을 치켜들고 내뱉고 말했다. "벌써 나는 형과 같은걸요."

발로 찬 의자처럼, 그 말이 물리적으로 두 사람 사이의 공간에 걸려 있다. 루나가 눈을 껌벅인다. "무슨 말이니?"

"내가 하는 말 무슨 뜻인지 알잖아요. 내가 알기 전부터, 이미 형은 알고 있었잖아요."

"너 설마…." 루나는 말을 더듬으며 손사래를 친다. "넌 나와 달라."

알렉스는 그의 눈길을 차분하게 받는다.

"상당히 가까워요. 그리고 형은 내 말뜻 알 거예요."

"좋아, 알았어, 이 자식아." 루나가 드디어 말을 딱 끊는다. "내가 너한테 빌어먹을 셰르파 노릇이라도 해줘야 하는 거냐? 충고를 바란다면 해주지. 아무한테도 말하지 마. 괜찮은 여자애를 찾아서 결혼해. 넌 나보다 운이 좋아. 할 수 있잖아. 누굴 속이는 것도 아닐 테고."

하지만 알렉스는 자기 입에서 정신없이 쏟아지는 말을 막을 겨를도 없었다. 마지막 순간 간신히, 누군가 엿들을지도 모른다는 생각에 영어에서 스페인어로 바꾸었을 뿐. "Sería una mentira, porque no sería él." '그러면 거짓말일 거예요, 그 사람이 아니니까.'

라프가 말뜻을 알아듣는 순간을 알렉스는 놓치지 않는다. 날카롭게 숨을 들이쉬며 한발 물러서 등이 또다시 창턱에 부딪혔기 때문이다.

"이딴 소리를 나한테 하면 안 돼, 알렉스!"

루나는 재킷 안쪽 호주머니를 더듬어 담배를 1갑 더 꺼냈다. 1개비를 흔들어 꺼내고는 손을 더듬거리며 라이터를 찾는다.

"대체 넌 생각이 있기는 한 거냐? 나는 빌어먹을 반대편 캠페인에서 일하고 있잖아! 이딴 소리를 들으면 안 되는 거라고! 대체 이래서 어떻게 정치인이 된다는 거냐?"

"정치가 거짓과 은폐에 자기가 아닌 다른 사람이 되어야 하는 짓이라고, 누가 그래요?"

"그건 항상 그랬어, 알렉스!"

"형은 언제부터 그걸 믿게 됐는데요? 형, 나, 우리 가족, 우리가 같이 뛴 사람들, 우리는 정직한 사람들이 되기로 했었잖아요! 겉모습을 완벽하게 갖추고 2.5명의 자식을 가진 정치인이 되는 데는 1퍼센트도 흥미가 없어요. 사람들을 돕는 일이 중요하다고 하지 않았어요? 싸워야 한다고? 사람들한테 내 진짜 모습을 보여주는 일이 왜 양립 불가능하다는 거예요? 형은요, 라프?"

"알렉스, 제발, 제발 부탁이다. 젠장. 빨리 가. 난 이런 걸 알면 안 돼. 이딴 소리를 나한테 하면 안 된다고. 좀 더 조심스럽게 다뤄야 한단 말이야."

"맙소사." 허리에 손을 얹은 알렉스의 목소리에 원망이 가득하다. "있잖아요, 더 최악인 게요. 난 형을 진짜로 믿었어요."

"그랬다는 거 안다." 루나는 이제 알렉스를 쳐다보지도 않았다. "안 그랬으면 좋았겠지만. 지금은 가줬으면 좋겠구나."

"라프 형…."

"알렉스. 나가."

알렉스는 문을 쾅 소리 나게 닫았다.

관저에 다시 돌아온 알렉스는 헨리에게 전화를 걸려 한다. 헨리는 받지 않고 문자만 보낸다. 미안해. 필립과 미팅 중. 사랑해.

침대 밑으로 손을 넣어 캄캄한 어둠 속에서 간신히 찾아낸다. 메이커스 위스키 1병. 비상용으로 숨겨놓았던 거다.

"건배." 나직하게 말하고 뚜껑을 딴다.

지도에 관한 형편없는 은유

A [agcd@eclare45.com]   9/25/20 3:21 AM

h,

위스키 한잔 걸쳤어. 좀 참아 줘.

네가 하는 짓 중에. 이거. 내가 진짜 보면 미치겠는데. 항상 생각나거든.

입가에 있잖아. 어느 지점이 있는데. 무언가 잊을까 봐 겁나는 사람처럼 걱정스럽
게 꼭 아물린 지점. 옛날에는 싫었어. 거부하는 마음이 들 때 나타나는 틱 장애 같아
서.

그런데 네 입에, 입가에, 그 지점에 너무 많이 키스해서 이제 다 외웠어. 너라는 지
도의 도상학. 내가 아직도 측량하고 있는 세계. 알아. 그래서 열쇠 옆에 같이 걸었
어. 여기. 인치에서 마일까지. 확대하면 네 위도와 경도를 읽을 수 있고 묵주 기도처
럼, 네 좌표를 읊을 수 있어.

이거. 네 입. 그 자리. 그거 네가 자기를 드러내지 않으려 할 때 하는 거지. 항상 그런
다는 게 아니라. 너를 잡으러 오는 탐욕스러운 빈손들. 아니 너라는 진실 말이야. 네
심장의 괴상하고 완벽한 형태. 네 가슴 밖에 나와 있는 그거 말이야.

너라는 지도에서 내 손가락은 녹색의 구릉지를, 웨일스를, 서늘한 호수와 하얀 백
묵 같은 해변을 항상 찾을 수 있어. 기도의 원, 신성한 바위에서 깎아낸 네 오래된
부분. 네 허리 골은 내가 등반하다 죽을 암벽이야.

책상 위에 펼쳐 놓을 수 있다면 네 입가의 꼭 아물리는 곳을 손가락으로 집어서 펴 줄 거야. 그러면 낡은 지도들이 다 그렇듯 성인의 이름들이 여기저기 표시되겠지. 이제는 모든 성인의 이름을 부르는 기도를 이해해. 성인의 이름은 기적에 속하는 거야.

가끔은 너를 드러내, 스윗하트. 네 안에 너무 많은 게 담겨 있으니.

답도 없는 너의,
A

P.S. 윌프레드 오웬이 시그프리드 새순에게 (1917년)

그리고 당신은 내 삶을 고정시켰습니다. 아무리 짧더라도요. 나를 밝히지는 않았습니다. 나는 언제나 미친 혜성이었지요. 그러나 당신이 나를 고정했습니다. 한 달 동안 위성처럼 당신의 주위를 돌았지만, 곧 멀리 날아갈 거예요. 당신이 불타고 있는 궤도의 어두운 별 하나가 될 겁니다.

Re: 지도에 관한 형편없는 은유

Henry [hwales@kensingtonemail.com]   9/25/20 6:07 AM

장 콕토가 장 마레에게 (1939년)
나를 구원해준 것을 내 심장 밑바닥에서부터 감사하네. 나는 익사하고 있었고 자네는 망설임도 없이, 뒤도 한 번 돌아보지 않고 물로 몸을 던졌지.

탁자에 놓아둔 휴대전화가 윙윙 울리는 소리에 알렉스는 죽음 같은 잠에서 퍼뜩 깨어났다. 반쯤 침대에서 떨어지다시피 폰을 더듬어 받았다.

"여보세요?"

"너 대체 무슨 짓을 한 거니?" 자흐라의 목소리가 거의 악을 쓴다. 타닥타닥 하이힐 소리며 중얼중얼하는 욕설로 보아 자흐라는 어딘가로 뛰어가고 있었다.

"어." 눈을 비비며 뇌를 다시 가동하려 한다. 무슨 짓을 했더라? "좀 더 구체적으로 말해줄래요?"

"시발 뉴스를 확인해, 이 발정 난 개자식아. 얼마나 멍청하기에 사진이 찍혀? 내가 진짜!"

자흐라의 마지막 말은 귀에 들어오지도 않았다. 내장이 바닥을 뚫고 떨어져 지하 2층에 처박혔다.

"시발."

손이 덜덜 떨린다. 자흐라와의 통화를 스피커폰으로 돌리고 구글을 열어 자기 이름을 검색했다.

속보: 헨리 왕자와 알렉스 클레어몬트-디아즈의 염문이 사진으로 밝혀지다!

미친다 미쳐: FSORUS와 헨리 왕자-완전 딱 걸렸어

FSOTUS가 헨리 왕자에게 보낸 뜨거운 연애편지 대공개

로열패밀리는 미국 대통령 아들과 헨리 왕자의 관계에 대한 보도에 노코멘트로 일관

헨리 왕자와 FSOTUS 기사를 읽은 우리의 반응을 완벽하게 묘사하는 25개의 움짤

히스테리에 거품 같은 웃음소리가 자기도 모르게 목구멍에서 터져 나왔다.

침대 문이 벌컥 열리고 자흐라가 들어와 문을 쾅 닫았다. 강철 같은 분노 표출로도 그 얼굴에 떠오른 순수한 공포를 다 가리지는 못했다. 알렉스의 뇌가 침대 헤드보드 뒤에 있는 패닉 버튼으로 치닫고, 자기가 출혈과다로 죽기 전에 경호원들이 도착할까 하는 생각이 스친다.

"너는 모든 대외 소통이 금지야."

자흐라는 알렉스에게 주먹을 날리는 대신 폰을 빼앗아 블라우스 주머니에 집어넣는다. 다급하게 나오느라 블라우스 단추가 엇갈리게 채워져 있다. 자흐라는 헐벗다시피 한 알렉스는 쳐다보지도 않고 두 팔 가득 안고 온 신문들을 이불 위에 내던졌다.

「퀸 헨리!」

「데일리 메일」에는 헤드라인에 거대한 글자로 '미합중국 대통령 아들과 왕자의 게이 스캔들을 파헤치다!'라고 쓰여 있다.

커버에는 카페 뒤의 자동차 뒷좌석에서 키스하는 그와 헨리의 확대 사진이 똑똑히 찍혀 있었다. 앞쪽 차창 밖에서 망원 렌즈로 찍은 게 틀림없는 사진이었다. 선팅한 창문들. 그런데 빌어먹을, 앞유리창을 잊고 있었다.

좀 더 작은 사진 두 장은 페이지 아래쪽에 실려 있었다. 하나는 베크맨의 엘리베이터 사진이고 또 하나는 윔블던에서 나란히 앉아 알렉스가 귓가에 뭔가 속삭이자 헨리가 부드럽고 사적인 미소를 짓고 있는 모습이었다.

빌어먹을 젠장, 미친. 엿 된 거다. 헨리도 완전히 엿 된 거다. 그리고 어머니의 캠페인도 엿 됐고, 정치인 경력도 엿 먹었고, 귀가 윙윙 울리고 토할 것 같다.

"젠장. 나 휴대전화 필요해요. 헨리한테 전화해야…."

"안 돼. 내가 죽어도 그건 안 돼." 자흐라가 말한다. "아직 어떻게 이메일이 유출됐는지 모르니까 유출 경로를 알 때까지는 죽은 듯 침묵해야 해."

"어… 뭐라고요? 헨리 괜찮아요?"

맙소사, 헨리. 온통 공포에 질린 헨리의 파란 눈만 머릿속에 가득하다. 가쁘게 밭은 숨을 몰아쉬며 켄싱턴궁의 자기 방에 혼자 갇혀, 굳게 입을 다물고 있을 모습을 떠올리자 목구멍이 타들어가듯 쓰리다.

"대통령께서는 현재 새벽 3시에 일어나 끌려온 인론홍보 담당 직원들과 회의를 하고 계셔." 자흐라는 알렉스의 질문을 못 들은 척했다. 자흐라의 손에 들린 휴대전화가 쉬지 않고 울리고 있다. "지금은 국가 비상 사태야. 그리고 옷 좀 걸쳐라."

자흐라가 드레스룸으로 사라지자 알렉스는 기사가 있는 면을 펼쳤다. 심장이 쿵쾅거렸다. 안에는 더 많은 사진이 있었다. 훑어보려 하지만 생각할 것들이 너무 많았다.

두 번째 페이지에 두 사람이 나눈 이메일들이 활자로 인쇄되어 주석이 붙어 있었다. 그중 하나에는 '헨리 왕자, 은밀한 시인?'이라는 제목하에 알렉스가 그간 수천 번 읽었던 그 구절이 이어졌다.

우리가 헤어져 있을 때는 꿈속에서 네 몸이 내게 돌아온다고 네게 말해줘야 할까.

"젠장!" 알렉스는 세 번째로 외치며 신문을 바닥에 내던졌다. 그건 '그만의 것'이었다. 하지만 신문에서 보니 음탕하고 외설적으로 느껴졌다.

"시발 어떻게 저걸 손에 넣었지?"

"그래. 너희가 결국 해냈다."

자흐라는 하얀 버튼다운 셔츠와 청바지 1~2벌을 알렉스에게 휙 집어던졌고, 알렉스는 침대에서 벌떡 일어났다. 자흐라는 알렉스가 청바지를 주워 입는 동안 잡고 있으라고 한쪽 팔을 내밀었고, 그 험한 말들에도 불구하고 알렉스는 그런 자흐라가 고마워서 가슴이 벅차올랐다.

"최대한 빨리 헨리와 통화를 해야 해요. 도저히 상상이…. 우리가 얘기를 좀 해야 된다고요!"

"신발이나 신어. 뛰어야 하니까." 자흐라가 말한다. "우선순위 1번은 피해를 최소화하는 거고, 감정은 그다음이야."

알렉스는 운동화를 가까스로 주워 신으면서 서쪽으로 달려간다. 뇌가 상황을 따라잡으려고 정신없이 돌아간다. 이 사태가 발전 진행할 수 있는 5,000가지 시나리오가 머릿속에서 펼쳐진다. 10년 후 국회 의사당에서 싸늘하게 거부당하는 모습, 추락하는 호감도, 왕위 승계 서열에서 지워진 헨리의 이름, 경합이 이뤄지는 주에서 지지를 철회하는 바람에 패배하는 엄마.

인생이 골로 가게 생겼는데 누구한테 제일 화가 나는지도 알 수가 없다. 자기 자신인지, 「데일리 메일」인지, 아니면 왕실인지, 이 나라 전체인지.

자흐라가 문 앞에서 딱 멈춰서는 바람에 알렉스는 하마터면 등에 부딪힐 뻔했다.

알렉스가 회의실 문을 밀어 열자 실내가 쥐죽은 듯 정적에 휩싸인다.

어머니가 상석에서 그를 노려보다 담담하게 말한다.

"밖으로."

처음에는 자기한테 한 말인 줄 알았지만, 어머니는 시선을 돌려 회의 테이블에 앉아 있는 사람들에게로 향한다.

"내 말뜻이 분명하지 않았나요? 전원, 밖으로, 지금 당장. 나는 우리 아들하고 할 얘기가 있으니까."

13

"앉아."

엄마의 말에 알렉스의 뱃속에서 공포가 덩어리로 엉겨 붙는다. 무엇을 기대해야 할지 전혀 알 수가 없다. 키워주신 부모님이라고 해도 세계 지도자로서 취할 입장은 전혀 다를 테니까.

자리에 앉자 침묵이 머리 위에 맴돈다. 엄마의 손은 고심하는 듯한 자세로 입술에 대어져 있다. 몹시 피곤해 보인다.

"너는 괜찮니?" 마침내 엄마가 말한다.

놀라서 고개를 들어 보니 눈빛에 분노의 기미가 없다. 대통령은 경력을 끝장낼 스캔들의 벼랑 끝에 서서도 호흡을 고르게 유지하고 아들의 대답을 기다리고 있다.

오.

별안간 잠시 멈춰 자신의 감정을 들여다볼 여유가 전혀 없었다는 생각이 든다. 그냥 그럴 시간이 없었다. 감정에 손을 뻗어 이름을 붙이려 해 보지만, 뭐라고 꼭 짚어 말할 수가 없고, 내면에서 뭔가 부르르 떨더니 완전히 닫혀버린다.

이 인생에서 자기가 처한 자리를 버리고 싶다는 소망을 해 본 적은 별로 없지만, 이 순간만큼은 그렇다. 이런 대화는 다른 삶에서 나누고 싶다. 단둘이 저녁 식사 테이블에 앉아 있는데 엄마가 착하고 점잖은 남자 친구에게 어떤 감정이냐고, 그 친구는 자기 정체성을 받아들이는 데 문제가 없냐고, 묻고 있다면 좋겠다. 이렇게가 아니라. 웨스트윙 브리핑룸 테이블에 앉아 자기가 쓴 음탕한 이메일을 쫙 깔아 둔 상황에서가 아니라.

"나는…."

끔찍하게도, 목소리가 덜덜 떨리면서 흘러나오자, 알렉스는 재빨리 삼킨다.

"모르겠어요. 이런 식으로 밝히려던 건 아니었어요. 제대로 말 할 기회가 올 줄 알았어요."

엄마의 얼굴에서 무언가 부드러워졌다가 다시 굳어졌고, 알렉스는 엄마가 던진 질문을 넘어 더 많은 대답을 해버렸다는 걸 깨달았다.

엄마가 손을 뻗어 알렉스의 손을 감쌌다.

"넌 내 말 잘 들어."

엄마의 턱이 철갑을 두른 듯 확고하다. 국회에서 기 싸움을 할 때, 독재자들의 기를 꺾을 때, 본 적 있는 호전적인 얼굴이다. 엄마의 손길은 차분하고 강인하다. 워싱턴 휘하에서 전쟁에 나가는 기분이 이랬을까, 반쯤 넋이 나간 채로 알렉스는 생각한다.

"나는 네 엄마야. 대통령이 되기 전부터 네 엄마였고, 대통령직을 내려놓은 후에도, 내가 땅에 묻히고 이승을 떠나는 순간까지 네 엄마일 거야.

넌 내 아이야. 그러니까 네가 진지한 감정이라면 얼마든지 응원할게."

알렉스는 말이 없다.

하지만 대선 토론은요. 하지만 총선은요.

엄마의 눈빛은 단단하다. 그런 말을 꺼낼 만큼 엄마를 모르는 알렉스가 아니다. 엄마가 알아서 할 수 있다.

"그러면, 그 애에 대한 네 감정은 영원한 거니?"

그러자 고뇌할 여유도 남지 않는다. 그간 줄곧 알고 있었던 사실을 입 밖에 내어 털어놓는 수밖에 없다.

"네, 그래요."

엘런 클레어몬트는 천천히 숨을 뱉지만, 작고 은밀하게 미소를 짓는다. 대중 앞에서는 절대로 보이지 않는, 얼굴이 일그러져 예쁘게 보이지 않는 그런 웃음. 트래비스 카운티의 작은 주방에서 엄마 무릎에 매달려 있던 어린아이였을 때 아주 많이 보아 너무나 잘 아는 그 웃음.

"그럼, 됐다고, 다 집어치우라고 하자."

「워싱턴 포스트」

헨리 왕자와 알렉스 클레어몬트-디아즈의 염문에 관한 상세한 내용이 수면으로 떠오르자 백악관이 침묵에 빠져들다

2020년 9월 27일

"역사를 생각하면 언젠가는 그 안에 내 자리도 있을까 어떤 자리일까 궁금해져."

대통령의 아들 알렉스 클레어몬트-디아즈는 오늘 아침 「데일리 메일」이 공개한 헨리 왕자와의 이메일에서 이렇게 썼다. "그리고 너도."

그 질문에 대한 답은 대통령의 아들이 헨리 왕자와 염문이 있다는 사실이 밝혀지면서 예측보다 훨씬 일찍 도착한 것 같다. 클레어몬트 대통령의 재선에 미합중국이 표를 던지기 불과 두 달을 앞두고 열강인 두 나라가 얽힌 사건이 터지는 바람에 중대한 후유증이 예상되기 때문이다.

FBI와 클레어몬트 행정부의 보안 전문가들이 모여 이 관계의 증거를 영국 타블로이드에 유출한 출처를 찾고 있는 현재, 대개 세간의 이목을 마다하지 않는 퍼스트 패밀리는 문을 걸어 잠갔고, 아무런 공식적 입장을 내놓지 않고 있다.

"퍼스트 패밀리는 늘 그래왔듯이 앞으로도 사생활과 대통령 직무수행의 정치적, 외교적 의무를 각별히 분리할 것입니다." 백악관 대변인 데이비스 서덜랜드는 오늘 아침 짧은 기자 회견을 열고 이렇게 말했다. "이 지극히 사적인 문제에 대처하는 동안 미국 국민의 인내심과 이해심을 구하는 바입니다."

오늘 아침 「데일리 메일」은 대통령의 아들 알렉스 클레어몬트 - 디아즈는 적어도 올해 2월부터 헨리 왕자와 낭만적이고 또한 육체적인 관계를 맺어 왔다고 주장하며, 입수한 이메일과 사진들을 증거로 제시했다.

이메일 전문은 '워털루 서한'이라는 제하에 위키리크스에 업로드되었는데, 헨리 왕자가 한 이메일에서 언급한 바 있는 버킹엄 팰리스 가든의 워털루 베이즈를 따서 지은 제목으로 알려져 있다. 서신의 교환은 일요일 밤까지 정기적으로 이어졌으며 백악관저 거주자가 사용하는 사적인 이메일 서버에서 유출된 것으로 보인다.

"국제관계와 전통적 가족의 가치의 문제에 클레어몬트 대통령이 중립적 입장을 유지하지 못할 경우 그 막중한 파문은 차치하더라도, 이 개인 이메일 서버 자체가 지극히 염려됩니다." 오늘 오전 기자 회견에서 공화당 대통령 후보인 제프리 리처즈 의원이 이렇게 밝혔다. "이 서버에서 대체 어떤 정보가 유통되고 있다는 말입니까?"

리처즈는 또한 미국의 유권자들은 클레어몬트 대통령의 서버가 또 어떤 일에 유용되었는지 모든 것을 알 권리가 있다고 덧붙여 말했다.

클레어몬트 행정부의 측근들은 조지 W. 부시 대통령 재임 기간에 개설된 개인 서버와 흡사하다고 주장하며, 백악관 내의 일상적 활동과 퍼스트 패밀리와 핵심 백악관 인사의 사적인 소통을 위해서만 활용되었다고 주장한다.

전문가들이 일차적으로 '워털루 서한'을 검토한 결과, 퍼스트 선과 헨리 왕자 관계의 본질 외에 국가 기밀 정보나 콘텐츠가 유출된 증거는 없는 것으로 밝혀졌다.

끝없는, 견딜 수 없는 5시간 동안, 알렉스는 웨스트윙의 이 방 저 방을 돌아다니며 어머니의 행정부가 끌어모을 수 있는 모든 전략 참모, 대언론 홍보팀, 위기관리 전문가를 만나고 다녔다.

맑은 정신으로 기억할 수 있는 딱 한순간은 어머니를 후미진 구석으로 끌고 가 말했던 때다.

"내가 라프에게 말했어요."

엄마는 물끄러미 바라보았다.

"라파엘 루나에게 네가 바이섹슈얼이라고 말했다고?"

"라파엘 루나에게 헨리 이야기를 했어요." 알렉스는 무표정하게 말했다. "이틀 전에."

엄마는 왜냐고 묻지 않고, 어두운 한숨을 짓는다. 두 사람은 함의를 곰곰 생각한다. 하지만 엄마가 먼저 말한다.

"아니, 아니야. 이 사진들은 그보다 먼저 찍었어. 루나였을 리가 없어."

알렉스는 자신의 연애에 관해 작성된 수많은 자료, 유리한 점과 불리한 점을 열거한 목록들, 온갖 다른 결과 모델들, 빌어먹을 차트와 그래프와 데이터를 보고, 둘의 관계가 주위의 세계에 미치는 엄청난 영향을 생각해 본다. 이게 바로 네가 끼친 피해야, 알렉스. 엄정한 팩트와 숫자들이 면전에서 그렇게 말하는 것 같다. 네가 상처입힌 사람들이 바로 이거야.

스스로가 밉지만, 아무것도 후회되지 않는다. 그래서 나쁜 사람이 되고 더 나쁜 정치가가 될지는 몰라도, 헨리를 후회하지는 않는다.

끝없는, 견딜 수 없는 5시간 동안, 헨리와의 연락조차 금지된다. 대변인이 성명서 초안을 작성한다. 다른 비망록과 하나도 달라 보이지 않는다.

5시간 동안, 샤워를 하지도, 옷을 갈아입지도, 소리 내어 웃지도, 미소를 띠거나 울지도 않는다. 아침 8시가 되어서야 풀려나 관저에 머물면서 지시를 기다리라는 명령을 받는다.

드디어 휴대전화를 돌려받았지만, 헨리에게 전화해도 답이 없고, 문자를 보내도 답이 없다. 아무 연락도 없다.

에이미가 계단을 오르는 알렉스 곁에서 나란히 걸어준다. 아무 말도 하지 않고, 그리고 이스트와 웨스트윙의 방들이 나뉘는 복도에 오르자 그들이 보인다.

정수리에 머리카락을 아무렇게나 올려 묶고 분홍색 가운을 걸친 준, 누나의 눈가가 빨갛게 물들었다. 날카롭고 사무적인 검은 원피스와 뾰족한 하이힐 차림에 입을 굳게 다문 엄마. 파자마 차림에 맨발로 나온 레오 아저씨. 그리고 아빠, 한쪽 어깨에 가죽 더플백을 걸치고, 걱정과 피로에 지친 얼굴.

그들이 다 같이 돌아서서 그를 보자, 알렉스는 자기 자신보다 훨씬 더 커다란 무언가에 압도당하는 느낌이 든다. 멕시코만에서 아장아장 서 있다가 발을 빨아들이는 이안류를 만났을 때처럼. 원치 않은 소리가 목에서 새어 나온다. 자기도 뭔지 파악조차 되지 않는 소리, 그러자 준이 제일 먼저 알렉스를 붙잡고, 나머지 다른 식구들, 팔과 팔, 손과 손, 바짝 끌어당기고 얼굴을 어루만지는 손길들, 결국 알렉스는 바닥에 주저앉는다. 그가 싫어하는 흉측한 골동품 러그 바닥에 주저앉아 그 러그와 러그의 실밥을 노려보며 귓전을 때리는 멕시코만의 파도 소리를 들으며 아득하게, 아, 이게 바로 공황발작이구나, 생각한다. 그래서 숨이 쉬어지지 않는 거구나, 하지만 알렉스는 그냥 러그만 노려보고 있고 공황발작이 닥쳐오고 허파가 움직이지 않는 이유를 안다고 해서 허파를 다시 움직일 수 있는 게 아니라는 걸 깨닫는다.

희미하게 방으로, 침대로 옮겨지고 있다는 의식이 든다. 침대 위에는 아직도 저주받을 신문들이 널려 있고, 누군가 그 위로 부축해 데리고 가자 알렉스는 주저앉아서 머릿속에서 목록을 작성하려고 아주, 아주 열심히 노력한다.

하나.

하나.

하나.

가위에 눌리고 얕은 잠에서 소스라쳐 깨면, 식은땀이 흐르고 온몸이 떨린다. 짧고 파편적인 장면들이 불규칙적으로 부풀었다 사라지는 꿈을 꾼다. 전쟁에 나가는 꿈을 꾼다. 진흙투성이 참호에서 가슴 윗주머니에 간직한 연애편지가 붉은 피로 물든다. 트래비스 카운티의 집이 꿈에 나온다. 문이 잠겨 있고, 다시는 그를 들여보내 주지 않는다. 왕관의 꿈을 꾼다.

딱 한 번, 아주 짧게, 호숫가 별장의 꿈을 꾼다. 달빛 아래 오렌지색 신호등이 깜박였다. 그곳에 선 자신의 모습이 보인다. 목까지 물에 잠겨 있다. 부두에 나신으로 앉아 있는 헨리가 보인다. 서로 꼭 깍지를 낀 준과 노라가 보인다. 그리고 그사이 풀밭에 페즈가 있고, 베아가 분홍색 손톱으로 젖은 흙을 파고 있다.

바로 옆의 나무들 사이에서 딱딱, 딱, 가지 부러지는 소리가 들린다.

"봐." 헨리가 손가락으로 하늘의 별을 가리킨다.

그리고 알렉스는 말하려 한다, 저 소리 못 들었어? 말하려 애쓴다, 뭔가 닥쳐오고 있어. 입을 벌린다. 반딧불이 우수수 쏟아져 나오고, 아무 소리도 나지 않는다.

눈을 뜨자 준이 베개 옆에 앉아 잘근잘근 씹은 손톱으로 아랫입술을 꾹 누르고 있다. 아직도 가운을 걸친 채 곁을 지키고 있다. 준이 손을 내려 알렉스의 손을 꼭 힘주어 잡는다. 알렉스도 잡은 손에 꼭 힘을 준다.

꿈들 사이로 복도에서 숨죽인 말소리가 간혹 들린다.

"응답이 없습니다." 자흐라의 목소리가 말한다. "전혀 없어요. 아무도 우리 전화를 받지 않고 있습니다."

"어떻게 우리 전화를 받지 않을 수가 있지? 내가 빌어먹을 대통령인데."

"한 가지 조치를 취하게 해주십시오. 약간 외교적 의전에 벗어나는 일입니다만."

답글: 퍼스트 패밀리는 우리에게 거짓말을 하고 있다. 미국의 국민을 속이고 있다! 또 무슨 거짓말을 하고 있을까?

트위터: 난 알았어, 알았다고. 알렉스가 게이라는 걸. 얘들아 내가 그렇다고 했잖니.

답글: 12살짜리 딸아이가 종일 울고 있어요. 아기 때부터 꿈이 헨리 왕자와의 결혼이었거든요. 실연해서 마음이 너무 아픈가 봐요.

답글: 이 사실을 은폐하는 데 연방 예산이 한 푼도 들어가지 않았다는 걸 우리가 지금 믿으란 말인가?

트위터: ㅅㅂㅅㅂ 헨리의 대학 동창이 파티에서 찍은 사진 올린 거 봤어? 그냥 딱 봐도 완전 게이야.

트위터: @WSJ에 #워털루 서한이 클레어몬트 백악관 내부의 실상에 대해 무엇을 말해주는가에 대해 칼럼을 기고했습니다.

그리고 더 많은 답글. 중상과 모략. 거짓말들.

준은 알렉스의 핸드폰을 압수해 소파 쿠션 밑에 쑤셔 넣는다. 항의할 기운도 없다. 헨리는 어차피 전화하지 않을 테니까.

오후 1시, 12시간 만에 두 번째로, 자흐라가 침실 문을 벌컥 열고 들어온다.

"가방 챙겨. 런던으로 갈 거야."

준이 짐 싸는 일을 도와준다. 알렉스는 배낭에 청바지와 신발 두어 켤레와 낡은 해리 포터 시리즈, 『아즈카반의 죄수』한 권을 쑤셔 넣은 후, 깔끔한 셔츠를 걸치고 방에서 나온다. 자흐라가 복도에서 자기 가방과 잘 다린 알렉스의 새 양복을 들고 있다. 여왕의 접견에 적합하다고 판단한 네이비색의 얌전한 정장이었다.

자흐라는 말을 극도로 아꼈고, 버킹엄궁이 안팎의 커뮤니케이션 채널을 모두 닫아 버렸기 때문에 무작정 가서 접견을 요구하는 수밖에 없다고만 말했다. 자흐라는 샤안이 동의할 거라 자신하면서, 안 그러면 완력으로 제압하는 수밖에 없다고 했다.

알렉스의 직감에서 이리저리 굴러다니는 느낌은 굉장히 묘했다. 엄마는 진실을 공개하는 데 동의했고, 그것만도 믿기지 않는 기적이었다. 그러나 왕실에도 같은 일을 기대할 수는 없었다. 무조건 부인하라는 명령을 받을지도 모른다. 사태가 그 지경에 이르면 그저 헨리를 붙들고 도망칠 작정이다.

헨리가 전부 가짜인 척하는 연극에 공모하지는 않을 것이다. 거의 절대적으로 확신할 수 있다. 알렉스는 헨리를 믿고, 헨리는 알렉스를 믿는다.

그러나 시간을 더 갖기로 한 것도 사실이다.

관저에는 알렉스가 눈에 띄지 않고 몰래 나갈 수 있는 측면 출입구가 있다. 준과 부모님이 그곳으로 배웅을 나왔다.

"겁나는 일이라는 건 안다." 엄마가 말한다. "하지만 넌 할 수 있어."

"본때를 보여주고 와." 아빠가 말한다.

준은 그를 포옹한다. 알렉스는 선글라스와 모자를 쑤셔 넣고 문밖으로 뛰어나가 이 모든 일이 끝날 그 어딘가로 향한다.

캐시와 에이미가 비행기에서 대기하고 있다. 두 사람이 임무에 자원한 걸까 문득 궁금해지지만, 감정을 다시 추스르려 애쓰고 있는 마당에 도움이 되는 생각은 아니었다. 곁을 지나치는 캐시와 주먹을 마주치고 에이미를 본다. 에이미는 청재킷에 노란 꽃을 수놓고 있다가 알렉스에게 고개를 끄덕하며 인사했다.

모든 일이 너무나 빠르게 일어나 버렸다. 그래서 무릎을 세워 턱을 괴고는 이륙하는 비행기에 앉아 있는 지금이 알렉스가 처음으로 이 모든 사태를 돌아보고 생각하는 시간이다.

사람들이 다 알게 됐기 때문에 마음이 상한 건 아니다. 데이트 상대나 좋아하는 것에 관한 한, 알렉스는 누구의 눈치도 보지 않고 늘 당당했다. 물론 지금 이 사태는 전적으로 차원이 다르긴 하지만 그래도. 심지어 알렉스 안에 있는 거만한 고집불통 기질은 마침내 헨리에게 소유권을 주장할 수 있다는 사실이 조금 기쁘기도 했다. 당연하지, 그 왕자? 세계에서 가장 매력적인 신랑감? 영국 억양에, 그리스 신 같은 얼굴에, 끝도 없이 긴 다리? 내 거야.

하지만 그건 아주, 아주 미미한 일부에 지나지 않는다. 나머지는 매듭 처럼 꽁꽁 뭉친 공포, 분노, 피해 의식, 수치심, 불안감, 공황이다. 세상 사람들 모두가 봐도 되는 결점들도 있지만—허풍떠는 주둥이, 변덕스러운 감정, 불같은 성질—이건 다르다. 이건 아무도 없을 때만 안경을 끼는 것과 같다. 그가 얼마나 결핍된 인간인지 그건 아무에게도 보여줄 수 없다.

사람들이 자기 몸을 생각하고 가상이든 실제든 자기 성생활에 대해 제멋대로 써 갈기는 건 아무래도 좋았다. 그러나 그들이 지극히 사적인 그만의 단어로, 자기 심장에서 쏟아져 나온 마음을 써 내려간 글들을 알게 됐다는 건 싫었다.

그리고 헨리. 맙소사, 헨리. 그 이메일들, 그 편지들, 그건 헨리가 진짜로 생각하는 바를 유일하게 쓸 수 있던 공간이었다. 헨리가 게이라는 것, 베아가 재활센터에 갔던 일, 여왕이 암묵적으로 헨리의 커밍아웃을 막은 사실까지. 아무 거리낌 없이 모든 걸 다 활짝 펼쳐 보여주었다. 알렉스는 아주 오랫동안, 불성실한 천주교인이었다. 하지만 고해가 성사라는 건 안다. 고해는 완벽하게 비밀이 지켜져야 했다.

시발.

가만히 앉아 있을 수가 없다. 『아즈카반의 죄수』를 네 페이지밖에 못 읽고 던져 버렸다. 트위터에 자기 연애사를 낱낱이 파헤친 기사를 보고 앱을 꺼버렸다. 제트기 복도를 서성거리고 좌석 밑바닥을 발길질했다.

"제발 좀 앉아 있을래?" 20분 동안 안절부절 기내를 돌아다니는 그를 보다 못한 자흐라가 말한다. "너 때문에 내 궤양이 다 도지겠다."

"거기 가면 우리를 들여보내 줄까요?" 알렉스는 묻는다. "들여보내 주지도 않으면 어떻게 해요? 뭐야, 왕실 근위대를 불러서 체포라도 하면 어떡해요? 그렇게도 할 수 있나? 그럼 에이미가 대신 싸워줄 수 있겠죠. 맞서 싸우려고 하면 에이미도 체포할까요?"

"젠장, 제발 좀." 자흐라가 앓는 소리를 내더니 휴대전화를 꺼내 번호를 누른다.

"누구한테 전화해요?"

한숨을 쉬더니 자흐라가 신호가 가기 시작하는 폰을 귀에 댄다.

"샤안 스리바스타바."

"샤안이 우리 전화를 받아줄 거라고 어떻게 자신해요?"

"개인 전화니까."

알렉스는 멍하니 쳐다본다.

"샤안의 개인 전화번호를 알고 있었으면서 아직 안 썼어요?"

"샤안." 자흐라가 말을 끊는다. "잘 들어, 이 나쁜 새끼야. 우리 지금 비행 중이야. FSOTUS와 함께 있어. 6시간이면 도착해. 당신이 차 대기해 놔. 우리는 여왕을 만날 거고, 또 누구든 이 지랄 같은 상황을 풀 수 있는 사람이면 무조건 다 만날 거니까, 날 도와주든지, 아니면 당신 고환을 떼서 내 귀걸이로 쓸 줄 알아. 젠장 망할 당신 인생을 다 활활 불태워서 재도 남지 않게 해주겠다고."

자흐라가 잠시 말을 멈춘다. 추정이지만 샤안의 동의를 받아내기 위해서였을 것이다. 알렉스로서는 샤안이 다른 답을 내놓는다는 상상조차 할수가 없었다.

"자, 이제 헨리 왕자 바꿔. 거기 없다는 소리는 할 생각도 하지 말고. 그쪽 시야에서 잠시도 벗어나지 못하게 바짝 붙어서 지키고 있다는 거 다 아니까."

그리고 자흐라는 폰을 알렉스의 얼굴에 불쑥 디밀었다.

불안하게 전화를 받아 귀에 댄다. 부스럭거리는 소리, 혼란스러운 소음.

"여보세요?"

헨리의 목소리다. 다정하고 귀티 나고 떨리고 혼란스러운 목소리. 그러자 안도의 한숨이 길게 터져 나왔다.

"스윗하트."

헨리가 토해내는 숨소리가 라인 저편에서 들린다.

"안녕, 자기. 괜찮아?"

알렉스는 놀라서 눈물 젖은 웃음을 터뜨린다.

"시발, 장난해? 난 괜찮지, 당연히 괜찮아. 너는 괜찮아?"

"나는… 그럭저럭 버티고 있어."

알렉스는 움찔한다. "얼마나 나빠?"

"필립이 앤 불린의 소유였던 화병을 깼고, 할머니가 커뮤니케이션 봉쇄 조치를 내렸고, 엄마는 아무하고도 말을 안 하고 계셔. 하지만 어, 그것 말고는. 모든 정황을 고려할 때, 뭐, 어."

"알아. 금세 내가 갈게."

또 잠시 침묵. 헨리의 목소리가 흔들린다.

"사람들이 알게 된 건 개의치 않아."

알렉스는 심장이 목구멍으로 슬금슬금 기어 올라오는 기분이다.

"헨리." 그래도 말을 해 보려 한다. "나는…."

"어쩌면…."

"나 엄마하고 의논했는데…."

"타이밍이 이상적이지 않다는 건 알겠는데…."

"너 혹시….""

"내가 원하는 건….""

"잠깐." 알렉스가 말한다. "우리 혹시, 어, 우리 둘이 같은 질문을 하는 거야?"

"그건 봐야 알지. 너 나한테 진실을 밝히고 싶으냐고 물으려던 거야?"

"그래." 알렉스는 핸드폰을 쥐고 있는 자기 손등뼈가 하얗게 질려 있으리라는 걸 안다. "그래, 그거야."

"그럼, 답은 '예스'야."

숨 한 번, 간신히.

"그걸 원해?"

헨리는 잠시 뜸을 들였다 대답을 하지만 그 목소리는 평온하다.

"지금 우리가 그런 선택을 했을 것 같지는 않지만, 이미 공개된 사실이고, 나는 거짓말하지 않을 거야. 이 일로는 그럴 수 없어. 너와 관련된 일은 그럴 수 없어."

알렉스의 속눈썹이 젖어온다.

"시발 사랑해."

"나도 널 사랑해."

"내가 갈 때까지만 잘 참고 있어. 같이 해결책을 생각해 보자."

"알았어."

"가고 있어. 금세 갈 거야."

헨리는 물기 어린, 힘없는 웃음을 내뱉는다. "부탁이야. 빨리 좀 와."

전화를 끊고 알렉스는 폰을 자흐라에게 돌려준다. 자흐라는 말없이 폰을 받아 가방에 넣는다.

"고마워요, 자흐라, 나는….""

자흐라는 눈을 딱 감고 한 손을 치켜든다.

"하지 마라."

"정말로, 그렇게까지 해줄 필요는 없었는데."

"이봐, 나 이 말은 딱 한 번만 할 거야. 나중에라도 혹시 따라 하기만 하면 너 그대로 무릎 관절이 꺾여 나갈 줄 알아."

자흐라는 손을 내리고는, 대체 어떻게 하는지 알 수도 없지만, 얼음장처럼 싸늘하면서도 동시에 다정한 눈길로 알렉스를 바라보았다.

"나는 너 응원해. 알았어?"

"잠깐, 자흐라. 맙소사. 나 방금 깨달았는데요, 나한테는 자흐라가 친구군요."

"아니, 난 네 친구 아니야."

"자흐라, 내 투덜이 친구가 자흐라예요."

"아니라고."

자흐라는 산더미처럼 쌓인 소지품에서 담요를 홱 잡아빼서, 알렉스에게 등을 돌려 누워 담요로 꽁꽁 몸을 감쌌다.

"앞으로 6시간 동안 나한테 말도 걸지 마. 빌어먹을 낮잠은 잘 자격이 있다고."

"잠깐, 잠깐, 알았어요, 근데 잠깐만. 나 질문이 딱 하나 있어요."

자흐라는 땅이 꺼지라고 한숨을 쉰다.

"뭔데?"

"왜 사안의 개인 전화번호를 지금까지 안 쓰고 기다렸어요?"

"내 약혼자니까 그렇지, 멍청아. 세상에는 조심할 줄 아는 사람들도 있는 법이야, 너 같은 사람들한테 들키지 않게."

자흐라는 차창에 기대 웅크린 채 알렉스에게 눈길도 주지 않고 말했다.

"사적인 전화번호를 공적인 용무에 쓰지 말자고 약속했어. 이제 입 닥치고 이 사태를 끝까지 해결해야 하니까 잠이나 좀 자 둬. 나는 지금 블랙커피와 브레첼, 비타민 12 한 줌밖에 못 먹고 달리고 있다고. 어쨌거나, 너 내 쪽으로는 숨도 쉬지 마라."

켄싱턴궁 2층 음악실 닫힌 문을 알렉스가 노크했을 때 문을 열어준 사람은 헨리가 아니라 베아다.

"근처에 오지 말라고 했잖…."

베아는 문이 열리자마자 어깨에 기타를 척 걸치며 말했다. 그러다 알렉스를 보자마자 기타를 내던져 버렸다.

"오, 알렉스. 미안해. 필립 오빠인 줄 알았어."

그러더니 놀랄 만큼 힘찬 포옹을 했다.

"네가 와서 정말 천만다행이다. 안 오면 내가 가서 찾아오려던 참이야."

베아의 팔에서 풀려난 뒤에야 등 뒤에 선 헨리가 보였다.

브랜디 병을 들고 긴 의자에 널브러져 앉아 있었다. 알렉스를 보고 힘없이 웃더니 말한다.

"스톰 트루퍼*치고는 키가 좀 작네."

알렉스의 웃음은 반쯤 울음이 섞여 나오고, 누가 먼저 다가갔는지 알 길은 없지만, 아무튼 둘은 방 한가운데서 만난다. 헨리의 팔이 알렉스의 목을 감고 집어삼킨다. 수화기 너머에서 흘러나오던 헨리의 목소리가 바늘이라면 그 몸은 축을 고정하는 중력이고, 알렉스의 목 뒤를 잡은 손은 자기장이다. 영원히 북쪽을 가리키는 나침반이다.

"미안해." 알렉스의 입에서 나오는 말이다. 비참하게, 열렬하게, 헨리의

---

* <스타워즈>의 다스베이더 소속의 군인.

목에 대고 먹먹하게.

"내 잘못이야. 너무 미안해. 정말 미안해."

헨리가 그를 풀어주고는 어깨를 양손으로 잡고 입을 굳게 다문다.

"감히 그따위 소리를. 나는 하나도 유감스럽지 않아."

알렉스는 다시 웃는다. 믿을 수가 없어서, 헨리의 눈 아래 묵직한 다크 서클과 씹어 뜯은 아랫입술을 보고, 처음으로, 한 국가를 이끌 운명을 타고난 남자를 본다.

"너 정말 말도 안 돼."

알렉스는 몸을 기울여 헨리의 턱 밑에 키스한다. 면도도 못 하고 정신 없는 하루를 보낸 후라 까슬까슬하다. 코를 비비고 뺨을 비벼대자, 헨리의 긴장이 그 감촉에 약간 풀어지는 느낌이 든다. "그거 너 알아?"

화려한 보랏빛과 빨간색 페르시아 카펫에 드러누워 헨리는 알렉스의 무릎을 베고, 베아는 푸프에 앉아 오토하프라는 희한한 악기를 연주했다. 베아가 작은 테이블을 끌고 와 크래커와 부드러운 치즈를 내놓고 브랜디 술병을 치웠다.

여왕은 노발대발한 모양이었다. 헨리의 문제가 마침내 확실해진 것도 그렇지만 하필 타블로이드의 스캔들처럼 격이 떨어지는 사태로 터진 게 결정타였다. 필립은 뉴스가 터지자마자 앤머홀에서 부랴부랴 달려왔지만, 헨리와 "행위의 결과에 대해 엄격한 대화를 나눠" 보려는 시도는 번번이 베아에 의해 무산되었다. 캐서린 공주는 3시간 전에 슬픈 석상 같은 얼굴로 헨리를 사랑하지만 좀 더 일찍 말해줄 수는 없었느냐고 물었다고 한다.

"그래서 내가 말했지. '그러면 좋았겠죠, 엄마. 하지만 할머니가 나를 덫으로 옭아매도록 방관하시는 한, 그게 무슨 의미가 있겠어요.' 그랬어, 내가." 헨리는 말한다. 알렉스는 헨리를 빤히 내려다본다. 충격적이기도 하고, 약간 감동적이기도 하다. 헨리가 팔로 얼굴을 가린다. "말하고 나서 기분이 정말 안 좋았어. 몰라. 지난 몇 년간 엄마가 꼭 필요할 때마다, 늘 그게 마음에 걸렸어."

베아가 한숨을 쉰다.

"엄마도 누가 정신이 번쩍 들게 해줄 필요가 있었을 거야. 아빠가 돌아가신 후로 엄마한테 무슨 일이든 시켜보려고 그렇게들 애썼잖아."

"그래도. 할머니가 그러시는 건, 엄마 탓은 아니니까. 그리고 전에는, 정말로 우리를 보호해주셨잖아. 내가 너무했어."

"H." 베아가 단호하게 말한다. "힘든 일이지만, 엄마도 들어야 할 얘기였어."

베아는 오토하프의 작은 버튼들을 내려다본다.

"우리한테도, 부모 중 한 사람은 있어야 하잖아."

굳게 다물린 입매가, 너무나 헨리와 닮았다.

"누나는 괜찮아요?" 알렉스가 묻는다. "나도… 기사를 한두 개 봤는데…" 알렉스는 문장을 끝맺지 못한다. '파우더 프린세스'가 10시간 전 트위터 트렌딩으로 4위까지 올라갔었다.

찌푸리고 있던 베아의 얼굴이 절반의 미소로 퍼졌다.

"나? 솔직히 차라리 마음이 놓여. 제일 마음이 편한 건 사람들이 내 이야기를 그냥 있는 그대로 다 아는 상태거든. 그래야 추정이나 진실을 은폐하기 위한 거짓말을 듣지 않아도 되니까. 해명할 필요도 없고. 그래도, 이런 식이 아니었기를 바랄 뿐이지. 그래도 이렇게 된 걸 뭐. 적어도 이제는 부끄러워해야 하는 일인 척 연기할 필요도 없는걸."

"그 기분 알아." 헨리가 나직하게 말한다.

한참 조용히 파도치듯 밀려왔다 물러나던 런던의 밤은 새카맣게 창틀에 들러붙어 있다. 비글인 데이비드가 헨리의 곁을 지키듯 앉아 있고, 베아가 보위의 노래를 튼다. 그리고 조그맣게 따라 부른다.

"나, 나는 왕이 되고, 너, 너는 여왕이 될 거야."*

알렉스는 하마터면 웃음을 터뜨릴 뻔했다. 자흐라가 얘기해준 허리케인이 닥쳐오는 날 같았다. 서로 꼭 뭉치고, 모래주머니가 버텨주기를 바라고. 헨리는 그러다 잠시 잠이 드는데, 알렉스는 고마운 마음이다. 알렉스와 닿은 헨리의 몸 구석구석에 여전히 팽팽한 긴장이 느껴지기 때문이다.

"뉴스가 터지고 애가 잠을 못 잤어." 베아가 조용히 말한다.

알렉스는 작게 고개를 끄덕이며 베아의 얼굴을 살핀다.

"한 가지 물어봐도 돼요?"

"언제든지."

"나한테 헨리가 말해주지 않는 게 있는 것 같아요." 알렉스는 속삭인다. "헨리가 하겠다고 하면, 진실을 공개하겠다고 말할 때는, 나도 그 말을 믿어요. 그렇지만 뭔가 내게 말하지 않는 게 또 있어요. 난 그게 너무 겁이 나는데 뭔지 모르겠어요."

베아는 고개를 든다. 손가락이 딱 멎는다.

"아, 저런, 달링. 그 애는 아빠가 그리운 거야."

아.

알렉스는 한숨을 쉬며 손에 얼굴을 묻는다. 그렇구나. 당연하지.

"설명해줄 수 있어요? 사별이 어떤 건지? 내가 헨리에게 뭘 해줄 수 있을까요?"

---

* 데이빗 보위 〈히어로스Heroes〉의 가사.

베아는 푸프에서 앉은 자세를 바꾸고 하프를 바닥에 놓은 후 스웨터에 손을 뻗는다. 그리고 사슬에 달린 은화를 꺼낸다. 중독을 극복한 징표다.

"내가 좀 유치원 선생님처럼 말해도 돼?" 베아가 싱긋 웃어 보인다. 알렉스가 대답 대신 기운 없이 웃자 베아가 말을 잇는다.

"그러니까 우리가 각자 감정을 한 세트씩 가지고 태어난다고 해 봐. 어떤 사람의 감정은 폭도 더 넓고 또 깊지만, 누구나 감정의 밑바닥은 있는 거지. 자기가 경험해 본 최대 깊이의 감정, 파이의 밑바닥 크러스트. 그런데 최악의 사태가 닥치는 거야. 상상할 수 있는 최악의 일. 어린 시절 악몽으로 꾸던 일 말이야. 그때는 나중에 실제로 그런 일이 닥쳐도 괜찮다고 생각해. 더 나이 들고 현명해지고, 수없이 많은 감정을 느낀 후일 테니까, 이 최악의 감정은, 상상할 수 있는 최악의 감정을 느끼게 되더라도 그렇게 무섭지는 않을 거라고. 하지만 그런 일이 어린 나이에 닥치는 거야. 두뇌가 미처 다 자라지 못한 시기에, 사실 실제로 경험해 본 일도 별로 없는데. 최악의 사건이 인생에서 경험한 최초의 사건이기도 한 거지. 그런 일을 당하면, 감정을 느끼는 방식의 밑바닥까지 내려가서 그 바닥을 찢고 심연의 틈새를 만들어 버려. 그런데 너무 어려서, 또 그게 인생에서 경험한 가장 큰 사건이었기 때문에, 이미 생겨나 버린 그 밑바닥의 균열을 항상 내면에 품고 다니게 되는 거지. 그래서 뭔가 무서운 일이 일어나게 되면, 그 감정이 바닥에서 멈추질 않고 그 균열을 통해 훨씬 더 깊이, 깊이, 아래로 흘러내려 버리는 거야."

베아는 작은 테이블에 놓인 볼품없는 크래커 더미 너머로 손을 뻗어 알렉스의 손등을 쓰다듬었다.

"이해하겠니?" 그녀는 알렉스의 눈을 똑바로 들여다보며 말한다. "헨리와 함께하려면 이걸 이해해야 해. 그 애는 세상에서 가장 정이 많고 다정하고 더할 나위 없이 이타적인 사람이지만, 마음속에 어마어마한 상처와 슬픔을 안고 있단다. 끝내 제대로 이해하지 못할 수도 있어. 하지만 그 부분도 그 애의 다른 면들만큼 사랑해 줘야 해. 그게 헨리니까. 그리고 헨리도 네게 전부 다 내어줄 각오를 하고 있어. 그 애가 그럴 수 있을 거라고는 난 정말 꿈에도 생각지 못했었는데."

알렉스는 잠시 마음속으로 곱씹어 생각해 보고 말한다.

"나는… 그런 일은 한 번도 겪어보지 못했어요."

목소리가 거칠어졌다.

"하지만 헨리에게서는, 언제나 그걸 느꼈어요. 이… 도저히 알 수 없는 어떤 면이 있었거든요."

알렉스는 한숨 크게 들이쉰다.

"하지만 절벽에서 뛰어내리는 건, 뭐랄까 내가 잘하는 일이에요. 그건 선택이잖아요. 난 헨리를 사랑해요. 그 모든 면까지, 아니 그 모든 면 때문에. 결연하게. 마음을 다해서 사랑해요."

베아는 온화하게 웃는다.

"그럼 너희는 잘할 거야."

새벽 4시쯤 되었을 때, 알렉스는 침대로 올라가 헨리의 등 뒤에 누웠다. 보드랍게 뾰족뾰족 허리뼈가 도드라진 헨리, 최악의 사건을 겪고 이제 두 번째 최악의 사건을 겪고도 여전히 살아있는 헨리. 한 손을 뻗어 푹 패인 헨리의 쇄골을 어루만진다. 이불이 흘러내려 드러난 살결, 그의 폐가 여전히 고집스럽게 공기를 뿜어내고 있는 자리. 183센티의 키 큰 소년이 몸을 웅크리고 발길질을 당해 푹 꺼진 갈비뼈와 반항적인 심장을 꼭 껴안고 있다.

조심스럽게, 헨리의 등에 가슴을 꼭 맞대고 알렉스는 제자리를 찾아 몸을 맞춘다.

"어리석은 짓이야, 헨리." 필립이 말하고 있다. "너는 철이 없어서 이해를 못 하는 거야."

알렉스의 귀가 윙윙 울린다.

그들은 오늘 아침 헨리의 주방에 함께 앉아 스콘을 먹으며 캐서린을 만나러 간다는 베아의 쪽지를 읽었다. 그런데 갑자기 필립이 문을 박차고 들어왔다. 흐트러진 양복 매무새에 머리도 제대로 빗지 않은 몰골로, 헨리에게 고함을 질러댔다. 커뮤니케이션 봉쇄 명령을 감히 어기고, 사람들 눈이 있는데 알렉스를 왕궁 출입을 시키다니, 이렇게 계속 가문에 먹칠할 거냐고.

현재 알렉스는 커피포트로 필립의 코뼈를 부러뜨리면 어떨까 생각하는 중이다.

"나는 스물세 살이야, 필립."

헨리는 평정을 잃지 않으려 일부러 차분한 목소리로 또박또박 말한다.

"엄마는 내 나이 때 아빠를 만났어."

"그래, 그런데 넌 그게 현명한 결정이었다고 생각하니?"

필립은 못되게 말한다.

"그때 만난 그 남자는 우리 유년기의 절반은 영화를 찍는 데 허송세월 했고, 국가에 봉사한 적도 없고, 병이나 걸려서 우리와 엄마를 떠나 버렸는데! "

"그러지 마, 필립 형. 내가 가만 안 둬. 형이 가문의 전통에 강박적으로 집착하는 걸 아빠가 좋아하지 않으셨다고 해서…."

"네가 전통의 '전'자라도 제대로 알았으면 애초에 이따위 짓을 벌이지 않았겠지!"

필립이 쏘아붙였다.

"지금 해야 할 일은 다 없었던 일로 묻고 어떻게든 사람들이 이게 다 사실이 아니라고 믿게 만드는 수밖에 없어. 그게 네 의무다, 헨리. 최소한의 할 일은 해야지."

"미안해." 참담한 말투였지만, 헨리의 목소리에는 쓰라린 반항심이 올라오고 있었다.

"내 있는 그대로의 모습이 그렇게 수치스럽다니 유감이야."

"네가 게이건 아니건 상관없어." 헨리가 확실히 말했는데도 필립은 여전히 '게이건 아니건'이라고 강조해 말했다.

"이런 선택을 했다는 게, 그것도 저 친구와, 했다는 게 문제야."

필립은 처음으로 날카롭게 알렉스를 쏘아보았다. 이 방안에 함께 존재한다는 걸 처음으로 인정해준다는 듯이.

"등짝에 빌어먹을 표적을 달고 다니는 녀석을 하필 골라서. 넌 대체 얼마나 멍청하고 세상 물정 모르고 자기밖에 모르는 인간이길래, 이게 우리 모두 완전히 망하는 길이라는 걸 모를 수가 있난 말이야?"

"알고 있었어, 필립, 맙소사." 헨리가 말한다. "모든 걸 망치게 될 거라는 걸 알았다고. 바로 이런 상황이 닥칠까 봐 무서웠단 말이야. 하지만 내가 어떻게 그걸 미리 내다볼 수가 있어? 어떻게?"

"내가 말했지, 세상 물정 모른다고." 필립이 말한다. "이게 바로 우리가 영위하는 삶이야, 헨리. 너도 항상 알고 있었잖아. 나도 말해주려 했었어. 좋은 형 노릇을 하고 싶었다고. 하지만 네가 내 말을 들어 처먹지를 않았잖아. 이 가문에서 네 자리를 기억할 때가 온 거야. 남자답게 굴어. 당당하게 책임을 지라고. 이 사태는 네가 해결해. 인생에서 단 한 번이라도, 겁쟁이처럼 굴지 말란 말이야."

헨리는 따귀라도 얻어맞은 사람처럼 움찔했다. 알렉스는 이제 확실히 볼 수 있었다. 헨리는 오랜 세월 이런 식으로 길들어 온 거다. 이렇게 명백하게는 아니라도, 언제나 암묵적으로, 항상 위압적으로 들어온 명령. 네 자리를 기억해.

그리고 헨리는 알렉스가 그토록 사랑하는 행동을 한다. 턱을 치켜들고, 강철처럼 단단하게. "나는 겁쟁이가 아니야. 그리고 이 사태를 해결할 생각은 없어."

필립은 혹독하고 유머도 없는 너털웃음을 보인다. "너 지금 자기가 무슨 소리를 하는지도 모르는구나. 알 리가 없지."

"집어치워, 필립 형. 나는 알렉스를 사랑해." 헨리가 말한다.

"오, 사랑하셔, 그래?" 그 생색내는 말투가 징그러워서 알렉스는 테이블 밑에서 꿈틀하며 주먹을 움켜쥔다. "그럼 정확히 어떤 조치를 취하시려고, 헨리? 으응? 결혼이라도 하게? 캠브리지 공작부인으로 만들어 주려고? 빌어먹을 미합중국 대통령 아드님께서 영국 여왕의 승계 서열 4위로 올라서시겠다?"

"내가 시발 양위하면 되잖아!" 헨리는 언성을 높인다. "난 아무 상관 없어!"

"설마 감히 이 자식이." 필립이 씹어뱉는다.

"선대에는 윈저 공처럼 빌어먹을 나치라서 양위한 전력도 있는데 뭘 그래. 그러니까 이게 최악의 이유는 아니지 않아?" 헨리는 이제 악을 쓰고 있었다. 의자에서 일어나 손을 덜덜 떨며 필립을 무섭게 위협하며 내려다보았다. 알렉스는 실제로는 헨리의 키가 훨씬 크다는 걸 깨닫는다.

"대체 우리가 여기서 뭘 수호하고 있는 거야, 필립? 어떤 종류의 전통? 어떤 가문이라야 대체, 살인도 좋고 강간도 약탈도 식민지 수탈도 다 좋다고, 깔끔하게 포장해서 박물관에 전시하면 된다고, 하지만 아, 너는 빌어먹을 게이야, 그러면 안 된다고 말할 수가 있어? 동성애는 우리 품격에 맞지 않는다고! 나는 이제 참을 만큼 참았어. 형하고 할머니하고 저주받을 세상의 무게에 짓눌려서 꼼짝도 못 하고 앉아 있는 거, 할 만큼 했어. 난 아무래도 좋아. 관심도 없어. 형은 그 잘난 전통과 품격을 다 가져가서 그 잘난 똥구멍에 쑤셔 처넣으라고, 난 됐으니까."

헨리는 그 만능의 헛기침을 하더니 구두 뒷굽으로 핑 돌아 성큼성큼 주방에서 휙 나가버렸다.

알렉스는 입을 떡 벌리고 몇 초쯤 앉은 자리에 얼어붙어 그대로 있었다. 맞은편의 필립은 시뻘겋게 달아올라 넋이 나간 표정을 하고 있었다. 알렉스는 침을 꿀꺽 삼키고 일어나서 재킷 단추를 채웠다.

"딴 건 몰라도, 저 친구는 내가 만난 사람들 중에 제일 용감한 개자식입니다."

알렉스는 이 말을 남기고 따라 나갔다.

샤안은 36시간쯤 잠을 못 잔 얼굴이다. 물론 겉으로는 완벽한 매무새에 차분한 태도를 유지하고 있지만, 스웨터에서는 라벨이 삐져나와 있고 홍차에서는 코를 찌르는 위스키 냄새가 풍긴다.

버킹엄궁으로 그들을 태우고 가는 특징 없는 밴의 뒷좌석, 샤안의 옆자리에 앉은 자흐라가 결연하게 팔짱을 끼고 있다. 왼손의 약혼반지가 채도가 낮은 런던의 아침 햇살에 반짝인다.

"그러니까, 어, 두 분 지금 싸우는 건가요?" 알렉스가 말머리를 꺼내 본다.

자흐라가 쳐다본다. "아니. 왜 그런 생각을 했지?"

"아. 그냥 내 생각에…."

"괜찮아요." 샤안은 여전히 아이폰으로 타이핑을 하며 말한다. "이래서 처음에 사귀기 시작하면서부터 개인 - 공무의 선을 긋자고 룰을 정한 겁니다. 우리한테는 그게 잘 맞아서요."

"우리 싸움을 보고 싶으면, 샤안은 처음부터 두 사람 건을 다 알고 있었다는 걸 내가 알게 됐을 때 그때 봤어야지. 내가 이렇게 커다란 다이아몬드를 어떻게 받아냈겠니?"

"보통은 우리한테 그게 잘 맞는다는 말입니다." 샤안이 고쳐 말한다.

"그래요. 게다가 어젯밤에 우리가 완전 확실히 터뜨렸으니까."

고개도 들지 않고 샤안은 하이파이브로 자흐라의 손을 맞는다.

샤안과 자흐라가 힘을 합쳐 버킹엄궁에서 여왕과의 접견을 따냈지만, 파파라치를 피하고자 빙빙 둘러 우회하라는 명령을 받았다. 알렉스는 오늘 아침 런던에 흐르는 짜릿한 전류를 느낄 수 있었다. 수백만의 목소리가 그와, 헨리와, 앞으로 벌어질 일을 놓고 중얼거리고 있었다. 그러나 헨리가 옆에서 그의 손을 잡고 있고, 그 역시 헨리의 손을 잡고 있으니, 이것만도 굉장한 일이다.

회의실 앞에는 베아의 들창코와 헨리의 푸른 눈을 가진 중년의 여인이 미리 와서 기다리고 있었다. 낡은 밤색 스웨터에 커프스 진을 입은 모습은 버킹엄궁의 회랑과 전혀 어울리지 않았다. 뒷주머니에 문고판 책이 한 권 꽂혀 있었다.

헨리의 어머니가 돌아서서 그들을 바라보았다. 알렉스는 그 눈길에 후드득 스치는 고통과 절제와 온화한 정을 볼 수 있었다.

"안녕, 우리 아가."

헨리가 가까이 다가가자 그녀가 말했다. 헨리의 턱은 굳어 있었지만, 분노가 아니라 오로지 두려움 때문이었다. 알렉스는 헨리의 얼굴에서 낯익은 표정을 보았다. 누군가가 자신에게 내미는 사랑을 받아도 안전한지

고민이 되지만 어쨌든 그 사랑을 절박하게 원할 때, 그럴 때 짓는 표정이었다. 헨리는 엄마를 한쪽 팔로 안고 뺨에 키스했다.

"엄마, 여기는 알렉스예요." 헨리는 마치 엄마는 모르는 얘기를 하듯 알렉스를 소개했다. "내 남자친구예요."

캐서린은 알렉스를 돌아보았다. 알렉스는 솔직히 무엇을 기대해야 할지 몰라 당황했지만, 그녀는 알렉스를 끌어당겨 안고, 뺨에 키스해주었다.

"우리 베아한테서, 우리 아들한테 얼마나 잘 해줬는지 들었어요."

꿰뚫어 보는 눈빛으로 그녀는 말했다.

"고마워요."

캐서린 뒤에 베아가 서 있었다. 피곤해 보였지만 눈빛은 총총했다. 그들이 왕궁에 오기 전에 베아가 엄마를 얼마나 열심히 설득하려 노력했는지 상상하고도 남았다. 일행이 복도에 모두 모이자 베아는 자흐라와 눈을 맞추고, 알렉스는 운명을 맡기기에 과연 이보다 더 믿음직한 사람들이 있을까 생각한다. 캐서린이 이 대열에 합류해줄지가 궁금할 뿐.

"할머니한테 뭐라고 하실 거예요?" 헨리가 어머니에게 묻는다.

캐서린은 한숨을 쉬며 안경테를 만지작거린다. "글쎄다. 워낙 감정에 휘둘리는 양반이 아니니 정치적 전략으로 호소해야겠지."

헨리가 눈을 깜박인다. "죄송한데…. 지금 뭐라고 하셨어요?"

"엄마는 싸울 각오를 하고 왔다는 얘기를 하는 거야." 캐서린은 담담하고도 단도직입적으로 말했다. "너는 진실을 털어 놓고 싶지 않니?"

"나는… 네, 엄마." 한 가닥 희망의 빛이 헨리의 눈동자 너머에서 반짝 켜졌다. "난, 그래요."

"그럼 우리가 노력은 해 봐야지."

그들은 접견실에 놓여 있는 화려한 세공의 긴 테이블에 둘러앉아 불안한 침묵 속에서 여왕을 기다렸다. 필립도 그 자리에 와 있다. 자기 혀를 씹어먹을 듯한 표정을 하고서. 헨리는 한시도 가만있지 못하고 계속 넥타이를 만지작거렸다.

메리 여왕은 먹색 투피스 정장을 입고 돌처럼 딱딱한 표정으로 미끄러지듯 걸어들어왔다. 회색 단발은 얼굴 윤곽을 따라 레이저로 컷팅한 것 같았다. 알렉스는 여왕의 훤칠한 키에 감탄했다. 80대 초반의 나이에도 등이 꼿꼿하고 턱선이 반듯했다. 엄밀히 말해 아름답다고 할 수는 없지만 신중한 푸른 눈과 날카로운 생김새, 입가에 깊게 팬 주름에는 분명 이야기가 담겨 있었다.

테이블 상석에 여왕이 자리를 잡고 앉는 사이 실내 온도가 뚝뚝 떨어진다. 왕실 시종이 테이블 중간에 찻주전자를 가지고 와서 순백의 도자기 찻잔에 차를 따랐다. 여왕이 얼음처럼 싸늘하게 홍차를 마실 준비를 하는 사이 침묵이 깔린다. 살며시 떨리는, 늙은 손이 우유를 따른다. 아주 작은 집게로 각설탕 하나를 신중하게 집어넣는다. 그리고 두 번째 각설탕.

알렉스가 헛기침하자 샤안이 날카롭게 쏘아보았다. 베아가 입술을 앙다문다.

"올해 초에 국빈 방문이 있었지." 여왕이 마침내 말했다. 티스푼을 들어 천천히 저으면서. "중국 주석이었는데, 이름이 생각 안 나는 건 이해해주렴. 하지만 현대에는 세계의 여러 다른 장소에서 기술이 어떻게 다르게 발전하는지 몹시 매혹적인 이야기를 들었단다. 다들 알고 있었니? 요즘은 터무니없는 일도 진짜처럼 보이게 사진을 조작할 수 있다고 하던데? 그냥 단순한 프로그램 하나로? 컴퓨터 말이야. 그러면 아무리 믿을 수 없는 허위도 실제가 된다더구나. 인간의 육안으로는 차이를 구분할 수도 없다고 했어."

실내의 침묵은 완전해졌다. 오로지 여왕의 티스푼이 찻잔 바닥을 원형의 움직임으로 휘젓는 소리뿐.

"내가 너무 늙어서 요즘은 어떤 식으로 기록하는지 이해가 안 되던데, 그래도 어떤 거짓말이라도 조작해서 배포할 수 있다는 얘기는 들어서 알고 있어. 존재하지도 않는 파일을 만들어서 어딘가 찾기 쉬운 곳에 두면 된다더군. 아무것도 사실이 아니래. 명명백백한 증거가 있더라도 진위를 의심하고 부정할 수 있지, 아주 쉽게 말이야."

섬세한 은수저가 도자기에 부딪혀 짤랑거리는 소리와 함께 여왕은 티스푼을 찻잔 받침에 놓고 드디어 헨리를 바라보았다.

"그래서 알고 싶구나, 헨리야. 이런 사실이 그 흉측한 기사들과 일말의 관계가 있는지 알고 싶어."

노골적으로 테이블 위에 떡하니 놓여 있었다. 여왕의 제안이. 계속 무시해라. 거짓말인 척해라. 모두 사라지게 만들어라.

헨리는 이를 악문다.

"사실입니다. 전부 다요."

여왕의 얼굴이 일련의 표정들을 거쳐 움직이다 엄혹하게 찌푸려졌다. 신고 있는 단화 바닥에 더러운 것이 묻은 듯한 표정이었다.

"그래, 좋다. 그런 경우라면." 여왕의 시선이 알렉스에게로 옮겨왔다.

"알렉산더. 우리 손자와 모종의 관계라는 걸 내가 알았더라면, 좀 더 격식을 갖춘 첫 만남을 준비했을 텐데."

"할머니…."

"제발 조용히 있으렴, 헨리야."

그때 캐서린이 입을 열고 말했다. "엄마…."

여왕이 주름진 손을 들어 딸의 입을 막는다.

"난 베아트리스한테 작은 문제가 있었을 때, 우리 가문의 수치는 끝났다고 생각했다. 그리고 너한테는 오래전에 이미 내 뜻을 정확하게 밝혔어, 헨리야. 네가 '부자연스러운' 방향으로 끌림을 느끼고 있다면, 적절한 조치를 취할 수 있다고 말이야. 어떤 연유로 왕실의 체통을 지키기 위한 나의 오랜 노력을 모두 수포로 돌리는 선택을 했는지는 아무리 생각해도 모르겠다만… 그리고 왜 이런… 남자애와 접견을 주선해서 굳이 사태를 제자리로 돌리려는 내 수고까지 허사로 만들려고 하는지도 도저히 알 수가 없다만."

이 지점에서 알렉스는 그 정중한 어조에 섞여드는 비열한 악감을 똑똑히 들었다. 그 한마디는 알렉스의 인종에서 성적 지향까지 모든 걸 축약해 깔고 있었다.

"내가 명령을 기다리고 있으라고 했는데도 말이야. 참으로 미스터리지. 네가 필시 이성과 작별을 고한 모양이지. 내 입장은 변함이 없단다, 애야. 이 가문에서 네 역할은 우리 혈통을 보존하고 대영제국의 우월함을 표상하는 이상으로서 왕실의 외양을 유지하는 것이야. 나로서는 다른 대안은 결코 용납할 수 없다."

헨리는 아래를 내려다보고 있었다. 아득한 눈으로 테이블의 문양 너머 어딘가를 초점 없이 바라보고 있었다. 그때 맞은편에 앉은 캐서린에게서 뿜어나오는 에너지가 알렉스의 피부에 닿을 정도로 느껴졌다. 알렉스의 가슴에도 맺힌 분노에 대한 응답이었다. 제임스 본드와 함께 도망친 공주가, 자식들에게 국가가 훔쳐 온 보물을 돌려줘야 한다고 말했던 그 사람이, 이제 선택을 하고 있었다.

"엄마." 캐서린은 차분하게 말한다. "우리가 적어도 다른 대안을 놓고 의논이라도 해 봐야 한다고 생각지 않으세요?"

여왕의 머리가 천천히 돌아갔다. "그 대안이란 게 뭐겠니, 캐서린?"

"글쎄요, 깨끗하게 사실을 밝히는 것도 의논해 볼 만한 대안이지요. 우리가 이 사건을 스캔들로 다루지 않고 가문의 사생활에 대한 침범과 사랑에 빠진 청년을 희생자로 몰아가는 사태로 대한다면 모양새가 훨씬 좋을 것 같은데요."

"실제로 그렇잖아요." 베아가 끼어들었다.

"이 사건을 우리가 원하는 서사에 녹여 담을 수 있어요." 캐서린은 극도로 정밀한 언어를 선택했다. "품격을 탈환하는 거지요. 알렉스를 왕자의 공식 연인으로 인정하고 말이지요."

"알겠다. 그러니까 네 계획은 헨리가 이런 삶을 선택하게 만들라는 거니?"

여기에서, 살짝 드러나는 속내.

"그게 헨리가 정직하게 살 수 있는 유일한 삶이에요, 엄마."

여왕이 입을 굳게 다문다.

"헨리. 이렇게 불필요하게 복잡한 문제들이 없으면 좀 더 쾌적하게 살 수 있지 않겠니? 너도 알다시피 우리에게는 네게 왕자비를 찾아주고 넉넉한 포상을 할 만한 자원이 있다. 그저 너를 보호하려는 의도라는 걸 알아다오. 지금 당장은 굉장히 중요한 일처럼 느껴지겠지만, 장래를 생각해야만 한단다. 이렇게 되면 몇 년씩 네 뒤를 쫓아다니는 기자들한테 시달리고 온갖 비난을 한몸에 받게 되리라는 걸 알고 있지? 어린이 병원에서 지금처럼 너를 그렇게 반갑게 받아줄지, 그것도 의문이구나."

"그만 좀 하세요!" 헨리가 벌컥 폭발하고 말았다. 방안의 모든 눈이 그에게로 쏠리고, 헨리는 자기 목소리에 자기가 더 놀란 눈치다. 하지만 그는 꿋꿋하게 말을 이었다. "할머님, 언제까지나 이런 식으로 협박해서 제 복종을 받아내실 수는 없을 겁니다!"

알렉스의 손이 더듬더듬 테이블 밑에서 꼼지락거리고, 그 손가락 끝이 헨리의 손목에 닿는 순간 헨리의 손이 그의 손을, 억세게 꽉 붙잡는다.

"어려울 거라는 건 알아요." 헨리가 말한다.

"나는… 죽도록 겁이 납니다. 1년 전에 저한테 물어보셨다면 괜찮다고, 그러자고 했을 거예요. 굳이 아무한테도 알릴 필요 없다고요. 하지만 나도 할머니와 다를 바 없는 사람이고, 이 가문의 일원이에요. 여기 계신 다른 분들만큼 나도 행복할 자격이 있어요. 그런데 평생 거짓 속에 살면서 행복할 수는 없을 것 같습니다."

"아무도 너한테 행복할 자격이 없다는 말은 하지 않았어." 필립이 말을 끊었다. "첫사랑은 원래 사람을 미치게 만드는 거야. 고작 스물 몇 살밖에 되지 않았으면서, 인생에서 1년도 안 되는 시간에 근거해 호르몬에 따라 장래를 결정하다니, 그건 어리석은 짓이야."

헨리는 필립의 얼굴을 똑바로 바라보고 말한다.

"나는 엄마 배에서 나온 순간부터 이미 뼛속까지 동성애자였어."

이어진 침묵 속에서 알렉스는 발작적으로 터져 나오려는 긴장성 폭소를 삼키느라 혀를 심하게 깨물어야 했다.

"자." 여왕이 드디어 말했다. 고상하게 찻잔을 들고는, 그 너머로 헨리를 바라보면서. "언론의 매타작을 달게 받을 각오를 했다 해도, 천부의 의무를 삭제할 수는 없지. 너는 후계자를 생산해야 해."

알렉스가 혀를 충분히 세게 깨물지 않은 게 분명하다. 자기도 모르게 불쑥 말이 튀어나와 버렸다.

"그건 우리도 할 수 있습니다."

심지어 헨리의 고개마저 그 말에 휙 돌아갔다.

"자네한테 내 앞에서 말해도 좋다는 허락을 내린 기억이 없는데." 메리 여왕이 말했다.

"엄마,"

"그렇게 되면 대리모나 기부자의 문제가 생기게 됩니다." 필립이 또 불쑥 끼어들었다. "그리고 왕위 승계의 권리도…."

"그런 세부사항이 지금 적절하다고 생각하는 거니, 필립?" 캐서린이 말을 막았다.

"누군가는 책임을 지고 왕실의 체통을 지켜야 하지 않겠습니까, 어머니?"

"그 말투는 몹시 마음에 들지 않는구나."

"가설을 논하면 재미는 있을지 모르겠지만, 엄연한 사실은 왕실의 이미지를 유지하는 방안이 아니면 모두 불가하다는 거야." 여왕이 찻잔을 내려놓으며 말했다. "이 나라는 결코 특이 성향의 왕자를 용납하지 못할 거야. 너한테는 미안하지만, 그들이 보기에는 도착성일 뿐일 테니."

"그들의 눈에 도착적으로 보이는 건가요, 아니면 엄마가 그렇게 보시는 건가요?" 캐서린이 묻는다.

"어머니, 그렇게 말씀하시면 안 되죠." 필립이 말한다.

"이건 제 인생입니다." 헨리가 끼어든다.

"우리는 심지어 사람들이 어떻게 반응할지 알아볼 기회조차 없었어요."

"나는 47년간 이 국가를 섬기고 있다, 캐서린. 국민의 심장은 잘 알고 있다고 믿어. 네가 어렸을 때부터 줄곧 해온 말이지만, 그렇게 꿈속에 살아서야…."

"아, 제발 다들 잠깐만 입 좀 닥쳐 주시겠어요?" 베아가 말한다.

베아는 이미 일어나서 한 손에 샤안의 태블릿을 휘두르고 있다.

"보세요."

베아는 메리 여왕과 필립이 똑똑히 볼 수 있게 태블릿을 테이블 한가운데 쿵 내려놓았다. 그리고 나머지 사람들도 보려고 자리에서 일어섰다.

BBC의 뉴스 리포트였고 소리는 꺼져 있었지만, 알렉스는 스크린 밑으로 지나가는 자막을 읽을 수 있었다. 헨리 왕자와 미합중국 대통령의 아들에게 전 세계의 응원이 답지.

스크린의 이미지를 보고 실내는 정적에 휩싸인다. 뉴욕의 베크먼 호텔 밖에서 무지개로 뒤덮인 응원 집회가 열려 "우리 진심의 총아"와 같은 배너들이 휘날리고 있었다. 파리의 교각에도 현수막이 나붙었다. 헨리 + 알렉스가 여기 다녀갔다. 멕시코 시티에서는 파랑, 보라, 분홍빛으로 머리에 왕관을 쓴 알렉스의 얼굴이 벌써 벽화로 그려졌다. 하이드파크에 모여든 군중은 무지개색 유니언잭에 잡지에서 오린 헨리의 얼굴을 합성한 포스터에 '헨리에게 자유를'이라는 슬로건을 써서 들고 있었다. 한 젊은 여자는 「데일리 메일」의 사옥 창문을 향해 가운뎃손가락을 치켜들었다. 백악관 앞에는 삐뚤빼뚤하게 사인펜으로 똑같은 문구를 쓴 티셔츠를 입은 청소년 한 무리가 모여들었다. 알렉스는 자기가 이메일에 썼던 그 문구를 알아보았다. "쳇, 역사? 까짓것"이었다.

알렉스는 감정을 삼키려 했지만 그럴 수가 없었다. 눈을 들어서 보자 헨리도 그를 쳐다보고 있었다. 힘없이 벌린 입, 촉촉하게 젖은 눈매.

캐서린 공주가 돌아서더니 천천히 방안을 가로질러 동쪽의 높은 창가로 걸어갔다.

"캐서린, 그러지 마라." 여왕의 말에도 아랑곳없이 캐서린은 묵직한 커튼을 양손으로 잡고 활짝 열어젖혔다.

눈부신 햇살과 색채가 실내의 공기를 확 밀어냈다. 버킹엄궁 앞에는 배너와 슬로건과 성조기와 유니언잭을 든 수많은 사람이 깃발을 머리 위로 휘날리며 모여들어 있었다. 왕실 결혼식에 모여든 군중만큼은 아니어도 굉장한 인파였다. 사람들이 인도를 꽉 메우고 관문으로 밀려들었다. 알렉스와 헨리는 궁의 후문으로 들어오라는 명령을 받았기에 보지 못했다.

헨리는 조심스럽게 창가로 다가갔고, 알렉스는 헨리가 손을 뻗어 손끝을 유리창에 대는 모습을 바라만 보았다.

캐서린이 돌아서서, 떨리는 한숨을 지었다. "아, 우리 아가." 그리고는 자기보다 30센티도 더 큰 헨리를 아기 안 듯 품에 꼭 안았다. 알렉스는 눈길을 돌릴 수밖에 없었다. 그 모든 일을 겪은 지금에도, 그가 보아서는 안 될 사적인 장면처럼 느껴졌기 때문이다.

여왕이 목청을 가다듬었다.

"이건 국가가 보여줄 반응을 대표한다고 볼 수는 없다."

"맙소사, 엄마, 제발 좀 그만 해요." 캐서린은 헨리를 등 뒤로 보호하듯 잡아끌었다.

"이래서 너희들한테는 보여주지 않으려 했던 거야. 마음이 너무 물러서 진실을 받아들이지 못할 테니까, 캐서린. 다른 대안이 주어진다면 국민의 대다수는 구식을 선호할 것이다."

캐서린은 무섭도록 몸을 꼿꼿하게 세우고 다시 테이블 쪽으로 걸어갔다. 그 자세는 왕실 교육의 산물이기도 했지만 팽팽하게 당겨지는 활에 더 가깝게 보였다.

"당연히 그렇겠지요, 엄마. 당연히 켄싱턴의 빌어먹을 토리들과 브렉시트를 주장하는 바보들은 원치 않겠지요. 요점은 그게 아니에요. 엄마는 아무것도 변할 수 없다고, 그렇게 믿으려고 결심하신 건가요? 아무것도 변해서는 안 된다고? 우리는 진짜 유산을 남길 수도 있어요. 희망과 사랑과 변화. 2차대전 이후로 우리가 허구한 날 팔아왔던 미적지근한 헛소리와 개수작 대신에."

"이런 식으로 감히 나한테 말하다니." 메리 여왕은 얼음처럼 싸늘하게 말했다. 파르르 떨리는 늙은 손이 티스푼을 잡았다.

"나는 예순 살이에요, 엄마." 캐서린이 말한다. "이쯤이면 체통은 좀 넘어가도 되지 않을까요?"

"존경심이 없어. 1온스의 존경심도 이 성스러운…."

"아니면, 제 걱정거리를 의회로 가져가 볼까요?"

캐서린은 메리 여왕의 면전에 대고 나직하게 속삭인다. 알렉스는 그 눈에 번득이는 결의를 읽는다. 이제까지는 몰랐다. 언제나 헨리의 그 눈빛은 아버지에게서 물려받은 줄 알았다.

"아시다시피, 노동당은 왕실과 끝장을 본 것 같더군요. 어떨까요, 제가 가서 엄마가 계속 일정을 깜박 잊으시고 아무리 해도 타국의 이름을 제대로 외우지 못하신다는 얘기를 흘린다면요? 그들이 47년이면 국가에 충분히 오래 봉사한 거라는 결론을 내리게 되면 어떨까요?"

여왕의 손은 떨림이 두 배로 증폭되었지만, 턱은 여전히 강철 같았다. 방안은 쥐죽은 듯 고요하다.

"넌 감히 그런 짓 못 해."

"제가요, 엄마? 하나 못 하나 어디 볼까요?"

알렉스는 뒤돌아 헨리를 보는 캐서린의 얼굴에 흐르는 눈물을 보고 놀랐다.

"미안하다, 헨리. 엄마가 엄마 노릇을 제대로 못 했어. 너희 모두에게 잘못했어. 너희는 엄마가 필요했는데 내가 곁에 있어 주지 못했어. 너무 겁에 질려서 그게 최선의 길이라고 오판했던 거야. 너희 모두를 유리 뒤편에 가둬두는 게 차라리 낫다고 생각했어."

캐서린은 여왕에게 등을 돌렸다.

"애들을 봐요, 엄마. 애들은 전통의 소품이 아니에요. 내 아이들이에요. 그리고 내 목숨을 걸고 말하는데 아서의 자식들이기도 해요. 엄마가 나한테 강요했던 감정을 우리 애들한테 강요하느니, 난 차라리 엄마가 왕위에서 하야하게 만들고 말 거예요."

고뇌에 찬 몇 초간 방안에 서스펜스가 감돈다.

"난 아직도…." 필립이 말을 꺼내지만 베아가 테이블 중간에 놓인 찻주전자를 들어 필립의 무릎에 차를 쏟아버렸다.

"아, 정말 너무너무 미안해, 핍 오빠!" 그러더니 베아는 필립의 어깨를 붙잡고 문으로 질질 끌고 나갔다. "내가 원래 끔찍하게 서툴러. 알잖아, 내가 코카인을 너무 많이 해서 반사신경이 안 좋아! 어서 가서 오빠 깨끗하게 씻자, 알았지?"

베아는 필립을 끌고 가면서 어깨너머로 헨리를 향해 엄지를 치켜들어 보이고는, 문을 쾅 닫고 나갔다.

여왕은 알렉스와 헨리를 바라보았다. 그리고 알렉스는 그 눈을 보고 처음으로 깨달았다. 여왕은 그들을 두려워한다. 평생을 바쳐 유지하려 했던, 파베르제의 달걀*처럼 연약하고 완벽한 겉모습에 무서운 위협이 되기에 두려워한다. 여왕은 그들이 무서워 죽을 지경이다.

그리고 캐서린은 물러설 기색이 없었다.

"그럼, 알겠다." 여왕이 말했다. "나한테 선택의 여지를 넉넉하게 주지는 않을 생각이구나, 그렇지?"

---

* Faberge Eggs. 19세기 러시아 황실의 보물로 러시아 황제가 황후에게 부활절 선물을 위해 보석 세공인 파베르제에게 제작토록 한 달걀.

"아, 엄마한테는 선택의 여지가 있어요. 언제나 선택권이 있었잖아요. 어쩌면 오늘은 옳은 선택을 하실지도 모르지요."

버킹엄궁 회랑에서, 등 뒤에서 문이 닫히자마자, 둘은 벽에 걸린 태피스트리에 쓰러지듯 기댄다. 숨이 턱에 차고 열에 달떠 웃음을 터뜨리며, 눈물에 젖은 뺨을 하고서. 헨리가 알렉스를 끌어당겨 키스하며 속삭인다.

"사랑해 사랑해 사랑해."

그리고 개의치 않는다. 누가 보든 아무 상관도 없다.

활주로로 돌아가는 길에 알렉스는 본다. 벽돌 건물 측면에 선명히 새겨진, 잿빛 거리에 대비되는 쇼킹한 컬러의 폭발.

"잠깐만요!" 알렉스는 운전 기사에게 외친다. "멈춰요! 차 좀 멈춰 주세요!"

가까이서 보니 아름답다. 2층 높이. 이렇게 빨리 이런 작업을 누가 어떻게 했는지 경이롭기만 하다.

그와 헨리의 벽화였다. 밝은 노란색 태양을 후광처럼 두르고, 한과 레이아의 모습으로 서로를 바라보는 장면. 알렉스는 허리에 블래스터 총을 찬 거친 밀매업자로 그려져 있다. 왕족과 반항아, 둘은 서로를 꼭 안고 있다.

휴대전화로 재빨리 사진을 찍고 떨리는 손가락으로 트위터에 이렇게 남겼다. 내게 승산을 논하지 말 것.

알렉스는 대서양 상공에서 준에게 전화를 건다.

"누나의 도움이 필요해."

수화기 저편에서 준의 펜이 짤깍 소리를 낸다.

"무슨 일인데?"

14

대통령의 아들이 되어 처음 펜실베이니아 애비뉴에 도착했을 때 알렉스는 앞으로 거꾸러져 덤불에 얼굴을 처박을 뻔했다.

그날은 처음부터 끝까지 현실 같지 않았지만, 그건 생생하게 기억났다. 리무진의 내부와 땀에 젖은 손바닥에 닿던 가죽의 감촉도. 나이도 어렸을 뿐 아니라 흥분해서 몰려든 군중을 보려고 차창에 지나치게 달라붙어 있었다.

엄마도 기억난다. 긴 머리를 뒤로 넘겨 우아하고 깔끔하게 올려붙인 모습이었다. 시장으로 취임하던 첫날도, 하원 의원으로 의회에 출근하던 첫날도, 대변인으로 출근하던 첫날도 긴 머리를 그대로 내렸었지만, 그날만큼은 머리를 올렸다. 주의가 산만해지는 게 싫다는 이유였다. 알렉스는 엄마가 터프해 보인다고 생각했다. 필요하다면 몸싸움도 불사할 각오를 하고 하이힐에 면도날을 숨기고 다니는 여자처럼 보였다. 엄마는 리무진 맞은편 좌석에 앉아서 연설문 메모를 복습하고 있었다. 옷깃에 달린 24K 순금의 성조기 배지를 보며, 알렉스는 너무 자랑스러워서 속이 울렁거렸다.

그리고 이양이 있었다. 엘런과 레오가 북쪽 현관으로 안내를 받고 알렉스와 준은 다른 방향으로 끌려갔다. 아주 구체적으로 기억나는 몇 가지가 있다. 그가 하고 있던 은제 커프스링크. 가까이서 처음 본 백악관 서쪽 벽 석고에 나 있던 작은 흠집. 그리고 구두끈이 풀렸던 것. 알렉스는 구두끈을 묶으려고 허리를 굽혔다가 너무 불안하고 긴장해서 균형을 잃었던 순간이 생생하게 기억난다. 준이 알렉스의 재킷 등판을 붙잡아서, 알렉스가 75대의 카메라 앞에서 가시가 있는 장미 덤불에 얼굴부터 처박는 망신을 당하지 않도록 구해주었다.

그때 알렉스는 다시는 긴장하거나 불안해하지 않겠다고 결심했다. 미국 대통령의 아들 알렉스 클레어몬트-디아즈로서도, 떠오르는 정치 스타 알렉스 클레어몬트-디아즈로서도.

이제 그는 정치적 섹스 스캔들의 주역이자 영국 왕자의 애인 알렉스 클레어몬트-디아즈였고, 또다시 리무진에 실려 펜실베이니아 애비뉴를 달리고 있었다. 밖에는 또다시 사람들이 모여들어 있었고, 금방이라도 토할 것 같은 그 느낌도 다시 돌아왔다.

차 문이 열리자 준이 서 있다. 환한 노란색 티셔츠에는 "쳇, 역사, 까짓 거?"라고 쓰여 있다.

"마음에 들어? 바로 근처에서 어떤 남자가 팔고 있더라. 명함도 받았어. 다음번 「보그」 칼럼에 쓰려고."

누나에게 달려들어 힘차게 안아 번쩍 들어 올리고, 준은 발을 달랑거리고 낑낑거리며 알렉스의 머리칼을 쥐어뜯는다. 두 사람은 옆으로 넘어져 덤불에 처박힌다. 이게 알렉스의 운명인가 보다.

남매의 엄마는 철인 경기 버금가는 회의 일정을 소화하고 있어서, 둘은 살금살금 트루먼 발코니로 나가 핫초코와 도넛 한 접시를 놓고 밀린 이야기를 나눈다. 페즈가 양측의 소통 창구 역할을 하려 노력했지만, 효율성은 별로였던 모양이다. 준은 비행기에서의 통화 이야기를 듣다가 처음 울음을 터뜨리고, 헨리가 필립에게 맞선 이야기를 듣다가 두 번째로 울고, 버킹엄궁 밖에 모여든 시민들 이야기를 듣고는 세 번째로 울었다. 알렉스가 보는 앞에서 준은 헨리에게 100개쯤 되는 하트 이모지를 보내고, 알렉스는 준에게 캐서린 공주와 함께 샴페인을 마시는 자신의 영상을 보여준다.

"그런데 문제가 하나 있어." 준이 그제야 말한다. "이틀 동안 노라를 본 사람이 아무도 없어."

알렉스는 준을 멀뚱멀뚱 본다. "그게 무슨 소리야?"

"아니, 나도 전화해 보고, 자흐라도 전화했고, 마이크 부통령과 노라의 부모님도 전화했는데 받지를 않는대. 아파트 경비 말로는 집에서 나간 적이 없다고 하고. 물론 '아무 일은 없지만, 그냥 바쁜' 모드로 들어갔겠지. 연락 없이 아파트를 찾아가 보기도 했는데 노라가 도어맨한테 아무도 들여보내지 말라고 했대."

"그거 걱정스럽네. 좀… 서운하기도 하고."

"그래, 나도 알아."

알렉스는 돌아서서 난간 쪽으로 서성거렸다. 이런 상황에서는 노라의 객관적인 접근이 도움이 될 텐데. 아니 그냥 가장 친한 친구가 함께 있다면 힘이 될 텐데. 가장 필요한 순간에, 그와 준 둘 다에게 가장 필요한 순간에 모른 척하는 노라에게 배신감이 느껴졌다. 노라는 주변에서 특별히 나쁜 일이 생길 때 복잡한 수식에 몰두하는 버릇이 있었다.

"아, 참." 준이 말했다. "네가 부탁한 거 여기 있어."

준은 청바지 주머니에서 꾸깃꾸깃 접은 종이를 꺼냈다.

알렉스는 처음 몇 줄을 대충 훑어 읽었다.

"이럴 수가, 누나… 나는… 와, 진짜."

"마음에 들어?" 준은 걱정스럽게 알렉스의 눈치를 살핀다. "어, 그러니까 너라는 사람과 역사적인 위상이랑, 네 역할이 네게 어떤 의미인지, 그런 걸 표현해 보려고 했어."

알렉스가 눈물을 글썽거리며 와락 끌어안는 바람에 준은 말을 잇지 못했다. "완벽해, 준."

"어이, 대통령 자녀분들." 느닷없는 목소리의 주인공은 에이미였다. 에이미가 대통령 집무실과 연결된 발코니에서 대기하고 있었다. "대통령께서 오벌 오피스에서 보자고 하십니다." 에이미는 잠시 주의를 돌려 이어피스에서 들려오는 소리에 귀를 기울였다. "올 때 도넛을 가져오라고 하십니다."

"엄마는 어떻게 항상 모든 걸 알고 있지?" 준은 접시를 챙기며 중얼거렸다.

"블루보닛과 꼬치고기의 신상 확보했습니다. 현재 이동 중입니다." 에이미가 이어피스를 만지며 말한다.

"꼬치고기라니. 네가 저렇게 명청한 암호명을 골랐다니 아직도 믿을 수가 없다, 진짜."

알렉스는 놀리는 준의 발을 장난스레 걸어 넘어뜨린다.

도넛은 이미 2시간 전에 감쪽같이 사라졌다.

하나, 소파 위. 준이 손을 가만두지 못하고 운동화 끈을 묶었다 풀었다

하고 있다. 둘, 저 멀리 반대쪽 벽. 자흐라가 폰으로 정신없이 이메일을 쓰고 있다. 셋, 결단의 책상*에서는 엘런이 여러 경우의 수를 계산하고 있다. 넷, 다른 소파. 알렉스는 숫자를 세고 있다.

오벌 오피스 문이 활짝 열리더니 노라가 위풍당당하게 들어온다.

'홀러란을 국회로!'라고 쓰여 있는 1972년 선거 캠페인 스웨트셔츠를 걸친 노라는 10년 만에 벙커에서 나온 사람처럼 눈을 제대로 못 뜨고 있다. 엘런의 책상으로 다급하게 달려가던 노라는 에이브러햄 링컨의 흉상에 충돌하는 사태를 가까스로 피했다.

알렉스는 이미 벌떡 일어나 있다. "아니 대체 어디 있었던 거야?"

노라는 책상에 두꺼운 폴더를 털썩 던지고는 반쯤 몸을 돌려 준과 알렉스를 바라보았다. 숨이 차서 헐떡거리고 있었다.

"알아, 둘 다 화난 거, 당연히 화낼 일 맞는데…."

노라는 두 손으로 책상을 짚고 숨을 크게 내쉰 후 턱으로 서류철을 가리켰다.

"이틀 동안 아파트에 처박혀서 이걸 하고 있었거든. 너희도 이게 뭔지 보면 진짜 진짜 화가 풀릴 거야."

알렉스의 엄마는 걱정스러운 얼굴로 노라를 보며 눈을 깜박였다.

"노라, 얘, 우리는 지금 대책을…."

"엘런 아줌마." 노라는 소리를 버럭 지르다시피 말했다. 방안이 물을 끼얹은 듯 조용해지자 노라가 정신을 차렸다. "아니, 대통령님. 아니, 저, 잠깐. 어쨌든 간에 이거 좀 읽어 보셔야 해요."

엄마는 한숨을 내쉬며 펜을 내려놓고 서류를 읽으려고 끌어당겼다. 노

---

* 백악관 집무실의 대통령 전용 책상.

라는 당장이라도 기절해서 책상에 엎어질 것 같은 몰골이다. 알렉스가 맞은편 소파에 앉은 준을 보니 영문을 모르기는 마찬가지인 기색이었다.

"맙소사. 이럴 수가." 엄마는 분노와 당혹감이 섞여 끓어오르는 표정이다. "이거 정말…,"

"맞아요." 노라가 말한다.

"그리고…"

"넵."

엘런은 한 손으로 입을 막았다.

"노라, 너 대체 어떻게 이걸 손에 넣었니? 아니, 아니지, 다시 묻자. 대체 어떻게 이걸 손에 넣었니?"

"좋아요. 그러니까." 노라는 책상에서 떨어져 뒷걸음질을 쳤다. 알렉스는 사태를 전혀 파악하지 못했지만, 굉장히, 굉장히, 어마어마하게 큰일이라는 건 알았다. 노라는 두 손으로 이마를 붙잡고 서성거리기 시작했다.

"이메일이 유출되던 날, 익명의 메일을 받았어요. 딱 봐도 가짜 계정이었는데 이상하게 추적이 되지 않더군요. 그래도 해 봤어요. 그들은 어마어마한 파일 덤프의 링크를 보내고는 자기네가 해커라면서 리처즈 선거 운동 본부의 개인 이메일 서버를 통째로 확보했다고 하더라구요."

알렉스는 노라를 뚫어져라 쳐다봤다. "뭐라고?"

노라가 그와 눈길을 마주쳤다. "내 말이."

엘런의 책상 뒤에 팔짱을 끼고 서 있던 자흐라가 끼어들었다. "그런데 이런 정보를 제대로 된 채널로 보고하지 않은 이유는?"

"처음에는 진짜 뭐가 있는 건지 확신이 안 서서 그랬죠. 그다음에 확신이 섰을 때는, 아무도 믿고 맡길 만한 사람이 없었고요. 그들 말로는 내가 알렉스의 문제에 개인적인 관심을 두고 있으니까, 자기네가 시간이 없어

할 수 없는 일을 최대한 빨리 처리해 줄 거라 믿는다고 하더군요."

"그 일이 뭔데?" 아직도 물어볼 게 남았다니 알렉스도 믿을 수가 없다.

"증거를 찾는 거." 노라가 말한다.

이제 노라의 목소리도 떨리기 시작했다.

"리처즈가 너를 함정에 빠뜨렸다는 증거 말이야."

준이 입 속으로 욕을 하며 소파에서 일어나 방을 가로질러 걸어가는 모습이 아득하게 보인다. 무릎에 힘이 빠져서 알렉스는 자리에 앉았다.

"우리… 우리는 이 사태에 라파엘 루나 쪽이 일부 간여했다고 의심했었단다." 엄마의 목소리다. 엄마는 이제 책상을 돌아 나와 서류 폴더를 가슴에 꼭 안은 채 알렉스 앞에 무릎을 꿇고 앉았다. "사람들을 시켜서 조사를 했어. 나는 상상도…. 이 모든 게, 리처즈의 선거운동 본부에서 꾸민 거라니."

그녀는 폴더를 펼치고 방 한가운데 있는 커피 테이블에 놓았다.

"그러니까, 말 그대로 수십만 통의 이메일이 있었어요."

노라의 말을 들으며 알렉스는 소파에서 내려와 페이지들을 멍하니 쳐다보았다.

"그리고 3분의 1은 허위 계정이었죠. 하지만 코드를 써서 3,000개 정도로 좁힐 수 있었어요. 나머지는 그냥 수작업으로 다 읽었어요. 이게 알렉스와 헨리에 대한 메일 전부예요."

알렉스의 눈에 처음 들어오는 건 자신의 얼굴이다. 사진. 망원 렌즈로 찍어서 흐릿하고 초점이 나간 사진. 간신히 알아볼 수 있을 정도다. 첫눈에 장소를 알아보기 어려웠지만, 프레임 가장자리에 우아한 아이보리색 커튼이 보였다. 헨리의 침실이었다.

그는 사진 위에 첨부된 두 사람의 이메일 대화를 읽는다.

탈락. 닐센이 이 정도 해상도로는 턱도 없다고 말함. 우리는 전설의 설인 사진을 찍어오라고 돈을 준 게 아니라고 P에게 전할 것.

닐센. 닐센. 리처즈의 선거운동 본부장 닐센.

"리처즈가 너를 아웃팅시킨 거야, 알렉스." 노라가 말한다. "네가 선거운동 본부 일을 그만두자마자 작업이 시작됐어. 회사를 고용해서 해커를 고용하고 베크먼의 감시 카메라 영상을 확보한 거지."

알렉스 옆에 선 엄마는 이미 형광펜 뚜껑을 이로 물고 페이지에 밝은 노란색 줄을 긋고 있었다. 우측에서도 움직임이 있었다. 자흐라 역시 서류 더미를 자기 쪽으로 끌고 와서 빨간펜으로 줄을 긋는다.

"은행 계좌 번호 같은 건 없는데, 찾아보면, 지급 명세서며 송장이며 서비스 청탁은 여기저기 있어요. 전부 다 있어요. 뒷공작과 흥신소와 가짜 이름투성이인데 그래도, 모든 것에 디지털 문서의 흔적이 있어요. FBI가 수사를 들어가고도 남을 건이고, 재정적으로도 소환장을 발부할 수 있을 거라고 봐요. 기본적으로 리처즈는 회사를 고용하고 사진사들을 고용해서 알렉스한테 미행을 붙인 다음, 해커를 사서 백악관의 개인용 서버를 해킹하게 만들고, 또 다른 제삼자를 고용해서 이 모든 걸 돈 주고 사서 「데일리 메일」에 팔게 만든 거예요. 내 말은, 민간의 청부업자들을 시켜서 퍼스트 패밀리를 감시하고 백악관의 보안을 뚫고 섹스 스캔들을 일으켜서 대선에서 이기려 했다는 말이에요. 이건 완전히 대놓고 미친 개똥 같…."

"노라, 잠깐만…." 소파에 돌아와 앉아 있던 준이 불쑥 말렸다. "그냥, 좀 제발…."

"미안해." 노라가 말한다. 그리고 털썩 주저앉는다. "내가 이걸 다 처리하느라고 레드불을 9병이나 마셨다니까. 그러니까 안전벨트를 풀고 비행하는 거나 마찬가지야."

알렉스는 눈을 감는다.

눈앞에서 벌어지는 일이 너무 많아서 지금은 가늠이 되지 않는다. 그리고 분노가 치솟고 있었다. 끔찍하게 화가 났지만 그래도 이제는 상대의 정체를 파악하고 이름을 붙일 수 있다. 그가 할 수 있는 일이 있었다. 밖에 나갈 수 있었다. 이 집무실에서 걸어 나가 헨리에게 전화해서 "우리는 안전해. 최악의 순간은 지나갔어"라고 말할 수 있었다.

알렉스는 다시 눈을 뜨고 테이블 위에 펼쳐진 문서를 본다.

"이제 이걸로 우리가 뭘 어떻게 해야 해?" 준이 묻는다.

"그냥 유출해 버리면 어때?" 알렉스가 제안한다. "위키리크스에."

"위키리크스 따위 누가 신경이나 쓰겠어." 엘런이 즉시 말허리를 자른다. 고개도 들지 않은 채. "특히 너한테 한 짓을 봐서는 더더욱. 이건 진짜 쓰레기야. 이 개자식을 내가 끌어내릴 거야. 반드시 효과가 있어야 해."

그녀는 드디어 형광펜을 내려놓는다. "언론에 흘려야 해."

"주요 언론에서 확증이 없이 이런 기사를 실어줄 리가 없잖아요. 리처즈 캠페인 쪽에서 누가 이 이메일의 진위를 가려주지 않는 한." 준이 지적한다. "그러려면 몇 달은 걸릴 거예요."

"노라." 엘런이 강철 같은 눈길을 노라에게 못박았다. "이걸 너한테 보낸 사람의 정체를 추적할 만한 증거가 하나라도 있니?"

"찾아보려고 하긴 했죠. 하지만 신분을 가리기 위해 별별 짓을 다 했더라고요." 노라는 셔츠에서 핸드폰을 꺼냈다. "그쪽에서 보낸 이메일을 보여드릴 수 있어요."

노라는 화면을 획획 넘기다가 폰을 테이블에 내려놓았다. 이메일은 노라가 묘사한 그대로였다. 이메일 맨 밑에 난수표 같은 숫자와 글자가 섞여 있는 서명이 있었다.

2021 SCB. BAC CHZ GRON A1.

2021 SCB.

알렉스의 눈이 그 마지막 줄에서 멎는다. 폰을 주워들고 노려본다.

"젠장, 말도 안 돼."

그 말도 안 되는 글자들을 뚫어져라 노려본다. 2021 SCB.

2021 South Colorado Boulevard. 사우스 콜로라도 불러바드.

덴버에서 일했던 여름, 사무실에서 가장 가까운 파이브가이즈 햄버거 가게. 적어도 일주일에 한 번 햄버거를 사러 갔기 때문에 그 순서를 정확히 알고 있었다. 베이컨 치즈버거(BAC CHZ), 그릴드 어니언(GRON), A1 소스. 알렉스는 빌어먹을 파이브가이즈 주문을 외우고 있었다. 자기도 모르게 입에서 웃음이 터져 나왔다.

암호였다, 오로지 알렉스만을 위한 암호. '내가 신뢰하는 사람은 오로지 너밖에 없어'라는.

"이건 해커가 아니에요. 라파엘 루나가 이걸 보낸 거예요. 필요한 확증이 여기 있어요." 알렉스는 엄마를 바라보았다. "루나를 보호해 주실 수 있다면, 그가 진위를 가려줄 거예요."

[인트로 음악: 15초
데스티니스 차일드의 1999년 싱글 〈빌스, 빌스, 빌스*〉의 인스트루멘탈]

보이스오버: 레인지 오디오 팟캐스트입니다. 여러분은 현재 NYU 뉴욕대학 헌법학과의 올리버 웨스트 교수가 진행하는 〈빌스, 빌스, 빌스〉를 듣고 계십니다.

---

* 빌스(bills)에는 지폐, 청구서라는 뜻 외에 법안이라는 의미가 있다.

[인트로 음악 끝]

웨스트 브룩: 안녕하십니까. 올리버 웨스트 브룩입니다. 그리고 언제나 저와 함께 해주는 지극히 참을성 있고 재능 있고 자비로운 수피아 프로듀서도 있습니다. 수피아가 없다면 저는 길을 슬픔에 길을 잃고 나쁜 생각의 바다를 헤매며 내가 싼 오줌을 마셔야 할 거예요. 우리가 사랑하는 그녀, 수피아입니다.

수피아 자와르, 프로듀서, 레인지 오디오: 안녕하세요.

웨스트 브룩: 〈빌스, 빌스, 빌스〉는 매주 국회에서 벌어지고 있는 일을 알아듣기 쉽게 해설을 곁들여 알려 드리는 방송입니다. 여러분이 관심을 가져야 할 이유와 함께 할 수 있는 일들까지 말이지요.

자, 솔직히 저희가 며칠 전에 기획했던 방송은 아주 달랐습니다. 이제 와서 굳이 다룰 만한 주제가 아니라고 판단했고요.

잠시 오늘 아침 「워싱턴 포스트」가 보도한 기사를 살펴보도록 하겠습니다. 익명으로 유출된 이메일이 있다고 합니다. 리처즈 선거운동 본부 내부에서 확인을 받은 내용인데요. 여기에 따르면 제프리 리처즈 내지는 캠페인 내부의 고위급 스태프가 한마디로 악랄한 계획을 세워서 알렉스 클레어몬트 - 디아즈를 스토킹하고 감시하고 해킹하고 「데일리 메일」에 그 내용을 유출했다는 것입니다. 엘런 클레어몬트의 재집권을 막기 위한 계획의 일환이었다고 하는데 말이지요. 그렇다면, 어, 수피아, 얼마나 됐죠? 그래요, 40분. 우리가 이 방송을 녹음하기 40분 전에 라파엘 루나 상원 의원이 리처즈 선거운동 본부와 결별한다고 트위터로 밝혔습니다.

그러니까. 이거 뭐 난리 났습니다.

리처즈 선거운동 본부에서 이 사실을 밝힐 만한 사람은 루나 외에는 없다고 보면 됩니다. 누가 봐도 루나가 한 일이지요. 난 왠지 처음부터 별로 가고 싶지 않았던 게 아닐까 하는 생각이 드는군요. 아니면 일찌감치 선택을 후회하고 있었을 수도 있지요. 수피아, 내가 이런 말을 해도 됩니까?

자와르: 언제 말린다고 할 말을 안 하신 적이 있었나요?

웨스트 브룩: 좋은 지적이군요. 아무튼, 캐스퍼 매트리스의 빵빵한 후원금 덕분에 우리가 이렇게 워싱턴 소식을 전해 드리는 팟캐스트를 진행하고 있음을 알려 드립니다. 지난 며칠 알렉스 클레어몬트-디아즈가, 또 헨리 왕자도요. 겪은 일은 몹시 선정적이어서 여기서 이런 식으로 얘기하는 것 자체가 부적절한 느낌이란 말이죠. 하지만 제 견해를 말씀드리면, 우리가 오늘 보도된 뉴스에서 짚고 넘어가야 할 사실은 크게 세 가지가 있습니다.

첫째, 대통령의 아들은 사실 아무 잘못도 없다는 것이고요.

둘째, 제프리 리처즈는 현직 대통령을 상대로 적대적인 음모를 꾸몄고, 나는 이 선거에서 패배한 후 연방 수사관이 그를 찾아갈 날을 손꼽아 기다리고 있습니다.

셋째, 라파엘 루나가 2020년 대통령 선거를 구한 뜻밖의 영웅일 가능성이 있습니다.

연설을 해야 한다.

성명을 발표하는 것으로는 안 된다. 연설해야 한다.

"네가 쓴 거니?" 엄마는 준이 발코니에서 알렉스에게 건네준 종이를 들고 말한다. "알렉스가 너한테 우리 대언론 비서관들이 작성한 성명서 초안을 가지고 이걸 다 써달라고 했단 말이야?" 준은 입술을 깨물며 고개를 끄덕였다. "이건…. 정말 잘 썼구나, 준. 대체 왜 네가 우리 연설문을 모조리 맡아서 쓰지 않는 거지?"

웨스트윙의 기자 회견실은 너무 삭막하다는 판단하에 기자단은 1층의 외교 영빈실로 불렀다. 이 방은 루스벨트 대통령이 그 유명한 노변정담을 녹음한 장소다. 알렉스는 이제 그 방으로 들어가 연설을 하고 이 나라가 진실을 혐오하지 않기를 소망해야 한다.

그들은 이 방송을 위해 런던에서 헨리를 데리고 왔다. 헨리는 알렉스의 어깨 우측 자리에 흔들림 없이 차분하게 앉아 있을 것이다. 전형적인 정치가의 파트너로서. 알렉스의 뇌가 미리 앞서서 내달린다. 끊임없이 머릿속에서 그 장면을 상상한다. 지금부터 1시간 뒤, 미국 전역의 수백 수천만 대의 TV에서 그의 얼굴, 그의 목소리, 준의 단어들, 그리고 그의 옆을 지키는 헨리를 동시 재생하게 된다. 모두가 알게 될 것이다. 지금은 이미 모두가 알고 있지만 정말로 아는 게 아니다. 올바른 방식으로 알아야 한다.

1시간 후, 미국인이라면 누구나 TV 화면을 보고 대통령의 아들과 그의 남자친구에 대해 알게 될 것이다.

그리고 대서양 너머에서도, 그에 버금가는 다수가 펍에서 맥주를 마시거나 가족들과 식사를 하거나 집에서 조용한 저녁 시간을 보내며 그들의 막내 왕자를, 가장 아름다운 왕자, 프린스 차밍을 보게 될 것이다.

때가 왔다. 2020년 10월 2일. 세계가 지켜보았고 역사가 기억했다.

알렉스는 그들이 첫 키스를 한 케네디 가든의 보리수가 훤히 보이는 남쪽 잔디밭에서 대기한다. 대통령 전용의 미 해병대 헬리콥터 1기가 불협의 굉음과 바람을 일으키며 착륙하고, 헨리가 머리끝에서 발끝까지 극적인 모습으로, 여자들을 유혹하고 세계를 구하는 영화 속 영웅처럼 코트 자락을 휘날리며 등장한다. 알렉스는 웃음을 터뜨리지 않을 수 없다.

"왜?" 헨리는 알렉스의 얼굴에 떠오른 표정을 보더니 소음을 뚫고 외친다.

"내 인생은 우주의 농담이고 너는 실제 인간이 아닌 게 틀림없어." 알렉스가 씩씩대며 말한다.

"뭐라고?" 헨리가 또 외쳐 묻는다.

"완전 근사해 보인다고, 베이비!"

두 사람은 몰래 계단 밑에서 키스하다가 자흐라한테 들키고, 자흐라는 헨리를 끌고 가서 방송 준비를 하게 한다. 곧 두 사람은 외교 영빈실로 안내받고 나자 때가 온다.

때가 되었다.

길고 긴 한 해였다. 헨리를 안팎으로 속속들이 알게 되고, 그 자신을 알게 되고, 스스로 얼마나 배울 것이 많은지 알게 되었던 한 해가 지나자 거짓말처럼, 이제 저 밖에 나가 연단에 서서 당당하게 사실을 공표할 시간이 왔다.

그가 느끼는 감정은 두렵지 않았다. 그 감정을 말로 표현하는 것도 두렵지 않았다. 다만 그다음에 일어날 일들이 두려울 뿐이다.

헨리가 그의 손을 부드럽게 건드린다. 두 손가락 끝이 손바닥에 닿는다.

"우리 남은 평생을 위한 5분이야." 그는 살짝 불안하게 웃으며 말한다.

알렉스가 응답하듯 손을 내밀어 엄지로 헨리의 넥타이 바로 아래, 폭 패인 쇄골을 쓸어준다. 넥타이는 보랏빛 실크고 알렉스는 숨을 헤아린다.

"너는, 내 평생 최악의 아이디어야."

헨리의 입가가 느릿한 미소로 번지고 알렉스는 그곳에 키스한다.

미합중국 대통령 아들 알렉산더 클레어몬트-디아즈의 백악관 성명, 2020년 10월 2일

안녕하십니까.

저는 과거에도, 지금도, 처음에도, 끝에도, 언제까지나 미국의 아들입니다.

여러분이 저를 키웠습니다. 저는 텍사스의 초원과 언덕에서 자랐지만, 운전면허도 따기 전에 무려 34개 주에 가본 적이 있었습니다. 5학년 때 장염에 걸렸을 때는 어머니가 바이든 부통령이 보내 준 명절 축하 카드 뒤편에 써주신 메모를 가지고 학교에 갔습니다. 부통령님, 죄송합니다. 급한 상황이었는데, 어머니 수중에 있는 종이는 그것뿐이었습니다.

여러분 앞에서 처음으로 연단에 섰을 때 저는 열여덟 살이었습니다. 그때 저는 필라델피아 민주당 전당대회 무대에서 대통령 후보로서 어머니를 소개했습니다. 저는 어리고 희망에 차 있었으며, 여러분 덕분에 저는 미국의 꿈을 실현하게 되었습니다. 다인종의 가정에서 2개 언어를 말하며 성장한 소년이 백악관을 집으로 삼게 되었으니까요.

여러분은 제 옷깃에 성조기 배지를 달아주며 말씀하셨습니다. "우리는 너를 응원한다"라고요. 오늘 여러분 앞에 선 지금, 제가 여러분에게 실망을 드리지 않았기를 소망할 뿐입니다.

몇 년 전 어떤 왕자를 만났습니다. 그리고 그때는 저도 깨닫지 못했지만, 그 역시 국가가 길러낸 아들이었습니다.

진실을 말씀드리자면, 헨리와 저는 올해 초부터 교제하기 시작했습니다. 진실을 말씀드리자면, 이미 많은 분이 기사에서 읽어 아시다시피 우리는 날마다 이 사실이 우리 가족, 우리 국가, 우리 미래에 어떤 의미일까를 심각하게 고민했습니다. 진실을 말씀드리자면, 우리는 우리가 선택한 상황에서 우리의 관계를 세상에 밝힐 때까지 충분한 시간 여유를 확보하고자 둘 다 타협을 했고 그 대가로 둘 다 밤잠을 설쳐야 했습니다.

우리는 그런 자유를 허락받지 못했습니다.

그러나 또한 진실을 말씀드리자면, 단순하게 이렇습니다. 사랑은 모든 것을 이깁니다. 미국은 언제나 이 사실을 믿었습니다. 그래서 저는 오늘 과거의 대통령들이 섰던 이 자리에 서서 그 사람을 사랑한다고 말하는 것이 부끄럽지 않습니다. 잭 케네디가 재키를 사랑했듯이, 린든 B. 존슨이 레이디 버드를 사랑했던 것과 똑같이 그를 사랑합니다. 전통을 이어가 의무를 짊어진 사람은 누구나 그 전통을 공유할 반려자를 선택합니다. 미국의 국민이 심장과 기억과 역사책에 함께 간직할 사람을요. 미합중국에 고합니다. 제 선택은 그 사람입니다.

헤아릴 수 없이 많은 다른 미국 국민과 마찬가지로, 저 역시 이 말을 입 밖에 내어 말하게 될 때 찾아올 결과를 두려워했습니다. 구체적으로 그분들께 말씀드립니다. 저는 여러분을 알고 있습니다. 저는 여러분 중 한 사람입니다. 제가 이 백악관에서 한 자리를 차지하고 있는 이상, 여러분 역시 우리의 일원입니다. 저는 미합중국 대통령의 아들이며 양성애자입니다. 역사가 우리를 기억할 것입니다.

제가 국민 여러분에게 단 한 가지 부탁드리고 싶은 것이 있다면, 그건 다음과 같습니다. 부탁입니다. 제 행동이 11월 여러분의 결정을 좌우하지 않게 해주십시오.

여러분이 올해 내려야 할 결정은 제가 할 수 있는 어떤 행동이나 발언보다 훨씬 크고 중요한 것입니다. 그리고 여러분의 결정이 앞으로 오랫동안 이 나라의 운명을 좌우할 것입니다. 우리 어머니, 여러분의 대통령은 앞으로 4년간 더 성장과 진보와 번영을 구가하는 국가를 이끌, 모든 미국인이 가질 자격이 있는 영웅이자 전사입니다. 부탁입니다. 제 행동 때문에 국가가 후퇴하게 하지 마십시오. 언론에 부탁드립니다. 저나 헨리가 아니라 선거운동 그 자체에, 정책에, 이 선거에 달린 수백만 미국인의 삶과 일자리에 초점을 맞춰 주십시오.

그리고 마지막으로, 여전히 저는 이 나라가 키운 아들임을 기억해주시기를 부탁드립니다. 제 피는 여전히 텍사스주 로메타와 캘리포니아 샌디에이고와 멕시코 시티에서 흘러왔습니다. 저는 지금도 필라델피아의 무대에 섰을 때 여러분의 우렁찬 목소리를 기억합니다. 아침마다 저는 여러분의 고향들을 생각하며 잠에서 깹니다. 제가 아이다호와 오리건과 사우스 캐롤라이나에서 만났던 가족들을 생각하며 아침을 맞습니다. 저는 그때 여러분이 본 그 소년, 그리고 지금 여러분 앞에 서 있는 사람이 아닌 그 어떤 것도 되고 싶지 않습니다. 말과 실천으로 여러분을 진심으로 생각하는 대통령의 아들이고 싶습니다. 그리고 대통령 취임식이 1월에 다시 돌아오면 그때도 여전히 이 자리에 있기를 바랍니다.

연설 이후 처음 24시간은 안갯속처럼 흐릿하지만 몇 장면은 남은 평생 영원히 간직할 것이다.

한 장면. 다음 날 아침, 내셔널 몰에는 새로, 이제까지 없었던, 기록적인 인파가 모여든다. 알렉스는 안전상의 문제로 관저에 머무르지만, 그와 헨리와 준과 노라와 세 부모는 다 같이 이층의 거실에 앉아 CNN의 라이브 방송을 본다. 방송 중에 갑자기 열광하는 군중의 선봉에 선 에이미가 보인다. 준이 입었던 노란색 '쳇, 역사? 까짓것' 티셔츠를 입고 트랜스젠

더 배지를 달고서. 그 옆에는 캐시가 에이미의 아내를 목말 태우고 서 있는데, 이제 보니 그녀가 입고 있는 건 에이미가 비행기에서 범성애의 기치 색깔로 수놓고 있던 그 청재킷이었다. 알렉스는 흥분해서 탄성을 지르다가 조지 부시가 제일 아끼던 카펫에 커피를 흘리고 말았다.

또 한 장면. 제프리 리처즈 상원 의원의 멍청한 엉클 샘 같은 얼굴이 CNN에 나와서, 건국의 아버지들이 지은 백악관의 성스러운 영내에서 아들이 저지른 행위를 생각하면 클레어몬트 대통령이 전통적 가족의 가치라는 문제에 중립적 입장을 지킬 수 있을지 의심스럽다고 말한다. 바로 다음 장면에서 오스카 디아즈 상원 의원이 위성으로 응수하며 클레어몬트 대통령에게 최우선의 가치는 헌법을 수호하는 것이며, 백악관은 건국의 아버지들이 아니라 노예들이 지었다고 말한다.

또 한 장면. 서류를 들여다보다가 사무실 문 앞에 서 있는 알렉스를 보고 라파엘 루나가 지었던 표정.

"직원은 뭐에 쓰려고 고용하신 거예요?" 알렉스가 말한다. "곧장 이리로 들어와도 아무도 막는 사람이 없던데요."

루나는 돋보기를 끼고 몇 주째 면도도 하지 않은 몰골이었다. 미소를 짓는다, 조금 불안하게.

알렉스가 이메일 암호를 해독하자 엄마는 즉시 루나를 불러서 리처즈를 끌어내리는 일을 도와주면 묻지도 따지지도 않고 철저히 신상을 보호해주겠다고 제안했다. 아빠와도 연락하고 지낸다는 걸 안다. 루나는 알렉스의 부모님이 자기를 원망하지 않는다는 걸 알고 있다. 그러나 두 사람이 직접 대화하는 건 처음이다.

"직원들이 출근하던 첫날에 너는 무조건 통과라고 당연히 말해줬지. 그걸 몰랐다니 네가 아직도 너 자신의 진가를 잘 모르는구나."

알렉스는 씩 웃고 호주머니에서 스키틀즈 봉지를 꺼내 책상에 놓았다. 아직 루나에게 고맙다고 말할 기회가 없었는데, 무슨 얘기부터 해야 할지 모르겠다. 루나는 봉지를 뜯어 사탕을 서류 위에 쏟았다.

허공에 걸려 있는 질문 하나를 둘 다 보고 있었다. 알렉스는 묻고 싶지 않다. 이제 막 루나를 되찾았는데, 그 해답에 또 잃고 싶지 않다. 그래도 알아야 한다.

"알고 있었어요?" 하지만 결국 말해 버린다. "그 일 터지기 전에, 리처즈의 의중을 알고 있었어요?"

루나는 안경을 벗고 노트 위에 내려놓았다.

"알렉스, 나에 대한 네 신뢰를… 내 손으로 무너뜨렸다는 건 잘 알아. 그러니까 그런 질문을 하는 널 탓할 생각은 없다. 하지만 난 결코, 무슨 일이 있어도, 알면서 네가 그런 일을 당하게 하지는 않을 거야. 그건 알아 줘야 한다. 절대로, 일이 터질 때까지 아무것도 몰랐어. 너와 똑같이."

알렉스는 참았던 숨을 길게 토했다.

"알겠어요." 알렉스는 의자에 기대앉는 루나의 얼굴에 진 잔주름을 본다. 전보다 조금 더 깊어진 느낌이다. "그럼 대체 어떻게 된 거예요?"

루나의 한숨은, 목구멍을 긁는 거칠고 피로한 소리다. 그 소리에 알렉스는 호수에서 아버지가 해준 이야기를 떠올린다. 루나가 아직도 얼마나 많은 면을 숨기고 있는 사람인지.

"그러니까, 너 내가 리처즈 밑에서 인턴을 한 걸 알고 있니?"

알렉스는 눈을 끔벅인다. "네?"

루나는 작고 건조한 웃음을 뱉는다. "그래, 못 들었을 거다. 리처즈는 철저히 증거를 말소할 작정이었어. 그래, 2000년이었지. 난 열아홉 살이었다. 리처즈가 유타주 검찰 총장이던 시절이지. 교수님 한 분이 추천을 해주셨다."

하급 사무관들 사이에서는 소문이 돌았다. 보통은 여자 인턴들이었지만 간혹 유달리 예쁜 남자애들도 구설수에 올랐다. 루나 같은 청년. 리처즈는 약속을 남발했다. "같이 술이나 한잔하면" 멘토가 되어 주겠다, 연줄을 이어주겠다고. "싫다"라는 대답을 용납하지 않겠다는 강력한 암시를 곁들여.

"그때 난 가진 게 아무것도 없었어. 돈도 가문도 연줄도 경험도 없었지. 그런 생각이 들었지. 이게 내가 발이라도 걸칠 수 있는 유일한 길이구나. 진심일 수도 있겠다."

루나는 잠시 말을 끊고 숨을 들이쉬었다. 알렉스는 뱃속이 불편하게 뒤틀렸다.

"리처즈는 호텔에서 만나자며 차를 보냈어. 그리고 술을 먹였지. 그가 원하는 건… 그러니까 하려고…" 루나는 얼굴을 찡그리며 말을 하다가 말았다. "아무튼, 가까스로 빠져나왔어. 그날 밤 집에 돌아왔는데, 룸메이트가 나를 쓱 보더니, 담배를 건네주더군. 그때부터 담배를 피우기 시작했던 거야."

루나는 책상 위의 스키틀즈를 내려다보며 오렌지색에서 빨간색을 골라내고 있었지만, 이 대목에서는 알렉스를 올려다보며 씁쓸하고 아픈 미소를 지었다.

"그래도 난 다음 날 아무 일도 없었다는 듯 출근을 했지. 탕비실에서 그를 보면 이런저런 한담도 나누고. 그냥 다 괜찮기를 바랐거든. 그런 나 자신이 끔찍하게 미웠지. 그래서 다음에 리처즈한테 이메일이 왔을 때는, 사무실로 들어가서 건드리지 말라고, 자꾸 그러면 언론에 제보하겠다고 했어. 그랬더니 파일을 하나 꺼내더라고. 그는 그 파일을 '보험'이라고 불렀지. 내 10대 시절 행적을 알고 있었어. 부모님께 쫓겨나서 시애틀의 청소년 보호 센터에서 살았던 것도. 기록에 없는 가족이 있다는 것도. 한마디라도 발설하면, 정계 입문의 길을 막는 건 물론이고 내 인생 자체를 망쳐 버리겠다고 하더군. 우리 가족의 인생까지 다 파괴하겠다고. 그래서 난 그 길로 입을 닥쳤지."

다시 마주친 루나의 눈길은 얼음처럼 싸늘하고 예리했다. 창문이 쾅, 소리를 내며 닫혔다.

"그러나 난 끝내 잊지 않았어. 다음에 상원에서 만났을 때 리처즈는 도리어 빚쟁이처럼 굴더군. 내 인생을 망칠 수도 있었는데 그러지 않았으니 고마워하라는 듯이. 그래서 놈이 대통령이 되기 위해서 그 어떤 비열한 협잡도 서슴없이 저지를 인간이라는 걸 알았어. 미친 포식 동물이 이 나라의 최고 권력자가 되는 걸 막기 위해서라면 무슨 짓이라도 불사하겠다고 결심했지."

루나는 가벼운 눈발을 털어내듯 어깨를 부르르 털며 의자를 빙글 돌려 스키틀즈 몇 개를 입에 털어 넣었다. 아무렇지 않은 척했지만 손은 떨리고 있었다.

마음을 확실히 먹게 된 건 지난여름 리처즈가 TV에 나와서 청소년 국회 이야기를 할 때였다. 그때, 최측근이 되어 접근하면 추행의 증거를 찾아 폭로할 수 있다는 생각을 처음 했다. 엘런의 승리를 의심해서 히스패닉*계와 중도 표를 끌어오는 대가로 권력을 요구하는 척 다가가야겠다고 결심했다.

"그 선거 본부에서 일하는 순간순간이 혐오스러웠지만, 난 증거를 찾

---

* 스페인어를 쓰는 중남미권의 미국 이주민.

는데 전력을 다했어. 코앞에 있었지. 그 일에 지독하게 몰두해서… 그만 너에 대한 꿍꿍이가 있다는 걸 놓쳤다. 전혀 몰랐어. 하지만 전부 밝혀졌을 때는… 심증을 굳혔어. 물증을 찾을 수는 없었지만, 내겐 서버에 접근할 권한이 있었으니까. 내가 아는 건 별로 없어도, 길거리에서 험하게 구르던 시절이 있으니 파일 덤프를 할 만한 사람은 찾을 수 있었지. 너 그런 눈으로 보지 마라. 나 그렇게 늙지는 않았다고."

알렉스는 소리 내어 웃고 루나도 따라 웃는다. 마음이 편해진다. 방안에 신선한 공기가 다시 통하는 느낌이다.

"아무튼, 너와 네 어머니에게 직접 알리는 게 제일 좋겠다고 생각했고, 노라라면 그 일을 해 줄 줄 알았지. 너도…이해해 줄 거로 생각했고."

"우리 아빠도 아셨나요?"

"내가 삼중 첩자 노릇을 하는 거? 아니, 아무도 몰랐어. 그러니까 우리 스태프 절반이 사표를 냈지. 누나도 몇 달째 나와 말을 안 한다니까."

"아니요. 리처즈가 형한테 했던 짓…."

"알렉스, 내가 이런 얘기를 조금이라도 털어 놓은 사람은 세상에 딱 한 명, 네 아버지뿐이다. 누구의 도움도 받지 않겠다고 고집을 피울 때도 네 아버지는 나서서 날 도와주셨지. 영원히 은혜를 잊지 못할 거야. 하지만 내가 나서서 리처즈가 한 짓을 공개적으로 밝히길 원하셨어. 그렇지만… 그럴 수는 없었다. 정치 경력을 걸고 그런 짓을 할 수는 없다고 말했지만, 사실은… 20년 전에 어떤 멕시코계 게이 소년이 당한 일 정도로 리처즈의 기반이 흔들릴 거라 생각지 않았단다. 아무도 내 말을 믿어 주지도 않을 테고."

"전 믿어요. 형이 하려던 일을 나한테 말해 줬다면 좋았을 거로 생각해요. 아니, 저 말고 누구한테라도요."

"그럼 말리려 들었겠지. 다들 그랬을 거야."

"아니…라프형, 그건 시발, 정신 나간 계획이잖아요."

"알아. 과연 피해를 복구할 수 있을지도 모르겠다만, 어차피 상관도 없다. 해야 할 일을 했으니까. 죽어도 리처즈가 선거에 이기는 꼴을 두고 볼 수는 없었어. 내 인생은 투쟁이었어."

알렉스는 안다. 스스로 해왔던 고민과 일맥상통하는 이야기였다. 런던에서 이 모든 일이 시작된 후로 감히 생각할 엄두도 내지 못한 일들을 꿈꾸기 시작했다. 법대 진학을 위한 LSAT 시험 결과는 봉투를 뜯지도 않고 침실 책상 밑에 처박아 두었다. 어떻게 하면 세상을 위해 최선을 다할 수 있을까?

"그나저나 미안하다." 루나가 말한다. "너한테 했던 말들은…." 어떤 말인지 굳이 새겨 말할 필요도 없다. "내가… 워낙 상태가 엉망이어서."

"괜찮아요." 알렉스는 진심이다. 사무실을 찾아오기 오래전에 이미 루나를 용서했다. 하지만 사과를 받으니 나쁘지 않다. "저도 죄송해요. 하지만 그래도 한 번만 더 나를 '꼬맹이'라고 부르면 말 그대로 형 엉덩이를 걷어찰 거예요."

루나는 진심으로 폭소를 터뜨린다. "야, 넌 방금 첫 대형 섹스 스캔들을 터뜨렸잖아. 이제는 애들 식탁에 앉을 군번이 아니지."

알렉스는 그럼 그렇지 하는 얼굴로 고개를 끄덕이며 의자에서 몸을 쭉 뻗고 뒤통수 뒤로 깍지를 낀다. "리처즈 일이 이따위로 돌아간 건 정말 거지 같아요. 지금 형이 놈을 폭로한다 해도, 평범한 이성애자들은 언제나 호모포비아가 클로짓 게이의 문제라고 치부하려 하겠죠. 사실 100명 중 99명은 혐오에서 자유롭지 않으면서 말이죠."

"그래, 특히 리처즈가 호텔로 데려간 남자 인턴은 당시에 나밖에 없었으니까. 빌어먹을 포식 동물은 다 똑같아. 성적 지향과는 무관하고, 전부 권력의 문제일 뿐이지."

"형은 아무 말도 안 할 거예요? 지금 이런 시점에서?"

"나도 굉장히 많이 생각해 봤는데, 대다수 사람은 이미 정보원이 누구인지 파악했을 테고. 조만간 누군가 시효가 남아 있는 죄목을 들고 날 찾아오지 않을까 싶은데. 그러면 국회에서 조사를 시작할 수 있겠지. 진짜제대로. 그러면 확실히 뭔가 달라질 거야."

"내가 아니라 '우리' 아닌가요." 알렉스가 말한다.

"글쎄다. 나와 법률 쪽의 경험이 있는 또 누군가 다른 사람."

"그거 힌트예요?"

"제안이다." 루나가 말한다. "하지만 네 인생인데 내가 이래라저래라할 생각은 없어. 내 인생 하나 건사하기도 힘든데. 이것 좀 봐라." 그는 소매를 걷어 보인다. "니코틴 패치라니까, 시발."

"설마. 정말로 담배 끊을 생각이에요?"

"과거의 그림자를 떨치고 개과천선했다니까."

"말도 안 돼. 대단해요, 형."

"올라." 사무실 문에서 목소리가 들린다.

아빠다. 티셔츠에 청바지를 입고 여섯 캔이 든 맥주 한 상자를 한 손에 들고 있다.

"오스카." 루나가 활짝 웃는다. "우리는 지금 내가 내 손으로 평판을 박살 내고 정치 경력을 끝장냈는지 한창 얘기하던 참이에요."

아빠는 의자를 끌어당겨 앉으며 맥주를 돌렸다.

"어이. 그거 로스 바스타르도스한테 딱 맞는 일이군."

알렉스가 캔을 따며 말한다. "그리고 내가 백악관에 양성애 폭탄을 투하하고 개인 이메일 서버의 취약성을 폭로하는 바람에 엄마가 떨어질지도 모른다는 얘기도요."

"에이, 걱정 마라. 난 이번 선거가 이메일 서버에 달린 건 아니라고 생각한다."

알렉스가 눈썹을 획 올린다. "정말 확실해요?"

"에이. 지금이 2016년이면 몰라도. 하지만 지금은 이미 미국에 최초의 여성 대통령이 선출된 후잖니. 게다가 커밍아웃한 게이를 미국 역사 최초로 상원에 보낸 셋이 이렇게 모여 앉아 있잖니." 루나가 고개를 숙이고 맥주를 치켜든다. "아무튼, 다 괜찮을 거다. 재선하고 나서 네 엄마 골치를 한참 썩이기는 하겠지. 하지만 그건 어련히 알아서 할 거고."

"하지만 저는 어떨까요?" 알렉스가 묻는다. "전 세계 언론에 초신성 부럽잖게 대폭발을 일으켰는데, 그래도 정계에 진출할 희망이 있을까요?"

"사람들한테 널 알렸잖니." 오스카가 어깨를 으쓱한다. "그럴 수도 있지. 시간을 좀 두고 보렴. 다시 도전하고."

알렉스는 웃지만, 한편으로 가슴 깊은 곳에 숨겨져 있던 무언가를 더듬어 꺼낸다. 클레어몬트가 아니라 디아즈처럼 생긴 무언가―더 좋지도 더 나쁘지도 않은, 그저 다른 것.

헨리는 백악관에 머무는 동안 자기 방을 배정받았다. 영국에 돌아가 그 나름의 피해 복구 투어를 돌기 전에 이틀 말미를 얻었다. 이번에도 캐서린 공주가 힘을 써 주었다. 여왕이 그렇게 너그럽게 허락해 줬을 리가 없다.

그래서 좀 웃기는 상황이 됐는데, 왕족을 내빈으로 맞을 때 관습적으로 배정되는 숙소인 헨리의 방 이름이 '퀸스 베드룸'이기 때문이다.

"여기는 상당히… 공격적인 핑크색이군, 그렇지?" 헨리가 졸음을 참으며 말한다.

방은, 정말로, 공격적인 핑크색으로 꾸며져 있었다. 핑크색 벽에 장미가 수 놓인 깔개에 핑크색 침구에 의자며 소파며 기둥 4개짜리 침대의 캐노피까지 온통 핑크빛이었다.

　　헨리는 알렉스의 "어머니를 존중해서" 그 방에서 따로 자겠다고 했지만, 사실 어차피 두 사람이 한 침대를 쓸 때 무슨 일이 벌어지는지는 온 세상 사람들이 노골적인 디테일까지 신문에서 읽어 다 알고 있다. 그래서 알렉스는 거리낌 없이 밤에 헨리의 방으로 숨어들어 헨리의 타박을 기꺼이 즐겼다.

　　그들은 반쯤 벗은 몸으로 따뜻하게 꼭 붙어서 아침을 맞았다. 레이스 커튼 아래로 8월의 첫 한기가 스며들었다. 알렉스의 등이 담요를 덮은 헨리의 가슴에 맞닿아 있고 허리는….

　　"어, 안녕." 헨리가 중얼거리며, 맞닿은 곳을 꿈틀거린다. 헨리한테는 보이지 않겠지만 알렉스는 슬며시 웃는다.

　　"굿모닝."

　　"몇 시야?"

　　"7시 32분."

　　"2시간 후 비행기 타야 하네."

　　알렉스가 자그맣게 가릉가릉, 거리며 돌아눕자 반쯤 눈을 감은 헨리의 보드라운 얼굴이 코앞에 있다. "정말 내가 같이 가주지 않아도 괜찮아?"

　　헨리가 베개에서 머리를 들지도 않은 채 고개를 젓자 뺨이 눌려 찌그러진다. 귀엽다. "이메일로 왕실과 가족의 뒷담화를 해서 온 세상이 다 읽게 만든 건 네가 아니잖아. 나도 앞가림은 해야지. 그래야 네가 또 오지."

　　"그건 그렇네. 하지만 금방 가도 되지?"

　　헨리의 입가가 당겨 올라가 미소를 지었다. "그럼, 물론이지. 왕자의 구

혼자로 사진도 찍어야 하고 크리스마스카드에 사인도 해야 하고… 아, 너 피부 관리도 받아야 할걸."

"집어치워. 너 너무 즐기는 거 아니냐."

"딱 완벽한 정도로만 즐기고 있다고. 집어치우고 솔직히 진지하게 말하자면… 겁은 좀 나는 데 좋아. 내가 알아서 처리하는 게. 솔직히, 그럴 기회가 없었거든, 한 번도."

"그래. 자랑스럽다."

"우웩, 징그러워." 미국 억양으로 놀리는 헨리를 알렉스가 팔꿈치로 쿡 때렸다. 그러자 헨리가 끌어당겨 키스한다. 핑크색 이불에 모랫빛 금발, 긴 속눈썹, 늘씬한 다리, 파란 눈, 우아한 손이 손목을 잡고 매트리스에 눌러 꼼짝도 못 하게 한다. 한순간 그가 사랑하는 헨리의 모든 것이 어우러진다, 웃음소리에, 살짝 떨리는 움직임에, 확신에 차 흔들리는 허리에, 고급 가구로 꾸며진 태풍의 눈 한가운데에서 행복하고 거칠 것 없는 섹스.

오늘, 헨리는 런던으로 돌아간다. 오늘, 알렉스는 선거운동에 합류한다. 그들은 이제 현실 속에서 헤쳐 나갈 길을 찾아야 한다. 환한 대낮에 서로 사랑하는 법을 배워야 한다. 그들의 준비는 끝났다.

15

4주일 후.

"이 머리만 좀 어떻게 하자."

"엄마."

"이런, 엄마 때문에 창피하니?" 캐서린이 헨리의 숱 많은 머리칼을 이리저리 만져 주며 말했다. "공식 사진에 앞머리가 이상하게 나오면 후회할걸."

알렉스는 이제 왕실이 인정한 헨리의 "연인"이 되었으므로 공식적인 인물사진을 찍어야 할 필요가 있다. 버킹엄궁의 기념품 상점에서 파는 초콜릿이니 팬티에 얼굴이 박힌다는 사실을 너무 깊이 생각하지는 않으려 한다. 적어도 헨리 옆에 있을 테니까.

이런 사진의 스타일을 정할 때는 언제나 심리적인 계산이 들어간다. 백악관의 스타일리스트들은 알렉스가 평소에 늘 입을 만한 옷을 입혔다. 갈색 가죽 로퍼, 슬림핏 치노 바지, 앞 단추를 푼 랄프로렌 셔츠. 하지만 이 상황에서는 당당하고 거친 미국인이라는 특성이 두드러져 보였다. 헨리는 버버리 버튼다운 셔츠를 블랙 진에 깔끔하게 넣어 입고 왕실의 물품 바이어들이 해로즈 백화점을 몇 시간 뒤져 찾아온 남색 카디건을 입었다. 품위 있는 영국 지식인의 이미지, 학자이자 자선사업가로서 밝은 미래를 앞둔 사랑받는 남자친구의 이미지를 연출하고 싶어 하는 것이다. 심지어 헨리 옆에 책탑도 가져다 쌓아두었다. 엄마의 손길에 민망해 어쩔 줄 모르는 헨리를 보며 알렉스는 이런 포장이 복잡하고 흐트러진 실제의 헨리에 훨씬 더 근접해졌다는 생각이 들어 왠지 웃음이 난다. 홍보 전략치고는 이만하면 정말 훌륭하다.

하이드파크 벤치에 앉아 서로를 보고 웃는 사진을 적어도 수백 장 찍고 났는데도, 알렉스의 마음 한구석에서는 정말로 여기 이렇게, 버젓이 사람들 눈앞에서 헨리의 손을 잡고 카메라를 바라보고 있는 현실을 믿지 못한다.

"작년 이맘때의 나한테 이 장면을 보여주면 뭐라고 할까." 알렉스가 헨리의 귀에 속삭인다.

"그러면 '아하, 내가 헨리를 사랑하게 돼? 그래서 내가 이렇게 못 잡아먹어서 안달이구나' 아마 그러겠지." 헨리가 대꾸한다.

"어허!"

헨리는 실없는 자기 농담에 쿡쿡 웃으며 발끈하는 알렉스의 어깨를 한 팔로 끌어당겼다. 결국 알렉스도 폭소를 터뜨리고 말았는데, 그걸로 진지한 분위기를 추구하려는 그날 사진사의 마지막 희망은 사라지고 말았다. 드디어 촬영이 종료되고 두 사람은 해방이다.

롱워터를 건너 다시 켄싱턴으로 돌아온 그들은 오랑주리에서 베아를 만난다. 이벤트 플래닝 팀이 분주하게 무대를 설치하고 있었다. 베아는 풀밭에 놓인 의자들 사이를 뛰어다니며 '컬른 스킨크'라는 것을 자기가 왜 주문했을 것이며 주문했다 한들 20리터나 되는 컬른 스킨크를 대체 어디에 쓴단 말이냐, 옥신각신 설전을 벌이고 있었다.

"컬른 스킨크가 뭐에요, 대체?" 베아가 드디어 전화를 끊자 알렉스가 묻는다.

"훈제 대구 크림 수프. 첫 왕실 도그쇼는 즐거웠어, 알렉스?"

"뭐 그럭저럭 괜찮았어요."

"엄마 때문에 미치겠어, 누나. 오늘 아침에는 내 원고를 편집해주겠다고 하시더라고. 5년 동안 못 했던 엄마 노릇을 한꺼번에 하시려는 모양이야. 물론, 나는 엄마를 사랑하고, 노력하시는 건 진심으로 감사하지만, 어휴."

"엄마 나름대로 애쓰시는 거야. 한참 물러앉아 계셨잖아. 열성이 지나치더라도 네가 좀 이해해."

"알아." 한숨을 내쉬긴 하지만 헨리의 눈빛은 다정하다. "여기 일은 어때?"

"아, 몹시 논쟁적인 재단의 첫 출범이니까, 스트레스가 전혀 없겠지? 농담이고 네가 절반쯤 일을 맡아줬으면 스트레스를 덜 수 있을 텐데, 이 누나가 좀 삐쳐 있다. 중독자 재활 지원 재단 기금을 모으다가 내가 다시 술을 마시는 건 아닌지 몰라."

베아와 헨리의 10월은 누구 못지않게 분주했다. 첫 주에 내려야 할 결정이 많았다. 이메일에 베아 이야기가 나왔다는 걸 모른 척할 것인가(안 된다). 결국 헨리는 입대를 해야 할까(오랜 고민 끝에 안 가기로 결정). 그리고 무엇보다 이 상황을 어떻게 긍정적인 방향으로 발전시킬 것인가? 해결

책으로 베아와 헨리는 각자의 이름을 걸고 자선 사업을 시작하기로 했다. 베아는 영국 전역에서 활동하는 중독 재활 지원 프로그램을, 헨리는 LGBT 권익 재단을 출범하게 된다.

우측에서는 대형 조명기구가 무대 위에 설치되고 있었다. 베아는 라이브 밴드를 대동하고 유명한 초대 손님들을 섭외해 첫 솔로 자선 공연을 앞두고 있었다.

"누나 공연 꼭 보고 떠나고 싶었는데요." 알렉스가 말한다.

베아가 환하게 웃는다. "그래도 헨리가 페즈하고 서류에 사인하느라 일주일 내내 바빠서 악보 외울 시간이 없어서 다행이야. 안 그랬으면 우리 피아니스트를 해고해야 했을 텐데."

"서류?"

헨리가 베아에게 조용히 하라는 눈짓을 한다. "베아…."

"청소년 보호소 일로."

"베아트리스. 깜짝 선물로 말하고 싶었단 말이야."

"어머, 미안."

알렉스는 헨리를 본다. "무슨 일이야?"

헨리가 한숨을 쉬었다. "선거 끝날 때까지 기다렸다 공표하려고 했는데—너한테도 물론 말하고. 하지만…." 헨리는 호주머니에 손을 넣었다. 자기가 한 일이 자랑스럽고 뿌듯하지만 그런 티를 내지 않으려 할 때 하는 몸짓이었다. "엄마와 내 뜻이 일치하는데, 재단 활동 범위를 세계로 확대해야겠다고 생각했어. 그리고 나는 집이 없는 LGBTQ+ 청소년들에게 특히 집중하고 싶었거든. 지금 너는 갈 곳을 잃은 LGBTQ+ 10대를 위한 세계적 보호소 사업을 창립한 장본인을 보고 있는 거야."

"맙소사, 나쁜 자식." 알렉스는 헨리를 덥석 안아 준다. "정말 굉장하다.

진짜 사랑해. 우와." 그러다 갑자기, 뒤통수라도 맞은 듯 뒤로 물러선다. "잠깐, 이거 설마, 브루클린에도 세우는 거야? 정말?"

"그래, 맞아."

"재단 일은 직접 챙기겠다고 말하지 않았어?" 맥박이 점점 빨리 뛰었다. "일단 사업에 궤도에 오르면 네가 직접 사업에 관여하는 편이 낫지 않아?"

"알렉스. 나는 뉴욕으로 가서 살 수는 없어."

베아가 고개를 든다. "왜 안 되는데?"

"나는 왕자잖아…" 헨리는 켄싱턴 오랑주리를 가리키며 누나를 본다. "여기에서!"

베아는 꿈쩍도 않았다.

"그래서? 아예 이사하라는 것도 아니잖니. 넌 어차피 휴학하고 쉴 때 한 달 내내 몽골에서 야크를 벗 삼아 지낸 적도 있고. 전례 없는 일은 아니야."

헨리는 회의적인 표정으로 입을 몇 번인가 달싹거리다 다시 알렉스를 본다.

"그래도 너는 자주 보기 힘들지 않을까? 넌 정계에 혜성처럼 등장한 후로는 일하느라 D.C.를 떠나지 못할 것 아니야?"

그리고 이건, 중요한 문제다. 알렉스도 인정할 수밖에 없었다. 지난 1년을 보낸 후, 모든 일을 겪고 난 후, 명문 로스쿨에 합격을 보장할 LSAT 점수가 기대감에 부풀어 책상 위에서 그를 기다리고 있는 지금, 이 문제는 날마다 점점 더 막막해지기만 했다.

알렉스가 힘겹게 입을 열어 그 말을 하려는데, 뒤에서 세련된 목소리가 "어이"하고 불렀다. 돌아보니 빳빳한 정장을 완벽하게 차려입은 필립이 성큼성큼 다가오고 있었다.

자동으로 꼿꼿해지는 헨리의 허리를 보며 알렉스의 가슴이 찌릿하게 설렌다. 필립은 2주일 전에 켄싱턴에 와서 아버지가 돌아가신 후의 심한 언행과 지나친 간섭에 대해 헨리와 베아에게 사과했다. 헨리는 전화로 알렉스에게 "형이 할머니와 요즘 사이가 좋지 못한 모양"이라고 말했다. "솔직히 필립 형의 사과를 진심으로 믿는 이유는 그것 하나뿐이야."

그렇지만 피는 물보다 진하다. 필립이 아무리 밉상이라도 헨리의 가족이다.

"필립 오빠. 정말 반가운데 무슨 용건이지?"

"버킹엄에서 방금 알현하고 오는 길이야." 암묵적인 의미가 그들 사이에 내리깔린다. 그래도 아직 여왕님을 찾아뵙는 건 나뿐이잖아. "내가 도와줄 일이 있을까 해서 왔어." 필립은 반들반들한 자기 구두와 나란히 있는 베아의 흙 묻은 웰링턴 부츠를 내려다본다. "네가 직접 여기 나와서 일하지 않아도 되는 건 알고 있지. 힘든 일은 대신 맡아 줄 스태프는 충분하잖아."

"알아." 베아는 머리끝에서 발끝까지 공주답게, 도도하게 말한다. "내가 하고 싶어서 하는 거야."

"그래. 그렇겠지. 저, 내가 도와줄 일은 없어?"

"사실 별로 없어, 필립 오빠."

"좋아." 필립은 목청을 가다듬는다. "헨리, 알렉스. 공식 사진은 잘 찍었나?"

헨리는 필립이 물어봤다는 사실 자체가 놀라워 멍하니 눈을 깜박인다. 알렉스의 외교 감각이 형편없긴 해도 이럴 때 입을 꾹 다물고 있어야 한다는 건 알았다.

"어, 어, 그래. 잘했어. 좀 어색하긴 하더라."

"아, 기억나. 마사와 처음 사진을 찍었을 때. 그 주에 대학교 친구들이 옻으로 장난을 치는 바람에 엉덩이가 엉망진창이었거든. 좋은 사진을 찍는 건 둘째고 버킹엄궁에서 바지를 다 찢어버리고 싶은 걸 꾹꾹 참느라 고역이었지. 마사가 날 죽이려 들었어. 너희 건 좀 잘 나왔기를 바라."

어색하게 키득키득 웃는 필립은 확실히 동생들과 가까워지려 애쓰고 있었다.

"어, 아무튼, 행운을 빌어, 베아."

베아가 한숨을 쉰다.

"오빠한테 나 대신 컬른 스킨크라도 먹고 가라고 할 걸 그랬나?"

"아직 안 돼. 6개월만 더 두고 보고 나서." 헨리가 말했다.

블루 아니면 그레이? 그레이 아니면 블루?

멀쩡한 재킷 두 벌을 놓고 이렇게 고민이 되는 건 알렉스 생전 처음이다.

"이건 멍청해 보여. 둘 다 따분해." 노라가 말한다.

"제발 고르는 걸 도와줄래?" 알렉스는 양손에 옷걸이를 들고 노라의 비판적인 눈길을 못 본 척한다. 선거 당일 밤에 찍힌 사진들은 승패와 상관없이 남은 평생 그를 따라다닐 것이다.

"알렉스, 진짜 둘 다 싫어. 완전 죽이는 아이템이 필요하다고. 이게 네 최후의 공식 사진이 될지 어떻게 아니?"

"좋아, 됐어…."

"아니, 아니야. 괜찮아. 예상대로라면 우리는 문제 없어. 아무튼, 평생 위험을 두려워하지 않는 패션 리더였던 네가 하필이면 왜 이 특별한 순간에 이렇게 따분하게 가려고 하는 건지 얘기 좀 해 볼래?"

"아니." 알렉스는 옷걸이를 흔들어 보인다. "블루 아니면 그레이?"

"좋아. 그럼 내가 말할게. 너 불안하구나."

"당연히 불안하지. 노라, 대통령 선거를 하고 있는데 그 대통령이 나를 낳았거든?"

"다시 해 봐."

노라는 '감히 어느 안전이라고 헛소리를 지껄여'라는 눈길로 그를 쳐다보았다. 알렉스는 땅이 꺼져라 한숨을 내쉰다.

"알았어. 그래. 텍사스로 돌아간다니까 왠지 긴장돼."

그리고 재킷들을 침대에 내던진다. 시발.

"나는 텍사스가 나를 아들로 받아 줄 거라는 걸, 언제나 조건부로 생각했거든." 알렉스는 뒷덜미를 손으로 문지르며 서성거렸다. "멕시코 혼혈이고 민주당이고 뭐, 그런 거. 나를 좋아하지 않고, 또 내가 그들을 대표하기를 원치 않는, 아주 목소리 큰 사람들이 많이 있잖아. 그런데 심지어, 이제는. 스트레이트도 아니고. 남자와 사귀고. 심지어 유럽 왕자와 동성애 섹스 스캔들을 일으켰으니. 이제 진짜 모르겠어."

알렉스는 텍사스를 사랑한다. 텍사스를 믿는다. 하지만 아직 텍사스가 그를 사랑하는지는 알 수 없다.

"그러니까… 커밍아웃을 하고 고향으로 돌아가는 지금, 텍사스의 반동성애 감정을 생각할 때 너무 현란한 옷을 입고 싶지는 않으시다?"

"기본적으로 그렇지."

이제 노라는 아주 복잡한 수학 문제를 보듯 알렉스를 바라보았다.

"너에 대한 텍사스 여론 조사는 본 적 있니? 9월 이후로?"

알렉스는 침을 삼킨다.

"아니, 나는, 어….." 한 손으로 마른세수를 한다. "그 생각을 하면… 스트레스를 받거든? 계속 숫자를 봐야겠다 생각은 하는데, 막상. 됐다 싶고."

노라는 표정을 누그러뜨리지만, 바짝 몰아붙이지 않고 알렉스에게 숨 쉴 공간을 준다.

"알렉스. 나한테 물어보면 되잖아. 사실… 나쁘지 않아."

알렉스는 입술을 문다.

"나쁘지 않아?"

"알렉스, 9월 이후로 텍사스의 지지층에는 변동이 없어. 전혀. 오히려 넌 호감도가 올라간 것 같아. 그리고 부동층 상당수는 리처즈가 텍사스의 아들을 건드렸다고 화가 난 것 같더라. 넌 정말 괜찮아."

아.

알렉스는 한 손으로 머리를 쓸며 안도의 숨을 쉰다. 자기도 모르게 도 망치고 싶다는 본능이 발동했는지 어느새 문에 가깝게 붙어 서 있었다. 그는 털썩 침대에 주저앉았다.

노라는 조심스럽게 옆자리에 와서 앉는다. 알렉스의 마음을 꿰뚫어 보는, 바로 그 눈빛으로 보고 있다.

"내가 뭐, 감정적 소통을 굉장히 전략적으로 잘하거나 하는 사람은 아 닌데, 어, 준이 없으니까, 뭐, 내가 해 봐야지, 어쩌겠니. 내가 보기에는, 지금 텍사스만 문제가 아니야. 최근 사태가 심리적 외상이 커서 실제로 네 가 좋아하고 또 하고 싶은 일을 하기가 두려운 거야. 또다시 관심을 네게 집중시키는 게 무서워서."

노라는 진실의 핵심을 곧장 파고든다는 점에서 가끔 헨리 같을 때가 있 다. 다만 헨리는 감정의 문제에 능통하다면 노라는 있는 그대로의 사실을 다룬다. 가끔 면도날 같은 노라가 꼭 필요하다. 알렉스의 정신을 번쩍 들게 만들어주니까.

"그래, 그게, 그런 문제도 있을 거야. 정계에서 조금이라도 확률을 높이려면 내 이미지를 재정립해야 한다는 건 알겠는데, 또… 지금? 정말? 또? 이런 생각도 든단 말이야. 이상해. 살아오면서 줄곧 나는 내가 되고 싶은 어떤 가상의 인물을 만들어 매달려 왔어. 계획이 있었단 말이야. 졸업, 선거운동, 보좌관, 국회. 그랬어. 곧장 게임에 뛰어들고자 했던 거야. 그런 일을 할 수 있는 사람… 그런 걸 원하는 사람이 되고 싶었어. 그런데 이제, 막상 어른이 되고 보니… 예전에 생각했던 그 사람이 아니야."

노라는 어깨로 알렉스의 어깨를 툭 친다. "그렇지만 그 사람이 마음에 들지?"

알렉스는 생각한다. 물론 다르다. 약간 더 어둡고, 더 신경이 예민할지 모르지만, 더 정직하다. 영민한 머리, 자유로운 심장. 항상 일에만 매달리기를 원치 않지만, 그 어느 때보다도 싸울 이유가 있는 사람.

"그래." 마침내 말한다. 단호하게. "그래, 마음에 들어."

"멋지네." 노라가 싱긋 웃어 보인다. "나도 그래. 너는 알렉스야. 아무리 거지 같은 상황에서도 그러면 된 거야." 노라는 양손으로 알렉스의 얼굴을 감싸 쥐고 쭉 볼을 잡아 늘인다. 알렉스는 끙, 소리를 내면서도 굳이 밀어내지 않는다.

"그래, 그럼 비상시를 대비해 다른 대책이라도 내놓게? 예측 모델이라도 돌려줘?"

"사실, 맞아." 알렉스는 아직도 두 손으로 얼굴을 주무르고 있는 노라의 손에 눌려 우물거렸다. "내가 몰래…여름에 LSAT을 쳤거든?"

"오! 오… 로스쿨!"

노라는 알렉스가 부지불식 중에 이미 찾은 해답을 아무렇지 않게 말했다. 그러더니 알렉스의 얼굴을 놓고 어깨를 붙잡더니 흥분해서 말했다.

"맞아, 그거야, 알렉스. 그래! 난 대학원 석사 과정에 들어갈 생각이니까, 같이 할 수 있겠다!"

"그래? 내가 잘할 것 같아?"

"당연하지. 알렉스." 노라는 이제 알렉스의 무릎에 걸터앉아 신나서 통통 튀었다. "천재적인 계획인데? 좋아, 들어봐. 넌 로스쿨에 가고, 나는 대학원에 가고, 준은 연설문 작성인 겸 작가가 되는 거지. 우리 세대의 레베카 트레이스터와 록산 게이가 되겠지. 나는 데이터 과학자가 되고 너는…"

"차별법에 항거하는 인권변호사가 되어서 캡틴 아메리카처럼 활약하고…."

"너와 헨리는 세계인이 사랑하는 파워 커플이 되고."

"라파엘 루나의 나이쯤 되면…."

"네가 하기 싫다고 해도 국회의원 선거에 나가라고 사람들이 매달리는 거지." 노라가 숨차게 말을 맺었다. "처음 계획보다 훨씬 느리지만 그래도."

"그래." 알렉스는 말한다. "좋은 것 같네."

이제껏 꾸어왔던 구체적인 꿈을 놓기 전에, 몇 달 동안 두려움에 휩싸여 고민해왔다. 그러나 막상 결정되니 놀랄 만큼 마음이 편했다. 어깨에서 태산을 내려놓은 듯 홀가분했다.

"넌 열정 빼면 시체잖니. 준이 여기 있었어도 오히려 느린 길을 택하는 게 그걸 잘 이용하는 방법이라고 말해 줄 거야. 아무튼, 내 생각은, 너는 싸움도 잘하고, 정책에도 강하고, 리더십도 있잖아. 잘나고 똑똑해서 오히려 주먹을 부르고. 그런 재주도 시간이 지나면 더 좋은 방향으로 익어

갈 거야. 진짜 잘할 거야."

노라는 벌떡 일어나서 드레스룸으로 갔다. 옷걸이가 이리저리 획획 밀리는 소리가 났다.

"제일 중요한 건, 네가 뭔가, 아주 중요한 가치의 아이콘이 되었다는 거지."

노라가 손에 옷걸이를 들고 나타난다. 노라가 온라인에서 할인가로 사게 만들었던 구찌 재킷이었다. 허리와 소매에 레드, 화이트, 블루의 줄무늬 밴드가 달린 미드나잇블루 빛깔 봄버 재킷이었다.

"이거 좀 화려한 건 아는데, 그래도." 노라는 알렉스의 가슴에 재킷을 획 던졌다. "넌 희망을 줘야 되잖아. 가서 알렉스답게 굴어."

재킷을 받아 걸치고 거울을 본다. 완벽하다.

그 순간 침실 밖에서 비명 같은 소리가 터져 나온다. 그래서 알렉스와 노라는 둘 다 복도로 뛰쳐나왔다. 준이 폰을 한 손에 들고 팔짝팔짝 뛰며 환호성을 올리고 있었다.

"나 책 계약했어! 이메일 확인하는데, 나 책 계약을 따냈다고! 회고록 말이야!"

셋은 하나로 어우러져 뒹굴다가 침대로 기어 올라가 노라가 베아에게 영상통화를 걸었고, 베아는 헨리의 방에서 헨리와 페즈를 찾아내 다 같이 축하한다. 캐시가 예전에 말했듯, 패거리는 완성되었다. 스캔들의 여파로 패거리에도 언론이 닉네임을 붙여주었다. '수퍼 6'. 알렉스는 그 이름이 싫지 않았다.

몇 시간 후, 노라와 준은 알렉스의 헤드보드에 기대 잠이 들었다. 준은 노라의 무릎을 베고 노라는 손가락으로 준의 머리칼을 감고 있었다. 알렉스는 조용히 나오다가 바닥에 떨어진 「헬로」 잡지를 보고 놀라 기절할 뻔했다. 커버에 그가 헨리와 함께 찍은 공식 사진 한 장이 커다랗게 인쇄되어 있었다.

허리를 굽혀 잡지를 집어 들었다. 포즈를 잡고 찍은 사진이 아니었다. 찍히는 줄도 모르고 찍힌 사진이었다. 사진사는 생각보다 실력이 훌륭했다. 헨리가 농담하는 바로 그 순간을 정확히 포착했다. 솔직하고 진정성이 담긴 사진은, 오로지 서로만을 바라보며 헨리가 알렉스의 어깨에 팔을 두르고 알렉스가 그 손을 잡으려 손을 뻗는 모습을 담고 있었다.

사진 속 헨리가 그를 바라보는 눈길은 너무나 다정하고 숨길 수 없는 사랑을 드러내고 있어, 제삼자의 관점에서 보니 해를 보듯 눈이 부셔 고개를 돌리고 싶어질 정도였다. 알렉스는 헨리를 북극성이라고 부른 적이 있는데, 그 정도의 밝기가 아니었다.

다시 브루클린을 생각한다. 그래, 뉴욕대에도 로스쿨이 있었지?

이를 닦고 침대로 다시 올라간다. 내일은 승패를 알게 될 것이다. 1년 전만 해도, 6개월 전만 해도, 오늘 밤은 잠을 이루지 못했을 것이다. 하지만 이제 그는 새로운 아이콘이다. 눈 앞에 펼쳐진 세월을 기꺼이 받아들일 줄 알고, 스스로 시간을 허락할 줄 안다.

준의 무릎 밑에 베개를 놓고 다리를 노라의 다리 위에 걸치고, 잠이 든다.

고향에서 선거 당일 밤을 보내는 데는 리스크가 따른다. 현직 대통령이 당일의 선거운동을 D.C.에서 하면 안 된다는 규칙이 있는 건 아니다. 대체로 고향에서 하는 게 관습이 되었다. 하지만 그래도 위험요인은 있다.

2016년은 기쁨과 씁쓸함이 교차했다. 오스틴은 진한 파랑으로 물들었고 엘런은 트래비스 카운티에서 76퍼센트의 압도적인 표차로 승리했지

452

만, 아무리 폭죽을 터뜨려도 그녀가 대표하고 승리 연설을 해야 하는 그 주에서 패배했다는 사실을 지울 수는 없었다. 하지만 불굴의 로메타는 이번에도 고향으로 가기를 고집했다.

지난 1년 동안 진전은 있었다. 알렉스가 추적한 법원에서의 승리 몇 번, 젊은 투표자들의 유권자 등록 독려, 휴스턴 랠리, 변동성이 큰 여론조사. 알렉스는 타블로이드의 악몽을 잊기 위해 몰두할 일이 필요했고, 그래서 텍사스 선거운동 전략가들과 시간 외로 함께 일했다. 2020년에 텍사스는 몇 년 만에 처음으로 피 튀기는 경선의 장이 되었다.

지난 선거 당일 밤은 질커 파크의 탁 트인 야외에서 오스틴 시의 스카이라인을 등지고 보냈다. 하나도 빠짐없이 기억이 났다.

처음 양복을 맞춰 입은 열여덟 살짜리는 가족과 함께 공원 모퉁이의 한 호텔로 들어가 결과를 지켜보았으며, 바깥에는 점점 더 많은 군중이 모여들었다. 그리고 270이라는 외침이 들렸을 때 두 팔을 치켜들고 복도를 달렸다. 그의 엄마, 그의 가족이었으므로 그의 승리라는 생각도 했지만, 돌아서서 마스카라가 온통 번진 자흐라의 얼굴을 보고 그의 승리가 아니라는 걸 깨달았다.

질커 파크의 언덕에 설치된 무대 옆에 선 1965년 흑인의 투표권을 보장하라고 요구하며 국회 앞에서 시위했던 노년의 여성들부터 태어나서 흑인 대통령 말고는 본 적이 없는 어린 소녀들까지 다양한 얼굴들을 바라보았다. 모두가 최초의 여성 대통령을 바라보고 있었다. 우측에는 준이 좌측에는 노라가 서 있었다. 둘을 자기보다 앞서 무대로 밀었던 기억이 희미하게 떠오른다. 그리고 30초쯤 그 순간을 곱씹은 후에야 따라 나갔었다.

장화 뒷굽이 유세장 앞의 갈색 풀밭을 밟는데, 리무진 뒷좌석보다 훨씬 높은 고도에서 뛰어내리는 기분이 들었다.

"시간이 이르다." 가슴이 패인 검은 점프 수트에 힐을 신은 노라가 폰을 확인했다. "출구 조사가 나올 때까지는 아직 한참 멀었는데, 일리노이는 확보했다고 확신해."

"좋아, 그건 예측대로잖아. 지금까지는 목표 달성이네."

"그래도 앞서가지는 말자. 펜실베이니아는 분위기가 별로 안 좋단 말이야."

"어이." 준이 말한다. 제이크루의 하얀 레이스 원피스는 친근한 이미지를 위해 세심하게 고른 의상이었다. "우리, 이거 시작하기 전에, 술 한 잔만 마시면 안 될까? 모히토가 있다는 얘기를 들었는데."

"그래, 그러자." 노라는 건성으로 대답하지만 이미 미간을 찌푸리고 폰에 얼굴을 처박고 있었다.

HRH 싸가지 왕자 💩

2020년 11월 3일, 6:37 PM

HRH 싸가지 왕자 💩

조종사 말로는 시계에 문제가 있다는데?
경로를 조정해서 다른 데 내려야 할지도 몰라.

HRH 싸가지 왕자 💩

댈러스에 착륙한다고 하는데? 거기 멀어?
나는 미국 지리는 아예 감도 못 잡겠어.

HRH 싸가지 왕자 👑

패샤안이 가르쳐줬는데 여기는, 실제로, 멀군.
곧 착륙해. 날씨가 맑아지면 다시 이륙을
시도할 거야.

HRH 싸가지 왕자 👑

미안해, 정말 미안해. 그쪽은 지금 상황이 어때?

다 끔찍해 완전 엿 같아.

당장 여기로 날아오라고 좀 제발

스트레스 받아서 죽을 거 같아.

올리버 웨스트브룩 @BillsBillsBills
퍼스트 패밀리에 대한 위해 행위에도 불구하고, 그리고 권력형 성범죄와
관련된 이번주의 루머에도 불구하고, 여전히 리처즈를 지지하는 공화당
원은 내일 아침 그들이 믿는 신의 심판을 마주해야 할 것으로 보인다.
7:32 PM, 2020년 11월 3일

538politics @538politics
우리의 예측에 따르면 미시건, 오하이오, 펜실베이니아와 위스콘신주 모
두 민주당이 승리할 확률이 70퍼센트 이상이지만, 최근의 결과를 보면
경합이 치열합니다. 그래요. 우리도 헷갈립니다.
8:04 PM 2020년 11월 3일

#2020대선 최신뉴스: 클레어몬트 대통령에게는 타격이 큽니다. 리처즈 상원 의원이 선거인단 178명의 표를 확보했습니다. 클레어몬트는 113표 뒤지고 있습니다.

9:15 PM 2020년 11월 3일

이벤트 센터의 작은 전시실을 VIP 전용으로 파티션을 설치했다. 선거 운동 본부 사람들, 가족과 친지, 국회의원들. 반대편에는 피켓을 든 지지자들이 몰려들어 있었다. 원래는 파티여야 했다.

알렉스는 스트레스를 받지 않으려고 노력한다. 어렸을 때 대통령 선거는 그에게 수퍼볼이나 마찬가지였다. 거실 TV 앞에 앉아 결과가 발표될 때마다 미국 지도의 각 주를 파랑과 빨강으로 색칠했다. 그날만큼은 늦게 자도 되는 신나는 날이었다. 열 살 때는 오바마가 맥케인에게 승리를 거두는 광경을 보았다. 아빠의 굳게 다문 턱과 옆모습을 바라보며, 그날의 승리를 기억하려 애쓴다.

그때는 마술 같았다. 지금은 개인적인 문제였다.

그리고 지고 있다.

옆문으로 레오가 들어왔다. 생각도 못한 등장이라 준이 의자에서 일어나 조용한 구석에서 맞는다. 레오는 한 손에 폰을 들고 있었다.

"어머니가 얘기하고 싶다고 하는구나." 레오의 말에 알렉스는 자동으로 손을 내밀었지만, 레오가 가로막았다. "아니야, 알렉스, 미안한데 너 말고 준 말이다."

"아." 준이 나서서 전화를 받는다. "엄마?"

"준." 엄마의 목소리가 작은 스피커에서 흘러나온다. 엄마는 반대편 아레나의 회의실에 핵심 참모들과 임시 집무실을 설치해 놓고 있다. "어, 네가 좀 이리 와 줬으면 좋겠다."

"좋아요. 무슨 일이에요?"

"그냥. 어, 이 연설문 고쳐 쓰는 걸 좀 도와줬으면 해서. 혹시 권력을 이양하게 될 경우를 대비해서 말이야."

준의 얼굴이 순간 멍해지더니, 금세 분노로 활활 타올랐다.

"싫어요." 그리고는 레오의 팔뚝을 잡고 스피커에 직접 대고 말하기 시작한다. "안 해요. 엄마는 지지 않을 거니까요. 내 말 들려요? 안 진다고요. 우리가 4년 이 짓을 더할 거예요. 우리 모두 다 같이요. 그딴 연설문 절대 쓰지 않을 거예요."

라인 저편에서 또 짧은 침묵이 흐른다. 알렉스는 위층의 임시변통 사무실에 앉아 있는 엄마를 상상할 수 있다. 안경을 끼고 여행 가방에 하이힐을 넣어두고 화면을 바라보며, 소망하고 노력하고 기도하는 엄마. 대통령 엄마.

"알았다." 엄마는 담담하게 말한다. "그래, 알렉스. 네가 나서서 사람들한테 몇마디 해줄 수 있겠니?"

"네, 네, 그럼요, 엄마." 목청을 가다듬고 나자, 비로소 엄마만큼 낭랑한 목소리가 나온다. "당연하죠."

세 번째 침묵, 그리고. "아, 너희 둘 다 정말 사랑한다."

레오가 나가고 금세 자흐라가 들어온다. 매끈한 붉은 원피스와 그녀가 항상 들고 다니는 커피 텀블러는 알렉스에게 그날 밤 그 무엇보다 위안이 되었다. 그녀 손가락의 반지가 빛을 발하는 걸 본 알렉스는 샤안을 생각했고, 절박하게 헨리가 여기 함께 있기를 바란다.

"얼굴 펴." 자흐라는 알렉스의 칼라를 매만져 주면서 말한다. 그리고 준과 함께 유세장 무대 뒤편의 대기 공간으로 그를 안내한다. "활짝 웃고. 에너지 뿜뿜. 자신감 만땅."

"나 뭐라고 해?" 알렉스는 막막하게 준을 본다.

"조금만 말해. 너한테 뭘 써줄 시간이 없어." 준이 말했다. "타고난 리더 잖아. 리더십을 발휘해. 가. 잘할 수 있어."

아, 맙소사.

자신감. 다시 재킷 커프스를 내려다본다. 레드. 화이트. 블루. 알렉스답 게 굴어. 노라가 그 옷을 주며 말했다. 알렉스답게 굴어.

알렉스는, 미국의 수백만 아이들에게 혼자가 아니라고 말해준 이름이다. 미국사 덕후. 백악관의 느슨한 창유리. 절실하게 원하는 바를 제 손으로 망 가뜨리고 다시 일어나 도전한다. 왕자는 아니지만. 어쩌면 더 큰 무엇.

"자흐라, 텍사스 결과도 나왔어요?"

"아니. 아직도 완전히 안갯속이야."

"아직도요?"

"아직도." 자흐라의 미소가 의미심장하다.

무대로 걸어 나가는데, 스포트라이트가 눈이 부시지만, 그는 무언가를 알고 있다. 가슴 속 깊은 곳에서 확신한다. 아직도 텍사스의 결과는 나오 지 않았다. 마이크를 꼭 잡는 손은 차분하다.

"안녕하세요. 저는 대통령의 아들, 알렉스입니다." 고향의 군중이 열렬 한 환호성을 올리자 알렉스는 진심으로 웃는다. 그 환호성에 기댄다. 다 음 할 말을 하면서 진심으로 믿어 의심치 않는다.

"지금 말도 안 되는 일이 뭔지 아세요? 현재 CNN의 앤더슨 쿠퍼는 경 합이 치열해 텍사스의 결과를 예측할 수 없다고 합니다. 경합이 치열해서 결과를 알 수 없다. 여러분이 모르실 수도 있지만 저는 미국사 덕후입니다. 그래서 말씀드릴 수 있는데, 텍사스에서 결과를 알 수 없는 경합이 벌어졌던 건 1976년 이후 처음입니다. 1976년에 우리는 파란색으로 갔습니다. 워터게이트 사건의 후유증으로 지미 카터가 당선되었지요. 우리 표의 51퍼센트를 가까스로 쥐어짜 확보했는데, 우리가 제럴드 포드를 누르고 대통령에 당선되도록 그를 도왔습니다.

지금, 여기 이 자리에 서 있는 이 순간, 저는 그때를 생각합니다…. 믿음직하고 근면하고 정직한 남부의 민주당원 대 타락과 악의와 증오 그리고 거짓말에 질린 정직한 사람들이 사는 커다란 한 주.”

군중은 완전히 정신을 잃고 열광하고 알렉스는 또 웃음이 터지려 한다. 마이크에 대고 목소리를 높인다. 환호와 갈채와 발을 구르는 소리 위로 외친다.

“자, 저는 어디서 본 광경 같다고, 그 말씀만 드립니다. 그러니까 어떻게 생각하세요, 텍사스? Se repetira la historia(역사를 되풀이하게 할까요)? 오늘 밤 우리가 역사를 되풀이하게 만들어 볼까요?”

무시무시한 포효가 모든 걸 말해 준다. 그리고 알렉스는 함께 외치고 그 소리를 품에 간직하고 무대에서 내려와 심장을 꽁꽁 감았다가 밤새 다시 핏속으로 흘려보낸다. 무대 뒤편으로 내려가자 등에 누군가가 손을 얹는다. 가슴이 아리도록 익숙한 타인의 몸이 중력에 이끌리듯 그의 개인적 공간을 다시 침범한다. 청결하고 낯익은 향기가 공중에 맴돌고.

“천재적이던데.” 헨리가 드디어, 눈앞에 실제로 웃음 짓고 있다. 네이비블루 정장에 네이비블루 타이를 멘 모습이 핸섬해 보였다. 가까이서 보니 파란 타이에 노란 장미 무늬가 박혀 있었다.

“너 넥타이가….”

“아, 그래. 텍사스의 노란 장미, 맞아? 행운의 징표라면서.”

갑자기 알렉스는 새삼스럽게 이 남자와 사랑에 빠진다. 손등으로 넥타이를 감아쥐고 헨리를 잡아당겨 영원히 끝나지 않을 듯 키스한다. 알렉스가 정말 현명한 사람이었다면 작년에 이렇게 했을 텐데. 헨리가 왕궁 정원의 꽁꽁 얼어붙은 관상수 사이에 틀어박혀 괴로워하지 않게 해 줬을 텐데. 헨리가 그의 평생에서 가장 중요한 키스를 했을 때 멍청이처럼 가만히 서 있지 않았을 텐데. 두 손으로 얼굴을 감싸고 의식적으로 깊고 열렬한 키스를 했을 텐데. 그리고 "뭐든지 네가 원하는 건 다 가져. 넌 그럴 자격이 있으니까"라고 말해 줬을 텐데.

그는 얼굴을 떼고 말한다. "전하, 심히 지각하셨습니다."

헨리가 웃는다. "분위기가 전환되는 타이밍에 딱 맞게 온 것 같은데."

알렉스가 무대에 서 있는 동안 발표된 결과 얘기를 하는 모양이었다. VIP 구역에서는 모두가 자리에서 일어나서 앤더슨 쿠퍼와 울프 블리처가 커다란 화면에 비친 결과를 발표하고 있는 광경을 지켜보고 있다. 버지니아 – 클레어몬트. 콜로라도 – 클레어몬트. 미시간 – 클레어몬트. 펜실베이니아 – 클레어몬트. 웨스트코스트의 발표를 남겨둔 지금 격차는 거의 다 따라잡았다.

샤안도 한쪽 구석에서 자흐라와 함께 서 있고, 루나와 에이미와 캐시가 똘똘 뭉쳐 있다. 이 사람들과 함께라면 그 어떤 나라와도 대적해 맞싸울 자신이 있었다. 알렉스는 헨리의 손을 잡아끌고 현장으로 들어간다.

마술은 초조하게 한 방울 한 방울 흘러들었다. 헨리의 넥타이, 오가는 말소리에 배어나는 희망, 서까래에 매달아 둔 콘페티 주머니에서 빠져나와 살랑살랑 노라의 머리에 붙은 반짝이 1~2개. 그러다가 한꺼번에 폭발했다.

10시 30분에 사태는 다급하게 돌아간다. 리처즈가 아이오와를 훔쳐 가고 유타와 몬태나를 꿰차지만 캘리포니아의 압도적인 선거인단 55표를 앞세워 웨스트코스트가 폭풍처럼 힘차게 치고 나간다. "젠장 진짜 구세주야." 열렬한 환호성 속에 캘리포니아 결과가 발표되자 오스카가 말한다. 뜻밖의 일은 아니었지만, 오스카와 루나는 하이파이브를 한다.

자정이 되자 그들이 리드하기 시작하고, 마침내 파티 분위기가 조성되기 시작한다. 하지만 아직 압도적인 우위는 아니다. 술잔이 차기 시작하고 목소리가 커지고 파티션 너머의 군중이 흥분하기 시작한다. 사운드 시스템에서 흘러나오는 글로리아 에스테판의 목소리도 장례식장에 울려 퍼지는 듯한 아이러니가 아니라 사뭇 분위기에 어울리는 느낌이 난다.

알렉스는 헨리와 준이 어울리는 모습을 흐뭇하게 지켜보다 그 앞으로 다가오는 다른 사람을 미처 못 보고 그만 정통으로 충돌하고 말았다. 그들은 비틀거리다 손에 든 술을 쏟고 뷔페 테이블에 놓인 승리 축하 케이크 쪽으로 넘어지고 말았다.

"이런, 죄송합니다." 눈앞에 놓은 냅킨 다발을 정신없이 집으며 알렉스가 사과했다.

"이렇게 비싼 케이크를 또 엉망으로 만들면 너 엄마한테 쫓겨나는 거 아니냐." 위스키에 말랑말랑해진, 너무나 낯익은 남부 사투리가 들려왔다.

돌아보니 기억 속 모습과 하나도 달라진 데 없는 리암이 서 있었다. 키 크고 넓은 어깨, 다정한 얼굴에 까슬한 수염. 알렉스는 자기가 이렇게 구체적인 남자 취향을 가졌는데 그 오랜 세월 깨닫지 못했다는 게 황당해서 기가 막힌다.

"이럴 수가, 너 왔구나!"

"당연히 왔지." 리암이 싱긋 웃는다. 그 옆에 싱글싱글 웃고 있는 귀여운 남자가 또 있다. "안 오면 집에 있다가 비밀 경호원한테 끌려오게 될 거 같더라고."

둘은 서로를 보고 씩 웃는다. 아, 정말 그 어떤 밤보다 오늘 리암을 보게 되어 기쁘다. 엄청난 일들이 일어나기 전, 그를 알았던 친구와 앙금을 씻어낼 수 있어 기쁘다.

알렉스의 추문이 밝혀지고 나서 리암에게서 다음과 같은 메시지를 받았다.

1. 그때 우리가 그렇게 멍청한 바보들이 아니었다면 서로 이것저것 도우며 성장할 수 있었을 텐데.

2. 무슨 극우 보수 웹사이트에서 어제 전화를 받았어. 너와의 과거 어쩌고 하면서 묻기에 가서 엿이나 먹으라고 했다. 그냥 네가 알아 둬야 할 것 같아서.

알렉스는 말했다. "저, 고맙다는 말을 해야 할 것 같은데…."

"제발 그러지 마. 진짜. 알았어? 우리는 괜찮아. 언제나 문제없었다고."

리암은 한 손으로 손사래를 치며 옆에 선 검은 눈의 귀여운 남자애를 쿡쿡 찌른다.

"아무튼, 여기는 스펜서야. 내 남자친구."

"알렉스입니다." 스펜서의 악수는 힘차다. 농가에서 자란 청년 특유의 악력이다. "만나서 반갑습니다."

"정말 영광입니다." 스펜서가 진심으로 말했다. "어머니께서 국회의원에 출마하셨을 때 우리 어머니가 여론 조사팀으로 참가하셨어요. 그러니까 우리 인연이 꽤 오래된 거죠. 어머니는 제 손으로 처음 투표한 대통령이세요."

"스펜서, 진정해." 리암이 스펜서의 어깨를 한쪽 팔로 감아 안으며 말한다. "얘는 4학년 때 수족관 견학 갔다 돌아오는 길에 차에서 똥을 쌌다니까. 알고 보면 별거 아니야."

"마지막으로 말하지만, 그건 내가 아니라 애덤 빌라누바였다니까!"

"난 내 눈으로 똑똑히 본 것만 알아."

알렉스가 뭐라고 반박하려는데 누군가 그의 이름을 외쳐 불렀다. 앤더슨 쿠퍼의 얼굴이 머리 위 스크린에 등장해 플로리다의 결과를 발표하겠다고 말한다. 하지만 스크린은 붉은색으로 물들고 '리처즈'라는 글자가 뜬다. 좌중에 신음이 퍼져나갔다.

"노라, 숫자 계산이 어떻게 돼?" 준은 걱정스러운 눈빛으로 노라를 돌아본다. "내 전공은 명사란 말이야."

"알았어. 지금은 우리가 270표 이상을 확보해야 해. 아니면 리처즈가 270표 이상 득표하는 걸 막던가…. 그러니까 지금으로는 우리가 텍사스에서, 혹은 네바다와 알래스카를 합쳐서 270표 이상 얻을 수 있어. 리처즈는 세 주에서 모두 이겨야 해. 그러니까 아직 포기하기는 일러."

"그러니까 이제 텍사스에서 꼭 이겨야 하는 거지?"

"네바다에서 이기면 여유가 생기지. 네바다주에서 결정이 나려면 보통은 아직 멀었지만."

하지만 노라의 말이 끝나기 무섭게 다시 속보가 뜬다. 알렉스는 앞으로 스트레스를 받아서 환각을 보게 되면 앤더슨 쿠퍼가 나올 것 같다는 생각을 한다. 네바다는 리처즈가 가져간다.

"이거 실화야?"

"그러니까 이제…."

"누구든 텍사스를 가져가는 사람이 승자야." 알렉스가 말한다. "대통령이 되는 거야."

"난 아무래도 가서 여론 조사팀이 남겨둔 피자나 폭식해야겠다." 그리고 준은 가 버렸다.

12시 30분이 되자 아무도 믿을 수 없는 지경으로 사태가 악화한다.

텍사스가 이렇게 오랜 시간 치열한 경합을 벌이는 건 미국 역사상 전대미문의 일이었다. 루나는 안절부절 서성거린다. 오스카의 양복 아래 식은 땀이 밴다. 준한테서 나는 피자 냄새를 지우려면 일주일은 족히 걸릴 것이다.

자흐라는 폰을 붙들고 누군가의 음성메시지에 고래고래 소리를 질러대고 있다. 엘런은 긴장이 너무 심해 2층 사무실에 머물지 못하고 굶주린 암사자처럼 배회하고 있다.

그때 준이 다시 달려들어 왔다. 그녀의 손에 팔이 붙들려 끌려온 여자의 얼굴을 알렉스는 알아본다. 준의 대학 시절 룸메이트다. 여론 조사팀 티셔츠를 입은 그녀는 만면에 미소를 띠고 있었다.

"다들 들어봐요…." 준은 헐떡이며 말한다.

"몰리가 방금… 방금 왔는데, 아이, 씨, 네가 말해!"

그러자 몰리는 복스러운 입을 열어 말했다.

"우리가 표를 확보한 것 같아요."

노라가 휴대전화를 툭 떨어뜨린다. 엘런이 다가와서 몰리의 다른 팔을 잡는다.

"그런 것 같아, 아니면 확실한 거야?"

"우리는 상당한 확신을…."

"얼마나 확신하는데?"

"글쎄요, 방금 해리스 카운티에서 들어온 1만 표를 개표했는데요…."

"아, 맙소사."

"잠깐만, 저것 봐요!"

이제 프로젝터 스크린에 뜬다. 발표다.

텍사스는 5초간 더 회색빛으로 머무르다가 아름다운, 눈부신, 한 치도 의심할 수 없는 LBJ 호수의 파란색으로 넘실거린다.

클레어몬트 38표, 총계는 301이다. 대통령으로 선출되었다.

"4년 더 가자!" 알렉스의 엄마가 우렁차게 외친다. 몇 년 만에 처음 듣는 포효다.

환호성이 웅웅거리며 낮게 깔리다가 우르릉 쾅쾅 터져 폭풍우처럼 휘몰아친다. 파티션 건너편에서 시작해 아레나를 에워싼 야산과 거리를 에워싼 도시와 전국으로 울려 퍼진다. 반쯤 졸고 있는 런던의 동맹군 몇 명에게도, 아마 이 환호성이 퍼져나갈 것이다.

옆에 선 헨리의 눈가도 촉촉하다. 헨리는 알렉스의 얼굴을 거칠게 잡아 영화의 엔딩처럼 키스해주고는 알렉스를 가족에게 휙 밀어 넘겼다.

천정의 그물망이 끊어지고 풍선들이 떨어져 내린다. 그리고 알렉스는 휘청거리며 꼭 밀착된 몸들 속으로, 아버지의 품으로 떠밀려 들어간다. 황홀한 포옹, 준은 엉엉 대성통곡을 하고 있고, 레오는 영문은 모르겠지만, 더 청승맞게 목놓아 울고 있다. 노라는 활짝 웃고 있는 뿌듯한 부모님 사이에 샌드위치처럼 끼어 있고, 루나는 마피아가 100달러 지폐를 흩뿌리듯 클레어몬트 캠페인 팸플릿을 공중에 휘날리고 있다. 캐시는 의자에 올라가 춤을 추며 한계 하중을 테스트하고 있고, 에이미는 폰을 휘두르며 영상통화로 현장을 아내에게 중계하고 있다. 자흐라와 샤안은 [대통령 클레어몬트 - 부통령 홀러란 2020] 현수막 앞에서 공격적으로 껴안고 키스하고 있었다. WASP스러운 헌터는 다른 스태프를 어깨에 앉히고 돌아다니고 있고, 리암과 스펜서는 맥주잔을 들어 건배하고 있고, 100명의 선거운동 본부 직원과 자원봉사자들은 믿을 수 없는 승리에 기뻐하며 울며 환호성을 지른다. 해냈다. 그들이 해냈다. 불굴의 로메타와 오랫동안 기다려 온 파란색의 텍사스가 해냈다.

인파에 떠밀려 다시 헨리의 품으로 밀려 들어왔다. 그 모든 일이 지나고, 그 많은 이메일과 문자와 길에서 보낸 시간과 은밀한 밀회와 그리움으로 보낸 숱한 밤이 지나고, '최악으로 재수 없는 싸가지와 하필이면 그때 사랑에 빠지는' 온갖 대소동은 마무리되고 그들은 해냈다. 알렉스의 약속대로, 그가 약속한 대로. 헨리의 미소가 너무나 환하고 밝아서 알렉스는 이 엄청난 순간을 품으려다 심장이 터져 버릴 것만 같다. 완전한 순간, 1,000년의 역사가 갈비뼈 속에서 벅차게 부푼다.

"할 말이 있어." 헨리가 가쁜 숨을 가누며 말한다. "저택을 한 채 샀어. 브루클린에."

알렉스의 입이 떡 벌어진다. "거짓말!"

"정말이야."

그리고 아주 짧은 찰나, 섬광처럼 눈앞에 스쳐 지나가는 삶. 다음 학기, 이겨야 할 선거도 없고, 강의로 가득 찬 일정, 그리고 브루클린의 아침 회색 여명을 받으며 옆에서 베개를 베고 자는 헨리. 부푼 가슴에 뚝 떨어져 퍼져 나간다. 이렇게 희망이 퍼져 나간다. 다른 사람들이 이미 다 울고 있는 게 천만다행이다.

"자, 자, 여러분!" 뜨거운 피와 사랑과 아드레날린과 소음을 뚫고 자흐라의 목소리가 쩌렁쩌렁 울린다. 그녀의 마스카라가 줄줄 흐르고 립스틱이 턱에 온통 번져 있다. 그녀 옆에서는 어머니가 리처즈의 선거 결과 승복 전화를 받고 있다. "15분 후에 승리의 연설 갑니다. 제 위치에. 갑시다!"

알렉스는 인파를 뚫고 무대 옆의 작은 공간으로 안내받고, 커튼 뒤에 선다. 어머니가 먼저 무대에 오르고 레오, 부통령 마이크 부부, 노라와 부모님과 준과 아빠가 오른다. 그들을 따라 알렉스가 성큼성큼 무대에 오르고, 새하얗게 빛나는 조명을 향해 손을 흔들며 시끄러운 환호성 속으로 뭐라고 몇 마디를 한다. 너무 정신이 없어서 헨리가 곁에 없다는 사실조차 몰랐다. 돌아서서 보니 헨리는 무대 측면에서 어색하게 머뭇거리고 있다. 언제나 다른 사람이 누려야 할 관심을 빼앗아갈까 걱정하고 조심하는 그다.

하지만 이제는 봐주지 않을 테다. 헨리는 가족이다. 이제 모든 걸 함께 나눠야 한다. 헤드라인과 유화와 국회 도서관 장서 책장에도 나란히 새겨질 것이다. 그리고 헨리는 '그들'의 일원이다. 시발 영원히.

"어서!" 알렉스가 손짓해 부르자 헨리가 1초쯤 당황스러운 표정을 짓다 턱을 치켜들고 수트 재킷의 단추를 채우더니 무대로 성큼성큼 걸어 나온다. 환한 미소를 지으며 알렉스의 옆으로 자연스럽게 다가선다. 알렉스는 한쪽 팔로 그를 끌어안고 다른 팔로 준을 안는다. 노라가 준 옆으로 바짝 붙는다.

그리고 엘런 클레어몬트 대통령이 연단에 오른다.

엘런 클레어몬트 대통령 선거 승리 연설, 텍사스주 오스틴, 2020년 11월 3일

4년 전인 2016년, 우리는 국가로서 벼랑 끝에 서 있었습니다. 우리가 뒷걸음쳐 증오와 악감과 편견으로 떨어지기를 바라는 무리가 있었습니다. 우리 국가의 영혼에서 이미 꺼진 분리주의의 불씨를 되살리기를 원하는 무리가 있었습니다. 여러분은 그들의 눈을 똑바로 들여다보고 "안 돼"라고 말씀하셨습니다.

여러분은 진보의 4년을 이끌고 희망과 변화의 전통을 이어주기를 바라며 텍사스의 흙을 밟고 자란 여성에게 투표하셨습니다. 그리고 오늘 밤, 여러분은 다시 한번 그 뜻을 확인하셨습니다. 여러분은 저를 선택하셨습니다. 그리고 저는 겸허하고 겸허한 마음으로 감사를 드립니다.

그리고 우리 가족, 우리 가족이 여러분께 감사를 드립니다. 우리 가족은 이민자의 후손이며 기대와 비난을 무릅쓰고 서로 사랑했으며, 올바른 길에서 물러설 줄 모르는 여자들과 미국의 장래를 표상하는 역사의 매듭으로 이루어졌습니다. 우리 가족. 여러분의 퍼스트 패밀리. 우리는 앞으로 4년간, 그리고 그 후로도 계속, 여러분을 자랑스럽게 해 드리기 위해 할 수 있는 모든 일을 다 할 것입니다.

알렉스가 헨리의 손을 잡고 "따라와"라고 말했을 때는, 두 번째로 터진 콘페티가 여전히 허공에 흩날리고 있었다.

인터뷰에 건배에 모두가 분주한 틈을 타 두 사람은 뒷문으로 빠져나왔다. 리암과 스펜서에게 맥주를 사겠다고 약속하고 자전거를 빌렸고, 헨리는 아무것도 묻지 않고 그를 따라 어둠 속으로 달려 나갔다.

오스틴은 어쩐지 좀 다른 느낌이지만, 사실은 변한 데가 별로 없었다. 오스틴은 홈커밍 행사 때 꽂았던 말린 꽃이고, 방과 후 공부도우미로 자원 봉사했던 일하던 소년원의 빛바랜 벽돌이고, 바튼크릭 그린벨트에서 낯선 사람과 부딪는 맥주잔이었다. 노팔 선인장과 힙스터 콜드브루. 기묘하고 유일무이한 상수, 언제나 그의 삶을 땅으로 끌어당기는 심장의 갈고리였다.

어쩌면 달라진 건 알렉스 그일지도 모른다.

함께 다리를 건너 도심으로 달린다. 잿빛 교차로들이 가로지르는 라바카, 알렉스의 엄마 이름을 연호하는 사람들로 넘쳐나는 술집들, 가슴에 그의 얼굴이 그려진 티셔츠를 입은 사람들, 텍사스의 깃발, 성조기, 멕시코 국기, 프라이드 깃발들이 휘날린다. 거리에 메아리치는 음악이 캐피톨에 닿았을 무렵 절정에 달한다. 누군가가 계단 위에 라우드스피커를 설치해 놓고 스타쉽의 〈이제 아무것도 우리를 멈출 수 없어〉를 빵빵 틀어 놓고 있다. 저 위에 어딘가에서, 두툼하게 깔린 구름을 배경으로 폭죽이 터진다.

알렉스는 페달에서 발을 떼고 캐피톨의 거대한, 이탈리아 르네상스 리바이벌 풍의 파사드를 공회전으로 스쳐 달린다. 어렸을 때 어머니가 날마다 출근했던 건물이다. D.C.의 건물보다 더 높다. 모든 게 여기서는 더 크다.

20분 만에 그들은 펨버튼 하이츠에 도착한다. 그리고 알렉스는 영국 왕자의 손을 잡고 올드 웨스트 오스틴의 높은 연석에 올라서 마당에 자전거를 던져 놓을 자리를 가리킨다. 풀밭에 그림자를 드리우며 자전거 바퀴살이 계속 돌아간다. 웨스트 오버의 옛집 금이 간 현관 계단을 밟는 값비싼 구두창의 소리는 그 자신의 장화 소리만큼 친숙하다. 집에 온 느낌.

돌아보니 헨리가 하나하나 곱씹어 보고 있다. 버터 같은 노란색 외장, 커다란 베이 윈도우, 보도의 손자국. 알렉스는 스무 살 이후로 이 집 안에 들어와 본 적이 없다. 가족의 친구가 집을 도맡아 관리해주고 있다. 파이프를 고치고 물을 틀어 주고. 차마 이 집을 팔 수는 없었다. 집 안에 들어가보니 하나도 변한 곳이 없다. 살림살이가 상자 속에 정리되어 있을 뿐이다.

여기에는 폭죽도, 음악도, 콘페티도 없다. 그저 이미 고요히 잠든 주택가뿐이다. 드디어 TV의 스위치가 꺼졌다. 알렉스가 자란 집. 헨리의 사진을 잡지에서 보고 잠시 번쩍하는 빛을, 무언가의 시작을 느꼈던 집.

"헤이." 알렉스가 부르자 헨리가 그를 돌아본다. 가로등 불빛에 그 눈동자가 은색으로 빛난다. "우리가 이겼어."

헨리는 알렉스의 손을 잡고 한쪽 입꼬리를 올린다.

"그래. 우리가 이겼어."

알렉스는 드레스 셔츠 밑으로 손을 넣어 손가락으로 사슬을 더듬어 조심스럽게 꺼낸다. 반지와 열쇠.

겨울 구름 아래 승리자로 돌아온 그는 잠긴 문을 연다.

봄날의 솜사탕처럼 달콤한 상상

나는 이 책이 사랑스럽다. 얼핏 보면 빤하디 빤한 클리셰 범벅의 로맨스지만, 아니 앞뒤로 탈탈 털고 뒤집어 보아도 빤하다 못해 뻔뻔스러운 클리셰 범벅의 로맨스지만 그래도, 여전히, 이 책에는 아주 특별하게 사랑스러운 구석이 있다. 왠지 모르게 그냥 보면 정 가고 예쁜 사람처럼, 어른들 쓰시는 표현을 빌자면 묘한 '귄'이 있는 책이랄까.

엄마는 미국 최초의 여성 대통령, 아버지는 소수인종의 상원 의원, 단한 치의 흠결도 없는 완벽한 모범생 알렉스와 고루한 영국 왕실의 도도한 막내 왕자 헨리. 왕자와 공주가 '영원히 행복하게' 살았다는 해피엔딩이 효력을 다한 시대, 비현실적 판타지로 딱 좋은 설정이지만 자칫 오글거리고 부담스러울 법한 설정은 지극히 현실적인 디테일을 통해 멋지게 구원받는다. 알렉스와 헨리가 서서히 서로를 발견하듯, 우리 역시 알렉스와 헨리의 사회적 허울을 점차 잊고 괴짜, 너드, 책벌레, 몽상가, 역사덕후, 스타워즈 마니아, 양성애자와 동성애자, 내밀하고 다면적인 '알맹이'를 발견한다.

양성애자이자 ADHD를 앓는 밀레니얼 작가 케이시 맥퀴스턴의 데뷔작은 궁극의 퀴어 로맨스다. 알렉스와 헨리를 비롯해 준과 노라, 페즈는 성 정체성을 포함한 아주 여러 겹의 의미에서 '퀴어'하다. 그래서 왕실과 공화당의 상징색인 빨강이든, 진보와 민주당의 파랑이든, 퀴어의 무지갯빛이든, 인종과 피부 빛깔이 어떠하든 그저 자기 고유의 색깔 그대로 누구나 당당하게 살아갈 수 있는, 다채롭기에 찬란한 세상을 꿈꾸고 그 세상을 위해 싸운다. 백악관과 버킹엄궁은 판타지의 장치만큼이나 의무와 사적인 갈망, 사회적 기대와 진정한 자아의 갈등이라는 고전적 성장소설의 배경이기도 하다. 청년들은 성마르고 불안하며, 가능성을 가두는 틀에 온몸으로 충돌한다. 혼자서, 하지만 결국은 서로 손을 잡고서. 고전적인 성장 로맨스에서 사랑은 늘 사회적 연대로 발전한다. 코르셋과 구레나룻, 편지를 봉인하는 밀랍과 깃털 펜이 사라져도, 이메일의 시대에도 러브레터는 오가고, 여전히 사랑은 작은 유토피아를 일군다.

왕자와 대통령 아들의 이 시끌벅적한 사랑 이야기는, 그래서 어쩐지 책으로 로맨스를 배운 사람들의 취향을 짜릿하게 자극한다. 『빨강머리 앤』의 앤 셜리 커스버트나 『오만과 편견』의 엘리자베스 베넷처럼 안경을 쓰고 책에 코를 처박고, 눈앞의 일상에 만족하지 못하고 늘 '상상력의 가능성'으로 채색된 다른 차원, 다른 시공을 꿈꾸는 몽상가들의 연대, 우리는 그런 캐릭터들을 잘 안다. 알렉스와 헨리는 사랑스러운 책벌레의 면면한 전통에서 튀어나온 캐릭터들, 우리가 잘 알고 기억하는, 아마도 우리 자신의 어떤 모습일 테고 그래서 책벌레인 나는 그들이 예쁘다.

저마다 책을 읽는 데는 여러 이유가 있겠지만 나는 순전히 '재미'있는 책이 만들어내는 반짝이는 삶의 순간을 믿는다. 화창한 봄날의 유원지 솜사탕처럼 달콤한 이 책은 즐거운 상상의 위로가 일상에 얼마나 활력소가 될 수 있는지 새삼스레 깨닫게 해준다. 어디서 본 듯 낯익은 이야기, 하지만 생전 처음 접하는 듯 신선한 매력. 처음부터 끝까지, 첫 장을 펼치기도 전에 결말까지 다 알아버린 듯하지만, 막상 읽기 시작하면 또 홀린 듯, 한장 또 한 장, 끝없이 페이지를 넘기게 되는 책. 주인공을 좋아하게 되고, 주인공을 따라 웃고 울게 되고, 주인공을 응원하게 되는 책. 몹시 흔한 듯몹시 귀한 책, 어쨌든 반짝반짝 순간순간 찬란한 책 말이다.

그러니까 '왠지 모르게' 사랑스럽다고 하긴 했지만, 생각해보면 다 이유가 있다. 자신은 뭐니 뭐니 해도 그저 파이 애호가일 뿐이라고 말하는 젊은 무명 작가의 데뷔작이 인스타그램과 트위터를 통해 삽시간에 열혈팬덤을 양산하고 「뉴욕타임스」 베스트셀러 순위에 오르고 평단의 찬사를받고 유수의 상을 석권하고 2019년 출판계가 주목한 신세대 문학의 일대 신드롬이 된 데는 정말이지 다 그럴 만한 이유가 있다.

빨강, 파랑, 어쨌든 찬란

펴낸날	초판 1쇄 2021년 7월 10일
	초판 4쇄 2024년 6월 25일

지은이	케이시 맥퀴스턴
옮긴이	김선형
펴낸이	심만수
펴낸곳	㈜살림출판사
출판등록	1989년 11월 1일 제9-210호

주소	경기도 파주시 광인사길 30
전화	031-955-1350
팩스	031-624-1356
홈페이지	http://www.sallimbooks.com
이메일	book@sallimbooks.com

ISBN	978-89-522-4264-8 03840